下

风逝

feng shi

高淳 著

中国文联出版社

二十二

最后第九天。

早上。

冬风狂笑。

笑得,风都好像在哭。

主宰着苍天大地的阴霾啊,连龙风虎云,都只能成为了走狗。

魔,命运之魔,永恒之魔。

黑暗的江南,无尽的森寒。

天地间,无边的凛冽,有如万千刀斧。

山河如冰,江陵堆霜。

胡珊并不知道,其实,陆至诚昨天在答应她今天早上早些去医院的时候,答应的,原只是后半句。

陆至诚根本就没打算,要她和自己一起去。

陆至诚好像很随意而很无所谓的,就是笑跟胡珊说,算了,你不要去了,医院里又不好玩,味道也难闻,天知道空气里有多少细菌,你就安心等我回来吧。

可是胡珊却真的是很想陪他一起去,"至诚哥,我方便帮你拿拿东西,配配药什么的也好啊——你看,你上次去,都没有让我陪……"

胡珊关心贴切的恳言都还没有说完,就已是被陆至诚笑打断了,"你上次没有陪我一起去,我不也挺好的吗——放心,我就快回来——我知道,知道你是想为我好,知道呀,可是,今天真的不用——就安心等我回来,好不好,嗯——"

胡珊还想再说,陆至诚却就已是笑着,又对她说了一遍,"就好好安心等我回来,好不好,嗯——"

胡珊默了默,便也只好,点了点头。

"那你自己多仔细——要真查清楚没事才好啊——"

胡珊关切地,就最后叮嘱说。

陆至诚笑说,好,好。

陆至诚临出门的时候,却是回过身来,就又抱了抱胡珊。

胡珊被陆至诚抱得紧紧的,是好紧好紧的,那种紧。

胡珊心里，突然莫名的，划过了一种很奇怪的东西。她也说不上来，是什么。

她只是好像有些多虑了的，不知怎么，就总是有些隐隐的觉得，陆至诚这一次不要她陪去，和上一次总有些说不上的不一样。上一次，他不要她陪去，那是有一种明显能让人溢感到的真轻松，而这一次——他却抱得她这么紧。

陆至诚最后地，又吻了吻胡珊。

陆至诚开了门，头也不回地就走了出去。

“至诚哥——”

胡珊也说不上为什么，突然，就是在陆至诚背后，急唤了一声。

陆至诚停了步。

他顿了顿，顿了顿，缓缓的，就还是回转过了身来。

凛冽寒风中的，陆至诚和胡珊。

两人的呼吸，都仿佛，是在寒风中一刹化了霜。

“至诚哥，我等你回来——”

胡珊自己都不知道，她为什么要这么说。

陆至诚笑了笑，最后又看了胡珊一眼，便是轻挥了挥手，“快回屋去吧，外面风冷——”

胡珊心中，莫名，却烈烈一卷难受。

胡珊在窗户里，看见陆至诚走远了。

她，出神地看着，手心里的那一枚，璀璨的戒指。

她，出神地看着，那两个，永恒在了戒指上的名字。

陆至诚，胡珊。

她，还是带泪的，笑了起来。

至诚哥，早些回来。

胡珊，紧紧地握着戒指，还是幸福地笑了笑的，在心里说。

风，在陆至诚的身上剜着。

老天，保佑我。

他，心求着。

深冬的大街上，漫漫的萧寒里，已是很浓烈了的圣诞新年气氛。

差不多有大半条街，都已是沉浸在了欢乐热烈的鲜艳暖色里。暖红色慈祥的圣诞老人，暖橙色轻盈的漂亮气球，暖粉色卡通的“Merry Christmas”。

又有一家超市的门口，摆出了两棵灿烂美丽的圣诞树。

是啊，快圣诞节了。

陆至诚忐忑地走着，想。

平安夜，还要和她一起去吃饭的呢。

她说要穿那套漂亮衣服的。

一定没事的。

保佑我。

陆至诚紧紧动荡地,走着。

陆至诚,到了医院。

天森森,冥云如海。苍天,似被蒙笼了厚厚的一层钢筋水泥。

赵主任的办公室里。

陆至诚和赵主任沉默地对坐着。

赵主任勉强笑笑,又笑了笑,揉了揉眉,还是很不知道,该怎么样来先在这沉默中开口。

哎,对了,你脸上的淤是怎么回事?

哦,和人打了架。

哦。要不要紧?

不要紧吧。

噢。

呵。

呵。

本来,今天是还想来顺便查一查打伤没有的,怕有内的暗伤。

噢。

呵。

哎,那要不,我先帮你查查吧,照个 X 光,怎么样,看看打伤没?

呵。

呵。

好吧。

赵主任都不知道,自己怎么会跑题跑得这么离谱。

陆至诚都不知道,自己怎么会去拍起了 X 光,查打的伤。

两个人,都是逃避地笑着。

呵。

呵。

很快就查完了。

陆至诚没有被打出内伤来。一切结果,都显示非常良好。

陆至诚和赵主任,还是都在尽量地找着废话说。

赵主任说,要不,就给你配一瓶红花油吧,回去擦擦,治跌打最灵了。

陆至诚说,好。

两人,一直到现在,都还是谁也没有先谈起,今天,真正的主题。

陆至诚和赵主任边说边走,很快,就是由放射科,又回到了赵主任的办公室里。

两人,又沉默地对坐了。

彼此的沉默。

紧惧、可怕的，沉默。

赵主任默了默，为难地又默了默，终于，轻拍了一下自己的膝盖，就还是，先开了口。

“其实，你的病的结果——”

“不要紧对不对——”

赵主任半句话都还没完，就已是被陆至诚急抖着的声音给打断了。

办公室里，又是一片紧僵着的沉默。

窗外，乌云如海。

希望，你可以听我把话说完。赵主任看着陆至诚，顿了顿，还是说。

陆至诚的双手，紧抓着自己的膝盖，一时，就没有再吭声。

是啊，我瞎怕什么呢，我瞎怕什么呢。

陆至诚，不停地想着。

“你的病的结果，清楚了，是运动神经元病。”赵主任安静地说着，看陆至诚一时并不解地看着他，便是顿了顿的，又简单地先解释了一下，“简单说，运动神经元病，就是一组主要侵犯上、下两级运动神经元的慢性疾病，病变范围主要包括脊髓前角细胞、脑干运动神经元、皮质锥体细胞、皮质脊髓束以及皮质延髓束。它具体有很多不同的类型，有的只影响脊髓前角细胞，有的主要影响脑干的运动性颅神经核，有的……”

赵主任说着，看陆至诚一脸云雾的也没听明白，一时就停了下来。赵主任自己也觉得，其实是没和陆至诚说在要紧处。

一小阵的沉默。

“这种病呢，男性发病率高于女性，起病隐袭——也就是说，你往往不知不觉间，才会慢慢发现，你是病了。它不是病来如山倒，而是病来像丝慢慢缠——”赵主任顿了顿，便是换了种方式说着，“就好像你，很早以前，就发现手老会抖，可这种小事，又总没当回事，以为就是一般的抽筋——”赵主任看陆至诚是能听懂了的样子。赵主任并不因为陆至诚能听懂了的样子而说得更顺畅了起来，反而却是说得，好像有些更艰难了，“这个——这种病呢，首发症状一般是随看神经系统哪一部分最先受到损害而定，常见情况就是像你这样，最早障碍发生于手部，病人常感到手指的运动无力、僵拙，或者，就是感到手部肌肉的颤抖，甚至于，是萎缩。而在——”赵主任说着，却是不禁的，又揉眉顿了下来。他不是怕陆至诚还听不懂，而是实在，依然不知道，自己是该怎以样和他说，那真正最要紧的。

“那……要不要紧？……这病是不是……就是偶尔会这样子没有力气、发抖？……怎么治？——吃药？住院？——好不好治？要治多久？——我怎么会得这病呢——”陆至诚随着赵主任的解释，心中那原来因未知、不祥而倍深动荡的大烈恐惧，倒也是一时好像有些安定了下来。可是他还是一直紧张而不安地紧抓着自己的膝盖。他不禁地，先是还有些紧绷难松的断断续续，继而，便是不由就急弦如奔了的，焦心连问。

赵主任，一直还沉重的揉着自己的眉心。

“……这个……其实坦白说，这种病呢……目前，在世界上来说，具体真正的病因，依然还没有能够明确……这种病，依然还是目前世界医学界中难以取得突破进展的难题。——不过随着现在基因技术的发展，我们一般已能够初步确定，它是因为基因中的某些不明缺陷造成的——所以，不是说，你怎么会得这种病，而是……而是你其实从一生下来起，身上就已经潜有了这种病。它是先天性质的。只不过，它后天从各人身体内发作出来的外部诱因，各各不同。一般根据临床总结认为，有的，是因为受了严重的精神创伤而诱发，有的，是因为身体受了严重的外伤诱发，还有的，是感冒诱发，等等——总之，其实，也只能说，这种病的发作，它是带有了很强的随机性质。可能你打了一个大一点的喷嚏，它就在你体内活醒了。就是这样。——各个病人的发病时间、原因，都不相同，而各病人的病程进展也是各不相同——”赵主任看着早已是冰白成了石头的陆至诚，顿了顿，就还是说了下去，“不过总之，这种病，它从活醒过来开始，就不会再停止对人体内部神经、肌肉的侵蚀了——只不过各人的轻重缓急都不同，而且刚开始时，它是比较隐蔽的。而总括而言，无论它从一开始时，最早侵犯的是人体的哪个部分，迟早，都是会蔓延到全身。——而这种病……”赵主任看着脸上已是泛出了青霜的陆至诚，困言地一时又顿了顿，然后，默着，将手中一支一直都是有些难安地捏着的笔放了下来，依然默着，双手有些肃重地十指交叉了起来，便是，终还继续说了下去，“——而这种病，至今为止……还是……还是并没有任何特效疗法的。一般，我们最多只能够是采用一些支持疗法，比如让病人服用一些神经肌肉方面的营养药物，还有维生素之类的，或者是‘弥可保’一类的可以轻微改善症状的药物，以尽量来维持住病人的身体状况，好拖延病情的发展……”

“……你……你……你……”陆至诚双手颤抖着，有如被晴天霹雳包裹着，眼前、耳中都只有着五雷闷轰着的“嗡嗡”声地，全身的血管里都仿佛是在流着干涸尖利的冰沙的，喉颤声哑的就好像，是突然便那么地，被人瞬刹紧扼住了心跳着的喉管，“你……你是说……你是说……我……我……我这辈子都会这样，一直……一直经常发抖、没有力气？”

赵主任艰涩而不置可否地，顿了顿。

“恐怕……恐怕，要比你想的更糟糕——”赵主任长吸了一口气，还是继续说了下去，“希望……希望，你要有心理准备——”赵主任低肃言，看着陆至诚，“这种病，无论各病人的病情过程如何，到最后，都……都是一样会摧毁掉病人全身所有躯干肌肉的功能，也就是说……会使得病人全身肌肉全面萎缩，彻底瘫痪。病人将失去所有生活自理能力，只能够卧床——比如，你就连想要自己从床上抬一抬手、转一转头，都是根本不可能做到的事情了。另外，后期时，你的咀嚼肌也会失去能力——就是说，你将……你将需要人工饲喂流质，才能够保证生命的延续。而到了末期,你的呼吸肌将出现轻瘫,会需要人工呼吸机接入气管以维持肺部的功能——接下来……进而,会再累及心肌——最后……最后……最后,致人死亡——”赵主任艰难地揉了揉眉,“而……而你的情况,属于急重型——你……你……对不起——按照一般情况推算,你在大概三到四年之内,应该就已经……已经是……是不能够再自己抬起手来了——也就是……就是说,彻底瘫痪了。而……而你一共……一共最多……最多……也只还有……”赵主任,哑顿了,很长的一哀顿,“……对不起……你一共最多,也只还有——六七年左右的时间了。——对不起。”

长达两分半钟的石沉固静。

陆至诚的眼睛,好像石骨头一样的,枯涸呆死着。

“至诚哥,我等你回来——”

深深的安静。

空气里,“嘀嗒”、“嘀嗒”的挂钟的秒针,在依旧走动着的声音。

深深的安安静静。

“嘀嗒”、“嘀嗒”的挂钟的秒针,依旧在走动着的声音。

长长久久的,深深的,安安静静。

“至诚哥,我等你回来——”

陆至诚的眼睛,好像石骨头一样的,枯涸,呆死着。

赵主任,难安地搓着手,难安地搓着手。

“不——!!!!!”

突然,石碎天破的一声震雷哀吼。

陆至诚一刹,狂奔的泪突然就如是从心膛中惊天爆啸了出来,海决般便瞬满了脸的,疯的掀椅而起。

他哀泪流洒如雨的,就是用力地紧抓起了赵主任,“不!!! 不!!!! 不!!!!! 你告诉我,这不是真的!!!! 这不是真的!!!!!”

陆至诚哀狂了的,泪疯吼迫着。

赵主任一时也并没有挣拒他的,只是不禁恻穆、哀歉地就无声默着,“你的心情……我能理解……希望,你还是要冷静一些——”

“这不是真的,不是真的——不是真的!!!! 你说,你说啊——”

陆至诚不顾一切的狂吼着,哀哭求泣。

赵主任悯厚地看着此刻已是狂了泪的陆至诚,沉重着,也依然还是并没有去挣开那仍旧是紧抓着他的陆至诚的剧颤的双手。他哀歉地顿了一长顿,便还是终说:“对不起,我是一个医生——这都是真的——”

“不、不、不——不——”陆至诚狂摇着头,泪洒如雨。

“不、不——不——”

“不——不——”

“不!!!!!”

"啊——!!!!!"陆至诚刹放开了赵主任,一步重重后跌在地,痛抱着自己的头,不禁向天哀啸。

窗外,风声呼呼。

胡珊还是开心地幸福笑着,便仔细地轻轻小心收放起了戒指。

她看了看时间,想,应该就快要回来了吧。

她高兴地,就是想,这次一定也是会没事的,老天对我们那么好。

胡珊欢乐的,就是去小区外近旁的小菜场又多买了一些菜。她无由莫名的,是好想在今天,做一桌都是陆至诚喜欢吃的。

暖暖的小屋。

胡珊开心地,就是还先做起了点心,是陆至诚喜欢吃的。她想,等他回来,一起吃。

胡珊欢快的,不禁轻轻哼起了好听的歌儿。

她一时,还幸福地想起了,自己和陆至诚说过的,等两个人老了,还要在月光里一起唱歌,在阳光下,一起玩剪刀、石头、布。

风笑狰狞。

"一定弄错了……一定弄错了……一定弄错了……"

陆至诚哭蹲在地上,泪已都全湿透了双手的衣袖的,哀绝还在如海奔流地,不停地,悲泣自喃着。

赵主任悯厚而沉歉地,一时也不知还该说什么好。

"像你这种病,的确是比较罕见的——万中也难得会有一。我在国外,也才碰到过两例,而你,是我回国后碰到的第一例——"赵主任无奈地自摇了摇头,"其实,在你上个礼拜给我打电话前,你的结果,就已经出来了,只不过,为了慎重起见,我就又去了一次上海的×医院。×医院的神经专科,在这方面的技术力量,是国内第一流的。他们的主任田教授,以前是我在美国的同学,他在神经病学研究领域里,是比我更出色的权威。而他对你的最后诊断,也是——和我一样的。"赵主任悯歉地看着陆至诚,顿了顿,不禁,便是低低叹了一声,"——其实,你的病情状况,要说起来,也是比较特殊的。一般这种病的患者,都是呈现为一种进行性的连续发展状况,也就是说,是从病情出现开始,便以一种不断累积缓升的态势前进,逐步严重下去。——比如,先是一只手常会发抖,然后,这只手,便接着开始萎缩,并且范围渐渐也就会扩散到臂、肩,再是依次其他部位,这样子,一直下去。而你,却是一种跳跃式的不稳定发展。你是由一只手偶尔会发抖,一下子,就跳跃到了全身瘫痪无力的症状。这是比较不一般的。而你更特殊的,是在出现了全身瘫痪的症状之后,居然又会恢复起来。打个感觉上的比方,就好像,是在你体内存在着正反两股力量的抗衡一般。这在临床上,就我而言,还是从未碰到过的。——而这,也正是我去找田教授的主要原因。田教授向我提供了一份翻译过来的国外临床记录的资料,是关于两例分别各在日本和印度发生的病例。两名患者非常巧,他们分别都是当地的僧侣，而他们病情的状况，和你，居然是一模一样的，都是呈现为一种不稳定的反复性发展。而这些资料，也都正好是验证了我和田教授对你作出的判断——虽然你的情况是跳跃性的，但是，你从手开始有发抖的症状，到瘫痪无力之间的时间间隔之短，是必定已属于急重性质的无疑，而之所以会出现这种跳跃反复的情况，应该就是因为你的这种基因缺陷本身，肯定就具有某种不稳定的特质。但是，这种病的存在性质却已是不可改变的了。换句话说，这病在你身上，虽然时重时轻，却都一样，是不可能会消失的。而且，如果没有再特别的状况发生，我和田教授都估计，接下来，这病在你身上发作的频率会越来越密，而它消退的情况，会越来越慢，越来越少，直到最后，你这种不稳定的发展情况，会逐步地过渡为普通的累积型发展状况。——也就是说，开始或过程也许有些不一样，但结果，却都还是必然相同的。"赵主任顿了一长顿，还是不禁悯歉地叹了一口气，就走到了陆至诚身边，"真的非常对不起——我作为一个医生，希望的，就是能够拯救每一个生命，可是……可是有时候，真的……真的是无能为力。非常抱歉——"

"不——"陆至诚痛抱着头，泪奔哀嚎了一声，突然便是紧紧地就在赵主任前双膝哭跪了下来，拼了命地悲磕着头，"求求你，救我啊，一定要救我啊——求求你了，帮我治，帮我治啊——我不想死，我不想死，我不能死啊——求你救我啊——"

赵主任赶忙地急扶起陆至诚，"不要这样，不要这样——快起来，快起来——"

陆至诚泪奔地紧紧求抓着赵主任的双手，"你要救我啊——求你了，帮我治——帮我治啊——"

赵主任心悯哀歉地不禁也是一阵难受。

"治，我是一定会帮你治的，可是……可是就像我刚才说的，也只能够是支持疗法，尽量拖延住病情——"赵主任无奈地顿了顿，"要治好，那……那是没有办法的。我不能够骗你——"

"不！不！！不！！！！"陆至诚痛跌坐在地上，狂抱摇着头，不停地哭说，"不可能，不可能，不可能——"

赵主任悯歉而无奈的，也真的是不知道该怎么办的，揉着眉。

"我把客观的情况告诉你，也只是希望你能有个心理准备，可是，你也不要现在先绝望啊——这世上有很多奇迹，就人的生命来说，更是如此，而且，现在的医学一日千里，那说不定，什么时候，这难题就给研究出来了呢——我会尽量给你用一切方法治疗，先全力拖延住病情，你自己，也不要绝望，那说不定，就能等到这病给破解出来的那一天啊——"赵主任尽量地安慰着陆至诚。

陆至诚无声地哭泣着，无声地哭泣着。

良久。

陆至诚突然一下子的就是从地上泪爬了起来，他急疯了一般地，紧紧焦求抓着赵主任，“那、那你告诉我——这、这病什么时候才能破解出来？两年？三年？四年？——还是多久？——多久？——告诉我——求你告诉我——求求你告诉我——告诉我!!!!”

“——也许……也许……这……”

赵主任说着，终却还是，无言地避开了陆至诚含血挣扎着的双眼。

沉默。

陆至诚顿着，顿着。

他无力地，放开了赵主任，重重地，又摔坐在了地上。

他哭埋着头，惨然的泪笑了起来。

“……怎么会这样……怎么会这样……”

他哭笑地，惨然自喃。

赵主任无言。

“——瘫痪了……手脚都不能动，身子也不能动，吃饭也不行，连转一转头都做不到，那……那我和植物人，又有什么区别……”

陆至诚哭笑地，恨天的，悲泪自喃着。

“那，那不一样啊，你有知觉，而且头脑是能够完全清醒的，这和植物人不一样——”赵主任忙安慰说。

陆至诚一时却是更悲惨地泪笑了起来，“……有知觉……头脑清醒……呵，有知觉……头脑清醒……一个有知觉、头脑清醒，活着却只能是明明白白等死了的植物人!!!! 连植物人都不如!!!! 连植物人都不如啊!!!!!”陆至诚哭泣地恨笑抓紧了自己的头，“为什么……为什么……天啊……活着却只能等死……活着却只能等死……为什么要我这样活着却只能等死了啊!!!!”陆至诚恨狂地猛哭抓着自己的头发，“我不相信!!! 我不相信!!!! 我不相信!!!!!”

陆至诚悲惨地哭泣着。

赵主任心中被今往联想起的许多感慨包绕着，心中愈是惘然、抱歉。

他很想再安慰陆至诚，可是连他自己都觉得，一切的安慰，在这一刻，都是那么的虚假与苍白。

他只是无言地搀扶起了陆至诚。

哭吧，哭了好受些。

赵主任心里想。

天乌莽莽。

胡珊，还在静静地等着陆至诚回来。

风呼啸。

陆至诚，绝望地，颤抹干净了泪。

“那……那两个和我病一样的和尚，后来……后来怎么样了……”

陆至诚强静地抓着自己的膝盖，声音里都好像是在滚着泪的，发抖问。

赵主任沉默了一会儿。

一个，第二年就彻底瘫痪了，到第四年的春天，就死了；另一个，是在第三年冬天彻底瘫痪的，而在彻底瘫痪后，也就只再活了四个月。

赵主任，还是坦白地说。

陆至诚颤抖地安静着，颤抖地安静着。

他僵硬地，自嘲的，笑了笑，泪，却是再一次就滂沱而出。

陆至诚，再次悲狂痛哭了起来。

“我不信!! 我不信!!! 老天不会这样对我的，不会的!!!!”陆至诚痛哭地紧紧求握住了赵主任的手，“再重新帮我检查一次，重新帮我检查一次!!! 求你了!! 求你了!!! 一定是弄错了，一定是弄错了!!! 求你，再重新帮我检查一次——”

陆至诚悲绝地哀求着赵主任。

赵主任顿着。

好吧。

赵主任悯悲地说。

赵主任走回了办公桌。他拿起了 个信封，“这样吧，如果是再在这里帮你重新检查呢，我想，也没有什么意义了——你要是想重新再检查清楚你的情况呢，我建议，你去上海的×医院，他们的神经专科，是全国首屈一指的，检查仪器也是全部从日本进口的，要远比我们这里好，检查的也更精确。你去试一试，或许——我和你一样希望，真的是我们这里的仪器犯了错——”赵主任在信封的背面写了一些字，“这是×医院的具体地址，还有田教授的联系方式——”赵主任将一张名片放入了信封中，“你到了那里以后，找到他，将这信封和名片给他，和他说一下，他认得我的笔迹，会多方便你一些的——”

赵主任将信封交给了陆至诚，“你什么时候准备好了，决定去上海以前，先给我打个电话，我会帮你联系好田教授，让他尽量最先将时间留着，安排好仪器——”

陆至诚一时仿佛真的是重新又看到了一线希望的，紧紧抹去了泪，“谢谢你——”他感激的道谢声中，都还是带着泪的余哀，“刚才，对不起了——”

“没事——”赵主任宽慰地笑了笑，拍了拍他的肩膀，“总之，还是希望，不管最终怎么样，你都要想开一些——有时候，人的心，也是真的可以创造奇迹的，你要相信——”

陆至诚枯绷如被千筐寒硬的石头给凛压紧挟着的，沉重离开了。

赵主任默坐了好久，不禁，摇了摇头地，长长哀叹了一口气。

风云萧森。

胡珊又看了看时间。

怎么还没有回来啊？

胡珊的心头，突然，渐渐的，就又是爬上了莫名的惶惶。

桌上暖暖好吃的饭菜、点心，都在慢慢的，变凉了。

陆至诚的双腿里，就仿佛是被灌了霜岩一样的万斤铅。

他麻木的，一步步，一步步，机械地苦重颤栗僵走在凛冽的寒风中。

风，还在如世间最锋利的冥酷刀剑一般，砍削着他的脸、他的身；风，还在如世间最狂虐的无情号笑一般，震撕着他的耳、他的心。

他一点也不觉得痛，他一点也不觉得冷；他什么也都听不见了，他什么也都看不见了。

错了，错了，一定错了，一定错了。

他只是手里一直紧紧地捏着那一只如同唯一是最后还能改变末日审判的鸿毛信封，脑子里如机械一般，不断地说着，不断地说着。

他麻木地走着，麻木地走着。

千万筐的寒硬巨重的岩石，都仿佛是被一根细细的头发丝还吊着；千万涛如雷的狂洪，都仿佛是被一层薄薄的脆玻璃还挡着。

一定错了，一定错了，错了，错了。

他不断地拼命重复着，说着。

他不可以断，他不可以碎。

他不知道，他的脸上满是泪。

他不知道，他撞翻了人家的一辆自行车。

他不知道，天在哪里，地在哪里；他不知道，他是从哪里来，又是在往哪里去。

他没有看见，他正走向着的前面，是一棵早已枯死了好久的树。

他没有听见，他的手机，已经响了好几遍。

胡珊开始焦灼。

她不知道，他为什么一直没有接电话。

饭菜、点心，都已经热过了第二遍。

陆至诚重重地撞在了枯树上，才一时知道，自己是重重地撞在了枯树上。

他僵麻的，在树下蹲坐了下来。

乌霾的漫天阴云，沉昏的幽暗大地。

万物刍狗。

枯树下，一个枯坐着的人。

一个枯坐着，在哭泣的人。

这不是真的，这一定不是真的。

他颤抖地哭泣着，还在拼命地不断对自己说着。

天啊。

苍天啊。

苍莽无际的呼啸的风。

在风中轻瑟的枯树。

尘土随风扫扬，灰冷殇尽飘荡。

无数巨重的霜岩，如海洋一般地，汹涌包围淹窒着陆至诚。

陆至诚紧紧地擦拭着不小心寒掉在了信封上的苦泪。

不会的，不会的，不会的。

他哭着，依然拼命地，不断自说着。

呼啸的风音，微嚣的街声；隐隐随风传来的远处钟楼上的钟鸣，呜呜被无声地掩埋在了尘音里的悲泣。

天地一锦瑟。

风声尘音，钟鸣悲泣，都一样仿佛，只是永恒的命运之手，在天地间，最不经意的轻冷拨奏。

谁又真能听透。

江南哀曲。

风，不断地吹干着陆至诚的泪；陆至诚的泪，不断地洇湿着风。

正紧紧地泣抹去泪的陆至诚，突然，听到了一曲《甜蜜蜜》。

甜蜜蜜。

他忽然才想起，这是自己的手机铃。

他僵抖地掏出了手机。一看，是胡珊。

他颤木着。

铃音，还在抖奏着，那似乎能永恒幸福的旋律。

甜蜜蜜。

陆至诚死死地拼咬着自己的唇，深深极了力地促吸了两口气。

胡珊提心焦灼的，依然还在静静地听着"嘟——嘟——"的声音，等。

陆至诚的手指，僵麻颤抖地，按下了接听。

他面对着灰冥冥的枯树，拼力的，扬脸欢笑着。

"喂，至诚哥，你还在医院吗——检查出来了吗？还好吗？——怎么一直都不回来——你还好吗？"胡珊提心焦急的，不禁灼声连问。

"哦……我……我都好啊——就回来了，我就要回来了——呵，今天不巧，等了好久才轮到我检查，这不，刚完，把时间给拖晚了——"陆至诚一只手拼劲地抠抓着面前的枯树，奋力地笑着，笑着，"放心，我都……都好，都好——什么事都没有——都好——"陆至诚的手指，钻心的痛。

胡珊听见，陆至诚的声音，竟是，有些哑，哑得竟就好像，好像——她记忆中曾有过的，他的痛哭。

她的心头，突然莫名而强烈的，就瞬割过了一道无由的不祥，与惶惧。

"……至诚哥，你——你声音怎么了？——你……你真的还好吗？"

"——呵——呵——你看你，瞎想到哪去了——我刚才、刚才在路边买了罐可乐，喝的时候不小心呛了，呵，到现在还一直不太舒服，想咳，呵——我真的没事，都好，啊，没事——不要担心——我怎么会被打伤呢，对不对，你要不信，一会儿我回来给你看医院开的结果单，好不好——呵，不要担心——我就回来了，啊，呵——”陆至诚笑说着，手指，紧紧地抠在树皮上，都已经泛了青。

胡珊听陆至诚这么一说，心里的提紧，倒也是单纯贴信地一时就放了下来。

“对了，我刚才都打了你好多电话，怎么你一直没接啊——”

“——哦——是刚才也不知怎么的，可能路上不小心擦按下了静音键，这手机——后来我刚巧也是想给你打电话，拿出来，才刚好就看见了你来电——呵呵——”

“怪不得呢——我刚才老打你电话不通，你人又这么晚了一直没回来，都担心死我了——至诚哥，你快点回来啊，我今天又去多买了一些菜，做了好多好吃的，等你回来吃呢——”

“呵呵，好，好，我就回来——你先吃，别饿着——”

“不嘛，等你回来一起吃——”

“好，呵呵，好——”

“至诚哥，你知道吗，刚才早上你走了呀，我一直都在心里祈祷呢，跟老天说，你一定要没事的，哈——太好了——都是你那破手机啊，害我担心了这么久——”

“呵、呵——傻丫头——”

“呵——那就这样——”

“……等等——”

“——怎么了？”

“……小珊——我爱你——”

“呵——傻哥哥，我也爱你啊——好爱好爱你——”

“……呵——那就这样——”

“嗯——等你哦——”

陆至诚笑着，笑着，听着胡珊先挂了电话的声音。

“啊——!!!”

陆至诚悲泪滂沱而出地哀号了一声，便是不能自已地，痛惨地哭泣着，狂打起了枯树。

树屑纷纷。尘土零落。

他悲哭着，颤栗地无力头靠在了树上。

为什么，为什么啊。

陆至诚无力的，向天哀扪。

胡珊快乐的，又去重新热起了菜。

胡珊欢喜的，轻轻哼起了幸福的好听歌儿。

风，还在不断地吹干着陆至诚的泪；陆至诚的泪，还在不断地洇湿着风。

枯死的树，依然还好像一只挣扎着伸向着苍天的大地之手。

陆至诚想起了，曾经的那一场大火前，那一棵，也是好像挣扎着伸向着苍天一般的手的断树。

陆至诚痛哭失声。

为什么，为什么啊。

陆至诚痛哭哀喃。

为什么千辛万苦地艰走到了今天，却是这个结局？为什么万水千山地跋涉过了一切，却是这个终果？不!!! 不!!!!!

陆至诚想起了，自己和胡珊，在熊熊的大火中，一起手牵着手往外逃；陆至诚想起了，胡珊在焚身的围焰中，流着血泪，拼命救他；陆至诚想起了，自己在昏迷中，听到的断肠哀颤那一句：至诚哥，我来了。

天啊，天啊，为什么？

陆至诚悲哭痛扪。

为什么死别生离地好不容易泥泞爬到了现在的黎明，眼前，却是一片万丈深渊？为什么泪干肠断地那么艰难苦求盼到了如今的相聚，转眼，却是半身已入黄泉？

天啊。

“小珊，我爱你，求求你，求求你，勇敢一次好不好，回来，回到我身边，回到我身边好不好——小珊——小珊——”

“……对……对不起……对不起……至诚哥……从今往后，你……你永远忘了我吧……永……永永远远……忘了我吧……不要……不要再想起我……也不要……不要再爱我……就……就当这世上……从来……从来都没有过我这个人……没有过……没有过一切……”

“不——不——为什么——为什么——”

“……因……因……因为……因为……我……我……我……我已经怀上梁啸刚的孩子了……”

——小珊……是你吗？

——是我……至诚哥。

“呵——你知道吗，刚才我看见你骑着这辆自行车，一下子就想起了你老早以前那时候的样子，我们真好像是兜了个圆圈圈。”

“现在好了，圈圈兜完了，以后，会是一条又宽敞又漂亮的平坦直路了。”

“嗯——”

——至诚哥，我答应你，这次，一定不会再让你等久了，我想，老天一定会帮我们的，说不定，等明年江南的桃花开了的时候，我们就又可以像从前那样的，一起去看了。

——傻丫头，傻丫头，没有关系，没有关系，是春夏秋冬也好，是多久多久也好，我都等着，等着要正正式式地，娶你过门，娶你做我一生一世，永永远远的妻子。

“上天已经这样疼我们了，我现在，只想好好珍惜，珍惜你，珍惜我们的一切……小珊，在这世上，我们其实已经是幸福的了……风缥风缈，又有多少丝缕可以像如今这样，被恩赐到我们的手中……一切都已经足够了……足够了……”

“呵嗯——而且，我们都不会再放那风儿走了的——它想逃也逃不了呢——”

——我们啊，以后，还一定会有一个真正是我们想要的孩子啊。

“你要是喜欢呀，以后我们就常来。”

“哈，再来个五六次啊，我怕就是要胖得走不动了，哪还能上山。”

“那容易，我背你。”

“那好啊，你说的，以后我走不动了，你可得背我，背我一辈子。”

“十辈子、三十辈子都背，猪八戒背媳妇，越背越乐儿。”

“哈呵，你才猪八戒媳妇呢。”

——要是能去那边的湖看看，更有多好啊。

——那行呀，又不难，等以后什么时候方便，我和你一起出城去，去看心青湖。

——真的？

——真的。

——那我还要坐船，去湖里玩。

——好，坐船，去湖里玩，我们一起坐船去湖里玩，我们还要在船上钓湖里的鱼。

——我们要钓好多鱼，还都是大的。

——对，好多，还都是大的，嗯，最好是鲈鱼，好吃。

——哈，你还吃啊。

“那小树林，都还和以前一样。”

“你看这夕阳，也还是和以前一样啊。”

“真想快点到春天，快点到桃花开。那时候，我们一定已经可以真的有一个我们的家了。”

“至诚哥，等春天来了，我们一起去放风筝，好不好？”

“好，放风筝，我们一起去放风筝。”

——至诚哥，以后，我们老了，一起坐在月光里，还这样一起唱歌。

“小珊，到我们老了，我和你，就还像小时候一起那样，一起站在阳光里，玩剪刀、石头、布，好吗——”

——我等着，等着真正可以再为你戴上它的那一天。

“……所以，不是说，你怎么会得这种病，而是……而是你其实从一生下来起，身上就已经潜有了这种病——”

陆至诚痛哭哑声。

难道一切本早已注定？难道这就是真的命运？难道一切的挣扎与奋争原来就只是徒劳？难道所有的幸福与希望本来便只是影泡？难道人生的最后真相原来便只是彻底的绝望？难道活着的真正结局本来就只是残忍的破亡？难道一切的追求与执著本来就只是苍天的嘲笑？难道所有的欢乐与憧憬原来便只是命运的噩谑？

不会的，一定不会的。

陆至诚咬着牙，拼劲想。

对，不会的，不会的。

风声呼呼。

我已经逃过一次死了。

我已经逃过一次死了。

这次也一样，一定。

一定。

陆至诚紧咬着牙，不停地铁想着，擦干净了泪，便是在枯狂的风中，颤栗着，重新又韧站了起来。

要回去了，要回去了。

她还在等我。

还在等我。

陆至诚铁铮铮地想着。

先瞒着，要好好瞒着。

他不停地仔细坚硬叮咛着自己。

不然要她怎么受得了，怎么受得了。

陆至诚泪却不禁一下子又是涌出了的，难过想。

他紧紧地擦干净了泪。

街上，还是那么浓烈洋溢着的暖暖圣诞气氛。

可爱的圣诞老人，漂亮的彩色气球，灿烂的流光圣诞树。

平安夜，还要和她一起去吃饭的呢。

她说要穿那套漂亮衣服的。

一定没事的。

陆至诚蹒跚地走着，又是想。

保佑我。

他心哭着，乞求。

风呼呼。

胡珊还在静静地等着，等着。

她有些疑惑地看了看时间。

桌上的饭菜、点心又凉了。

可是、可是，万一，万一是真的，怎么办？

陆至诚,还是崩溃了。

一小时又三刻钟过去了。

胡珊还在等着陆至诚回来。

她又打了陆至诚两个电话,都没人接。

她一直,焦惑,而不禁又是提起了心的,看着时间。

饭菜、点心,都已经热过了第五遍。

胡珊,还在等着陆至诚,回来。

"咚、咚——"

两声有些闷重的拍门声。

胡珊一下子刹释而都没有仔细听这敲门声的,就是飞奔去疾开了门。

"怎——"

胡珊一边忙开门,一边就是已不禁紧关切地想问陆至诚。可是她半个字还没有说完,便已是刹然地大惊才发现,门外,原来不是陆至诚,而是梁啸刚。

她刹的就想将门关上,梁啸刚却是猛一手,已将门大推了开来。

胡珊一个踉跄后退,差点摔倒。

梁啸刚闷森的,走了进来。

"哟嗬——他不在——"梁啸刚四望了一下,不禁就是松了肩地轻甩了甩手,冷笑了,说。梁啸刚森笑看向了胡珊,"看来今天事情好办多了——"他冷指了指胡珊,"跟我回去——不要让我动手——"

"不,我不回去——我不回去——"胡珊一时惊恐而无助的,不禁下意识的就是连连惧退着,却依然还是丝毫也没有退摇的,坚定无比地毅决说。

胡珊一时,已是退撞到了小桌台旁,再也退不下去了。

胡珊脸上,紧紧的恐白。她无助无措地一时连手都好像是慌了神,不由魂的就是慌乱在旁边的墙上、身后的桌台上无主瞎抓着,就好像,在墙上、桌台上,有能让她此刻快快逃走的梯子一样。

"妈的,还跟我嘴硬——敬酒不吃吃罚酒——"

梁啸刚恨骂着,就是怒厉向胡珊大步走了去,要动手。

胡珊愈急慌了。

突然,她的手,瞎乱碰到了背后小桌台上的一样东西。

正是昨天梁啸刚落留下来的那一把,弹簧刀。

胡珊一时情急的,慌急无措着,就是忙紧抓起了刀来。

"你不要过来——!!"

胡珊慌惧的,两手缩在怀前紧颤抱抓着刀,声音里都是带着难抑的脆抖的,忙强力大声地喝说。

梁啸刚却是一下子,不禁便哈哈森然地大笑了起来。

他轻蔑而眼里带着血丝的,嘲讽看着胡珊,"胡珊,你知道你这辈子最大的错是什么吗——那就是,你一直妄想,要追求你想要的生活。哈哈哈——胡

珊，追求，这两个字，真的太不适合你，太不适合你了——”梁啸刚森然地带了几丝血丝地嘲笑着，寒讽地轻摇了几摇自己的手指，“你知道吗，这世上，就算是没有我梁啸刚这个人，你也一样，早晚会必然明白这一条——你这辈子，都不可能追求得到任何你想要的一切。因为——”梁啸刚寒血地故意伸长了一些脖子，向着胡珊，厉嘲的，有意的森压低着声音，“你骨子里，就是一只不会飞的鸟——你骨子里，就是一只没有翅膀的鸟——哈哈哈哈——过去是这样，现在还是这样，以后，一样也还会是这样，你这一辈子，都只能会是这样——哈哈哈——”梁啸刚不禁又是眼里带着血丝的森笑了起来，“你知道吗，我始终最可怜你的，就是你从来都不能真正地明白这一点——而我始终最恨的，就是你不仅不明白这一点，还一直瞎了眼，要跟着陆至诚那个其实也是和你一样没有翅膀的王八鸟往绝路上去！！往绝路上去！！！”梁啸刚恨血一时溢了眼，连嘲讽都蜕变为了恨骂，“你知道什么才是翅膀吗？你知道什么才叫追求吗？”梁啸刚目光如剑的直视着胡珊，眼底溢着鲜红，“让我告诉你，让我今天告诉你——那就是，攻击的能力，攻击的能力！！你有吗？你有吗！！！”梁啸刚恨激的厉说着，便是不禁便又跨前了一步。

“不要过来——！！！”

胡珊吓得，愈紧地抱抓着刀，脆抖地强喝。

梁啸刚眼里泛着恨红，怒得即刻便想上去抓牢她。可是，胡珊吓惧得紧紧怀抱着连刃都还没有弹出来的刀的样子，却又是真的很莫名的，就像一根针，刺在了梁啸刚的心窝里。

“你看看你，连刀的刃都还没有弹出来——你抱着刀，有什么用？有什么用！刀不是用来抱着的，而是要用来攻击！攻击！！！”梁啸刚恨、怒莫名一刹极烈飚集的，向胡珊厉骂着，“你说你有什么用？你说你有什么用——你骨子里，就根本没有一点点攻击的能力，你骨子里，就根本不会真正的进攻，你说你有什么用！！——追求？追求？这个世界，本来就不是你死，便是我亡，要想得到你想要的，就一定要会抢，要会抢，就一定要学会进攻、知道伤害，否则，你就连反抗和自卫都一样做不到，因为真正有效的反抗与自卫，同样只能够是进攻——这个世界的本质，就是阿修罗道。——你连拿刀，都是缩着手，只知道把刀抱在怀里，这世上就算没有我梁啸刚，你又一样能追求到什么?！！你甚至就连最起码的保护自己，都不可能做得到！！！！——没有翅膀而想飞，除了坠落，又还能有什么？有什么！！！”梁啸刚恨怒交集而又莫名痛苦地向胡珊厉说着，心头一阵无由的欲泣，“陆至诚那文棍王八蛋和你说过这些吗？他会和你说这些吗！！啊！！！——他骨子里，也就是一只和你一样没有翅膀的鸟！！！他能给你幸福？他会和你有幸福？我呸！！！！他是在害你！！是在害你！！！等你知道后悔，就来不及了！！！！——你天真，他天真，都没有关系，可是我梁啸刚，绝不能就这么看你往悬崖下跳！！！！——跟我回去！！！！！”梁啸刚怒恨厉说着，心里一阵烈涌，便是直就向胡珊走了过去。

胡珊慌紧惧怕的，一时几乎已是声颤带泪，“你不要过来——”

梁啸刚已是逼站在了紧紧抱抓着刀的胡珊的面前。

他嘲讽地寒指了指胡珊手里的刀，“你只要，敢拿它扎我一下，我今天，就不带你走——”

胡珊苍白地紧颤着，苍白地紧颤着。

突然。

刀，从胡珊手中脱落，掉在了地上。

胡珊脆哭着，就是给梁啸刚跪了下来。

“求求你——不要再逼我——求求你不要再逼我了——为什么、为什么你就一定不肯放过我——求求你——”

胡珊哀然的哭求着。

一股滚沸的恨血，刹的就是猛从梁啸刚的脊梁里突进了起来。

“贱货！！你个不知好歹的东西！！！”

梁啸刚咬牙怒骂着，狠狠的就是一把拎起了胡珊。

“跟我回去！！！——回去！！！！”

梁啸刚不由分说的，就是硬拖起了胡珊，往门口走去。

胡珊拼命的哭挣着，也丝毫没有用。

到门口了。

胡珊急灼了的，就是哭着狠狠的，痛咬了梁啸刚。

梁啸刚恨、怒、痛、刺一刹都激集了的，猛一巴掌，便是扇翻了胡珊。

胡珊重摔在了地上。

梁啸刚看着手腕上的牙印，恨怒血充着眼，心口里，却是又莫名的一阵烈剜。

空气里，一时一阵涩弦的安静。

梁啸刚心里的烈剜，一时连他眼里的恨怒都淹没了。

“我忘了，兔子逼急了，也知道咬人——”梁啸刚心剜的剧痛颤着喉，连指尖都仿佛在被针刺一样的，也不知道究竟是自嘲还是嘲她的，森然就又是低哈地有些森惨地笑了起来，“——可惜啊，逼急了知道咬人的兔子，终究也还是兔子。往地上掉下去的鸟，再怎么扇它的两只肩，也一样，还是没有翅膀——”梁啸刚眼里的鲜红腥了起来的，就是凌厉的，重新又看向了胡珊，“而你，知不知道，你刚才咬的，是唯一——”梁啸刚血寒上前，低森的，一把便是厉抓起了胡珊，“——是这世上唯一——能给你幸福的人！！！”

梁啸刚一刹咆哮着，就是将胡珊摔在了地上。

“不知好歹的东西！！”

梁啸刚恨、怒、痛、刺极的骂着。

胡珊落泪的颤抖着。

“梁啸刚，你今天就算带了我回去，我也一样，早晚都还是会跑出来的——你就是关得了我一时，也关不了我一世——我是一定，要和你离婚的——”胡珊脆泪地撑了起来，已是作好了最坏打算的，依然坚定不渝地牢固说。

梁啸刚飚恨得一刹头发根里仿佛都冒出了血来。

他怒厉暴踹了胡珊一脚。

“他有什么好！！他有什么好！！！”梁啸刚痛巅恨疯的怒狂骂着，“他根本就是个窝囊废！！！他根本就是个只会拿嘴巴骗人的文棍！！！他根本什么事都不会做！！！他根本什么事都做不好！！！他根本什么都给不了你！！！他根本不可能给得了你幸福！！！！只有你才会瞎了眼！！！只有你才会瞎了眼！！！！”梁啸刚恨抓起了胡珊，向她厉狂的咆哮着。他的嘴唇，都溢出了森森的血丝，“他自己，都根本就是一只不会飞的鸟，怎么可能让你幸福？怎么可能让你幸福！！！——以前，你和我在一起，笨一点，糊涂一点，都没关系，没关系——因为，因为，要是你想飞，有我，有我呢——”梁啸刚痛直钻心的，抽搐着，声森低嘶地不禁心都颤着的说着，“我甚至、甚至在今天以前，也都从来没有想过，要真让你明白这些，要让你明白你自己，和明白这个世界——是我舍不得！！是我舍不得！！！！你懂不懂？你懂不懂！！！！”梁啸刚眼里的血层裂了开来，溢出了一些已再也受不了痛了的泪来，“可是今天，我一定要让你明白这些！！一定要！！！——因为，我要让你真正地看清楚，什么才是生路，什么才是绝路！！！！”

梁啸刚吼啸着，便是血泪溢着眼的就去捡起了那把刀，塞在了胡珊的手里。

他紧紧地将胡珊的手抓牢着，为她弹出了刀刃。他牢抓着她的手，便是将刀尖抵在了自己的心口。梁啸刚血激泪盈的厉瞪着胡珊，“我给你机会，我给你机会！！！——你今天，只要敢拿这把刀扎我，我就让你跟陆至诚在一起！！你今天，只要敢拿这把刀扎我，我就让你跟陆至诚那窝囊废在一起！！！！扎呀！！！扎呀！！！！”

胡珊哭泣着，哭泣着。

刀，又一次的，掉在了地上。

胡珊蹲在地上，苍白惨然的，泪泣着。

“为什么……为什么你一定要这样……为什么……”胡珊泣然地断续哭说着。

梁啸刚站着。

他的心口，说不上为什么，一刹间，比刀扎还难受。

“——你知道吗，刚才，我不是吓你，你要是真扎了我，我——真的会放你和他在一起——”梁啸刚心中难受的，看着哭泣的胡珊，喉如炭炙，“那样……至少，我也放心了……”梁啸刚哽滞着，哽滞着，却是森惨的，不禁又自嘲的嘶笑了起来。他寒苦地紧紧抹了一把自己已是不小心流着了泪的脸，“他说我

不为你想，呵，他说我不为你想——真正不为你想的，是他！！是他！！！因为他根本就不懂这个世界！！他根本就不懂什么才是真正的幸福！！！——两只不会飞的鸟在一起，到最后，除了痛苦与毁灭，又还会有什么？有什么！！！——他有让你明白过这些吗？他有让你明白过这些吗！！他自己都不懂，他自己都不懂！！——等你知道后悔，就来不及了！！！！”

梁啸刚怒恨的苦吼着，一下子，就是又去捡起了那把刀，塞在了胡珊的手里。

“我再给你一次机会——我再给你一次机会！！！”

梁啸刚眼裂着血痛的，又一次，森惨的将胡珊手中的刀对准了自己的心口。

胡珊哭着，用力的就是挣开了自己的手，丢开了刀。

“我是不懂，他也是不懂——我是不明白这些，他也是没有让我明白过这些——可是，梁啸刚，我要告诉你，我们根本就不想懂你那些，也根本就不想明白你那些，因为，你是错的，错的——”胡珊一时在坚定与脆弱中也是起了一些激烈的，瑟瑟的，便是用力颤抹去了泪，“难道就只有会伤害别人的人，才能够飞翔吗？难道就只有会攻击别人的人，才能够有追求吗？——天空那么大，难道就一定非要你死我活吗？——一花一世界，一切只在你心中，心在地狱，才会生在地狱，只要你觉得这世界不是阿修罗道，那它就不会是。——我和他，根本就不想伤害任何人，只想可以安安宁宁地就这样生活在一起，你为什么还一定要咄咄逼人，不肯放过我们——我只想和你和和气气的分开，什么都不要你的，你为什么都不肯尊重一次我的选择——你为我想，那为什么就还是要一直这样逼我——”

梁啸刚心如刀剐地剧痛着，不由一刹，便是狂恨了起来，“可是你和他在一起，根本就不可能有幸福！！！我是——”

“不，梁啸刚，你错了——真正不懂幸福的，是你——”胡珊抹着泪，依然坚决的，便是激打断了梁啸刚，“一切，其实都并不是像你说的那样——这世上，人人都可以飞翔，因为人的翅膀是心，而不是刀——而人的追求，也可以是安宁平定的，善良温静。不需要伤害，不需要攻击。而真正的幸福，它也并不是像你所理解的那样，要这样那样的各种条件和目的来堆成。——幸福，它真正只存在于，人的心里。我和他在一起，是真正心里的幸福，哪怕——就是坠落，或者毁灭，都还一样是真正的幸福着的，那种感情。”胡珊坚定地说着，抹净着泪，“我爱他，他也爱我，我和他愿意一生一世在一起，也只愿一生一世在一起，顺逆起跌都好，生死也不分离，这些就足够了——足够了。”胡珊坚毅地迎着梁啸刚的目光，清楚坚贞地说着，“我和他，都知道什么才是我们的幸福，这，不需要别人来理解，也不想有人来干涉。没有后悔，也不存在后悔。你怎么想怎么说都好，只是，我一定要告诉你，除了我和他以外，没有任何人，可以真正的有资格来说解我和他之间的一切——更不需要。因为，在这世上，只有我和他两个人，才真正知道，我们是这世上多么幸福的人——多么幸福——”胡珊抹净了泪，宁定了一些下来的，抬起头，重新便是又坚定地迎了梁啸刚血红的目光，“——梁啸刚，我还是那希望，希望你可以，答应和我离婚，我们好说好散——可是，你就是不答应，一切的结局，也不会有任何改变。——我这辈子，都只会，和他在一起了。生死都不变。——谢谢你说的为我想的那一切，可是，我们想的都不一样——希望，你可以尊重一次我的选择。”

梁啸刚不禁恨狂一嚎。

他看着坚定而已是连那刚才一直有着的怕他要带她走的惧色都没有了的胡珊，心口里，顿猛又是一阵极剧的剜剐。

他自嘲地血惨寒笑了起来。他寒搐地笑着，寒搐地笑着，忽然，便是有如才真正地寒惨嘲透了一切的，愈搐了的痛颠自擂了起来，“我傻呀，我傻呀，我错了，我一直都错了——其实你们都会伤害，你们都会伤害！！——你们最会的，就是伤人心，伤人心！！！”梁啸刚心如刀剐的剧痛着，惨嘲着，便是搐笑指向了胡珊，“——可怜啊，可怜啊——你知道吗，只会伤人心，是最没有用的一种伤害——因为，因为，它不仅带给不了你任何真正的幸福，还会、还会，伤透真正能给你幸福的人，真正能给你幸福的人！！！”

“——对不起——我们谁都不想伤害你——”胡珊弱而正地，依然站立的，迎着梁啸刚的目光，声音中轻却依然坚定不改的说着，“我和他，从一开始，就只不过是想要安安宁宁地可以在一起，平平静静地过我们自己的生活——我和他，谁也没有想过要来故意伤害你，是你一直在不肯放过我们——你为什么就一定要这样呢——就当是我蠢，就当是我走绝路，你为什么就不能放手，让我去蠢，让我去走——”

“因为我爱你啊！！！你不明白吗！！！你难道不明白吗！！！！”梁啸刚恨搐颤极了的狂打断了她的话，一下子迸吼。

一行泪，刹的，却就是从梁啸刚眼里涌了出来。

空气里，一秒钟的涩默。

“——对不起——可是我不爱你，从来不爱——”胡珊看着紧抹泪的梁啸刚，心头莫名软了软，却终还是，轻然，坚定地毅决说，“我心里，从来，都只有他——”

风呼呼。

陆至诚一步步，一步步的，正在走向小屋。

他重新又仔细的，擦净了几下脸。

他怕自己的脸上，还会残有泪迹。

他努力的，让自己笑了几下。

是啊，怎么会有事呢，不会的，不会的，一定。

他努力的笑着，不停地在自己的心里，背诵着。

陆至诚，一步步，一步步，蹒跚地走向着小屋。

还要有家呢，还要有家呢。

他不停地，笑撑着自己。

陆至诚走近了小屋，才突然是一愣地看见，小屋的门，没关上，虚掩着。

他在门外，听到了争执声。

梁啸刚寒惨地，森嘲地，自笑了起来。

“你不爱我……你不爱我……哈哈哈哈——”梁啸刚森讽的自嘲长笑着，“瞎了你的眼!!! 瞎了你的眼!!! ——幸福? 你真以为你和他在一起会有幸福?!!”梁啸刚擂胸的怒吼了起来，“你看看，你看看，他让你住的这是什么地方? 他让你住的这是什么地方!!! 我给你一个金丝窝，让你天天吃得好，穿得好，用得好，你不要，来这种狗地方——你犯贱!! 你犯贱!!! ——我告诉你什么是幸福，我告诉你!! ——幸福，是看得见，摸得着的一切，是实实在在有着的一切，是吃，是穿，是用，是人活着生活着必须要有的一切!!! 一切!!!! 陆至诚要花一辈子才能给你的一切，我只要花一天就能给你!! 全给你!!! ——你不要天真了一时，后悔一辈子!!!! 幸福? 幸福? 你不要傻了!! 不要傻了!!! 一个人要是连饭都没得吃，水都没得喝，还怎么可能谈幸福——”

“不，梁啸刚，你错了，你还是没有懂——一个人，生活在这世上，过得幸不幸福，一点都不等于他过的是什么样的生活，锦衣玉食也好，吃糠咽菜也好，幸福，这个世界上真正意义的幸福，永远只存在于，也永远只可能存在于，人的心里。生活得好的人，有觉得幸福的，可是也有觉得不幸福的；生活得不好的人，有觉得不幸福的，可是也有觉得幸福的。——我爱他，愿意和他在一起，也只想和他在一起，他是做天子也好，做乞丐也好，我都一样不会变；是会和他一起吃龙肉也好，是会和他一起讨剩饭也好，我都一样永远陪着他。因为我爱他。永远爱他。永远只爱他。只有和他在一起，我才真正地感到幸福，就是有一天，会真的和他一起饿死、渴死，我也觉得幸福，一生都幸福——永远不后悔，永远都不后悔——”

“放屁!!! ——啊!! ——啊!!! ——你信不信、信不信我让人打断他的手和脚! 我让他变成一个瘫子!! 我让他变成一个残废!!! 我让他手不能动，脚不能动!! 我让他饭也不能自己吃，衣也不能自己穿!! 我看你到时候，还知不知道什么是幸福!!! 我看你到时候，还知不知道什么是后悔!!!!”

“——梁啸刚，你知道吗——好几年以前，那时候，我还没有和你在一起，有一回，他问我，假如以后，有那么的一天，他生了什么病，这一辈子手脚都不能再动了，自己不能再给自己穿衣服，自己也不能再喂自己吃饭，一辈子都只能是一个没有用的瘫了的废人，那我，还愿意一辈子都陪着他吗——我告诉他，他手脚是可以动也好，不可以动也好，是一个没瘫的好人也好，是一个瘫了的废人也好，我都最爱他，会永远陪着他，一辈子也不离开他。——我跟他说——你要是有一天，真生了什么病，这一辈子手和脚都不能动了，那我，就是你的手和脚，我会一辈子都陪着你，一生照顾你，你自己不能穿衣服了，那还有我可以帮你，你自己不能吃饭了，那也还有我可以喂你。——我说，只要可以和他在一起，那哪怕以后的日子再怎么苦，再怎么累，我也愿意；只要可以陪在他身边，那么以后的日子顺心也好，不如意也好，我都一样觉得幸福——”

门外的陆至诚，早已是长泪入地。

他就好像是凛风中的一片残破枯叶。

流泪着的枯叶。颤瑟着的枯叶。

依然在风中坚撑着的枯叶。

天啊。老天啊。

他紧擦着泪，不停地，死命死命紧擦着泪。

天地锦瑟，还在随风飘漫着，人世无声之大音。

命运之音。

永恒之哀音。

千秋红尘，谁能觉透。

胡珊咽下了喉间一时不禁随忆沧苦滚起的一阵烈烈哽咽，眼眶里不禁还是汪着那远逝了的许多桑田碧海所一刹让人不由溢起的苦泪的，重新抬起头，依然坚定的，还是面向着梁啸刚，继续又说了下去，“那时候，我还和他说过，我和他两个人在一起，以后就算会是风风雨雨，坎坎坷坷，也都不会离开他，再苦再难，也不怕，我会永永远远地陪着他，一辈子都和他在一起，再也不分开了——”胡珊一刹不禁泪浓，又是伤烫的苦咽了哽咽，“——我已经错过一次了，我也已经后悔过一次了——”她咽下了不禁的泪，便是苍涩地重抬起了头，“——那时离开他，是我今生最大的错，而嫁给你——是我这辈子最大的后悔。——我今生今世，都再也不会让自己重新再错一次，重新再后悔一次了。绝不会，死也不会了。——所以，梁啸刚，随便你还要用什么手段，可是，我要告诉你，一切的结果，都不可能再有一丝一毫的改变了。生也好，死也好，我都只可能，一生和他在一起了——”

梁啸刚脸色铁青，“胡珊，我也要告诉你，你现在所做的一切，才真正是错！！才真正会让你后悔！！！——你是一时天真没有关系，可是我，绝对不能看你这样走绝路！！！他根本就给不了你幸福，根本就给不了！！！只有我，只有我梁啸刚才能给你幸福！！！只有我梁啸刚才能真正让你过得幸福！！！！我是为你好啊！！！我——”

“梁啸刚，你怎么就还是要这样呢——你为什么就始终不能想想别人的感受、别人的想法呢——你为我好，那我都说我过得很幸福了，你为什么还是要这样纠缠着不放——你为什么就不可以尊重一些我的感受和选——”

“可是你是错的！！！你——”

“难道就只有你才是对的吗——请你不——”

“我爱你啊！！！我是爱你才为你——”

“——可是我不爱你！！”胡珊一刹激然彻底斩钉截铁了的，便是坚断烈说，“我不想和你在一起！！不想！！！”

空气里一刹铁默

“我幸福也好，不幸福也好，都不关你事。——请你不要再这样下去了——”

胡珊顿了顿，便是坚决而绝毅的，依然重新又看向了梁啸刚，声音中轻却韧韧清晰的，固然断然说。

梁啸刚心绞撕着，绞撕着，突然，便是血眼地森烈自嘲的嘶笑了起来。

他笑着，笑着，心里就好像在淌血。

“……你不爱我……你不爱我……”梁啸刚心撕地渗泪嘶笑着，“……你不想和我在一起……你不想和我在一起……”

两行泪，刹然不禁的就是奔在了梁啸刚脸上。

胡珊心上，莫名，又是就好像，被什么沙包给重重地沉陷了陷。

“对不起——我从来……爱的就只是他——”胡珊凝顿了顿，还是坚贞重定的，就是又转过了脸，直面看向了他，静沉的，依然不渝地说。“梁啸刚，我们还是好说好——”

“不——！！”梁啸刚一把紧抓净了泪，断厉狂吼。

陆至诚，也已是紧紧彻擦净了泪。

“……你从来爱的就只是他……你从来爱的就只是他……我知道……我知道！！！”梁啸刚疯嘲狂恨了的，就是一刹暴雷咆哮了起来，“我知道你不爱我！！我知道你从来不爱我！！！可是我爱你！！！我爱你！！！！”梁啸刚恨怒疯飚了的彻狂大嚎，“我要你和我在一起！！！我要你和我在一起！！！！你只可以和我在一起！！！！你只可以和我梁啸刚在一起！！！！！一辈子！！！！永远！！！！永远！！！！你是我梁啸刚的老婆！！！！你是我梁啸刚的老婆！！！！！我要你一辈子和我在一起！！！！！你只可以——”

“再没有任何人，可以逼胡珊了——”

一个冷冷沉硬的声音，坚重地打断了梁啸刚。

小屋虚掩的门，被推了开来。

“她不会再听你的，我也不会，再让她听你的——”

陆至诚寒峻的，重步走了进来。

“至诚哥——”

胡珊一刹，不禁讶喜交集。她疾奔向了陆至诚。

梁啸刚眼中血腥。犹沸而愈烈的疯狂恨怒，集如千箭尖。

“梁啸刚，我从来没有否认过，你爱胡珊——可是，”陆至诚撑强的说着，前走半步，下意识地已又护挡了胡珊，“你始终，还是更爱你自己——”陆至诚静峻地面对梁啸刚说着，“就算你说的都对，我给不了胡珊幸福，可是，假如，现在，胡珊是要和一个比你更出色有钱、富贵权重的人在一起，你要花一天才能给胡珊的一切，他只要花一小时就能全部给胡珊，那么——你又真的会放手

吗？”

梁啸刚牙关作响，眼中迸血，拳握得铁紧。

“其实，不在于，幸福究竟是什么，也不在于，谁到底能给谁幸福——而在于，在胡珊的感受需要和你的感受需要之间，你为什么从来就不能为她——”

“放你的屁！！！”梁啸刚怒洪一刹就决了堤的，一下子就是冲抓住了陆至诚的衣领，“你还不是和我一样！！你还不是和我一样想要胡珊和你在一起——”

“你说的没有错，我是和你一样，我是和你一样想要胡珊和我在一起，可是——”陆至诚被紧抓着，也没有反抗，“如果胡珊对我说，她不爱我，她不想和我在一起——”陆至诚安冷地看着梁啸刚，“我就不会，像你现在一样——”

梁啸刚恨极怒吼一声，便是愤就将陆至诚狂按向了墙。

陆至诚丝毫也没有反抗。

“我告诉你，陆至诚，我告诉你！！！我是不知道，如果真有比我更好的男人，真有比我更能给胡珊幸福的男人，我会怎么样——可是、可是，”梁啸刚血腥地看着陆至诚，血腥地看着，忽然，便是毒嘲的狠笑了起来，“可是起码，我绝对、绝对不会，让胡珊和你在一起！！！绝对不会！！！！——怎么，今天没力气了，啊？昨天被我打趴了，今天打不动了？是不是？哈哈哈——你看看你，就跟条死狗一样，连打架都不是我的对手，还跟我抢女人——我呸！！！”

陆至诚忽然，也是哈哈的笑了起来。

他嘲讽的，依然没有反抗的，轻蔑看着梁啸刚，“梁啸刚，你真的是一点进步都没有——天天打，就不嫌烦吗——你说我们再打，又有多少意思呢——”

梁啸刚大笑，眼中血腥浓，“没用就是没用，找什么借口——你说胡珊要是跟着你这个废——”

梁啸刚话还未完，突然，便被刹就忽猛如虎了的陆至诚，给一脚暴踹了开去。

梁啸刚还没反应好，就又已是被突刹怒狠了的陆至诚给拖起来，往地上摔了去。

陆至诚从来没有这样发过狠的，就好像是不要了自己的命，也不想再让梁啸刚活了的，要同归于尽一般的，狂打着他。

你为什么就不肯放过我们！你为什么就不肯放过我们！！

你为什么就不能让我和胡珊过几天太平的日子！！你为什么就不能让我和胡珊过几天太平的日子！！！

我陆至诚哪里对不住你了？我陆至诚哪里对不住你了！！你为什么就一定要把胡珊从我身边抢走？你为什么就一定要把胡珊从我身边抢走！！！要是没有你，我和她本来起码还可以多在一起几年，要是没有你，我和她本来起码还可以多在一起几年！！！！

都到了今天这地步了，你为什么还是不肯放过我们！！！！都到了今天这地步了,你为什么还是不肯放过我们!!!!!

我今天就和你一起死!!!!!

陆至诚发了疯的恨海吼啸着,就是狂抄起了一张椅子,就要向梁啸刚猛砸下去。

胡珊一下子疾急的忙慌踉跄扑奔上前,就是紧抱住了陆至诚,急力阻住了他。

“不要啊——至诚哥——不可以——”

胡珊慌惧的紧拦着陆至诚。

陆至诚顿着,顿着,一下子,手里的椅子,就是无力地,松脱坠掉在了地上。

他颤抖的,一刹,难禁的,就是眼里一片滚烫的模糊。

胡珊看见陆至诚眼里起了泪光,心里一刹不禁也一阵有如刀绞。

是啊,为什么到了今天,还不可以放过我们。

她一刹,心里,也是难过的,想。

陆至诚一时也不敢看胡珊的,就是急力止着心悲,咽下了泪。

梁啸刚,费力的,慢慢地爬了起来。

至诚哥,你要不要紧?

胡珊力止下了心里的难过,一时,不禁轻轻问。

陆至诚摇头。

没事。

陆至诚轻说。

梁啸刚,却就好像是在冰窖里一样的,发出了一阵森惨可怖的笑。

妈的,我一拳都没打到他,你说他有没有事。

空气里,如冰窖般的一时僵持与俱默。

梁啸刚很想杀了陆至诚。可是,他却又很莫名的,真的一时,连回打,都不想了。

又能怎么样,又能怎么样。

他只听见,自己的寒如冰窖的心里,不停地,有一个流血的声音,在撕哭地问。

我就是死了,她也不会在乎。

他的心,抖着血。

依然是僵持与俱默。

陆至诚,深咽了一气泪,止着心里难言的伤悲,一时,就是明白想,要先解决了眼前的事。

他顿了顿,就是一时先暂放开了胡珊的手。

他去捡起了那把刀。

胡珊一时不禁恐怕紧张。他轻隐了个手势,要胡珊放心。

陆至诚走到了梁啸刚前面,将刀柄向着他,刀尖向着自己的,把刀递还到

了他面前。

“这是你的，还给你——”陆至诚平重而安沉的，就是静看着他的，说，“你走吧——请你，还是不要再来了——我和胡珊，真的只是想过一些平平静静的日子——你不要再逼我们了。就当是我和她一起，求你成全——”

梁啸刚接过了刀。“我真想——杀了你——”梁啸刚阴狠的，齿缝里透着森的，咬牙恨血说。

陆至诚淡定的笑了笑，“我知道。”他指了指梁啸刚手里的刀，依然说，“可是我还是那句话——你只要杀不死我，我就不可能让胡珊和你在一起，而你要是杀死了我——”陆至诚安淡的笑了笑，“那也一样。”

“你以为我不敢！”

“我知道你敢。”

胡珊的心，一刹就猛提到了嗓子眼。

空气里，五六秒的死默。

梁啸刚森森笑了起来。

“好，好，好——陆至诚，你狠——”梁啸刚收起了刀，脖子上暴着青筋，血森地退了阴笑，“可是你也给我记住一句话——我是绝不会，就这么罢休的。——想和胡珊在一起——做梦！！！！”

陆至诚笑了笑，“——那随你吧。”

梁啸刚恨血的，便是转身，向门口走了去。

胡珊暗松了一大口气。

突然，梁啸刚却是又在门口，站定了下来。

他没有回身的，低森的笑了两声，便是寒嘲的，向着门说：“哎喃，就是不知道，你要是真有你说的那么爱胡珊，那——你又怎么会，和那个——唐梦佳在一起呢——我名字没记错吧？”

陆至诚一刹，突瞬如被刺陷了陷的，不禁，就是错莫，滞顿了顿。

忽然，他觉到了，胡珊，无言地紧紧暖握住了他的一只手。

“不知道，那天带着小姐要去宾馆开房的是谁——”陆至诚也回敬的，说。

森默。

梁啸刚恨恨的，离开了。

陆至诚和胡珊，都明松了口气。

陆至诚一刹不禁还是有些提悬着刚才进屋看到刀在地上时的暗惊的，一时便是紧忙的不禁先是关切的就热揪担紧问了胡珊，刚才她有没有事啊，刀怎么开了在地上，她伤没伤着啊，要不要紧。

胡珊心不禁暖暖的就忙都微笑了安说“没事，没事”，然后简单地便都跟陆至诚说了说在他回来前的那些事。

陆至诚心中一时不禁愈愧紧，自责，都是他回来的晚了。

胡珊都笑说，没事，你看我都好好的。

胡珊一时续想起，便是不禁倒是问，对了，怎么你刚才说了回来，都过了好久。我还又都打过你两个电话的。

陆至诚心中一触震荡。那些刚才被紧况或多或少都给一时压固了些许的哀噩，一刹，便又都是完整的重新复烫翻涌了起来。

他骗她，是他在路上碰见了一个老熟人，那人话特多，老扯个没完，他都说了好几次"那就这样，我要走了"，那人还老拉着他说，他又不好意思多辞，一来二去，就弄晚了。他说，他是在回到小区门口时，拿手机出来看时间，才发现，不知怎么，又成了静音，也才是发现了，她的来电。

胡珊单纯地，随话便释了心，并一时不禁就是乐然笑了起来，笑说，怎么还有这种人啊，真好玩。她跟他讲，笨哪，以后，记得要加设个振铃。

胡珊一时痴痴地说，你知道吗，老等不到你，又没你声音，我有多担心。

胡珊想起来，匆说了一声"对了，等着"，就是忙跑进了厨房去。

陆至诚心中，梁啸刚的纠缠，一时，已又完全的被那突至的哀噩，给吞淹了。

胡珊从厨房出来，笑说："饭菜热一热就好，快的——等你等的肚子都咕咕叫了——"

陆至诚心中，却无由更烈一悲浓。

傻丫头，你自己先吃啊。陆至诚心里疼痴的，刹就想哭，却只能是笑的，说。

不嘛，说好了要等你的。胡珊快乐而痴痴的，开心说。

陆至诚一瞬，心如被巨石猛拉撕。

他赶紧忙让自己收拾起了微乱的小屋。

哎，对了，怎么你在医院什么药都没配回来啊？

胡珊一时突然才是清醒发觉到，陆至诚是彻彻空手回来的。

陆至诚刚巧正背对着胡珊。

他的泪，差点就下来。

他瞬猛的就是狠压下了悲。

没事的。

他疾强心想。

"——噢，本来要配我一瓶红花油，让我自己擦几天，可是我完了去医院药房的时候，刚好人挤——"陆至诚强笑地说着，就是转回了身来，全力的装作轻松而若无其事，"我看那么晚了，就不想排队等了，反正这红花油到处都有得卖，我随便什么时候去路边药房买一瓶就行了——"陆至诚边说，边就是还特别刻意的就是把那张验伤的检查结果单给拿了出来，强笑地给了胡珊，"再说了，呵，我都觉得你给我擦的那药酒效果特别好——哪用得着再多麻烦——"

"不行，医生说要用红花油就得用红花油的——"胡珊不许陆至诚马虎的，认真准定说，“等会儿我去给你买，小区东边就有一新开的便利药房——咦唉，这医生的字真是草得可以——”

陆至诚强笑了笑，看着还在认认真真的看他检查单的胡珊，心中愈是猛一撕。

“哎，对了，那你维生素什么的也都没有配啊——”胡珊一时看完了单子，并没有忘记这一桩的，就是不禁又问，“那神经营养不良要吃些什么药啊——是不是一般药房也买得到的？你告诉我，一会儿好一起去买了——对了，那病也有结果单子吗——”

陆至诚的心，烈抖了抖。

他依然强定着。

“噢——那病的单子……我喝可乐呛到的时候，一时随手，拿它当纸巾擦掉了——想反正也没什么用，呵，都扔了——”陆至诚强笑而装着根本无足轻重的，笑说，“那病……呵，医生要我吃些维生素 C 和 B_1——”陆至诚瞎编了两样，“——呵，都小毛小病，吃不吃无所谓——”

“要吃的，至诚哥——”胡珊给陆至诚放好了单子，单纯贴信而半丝半毫也没有旁想的，就是紧紧关心着他的，认认真真不准他这事马虎的，挚定跟他说，“再小的毛病，那也是毛病呀——我不许你不吃的。——对了，那医生有没有说要吃多久啊？多久才好呢？要不要再去检查的——”

“哦……不用，不用——医生说，吃个一礼拜左右就行了，用不着再查，本来就不是大碍，不吃都行，吃些药就是为了巩固和增强一下——”陆至诚尽可能没有漏洞地编着话，心头，一阵愈压抑的悲。

胡珊依然并没有半点怀疑的，为他的病看来确实是不要紧，比昨天听他初说了没事时的那一时安下了心而更牢稳、妥贴定了的，愈便实实轻松了的，就有些高兴了起来。

“红花油、维生素 C、维生素 B_1——”胡珊微高兴着的，便是自说着记住了一遍，“好，都记住了——呵——至诚哥，你都没事，就最好，最开心了——不然我心里老是好担心你——”胡珊快乐地说。

陆至诚心口一刹沸绞。

他笑了笑，喉头突然烫烫重重的哽咽。千万吨欲决的哀洪刹那在鼻喉间烈涌，千万帘如雨的悲噩瞬已在心海中扬涛。

他忽然想起，自己以前，从没骗过她。

不会有事的，不会有事的呀。他在心里强说着。

那，为什么又要骗她呢？

他悲想。

“……呵……傻丫头……”陆至诚看着单纯而欢乐的胡珊，心中不禁悲而疼的，就是凝凝的，伸手轻抚了抚她的小脑袋。却依然只能是强笑。

胡珊乐然的，就是跑进了厨房去。

一定不会有事的，一定不会有事的。

陆至诚要自己，像机器一样的拼命默背着。

“——我就要死了。”

可是，一个很清晰的声音，却还是一下子，尖哀的，划破了他的甲壳。

正在厨房里盛起又热好了的饭菜的胡珊，心头，突然又是很莫名的，泛起了刚才陆至诚在轻抚她头时，她心里无由泛起的一种东西。

不同于刚才的瞬逝与隐约，此时，这一种感觉却是无由的稍长与清晰。她丝毫也没有办法来形容清楚这一种感觉。她只是好明晰的奇怪觉得，他刚才的抚她头，和他平常的疼爱，真的是有种让她说不上来的不一样。

就好像，生离前，或死别前。

我都在想什么哪。

她不禁想。

陆至诚的心，仿佛被无数巨寒的冰厉石头化作的海一样的无垠悲腾好像黏胶一样的卷淹着，厚乌连绵，森结密窒。乌悲的黏密封窒，噩哀的徒劳挣扎。已密再不透半丝风的绝望无明，已密再不透半点气的魇缠窒冥。天地都全成了悲哀的浑黑灰海，草木都全化了封人的死寒乌黏。越来越紧了的窒息，越来越近了的灭亡，游不出的魇海，撕不破的封窒，奔不出的汪洋黄泉石窟，击不破的天地浑溃绝噩。一线千斤重，半点万担沉。

怎么办，怎么办。陆至诚心声天问。

难道，一切，真的就要这样结束了？

陆至诚心泣。

江南风，一曲歌，锦瑟音，万古绵。

陆至诚下意识的，在衣服外面捏紧了还藏在里袋里的那一只信封。

不会有事的，绝不会。

他拼死想。

胡珊从厨房出来，看陆至诚正呆愣向着窗，一动也不动，不禁就是笑然轻唤了一声：“嗨，吃饭了——在看什么呢——”

陆至诚一时回过了神来，忙止下了悲，强装轻松的说着“哦，没什么”，便转回了身来。

胡珊一下子，却不禁顿了顿。

她看见，陆至诚的双眼，通红通红的。

“……至诚哥……你怎么了？”

胡珊心里一刹，不禁便无由的就又涌上了那一种很说不上来的莫名的茫哀感的，顿了顿，问。

陆至诚心里虚脆的刹就是被一触，却一时，也还并没有反应过来。

他怔着。

“——你的眼睛……怎么了？”

胡珊不禁,问。

陆至诚一刹省过。

“哦……我刚才、刚才路上眼里进了沙子,当时也没怎么觉得痛,现在忽然怎么、怎么就痛起来了——”陆至诚强撑的一边说着谎,一边就是还赶紧地抬手便乱揉了几下眼睛,并且笑了两笑。

“至诚哥,你不要乱揉——来,坐下来,我给你看看——”

胡珊一时,便是忙就先在桌上放下了手里的东西,说。

陆至诚坐在了椅子上,仰着头。

胡珊小心仔细的,轻轻柔柔的,为陆至诚微细轻吹着眼睛。

对不起,小珊。

对不起,小珊。

我不能和你一起到老了。

我不能和你一起到老了。

我的一辈子,很快就要结束了。

很快,就要结束了。

我真的好想,好想,我们的家啊,我们的小餐馆,还有,我们的孩子。

好想,我们的以后啊。好想,我们的一生。还有,我们的一起慢慢变老。

还有,那多好听的歌儿啊,再也不能等老了,和你再一起唱了;还有,那多么苍老的游戏——剪刀、石头、布——也再不能,等老了,和你再一起玩了。

再不能了,不能了。

——天啊,为什么要夺走这一切,为什么?

“好些了吗——至诚哥,还痛不痛?”

两行泪,突然,从陆至诚眼中夺眶而出。

两眶泪,在陆至诚的脸上肆淌。

“好……好些了,不、不痛了——”

陆至诚慌就是紧擦了泪,强欢笑了,压着哽咽的,说。

胡珊跑去盛饭了。

怎么跟她说?

怎么跟她说?

不——不——苍天啊。

可是、可是万一是真的,怎么办?怎么办?

她该怎么办?

她该怎么办啊——怎么受得了,怎么受得了啊——天哪。

不,不会是真的,不会!

先瞒着,瞒着,瞒着。

陆至诚,让自己铁甲着。

“小珊,以后就算再多的事情,我和你,也都一定会一起去面对、一起去度过的，什么都不怕、都不在乎，我相信，相信——我们会到永远的，真正的永远——永远——”

陆至诚一刹心裂。

“至诚哥，只要有心，世上就有真正的理想，十年不得，还可三十年，三十年不得，还可一百年，一百年不得，还可一千一万年。宇宙之间，你我就算是化了灰，那灰，在亿万的光年里，也是能再相逢的呀——”

陆至诚，心瞬惨泣。

他忽然，真的好想，好想告诉胡珊啊，告诉、告诉她一切，一切啊。他忽然，真的，真的好想，可以、可以抱着胡珊，好好哭一场，好好哭一场啊。

他的心，如被烫炙。

她会哭的，她会哭的。

不要，不要。

我不要啊。

陆至诚心声沥血。

胡珊盛好了饭，心头的那一种莫名无由的茫哀，却仍然并没有褪去。

她看着袅袅的热气，不禁微出神的顿了顿。

模糊的茫辽，渺阔的怅哀。

“……他……怎么了……”

她，不禁想。

我都在想什么呢。

她一时又不由是自释的，笑了笑，想。

暖热腾腾的饭菜、点心。

都是陆至诚喜欢吃的。

陆至诚好开心。

陆至诚开心的笑着，也就给胡珊夹了一筷子菜。

胡珊高兴地说，好啦，你看我碗里都满了，你自己也吃啊。

说着，胡珊也夹了一只虾给陆至诚。

陆至诚笑着，大口的吃着。

胡珊一时纯乐的不禁笑着，就是开心问，好吃吗？

陆至诚一刹炽悲幸福的，心瞬就如被迸烫烈凿了的，热泪差点一涌而出。他力抑着泪，无言的紧点头。

好吃，真好吃。

呵哈，那你可要都吃干净的哦。

嗯，嗯。

胡珊开心的笑着，便是自己也好饿了的就吃了起来。

陆至诚开心的，也大吃着。

他看着还不知情的淳乐欢然的胡珊，心头一江悲酸。他真的好希望，胡

珊,可以每一顿饭,都能吃得开开心心的,开开心心的啊。

他的眼睛,被热气熏得好烫好模糊。

他,一直不停的,开心给胡珊夹着菜,夹着菜。

他自己也埋头,大口的,认真的,吃着,吃着。

吃着那些胡珊特意是为他做的菜肴、点心。

好吃,真好吃,真好吃啊。

他悲烫的,舌头都全好像是透浸了火烧的黄连泪的,哀涛的,苦绝幸福地想。

为什么要结束?为什么要结束?

他的心,还在哭问。

陆至诚,大口的,认真的,珍惜的,吃着那些,胡珊特意是为他做的菜肴、点心。

胡珊开心的,给他夹着菜。

她看他吃得开心,心里欢乐地好幸福。暖暖的,暖暖强烈的不禁欢乐、幸福。

慢慢吃啊,看你饿急的,要是喜欢呀,我以后还可以常常做给你吃的。

胡珊开心地说。

嗯,嗯,好、好啊。

冬天的寒冷,被饭菜、点心的热气,熏得很温暖。

陆至诚的悲冰,被温暖,围漫得泪满了心。

他忽然真的好希望,这一餐饭,可以永远也吃不完,永远也吃不完,那多好,多好啊。

为什么时间永远也不会停留?为什么幸福永远都不能住流?

为什么,世间的一切,终都要化枯化灭、东流付空海?

他忽然,很悲哀的莫名想,也许,这餐饭,以后,不会再有了。

他突然,一下子,吃得慢了起来。

是好慢好慢的,那种慢。

他忽然,真的好后悔,刚才,为什么要吃那么快,为什么?

那样的想把全部幸福留住。

吃光了,就没了,再没了啊。

胡珊都吃完了好久了。

嗨,不是真要你吃干净啊,别撑坏了。

胡珊一时还以为,他是吃不下了,才吃得这么慢了。

陆至诚笑了笑。

不是,只是,以前,我一直都吃得太快了,真的太快了。陆至诚心酸的,笑笑说。

一刹,那种似已沉灭的莫名不祥、茫哀,无由的,便又划裂了胡珊的开心。

小珊，我真的好想，一辈子都能吃你给我做的饭。真的。

陆至诚心中一时难过极，不禁，便是悲而痴的，跟胡珊说。

胡珊不禁，顿了。

来，小珊，坐下来，再陪我坐一会儿。

陆至诚心中悲已痴的，不禁，便是说。

他强笑着。

胡珊一时微滞的，便是又坐了下来。

陆至诚开心地笑着，还是又去拿了瓶可乐和两只杯子来。

他高兴的笑着，浓烈的笑着，便是好像斟酒一样的，给胡珊和自己的杯子里都满上了可乐。

红喜的可乐，在晶莹脆亮的杯子里，不停的，不断的，随着空气，消碎着一个又一个，洁白、欢乐的泡沫。

一些碎掉的泡沫的飞渣，好像都还是带着泡沫在碎掉的最后那一刹莫名同时巨大悲迸出来的力量的，纷纷从杯子里跳了出来，星星的亡落在了陆至诚的手上。冰冰的，凉凉的。

陆至诚一时还很哀怕的以为，是不是自己的泪掉了出来。

他哀痴的笑拿起了杯子。

来，小珊，陪我干一杯好不好？

胡珊拿着杯子，不祥的滞着，不祥的滞着。

胡珊的心口里，说不上为什么，一时，就好像那些飘起了的云，都真的一下子都好重好重了起来。

陆至诚笑着，便是拿手里的杯子和胡珊手里的杯子碰了碰。

“叮——”的轻轻一声，玻璃相碰声。

胡珊的心，忽然莫名的抖了抖。

陆至诚悲痴的饮着可乐。

可乐。好甜的可乐。

比酒还要更能让人变醉的，好甜的可乐。

到尽头了，要到尽头了。

陆至诚悲醉的，想。

胡珊看陆至诚尽喝着，自己，便也是，莫名无由的，陪他的，尽饮起了杯中的可乐。

胡珊的口中，忽然好苦，真的好苦。

陆至诚，突然，真的好想醉。

胡珊，突然，真的好想醉。

两人都喝干了杯中，好甜好甜的，可乐。

陆至诚，强忍着泪。

小珊，我这辈子、这辈子，最开心的，就是，就是有你，有你对我好，有你对我这么好。小珊，真的、真的，有你爱我，这样爱我，我这辈子，最最开心，最最开心了。

陆至诚，悲灭的，最后牢牢、痴痴的紧握着胡珊的双手。

小珊，我爱你。我这一辈子，全心全意真正爱的女人，只有你，只有你一个。没有任何人能取代，哪怕一丝一毫，一丝一毫。永远。小珊，我爱你，真的好爱你。我真的，好想，好想可以，可以永远陪着你，一辈子都和你在一起，好好的在一起。看着你笑，听着你哭，牵着你走，走一辈子，一辈子，到永远，永远。

陆至诚难过的，哀痴的，悲醉着，紧握着胡珊的双手，说。

"……我知道……知道啊……至诚哥——"胡珊也是不禁便紧紧地握住了陆至诚的手。她哀茫、不祥的，紧紧地看着陆至诚，"至诚哥……你……你怎么了……怎么了——你……你是不是……是不是有事情啊？——至诚哥……"

陆至诚僵硬着，僵硬着。

他低下头，摇头的，笑着，笑着。

"……傻丫头……你……你想哪去了——"陆至诚抬起头，强笑着，痴悲而哀疼的，便是轻抚了抚胡珊的头。他的手，不听他的，悲伤的，一时还停留在胡珊纯真的脸庞，"我……我只是高兴……今天真的是开心，好开心——呵，呵呵——"

胡珊的脸庞，却清楚地感觉到，陆至诚的手心，在瑟抖。

陆至诚，要自己的手，离开胡珊的脸庞。

可是胡珊一下子，却是紧紧地抓握住了陆至诚的这只手，将它，紧紧地贴着自己的脸。

"不，至诚哥，你一定有事——怎么了——怎么了啊？你告诉我，告诉我啊——"胡珊哀茫而不祥的紧紧抓握着陆至诚的手，担心得眼睛里一时都溢满了苦楚泪光的，关切的焦焦追看着他，声音里都是噙起了哀求的，问，"——到底是什么事情啊？什么事情——至诚哥……你怎么了——怎么了啊……是不是……是……是不是……"胡珊一刻，却是刹就哽涩哀住，再不敢、不敢真的说下去了。

她的心中，山一样的不祥，层峦叠嶂的山一样的，重重不祥。

她关切而担懆的，紧紧焦焦的，噙心地看着他。

陆至诚心中一刹哀痴如裂，悲海起啸。

他死死地咬住了自己颤抖的心。

"没事，你看你，傻丫头，真是的——小傻瓜，都说到哪去了——好好的事情，"陆至诚真的好像是觉得胡珊好傻的，疼爱她的笑着，完全就好像是平常那样叫她"傻丫头"、"小傻瓜"时的笑着，手掌宽厚而温暖的，安实而轻柔的，温怜抚了几下她可爱的小脸庞，"今天，我真的很高兴，很高兴呀——呵——

你说我能有什么事情——呵，我的小傻瓜——”

胡珊看着陆至诚的眼睛，一时，却又仿佛真的觉得——是啊，我都在瞎想什么呢？

陆至诚又怜爱地轻轻在她的小脸蛋上抚了抚，还半玩笑地轻小捏了捏，便是紧接着，一边笑着地又是给她倒起了可乐，一边说：“来，再吃一会儿吧，你做了这么多好吃的，不吃掉太可惜了——再说，现在都快四点了，我们这一顿，就当是连晚饭了吧——呵——来，陪我慢慢再吃一会儿——”

陆至诚开心的笑着，快乐地说着，便是给自己又倒着可乐。

胡珊看着欢乐的陆至诚，欢乐如平常——不，似乎是比一般平常都真的要更欢乐了——的陆至诚，心中，说不上的，一时好像是又释然轻松了，却又好像，是更惶惶沉重了。就好像，谁也不知道，前面的平坦大道，还究竟是不是那忽然的流沙。究竟，哪一个，才是海市蜃楼。

胡珊，突然一时，感到了一种深深的动荡与害怕，是一种，真的忽然好害怕好害怕那时间再往前的，动荡，与害怕。她看着开心的陆至诚，突然，心里滚烫一种说不上来的，紧紧珍惜、爱眷，就好比，在最后将要走进那不明险坦的海市蜃楼前，还能最后真实拥有的，末路温馨、幸福。

你啊，就是能吃。

胡珊玩笑说了一句，便是，也又拿起了筷子。

她笑给陆至诚夹了一块肉。

陆至诚笑给她夹了一块鱼。

两个人，说不上的，忽然都真的觉得，好开心。

是一种，真的好想，好想，能永远就这么一起在这饭桌旁，永远乐笑下去的，幸福开心。

两个人喝着，好甜的可乐。

陆至诚说，你知道吗，只有你做出来的菜，才总是我最爱吃的。他笑说，你呀，就是一早拴住了我的胃。

胡珊说，其实，我只有每顿饭和你在一起吃的时候，才老会觉得，自已真的，好喜欢厨房。她笑说，至诚哥，要是我做出来的菜都好难吃，那你还会不会喜欢我啊。

陆至诚笑着，轻轻地小刮了一下她的鼻子，说，小笨蛋，我喜欢你的时候，你啊，连大米是长在地上还是树上的都还不知道呢。

两个人，一时不禁都是痴痴乐乐的欢笑了起来。

至诚哥，其实现在想起来啊，我可能真的是第一次看见你，就喜欢你了呢。

哈哈，我估计也是，要不然我那时候，干吗要给你手帕呢，呵。我小时候啊，自已用的手帕，可是从来没给过人的。哈，你呀，那时候，一个人在树下面，哭得整个就像是一小鼻涕妞，咦。

哈哈呵。至诚哥，我小时候，也从来不把玉蝴蝶给别人的咧。

哈,我知道啊。所以我呀,一早就看出你准暗恋我啦。哈嘿。

讨厌,是你先暗恋我才对嘿。哈哈呵。

嘿嘿,你说我们俩这辈子是不是都算早熟的。

哈哈哈。嗯。哈。

哈,傻丫头。

傻哥哥。

小珊,你说,我们俩下辈子,第一次要怎么见面才好啊?

哈哈呵,下辈子啊,嗯呵——我想想——嗯,第一次见面,就在家门口吧好不好?我们呀,就做对门邻居,从小对门邻居,这样啊,我们下辈子,从小就天天都能看得见了,你说多好啊。哈,呵嘿。

呵呵,好,我们下辈子,就从小做对门邻居,我们下辈子,从小,要天天都能看得见。呵,呵。我们——哈,就一岁开始邻居吧。

哈哈哈,那么早呀,一岁的小孩连人都还不会认的咧。

行,行,能认,我一定能认。人只要在过奈河桥的时候,不喝那碗孟婆汤,这辈子的事就都不会忘记,投胎转了世也一样都记得的。我一定不喝。我一定要一生下来,就能记得小珊你。

那我也不喝,我也一定要一生下来,就能记得至诚哥你。嘿嘿。

嗯,呵——那我们都还要记得,我们这辈子,一起唱过歌。

嗯,还有,我们一起玩过剪刀、石头、布。

呵呵,还有,一起吃过好多好吃的。

哈哈呵,大吃王。——至诚哥,那我们这辈子的一切,我们在一起的所有一切,就都永远不要忘好不好——我们就是都下了阴曹地府,再重新转了世,也都还是要一起永远记得,一起永远记得我们这辈子在一起的一切,在一起的所有一切,好不好——我们在一起过的每一分,每一秒,哭也好,笑也好,都记得,清清楚楚永远记得,好不好——我们就生生世世,都逃那一碗孟婆汤。不喝,一滴也不喝,就是拼了命,也一滴都不喝。

好,不喝,拼了命,也一滴都不喝。生生世世,永远,一起记得我们的所有一切。

我们就都带着我们的今生,去我们的来世。让我们的下辈子,再续着我们的这辈子,这样,永远下去。永远。

好。永远。永远下去。——永远。

——至诚哥。

嗯?

——我爱你。

呵呵——我也爱你啊,小珊。

——嗯呵——呵嘿,至诚哥,下辈子,我一定再给你做好吃的。

哈哈,傻丫头。好啊。呵呵——小珊,下辈子,我一定还叫你小珊。

下辈子，我也一定还叫你至诚哥。

哈哈——嗯，我们两个人，下辈子，还是要青梅竹马。

嗯。可是我们不要再从小分开，一定不要。我们——嗯，就从小当同学吧？

哈哈，嗯，好，好，好主意。我们就一起小学、中学、大学，同班同学，到毕业。

然后，嗯，再进同一家单位上班。

哈哈呵，对，对。然后，我们再顺顺利利的，一起结婚。

呵呵，哈——哈哈，至诚哥，我们下辈子也好幸福哦。

呵，是啊。呵。

呵呵。

一阵剧烈的难过，却忽然，撕过了陆至诚的心。

“小珊，这辈子，我最幸运的，就是，可以在老雪松下，遇见了你——”陆至诚一时心悲，痴然的，不禁便是真淳的，不觉就好像是有些带了最后的，挚然跟胡珊说，“今生，就算要我重来，我也一样，还是，想再可以，像今天这样，和你坐在一起——小珊——”

陆至诚心中一刹悲滚。

胡珊心中，一瞬动荡。

一种伤惘的东西，突然，就好像是有生命一样的，从陆至诚的心口，感映在了正偎在他怀中的她的脸上。胡珊的那一缕修剪过了的断发，忽然带了一些不祥的，忧伤而浓郁的，散落了下来，轻轻而碎碎的，一时重重遮住了胡珊还痴纯亮亮的暖暖眼波。一线哀悒的幽黯，流过了她美丽的睫。就好像，一片无由的雨瀑云幕，就那么忽然的，已是落止住了半场，最后的温馨。

胡珊心中如海的重情，在一瞬的动荡里，却是刹的便一下子愈浓痴了。她捋开了那一缕发，一时不禁愈紧紧地抱住了陆至诚，就好像，有一种莫名的结束，已到了悬崖边。她眼波依然痴纯的——不，愈更痴纯了，如同，海，一刹，飞腾为了蓝天——却只是，已再眷不住那最后的温馨的，浓浓哀茫，“至诚哥——你……今天……真的……真的……”

陆至诚一刹忙紧收悲。

呵，呵，你又怎么了，呵，傻丫头，你怎么今天老是瞎问问的，哈，啊。

“不是……是……”

哎，别是不是的了，来，可乐还有一些，干脆喝光算了，来，小珊，再陪我干最后一杯。来。呵，你看你，小傻瓜。

陆至诚笑笑的，玩笑地又轻轻地捏了捏胡珊的脸蛋，就好像，他平时，特别兴高采烈时那样。他不由分说的，就是已开心笑着的，给胡珊倒上了可乐。

胡珊，滞滞的。

她还是，陪陆至诚，干了这，最后的一杯。

可乐，真的好甜好甜。

陆至诚笑着，就是又吃得快了起来。

嗯，今天这三黄鸡做的好。陆至诚不让空气里有半分沉默的，一时紧紧笑说。

呵呵，上次你说的，想吃啊。

你记着呀？

嗯。

呵，傻丫头，你真好。

胡珊低然的，笑笑。

对了，今天怎么你又多买这好些菜？陆至诚依然不让空气里有沉默的，笑问。

胡珊不禁低顿了顿，“今天……上午……我想，你检查出来一定会没事的，所以……所以，一时觉得好开心，就想……想……”

陆至诚一刹心猛抖。

你看，你想的多准，要不怎么就说是心有灵犀一点通呢，呵。陆至诚笑说着，便是安柔的，又轻抚了抚胡珊一时不禁就是有些低低然的小脑袋。

胡珊默默的，一时，便是重新又抬起了头来。

她，还是笑了笑。

至诚哥，来，这是你最爱吃的红烧肉，我今天特地做的，再多吃一些。还有，这小葱豆腐。呵。

胡珊说不上为什么，就是忽然忽然，就真的真的，比刚才更是不由浓烈了千百倍的，好想不让时间再往前、往前哪怕半秒的，无比痴浓留眷的，也不知道是为他，还是为自己，又究竟还是为什么的，心涩涩，却暖暖笑的，开心说着，便是又为他夹起了菜。

他，开心地笑着。

她，却忽然，好莫名的，无由、不禁，心里好难过。她突然的，就是觉得，她，怎么就好像是在，给他饯行。

欢餐，莫名却竟别宴意。

你最喜欢吃栗子炒鸡和鱼香肉丝了，可惜今天怎么都没做。陆至诚一时，不禁说。

胡珊笑笑，默默。

至诚哥。

嗯？

下次，换你做栗子炒鸡和鱼香肉丝给我吃好不好？

胡珊痴痴的，看着陆至诚。

陆至诚默了默。

——好啊。

陆至诚笑笑说。

胡珊一时，好开心。

真的好开心。

“……至诚哥，能有你，这辈子，我无怨无悔，是最最开心的了——”

胡珊痴痴的，紧紧依抱了陆至诚，痴痴的，痴痴的说。

风晦暗。

近暮了。

陆至诚，一定要帮胡珊洗碗。

他让胡珊在外面坐着。

胡珊安静而低默的，坐在小屋旧旧的窗旁。

窗外已暮愈寒了的呼呼的冬风，不时的，擦吹着小屋旧旧的窗户，使得薄薄的窗玻璃，间间断断的，不停有着轻轻微微的脆震“嗡嗡”声。那声音，轻轻微微之中，细细辨，也或重或缓、或淡或疾，冷弦凝涩，或铁马金戈。有时，月下泉；有时，山间弦。有时，近指弹；有时，远筝唤。风籁息息，万物音瑟瑟。微中日月长，小见天地广。

冬暮的晦光，从窗外，黯淡冷冷的洒在胡珊的脸上、身上。灰茫茫的冷光，带着遮日乌云的阴寒，冥冥的，漫笼着胡珊。就好像，鹫的翅膀，很多很多鹫的翅膀，一起扑飞，抖下的灰。

这是一个，连残阳都没有的傍晚。乌霾、阴冷、晦暗的深冬的傍晚。

胡珊一直都是安静而低默的，微垂着头。她的双手，不安而凌乱的，一直在她自己的双膝上紧紧的摩挲着。

她没有听到风吹擦着窗玻璃的声音，是多么的幽广浑深；她也没有发现到，此时正全全的笼罩着她的晦光，是多么的不祥与悲寒；她甚至，也没有看到，此时正一直不停的在摩挲着她双膝的她自己的双手，是多么的忐忑与惶茫。

她的耳中、眼前，都只是，那一缕，又散落在了她眼前的断发。

新修过的乌黑黑、亮秀秀的断发，发梢上似乎都还是残留着昨天他为她剪时余下的手温的，好看的，轻漾漾的，一丝丝，就仿佛是忽然便那么的都成了一只只撩愁的手的，还在“窸窸窣窣”的，不停晃拨轻搅着她的心绪。

她的心中惶惶茫茫的。一丝又一丝的手，依然还在不停地拨搅着她一缕又一缕的心绪。

她真的强烈地觉得，今天的陆至诚，很不一样。他所几次三番不禁流露出来的一些情绪，就好像——是一首琴曲中，一次又一次，不断突然出现的断弦声。今天这样子的陆至诚，并不是她第一次知道——她早已熟悉，以前那个，老是喜欢把大大小小不好的事情都埋在肚子里，而让她痴深更感爱了他那么多次、也同样心疼的好想好想让他不要再那样了那么多次的陆至诚。今天这样子的陆至诚，却也，的确是她这么些年来第一次的这样惶惑——因为，她早已深深明白，并深深相信，陆至诚是早已经真正的懂得了，她所一直想让他明白的那种，真正最幸福意义上的，他们的同甘共苦、风雨比翼。她知道，他们，早已经拥有了同一个太阳。可是，今天——她真的，惶惑了。

"是不是……"

她再一次不祥的，没有敢再让自己想下去。

晃漾垂垂的轻轻柔发，微乱的，依然还没有等到它的主人回过神来的捋理。

她看着她的发，却再一次伤惘惘的，忽然忽然便是觉得，它就好像，是半帘落下了的幕布。可是却又不再同于刚才了。她和陆至诚的这顿饭，这顿莫名就是在末尾充满了谁都始料未及的浓浓伤绪的饭，已经吃完了。真的吃完了。痴眷、浓恋、不舍、温馨，都好像，已经谁都再留不住的，下了剧台。再怎么想让时间停留，时间也还是流去了。带着很多很多莫名太想珍惜太想珍惜的东西，还是流去了。幕布轻轻落垂，就好像，是一场海市蜃楼的轻轻被揭。而让人伤惘的，好像，是那半帘幕布，却又更好像，是那半帘空瀑。唯有，剧台空空。

胡珊惘惘的，一时不禁茫茫呆着。

风吹窗的声音，一时大了起来。

她无意的，看向了窗。

窗外，冬暮晦色，景疏风骤。旧旧净净的窗玻璃外，被风吹蒙了一层细细密密的灰尘。

伤惘惘、忧茫茫的发，依然无主的轻轻零漾着。

胡珊看着蒙了灰的晦晦的窗，却忽然忽然的，不禁，便是又仿佛看到了很多很多，斑斑驳驳，曾经的景象。

她看到了，她那时第一次，在窗口这里，看着陆至诚来。

她看到了，她那时最后一次，在窗口这里，看着陆至诚走。

她看到了，她终于，又一次，在窗口这里，看着陆至诚，来。

灰晦的窗台外，依然有几只蚂蚁，在冬暮的凛风中，顽强地爬着。

厨房里。

不会的，一定不会的。

陆至诚忍着泪，还在强想着。

胡珊在灰晦的暮光里，深深出着神的，不禁便是慢慢的、慢慢的，抬起了手来。她不觉而清晰的，便是终于好像抹去了一层厚森阴云般的，轻轻、韧韧的，凝凝捋理开了她眼前的那一缕微散茫茫的发。

她的手，不禁滞然，而烫颤的，就是抚向了窗上的那一团，熊熊的烈火。

一刹，心的沸熠。

她忽然忽然，便是真的想了，没有半丝半毫不祥惧怕的，想了：是不是，查出来不好了？

他今天这样子，不会是小事了。

胡珊，明确的，想。

“——可是，至诚哥，你好傻——好傻——”

胡珊仰望着自己心中的太阳，烫然的心泪溢了灵扉的，不禁煜煜痴的，心念。

就是黄泉路，我也陪你一起走啊。

胡珊痴痴地看着窗，烈烈熠想。

天色，愈暗了。

胡珊凝凝的，轻轻开了灯。

淡橘色的暖暖的灯光，一刹，便如海洋般铺漫了开来。晦冥，瞬间被吞淹。

陆至诚，顿了顿。

他的心中，一刹剧痛。

胡珊仰望着那灿恒的暖暖阳光，不禁痴痴心言，只有你，才是我生生世世真正的家呀，至诚哥。

她看着阳光下的那一团雾，便是坚定而暖烫的，伸出了手。

陆至诚看见，胡珊走了进来。

他赶紧笑笑。

胡珊要帮他洗，可他坚持说不用。

他笑说，就让我洗完这一回吧。

胡珊莫名就是凝了凝，然后笑笑，也便没有再说什么。

两人，忽然都是低默了默。

“小……”

“至……”

两人一时，同时开口。

都又止了话。

还是陆至诚先说了。他眼睛看着碗，边洗边笑笑，“——小珊，一会儿……我想回我那住处一趟——呵，你看，本来想今天早过去收拾好的，好让你搬过去，可是……呵，你看多不巧——我一会儿回去收拾一下，看明天或者……”陆至诚心中酸苦翻腾的，难禁顿了顿，却还是就要自己继续笑着的说了下去，“看明天或者怎么样，再方便你搬过去，好不好——”

胡珊小顿了顿，心中单纯的，却倒也是还没觉到这句话真正的异样。她只是一刹心中真的不禁好难过、好难过的，痴痛想：他都出事了，还想着这些。

“至诚哥，今天都好晚了，这些事都不急的，还是……”胡珊不禁便是痴疼痛然的，心里好难过的，挚挚想挽止他的，说着。却是被陆至诚紧就打断了话。

“——哦，不，没关系——你、你在这里也不能再多拖下去了，不好——不好——我还是早些过去收拾了，好方便你早些……早些搬——”陆至诚还是要自己铁心的说着，笑说着。

“不用赶的，至诚哥——没事，真不要紧的——现在……”胡珊依然单纯痴痛的，不禁就是心疼难过的，挽说着陆至诚。

却是又一次被陆至诚紧打断了话。

“哦，不，不是——我、我本来也还是想要回去看看锁，上次觉得那锁不太好了，心里也不放心——”陆至诚依然一定的，坚持说。

一种说不上来的异样，微格了格胡珊。

就好像，还没有来得及开始拨开这团沌雾，却忽然又发现，它，似乎，在加厚了。

“那，我陪你一起去好不好？——帮你一起，这样也好快些——”胡珊顿了顿，便是微涩的重新又开了口，轻轻和他商量说。

“噢，不，不，我一个人就行了——外面也冷，你就安心待着——来来去去的也容易冻着——我自己回去一下就行了——”陆至诚已经很露他意了的，还在尽量掩饰的圆说着。坚持说着。

胡珊心中，重重一刹的一沉。一沉之下，一片已清晰涌泛到了上面来的伤心。

莫名，很清晰、强烈的伤心。

是她对他，莫名从未这样清晰、强烈有过的一种伤心。

莫名，从未这样清晰、强烈有过。

就好像，心上的一根入肉的橡皮筋，被一时用力地拉了开来，然后，却又突然一下子，那两只拉着橡皮筋的手——他，和她的手——同时，松开了。

她，突然一瞬，真的好痛好痛的，心泪莫名的，泣伤魂喃：难道我的心，你还不懂吗？

胡珊没有说话的，眼波伤涩的，不禁，一下子，便是紧紧的，在后环抱住了陆至诚。

“……至诚哥——”

胡珊紧紧的，伤涩的，抱着陆至诚，抱着他，哽涩的，却真的不知道，该怎么说，该怎么说。

她烈熠烈熠的，突然真的真的好想，好想，掏出自己的心来，掏出自己的心来，给他看，给他看。剖开来，全部剖开来，全全部部的剖开来，给他看。那样，就好了，好了。那样，就都好了啊。

陆至诚心中狂绞。

他死硬的命令自己，命令自己。

这一刻，他一丝一毫也不可以让自己想，不可以让自己想。想除了接下来他要做的、必须要做的那件事以外的，任何其他事情。哪怕一丝一毫，都不可以去想。他知道，他的甲壳，在这一刻，绝不可以松，绝不可以松啊。

可是，他真的好痛，好痛。

对不起，对不起啊。

他心泣，向着身后的胡珊，魂喃。

他擦干净了手。

他紧紧的，也是便握住了，胡珊紧紧环抱着自己的双手。默默，紧紧的，握住了。

胡珊一刹，在他背后，热泪盈眶。

我不怪你，我不怪你。至诚哥，至诚哥啊。

胡珊，心魂泣涕。

是啊，还需要，真的说什么呢？

两秒、三秒的，依然沉默。

四秒。

“——小珊，你一个人安心待着，好好在这里——要是梁啸刚再来，千万别再开门。实在不行，记得要马上报警——千万记得要小心——千万——”陆至诚不禁低别的，知道此刻暂离已必是在即了的，心中疚责纷扰狂烈剐绞的，心哭，却只能如此、只能如此了的，千万的最后叮嘱道。苦苦祈天的，重重千万的，千万的最后叮嘱道。

胡珊含泪的紧紧抱着他的背，用力的、用力的点头。

陆至诚瑟颤的，长吸了一口气。

他禁着泪，回过身来，紧紧、紧紧、紧紧的，抱紧了胡珊。

胡珊也紧紧、紧紧、紧紧的，紧抱着他。

两个人，紧紧紧紧的，无比紧紧的，尽魂拥抱着，尽魂、倾魄地拥抱着。

最后，尽魂、倾魄的拥抱着。

“——等我回来。”

陆至诚坚重说完，一下子，便是苦牢分开了胡珊的双手，然后，头也丝毫没有再让自己回半回、看一看胡珊的，就是铁硬急步的，直奔往外了去。

陆至诚已飞跑出了门。

胡珊泪追了出来。

“我等你！！！ 至诚哥，我等你啊——”

胡珊泣然的，噙泪大喊。

陆至诚哭着，还是没有让自己再回半回头的，跑远了。

胡珊站在凛然的暮风冬寒中，哭泣着，泪眼模糊的，看着陆至诚，消失在了路的尽头。

我等你，至诚哥，我等你。

胡珊哭泣着，轻轻，独自的，还泪说着。

风疾呼，疾呼。

陆至诚飞赶回了住处。

他急忙的便是找出了可能会有需要的自己的全部证件，还有钱。

他要去上海。他马上要去上海。他必须马上要去上海。

他一边跑在路上拦出租车，一边给赵主任打电话。

赵主任说，好，我这就马上帮你联系田教授，让他尽快。

赵主任刚要挂电话，陆至诚突然想起的，便是忙又说了"等等"。赵主任问。陆至诚不禁顿了顿，便是说，还有件事，麻烦拜托你，要是有人，来跟你问我的病，请——请一定帮我，暂先瞒下来。拜托你了，请一定。

暮色寒沉。

飞光流彩，已舞夜色。

陆至诚，呆木地看着路景映像如幻水流的车窗玻璃，眼前模糊的，仿佛还都是小屋里的那一片烫暖的阳光。

车子，正在接近遥州边界。

陆至诚知道，他，正在，离胡珊，离那片阳光，越来越远，越来越远了。

昏暗的车厢，颠颠簸簸、颠颠簸簸的，还在不停轻摇微晃着陆至诚眼眶里的那片淡橘色。

暖暖的颜色，在他湿漉漉的眼眶里，动荡着，动荡着。

他看着吃饭时胡珊最后的欢笑，眼眶里忽然好像漾满了冬天烫沸的酸。

他忽然忽然，真的好想哭好想哭的，看到了在他生命中的天穹上的最中央，那原来是同一片蔚蓝灿暖的，两个同义同音同形的词——家，胡珊。胡珊，家。

一些霜，开始割痛他灵魂中的心脏。那些痛，开始破碎他眼眶里的淡橘色。淡橘色的裂缝中，流出了让他眼眶里再也盛不下的熔岩。他，被烫得满目鲜血。

他痛绝的，紧捂着双目。他的嘴唇哑瑟的，哭出了血来。

血，在胡珊的指尖，刺痛她的心。

她颤抖的，哭泣着，哭泣着。

她泪眼模糊的，什么都根本看不见的，看着窗外的路灯。太暗了的昏昏已近灭的那盏依旧的昏黄路灯。

她伤泣的，真的好想好想，哪怕陆至诚不是这样爱她，哪怕陆至诚不是这样爱她，那多好，多好。

起码，那样，她就可以知道，他，到底怎么了。

他，到底怎么了。

越来越重了的铁担，和着消不退的伤泣，还在她的心头，越盘越紧、越缠越深。

胡珊的眼泪，还在冷着冬的夜。

夜的冷，还在慢慢浸透车厢里的昏暗。

陆至诚仰望着没有颜色的昏暗的冷冷的冬灰的顶，汪洋寒烬的任着那淡橘色的阳光在他的天空中被霜冲殆落了尽。

他流泪的耳旁，仿佛还响着那被他按断掉了的胡珊来电的铃声。

他的心膛中，一广谷血泪腥混着的深冬的悲。他肠断肺撕的，都不知道，真的是他自己，渗出了这么些涸心的血，来哭泣她的泪，还是，那铃声，真的，落下了太多她的泪，来厮守他的血。

我居然，这样对她。

为什么？为什么？

他闭上了眼睛，颤抖的拿血在眼前挥舞的，惨哭自扪。

我骗她，我骗了她。

我骗了她啊。

他对着自己的血，拍膝，哭泣心喊。

她知道，她知道啊。她知道我骗她，知道啊。

他哭泣的擂打着自己的心。

一种在他感觉到胡珊被橡皮筋劈伤了心时的剑锋，突然被他哭血了的发现，原来，就在他手中。

汩汩，汩汩。

一肚的悲酸腥苦，突然就都决了堤。冲漫了出来的黏蔓心血，全都好像化作了一只又一只的不知道到底是谁的颤抖的手，毫不留情的一片又一片的揭撕去了他全身血管里还密密却早已其实不再能够那么匝匝了的鳞甲。他狂痛的感觉自己的血肉一下子就无肤的暴露在了冰寒如铁刺、灰暗如硫酸的黑色世界中。他抽搐的无可逃避的，在冬黑的冥界中，被盐腥的血和泪，淋透了每一分寸的肌肉和神经。

淡橘色的碎片，在黑红色的悲腥漩涡中，化为了霜花的，棱角锋利的重新从车厢的底里、尘路颠颠的最底里，飞扬了起来。

他又一次，痛苦的看见了，胡珊和自己，最后的欢笑。

她在给自己夹菜；她在和自己干杯；她特地给自己做的点心；她开心的和自己说着下辈子。

我不喝，不喝，一定不喝。

他痴痴的，在黑暗中，流着血，开心的，还对她说。

碎片忽然绾着一缕胡珊的头发，疾厉地穿透了他的胸膛。

他的眼前重新又陷入了一片无尽的黑暗，比那淡橘色的碎片重新飞起前更黑了的黑暗。他的心口穿彻了骨髓的剧痛。

他看见，剧痛的，便是那一缕箭穿了他心的她最后拥抱他的尽魂发丝。

柔柔、亮亮的秀秀发丝。

胡珊的发丝。

他颤栗地看见，在那一缕最痴悲的发丝的尽头处瑟瑟冬雪滴下的那一滴滚烫的在一瞬间便是刹逝的照亮了亮无尽黑暗的鲜血的最晶莹处，是，他原来一直都还没有并且也不能够完全没有一丝一毫挣脱与奔逃的去真真正正彻彻底底地看到并看清的一核黑暗，一核真真正正绝望彻彻底底毁灭的黑暗。比他现在所已见的一切黑暗更黑暗，比他现在所已见的一切绝望更绝望的，真正

黑暗。它不是悬崖，它不是绝壁——它是，无尽的宇宙，无尽的宇宙的，最后那一个，点。

它在一刹闪亮的痛绝鲜血中，伴着鲜血的一刹落冥，也瞬逝的便隐没入了广无边际的如日食般的那种黑暗中。

车厢颠簸着昏黯，道路动荡着黑色。

茫暗的天空下，深浓的夜色里，有着一片用眼泪堆积起来的还在点燃着的让人不禁哀泣的亮光。暖暖温馨的亮光，苦苦翘盼的泪伤。一缕缕的泣燃明亮，仿佛还在为暖暖冰凉的哭望吹奏着一曲夜下的肯尼·基的忧伤《回家》。

胡珊眼睛通红通红的，依然还站在半开着的那一扇窗的旁边。彻开着的窗帘毫无保留的哭着将心脏中的全部阳光掏放在黑暗无边的夜色之下，向天地啼泣的言誓着最贞永的明亮和温暖，一缕又一缕的泪光都在召唤着那已是不知走向了夜下何方的心爱痴人；半扇窗间风声夜嘶，徒劳而不停地还在企图用夜的无尽晦漫黑暗来淹灭小屋中燃淌出的心哭奏响的忧伤却依然哭泣着坚永守望的萨克斯曲，冬冷一遍又一遍的试图冰涸着伊人两目滚烫的泪湖，泪湖却又是一次又一次的还在泣亮着那一盏风中久久却依然屹屹的待望角灯。

胡珊脸上的哭湿，一瞬半瞬都没有干过。滚烫了冰凉，冰凉了滚烫。

你在哪里啊？

胡珊又一次的啼喃。

究竟什么事啊？

胡珊哭咽。

眼泪，一层又一层的，还在往她的心筐里装石头。石头，一筐又一筐的，还在往她心上的刀的背上，用着力。

为什么你要这么傻？为什么你要这么傻？

胡珊的泪，一河又一河的，在冬夜凛寒的窗玻璃上，恣烫的，悲伤肆流着。

为什么你还不懂我的心？为什么你还不懂我的心啊？

冰寒透绝的蒙灰的风中窗玻璃，一片又一片的，颤抖着，还在哀伤的，不断被人世滚烫晶莹的眼泪，洗净温暖着。

胡珊泪盈盈的，依然在寒风中，翘望着。翘望着。

淡橘色的温暖，依然在无边的黑夜中，噙泪，等待着。等待着。回家。《回家》。

车上前厢的音响里，低扬起了肯尼·基这一曲最悠绵的萨克斯旋律。

陆至诚在沉默黑暗的后厢，不禁又是湿了刚净的眼角。

赵主任刚已经来过了电话，说，已经是和田教授说好了，不过最快，也要到明天早上七点以后，才能正式为他做检查。

沉郁的萨克斯风，还在不停地拉扯着瑟缩在自己耳朵后面的那个陆至诚。

他痛苦的颤栗躲在他哭泣的耳朵后面，他撕心的抽搐靠在他黑暗的眼睛旁边。

他哭泣的颤搐着，颤搐着。他的每一滴滚泪似乎都在试图灼聋他战栗的耳膜，他的每一咽哑泣似乎都在试图刺瞎他发抖的双目。他真的好想，好想，什么都再也听不到，什么都再也看不到。听不到，看不到。再也听不到，那她的哭；再也看不到，那无尽的黑。

低郁的旋律，仿佛拉着他的哭泣，还在黑暗之中拼命的奔跑。他也不知道，他究竟是要跑到哪里去，跑到哪里去。哪里才没有哭泣？哪里才不是黑暗？谁能知道，究竟谁能知道啊？——跑啊，跑啊。

永远的无尽，无尽。

他在颤栗的泪水眼眶中，仿佛听到了，在夜色下的伤心小屋里，那淡橘色的哭泣里，还在苦苦为他流泪的心爱痴真；他在发抖的滚烫耳膜后，仿佛看到了，在无尽黑暗中的那一片浸泪光亮里，还在痴痴为他哭望的啼泣心魂。

他突然就好像是被他自己耳朵后面的那一个痛哭颤泣的自己给一下子就拖到了那一缕箭穿了他胸膛的她的最后的发丝上所滴下的那一滴鲜血的那早已是隐没在了日食般的黑暗中的鲜红光亮之中。鲜艳而红色的血色的光亮，沉沉厚厚密密麻麻的包溢了他眼前身周的所有一切一切，腥苦颤涩的酸辛痛疼层层叠叠尖利不断地围剿剥撕着他全身心的全部无肤血肉与神经。他颤栗痛绝的如同自己整个全部赤裸的灵魂都已经彻彻底底浸泡在了地狱最残忍一层的汪洋沸油之中。他在闻唤的煎熬之中哭看亮光，他在沸腾的魂痛之间泣透血色。他的血色里，只有了淡橘色的家的温暖，泪光闪闪无比疼痛酸苦的点亮起的家的温暖；他的光亮里，只有了亮闪闪的眼泪的呼唤，那痴涩酸痛的再也不能让人逃躲的眼泪的呼唤。

郁绵的低忧旋律，依然如海的周绕着陆至诚鲜血里胡珊如海的幽澜泪光。

停车，停车。

陆至诚突然再也不能控制自己的，哭烈想，哭烈想。

我都做了什么，我都做了什么啊。

陆至诚在胡珊的泪海里哭责自抨。

他的双手，在血色的痛苦光亮里再次颤抖的不禁将自己的鲜血涂染了胡珊泣燃的温暖。

对不起，对不起，对不起，对不起。一千遍、一万遍的泣语着。

一千遍、一万遍的泣语着。

原谅我，原谅我。

陆至诚哭泣心求。

我这就回来，我这就回来。

陆至诚烈烈想。

他抹净了自己的一直无声的泪，咽止了哽咽，便是想要让司机，马上送他回去了。

可是，突然。

那一点，骇宇的黑点，刹的，滚过了一切的温暖，一切的追烈。

它，刹的剧爆了开来。

一股强烈的黑瀑，将陆至诚推出了血色之中。

它，吞淹了胡珊，吞淹了一切。

他，瞬的一下子，重新又跌回了冰寒而黑暗的，日食般的黑暗之中。

回去了，然后呢？

他，不禁，余痛仍澜的，却烈已一下子黯寒潮退了的，不由，在黑暗中，冷悲想。

他，闭上了将开的口，缩回了想要拍拍前座的手。

车子，依然在道路上行驶。

他痛苦的，攥着那一缕，穿透着他心胸的她的噙泪秀发。

他如聋的，哑默在，眼前无尽的冬寒黑暗中。

黑暗的无尽中，那一片长明的温暖，依然还被胡珊的泪水燃亮着。

他会明白的，他会明白的。

他一定会明白的。

胡珊，一直哭泣的，明白的想着。

夜风冬凛寒冷，穿梭依旧。

薄薄颤颤的窗玻璃上，一条条哀伤流淌的净透光亮，洇着小屋浓烈淡橘色的温暖忧伤，涩苦涩苦的依然还在浸湿了的寒冷霜风中不断剖心贞诉着泣伤的誓言与焦望，风干了又湿烫，湿烫了又风干。

血流一样的热烫和盼望，还在伴着眼泪向风中的远处飘荡。

风还在不停的用被洇湿的寒冷拭洗着胡珊泪水交横的脸。

在泪光模糊的波澜泣望中明亮皎洁着的昏暗破旧路灯，依然还在小屋窗外那一片用心血哭燃起的候盼温暖之外，孤独的淡漾着一汪泪织的空无空荡。

空无、空荡。

可是，胡珊擦着眼泪，却还是泣然的相信，他会回来的，会回来的，他一定会回来的。她泣然的相信，他终一定是会回来，会回来告诉她一切，回来明明白白的告诉她一切的。她泣然的，相信。

只是，你好傻，好傻啊。为什么要这样，为什么要这样啊。

胡珊哭泪纵横的，痴痴泣着，痴痴泣着，不住的痴痴哭着心声长啼。

我的心，早都给了你——都给了你了啊——为什么你还不能真的明白——为什么你还不能真的明白啊。

胡珊泪眼模糊的伤望着孤独空荡的路灯，心声痴绝哀哭。

“——为什么要这样——为什么要这样啊——”

泪，长痴了风，长痴了冬。

你好傻，好傻啊。

胡珊痴痴地哭着，痴痴地等着。

她依然痴痴地哭着，痴痴地等着。

车子，已经驶出了遥州。

陆至诚心口的那一缕胡珊的哭泣，还在不断的痛滴着他烫而冰凉的血。

一滴，又一滴；烫了，冰凉；鲜红了，黑暗。

只是暂不告诉。

只是暂不告诉。

要是没事，会白让她担心的。

对啊，要是没事，会白让她担心的。

她会明白的。会的。

她会原谅我的。

会原谅我的。

陆至诚痛苦的冷敷着自己的心口，连绵不断的在心里自己对自己说着。

他闭着眼，聋着耳，不停的心说着，心说着。

他的冷敷，让他的痛好些了，好些了。

可是，突然的，那一滴又一滴依然在滴着的鲜血，却终于还是，一下子，又从他的牢牢冷敷下，如针的烫溢了出来。

那我，又为什么要这样呢？

为什么。

他终还是难禁的，哀血如注的，不已悲绝自问。

对不起——对不起——对不起啊。

对不起，对不起啊。

小珊。

陆至诚绝痛了的泪，痛绝了他的血。

黑暗中的绝望哭泣，还在一路的撕裂着风的呼吸。

胡珊轻轻、紧紧的，伤涩擦干了泪。

她静静的，在依然企盼的长明灯光里，远望着空空的旧路灯，听到，风的呼吸，都好像是被什么撕了开来一样。

她真的，好想好想，他回来，他能现在，就回来，马上回来。

她真的，好想好想，他现在，就能好像曾经很多很多次的那样，再一次的，就那么，出现在，那盏空空旧旧的路灯下。

她真的，好想好想，好想好想。

她很担心他。

她非常非常，担心他。

她不知道，他究竟是发生了什么事；她也不知道，他现在其实究竟是去了哪里。

她知道，不管他现在究竟是去了哪里，他都一定会自己小心、珍重的，因为，她知道，他知道她在等他；她也知道，不管他究竟是发生了什么事，他都一

样，一定会早晚明白、明白过来的——就好像，曾经多少次的那样——他是一定会在明白了的时候，就回来，回到她的身边，将一切，明明白白的真正告诉她的——因为，她知道，他知道她在等他。

可是，她还是，很担心他。非常非常，担心他。

就因为，她还不知道，他究竟是发生了什么事；也还不知道，他现在其实究竟是去了哪里。

而他，也一直没接她的电话。

她忍不住还是又哭了一会儿，便还是又一次的，拼命要自己擦去了泪。

她想好好冷静，好好冷静的，能不能想想清楚，想想清楚。

可是她刚一想，滚烫悲伤的眼泪，便是由不得她的，难受就又“哗哗”的直淌了下来。

不由人的泪眼模糊，在漫漫的忧伤淡橘色里忧伤着漫漫的淡橘色，仿佛，都只是怪那太温暖的暖暖灯光，在不由人的往人眼睛里洒着太温暖的暖暖雨。

刺骨的冷风，还在满鼓着暖暖的小屋。烫哭着的胡珊，还在冰冰的凉冷着手、脚。

暖光热泪，寒风霜人。

她早已是几乎再没有了怀疑的，悲涩肯定，他，今天，一定是在医院里，查出不好来了。而且，一定是，大大的，大到使得他会前所未有这样的，大不好。她哭泣的，心里其实早已明白，在那团她还没有能够拨开的沌雾里，将会，不是沼泽，便为悬崖。

她真的不知道，不知道，事情怎么会突然间，真的就变成了这样。究竟是上天真的翻脸无情，还是命运真的早已注定。漫山的鲜花，为什么顷刻就一定要化作了遍野霜雪滚烫的新冢；满天的彩霞，为什么瞬刹便一定要卷起了如麻滚烫霜雪的霹雳。究竟是我们造了什么孽啊，究竟是我们作了什么恶。要这样对我们，要这样对我们。为什么好好的一个人，好好的一个人啊，转眼间，便要这样的、这样的被大噩缠身。

他已经一无所有，为了我，已经一无所有了啊。他一生都是个大好人，大好人。现在，都已经是这个地步了，这个地步了，为什么还要这样，为什么还要这样啊。他这么好的一个人，这么好，为什么，上天，为什么啊。为什么还要这样对他，为什么还要这样对他啊。我们只是想好好在一起，平平静静的在一起，简简单单的在一起，为什么还要这样对我们，为什么还要这样对我们啊。为什么。为什么啊。为什么还要这样对他，为什么。究竟为什么。为什么就不是惩罚在我的身上，为什么就不是惩罚在我的身上啊。为什么不让我来承受，为什么不让我来承受啊。放过他，放过他啊。天啊。上天啊，你为什么不睁开眼来看一看，看一看啊。为什么，为什么。让一切，受在我身上啊，让一切，全部受在我身上啊。不要伤害他，不要再伤害他了啊。上天啊。

为什么，我们拼死蹈火都逃过了鬼门关，却还是要有今天这样的一切？为什么，我们好不容易走到了如今，却还是要被噩命紧追？

她，真的不知道，为什么，两个人千辛万苦终于爬到了日出，却是要被看见，前方，是一片烁烁的沼泽；她，真的不知道，为什么，两个人万厄千难终于走上了坦途，却是要被面对，眼前，一把天铡将坦路铡成了悬崖。

她，真的没有办法知道，没有办法知道。

可是，她只知道，无比清楚、清楚坚定地知道，是沼泽也好，是悬崖也好，她都一样，会陪他一起游、一起跳。

从她在蒙灰的窗玻璃上，看到了那一团熊熊的烈火起，她，心里就已经清楚的，重新又明熠看见了那一轮，心中永不熄落的太阳。那一轮，被那一时动荡惶惘而惜痴的伤感与茫昧而真的不想再往前、往前哪怕半点的痴留眷停所合生出的莽莽淡淡的密密哀茫恋惘的轻云所暂行过而遮住了其长长热烈的，心中永不熄落的太阳。

那一轮太阳，告诉了她一切。

她知道，他迟早，也是会一样，散去那茫云，再看见，那一轮——那一轮和她一样着的——其实也就是和她早已共同一起拥有着的——她的，他的，那同一轮——永不熄落的太阳的。

她不怕，不怕啊。有什么呢，那沌雾里，是沼泽也好，悬崖也好，甚至于，是那宇宙的尽头也好，她都不怕，不怕啊。要知道，宇宙的尽头，便是再一个宇宙时空之外的再时空宇宙啊。而那永不熄落的太阳，在心中，便是永不熄落的啊。她真的不想、不想，不要、不要，看他这样，看着他这样，一个人好苦好苦的担着啊。她不能代他来受，甚至于，可能也是真的半点也帮不上他，可是，她真的、真的好想，多多少少，也要帮他分担一些啊。再黑暗，再绝望，她也不怕，不怕啊。他好傻，真的好傻呀。为什么要这样爱她，为什么要这样爱她。一点都不舍让她承受，一点都不舍。

她知道，是他还怕呀，还怕呀。他还没有看到，没有看到。可是，她知道，他会明白的，终会明白的。她知道。她只是有些难过，好想哭。真的好难过，好想哭。

她好想好想，真的好想好想，现在就能，就能，把自己的心掏出来，给他看，给他看啊。

他好傻，好傻。她一直哭着想。

她真的不想看着他在黑暗或绝望之中啊，她真的好想，好想，恨不能可以，直接就把自己心中的那一轮太阳，挖出来送进他心中啊。

可是，可是。

她等着，还等着啊。

不管他到底是怎么了，是什么不好了，只要能治，可以治，哪怕只有半线希望，就是走遍天涯海角，要饭讨钱，我都会照顾着他，帮他去治啊，我什么都不怕，不怕的啊。——你为什么要瞒我，为什么要瞒我啊——你为什么。

她哭泣的，手都寒颤的抖了的，心想悲断。

就算、就算、就算、就算——真的——治不好了——至诚哥，至诚哥啊，我也会、也会陪你、陪你到最后啊，一分一秒都不离开你，半分半秒都不离开你，我会照顾你、陪着你，到最后，最后啊，我们说过的，要一辈子在一起，一辈子在一起啊，我们说过的，会永远在一起，永远啊，难道你都忘了吗？

胡珊心言已泣不成缀。

至诚哥，你就是我的一辈子啊。我的今生，我的生生世世啊。

胡珊心言恸哭。

你回来，回来啊。

胡珊长哭失声。

小屋温暖的亮光，在冰冷的寒风中颤抖。

你还没有娶我，还没有娶我呢啊。

胡珊悲恸，哀绝哭搐。

暖暖的光，依然，恸恸的抖着。

陆至诚，已经到了上海。

《甜蜜蜜》。

是胡珊又来的电话。

他犹豫了一下，便是要司机，关了音响。

他，接了电话。

胡珊止着哽咽。

"……至……至诚哥，你……你在哪里啊……"

"我……呵，我在收拾东西啊……呵，真是乱……真是乱……"

"……"

"……"

"……"

"呵，你呢，在干什么——睡了没？呵——"

"……还没有……至诚哥，你……"

"哦，对了……我本来也刚想打电话给你，我这里可能还要收拾有一会儿，会很晚的，所以晚上不过来了，你不要等我了，好好先睡吧，另外，明天……明天我……是这样，刚有一个以前的朋友打电话给我，要我明天帮忙带他去见一个以前我认识的经理，帮忙介绍一下，所以……所以明天我一早就要出去，可能、可能晚些才会过来，你明天，只管自己……"

突然，车子的喇叭，响了两下。

"……"

"……"

"……"

"……你明天，只管自己做饭吃什么的，不要……不要等我……"

“……至诚哥……”胡珊已是不禁泪声哽咽。

“你……你自己……自己多小心，啊，记着，自己小心……我……我会回来的，会回来的，啊，就是可能会晚些，晚些……小珊，你……你不要担心，不要担心……”

“……”

“……”

“……”

“那就这……”

“至诚哥——”

“……”

“你、你自己，也要多小、小心啊——我……我、我等你的——”

“……呵，好，好……那、就这样——”

“……”

“……”

嘟——嘟。

胡珊泪流满面。

陆至诚泪流满面。

夜风还在寒冷地灌溉着大地。

大地还在冰冻着黑暗的天空。

霓裳披夜，碎彩华章冷人间。

上海。

一家小旅馆内。

307 房间内。

唐梦佳，一个人，还在窗口，看着外面霓华而萧瑟的夜空。

她，错莫的，惘惘伤伤的，看着没有影子的风，一缕又一缕，从她的心上吹过。

夜的霓裳的丝丝片羽，孤独而慈怜的，偶尔，不时，随风抚着她的脸。

那条心形的项链，还在她的掌心，温暖着风的寒冷。

庄生晓梦迷蝴蝶，望帝春心托杜鹃。

唐梦佳出神的不禁喃念着，自嘲的伤苦笑了笑，泪，却不禁，一下子，就是热满了眼眶。

孤独的房间，孤独的人。孤独的泪水，孤独的风。

唐梦佳颤抖地苦拭去了自己的泪，便是还又让自己笑了笑。

她，轻轻的，终还是重新起了一些温馨的笑，不禁柔抚了抚自己的肚子。

还好，孩子，妈妈还有你。

她，不禁的，在孤独的寒夜中，暖暖了泪的，暖暖心言。

风呼呼。

唐梦佳，坐回了桌边，还是要自己，多少吃下了一些东西。

小旅馆的大门外。

陆至诚。

他，在寒瑟的冬风中，推开了这家旅馆的门。

风声飘摇。

遥州。

小屋里温亮的馨明灯光，依然还在泪风中痛涩的飘零着一片哀伤的忧惘动荡。

胡珊伤涩的依然站在冷冷的窗前。

夜的风，依然在连绵的不断冷却着她的泪，她的泪，依然在不断的连绵温热着夜的风。

她难禁的伤心痛哭着，伤心痛哭着。风亮依旧，孤灯依旧。

她不知道，怎么会这样。她真的不知道，怎么会这样了啊。她和陆至诚，从来，从来，都不曾这样过。从来都不曾这样过啊。这样子的一种伤心，也是从来都不曾这样子强烈、清晰有过的啊，甚至就是曾经她和他的泣窒终也分别、相对强装陌路，也不是今天这样子的这种伤心难过。这样了的这种说不上来的很特别特别的伤心、难过。不是惨绝悲绝的锋利撕心裂肺，却是心中肺中如有钝钝而大大的砂子在绞；不是哀绝哭绝的断命丢魂弃魄，却是魂里魄里似被忽然打翻了半瓶透明而浓郁的，药用酒精。寒寒重重的难受，苦苦灼灼的伤痛。一样伤心的哭泣，一样难过的泪哀。寂亮，孤窗，空灯；风泪，冬泣，雨颤。

她真的不知道，不知道，怎么会这样了，怎么会这样了啊。为什么，为什么呀。他骗我，骗我啊，为什么，为什么要这样啊。

千行的泪，滴答着空颤的风来风往。

你在哪里，你究竟怎么了啊。

痛苦的哭唤，还在夜空下随风。

她真的好担心，好担心他。她现在已越来越更确真无疑，他是出大事了，一定，一定的。她已越来越感觉到，明晰感觉到，他似乎，似乎是，在被一片浓浓的大黑暗，越裹越紧了。在他欺骗她的时候，在他欺骗她而不禁声音颤抖的时候。她感觉到了，明白到了。只有在什么情况下，他才会这样，她知道，知道。她的心好痛，好痛好痛。她真的好想好想现在就飞到他的身边，恨不能、恨不能现在就马上便真的飞到他身边，知道一切，知道一切的真相，帮他分担，为他承受，多多少少都好，多多少少都好啊，哪怕只能够是安慰，只能够是安慰，也好，也好的呀，她愿意和他一起在其中，愿意和他一起在其中啊。她的生命，是和他一起的呀，一起的呀。为什么要放下她啊，为什么。哪怕是地狱苦海，黄泉绝谷，她也要和他一起的啊。为什么要放下她，为什么啊。

她一阵剧烈的伤心。

她的心，好痛，好疼。

你好傻，好傻。

为什么要骗我，为什么。

胡珊痴颤的，心绞泪如雨。

我不怪你，不怪你的啊。

胡珊痴痴哭语。

可是你为什么，为什么。

片片哭泣的哀涩颤痛，在她的心风中断扬碎荡。

我不怪你，不怪你的啊，至诚哥，至诚哥。

她哭着，对刚才电话里的那个，真的好疚颤好疚颤的他，痴泣痴说。

可是为什么，为什么要这样啊。

她伤心哭绝的，还是不禁，再次的，喃痛了魂髓。

风，还在夜下恣荡。

会不会，是他房子外面的喇叭声。

她突然，在强止的哭中，一下子，颤屏着气的，莫名，想。

静静的风，静静的风。

突然，更汹涌的泪，却还是猛烈的一下子，便好像更翻了倍一样的，卷着她刹决了堤的哭息，剧冲破了她心上的尽尽自敷。

夜，晚了。

他说，会回来的，会回来的。

她，凝凝地看着小屋的灯，痴痴的，泪眼模糊。

她，还是笑了笑。

我等你，至诚哥，等你的。

泪，却还是蓦的，不禁洒洇了风。

你要好好的，好好的啊。自己多小心，多保重啊。

胡珊哭向着空荡荡的孤独路灯，痴痴言说。

风，还在冰冷的，弹奏着流泪的窗玻璃。

柔柔冷冷的灯光下，胡珊擦着泪，冷静了下来一些的，认真的，在看着那一张陆至诚白天拿回来的结果单。

她看来看去，这张单子，都不像是做了假的。

她一时想到了，那另外的一桩。

无绪而茫重的很多碎山流石，一时都在她的心中杂杂混涌，无措，重痛，沉哀。

胡珊无绪而哀重的心中，翻江倒海般的滚腾着剧烈的苦涩悲痛。一江江，一海海，都仿佛是和她心中陆至诚所已受了的黑暗紧生在一起。她的心，不由人的，就仿佛是被那千条万条从黑暗中伸出的铁索钉钩着。一牵一颤，都是在钻心的疼痛。而那还没有能够看清黑暗里质的无绪惶然，又总是，会不禁的，在那钻心的或牵或颤上，再多添上些，摇摇拉拉的动荡。苦痛的奔牵，哀重的

思连。在那尽抑着如裂的刺心伤心潮水的哀抑颤静里，那如山的悲痛苦重，就好像是愈如山的悲痛苦重为了千沉万巨的山。

上天为什么要这样对他。为什么？

胡珊心颤如碎的，哭泣不住想着。

她泣想起，他，这辈子，总是什么都为了想让她好。他，这辈子，不管有什么事，总是好的先给她，坏的他自己扛。她开心，他开心；她不开心，他就总是想办法要她开心。吃大虾，他总是要先为她剥好壳；吃苹果，他总是要先为她削好皮。倒水喝，他也总是不会让她喝的水能够烫到她或冷到她。可是他自己，却从来都是那么粗粗陋陋的，吃虾总连壳，吃苹果老不削皮，喝水总不是烫了就是冷了。就连两个人只剩下一碗八宝粥的时候，他也是要她吃剩了他再吃。还记得，那时在小屋的第一个冬天，每天晚上临睡前，他都不会忘记，总是还要再给她打一个电话，就是为了叮嘱她晚上要盖好被子，小心着凉，她那时还笑说过他婆婆妈妈呢，后来，他自己却是晚上着凉，感冒了。

她泣想起，他有时候，真的是好婆婆妈妈，婆婆妈妈的，都让人不知道是笑好，还是爱好，是气好，还是疼好。她还记得，以前，有一次下大雨，她都说好了要他别来接她下班了，她自己坐车回去，可是，那一天，就在她已坐车回去了的路上，他却是因为怕她会坐不到车而还是在大雨里往她公司赶去了想接她的时候，被人撞了一跤，还给人骂了，结果，她就在车窗里看见了好像落汤鸡一样的他；还有一次，她本来一直是在等他回来一起吃饭的，可是他却临时打电话回来，歉疚的说是公司有事，不能回来吃了，她就只好说“好”，一个人吃了，可是她吃饭的时候，他却歉疚的又是给她打了好几个电话，她都放了好多次筷子、笑说了好几遍“没关系的，我都在吃了”，可是她吃完了，他却还是空着肚子回来了，她都又气又爱的真不知该说什么好，他却是好歉疚好歉疚的，跟她说对不起，对不起，我早上答应你要回来的。

傻瓜，大傻瓜。

胡珊的泪，不禁湿了手中的那张医院结果单。

她哭泣的想起，他从小到大，老是心疼的总喜欢叫她“傻丫头”、“傻丫头”，可其实，一直最傻的，是他，是他啊。他傻傻的，为了让她能过得好，就老是偷偷去给房东太太钱；他傻傻的，为了她，还老是会男儿落泪；他傻傻的，为了她，被流氓打虐，也不去追究；他傻傻的，为了她，在她的婚礼上，放弃了他的一切尊严；他傻傻的，有那么好的女孩喜欢他，他都还是不爱；他傻傻的，知道煤气罐就要爆了，还赶她走，要她跑。

胡珊什么都再也想不下去了。只有“嘤嘤”而压抑、剧烈压抑的哭泣声，还在落湿着小屋里这一片，沧桑而温暖的灯光。

为什么要这么对他，天啊，为什么要这么对他啊。至诚哥，我的至诚哥啊。

胡珊的脸，哭埋在了她的双臂中。

颤栗的天空，黑色的夜风。

她不管，不管，不能，不能。她一定要知道，他是怎么了，怎么了啊。她不可以看着他一个人受，她不能看着他一个人受。不能，绝不能，死也绝不能啊。他是她的至诚哥，他是她的至诚哥啊。她是他的小珊，她是他的小珊啊。不，她是他以后的妻子啊，她是他以后一辈子的妻子啊。他还要是她丈夫呢，他还要是她今生到老的丈夫呢啊。哪怕是长在他身上的山，她也要帮他一起背，哪怕是等在他前面的绝崖，她也要和他一起跳。他们是连理比翼，生也好，死也好，都要一起成双成对的啊，宁在黄泉携手歌，不作阳间长恨诗。

对，去问医生，去问医生。

胡珊突然又一次，烈想到。

可是，她脑海中，只知道是有个姓名叫赵主任，却又是她根本不认识的，如何去问，怎么去问呢？

风长夜浓。

他现在在哪？他现在在做什么啊？

胡珊担心苦痛的，不禁长望泣想。

他，为什么这么傻，不告诉我。

那压抑的酸烫潮水，还是漫哀的，又泪涨了上来。

她尽力的，又是冷静了下来，想止着哭。

他说，会回来的，会回来的。

回来了，他就会告诉我了。

她还没有想完，那莫名的揪楚难受，便是又淹没了她。

她长哭的，痴痴还看着窗外远处的那一盏孤茫的路灯。

风亮绵绵。

南国娱乐城内。

梁啸刚还在红眼的连喝着闷酒。吕南国还在微笑地劝着酒。

灯红酒绿依然。

夜愈浓。

胡珊擦干净了泪，就是一时忽想到，那红花油总肯定是真的。

对啊，他要用的，要用的。

她一时，不禁便是紧紧地责怪起了自己来。

她看了看时间，估计药房还开着，便赶紧是出了门，想去给他买药。

他一回来，总要用的，要用的。他身上还有淤呢。

她不禁紧紧责怪着自己的，心切想着。

夜风，忧忧哀哀的还在天地间缠绕着一缕缕一线线没有声音的声音。

胡珊凝轻恍沉的，出了屋，关好了门。

她凝然的走过了小屋窗前那一片茫茫而暖暖的她依然是并没有熄掉的淡橘色光亮时，一种浓浓厚厚而强强烈烈的长长渺渺的伤感，却不禁就是恍恍哀哀地盘绕了她。

她站在小屋窗外的那片似乎都能让人很痛涩的闻到几丝眼泪的刺苦忧涩的光暖里，伤凉的玉寒脸庞似乎恍惚的一时又是在这刚才一直哭泣着的难过温亮里感觉到了好几缕好几缕她好不容易才是让自己尽静了下去的忧哀雨线。伤惘而恍沉的涩涩暖亮，笼罩着她已净泪却还余泣的哀伤沐冷玉泗面。清透而依然寒霜模糊的眼帘，惘重苦伤飞织入风。

胡珊不禁一时转回头，从那明透的窗玻璃中，看了一眼好温暖明亮，好温暖明亮，却空空如也的小屋。千万股的沉重与伤心，仿佛又从她的心底挣脱了缰束，要占据她的全部。胡珊急匆捂脸长长吸了一口气，便是强忍泪闭了闭眼，忙转过了身。

要是真的只是买那些药，多好。

胡珊一刹不禁泣想着，泪险狂涌。她紧捂了捂脸，便是飞跑的离开了那一片在今夜仿佛就是被那意外而真的太多太多了的伤心和苦重给堆燃着起来的她与他的家温暖。

胡珊在夜下匆快的走着。

夜色暧昧。昏昏的路灯，暗暗模糊的，仿佛也是在被夜的风摧迫着。

可是胡珊的眼前，却还是亮亮的。是那已又一次的模糊了她的眼，太苦太重的让人哪怕只要再多待一秒就会再也不能禁的泪流满面的那片小屋的光亮。

她匆匆的向药房的方向走着，匆匆快快的走着。那一切的伤苦涩重，都仿佛是在她的心中压抑而激烈的低重吐息着，而她，似乎是只要每再多走前一步，每再多走快一点，就可以再压抑下一些，再坚忍住一些。

她的眼前，还是那一片让人哭泣的光亮。她知道，她只是真的，不想在这一刻崩溃。要晚了，晚了，她还要为他买好药，要买好药。不然他那些淤伤，会痛的，痛的。她噙泪的不禁想着，想着，快走着，快走着。

她知道，她现在离小屋，远了，远了。可是，那小屋，那温暖亮亮、温暖亮亮却空空如也的小屋，却仿佛一直就是紧紧的跟在她后面一样。近近的，紧紧的，近近的、紧紧的就仿佛她只要一回头，就是又可以在那透透而亮亮的窗玻璃里，清清楚楚地看见那亮亮而空空的小屋，还有，小屋里空空而暖暖的一切。可是，她没敢回头，一点也没敢，她也没敢走慢，半点也没敢，她知道，她一回头，一走慢，就买不了药了，就一定买不了药了。就好像，当年，她和梁啸刚结婚的那一天，一样。

一根弦，莫名的刹断。她，还是在黑夜的一个角落处，崩溃了。

对不起——对不起——是我害了你——都是我害了你啊。至诚哥——至诚哥啊。

胡珊在夜的角落里，泣下如雨。

为什么还要这样对他，为什么还要这样对他啊。天啊。为什么？

胡珊向着黑夜苍天，泣下哭扪。

风在呼啸。

胡珊，在向着药房的方向，奔跑。

要关门的，要关门的。

她奔跑的，狂咽泪的想着。

她甚至，很想不要再在这一刻，看见眼前的那一片灯光，那一片温暖如雨，温暖如雨的灯光。不要再在这一刻看见，不要了。

她还要买药，要买药。

她知道，她要是再往那背后空空、空空的小屋里看一眼，不，半眼，就真来不及了，来不及了。

他要痛的，他要痛的。

胡珊狂奔着。

远远、空空的小屋，在越来越远了的胡珊的背后，还在温暖、明亮、伤心、哭泣的，泗扬着一曲《回家》。

长长而愈阔愈浓的忧伤，厚厚而愈奔愈紧的归啼。

早些买好药，早些买好药啊。

胡珊奔跑的，想着。

我不能让小屋空着，我不能让它空着啊。

她，不禁欲泣的，心啼。

回去，要快些回去啊。

一滴忧伤苦痛的泪，再次从胡珊眼角，飞落进了黑夜冰凉的怀抱中。

夜风轻啼。

越来越远了的小屋的灯光，还在越来越远了的胡珊的背后，牵挂着太多太多伤心、苦重却又如夜下海上不灭的灯塔一般依旧的悲暖哀亮的痴眷啼唤。

夜下，空廓出了好长好远一大片谁也看不见的淡橘色绵延。空空如也的暖亮小屋中满满压抑着的伤心苦涩所空充出的满满酸心的伤感，眷连着胡珊溢溢悲楚黑暗无停奔跑所划出的一层又一层不断穿透了光亮中的黑暗的黑暗中的光亮，叠叠绵延着一阔片夜下风中泪眼模糊的痴爱与痛哭。

风依旧在绵延的痴浓痛厚中蜿蜒或直烈的来往进出。

看不见的淡橘色，哭湿了一地的夜。

胡珊大庆幸的，看见药房还开着。

她，跑累了的，不由便是松慢了下来。

可是，绵延的清晰难过，却又是一下子，都叠漫追涨了起来。胡珊的心，都下意识的忍不住还是又往前跑了跑。

还好，买得到，还好。

胡珊在不禁又是漫了起来的那些难过中，还是有着那种一下子的开心的，不禁想。

胡珊向药房走了去。

要是真的只是买那些药,多好。

胡珊走到药房门口的时候,这一个不听话的泣然念头,却又差点就让她哭了出来。

胡珊买好了红花油。

她走出了药房,却是一时,又站定了下来。

会不会——

她顿了顿,又顿了顿,便是重新又进了药房去,买了两瓶白天他说的她记着了的维生素药片。

胡珊凝然地离开了药房。

她一时站在萧瑟寒冷的大街上,借着昏暗的路灯光,看着自己手中装着药的袋子。

刚才一直被纷纷强压抑了的各涛各浪,一时,又都动荡的,升起来淹没了她。

小小一袋的药,却让她,不禁想哭的颤栗觉得,自己手中,就仿佛是拎着一袋动动荡荡非此即彼的黑色太平洋。而不管是此还是彼,这一袋的黑色海洋,都早已注定了是他身心的巨重漩涡,也是他和她,一起的身心巨重漩涡。

她战栗欲泣的,一时都几乎,泪哀的伤颤责怪起了自己,干什么要来买,干什么要来买。

她颤栗的都寒麻了魂的不禁苦厉泪啼撕责起了自己,怎么可以这么残忍,怎么可以这么残忍啊。

一时千千万万条痴绝的悲爱,在烈狂了的痴泪中,就好像是再怎么样也抗不掉那万叠巨山的沉痛黑色的激绝力力的千万痴手,一瞬间都被黑色厉挡狂弹回来反而力上加力千千万万的全都成为了自笞的绳索一般,痴悲的纷扬烈鞭着胡珊。

胡珊在风中,颤栗的湿了脸。

她真的好想,好想,她手中的这些药,是配给她自己的啊。

那多好,多好。

至诚哥就没事了啊,没事了啊。

胡珊痴痴烈烈的,心啼,想。

天,为什么不睁开眼看看。

胡珊的泪,还在风中哭泣。

胡珊,瑟瑟的,走上了回去的路。

她真的,真的好想好想知道,他到底怎么了啊,他到底在哪里,他现在到底在做什么,他现在究竟怎么样了。他现在好不好,还好不好。在做什么,做什么。在哪里,哪里啊。

他为什么不告诉我,为什么。

哀哀而绵密的那种难过,就好像是夜的潮水,凉凉冷冷的潮水,又一次的,不能禁的在风雨中痛着胡珊。

她真的不想他这样，不想他这样啊。她的泪水，就好像是夜的一片又一片的霜叶。她真的好想现在就可以替他生病，不管是什么病，不管是什么病，都好，都好；她真的好想现在就可以把命给他，把自己全部的还完好着的生命都给他，让他好好好的，让他好好好的。生熬死绝，她都要，都要，她不怕，不怕啊，只要他好，只要他好。只要他可以好好的，活得好好的啊。可是，她真的不要，不要他现在这样，什么都不告诉她，什么都不告诉她。她不要，真的不要啊。她不要他这样，瞒她，骗她啊。她不怪他，不怪他，她知道他是傻，是傻啊，可是，她真的好伤心，好伤心好伤心，她真的好难受，好难受好难受，是那种真的伤到了最难受的心里面的，好伤心，好难受。

为什么，你还不懂我的心啊。至诚哥，至诚哥啊。

胡珊颤然不禁，如铰如绞的，哭夜心啼。

风，还在夜下，盘绕着锦瑟的声音。

胡珊远远的，看到了那一盏路灯，那一盏，她很熟悉的，却依然空空的，旧旧昏昏的路灯。

胡珊伤心而苦重的，拭去了泪，伤感的，顿了顿，不禁，便是一时走向了那盏灯。

胡珊在灯下，滞滞的，看着灯。

伤惘的空荡，如雨的淋湿着昏暗的灯光下哀伤的脸庞。

原来站在这里，是这样子的。

胡珊痴痴的，纯惘想。

好多好多的陆至诚，仿佛都是一下子，出现在了她的身旁。

她在昏昏暗暗如雨模糊人眼的路灯光里，仿佛看到了，重新又看到了，那曾经的，好多好多的陆至诚。

两行泪，在她的颊上冰凉。

他说，会回来的啊。

她笑了笑的，想着，眼角却刹然两落滚烫。

她紧拭去了泪，牢抑伤心、难受的，紧拭着泪。

她尽静的，抑净了脸。

去他那里，看看啊。

一个声音，突然，又一次在她心里，清晰的说。

他会不会，正在收拾？

静静的风，静静的风。

一根紧扣着的弦。

轻轻的，指尖一松。

胡珊失声痛哭。

风冷，夜深。

他会回来的。

会回来的。

我等着。

等着。

胡珊在空空茫茫的灯下，拭去了泪。她转回身，看向了远处的小屋，在夜色中，依然温暖明亮着的，温暖明亮、空空如也的小屋。

她想起了，泪眼模糊着的，想起了，陆至诚曾和自己说过的，等有了新家，真正是属于他们的新家，也要买，这样的一盏淡橘色的灯。

风音哀绵。

胡珊，萧瑟而痴绵的，在寒冷的夜风中，轻奔的，向小屋飞盼的归跑着。

她在寒冷的夜风中，眼里满满的溢着那茫茫黑夜下盈盈不灭的小屋温暖而明亮的模糊灯光的，向着那亮亮馨然、却空空如也的小屋，飞盼飞盼的，痴痴的轻奔归跑着。

她看到了，温暖、明亮，而模糊的看到了——她，正静静的，坐在小屋里，等着，等着自己；而自己，回来了，真的回来了。

至诚哥。

胡珊痴绝的泪眼心唤着，痴痴飞盼的，痴奔近了小屋。

小屋的门，轻轻的，开了。

一涛温暖而明亮的空空荡荡，一刹，剧烈的，汹涌了出来。

一满屋温馨的忧伤，谁也挡不住的，一瞬，在门口哀惘伤绵的决了堤。

苦涩缠怅的潮水，亮暖暖的，卷泪稠忧着，哀伤滚滚。

胡珊顿顿的站在汹涌的滚滚空亮里，顿顿的站着。

磅磅礴礴的忧哀苦涩，剧猛绵连的冲击涤荡着胡珊。她，一时，还是不禁难已的，瑟泣的，心抖落颤了起来。

汹涌的空惘哀伤，在夜下明亮温暖的绵泣里，依然恣肆滂沱着痴馨痴绝的泪下雨恸。

胡珊安静的单坐在小屋里。

她痴痴的，痴痴的，等着，等着。

温亮的灯光，还在依旧着喃泪的等盼。

她知道，他会回来的。

她知道，他是终会回来，会回来的。他是终会回来，回来，要告诉她一切的。

她知道，她相信。

她始终知道，始终相信。

始终知道，始终相信。

相信。

知道。

始终。

胡珊,依然还在暖暖而冷冷的明亮忧伤的小屋里,痴痴地等着,痴痴地等着。

夜风冷啸。

上海。

小旅馆内。

305 房间里。

陆至诚,一个人,僵麻无绪的,抱头坐在床边。

弄人的风,还在谑笑的敲打着脆弱的窗玻璃。

陆至诚此刻还不知道,他的隔壁,就是 307 房间。正如,此刻的唐梦佳,一样也还不知道,她的隔壁,已是了陆至诚。

唐梦佳还在努力地多吃着东西。她大口大口地吃着,吃着那些实在让她难以下咽的东西。一半,是为了不想再多想,一半,是为了她的孩子。

我不吃,孩子也要吃。

她边吃边想着。

她大口大口地吃着,用力用力地想着。

一阵难抑的恶心,还是又涌了上来。

唐梦佳弱颤的撑在桌边。

一滴冰凉的泪,还是,伤涩地滚落了下来。

夜的霓虹,在相隔的两扇窗间,低荡徘徊。

陆至诚的目光,破碎的从窗上破碎的霓虹间,再一次的跌落在了昏暗少光的昏暗地板上。

茫错苦乱的哀绪,还如绳如藤的,紧痛纷扯着他的魂。

他痛碎茫乱的,在昏暗的房间里,挣乱着纷扬纷飞的碎锋枯利。他的目光,痛楚而难已的在昏暗的房间里逃奔着每一寸的昏暗。黯淡的天花板上,是清晰的胡珊哭泣的样子;黯淡的墙壁上,是清晰的胡珊哭泣的样子;黯淡的地板上,是清晰的胡珊哭泣的样子。他近狂的错痛苦奔着自己碎乱利窜的裂魂目光,在昏暗而低抑的陌生昏暗低抑中重复的逃奔着不陌生的逃奔的血痕,一遍又一遍的不由在不想痛的痛苦悲哀中不禁越来越痛的陷入了越奔越深的痛苦悲哀中,直到最后近狂崩魄的不能自已的痛绝了的泪哑低嘶了一声,双手如悲如窒如恨如疯的,狠扣住了自己已在黑暗中的黑暗里疯恨欲瞎的血苦紧闭起了的双眼。

一种残忍的残忍逼压,还在让人的眼睛真的很痛很痛的,被痛苦逼退着痛苦的眼泪,被黑暗逼退着黑暗的血陷。

陆至诚颤烫的眼睛,被自己按得都麻了。

残忍的剧痛,一时,真的颤烫地逼下了剧痛的残忍。

陆至诚,哀涩的,烈止着心口的酸搐,拼命地紧箍着自己的魂的心脏的,哀涩的，睁开了眼来。

还是昏暗的陌生的一切。

从窗外映进来的斑驳的霓影，迟涩的在昏暗的墙壁上涂抹着夜的深浓；半盏微弱的破残的黯灯，苍白的在茫昧的天花板上漫散着冬的凛冷；被斑影残灯交叠模糊着的错莫人影，在错莫昏暗的地板上，模糊的擦拭着人的眼睛。

陆至诚碎神的茫盯着地板上的错莫人影，还有不时划碎着人影的从窗外斜进的流霓。

他觉得自己，现在就真的好像是地上的这个自己的影子，纷散零乱，错莫深暗，茫茫昧昧，破破碎碎。一道又一道美丽的流霓，却就好像一刀又一刀残忍的锋利。

他一直都试图没有再让自己感觉到那一刀又一刀的残忍，是正划在自己的影子上。因为他已实在不知道，它和他，究竟谁才更像是谁的影子。

那天花板上的灯，从他进这房间来一坐下起，就一直坏到了现在。他盲盲聋聋的，还一直黑默窒知的冰坐着。他就坐在这莫名好像连异乡的陌生都在戏弄他的昏昧沉暗里，茫错痛乱、麻麻木木的，魂碎魄缠，仿佛，他只不过，一样的，只是在小屋外，由一片黑暗颠簸，顺序流入了另一片相同的颠簸黑暗里。

他的心口，依然压抑的酸搐。

他最后拥抱的胡珊，仿佛依然，一直都还是在他的心怀里，在紧紧的，倾抱着他的心。

她的泪，在不断流入他的血；他的血，在不断染红她的泪。

他的影子，在一道又一道的流霓里，颤瑟捂住了他的脸。

他还是在沉昧的深暗里，难抑的低哭了起来。

风声号涩。

陆至诚的脑袋里，就仿佛是有一大筐一大筐的碎铁块在翻滚。

重、痛、冷、乱。

他无力痛乱的，紧撑着自己的头。

一块又一块的沉重铁硬的碎块，就好像是纷纷都带了无尽浩瀚的海洋般的痛楚黑暗动荡，无休无止的从他的心血中拉扯出着千丝万缕缠而韧绝的纠藤盘葛，哀痛而不可抗拒的将他的全身心全视听毫无余地的往那如吞天食地般黑暗无尽的浩瀚黑暗深渊中死命的拖曳着。

他的全身心全魂魄，都仿佛已失去了全部的挣扎力气般的，被黑暗，往深渊里拖曳着，拖曳着。他真的再也不能挣扎，再也不能挣扎，哪怕一丝，哪怕半毫，那种撕魂裂魄的狂痛，每挣扎一分，每挣扎半缕，一切的一切分分明明、分分明明的便都好像风暴中的海洋、海洋中的风暴一般，更疯更狂的会千万倍的翻倍，将他拖向黑暗深渊中的更深更黑，更黑更深。

他只知道，他就要死了，他就要死了。

他，就要死了。

他怕，他怕，他怕。他怕得，几乎快要哭着发疯，是比死还要更可怕的哭着发疯。他怕死，怕死，可是，他比怕死还要更怕的，是那会比死还要更可怕的会让他怕到哭着发疯的可怕。他害怕，害怕，真的害怕，自己会这么快这么早就死，真的会这么快这么早就死，可是，这，不是他最怕的，不是他最怕的。

无数巨寒的铁砣，依然在暴砸烈拉着他。

他真的不知道，真的不知道，自己到底该怎么办，怎么办，自己到底在想些什么，想些什么？怎么办，怎么了，怎么了，怎么办？

他真的怕，怕到发疯，怕到要发疯。

他自己都不知道，他自己，到底是在怕什么？怕什么？

他哭着，寒绝悲绝的嘶哑哭着。

他在暴重落滑向着无尽黑暗无尽哀绝的几乎能够完全让人疾痛狂悲到天旋地转魂灭魄溃的极致疯恐中，盲绝聋绝的，只是，突然，仿佛又看到了，一场熊熊的烈火，熊熊狂焚的，地狱烈火。是的，是的，就是那么样的一种疯恐，那么样的一种会足足完全让人害怕到要哭着发疯的害怕，他想起来了，他想起来了，就是那么样的一种害怕，就是那么样的一种，他曾切切狂烈，有过的发疯害怕。就是那么样的一种，曾经，当他已被压在了钢架下，而她，却死也不肯一个人走的时候，他狂烈切切感受到的，他一生从未有过、从未有过的会让他害怕到要哭着发疯、会比死还要更可怕千倍万倍亿亿倍的会让他害怕到要哭着发疯的可怕。

他哭嘶痛哑的满目黑暗满耳绝望盲聋之中盲聋更已千万的不住不能停的暴烈不断往黑绝的深渊中绝黑绝深的被千万浩瀚的黑渊不断砸拉的不由自己的下坠、下坠着。他害怕，害怕，真的害怕到了已比真的害怕到了地狱还要害怕的害怕。他好像还不知道，不知道，黑渊的深处是什么，黑渊的底处是什么，黑渊到底有多深，黑渊到底有没有底。不知道，真的不知道，不能够知道。什么都不能够知道，不能够。他什么都想不了，想不了，真的想不了了。他只知道，他怕，他怕，他怕。哭着，知道。

千万堆的乱石，还在他脑中铁滚。

他，在坠落中，无尽害怕着，在害怕中，无尽挣扎着，在挣扎中，更无尽坠落着。不停，不断。

无尽的黑茫茫，在他的魂心周围，千军万马。

他，依然仿佛，在一个无底的黑洞中坠落着，坠落着。

无尽的壁棱石锋，还在残暴的，锯划着他，不停地锯划着他。

他已越来越精疲力竭，越来越精疲力竭，浑身血痕的精疲力竭。

突然，他心口一直还苦苦抑束着的那一切、所有的酸悲，全部统统都在一刹间，崩扬了出来。

一瞬间，万万千千缕他没有办法、完完全全根本就没有办法让自己盲魂聋魄的不看见、不看清楚的他胸口的那一丝胡珊的余泣所在他的心口滴出的万千鲜血的鲜亮明艳，如箭，万万千千的箭，从他的心口里的魂心中，暴迸而出。

无尽的黑暗，刹那如山崩地裂。

千军万马的箭，一刹，也从无尽黑暗无尽绝望的天地崩荡中，尽尽劲射向了他。

尽尽劲射入了，他血淋淋全身的，每一个伤口里。

他的，魂的心脏里。

活着，死一样的痛。

内、外网织。

他在无尽的坠落中，纵纵直下的，被痛网撕着身、撕着魂。

风意抑抑。

他欺骗胡珊的每一句话，每一个字，此刻，都重新又好像是一条又一条的恶狼，一齐咬起了他的心，他的魂。

他痛苦地抱着头，真的不知道，不知道，自己，到底都做了什么，做了什么啊。

我骗了她，我骗了她。

仿佛千刀万剐般的，这句话。

他痛绝悲绝的，一刹激狂中，就恨不能随了从自己心口迸出的鲜血，拼出这无尽浩瀚的黑渊，拼上他全部的力，拼上他全部的力。

却，只是更窒疯了的急坠，与更悲狂了的痛楚。

千千万万只的乌鸦，还在陆至诚的心膛中密集飞翔。

天罗地网。

对不起，对不起啊。陆至诚心酸如煎的，不停不能禁的还哭喃着。

他在依然剧烈下坠着的悲酸撕裂中，依然不停的被悲酸与下坠交织撕裂着。一道又一道的交错的激烈的痛撕，不停的依然还让他在血亮与黑暗、黑暗与血亮间，魂绞魄扯。

他忽然想起了，胡珊对他的许许多多、许许多多有过的好来。她曾在大雨里傻傻的骑着车，路上还不小心连摔了两跤的，来公司特地找正加班的自己，就是为了给自己送一件雨衣；她曾有一个月傻傻的背着自己不吃早饭、不坐公交车的，偷偷的攒钱，就是为了在初八自己生日的那天，送自己一条自己曾说过很喜欢的蓝色领带作礼物；她曾有一个晚上傻傻的守着收音机，再困也不闭眼的，整夜都没有睡觉，就是因为，自己在电台为她预约点了一首吕方的歌，可是，电台的那 DJ，却把这事给忘了。

她曾；她曾；她曾。

一只只碎心的蝴蝶，斑斓的还舞画着一幅又一幅的暖亮而愈暖亮愈悲酸的鲜明情景，这是他的心田之上，辽辽无垠的碎蝶长河。

长河不停的盘绕围缠着陆至诚，紧紧牢牢的盘绕围缠着陆至诚。在他依然的下坠中，在他越来越痛苦剧烈了的下坠中，碎蝶的鲜明悲酸长河，在陆至诚已越快越猛了的下坠中，愈紧愈牢愈庞大的缠绕着他；黑绝残绝的痛哀坠落，在陆至诚已愈紧愈牢愈庞大了的鲜明长河缠绕中，更快更猛的向下痛悲砸拉着他。

已愈来愈不能让人再承受了的魂血的痛极膨胀，已越来越不能让人再忍受了的魄心的碎极狂撕。

坠落，悲酸；悲酸，挣扎；挣扎，撕扯；撕扯，坠落；坠落，悲酸。

灵魂在无尽的黑渊中，螺旋的无尽。

陆至诚在无尽的依然挣扎中，痛苦依然的无尽。

浩瀚而紧逼的嶙峋黑暗中，庞大而渺小的垂死蚂蚁。

“我等你的——”

陆至诚的耳旁，突然清晰的，清晰的就是这么一句，仿佛犹还带着那新泪的心烫的，颤言。

突然，他刹痛胀到了再不能、不能承受了的，魂血，猛的冲头一爆。

缠绕盘牢着他的所有蝴蝶，一刹，全部鲜亮至熠极煜至了的，熔融为了浩瀚至无极无至的，淡橘色的小屋温暖明亮的光。

陆至诚，在一瞬不禁颤绝滂沱了的泪瀑里，蓦然的，真真切切、真真切切，就仿佛是看见了，看见了，那一片温暖明亮的明亮温暖光芒中，温馨的小屋，曾经温馨的小屋，小屋里，正静静的安坐着，等待着自己，正哭泣着的胡珊。

狂极碎极浩荡无极瀚瀚无极的再不能让人、再不能让人忍受半丝半毫半分半缕的，魂心猛一撕。

瀑爆暴狂猛一长狂豪痛。

狂暴的一崩狂。

突然，陆至诚感到了，深深深深的感到了，自己不在那个黑渊中了，不在那个仿佛真的就是那么无休无止无底无尽的黑暗深渊中了，不在那个仿佛真的就是那么无休无止无底无尽、挣挣痛痛痛痛挣挣仿佛真的就是那么永无止尽的螺旋膨胀撕伤坠落的，无尽黑暗深渊中了。

他就仿佛，是在那痛狂了的一瞬间，狂痛的崩爆了所有一切深渊的一瞬间，被那巨光与绝黑齐毁豪崩的狂力，一下子，炸推穿透出了黑渊的底部。

那种会令他害怕到要哭着发疯的害怕，一下子，便从他的身魂周围，消失了。

而在那已被炸透了的黑渊的底部之外，现在他所能看到听到感到的，他的身魂周围，是，茫茫无际——就如同，是一个人，赤裸裸的，掉入了宇宙——的宇宙。

他，知道，绝望的连那一切乌鸦的血都化作了窒息的冰的知道，他已经，终于看到了那一直核心在他看到的每一滴血滴中的那一粒日食般的黑暗的，最深核心处。

他的害怕，已不再是那种会让人害怕到要哭着发疯的害怕——就好像，他曾经，只能那样的哭看着胡珊，依然在拼命的救他，而背后的煤气罐，正在一秒一秒的，继续膨胀着，膨胀——而是，就好像胡珊已经被吞噬在了莽莽的火海中，可是他，却还看得见，听得到，觉得着。

不再如烈焰撕焚着的狂逃一般的害怕，而是，如，在安静的沉入海洋中的最后那一刹，忽然，眼角烫下的一滴哭泣；不再是愈痛愈挣、愈挣愈坠、愈坠愈痛的无尽撕缠下坠，而是，永远的漂浮，漂浮在那永远无尽永远黑暗、无尽永远黑暗永远的，空荡荡渺渺宇宙中。

黑暗与绝望，不再是他的视、听、感觉，不再是他的味、嗅、相思，不再是他六触中的任何任何一切，而是，仿佛就已经为了他的血，他的魂，他的骨，他的身，他的五脏六腑，他的全部，他的一切。

他不知道，他还要不要挣扎，或者说，他已不知道，他还是不是在挣扎。

在深渊中，嶙峋的一切，仿佛总还能让人在痛苦不堪之中，不断地逃避着那还能够尽全力逃避着的不敢也不想去想的一切、一切——只是那愈避愈坠、愈坠愈避的一切的合力，却最终还是让人爆破过了那一切的不敢想，还是让人落入了那其实或者也早已就明白只是因为明白而不断逃避的黑核之中，这似乎，本也就是必然——而在这如宇宙般彻完完悲的黑暗尽绝绝尽世界中，逃避，或挣扎，却都是，那么那么可笑了的。

人，在黑暗的宇宙间，除了被黑暗浸透着的漂浮以外，又真的，还能有什么呢。已经没有了那可想不敢想的底，也失去了逃避的意义——就好像一头在隧道的电梯上逆向狂逃的兽，已经被输送入了无间的屠宰间。逃吧，挣扎吧，可是，逃又还有什么意义，挣扎，又还有什么意义呢？

总要回去的。

他，再也无逃了的想。

又，真能瞒得了她多久呢？

绝望的泪水，黑暗的在他脸上绝望的，安静的，安静恣淌。

他哀绝的，在这遍哀漂浮围飞着的黑暗宇宙里，清晰的，看到了很多很多让他一直想逃着的东西。

他仿佛看到了，在胡珊真的知道了真相的那一刹，就如同，有一只凌厉的鹰，残忍的，疾厉啄破了她那双，多么美丽，而又明亮的眼睛；他仿佛看到了，就在胡珊无论如何也都还不能真的相信的那一刻，有多少颤抖的滚烫泪水，会好像高浓的硫酸一般，从她那如已被啄破了的凄惨双目中，被他喝入她碎裂的心；他仿佛看到了，就在胡珊终于真的、真的相信了的那一瞬，就如同，有千千万万、千千万万只，食人的乌鸦，一齐，扑向了她。

就好像、好像，他现在，所已明明白白、明明白白的，承受了的一切。

不，不，岂止是这些？岂止是这些——他，痛绝的，在已是万分了的痛苦中，又是更清晰了千万倍清晰的，看到，胡珊所要承受的痛苦，又岂止是他所已承受了的这一切。——她那么爱我，那么爱我，怎么受得了，怎么受得了啊。

他的脸，都是不禁的，痛苦颤搐了起来，就好像，曾经，她是那样不顾性命的，为他，拼挡开了尖刀；为他，死留在了烈火中。

刻骨的颤栗，铭血的哭泣。

哭泣。

不，不，不要，不要啊。

陆至诚颤栗的，只听到，清晰的听到，自己心中的一个声音，在不住哭啼。

不要，不要这样啊。

茫茫的宇宙间，无处可逃，无处可逃。

无处可逃。

陆至诚颤栗，抖缩的，抖缩了的，哭泣着。

仿佛，整个宇宙，下起了雪。

陆至诚在纷扬的雪花间，一幕又一幕的，一幕紧连着一幕的，泪眼模糊而又无比无比清晰真切的，还看到了——胡珊每天的以泪洗面，日愈憔损；如一徒劳的治疗，越来越近的倒计时；自己愈益朽重了的病躯，胡珊日愈灰悴浓绝了的哭泣；一天又一天着的倒计时，一日甚过着一日的泪蚀花玉魂；越来越近了的结束，越来越重了的生活负担；只能那样无力地看着胡珊，因为自己，日复一日着偷偷的泣哭；只能那样无能的听着胡珊，因为自己，月甚一月着苦苦的咽悲；而最后——最后——还有，还有那，最后了以后——最后了以后，余下的一切——一切。

怎么办？怎么办？

不——不——不——天啊。

陆至诚在飞扬的雪花间，颤宇心嚎。

多么的残忍，多么的残忍啊——这世上，最可怕的，不是死亡，而是活着，却只能无能为力的等待死亡；而比活着，却只能无能为力的等待死亡更可怕的，就是，活着，却只能无能为力的，眼睁睁，看着比自己生命还要更重要的最心爱，走向毁灭，毁灭。——多么的残忍，多么的残忍啊。

她，将看着自己走向死亡；而自己，只能，看着她那样下去、那样下去。

而，自己死了以后——她。

怎么办？怎么办？

她怎么受得了——怎么受得了啊——啊。

宇宙间心啸的一狂哭浩嚎，疯野的犹如一狂卷雪的龙卷风。猛烈凌厉悲绝到仿佛宇宙的无尽无绝都成为了全宇宙星球的刹厉大碎狂爆炸，狂野恨疯哀极到仿佛黑暗的无垠无极都成为了彻黑暗雪龙的瞬疯完裂猛崩毙。

宇碎宙裂龙爆雪崩的狂疯一刹那，脑壳已如瞬然完溃的陆至诚的黑色白绝眼前，突然，又是划过了一道，淡橘色的光。

他突然，仿佛又是看到了，那暖暖亮亮的还馨明着淡橘色灯光的小屋里，静静的胡珊，依然还在，静静的等待着，等待着自己。

“——嗯呵，至诚哥，以后，我们一起去买灯，好不好——”

脆柔的一声，无比清晰的，刹那，重新，又响起在了陆至诚的耳旁。

半刹，魂在完溃之巅的，空瀚激搐。

会不会——我真的没事？

突然，他想。

一股巨大莫名的空力，仿佛，突然莫名巨大的，就是那么，将他从那已是碎狂狂碎了的无尽无际中，刹吸了出来。

一片广大的阳光，忽然，就是那么真实、真实的，沐进了他的眼里、耳中、骨髓、血核、全身心、全魂魄。

是啊，要是真的没事呢。

陆至诚一瞬，真实的想着。

他只感到了，忽然全身魂的阳光、明朗、温暖。

他只感到了，忽然，全身魂的一种安馨，就仿佛，一切的黑噩，那一切已经将他的心魂撕绞漂崩折磨得如入了阿鼻地狱的黑噩，都只不过，只不过是，一场已经过去了的噩梦而已。而那灿烂温暖的恒久阳光，依然，还是那么温暖灿烂的恒久就在他的抬头之上、触手可及，就好像，昨天不祥之前的那所有、所有一样。

就好像，那仿佛真的永远都不会熄灭的，胡珊为他擎起的温煦光亮一般。

他忽然感到了一股强烈由心底的心底而起的内疚、自责。他在阳光下，不禁回顾地看了一刹那他在此时此刻真的仿佛就觉得已是如噩梦般逝去了一般的刚才一直笼裹着他的密密匝匝的乌云，心中猛烈的千排疚涛万列歉浪，瞬的便是不由激烈的漩涡了起来。

他被不禁绵绵澎湃连连汹涌的对胡珊的内疚、自责，激荡冲涤的心魂颤搐、不能自已。千万句自魂心中排山倒海而出魂颤魄搐激涌的对不起，万千道自心魂中倒海排山激涌魄搐魂颤而出的心疚，都全部全部的好像无尽的海洋，无尽的从他心底的心底中汹涌而出而起着，无尽无止的澎湃淹没浸透着他的全部全部。

他，不能自禁不能自已的，澎湃汹涌的绵连内疚、自责着。

可是，这一切，却又都已是不同了那在黑暗之中再如何也终只能是坠向着黑暗的再如何也终只能是无尽着的一切的撕魂裂魄的内疚、自责，而是，已在了阳光下的，渺望着那已远逝去了的噩云的，内疚的，忏悔。

他在阳光中，在那就如同是带着胡珊的心的全部的温度的暖煦阳光中，疚颤的，仿佛，便是用尽了他全生命万万倍的忏悔，也没有办法来弥补半毫半厘他已对她做出的那原来是多么多么愚蠢多么多么残忍、残忍的伤害。

就好像，他其实曾经很多次的也有过，只是从来没有这样子强烈无比、无比强烈的有过的那样。

我多蠢，我有多蠢啊。

他忏疚后悔的，恨不能擂穿了自己愚厚的心膛。

怎么可以那么对她啊，怎么可以那么对她啊。

万万股积激的悔泪，已是再也抑不了的，齐冲上了他早已变得脆弱了的眼眶。

他在那阳光下的忏悔中，已是早已不再同了在黑暗中时的那样，从他离开小屋起到现在，第一次的真正才忽然如被一锥猛探了心的，明白了，他，对胡珊真正了的伤害。

并不是，他骗了她，也并不是，他瞒了她。而是，在那他骗了她、瞒了她背后，他所真正撕裂了的一种东西。是在那噩云围裹住他时，他所真正对她作出的一种及至了最深心的伤害。是他其实以前多少次的也曾这样过，只是从来没有这样清晰无比强烈过的，次次都是真的伤入到她最深心的伤害。

就好像，一样都是会弹痛到最深心的橡皮筋的弹痛，只不过，这一次，真的弹痛到了最深心。

为什么，我还不懂她的心。

——阳光下，不止是忏悔，而还忏悔的，流了泪的原因。

真正懂得了伤害，而真正有的内疚、自责。

不同于黑暗中已挣扎至了无力再清醒的未真正醒的自疚自责，也不同于以往的层层浅止未深。是他在这一刻，无比清醒无比深彻的，流着泪的，痛悔疚责。

对不起啊，对不起，对不起。

他，不停不断的，悔哭自喃着。

他，在阳光下，忽然才是真正的发现到了，真正这样无比清醒无比深彻的发现到了，原来，曾经那么多次，那么多次他所还只是浅浅感觉到的对她造成了的伤害，本质，竟是这样的残忍，这样多么多么的残忍、残忍——正如，他在这一刻，现在这一刻，所无比彻醒、无比悔哭的，清晰看到的一切，一切。

他忽然才是与以往的明彻都不同了的明彻明白了，那心中的太阳那其实他和她，是共同着的心中的太阳——的核，真正的核。

那，其实就是爱啊——是他们的爱，不变的爱，永恒的爱；是他们的在一起，一生在一起，永远在一起；是他们的可以彼此为对方付出唯一的生命，是他们的可以彼此向对方掏出仅有的灵魂；是他们的上穷碧落下黄泉，天上人间会相见；是他们的山无陵，江水为竭，夏雨雪，冬雷震震，天地合，乃敢与君绝。——而这，就是幸福，真正的幸福，他们真正的幸福啊。

还有什么，比这些更重要呢？

可是，他却是，多少次的撕伤了这些，撕伤了这些。

为什么我还不懂？为什么我还不懂？

——他错了，错了。他真的知道，他错了。

陆至诚，还流着泪的，一下子，就是疾站了起来。

他要回去，马上回去，对，现在，就现在，马上，马上回去。他一分一秒都不想再多待在这里了，他半分半秒都不想再多待在这里了。他要马上回去，告诉她一切，明明白白彻彻彻底的告诉她一切；他要乞求她原谅，乞求她原谅，原谅他这一次前所未有的这样对她作出的伤害。他知道，她是会原谅他的，她是会原谅他的，因为，她还正在等着他，等着他。那如阳光般明亮温暖的小屋灯光下，那就如他们心中的太阳一般光明灿烂永恒的淡橘色灯光下，她还正在哭等着他，哭等着他。

他恨不能马上上车。他恨不能飞。

他想要她知道，他再也不会这样了，他再也不会这样了。是真的，真的。他太恨自己了，真的、真的已经太恨自己了。为什么每次都会这样，为什么每次都会这样。为什么每次，自己都只有在自己开始后悔的时候，才会真正地看清楚自己原来是多么的愚蠢和怯懦，而不能够在还没有伤害到她的心的以前，就及时的好像在那已经伤害了她的自己痛苦的挣扎之后的一切那样的让来了的乌云化作阳光下的碎飘；为什么每次，她都那么那么好的总是原谅了自己，而自己在知错之后，却总是还会一而再、再而三的，重错再错。——他恨极了自己，恨极了自己了。

他奔向了门口。

他恨不能，恨不能可以现在就将心掏出来、掏出来放在胡珊的面前，让她清清楚楚地好看到自己已经清清楚楚了的忏悔，就好像他现在突然才是那么无比清晰无比清楚从未这样强烈这样激切的明白了的，他所伤害到的，那一种，胡珊是把心全部都掏给了自己的哭泣；他恨不能，恨不能，她可以不要再原谅自己，不要、不要再原谅自己了。

他的心，激泣的颤抖着。

他知道，他再也不会这样了，真的、真的一定再也不会这样了。他发誓，他发誓，他这辈子，都一定再也不会这样伤害胡珊了，一定不会，绝对不会。死也不会了。他一定再也不会让自己错过了以后再来后悔、后悔所有的一切、一切了，不会，一定不会，绝对不会，死也不会了。

他知道，知道。他发誓，发誓。

他回看着在自己和她的生命中曾飘来而又散去过的一片又一片的那种笼人的乌云，不禁便是辽彻而沧铭的想，是啊，其实，又都有什么呢。这世上，没有什么是可怕的，没有啊。只要有她，有她，还有什么呢，还有什么呢。除了爱，这世上，除了爱，还有什么，可以真正担当幸福的解释呢。纵然凋尽了天下叶，片心也依然还绿着世界啊。灰浑了全世间，红毯也一样还幸福着三千界啊。——世路艰难些，没关系，起起伏伏，坎坷难厄，两个人只要携手着一起走，那就是幸福的；生活苦困些，没关系，小屋陋户，粗茶淡饭，两个人只要相伴着一起过，那就是幸福的，最幸福，最幸福的啊。——自己怎么会就是那么伤害了她呢——自己怎么会就是那么伤害了她呢啊。——有不开心的事，没关系，两个人可以在一起说说啊，一起分担，有时候说不上一定就会让不开心马上变得很开心，可是，的确是会至少让人觉得很温暖的呀，是彼此都会觉得的温暖；有过不去的坎洼，没关系，两个人可以在一起想办法啊，一起面对，有时候说不上一定就会让坎洼有办法变得坦顺，可是，的确是会至少让人觉得有奔头呀，是彼此都会觉得的奔头；有挣不脱的分扯铁索，也没关系，没关系啊，两个人只要不松手，再也不松手，一起坚持到底，说不上一定就能够马上将铁索挣脱，可是，的确至少让人不用有那分了手反而更痛的彻痛呀，是彼此都反而更痛的彻痛——或者，有再强的压力，也是这样，这样啊。再难再不可能，自己和她，不也已经是一起走到了今天，明明白白、清清楚楚、真真实实、真真切切的已经是一起走到了今天了吗——多好，多好啊。多么美好，多么幸福，多么珍贵的今天的一切啊。有什么呢，有什么呢——梁啸刚还不答应和她离婚，可是，自己和她一起努力，她终是能离成的，法律明摆着；自己父母还不能再接受胡珊，可是，自己和胡珊一起多尽心，他们终是会接受的，自己毕竟是他们的儿子；自己和胡珊现在是还没有一个真正的居处，可是，那新房子不是都已经一起看好，也订妥了吗——是只不过一般到了真的太一般的小新房子，可是，比自己的住处更能让她住着舒适一些，又比小屋更是真正的能够属于了她和自己，是一个真正属于他们的一起的家了，他们一起的家了，多好，多好，多好啊——再说，其实，自己和她，天涯豪舍，或海角蓬屋，哪里不都是家呢，那至深真正的家，其实，早就都在彼此了；自己和胡珊，现在是都比较拮据一些，可是，那小餐馆不也都妥了八九成了吗——再说，自己和胡珊，都有手有脚，什么钱不好一起慢慢挣啊——就算自己和胡珊真的是会穷困潦倒一辈子，可是，只要能够在一起，只要能够一辈子在一起，那，又有什么呢，又有什么呢；自己现在是得了病，那又能怎么样？

突然，陆至诚，正开门的手，顿住了。

自己，现在，是得了病。

他的脑海里，在断住的地方，不禁的，又是过了一遍。

刹然，那一股莫名而强大的强大而莫名的空力，一下子，消失了。

瞬然，他，不能控制的，根本就由不得自己能控制的，一下子，便是又被吸回到了那一茫茫的无尽黑暗中。

无尽黑暗茫茫的浩瀚黑色宇宙。

他的魂，重又回到了，真真切切的回到了，那黑宇中的完溃之巅的，空瀚激搐。

难辨的心幻魂真，永解不脱的，魂心挣扎。

会，真的没事吗？

泪，刹然湿了他一脸。

幸福，幸福。

他悲绝的抖喃着，连不能禁的如自戮般惨绝的哀嘲都已悲抖得半毫半厘也感觉不到了的，颤栗的，不禁颤栗的，就是瑟缩着，瑟缩着的，痛抱头，萎蹲了下去。

他悲崩更已不能禁的是甚过了悲崩之悲崩的，在黑茫茫的无尽渺瀚宇宙中，白空空白，而窒息。

夜风浩荡。

广袤的天地间，黑暗无极。

昏暗破乱的门角，已碎泪不堪的，无力陆至诚。

我还没有娶她。

我还没有娶她呢。

他无力的泪靠在门角，无力的喃着，喃着。

还喃着。

泪喃着。

锦瑟音寒。天地冰。

孤冷的小屋，依然还在黑夜下，温暖着一片等待的明亮。

一席激瑟的苦里，仿佛，又是就那么很忽然的，从窗外飞渗了进来。

旧旧的取暖器，依然还在胡珊的眼中，红红亮亮的，酸楚着旧旧的温暖。就好像，无数片的飞花，忽然，便是在漾漾灯光下的粼粼温暖里，破碎的都离离蝶舞了起来。

漾漾中，依旧着却依旧空空着的等待；粼粼中，仍然着却仍然苦苦着的期盼；离离中，飞舞着的，难禁的飞舞忧伤。

她知道，他是一定会回来的——他说的；可是，她也知道，他应该是要在明天才能回来的——也是因为，他说的。可是，她还是，一直就这么的等着，盼望的等着。她也不知道，她，一直还这样的就等着，究竟，是因为，他要在明天才能回来——还是，他是一定会回来的。

她真的好想好想，现在、现在就马上知道，他究竟出了什么事，他到底，现在在哪里。

她真的恨不能、恨不能，现在就，马上、马上可以将钟上的时针，真真切切、真真实实的拨快两圈；她真的恨不能、恨不能，现在就立刻、立刻可以，看到自己的头上，生出白发来——和他一样的，白发。

你在哪里啊？

你快回来。

你快回来啊。

不禁的心唤，刹然的，还是不禁又模糊了胡珊苦涩的泪眼。

忧伤的飞花，不禁无语舞扬。一片又一片的，又是不断的触划起了胡珊泪纵的心扉。

她真的好恨天，好恨天啊。千艰万辛望天怜，不道苍茫了无情。为什么命运要在千般戏谑万般捉弄后，依然还要那么残忍那么残忍的让人步下化渊脚踏路断？究竟是无情的注定，还是噩梦的命运？为什么两个人，几番跌宕波折几度瘗玉埋香，终于走到了今天这一步，依然却还是，没有能够挣逃出命运布下的黑噩天罗地网？究竟是命运真的无情，还是天意，真的早已注定？

不，不——让命运见鬼去，让天意见鬼去！

她不信，不信，老天，真的会让他走上了绝路，老天，真的会已经让他走上了绝路——不，不，绝不可能，绝不可能——什么病，什么病，是什么病，是什么病治不了，不可能，绝不可能——一定能治，一定能治，一定能治的！一定能！！一定能！！！——一定能治的！！！！

她要飞！马上飞！！马上飞！！！她要马上飞到他的身边，马上飞到他的身边，将她的灵魂和生命全全部部的都给他！将她的灵魂和生命全全部部的都给他！！都给他！！！——她要马上飞到那一切的尽头，马上飞到那所有所有一切黑噩的尽头，寻到那解救！寻到那解救！！给他！！给他！！！哪怕要她顷刻灰飞烟灭！！！哪怕要她顷刻就灰飞烟灭！！！！

——为什么不能飞！！！！！为什么不能飞！！！！！

无垠坚固的黑暗，在闪亮的泪水中，都仿佛是被剧烈的摇撼激荡了起来。

他已经逃过一次死了——他已经逃过一次死了——她，抹泪的，抖重还哭想着。

昏暗中，陆至诚无神而呆滞着，凝住了的双目，脆弱得都好像就只剩下了一层再也禁不住刷洗了的壳。两层壳，脆弱生硬的，就好像是两片单薄的镶嵌在灵魂前的，黑暗而又光亮的单面玻璃镜子，都还在昏暗中空洞而又盲冷的，向外茫茫空空映着，昏暗中微弱铺碎的如萤亮光，和黑夜下动荡轻飞的彩火流霓。

他的脸上干干的，全身都好像是被灌了锈铁一样的石僵寒枯、沉重麻木。他的手背上，一筋一脉，一丝一毫，似乎都还是干涩的在散发着一股浓郁的泪苦味。

他在黑暗中麻木的抽着烟。

一根，接着一根。

长长的，不断掉落着的截截烟灰；长长短短，不断丢落着的萤星烟蒂。

黑暗中，旷旷弥漫的烟雾；烟雾里，浓浓密结的黑暗。

一只又一只的乌鸦，还在一群又一群的，仿佛团结起了黑暗的刺辣烟雾的，在镜子的后面，灵魂前，狂舞着，狂舞着。

就好像是，一片乌鸦的羽毛，轻轻的，不小心，便重重落向了胡珊。

——不会，不会的。

胡珊还是一刹不禁，失声痛哭了起来。

可是，那最坏的可能，还是很坚固的——莫名比从刚才到现在之前之间的任何时候都要更清晰更坚固的——仿佛那一切因为不愿发生而一直还没有拿心去真正真切看仔细的最坏的所有可能，都一下子全部迫人的一齐真正真切逼视到了她的心魄前——在她的心上，盘旋了起来，就好像，一切，其实都已最坏的真实发生，就好像轻轻的那一片忽然的羽毛中，瞬然的，便是已有成百上千的黑色乌鸦，沉重的密集群飞了出来。不堪承受之轻后，更不堪承受的重。

——要是——真的——真的——是——是——是什么——什么——治不好的了——怎么——怎么办。

千万群的乌鸦，一刹，不禁化为了一支长长生锈的铁箭，猛的，穿透了她的魂。

陆至诚痛得手中的烟不禁掉落在了地上。

他无力的，倒在了黯皱不堪的旅馆房间里的床上，枯绝的，呆望着茫昧的天花板。

黑暗的一切，黑暗的一切。

一摊浓亮红明的鲜血，仿佛莲花般的，盛开在了胡珊痛泪模糊的眼前。

那又怎么样呢，那又怎么样呢啊——至诚哥，至诚哥，你不要怕，不要怕啊，有我呢，还有我呢，你还有我呢啊——我没有用，没有用——可是，可是，让我永远陪着你，让我永远照顾你啊——至诚哥——我们说过的，说过的，至诚哥——至诚哥啊——我们说过的啊，不管你生了什么病，什么病，我都会永远陪着你，照顾你的啊——永远、永远和你在一起，永远和你在一起的啊——我没有用，没有用，至诚哥啊——可是，我们说过的，说过的呀——至诚哥，至诚哥啊——我没有用，我没有用——可是，我们说过的，说过的呀，至诚哥，不管你有什么事，不管你有什么事，我都会陪着你，照顾你，一生都在你身边，永远都在你身边啊——至诚哥——就是还有最后一秒，就是还有最后半秒，我都会陪着你，照顾你，和你在一起啊——永远，永远呀——你不要怕，不要怕啊——不要丢下我，不要丢下我啊——至诚哥，至诚哥——我永远都是你的小珊，我永远都是你的你的小珊啊——你永远都是我的至诚哥，你永远都是我的我的至诚哥啊——我爱你，我爱你，永远爱你啊——不要怕，不要怕啊——不要丢下我，不要丢下我啊——至诚哥，至诚哥啊——不要啊——至诚哥。

今生，我已经知足了——知足了——至诚哥，至诚哥啊——我已经很幸福了，很幸福了啊——真的，真的——我们，呵，我们，总是说一辈子，呵，一辈子，可是，至诚哥，其实，我们，早已拥有了比一辈子更多了，更多了啊——至诚哥，至诚哥啊——我们，这辈子，其实，都已经可以知足了，知足了——真的，真的——只求你，让我还在你身边，让我还在你身边啊——至诚哥，求你，求你——让我照顾你，让我陪着你——什么都好，什么都好啊——再苦再难，再苦再难，都好，都好啊——至诚哥——我愿意，我愿意啊——我求你，求你啊——至诚哥啊。

哪怕只还有一天，哪怕只还有一秒啊——至诚哥——至诚哥啊。

字字悲泪，句句哭。

陆至诚的心口，一阵又一阵的痛。

他，在颤抖。

——我不要、不要，再不能陪着你、不能陪着你——我不要、不要，再不能和你在一起、不能和你在一起——不要，不要啊！！！

胡珊泣心号着，泪哭狂痛。

陆至诚心如刀绞。

悲涩的亮，还在渺小而顽强的，暖明着夜的黑。

胡珊，悲苦而狂疚的想起，那时候，陆至诚伤在医院里，那么久，那么久，自己，却是连一滴水，一滴水，都没有能，没有能照料到他。

——不，不，不，不——再不要！！再不要啊！！！！

至诚哥，至诚哥啊——对不起，对不起，对不起，对不起啊——对不起啊。

让我用一生，用一生，来照顾你，陪着你啊——求你，求你啊，至诚哥——让我永远陪着你，让我永远照顾你啊——至诚哥，至诚哥啊。

哪怕只还有半秒——哪怕只还有半秒——哪怕只还有半秒啊！！！

不要再让我离开你，不要再让我离开你啊——不要，不要啊！！！！！

我要和你永远在一起啊——永远在一起啊！！！！！

至诚哥啊！！！！！！

——至诚哥——至诚哥。

黑夜，都被痴哭哭疯了的剧泪狂烫的激荡了起来。

风呼号。

“啊——”

陆至诚抖绝抱头捂耳，溃哭出声。

千古不变的黑夜，依然在锦瑟的天奏中密漫。

万冬不变的寒冷，依然，在浩瀚的长河中延绵。

一片碎掉的寒冷黑夜，轻轻的，披盖向了哭泣中的胡珊。

就好像，突然，有一片枯萎得都好像是枯铁一样锈干了的叶，不小心，刹的，便是忽然重烈千斤的沉落在了她的滚烫心血间，倏忽，瞬然一下子，就无比悲空巨重的，激溅起了，无数苍莽旷辽的雪花。每一片雪花，都让人更痛、更狂痛的，仿佛是在被一把巨重的匕首悲绝的阔扎。

一刹，让人竟绝不能承受的，空空的空气的痛重。

——他，最后，要是真的、真的、先去了、先去了另一个世界了，那。

不，不，不。

半刹间，她竟是泪而狂崩绝溃了的，逃、逃、逃。

不，不，不。

不，不，不，不。

不能看的一切，没有办法看的一切。她，在这一刻，就是死，也绝不能、绝没有办法，让自己看的一切。

她的全脑海，全部，激逃着的空白。

全部，空白着的，激逃。

“不——!!!!!”

一团巨实的漆黑，密笼住了她。

她抖绝紧搐的浸泪着的心脏外，不到半毫米处，依然是那在这一刻无比强烈、清晰着的，那沌雾中，其实也早已在可能中必然了的，最后的那一把最巨重的、巨空而巨实的匕首的，厉绝刃尖。

胡珊，在黑暗中，抖绝的哭泣着。

哭泣着。

陆至诚，呆滞的依然麻木坐着。

他又坐了很久以后，才突然是发现到了，天花板上，那盏原本还昏暗着的残灯，已经，是一时全黑了。

夜下，流霓依旧。

一道又一道的美丽流光，还在不断的，时时的划割着，黑暗中，黑暗的陆至诚。

时间，没有感觉的，静静又流过了一段。

陆至诚，依然呆滞的，在黑暗中，还麻木凝滞的一直看着，在他眼前的两面黑镜子中，不时被密集的乌鸦们切割啄食着的凝滞麻木的自己。

突然。

“嘎——”

清晰的，外面马路上，传来了一声尖利的刹车声。

陆至诚依然呆着，呆着。

忽然，他眼前的两面一直遮着魂的漆黑镜子，就像是被又一次流过了他双眼的一道彩虹流霓给灼中了一般的，突然，开始慢慢的，慢慢的，破裂了，破裂了。

他，忽然，看见了黑暗；他，忽然，看见了霓虹。

不断斑驳的剥落，剥落。

纷飞的霓虹，开始一碎又一碎的，越来越多的，直直进入了他已失去了越来越多遮挡了的裸魂。

无尽的乌鸦，越来越多的，开始和流划的霓虹纷飞的混在了一起。

黑暗与美丽，越来越浓烈的密织在了一起。

美丽绵长着黑暗，黑暗更痛着美丽。

无尽的痛苦绵缠。

一切，都仿佛是在刻骨中，痛的，又一次刻起了骨。

一片又一片的，黑碎的斑斑剥落。一道又一道的，不断直直灼痛了他魂的美丽流霓。

两行浑浊的泪，突然，一下子，便是从他已失去了一切最后还有着的遮挡的痛搐着的赤裸裸灵魂中，浑浊、苍老的，烫淌了出来。

他，颤抖的，捂起了眼。

陆至诚的隔壁。

唐梦佳，一个人，滞站在窗前，远远的，看着马路上刚刚发生了的一起小车祸。

看上去人员都无伤亡，不过货物洒得很狼藉。双方吵得也都很凶。

马路上，一时的拥堵糟糕。

她，滞然的看着。

是啊，人生，就是一场意外。

她一时，不禁忧伤的想。

唐梦佳，滞然的远看着马路，不禁想，那时候，他和她，也是这样子的一场吗？

她不禁一刹的想象着，不知多久多久以前，陆至诚曾告诉过她的，他和胡珊，初时，就是被一声刹车，都又给拉回了路口的情景。

可是，她什么都还没想象到，半刹间，一阵彻骨的悲凉，便又已是淹没了她。

她苦悲的，不禁嘲笑着自己

她恨自己。

马路上，渐渐又恢复了正常。

唐梦佳，还是努力的，拭净了泪，对着空气，灿然的笑了笑。

不能影响孩子啊，不能。

她在心里，反反复复的说着。

已是又恢复了正常的马路上，依旧人来车往，就好像，从来都没有发生过任何事情一样。

一切，终都会被遗忘；而正遗忘着一切的每一个人，自己本身，也都正在被遗忘中。

——多像啊。人和路，路和人。

唐梦佳，不禁伤感地想。

夜色依然黑深。

小屋的灯光，依然在黑夜中长明着。

胡珊的电话，又一次的被陆至诚按断了。

胡珊痛哭着。

无尽的黑霾，包围着她。

她什么都不能够想了，不能够，不能够。她也再不能等了，再不能，不能。

她只想马上见到他，马上见到他，马上，马上。

她不能失去他啊，不能啊，不能。绝不能，绝不能啊。

她哭得衣袖都全被浸湿了。

她忽然想到——对了，他会不会，在一院，就在一院。

对，对，就是，就是。一定的，一定。

怎么就没想到呢。怎么就没想到呢。

现在，就现在。

胡珊立就是起了身，急抹干了泪。

陆至诚打开了门。

他想找服务生，来修一下灯。

他走到了走廊的拐角处了。

唐梦佳准备出去，买一些合胃口的点心吃。

唐梦佳的手，伸向了门把。

陆至诚的手机，又一次的，响了起来。

《甜蜜蜜》。

陆至诚在拐角处，站定了。

他深吸了一口气，就还是，接了胡珊的这一次电话。

胡珊意外而诧喜的，眼泪都激奔而出。

唐梦佳就站在陆至诚背后的，不远处。

她呆呆而泪眼模糊的，几乎，都不敢、不能相信，这一切，眼前的一切，是真的。

“喂，至诚哥，你怎么了？你今天究竟怎么了啊？你在哪里、哪里啊？你现在到底在做什么啊？至诚哥，你告诉我、真的告诉我啊——你为什么不……”胡珊不禁哭泣着的，就是一连串急问。

“哦，我……我……”陆至诚嗫嚅。

唐梦佳的泪，几乎，一刹滂沱而出。

“——诚……”

一瞬间，她不禁，哽咽的，便是伤脱了口，唤道。

陆至诚，一刹，顿然。

胡珊，一刹，呆然。

他，顿木的，慢慢，慢慢，转回了身来。

他，呆住了。

胡珊在诧愕的呆然中，听见，电话，无言的，就被挂断了。

嘟——嘟。

旅馆外开的露台上。

夜风涩凉。霓景迷人。

“——呵，是啊，没想到……真是巧啊……呵……对了，怎么你来上海了——是出差吗？”

“噢……呵，是啊，刚好出差，出差——呵……对了，你怎么也在……”

“哦，我是……刚好来看朋友，她就暂住在这旅馆里。呵。”

“哦……呵——”陆至诚强然的笑了笑，无神的，便是又散乱的错开了目光。

涩长的风中，两个各自萧然倚栏着，都望向着远夜，一样空笑了笑的人。

“……你……现在……在公司都还好吗？”唐梦佳顿了顿，笑了笑，还是涩转头，不由凝看了看正空看着远方的陆至诚的，低萧问。

“……都还好……都还好。呵。——你呢，现在……”

“哦，我……也都还好，呵——我现在……现在是在一家化妆品公司里做，都还好——呵。”

“噢——那好，好啊……呵……”

“……呵……”

“……”

“……”

“……”

“……你……现在……有没有……有没有……和……”

“……呵……她……现在……她现在，正和他离婚……我和她，可能明年……明年会……呵……”

“……呵，那……那好啊，好啊……呵——”唐梦佳在萧萧的长风中，还是笑了两笑的，暖笑了一笑，“——祝……祝你们幸福。”

“……呵……呵，谢谢。——你……你呢……现在……有没有……”

“噢……我和他……呵，上月刚领结婚证，不准备办酒席了，就下月出去旅行一回当是庆祝——呵……”

“……那好，那好啊——呵，也祝……祝你们幸福。”

“……呵……也谢谢。——呵呵……”

“……呵呵……”

“……”

“……”

“……”

“……”

“……呵，还抽烟呢？身上烟味这么浓——”

“……呵，是啊……不好戒，呵——”

“……呵……”

“……呵……”

“……以后还是……还是少抽些好……呵……”

“……呵……”

“……呵……”

“……”

“……”

“——呵，这里到底是大上海——夜景这么漂亮——”

"——呵，是啊……很漂亮。"

风，依旧萧然的吹着。

夜色深沉。

胡珊又打了陆至诚两回手机。他早已关机。

她一个人，萧泪的蹲在陆至诚住处的门口外。

她乱了，全乱了。

她不知道，今天到底是都发生了什么事；她不知道，他今天究竟是怎么了；她不知道，他现在到底是在哪里；她不知道，他现在究竟是在做什么。她不知道，为什么，电话里，会有，唐梦佳的声音。

她不知道，她不知道，她不知道。

只有无尽的风，依然还在纷乱着深夜的阑珊。

南国娱乐城内。

吕南国看梁啸刚喝下了那一杯酒，不禁，笑了笑。

吕南国推说有事，暂走了出去。

梁啸刚继续喝着闷酒。

忽然，隐隐的，梁啸刚觉得，有一团异样的燥热，在心口里生了起来，就好像无数的火蛇一样，在往周身的血液里蹿。

狂蹿。

杨莺，笑打开门，妖艳的走了进来。

长风黑舞。

冬寒逼人。

胡珊，依然还是一个人，滞然的泪蹲在陆至诚住处的门口外。

黑暗的楼道里，只有风，涩乱的声音。

从她在小屋的门口滞然的挂上了手机，脑海里第三次的再清晰不过的为那一声"诚"符上了唐梦佳的名字起，她的一切，心里的一切，便全部都乱了。

就好像，一艘已经义无反顾的坚定熠亮着准备要驶入航海图上所明标出的一条汹涌路线了的船，突然，却发现了这张航海图有假的可能。

胡珊自己也不知道，本来要去医院的她，匆急离开了小屋后，却为什么会是，来了这里。

她同样也不知道，为什么，在她刚刚意识到了她原来一直所相信着的那张航海图有假的可能的初时一刹那，她心中，会是有猛烈的一瞬惊喜滚过——不，简直应该说，是狂喜，是简直就根本没有任何语言能够完彻形容清楚的狂喜。而在狂喜之后，一瞬的，便是又猛烈的大悲——是难以形容的，比"淹没"或"窒息"更让人觉得难以呼吸的大悲。

一路上，她都很乱。很乱。

她什么都想不清楚，想不清楚。一路上，她只是很明白一件事，那就是，她想，想，能在他住处，真的看见他，马上真的看见他——哪怕，同时还有唐梦佳。

她的心里，还是很乱。

没有人能在这一刻，告诉她在此时已哭麻了渴望着的真相——他的手机关了；而他的住处这里，也分明没有一个人。

一切留给她的，只有愈剧了的动荡，还有愈剧了的迷茫，还有，烫了冷，冷了烫的眼泪。

她在他给她的迷宫中，苦痛的，精疲力竭。

可是，她却依然还是，半丝都没有想到过——哪怕半丝中的半丝丝——他有什么错。她只是，心里难过，难过，好难过。

她不知道，她为什么竟然会那么希望，可以在这里见到他和唐梦佳；她也不知道，她既然那么希望能在这里见到他和唐梦佳，她的心里，却又为什么会有那么狂烈的悲伤——是要比在小屋中，他欺瞒她时，更悲伤了千倍的悲伤。

而此时，她一个人都没在这里看见，却是，重新又不能抗拒的，清晰感觉到了在小屋中时，她所激逃着的那种绝望——沌雾中的巨空而巨重的匕首尖，依然又在了她紧搐心脏外的不到半毫米处。

此时，唯一能将匕首拉松的，似乎便是唐梦佳这个名字；而唐梦佳这个名字，此时，似乎只要每真实的多拉松一毫米匕首，却又真实的，是在仿佛多往她心里扎深一毫米铁针。

胡珊就好比，是在一座迷宫中，拿着两张真假莫辨的地图。

假如唐梦佳是真的，那么，他，就没有病，没有病了啊；而假如唐梦佳不是真——可是，那一声，那清清楚楚的一声"诚"，除了她，又怎么还可能是别人呢？

——就算是她有事，找他，或者，就是相遇了，说些什么，都没关系啊，没关系——可是，为什么不跟我说，为什么不跟我说啊。难道，就是因为梁啸刚今天吵架时最后故意说的那一句吗——不，不，不。不啊。

——你怎么会不懂我的心？你怎么会不懂我的心啊？

胡珊的心伤，比原来的那一张地图时，要更痛深了千倍的，磅礴着她的泪。

她不禁的哭着，哭着，可是却又还是不时的，会从这种极痛的磅礴中落解出来——一切，并非牢如铁箍——似乎——总就还是觉得有些说不上来的，什么不对劲。

什么不对劲呢？

她对陆至诚的了解；还有，今天发生的一切，一切。

他，是会在乌云真正来到了的时刻——其实，谁的生命中又可能没有乌云过呢，她哭想——那么傻的，为她好，却反而就是那么真实的，伤到她的心。可是，她了解他，知道他——她和他已经一起都走过了这么多，现在，还有什么样的事情，对他来说，会是心中那他和她一起顶着的太阳的乌云呢？——还有什么事情，是会让他像今天这样，吃喝谈吐间都充满了难掩的仿佛是要和她绝别了一般的哀伤？还有什么事情，是会让他像今天这样，前所未有的，踪息全无，彻骗了她，可是话语里，却又是充满了难抑的矛盾疚颤？——至少，梁啸刚不可能是，唐梦佳，同样也不可能是。

她相信这一点——没有任何理由，可就是仿佛从自己的每一个细胞里都在发出齐声的呼喊一般的，相信这一点。

就是唐梦佳又找了他，或是相遇，或是有事，等等——他都不可能这样啊，绝不可能——他不会不明白我的心的，不会不明白的呀。

她只听见自己的灵魂在呼喊。

那么，今天的一切，还是医院有事？——匕首的尖，又开始扎起了她紧搐的心。

——那，是我听错了？

她试图让自己相信自己听错了的结果，却反而是那一声“诚”字的更清晰。

于是，钢针便又刺起了她。

她依然还是不知道，今天，到底都发生了些什么。他今天到底怎么了。他现在在哪里。他现在在做什么。他电话里，怎么会有唐梦佳的声音。

她就好像是在迷宫里不能禁也丝毫没有出路的，只能是不断兜着圈子的，进退无路——她无比的希望陆至诚今天在医院里查出病来了的推测是假的；而如果陆至诚今天的一切反常，都只不过是因为了唐梦佳，是他怕她有介意（胡珊在这一刻，还半分半厘的都没有想到过，最后还有的，毁灭性的那一个可能；她现在所单纯推想到的唐梦佳和他的一切，都只是完全纯粹的建立在两人一般化的接触、或最多就是唐梦佳单方面还对他痴心的这一层面基础上），那么，一切，对她来说是有如钢针的；而她在钢针长刺的剧痛中，又不得不是那么自然的，就好像是痛把她细胞中的呼喊都给压了出来的，会不禁全身心的又铁定，这不可能，是无论从理智还是情感还是本就不该分出什么理智或情感的全灵魂来说，都觉得铁定不可能的；而她一觉得不可能，那么陆至诚可能将会死去的那一种绝望，就会又包裹向她；她需要逃，唐梦佳的那个声音，就又会分外清晰起来；唐梦佳的声音一清晰，一切就又回到了圈子的开头。

她在不断灌进楼道的风中，苦涩而又悲伤的，哭哭顿顿，顿顿哭哭。

她在陆至诚给她的迷宫中，痛苦地还奔跑着，奔跑着。

她在两幅完全不同的地图间，挣扎来去着两种完全不同的痛苦。——她将会永远失去陆至诚；陆至诚直到今天，对两人间的一切信仰，还是如此脆弱。

胡珊在这一刻，暂时还没有看到，她自己这两种看似完全不同的痛苦的实体，其实，最本质上的一条共线，最深最深的共线——她害怕陆至诚会死去，这是一种巨大到她在这一刻根本就不可能再有其他任何思维了的恐惧害怕，而也正是这一种恐惧害怕，暂时地已经吞没了她在这一张地图上，她在小屋里时，所有过的那一种伤心，她对于“你为什么还不懂我的心”的泣血伤心；而她在那另一张地图上，所感受到的，其实，只是另外一块，对这种同质的伤心加剧加烈了的伤心。——这两种伤心，是同质的，共线的。它们，其实真正的意义只有一个，那就是——两个人灵魂间的，真正完彻融通。其实也许也很难说，这两种表面上有些不同的伤心，哪个比哪个更痛苦些——前者，他是因为病，瞒骗她；后者，他是因为怕她介意，瞒骗她。前者，深刻在了命运里的，那一种痛苦；后者，不是很深，可是，却正是因为那么的浅——怎么两人间的所有，难道到了今天的一切，都还是如此的脆弱吗——才是剧烈到了深的，一种痛苦。

而胡珊，始终都还是没有办法去相信，今天他的一切，就只是因为了唐梦佳。她没有办法相信，没有办法相信。

可是，她又什么都没办法想通，没办法想通。

她不要失去陆至诚，就必须要让自己相信他是因为了唐梦佳；而她一要自己相信，就又根本觉得不相信。

一种撕命的难受。

她跑得很痛，很累。

半夜里的时候，哭累极了的胡珊，终于还是一下子，跌倒在了不相信的那一步上，一时痛得，再也没有办法爬起来了。

巨空而巨重的匕首尖，猛的，就是巨黑的命追了上来。

不要，不要没有你，不要没有你啊。

灵魂的彻长痛唤。

胡珊在巨大的恐惧中，刹的，就是颤站了起来，疾跑出了楼道。

原来的那张地图，还是裹住了她。

她去了一院。

她其实一直也都再没有机会想清楚过，为什么，她会那么全身心的毫无理由的就是根本相信，他是绝不会就为了怕她介意唐梦佳，而才有今天这所有令人难过的一切——正如，此时，早已又一个人回到了修好了灯的房间里的陆至诚，同样也是再没有机会想清楚过，其实，在他的生命中，曾所穿越过了的一切乌云的中间，都写着同一个最关键的词，那就是：灵魂的力量。

灵魂。——灵魂的力量。

悲剧的是，灯光下，他的手边，柜子上，刚好就是有一本，不知是谁留下的，米兰·昆德拉的书。

陆至诚，在灯光下，黑暗着。

他所始终没有知道的——到死也没有——是，其实，胡珊，心的最深最深，始终相信着他的灵魂力量，她其实，始终相信，到死也都还依旧着的最深最深相信着，他行的，行的，他会看到的，终会看到的。——而他，却是其实，一直到最后，也都再没有真正的、真正的看清楚过，究竟，什么才是逃避，什么，才是穿越。

对于命运，有时候，真的又还能苛求什么呢？

风，依旧在深夜里吹着。

小屋，空无一人的，在黑夜下还温暖明亮着。

南国娱乐城内。

狂乱了的梁啸刚，迷拥着妖裸了的杨莺，全魂魄里都是胡珊着的，奔腾着。

风呼啸。

胡珊还在一间又一间病房的，苦苦搜寻着陆至诚。

唐梦佳当夜便退了房，离开了这家小旅馆。

唐梦佳静静落泪的，拖着行李，独自走在深夜的马路上。她最后，又是远远的回望了一眼，小旅馆，那间她已住了很久的房。

她模糊的凝凝望着，那间房隔壁的那扇窗。

空空的窗。

冰凉的泪。

新的继续漂泊。

胡珊还在，苦苦的搜寻着陆至诚。

寒风凛冽。

近午夜了。

二十三

最后第八天。

已是过了凌晨了。

一个值班的护士，劝胡珊，回去吧。

她跟胡珊说，你要是想问赵主任，那最快也得到天亮后八九点钟，他才会来，你还是先回去吧。

浓黑的夜。

号啸的风。

陆至诚，还僵木的，寒白坐在床沿边。

无数的黑绳，仿佛在他的宇宙间挥舞。每一股绳子里，都仿佛捆了太多的不能承受。

和唐梦佳的那一意外的可说是来也匆匆去也匆匆的相遇，对他来说，虽并没有唐梦佳心里那种命运的惊天动地感和凄凉悱恻，却也多多少少的，是实牵起了他心里一些旧日的伤愧的。就好像，很意外的，是在一太深的黑夜里，忽然被触勾起了一道远逝了的昔日夕阳的伤感余芒。

只不过，这道余芒的短暂，比它本身的伤感，似乎还要更值得人扼腕——陆至诚，在知道了她已有工作并已婚后，心里的那些旧伤愧，便仿佛都是了了愿了一般的，安慰的，重新就又都是落埋入了尘土里去了。——落埋的半丝半毫的余绪余缕都没有。余芒的伤感，起来的意外，落埋的也迅速——迅速的，彻落的，几乎就可以说得上的对唐梦佳的又一种残忍。

——其实很多人的一生中，也许都逃不过这样的一种残忍：某个人，对你来说，也许改变了你的一生，而你，对对方而言，也许却只是一缕，不小心，落在了肩头的发丝。

早上近四点钟时，胡珊才是在小屋依旧明亮着的馨馨灯光里，尚带着泪的，趴在桌上，不禁疲困睡了去。

陆至诚也是在苍白刺眼的灯光下，噩噩地睡着了。

胡珊做了一个梦。

她看见，她正站在家中的厨房里——她在梦中觉得，好像不知是曾在何时，于梦中也曾梦见过的，他和她的家。——她的手里，正把拿着一锅罐热气腾腾的刚煎好的药，在往一只碗底已有些泛了渣黄的旧瓷碗里慢慢地倒。褐黑色的滚烫药液，汩汩热热的，慢慢，在碗里升满了起来。一时，也不知道是让那药味烈熏的，还是热气冲腾的，她的眼睛，竟是随着碗里药液的渐满起，也泪水模糊了起来。她尽量的倒净了锅罐里的最后一滴药液，碗里刚好九分半满。她放下了煎药的锅罐，便是匆忙的赶紧抹去了脸上又已是淌下了的泪。——泪珠从她的手背上，不小心的就是滑落在了她左手无名指戴着的戒指上（特别清晰的，就是陆至诚送她的那枚），熠熠闪亮。她刹然心里猛一攥疼，自责不禁的，就慌慌，忙是快拿了纸巾，先紧要擦净了戒指。——她净抹了好几遍的脸，心里一直自责而不放心的想着"应该不会看出来吧"。碗很烫，手一时拿不上。她照旧（她也不知道，为什么感觉是"照旧"）便是拿了一块厚抹布，衬在了碗外，然后，就是双手，隔布小心翼翼地端起了药碗，接着，便是小心小心的端着药，往外走了去。——还是很烫，烫得她的双手，就好像是在被烧（她竟觉得这种感觉，有种说不上的熟悉）一样。"小心啊，小心啊"，她小心翼翼地端着九分半满的碗，再被烧得痛，也还是一心只千万千万的要自己拼命小心着，不让一滴药液溢洒出碗外。走过淡亮着的客厅的时候，她痛着，却一时还是不禁的顿停了一小下，稍稍看了一眼窗台上正盛的那盆蝴蝶兰——好鲜艳啊，好美——她心中一阵莫名的淡淡却又清晰、浓浓的乐乐，却又紧接着一刹，仍不由是难禁的难受（一下子就愈难禁了的难受），泪差点就入了药。她忙紧自已。——一片好熟悉的温暖淡橘色明亮呀——终于到卧室的门口了。她将碗小心的、依然没有在最后溢洒掉半滴药液的，轻轻放好在了卧室里的柜子上。她手离开了碗，一时莫名说不上就是有种高兴的——不仅仅是手可以不痛了的高兴的，很高兴——不禁轻蹦了蹦，紧忙的，就是紧将烫痛着的手忙捂在了耳垂上，凉了凉，然后，便是轻松的轻轻微舒了一口气。——"又烫痛了啊？"陆至诚低柔的声音，"——傻丫头，你等它凉一些了再端过来啊——"

"医生说一定要趁热就喝下才行咧——"她微笑地说着，便是转过了身来。她看见，挂着她和陆至诚的一幅大大的结婚照的那一面雪白墙壁的不远前，陆至诚瘦枯的，身体四肢一动也不能动的，正就那么僵躺在床上——他脸灰暗灰暗的，瘦得真完全就只可以用"皮包骨头"四字来形容（她也不知道，她

为什么一点也不觉得惊诧,反而仿佛,什么都好熟悉——只是,她心里,清晰一烈阵的难过,险又要哭)。——他正勉强的侧着头,微笑地看着她。她忍着心里一时好一阵的难过,想起他很快就又可以喝药了,才是感觉又好了些。她努力笑了笑的,便是轻轻地向他走了过去。她一边走着,一边不禁却又是无由忍不住就抬目看了一眼那幅大大的结婚照。一种浓烈的(短暂短暂的,她都还没感觉清楚——只能模糊讲,就好像,是有九百九十九倍的客厅里的那盆蝴蝶兰,半瞬间,便都出现在了她的眼前)——却不由又猛一阵揪楚的难过(同样,九百九十九倍的更猛)。她赶紧又不看。

她轻轻地走到了床旁,努力笑笑的,一边跟他轻说着"等药稍微凉一下",一边就是坐了下来。

"……今天……觉得好些吗?"她不禁难受的就是轻轻抚摩着他嶙峋的脸颊,和已皱成了一团的脖子,强微笑笑的,轻轻问。

"好多了,呵,好多了——"他笑笑地说着。她看见他的眼里溢起了泪花来。

她心里更烈一阵难过,差点就忍不住了。

她忍泣的,不禁就是依伏在了他已僵枯、却依然宽暖着的胸膛上。她的脸颊,依旧清晰的,能够感觉到他心脏从胸膛中透出的还仍然强烈而有节奏着的暖热跳动,"……至诚哥,这药一定行的……你看,那么难找的龙涎香,都让我们觅到了,这药肯定能好的……肯定能好的……你最近,气色都真的比以前好了许多呢——"

她听到了两声低然却也是很坚定着的哽咽的"嗯"。她赶紧用力忍下了心里的难过的,就是笑着抬起了头来,"至诚哥,我再念一段书给你听吧——"

"好啊——"陆至诚犹带着泪光的,灿然笑了笑。

"……嗯……我看看……昨天念到哪里了?"

"嗯——是阿玛兰塔怀孕了——"

"——找到了,呵——念了啊——奥雷良诺……"

(她不清楚自己究竟念了些什么,一切内容都很模糊——只不过,她很清楚,自己是念到了阿玛兰塔和奥雷良诺一起听着蚂蚁的哄闹、蛀虫的巨响、野草的尖叫,也一点不觉得恐惧的那地方,就停了。因为,她估计,那正凉着的药应该已经是刚好能喝了。——虽然,她也同样不知道,自己到底是念了多少时间。)她轻放下了书,跟陆至诚说了一声,就是起身,走向了放着药碗的柜子。药还是热气腾腾的,有些烫人眼睛。她依旧(莫名是"依旧"的感觉)微微的先试了一小口——烫舌,不过能喝了。就是苦,苦得她差点又要哭出来。她快快的轻走回了床边,笑跟他说了声"能喝了",然后,就是弯下了腰。她奋尽了力气的,就是将全身都已动弹不得了的陆至诚的上半身,从床上抱竖了起来。(——好重啊,真的好重啊,她莫名,真的就是觉得好重好重啊——可是,一定要抱起来啊,一定要抱起来啊,她一心只奋力着,拼劲的奋力着。奋力中,还带着小心的小心。她怕、怕会弄痛了他。莫名，她觉得这种重，还有这种奋力，怎么就有种奇怪的熟悉——就好像，她刚才莫名就觉得手好像是在被烧时感到的那种熟悉一样。）然后，便是在他背后垫上了被枕，让他靠坐好了。她不禁喘吁吁的，心里却由衷的微起了一些开心（抱起来了啊，呵，抱起来了啊）。可是，她一看见他无言的起了泪花，心里就猛又是一阵难过。她赶紧去端了药来。她坐在床边，小心的，轻轻一勺一吹的，慢慢小心的就是喂着他。

他喝着药，喝着药，却终于不禁，还是流泪了起来。

"怎么，怕苦啊——咦，喝完了有糖哎——"她呵笑说着，心里却早已也是热泪纵横。她轻轻的，微笑着，帮他擦了泪。擦着擦着，她自己却反而是越来越忍不住泪。

他颤抖笑了笑，无言的，没有再流泪，只是大口又喝起了药——大口大口的。

喂他喝完了药，她心里，莫名便是一阵的开心——好开心好开心——就好像，刚才那些没有流出来的泪，在一刻，却都全化作了开心，一起淌了出来一样。她看见，他也是无言地看着她，灿烂了好一会儿的笑。她剥了一颗大卡通绵糖，要给他吃。他却坚持要一人一半。他鲜活的笑说，你刚才不是也尝了药吗，不苦啊？

她拗不过他，就只好不禁笑的，便真是一颗糖一人一半了。

她和他相看的笑着，灿烂的吃着。——好甜呐——她不禁，就是开心的想。

他的右手，轻轻的抖挪了挪，她一时，便是甜甜笑的，伸过了手去，暖暖轻紧握住了他的手。（莫名的，她知道，他是想握她的手——不只是好像有种说不上为什么是已经习惯了的快乐熟悉——更就好像，有时候，他只消看她一眼，她就知道他是想要对她说什么一样。）

他无言的，笑得很幸福。——她也不知道，她怎么会就忽然想到了"幸福"这个仿佛早已很遥远却又似乎依然很亲近的词。——而当她这么隐隐半刹而过的想着的时候，她自己，也仿佛早已是被"幸福"这个词，洋溢得真的真的好幸福好幸福了起来。

她和他，相视着，相视着，静静无言胜万语的，欢乐笑着，幸福笑着。

她和他，一时都不约而同的，灿烂看向了墙上的那幅大大的结婚照。

她觉得，此刻，真就好像是有一股蜜一样的东西（是比她嘴里的糖还要更甜蜜上起码一万倍的蜜），就是那"……"——幸福——由刚才那些没有哭出来的难受，统统一下子，全部开心的又变回成的（不，更已是仿佛都剧烈翻了倍）——在从照片上，潺潺的直往她心里流。

她和他，一时又是相视，却不禁，都是快乐的，幸福的，都轻轻笑出了笑声来。

"——对了，至诚哥，我在家政中介另外又找到了一户要佣的人家，下礼拜就能去做了——每个月都能多五十块咧——”她开心的，告诉他说。

“呵，那好啊——太好了——”陆至诚开心的，灿然若日，右手都又是抖了抖。她觉得他的手指是碰紧了一些她的手。（她好幸福——就好像，是他快乐地拥抱了她。她莫名，熟悉心透，他的一切表达——就仿佛，他的每一牵每一动，都是由她自己亲心生发出来的一样。她和他，就好像是共用着同一颗心一般。）

她幸福，甜蜜紧紧拥抱着瘦枯的他。

“小珊——”

“嗯？”

“以后，你去的人家，要是再对你不好，就不要做了，大不了重新再找，啊——记得——傻丫头，千万记得，啊——”

“嗯，知道了——呵——一定记得的，呵——”

“呵——”

她快乐的，抬起头，幸福吻了吻他。

“嘻嘿，至诚哥，今天啊，我又路过原来的那家小餐馆了——哈哈，他们生意可好了，我看见门口都有人在排队买点心哈——”

“哈哈——那是肯定的啊——那块地方可是最好的，最好的呀——他们还叫‘好聚来’吗？”

“嗯，还叫。呵，他们一直还是叫‘好聚来’呢——”

“哈哈，好，好啊——这名字可吉利，吉利着咧——‘好聚来’，哈哈，好聚来——嗯，对了，他们卖的啥点心啊？”

“嗯——好像……对了，写的是梅花糕——”

“哦——梅花……”（他一时仿佛不禁有些出神，脸上恍惚的漾着一种难以言喻的如追如忆又如痴如醉的难表幸福与甜蜜。她痴痴地看着他，不禁也是和他一样的，醉陷入了这样的一种幸福与甜蜜当中，就好像是一瓣花，牵着另一瓣花幸福的一起跳起了舞。——虽然，梦中的她，自己也说不清，她到底是和他一样的，一起追忆起了什么，可是，感觉就是那么清晰、强烈着的——现在的幸福，和过去的幸福间，仿佛恍惚的一下子，就是瞬搭起了一座桥来。她在桥上，突然的，看见了一个词——同样是和“幸福”那样，突然，而真的就是那么真真切切的——“永远”。她慢慢回过了神来，看见，他正幸福微笑地看着她。她在他深凝的眼里，不禁是幸福的——不，是愈幸福的、极幸福了的——便又是清清楚楚的看见了正真真切切着的一切——“永远”的一切。——她幸福极了的，一瞬间，简直便只想，能够跳进他的眼睛里，直接去紧紧拥抱他的一切——心儿，或魂儿，总之，一切，一切的一切——和他，永远，永远永远，同心共魂，一命一生。）

她难以言喻的大幸福的，紧紧又拥抱住了他，紧紧。“——至诚哥，你想不想吃——明天那我早些去，趁排队人少，也买些回来好不好——”她抬起脸，深爱看着他，欢喜的说。

“呵哈，好，好啊——买回来了，我们一起吃——”

她幸福的，不禁又是轻吻了吻他，然后，淳喜着，便是情不自已的，又将脸依埋在了他宽暖的胸前。她幸福的，紧紧拥着他，紧紧拥着他。

“……至诚哥……我爱你……”她轻轻的，幸福闭上了眼，不禁挚烫说。

“我也爱你啊……小珊，我爱你……真的真的，好爱你……爱你啊……”低徊，而浓烈如掏心的，他的依旧坚实而韧定的声音。

“——至诚哥，不管怎么样……你都还有我呢……还有我呢——我爱你——永远爱你——”她幸福的，滚烫挚然的都起了好热好烫的泪花的，淳贞熠然的，“不管、不管怎么样——至诚哥，我们……我们……永远、永远都还一样是，都还一样是，这世上最幸福的……最幸福的——”

“……不管怎么样，我们、我们永远……永远都还一样是，这世上、这世上最幸福的——最幸福的——”陆至诚坚韧的声音，也是起了滚烫的哽咽。

她终于再也忍不住，哭了出来。——不过，是太幸福、太幸福了的，幸福甜蜜极的，滚烫泪水。

烈烈的泪水模糊中，她看见了，漫天就好像她手上的那一枚他亲手为她戴上的戒指上的钻石一样的莹莹璀璨。璀璨中，他和她的那一幅无比欢乐幸福的大大的结婚照前，遍野盛开着的盈盈鲜艳的粉色蝴蝶兰。

遍野，漫天。

泪潮慢慢、慢慢渐退。模糊，慢慢，又重新变为了清晰。

她又看见了自己的一滴泪，从手背上，轻轻的，滑落到了那一枚依然熠熠着的戒指上。她的心里，莫名厚厚绵绵一长阵的，深远辽旷悲伤。

她静静的落着泪，轻轻的，拭去了戒指上的泪珠。

她凝凝的，又定定看了好一会儿，面前大理石基座上那一束鲜艳的粉色蝴蝶兰（她莫名觉得，就好像已经是看了很久了）。她眼前，一时不禁又一阵悲伤的泪水模糊。（莫名的，就觉得都是“又”。）

她抹去了泪，让自己笑笑的，甜甜笑笑的，慢慢的，就是轻轻、凝凝的，抬起了头来。

苍灰色的坚硬墓碑上，照片中，他的笑，依然温暖、鲜活如昨。

不能禁的，又是辽烈一阵，滚烫的泪水模糊。

眼泪滂沱。

（她在仍还颤然的咽泣里，悲苦揪心的，不禁深深、难已的自责：怎么好好来看他，又是这样了。——“又”——莫名好像，一切，都早已好久长了的。——她烈烈的又一阵悲颤难过。）她要自己不哭——“不哭啊”，她烈烈想着。

她轻轻的伸出手，忍不住还是颤然着的，凝凝又抚了抚墓碑上照片中，他仿佛依然的笑脸。

她抖然的手指，不禁的，在墓碑上一个又一个，石刻的大字间摩颤着。

“夫陆至诚之墓——妻胡珊立。”

一行又一行，还是终又禁不住的泪水。

她难已的颤落着泪，痴凝地注看着照片上的他，“……至……至诚哥，我、我来、来看你了……”又一阵难已的模糊。

（她在难禁的辽旷悲伤中，觉得，时间，真就仿佛停顿了一样。——她也不知道，她到底，这样又哭了有多久。）“……呵……你、你一定又要说我了……呵……好，我、不哭、不哭了……呵——”她一边说着，一边就是努力要自己笑了好几笑的，忙擦着连绵的泪，“至、至诚哥，我、我有两天没、没能来看你了……对、对不起啊，至诚哥……你、你这两天，都还好吗……都还好吗……至诚哥，我好想你……好想你啊……”她颤然的抹着泪，努力笑的，努力努力笑。她的泪，却还总如泉。她抽泣着，不断还紧擦着泪的，努力努力的让自己笑着，“——呵、呵——至、至诚哥，我、我不是经常哭、哭的，不是的，呵，呵——对、对不起，对不起——你、你放心啊——呵——你放心啊——呵呵——我答应过你的，呵，呵——答应过你的——至诚哥……”哽咽的泪水，却还是不禁恣淌。

簌簌的，一些泪，落湿了蝴蝶兰。

她自责不已的紧捂泪，看着蝴蝶兰，猛一更烈的悲——她猛剧烈抑——却泪刹冲出喉，险而痛哭嘶声。

她悲痛，而不禁猛烈自责；而，不能已的，愈悲痛了起来。她一时，再一次的，不能自已的，“哗哗”痛哭了起来。

（时间，又一次的，好像停顿了。不知多久。）

“……至诚哥——”

她哭着，痛苦的饮泣悲唤着。

长长的泪水模糊里，不停隐隐又现现着的，依然鲜活如昨的，他的笑脸。

“……对不起……对不起……”

她哭哑的，痛抹着泪，痛抹着。

她在他的坟前，难已的哭着，哭着。

（时间，仿佛停了好久，好久。）

她也不知道，自己到底是，哭了有多久。

慢慢的，慢慢的，她终于止下了一些悲泣。

“至、至诚哥，今、今年的蝴蝶兰又、又都开花了——我、我给你剪了一束来——”她抹去泪的，哽咽着，努力笑然的，便是开心又将花捧了起来，好像是在给他看一样的，近了近他的遗照，“你看，至诚哥，漂不漂亮——呵，呵——漂亮吧——呵——”

一连串的泪，却还是一下子，都簌簌的，落在了颤抖的花瓣上。

她心里猛又一阵难过，紧紧止泪。

她小心的，将花又轻轻地放回了碑座上。她轻细而小心翼翼的，柔拭去了花瓣上还在滚着的泪珠，抬起头，抑泪地看着他，笑了笑，泪水，却刹然，又是都夺眶而出。

她不知道，不知道，真的不知道，她为什么，就是止不了哭。（她只觉得，仿佛，就是只要她的血液还在流，她的泪，就永远都止不了，止不了。）

她的泪光，和灿灿的钻石，都模糊在了一起。

她难受的责怪着自己——不哭了，不哭了，他要不开心的，不开心的——便是咽泣的，赶紧又抹去着自己的泪。

她心里难受的，又是俯上前，轻轻的抱了抱墓碑，心里，才是感觉好了一些。（莫名是"又"。——一切，她都觉得好熟悉。）就仿佛，他依然还鲜活的，就在她怀中一样。

她自己也说不清为什么的，又是落下了两行滚烫的泪。（难抑的悲伤，在拥抱墓碑中，似乎真的已好了些，可是，她说不清的，就是，一刹，为什么反而会有更烈的想哭。）她的泪水，在冰凉的墓碑上流淌。

她拭去着泪，目光又一次的不经意瞥见了她所正怀抱着的陆至诚的墓碑近旁边的另一块，同样颜色同样形状同样大小同样石质的墓碑，哭泣，才是慢慢，真的又平复了下来一些。（又是感觉"又"。——她并没有离开她所正怀抱着的他的墓碑，去看那旁边的另一块墓碑，可是，她心里，却莫名的，知道，那块碑上写的，是"胡珊之墓"。——她莫名就是很熟悉的，知道，那，便是她自己早已，为自己留好了的空墓。）

她看着自己早已是为自己立好了的，紧紧近近就在他旁的，那一空墓，心里，慢慢的、慢慢的，才是又散去了好些悲伤。有一种说不清的淡淡开心（明明白白是"开心"的感觉——虽然，这种"开心"，真的说不清），渐渐的，重新又升了起来。（莫名，是"重新又"。）——升了起来。

（他的墓旁的她的墓，所让她感到的莫名"熟悉"，与"开心"，其真正究竟的心灵生成意义，又是什么呢？——究竟是彼生成了此，还是此生成了彼？还是，庄周与蝶，实相本为翩翩一体？——她并没有意识到这是一条灵魂最深处的谜——正如，她并没有意识到，她此刻的一切，都是一个谜一样。——而谜，却依然在用它的解，为她打开着最后的一切。）

有一种让她觉得很熟悉——无由仿佛早已遥远湮灭，却又好像始终都未曾离她而去过（——让她想起了"幸福"与"永远"——却又似乎，在这一刻，早已比它们都更浩旷了的）——的东西，慢慢的，就仿佛是在她正怀抱着的他的墓碑、与她的墓碑的共同之间，满满的往她心里流。

她慢慢的，慢慢的，止息下了悲伤。

她只觉得，有一种很满满的东西，又渐渐回到了她心里。（是"又"。）甚而，是比以前都要更浩旷了的一种满满。（——梦境幕前的另一个恍惚临界的她，始终都只隐隐以为着，熟悉，是因为，情节的长远了。）

她一时不禁仍还余着些颤的，静静的，已是擦净了泪。

（她心里浩旷的一种满满，已是没有办法用任何的语言或意识去借喻说清的东西。——只是，它很清晰。——怎么说这种感觉呢？它，不会再让人痛哭流涕，却也就不是要人兴高采烈；可是，又还是会让人去痛哭流涕，或兴高采烈。只是，一切都很满满，很浩旷。就好像，涅槃者，非涅槃，亦非非涅槃。——她，并没有想到这些——只是，一时，真的擦净了泪。）

她看着他，静静笑了笑。（她此刻并没有想到"幸福"或"永远"这些词，可是，却只是清晰感到了，浩旷而满满的，一种更远深瀚着了的——幸福，和永远。）

她没有开心，也没有悲伤，只是，看着他，又笑了笑。而伴着笑的，是两行，同样并没有开心，也并没有悲伤——或者也可以说是，同样既开心，又悲伤——的热泪。

她静静地蹲在他的墓前，凝凝地看着他，静静地笑着，也静静地落着泪。她蹲着，看着他，长长久久的，笑而泪着，仿佛想起了很多事情，也仿佛什么都没想起。只是，她的笑，不再是努力的，而是真的；她也，没有再紧紧的一定要，自己去擦泪。她又蹲了一会儿，便是笑而流泪着，轻轻而小心的，慢慢的为他擦起了墓碑。

至诚哥，呵，你看我总是这样，每次来看你，都还是老要你说我——呵，可是至诚哥，你真的放心，我不是难过，不是的。只是，想哭。呵，有时候，真的想哭哭呵——可是，我不是难过，不是的，呵——至诚哥，呵呵——至诚哥，我好想你啊，天天都想的——你也一样想我吗，嘿嘿——六年了，至诚哥，你这么狠心，都走了六年了，剩下我一个人——呵——可是，至诚哥啊，至诚哥，你知道吗，这六年来，其实，我都还天天觉得，还是和你在一起着呢，呵呵——真的——呵——真的——白天，我老能看见你，晚上，你又老来我梦里，呵呵——其实，有时候，我开心的，都会醒过来呢——呵呵，我都老后悔，怎么就醒了啊——嘿嘿——你以后啊，可少逗我开心些，嘻呵——你知道吗，我啊，宁愿多看见你一会儿的——记住没？嘻嘻——大傻瓜——至诚哥啊，昨天我烧了你最喜欢吃的红烧肉咧，给你碗里都夹了好多呢——呵呵，我是不是比以前烧得更好了啊——嘻嘻哈——晚上做梦，记得要来告诉我啊——下次我再做给你吃，呵——嘿嘿，我知道至诚哥你呀，就最是喜欢吃浓油赤酱的了——可是你呀，瞰，知道吗，每顿吃完了，我洗碗，都总是你那只碗最难洗了咧——瞰，要谢我哟——呵呵，嘻——对了，至诚哥啊，昨天我又帮你晒衣服了，还有袜子、枕头，都晒了呢——嘻，闻着都好香了哈——是太阳的香咧——昨天你来我梦里，闻到了没有啊——呵呵——至诚哥，我看见你现在真的都已经长胖了好些呢，都有些像十一年前没生病时那样了呵——嗯，嘻呵——医生真的没有骗我，说你病好了呀，也都还是要慢慢调养，才会慢慢再恢复好起来的，不能急的，呵——我就知道，这些年捎给你的那些药啊，一定管用的，都是大补咧，呵呵——下礼拜我再去多买些好不好——呵呵——呵——你一定都要按时吃啊,至诚哥——呵。

她静静的笑落着泪,泪然而笑然的,一边轻轻而仔细的为他擦着墓碑,一边轻轻痴痴的,泪笑和他说着话。

至诚哥啊,这些年,你在下面过得还好吗——呵,总是你来上面陪我,我却总是不知道,你在下面过得怎么样了——呵——真的、真的好想,可以早些来陪你啊——至诚哥啊——呵,你放心,我不会再做傻事的,不会的,呵——至诚哥啊——呵,只是,只是我真的好想,好想可以,早些真的再来陪你啊,早些真的再来陪你——呵——至诚哥,我好想你,真的好想你啊——这些年,我一直过得都好,都好,呵,呵——就是有时候,呵,有时候,醒过来,一下子看不见你,就会想起,你是睡在这里,睡在这里——呵——呵——至诚哥啊,其实这些年来,我真的一直都再没有做过傻事了,没有了啊——呵——呵——以前,我是总想,要自己早些下来,那多好,多好啊,呵——可是,我真那么做的时候,就总觉得,我是在割你的心,割你的心啊——呵,呵——我心里就好难过,好难过——好难过——呵——呵——真不知道,是为什么,为什么——可是,后来,我却才真的明白了,是至诚哥你,还在啊,还在啊——呵,呵——我在后来,才真的开始明白,是至诚哥你,原来一直都还陪着我呢——呵,呵——我好笨,好笨,是不是——至诚哥,呵——其实至诚哥你,从来都没有离开过我呢,呵呵——不管我做什么事情,我都知道,至诚哥你一定都是知道的,呵;不管我在哪里,我也都还一样是觉得,至诚哥你,是总还在我身边呢,呵呵——因为,呵,不管我想对你说什么,总还是一样能听见你,好像你就是在我心里,和我说着话一样;也不管我是在想什么,总还是一样能感觉你,好像就是在我的魂里,明白着一切。——我被开水烫痛了手,你会赶紧催我涂药膏;我没有吃饭,你会生气;我要是做傻事,你会——呵,呵——呵呵,我吃下了半锅蹄膀,你会笑我,要我减肥,呵,呵。——至诚哥啊,原来,你真的没有离开我,真的没有离开我啊——呵,呵呵——至诚哥啊,你还记不记得,我们说过的,就是今生的路走完了,我们的魂儿,也都还是要在一起着的呵——呵。其实,老天爷真的没有亏待我们,没有啊,他真的让我们,永远都再也不会分离了啊——他真的让我们,我们的魂儿,永远在一起了啊——呵,至诚哥,其实我和你,在这世上,早已就是两个永远都不会分开的魂儿了——是生离也好,死别也好,其实,都早已一样了,早已一样了呵——我们,其实,早已就是有了生生世世了,有了生生世世了呵——至诚哥——至诚哥啊,我们,其实早就已经,是永远最幸福、最幸福的两个人了——永远,永远呵。——和你有过的每一天,都早已,早已是最最幸福的,胜过了我的一生了。——至诚哥啊,至诚哥——呵——呵,这世上的一切,有时候,原来,真的不是可以用眼睛来看,用时间来算的呵——至诚哥,至诚哥啊——呵。——其实,以前,有时候,我总是会一个人偷偷想,呵,要是上天能把时间倒回去,改写我们的末尾,让我先走了,那多好啊,呵——可是,我又知道,你一定会,就好像是你走了以后的我,那样——呵,我不想你那样,不

想啊——就好像,其实我也总知道,你不想我那样一样,呵,呵——可是,我又真的不知道该怎么办,真的不……——呵,怎么办,呵——呵——至诚哥——至诚哥——呵。可是,一直到后来,我才却是明白了,真的都明白了啊——呵,至诚哥,其实,不管是你还是我,也不管我们真正的末尾到底如何,一切,都是不会改变了的,不会了的,呵——我们的永远,永远的幸福,是早已永远不会改变了的啊,呵——不管是我们可以在一起待五十年也好,还是五年也好,也不管我和你,到最后究竟是谁会比谁先走,我们的永远,永远的幸福,都是早已永远不会改变了的啊,呵——因为,至诚哥,我和你的魂儿,早已,是永远、永远的幸福在一起了的啊——呵,至诚哥——至诚哥。我和你的魂儿啊。永远……永远的幸福呵。——只是,有时候,我醒过来,却还是会哭——会哭……呵——可我不是难过,不是呵——至诚哥。我只是有时候,看不见你,就会想起,你还一个人,睡在这里——一个人……呵——呵——呵——至诚哥,你要等我哦。等我——等着,老天爷可以,真的让我下来陪你了的那一天——等着啊,至诚哥——呵。等着我噢——呵呵,至诚哥,记着哦,我们还要一起,去我们的下辈子做对门邻居呢,呵呵——呵——至诚哥,等我。等着我呵。

她颤颤笑然的,已是泣不成声。

连珠的泪,簌簌地绵落在了蝴蝶兰上。

——至诚哥,我爱你。

绵烫的泪,在她怀里紧抱的墓碑上,颤抖的,滚滚流淌着,流淌着。

滚淌过了他的笑脸。

好像,一样笑而泪的,静静辽旷哭泣。

长长,久久。

——呵,至诚哥,我再唱歌给你听吧。

她抹去了泪,欢笑的,说。

墓碑上的陆至诚,渐渐的,在歌声、泪水中模糊、模糊。

小珊,我爱你。

她在渐渐的模糊中,模糊的,听见。

小屋里,灯光下,依然正睡着的胡珊,眼角,依然还在静静地淌着,热滚滚的泪。

陆至诚也做了一个梦。

他看见,他正僵硬而虚弱的仰躺在家中卧室里的床上——是莫名,他在梦中觉得,好像不知是曾在何时,于梦中也曾梦见过的,她和他的家。——他一动也不能动,只有头,还能勉强稍微转转侧侧——他觉得,他只是比死人还多一口气了。——而有时候,一个只是比死人还多一口气了的活人,是还不如死人的——他黑茫的绝望想。(莫名,此刻的一切,对他来讲,都是熟悉的。而这种"熟悉",更还是带有着一种仿佛一切早已久长了的清晰感觉。——比如,他在一时清晰感到自己"只是比死人还多一口气了"中,是,带了些回忆感的熟悉又想起，觉得自己“是还不如死人的”。）曾经美丽温亮的淡橘色灯光，依然长长凄冷的，在他的眼前，无力的垂落流漫着。（不知道为什么，感觉是“曾经美丽温亮”。———一种刺骨的痛苦。）他的心口，一阵寒僵的彻哀。只有绝望与黑暗的痛苦，依然还在他的血液里满满而冰冷的流动着。他隐隐地听到了厨房里传来的一些“叮当”声。（他的心口莫名“又”泛起了一漾暖心的热，漾漾的，仿佛都在往他的全身又扩散了开来——但旋即，却也又是有一阵比寒哀更痛苦的说不清的滚烫难受，滚烫的，在暖热里，疾漫了开来，扩满了他，然后，便又变为了冰固的寒哀。）他呆滞地看着天花板。他的眼睛似乎是被残忍的淡橘色灯光刺得一时又痛而模糊了起来。（他也不知道，为什么感觉是“残忍”。———一种始终的感觉。——为什么感觉，由美丽到凄痛，由向往到害怕，相差的，真的仅仅就只是那么微细——微细得几乎根本就不会让人发觉——的一线？）

（他不知道，为什么这世上让人感觉最残忍的，竟不是黑冷的现在，或绝望的将来，而反而是，那些已经永远的陷入了黑冷的现在与绝望的将来的，美好的过去。——而这些之间，相差的，却仅仅就只是，那么微细，那么微细的，一线。）

（而这一线，对他来说，感觉是那么的清晰——却，又似乎根本就让他说不上来，它是什么。他只觉得，好久长了啊，一切，痛苦、残忍的，都已经好久长了啊。）

他觉得自己就好像是一只已经断了翅膀也没了脚的鸟，就连想逃避一种温暖的残忍也做不到，只能任由痛苦如罗网般的长长笼罩着自己，将自己不停的刺穿、刺穿。（只是一种“温暖的残忍”吗？——不，他难以言喻的，更是浸觉着，一种无尽的黑茫，无尽的黑茫。就好像，凡他六触所及之一切，皆为地狱。而一切地狱，又其实都是由他触之而所化。——就仿佛，他自己，便是他自己的地狱。他自己，便是他自己的惩罚。他已身如万斤重，骨脉铁索缚——他暂除了脑袋，全身已是完全的失去了作为人、一个“人”所最起码应该有的力量。——他的心魂，就好像是已被完全的卸去了所有的能力的，彻底囚禁在了他自己的身体里——他自己的身体，就仿佛是，苍天为他天生打造的，一具最完美的天牢。——他，就仿佛，已是全身都毫无丝缕反抗的，被一种或可称其做“命运”的恶魔，给主宰了。——他自己，便好像，是了他自己一切痛苦的罪魁祸首。他还能做什么？抗挣什么？——他在无尽的黑茫中，无尽觉得，逃无可逃，挣无可挣。——他恍惚飘贴的在梦境前，痛狂的摇撼着他的噩梦，却，一切纹丝不动。）一切的挣扎都是徒劳，一切的反抗都是自嘲。（——他无能欲哭的想，谁，又能抗挣开自己？）

（一切都是那么无由的让人熟悉——他觉得，自己，仿佛已经像一只无翼也无脚的鸟一样，被锁缚了好久，好久了。——仿佛，几千年，几千年了。）

（无尽的绝望。）

他哀涩地闭上了双眼，耳朵里却一时又是听到了一小阵从厨房里传来的隐约声响。他知道药熬好了。他似乎已经又闻到了那一种特别特别苦涩（是他没有办法可以用其他任何已知的苦涩来形容的苦涩——就算“黄连”，在这一刻，都是那么的苍白与寡淡）的黑色气味了。他的眼睛里莫名就是一阵热滚滚的难受（可是很无由的，他这么的难受时，却仿佛半毫都没有想起那药喝进嘴里究竟是什么感觉，反而满嘴都像是还洋溢着胡珊喂他吃过的一块糖的甜，那仿佛都能彻心的甜——虽然，他此刻根本就说不上来，她好像什么时候喂他吃过糖，正如，他也根本就不知道，他怎么就那么熟悉那药的苦——而他越想起那甜，那甜就被忆留起的越长久，他也就越难受、难受的越久长）。他差点就哭了。可他还是抑止住了。“不要哭啊”——他命令着自己。他睁开了眼来。温暖而残忍的灯光，却仿佛又一次穿透了他的眼睛，漫进了他的脑壳、心膛里，像一只巨大而无形的被屠戮了而还挣扎的手一样，整个地攥住了他。他全身心地又一次痛苦的感觉到了这一只被屠戮了的光明温暖之手的挣扎与绝望、濒死。（就好像，这只手本来就是他的一部分一样。）他感到了一种比窒息更要难受上一万十万倍的窒息。

不能够再呼吸的痛苦，让他挣扎着，一时侧转开了头。可以不再正面看着天花板上那盏美丽温亮而挣扎残忍的灯的逃避，仿佛让他一时得到了一些苟延的气息。可是，伴着这一些苟延的气息，一起同时涌入了他心身之中的，还有，挂在雪白墙壁上的，那一幅大大的他和胡珊的结婚照。排山倒海的悲酸，突然一下子，比那残忍的灯光还要更残忍上千万倍的，统统的狂烈便都涌进了他枯朽的身体与心魂，仿佛一百万瓶的浓硫酸，全部破碎与荡漾了起来。他悲哀的又一次不禁想，原来，呼吸，是永远比窒息更痛苦的。他噙泪闭上了眼，眼前却仿佛，又是那一盆，昨天她端来给他看了的已是又盛开了的鲜艳美丽蝴蝶兰。（莫名，感觉“昨天”。）

（无尽的焚心撕肺。——他恨自己，为什么还是那么容易，被痛苦撕开一切；为什么还是那么的不能够，至少在甲壳里，得到一些安息。——莫名，感觉“还是”。）

（一刻间，他是多么的渴望死亡啊——心，或身，都好啊。至少是种解脱，解脱啊。——无由多么“熟悉”的想法。）

他听见，胡珊在端药过来的脚步声了。

一种熟悉的暖热，又是从他的心底剧烈的生了起来。它，滚烫的，一下子的，仿佛就是吞浸掉了他心里全部的寒哀，可是，又同时，仿佛也再升起了更剧烈的难受来。（他已在无数次如无尽的轮回般痛苦的灵魂折磨里，熟知，这滚烫的难受，接下来，又将是会化为他不能抵抗的寒哀了。——可是，他不知道该怎么办，一点都不知道，一点点，都不知道，就好像，魂在牢里，再怎么逃来逃去，也都还是在转圈。）

（他不能自已，也没有办法的，一点点都不知道，他到底，该怎么办，又，能怎么办——他的魂,还活着;活着,就想逃;逃,却又只是在转圈,仿佛一种永恒的折磨。——对于“活”的折磨。——他在梦境前,是那么清晰那么强烈的感觉得到,她,她的爱,她对他的爱,是那样仿佛拯救濒死一般的在支撑着他,不断支撑着他——他是多么需要,多么需要,那种可以让他已寒疲不堪的生命,暖热起来的滚烫啊,多么需要——可是,滚烫起来了,又还是无逃,无逃啊。多多一分生命,也只是再多多一分痛苦啊。更烈的痛苦。无尽,无尽的痛苦。——无由,感觉多么熟悉的灵魂折磨。)

她的脚步声,越来越近了。

(他在还滚烫而又暂没化为寒哀的一刹里,一咬牙,让自己抵抗着所有的不能抵抗,仿佛硬生生地将还生命着而必然要继续痛苦奔跑下去的灵魂自杀了一样,让它坚硬的暂停留在了还热切处。)他奋劲的一下子,便是要自己,在窒息的海洋里,再次呼吸了起来。(——有一种力量,巨大火热的力量,使他这样的命令着自己。——他知道,要想让自己看起来好像真的还蓝天一样,那必须,就是要让自己都仿佛真觉得还蓝天一样,才行的。)

他使劲地转过了头去,微笑着。(他在这样一种坚硬的热切里,仿佛连自己,都真的开始觉得,蓝天依然多广阔啊。——他甚至为自己有过那种想死而解脱的念头而感到愚蠢与不可思议。在这愚蠢与不可思议之上,他更是比在无尽的寒哀中也感到过的对她的那种莫名的内疚更感到了激烈了千倍与火热了万倍的一种向阳的自疚。——我怎么能想死啊。)

(他无比的希望着,这种坚硬的热切,能够多支撑一些时间下去。)

(他也不知道,这样一种拼尽了全力来欺骗的感觉——怎么好熟悉?)

胡珊小心翼翼的,在门口的柜子上,轻轻的小心放下了烫气腾腾着的药碗。他看见,她的手,赶紧是捂住了耳朵。他一阵猛烈心酸。(不只因为,她又烫痛了。更是因为,他听觉到了,她一息深呼吸后,又紧紧是压抑下了的呼吸声。他莫名深明,这种气息的意味:她正在压抑着,她盈眶的泪。——有时候,人需要呼吸,与停止呼吸的理由,都是一样的。)

“——又烫痛了啊?”他抑泪微笑地说着,“等它凉一些了,你再端过来啊,呵——”

“呵,医生说,一定要趁热就喝下才行的——”她呼吸地说着,微笑转过了身来。

他揪楚的看见,她微笑的脸上,眼角还带着湿亮的抹痕。

他一刹,莫名不能看她眼睛。

(他忽然又是突然而真切的痛苦发现,他那“坚硬的热切”,其实是多么的脆弱啊。似乎只要轻轻看她一眼,他的一切伪装,就会全部被瓦解。——他不想这样。他想,除了让她看见自己还在微笑,他又,真的还能做什么呢?——他忽然又是感到了一种真真切切的害怕——他害怕,他就会好像自己其实总能就那么看透她的,被她看透。——“相知”,或者说,是昆德拉所讲的“心灵感应的艺术”——这种爱侣间最想求的，或也可说，是人世间最珍贵的东西——在一刻，却是让他感觉如此的可怕。）

他真的真的很怕，她会看透自己，那样——多可怕啊。

（就好像，他正站在一壁无尽的绝望黑幕前，却还拼尽全力着，想要用彩纸，遮去黑幕，而依然为一株比他生命还要更重要着的向日葵，虚幻出一片阳光蓝天来。）

（这种强烈清晰的感觉，让他莫名无比的熟悉——他莫名无比熟悉的，又努力了起来。）

他看到了正向他微笑走来着的她的手上的那一枚戒指。一种暖烫的温热，再一次的又给了他一种推进的力量。他在热切处，再次微笑的坚停了下来。

（仿佛始终都有着那么一种远超过了他灵魂的力量的力量，还在支持着他。——巨大，而火热的，由灵魂尽深处燃存，而又超越着的。他不可能解释——他在梦里——不过这并不妨碍它——这种力量——对他，发生着作用。——它的本质，却其实，也很简单，就是“爱”。）

（他在一动也不能动的僵硬中，只是一心只拼命知道着，要，给她微笑，给她微笑。——而除此，他又还能真的为她做些什么呢？）

他看见，她一时，不禁的又（“又”）是抬看了一眼，他脑后的那个方向——一刹间，她不禁泪盛，然后，紧忙就又是落下了目光。

她努力重新轻轻微笑的，继续是向他走来着。

而他，却一时，再也不能是看她。——他知道，她看的是什么——正如他也千万次的那样看过那个方向一样——那是他们的结婚照片——那是他们曾经幸福而如今残忍的一幅甜悲交集的不能面对却也更是无法怀弃的灿烂凋零。（他在梦境前闭上眼睛也仿佛同样能如同亲魂亲心地感觉到，此刻，她的心中，是怎样的悲酸撕揪。——而在这一刻，他的悲酸撕揪，比她真切悲酸在他心魂上的撕揪分明都更是要烈了千倍万倍。支撑着他的那一股巨大的力量，从它的自身，发出了痛苦来。）

（同样是并不陌生的这样一股强烈痛苦。——无从解释却分外清晰明了。就好像，扎她一刀，比扎他自己一千刀还要更让他痛苦一样。——其实原因却很简单，扎他自己一千刀，哪怕一万刀，都碰不到那最核心的“爱”——他对她的爱。可是，扎她——半丝就够了。——他清晰地感觉着一种难以承受的痛苦。）

（而在这让他感觉难以承受的痛苦之后，他又那么的仿佛已经是被摧毁尽了的不由在寒哀透绝的痛苦里哀寒的清醒又动荡起了一种更深刻而黑绝哀茫的痛苦——她难道不同样也是和自己一样，在用彩纸，拼力的为自己虚幻阳光蓝天吗？——翻了千万倍的痛苦。）

（在牢狱中的无逃，再加上“爱”这种愈巨也愈痛——他发疯般的摇撼起了他的噩梦。——一切,却依然纹丝不动。)

她已经轻轻地走到他的床边了。

(他心中的火焰,刹的一下,依然又是剧烈支撑起了他——他感觉,他正拼命的在将一切痛苦,压抑住。——他什么都感觉不清,感觉不清了,他只是无比清烈地感觉到,两样——他爱她,爱她;他必须伪装下去,伪装下去。——因为,只有他,完美的伪装到了底,才可能,不仅让她相信,他一直都真实相信着她为他虚幻出的蓝天,而且,更能让她真实的知道,她很傻——她根本就不用为他虚幻什么——因为,她所看见的黑幕,本来就是假的,而在那如纸的黑幕后,原来,就是有着真正的阳光,和蓝天。——虽然,他也知道,她也这么想,但是,他也只知道,他,必须到最后。——"爱",是会愈剧愈痛,但也同样,是会愈痛愈剧。——一种伟而大的螺旋一般。)

她轻轻地走到了床旁,努力笑笑的,一边跟他轻说着"等药稍微凉一下",一边就是坐了下来。

他坚持开朗而明亮的微笑着。("我又还能做什么?"——他在梦境前,痛苦的扪问着自己。)

他和她,彼此明亮的目光不经意的直接相触了一下,却刹的,就又都是逃开了。(他一点也不意外。)

(她眼中,和他相同着的那些东西,让他心似狂潮的被巨大的痛苦给淹住了。——他知道,她也和自己一样的痛苦,甚至比自己还要痛苦——就好像,她和自己一样的痛苦,总是会让自己比自己痛苦更要痛苦上千万倍一样。——他觉得,他和她,在这一刻,是多么像两面相对着的镜子一样啊——彼此无尽的相映,无尽的永恒、深远——如果相映的中间,是光明的一切,那相映的一切,有多好,多好啊——可是,漆黑的一切,偏偏取代了所有,成为了无尽,无尽的黑暗、绝痛。)

(他只是,在这一刻,无比的恨自己,恨自己的无能、脆弱,无用、废然。——为什么,连这一点点的坚强,都做不到?为什么,连这唯一还能做出来的一点点光明,都坚持不了?——而除了这些,自己,又还能为她做什么?)

(他重新又努力要自己坚强开朗起来。——心头却又伴着是滚过了一涛悲哀与伤疚相混着、让他说不清的澜澜难过、酸楸。——"我骗她,骗她啊——怎么是骗她,骗她——"——他伤泣的在梦境前,难受自问着。)

她强微笑笑的,还是又看向了他。——"今天……觉得好些了吗?"她不禁轻轻的,抚摩着他嶙峋的脸颊和已皱成了一团的脖子,瑟瑟问。

他和她,谁都没有再逃开对方的目光——他在和她彼此坚强的欺骗中,狂被动荡着的,咬心继续坚强着——只是,她手心的温柔,和颤抖,真的,就好像是一千支,穿心着的烙铁。

"好多了,呵,好多了——"

他笑笑的说。——只是,他没有想到,"痛苦"这东西,就仿佛也好像是有它自己的生命力（而且很强，非常强——仿佛与灵魂不相上下，或一体一样）。——他正拼尽全力地压抑着它，可他这么一松口，它仿佛，就是从一道堤的裂隙中，那么的，全迸跑了出来。

全部，迸跑了出来。

就好像，一丝丝，一丝丝，然后，刹"嘣"的一下，就那么，溃决了。

他都来不及再全抑下去，泪水，已是随着他的话落，模糊了他的双眼。

他感觉到了胡珊手心的一刹僵抖。他抑下了泪水模糊，看见，她已是盈满眼眶。

一阵剧烈的自责、内疚，紧紧攥住了他。

他多想，她可以开心啊。多想。

他和她，一时谁也不能是再看谁。

她颤颤的，一时紧紧依伏在了他的胸前。好紧，好紧的紧紧。（莫名无言却仿佛相通着的一种悲哀，紧紧、无垠的悲哀。——紧依有很多种，而这——却难以言清的，尽在不言中。——脆弱？害怕？逃避？深陷？依靠？坚强？微笑？——一切的语言，都是那么的无力与无能。——他此刻，只清晰两样：紧紧，和，悲哀。）他还滚烫着的心脏，颤抖的，几乎每一次跳动，都能紧紧的触碰到她喉间的涩烫哽咽。

"……至诚哥，这药一定行的……你看，那么难找的龙涎香，都让我们觅到了，这药肯定能好的……肯定能好的……你最近，气色都真的比以前好了许多呢——"

他听着她脆弱、哽咽而还坚强微笑着的话，心如血渗。

"嗯……嗯……"

他拼力要自己明朗着的，开心应着。

她一时，重新就又是抬起了头来。他心如刀绞的，听见了她重又是强开心了的声音："至诚哥，我再念一段书给你听吧——"

"呵，好啊——"他灿然的，忍泪笑说。

她绚然地拿了书。

"……嗯……呵，我看看……昨天念到哪里了？"

"嗯——好像……是阿玛兰塔怀孕了——"

"——找到了，呵——念了啊——奥雷良诺……"

（他不清楚她究竟念了些什么，梦里，一切内容都很模糊——只不过，他知道，她是念到了阿玛兰塔和奥雷良诺一起听着蚂蚁的哄闹、蛀虫的巨响、野草的尖叫，也一点不觉得恐惧的那地方，就停了。——她跟他讲，药估计是能喝了。）

他看着她走向了放着药碗的那一个柜子的弱瑟背影，视线却再一次不禁的被滚烫的泪水模糊了起来。

他悲涩的，其实不得不开始承认，人是永远都不可能与"命运"抗衡的。

（虽然，他并不能够让自己在这样的一个时候，真正确切的来说清楚“命运”究竟是个什么东西——有时候，“语”与“义”都是彼此动荡而模糊的——不过，这样一种不可改变、无能改变的噩梦与黑色绝望的强痛感受，他也一时，再不能用除“命运”之外的任何一个词来表达了。——因为，他，强痛的感受到了，一种低低在下、永远低低在下的不可抗争。——如果一定要再用其他一个词或一句话来解释这种感受，那么或许，也可以说——是，至高的魔。）人在巍峨的命运面前，永远都是蚂蚁。命运只要稍稍动一动手指头，一切就都会粉身碎骨。他开始真正清晰的明白，黑色与绝望，是这世上人类的最高神。在这最高神面前，人，终究是脆弱的，彻底脆弱。自欺或欺人，纵有再坚强火热的理由，其实本质上都还是脆弱。（就好比想要过河，去对岸是不变的理由，可是游水还是划船？——他现在，就仿佛是在想，人，不管是划船还是走桥，本质上，都还是怕水。）谁又真能改变命运？谁又真能主宰命运？当命运把你抛进了黑暗的泥沼，或把你锁在了绝望的山崖，并且加上了一个至死无救的封贴，你又真的还能改变什么？主宰什么？——人是多么的渺小啊。可笑。

他知道，命运对他来说，已是一个永不可改的天牢了——他也知道，她和自己一样，在相同的承受着一切。同样的黑暗，无际的一起笼罩着他们。（他其实悲烫的常常会想起，她以前说过的比翼鸟，还有泉涸了的两条鱼——他总是会泪水纵横的想，比喻是一件多么傻的事情。）——其实他知道，她和他都一样，早已看到了那可怕的最高神。——只是，她说得多对啊（他总是会悲痛的又想起）——为什么，那两条鱼，还要在一起，给对方吐泡泡呢？

其实，总是让他最撕心裂肺的，并不是她的眼泪，恰恰却反而是，她的笑。——多么悲哀，却至绚至灿的，绝望里，她给他的笑啊。他知道，她是在用她的悲绝，来延续着他的奔跑。脆弱，脆弱而自欺欺人的笑——是这人世间，多么最温暖最烫人的哀灿之花啊——他总是会流泪的想，可惜上帝看不到。（“总”。）就好比，她顿顿都还是，徒劳的在给他吃着药。——他是多么希望，上帝能让他在她镜前幻出的那一片蓝天，是真真实实的啊。

可是，上帝，不正是那魔吗？——他总是，不禁会哀嘲的想。（“总”——他莫名久长的回忆。）

他和她，仿佛都是在同样黑暗的绝望里，还在拼力的为对方吐着最后的泡泡——只是，他除了笑，又真的还能为她，做什么呢？（他总是，悲哀的自问。）而他，又事实上，常常连这唯一的，都做不到。

他知道，其实，他和她，都是在用着一种脆弱的虚幻，来脆弱的鼓励着彼此的虚幻。以前，他除了内疚与悲哀，似乎还没能想到什么，可是，后来，他还是在这内疚与悲哀之下，看到了一种仿佛与“幸福”和“永远”都很遥远却又除了这两个词真不知道还能用什么来形容表达的东西——虽然，这种东西仿佛是一种悲哀真正到了终极的绝地。——他无法形容——他或只能说，是当两条还互吐着泡泡的鱼，它们的泡泡全部耗尽破碎了以后，还依然存在着的东西。

(“永远”、“幸福”?——释迦牟尼也亘恒无能的解答。)

他泪水模糊的想:是啊,还有什么,会比这更永远,更幸福呢?

他看见,她先轻轻地试了一口药。

她走回了床边来,笑跟他说了声“能喝了”,然后,就是弯下了腰,奋尽了力气的,脸都憋得紫红了的,小心的,将全身都已动弹不得了的他的上半身,从床上抱竖了起来。(——好重啊,好重啊。连他自己都觉得,真的好重啊。)

一种难以言喻的悲惧,突然,剧烈的,在他心里漫了起来。

(两个相爱的人,在绝望与黑暗中,愈痛愈剧、而也愈剧愈痛、却也再愈痛愈剧的,不断用自己的生命,继续为对方的活着奔跑下去而给予燃烧,这对他和她来讲,其实都是相同的。——可是,他在一刹间,无比清楚、强烈的,却是,突然,与她不同的——完全彻底不同的——漫感到了一种悲惧。无比清楚、强烈的,悲惧。)

(这种感觉,让他觉得很熟悉——莫名无比的熟悉。——就好像,他要她走,她却不走。——就好像,一个正拼命想要救一个比自己生命都还要更重要的人出魔掌的人,却是突然,才发现,原来,自己,就是魔。)

无比的悲惧。

(有一种突然无比强烈、清晰想要她放下他的激狂,在梦境前的他的身上奔蹿。——怎么这么熟悉?一切,怎么这么熟悉啊?——他狂烈而依然丝毫无济于事的拼命摇撼着他的噩梦。一切如故。)

无比的完漫悲惧,深紧地牢攥着他。

(而那一种无由却清晰的长久熟悉感,又仿佛是为这完漫的悲惧,更镀上了浓浓一层由不得人的深远厚哀。)

她将他抱竖好了,然后,便是将被枕又垫好在了他背后,让他靠坐好了。他看见,她气喘吁吁的,脸上却一时有着一种与强笑不同的由衷而单纯的笑。

而正是这如此由衷而单纯的笑,却仿佛一下子,便是让他再也坚持不了任何半丝半毫东西了的,被一阵狂烈的悲烫,给击溃了。

他一刹不禁泪满眼眶。

在这溃然之中,他隐隐而说不上来的,模糊感觉到了,自己心中的,一处,小小裂口。

他还说不清,它是什么。但是他知道,它,刺伤了她。

她眼里一时起了泪花。

她赶紧背转过了身去。她顿了顿,便是不易察觉的有些颤瑟的,又走向了柜子。

一股罪疚,一时不禁漩涡了他。

(很难来说清这样的一股意识——只能讲,所有的一切,都仿佛是一把把的钥匙,在为他,打开着一扇扇让他觉得清醒很熟悉的门;而一扇扇门的后面,有些,是他已清楚知道的,有些,是只不过还隐隐却也其实本质早在的东西。

他同样不能解答那一把把钥匙的实质谜底是什么——不过，这丝毫也不影响，它们，还在为他深密地打开着一扇扇的门。灵魂之门。）

他为自己心里的那一小条裂口，感到无比的撕心。

（这样的一种罪疚，与其他的都不同。——他在对她的、或她对他的强烈的爱里，会为自己想过要弃生而内疚；会为自己无能让她开心、温亮而内疚；会为自己仅能给她的，为什么偏偏却又是欺骗、虚幻而内疚——进而，由于爱的本能，这种欺骗对方的内疚又会直接泛扩开来，漫住一切。——然而，罪疚，又是怎么一回事呢？）

（感觉，是在她抱起他的那一刻开始。——他悲惧的，其实正是——她对他的拯救。因为，她对他的拯救，正是以她的沦陷为代价——所有的一切，其实正是她在火场中救他时的，情绪重流。他的悲惧，已经不难理解——但是，当她由衷而单纯的笑起时，他的狂悲，又暗隐着什么呢？——他的病是不可能好的——而她抱起了他后，她单纯而快乐的笑——就相当于：她终是救不了他的——而她在最后的被毁灭中，最后无悔而幸福的笑。——结局的一致无可更改性，同样一种过程的完全结束感，再加上，在不可更改的结局前，结束了一切后的，那一由衷而单纯的笑。她的笑。——哀灿的悲狂。一种“爱”在悲惧之巅的颠狂。——其实这种感觉同样也让他有着似曾已历过的熟悉——就好像，梦境情节的早已久长——或，是正如同一种悲狂到了极致后，由黑暗的悲惧挣扎，永恒的坠入了无疆的绝茫宇宙。一种可怕的蘑菇云形态。——而那条危险的小小裂口，也就产生了。隐隐，而并不陌生。就仿佛，他曾在某些清醒着的黑茫中时，便也早已潜隐的有过这种感觉。——它，这条小小的裂口，意味着什么呢？其实，简单说，便是排斥。但是，在这里，“排斥”，是一种全部重洗后了的意义。它，并非向下或黑暗的境态，而恰恰，是蘑菇云形态的顶端极致态势。带有着痛极剧烈的最灿烂辉煌。——他的她的处境，并非仅仅简单只是“泉涸，鱼相与处于陆”，他更知道，无比狂痛的知道，就“泉涸”而言，他自己，早已是人魔一体。他，已是命运之魔的木偶与托身。这一点，他已无可再改变。——那么这样一来，这一条小小的“排斥”裂口，就变得不难理解了。但是，说它“危险”，也正是此。“排斥”，纵然是那样一种灿煌的境势，但，它终究是一种撕离的动作。而爱情，“撕离”意味着什么，显而易见。于人于己都相同。——而他，在看到她那伤心一刹的泪起后，心中不禁罪疚，也就容易理解了。它，不是任何一种内疚——非爱情的，或基于爱情的暖烈的——而是，对于爱情的裂撕意义上的。爱愈浓，撕愈痛。他，不可能不感到罪疚。——而那种隐隐的并不陌生感，其实在钥匙的意义上，又意味着什么呢？——正是“为什么，我还不懂她的心”这句话。——同样的，都是一种最深终的隔离感，所产生的，伤心与罪疚。——不管原因是什么。）

（而在这里，相信，庄子与蝴蝶的恍惚，应该是，已经能够让人看见一样，不管是梦非梦，还是真非真，还是梦非非梦、真非非真，都一样与人永远同在着的东西了——那就是:魂境。象罔见道——它,或许才是这世上每一个人,真正最终的,符号。)

胡珊端来了药。她坐在床边,小心的,轻轻一勺一吹的,慢慢小心的,就是喂起了他。

也不知道,是让药气给熏的,还是药味给苦的,他终究,还是禁不住的,流泪了起来。

"怎么,怕苦啊——咦,喝完了有糖哎——"

她逗笑的说着,给他擦了泪。他看见,她自己,却是泪已盈满了眼眶。

他颤抖笑了笑,无言的,没有再流泪,只是大口又喝起了药——大口大口的。

喂他喝完了药,他看见,她一时又是灿烂的笑了起来。(他没有再让自己的那一条裂口显露出来。——感到罪疚的一切,让他极力的掩盖着所有。他庆幸,一时正极力掩盖的他,没有再刺伤一时正灿然高兴的她。——而这一对照,却在一时,又让他看见了某些东西——他忽然——其实也好像不是"忽然",而是带有了某种前面意识逻辑的延续性——为她,而哀灿的不禁悲狂,然后,裂口,然后——发现,她,事实上,还有可得真正光明的希望。所有一切,漆黑如宇的浩渺,其实,对她来讲,底质上,还存在着可动摇。——他和她,其实现在面临着的黑暗很独特,是一起的"泉涸",却又不是一起的"泉涸"。关键在于,他,是一个已与黑暗相融了的人。——假如他和她,仅仅只是面对黑暗,那么,他和她所处的境置是相同的,事情也就变得很简单了——他和她,就是那么"相呴以湿"的两条鱼。可是如今,事实上,黑暗,对她来说,并非——他想到——是完全坚不可摧的侵围式存在,而是他,使得她扯入了黑境。换句话说,他和她,如今所面临的,其实并不是共同一样的黑暗铜墙铁壁,他想——只要——只要她——"只要她……"。他没有再想下去,因为,他发现,他心口的那条裂口,开始被照得耀眼了。——是啊,她抱起了他,还会笑;她看他吃下了药,还会高兴——分明,她还有救啊!——她并没有被魔鬼围困住,她只是、只是——自己没有离开一个魔鬼啊!)

他庆幸她正在剥糖,没有看到,他此时的眼睛。

(罪疚感包围着他。他努力的还掩饰着自己。——而除了这些,一种由裂口产生的痛,对他自己而言的痛,却是越来越也清晰明烈了起来。——正如他所明白的,"撕离"会对她伤害多少一样的,这种伤害,同样也作用于他自己。——要是胡珊,"不再……"——他痛得,根本不能去想。)

(可是,一切,继续这样下去呢?)

黑色的绝望与无尽痛苦,仿佛重新又回到了原来的位置上,猛烈的卷住了他。他在漩涡般的痛苦中,一时不禁有些微出神的,忘记了伪装。

胡珊给他吃糖,他才回过了神来。

他无尽愧哀的看见,她看着自己,眼睛里难抑的,又已是重新写满了悲伤。

他知道，是自己的流露，一时溃伤了她了。

他无尽的愧哀。（就好像，两个在黑色的沙漠中彼此尽力搀扶着还在一起行走的人——忽然，他一个不支，摔下了，并且还带翻了她。）

（他赶紧又爬了起来。）他笑说，一人一半啊。

她也赶紧又是笑了起来。

他笑着说，你刚才不是也尝了药吗，不苦啊？

她笑了几句，就也听他的，一颗糖一人一半了。

他吃着糖，感觉很甜。真的很甜，可是又真的，很想哭。他在一种滚烫的悲伤里，没有理由的，就是不禁看着她。（没有任何理由的，就是想看看她——看看她。——就好像，真的好想，能就这么永远看着她，在自己的眼睛里啊。）

他看见，几乎是在同一瞬，她也是同样的，看向了自己。

他和她，都是浓浓而平平的，烈烈而静静的，不禁彼此凝凝的对视着。没有笑，也没有泪，只是谁也没有逃——不禁的，就好像真的真的，好想能永远，永远就这么，活在对方的眼睛里。

翻滚的悲伤，哀灿的绚烂。

无比浓烈，而又无比平静的一刹那，两个人，眼睛的表面，仿佛都同样，有一层让人彼此心碎的脆弱，碎落了。澎湃的泪水，彼此都是汹涌而出。

没有了阻遮的痛苦，磅礴的爱情，全都在泪水里，彼此混成了一块儿。

他和她，彼此都没有说半个字，只是在一起哭着。尽情而彻底的完全哭着。她抱着他的肩，他贴着她的发，一起尽情的彻底哭着，哭着。

他知道，都知道，都知道啊——正如，他知道，她也都知道一样。

太多的为什么。早已太多了啊，太多了。

无言的彼此哭泣，哭泣的共同一切。

谁又能改变？谁又能反抗？

命运在嘲笑，魔鬼在欢呼。

只有人，还在永恒的哀哭。

还有梦境前的那个他，还在狂哀而依旧徒劳地摇撼着他的噩梦。

依然一切如故、纹丝无动的噩梦。

（他们一起哭泣着，一起哭泣着——不知有多久了。）

渐渐的，仿佛都哭止了一些。

他和她，泪眼的相看着，相看着。彼此泪水的后面，仿佛都滚烫着一宇同融的焰色太平洋。

他，泪水模糊的，忽然，又是强烈感到了，那种悲绝而滚烫意义上的——“永远”、“幸福”。

他又看见到了，她眼里，也是烈熠着深深一旷片，寒巅之上的莲焰。

他和她，相看着，悲绝而幸福的哀彻永远的相看着，一时不禁都止了泣的，是痴浓笑了笑。

他和她，不约而同的，一时，都是重新又看向了，墙上他们的那一幅，幸福而大大的结婚照。

她泪水模糊的，轻吻了吻他，重新又紧紧的抱紧了他，依偎着。紧紧的依偎着。

“……至诚哥……我爱你……”

她哽咽的，轻轻，滚烫而永恒的声音。

他泪如雨下，开口，仿佛已如移山般无能。

“……我也爱你啊……小珊，我爱你……真的……真的，好爱你……爱你啊……”

哭音模糊。

他和她，痴烫相看着，相看着——都笑了笑——刹的，就又都是一起不禁的，哭了起来。

好久，好久。

（无尽的爱与痛，在他心里剧烈如绞的翻滚着、螺旋着。——黑绝蘑菇云中的永恒与幸福，永恒与幸福的，黑绝蘑菇云。）

她渐渐的，抹去了泪，便是重新又笑了笑起来。

“——对了，至诚哥，我在家政中介另外又找到了一户要佣的人家，下礼拜就能去做了—每个月都能多五十块咧——”她开心的，告诉他说。

“呵，那好啊——太好了——”他忍着心攥，也好像开心的说。

她看着他，一时不禁就是有些甜甜的单纯笑了起来。她握了他瘦枯的手，轻轻痴痴吻了吻他，一时便是又偎了他。

“……小珊——”

“嗯？”

“……以后……你去的人家，要是再对你不好，就不要做了，大不了重新再找，啊——记得——傻丫头，千万记得，啊——”

“嗯，知道了——呵——一定记得的，呵——”

“呵——”

（他一时，险又抑不住了自己声中的哽咽。——难抑的悲狂，险然令他嚎啕。虽然，他从未在胡珊笑时这样过。——他不知道，为什么有时候，两个人一起紧依着痛哭，与两个人一起相拥着欢笑，是有种说不上来的其实一样。——正如同，爱情的始终不能让人解释一样。只是他一直很清楚，自己在那一样中，仿佛总还拥有着一种叫做“永远”与“幸福”的东西——虽然，它们已全是黑绝了的境地意义上的。正如，他都还一直清楚拥有着，胡珊眼中最深处，与自己这些一样着的全部那些一样。那些，总是会很莫名的使他想起，寒巅之上的莲焰，或荒漠里的绿洲。他不知道，自己有时候，是否也可以真的像她这样，给她他眼睛里的那些。——虽然他知道，自己和她，本境上不可能再是相同的了。可他还是始终彻心的希望着。——他和她，真的就好像是两个，始终都一直还在彼此给予对方力里奔跑下去着的瘠囚。虽然他们其实谁都知道，“命运”，已经无情的根本谁都不可再改变。可是他和她，却还是一直不离不弃的在荒漠中一起继续走下去，一直一起继续走下去。似乎，那还能够一直牵手搀扶着继续走下去着的“永远”、“幸福”，是远比抗挣黑漠更想要着的。——不然，又是什么让他和她相视难分呢？——痛苦，与害怕脆弱，有时的确是让人不能够面对，可是当这一切的不能够面对，都是生长在“爱”这棵核心之树的树干上时，又还有什么，比爱，在本质上的相融相一、永依永存的渴求更不可抗拒的呢？——他在吃着糖时，心中那种滚烫的痛苦，让他在已经很坚强的作出了一些其实很薄弱的坚强伪装的同时，更是不可抗拒的，想要看着她，永远的看着她——就仿佛，有时候，人在海市蜃楼前，无比渴望的渴望画面的永存一般。他不知道，爱一个人的本质，是否就是爱上一种渴望的永恒。——当然，他在梦里没这么想。有时候，在人的魂境前——不论清醒与否——一切的表述都是多余而徒劳的——譬如佛陀拈花之义。——只是他一时并没想到，恰好她也是，这样的看向了他——“心有灵犀”，本来多么美好的一个譬喻啊。在那一刻，他和她的坚强，仿佛却都退居了其次——或者说，都早已无了这方面的意识——一切的枝蔓，或脉理，仿佛都已隐却，而完完全全的彻底就只剩下了纯粹一种大一元概念上的“爱”。他们相爱，他们谁都不能离开谁，他们谁也不能没有谁，他们都想看着对方，想好好的看着对方，永远的就这么看着对方——就好像，某些时候，当人在一群飞过了就再也不会回来的大雁前，想按下快门的那一刹。——他和她，其实，真的很简单。——爱，其实，也真的很简单。——然后，就那么的一刹，他和她的坚强都破碎了。——爱而愈痛的痛，爱而愈想用自己伪装出来的蓝天给对方蓝天的脆弱的坚强，全部交织在了一起。无尽愈来愈的一切——相织、彼此相织而愈无尽愈来愈的一切。——一切，却又都是那样的平静。浓烈、无尽浓烈的平静。——爱而伪装坚强，痛烈而脆弱——爱、痛愈织，伪装的坚强，与脆弱，也便愈矛盾动荡。相织，与彼此的相织。——没有笑，也没有泪的，最浓烈的平静——最动荡的，浓烈的平静。——愈来愈的一切——无尽相织而无尽愈来愈的一切。——接着，爱的剧烈，最终，便是让一切矛盾、动荡，就那么，破碎、消失了。就仿佛两个彼此都是最深最烈的在呼唤着对方的灵魂的洪流，最终，便是都在同一刹，各自冲破了哀灿的脆薄透镜一般。彼此，都是由各自的灵魂，完全的取代融化了各自全部的外壳。就好像，一切的透象，全部都被实质的洪流，融淹了。一切的脆弱与坚强，直接就都是被其根本的爱与痛淹融了。两个人，彼此的魂，就仿佛彼此无尽奔腾呼唤着最无尽的澎湃涌向着对方的沸腾滚烫江河一般。——还有什么，比这更单纯的呢？——还有什么，比这一起的痛哭，更永远、幸福的呢？——可是，他，是一个，已经成魔了的人。）

（织而愈烈的沸腾的爱的滚烫灵魂江河，对于她来讲，每将她的心魂全部

的推向爱情的灵魂极致一次，似乎便会使她心中燃起更多更高的莲焰来——爱的至高莲焰。——虽然，一切，终又只是会让人走向更痛苦的——他总是想。——一个说不清到底是伟大还是残忍的永恒太极螺旋。爱与痛的永恒矛盾长旋。——而对于他来讲，除此以外，还有着不同的那一样：爱魂的每一次极致烫腾，融痛化极的烫腾，都会使他心底的那一条裂口，越来越裂，越来越清晰。——她对他的爱，是义无反顾，是全身心全魂魄，是用她全部的心魂，来最紧密地拥抱他；而他，又是否——真的应该，用他的灵魂，也来同样紧密的拥抱她呢？——他感到了一种对于清晰的可怕。）

“呵，至诚哥，今天啊，我又路过原来的那家小餐馆了——呵，他们生意可好了，我看见门口都有人在排队买点心呢——”

“呵呵……那是肯定的啊……那块地方可是最好的，最好的呀——”他笑笑的说着（心中早已哀涩难禁），“——他们……还叫‘好聚来’吗？”

（他并不知道两个人为什么会说起这些——正如，每一个人，其实，都很难真正的——魂境意义上的真正——看清自己一样。）

“嗯，还叫……呵，他们一直还是叫‘好聚来’呢——”

“呵，好，好啊……这名字可吉利，吉利着咧……‘好聚来’，呵，好聚来——嗯，对了，他们卖的啥点心啊？”

“嗯——好像……对了，写的是梅花糕——”

“哦——梅花……”

（一种令人伤惘的追怀，涌上了他的心头。——虽然在梦里，他也并不清楚，他究竟是追忆起了些什么。——只是与他现在所感到的那种“永远”与“幸福”，似乎完全不同、却又似乎是完全一样的，另外的一种“永远”、“幸福”。——他也说不清，它们，究竟是什么样的一种彼此恍惚。——相同的永远，却又似乎不同的幸福；相同的幸福，却又似乎不同的永远。——就好像——就好像——如今，他和她，是一起彼此搀扶的相偕走在永无际涯的绝望黑漠中；而曾经，他和她，是一起彼此牵手欢快的漫步在美好无尽的暖阳梅香中。——他忽然，感到了那条裂口，猛的，又被撕开了些。）

（他看见，她在这一时的暂暖里，依然还有着一片单纯而单纯的欢笑。——他再一次的，忽然又意识到了，她底质上的，还可救。——就好像，他，是彻头彻尾的完完全全已在了上下左右前后角落完全密不透风的黑绝里；而她，在上下左右前后角落的黑暗里，却其实，一壁一壁上，一角一角间，还有着，一丝一丝，一缕一缕，可从外面透进来的光亮。——他并不知道，究竟是她在绝境里无怨无悔而单纯的还有的欢笑，让他为她悲狂的而起了裂口的，才开始真正清晰发现她还有救；还是他其实始终都隐隐知道着她还有救——这“隐隐”与“始终”，似乎是因为梦境情节的莫名久长，又似乎，是魂境中那一缕飘渺识想的早已在——只是因为悲狂，才帮他，越来越清晰了起来——或者说，是不得不越来越清晰的面对——说“不得不”，是因为，事实上，这条裂口，让他有种本能的害怕，正如，他知道的，它，会如何的伤害到她一样。——只是，现在，他不禁的清晰想到了：如果，只要，他，把裂口——撕开，那么——一股狂猛的剧痛，淹袭了他。）

"——至诚哥，你想不想吃——明天那我早些去，趁排队人少，也买些回来好不好——"

她一时轻轻有些欢喜地抬起头来，微乐说。

他发现到自己眼中正流露的一切已伤害到了她的时候，已经来不及了。

（莫名，似乎两个人之间，相爱的莲焰每多盛一些，被矛盾铸起的透镜也就越来越虚设。——"相知"，似乎与一切的爱的激越或痛的矛盾都无关，而只深深的根存于，那种纯一根存意义上的"爱"中，与这种意义上的"永远"、"幸福"合存，并与那种根存意义上的"爱"，或"永远"、"幸福"一样，永远只会是一种上升式的螺旋，越来越清晰，越来越深明。——也就是说，其实，爱的激越与痛的矛盾之中，本身，不也便是存在着一种不变意义上的上旋累积吗？——纵向的上升。而这种纵向的上升，其实，本身，也即是脱离了似乎永无解的横的螺旋。而它，真正意味着什么呢？那种在无数的莲焰中，始终都不是螺旋，而永恒意义上能够不断上扬着，并且带动着一切的，是什么呢？其实，正是灵魂的力量。——每一个人，真正意义上的最终力量。——其实，对于他所还未知的那些事情来说，也许，只是时间，还没有让他到那最终可脱离了一切矛盾的升华罢了。——那对于他和她来讲，愈虚设的透镜，或也即是知秋之一叶。可是，时间——这世上谁都不能掌控、改变的时间——却在很多时候，恰恰就是命运的脊梁。）

"……呵，好，好啊——买回来了，我们一起吃——一起吃，好不好——"

苍白而已迟了太久的笑应。

痛苦的令他已不能说明的眼泪，在她眼中，潺潺而出。

滂沱了的眼泪。

她顿顿的哭着，顿顿的哭着。他无尽的罪疚着，罪疚着，痛苦的，痛苦的，完完全全的不知该怎么办，不知该怎么办。

她忽然的，紧紧哭拥了他。紧紧，无比紧紧的。

"——至诚哥，不管怎么样……你都还有我呢……还有我呢——我爱你——永远爱你啊——"她哭泣的说着，颤抖着，声音都仿佛是在痛流着被烫伤了的血，颤淳如乞求般，"不管、不管怎么样——至诚哥，我们……我们……永远、永远都还一样是，都还一样是，这世上最幸福的……最幸福的啊——我……我们……不……不要……"她哽咽的，已是哭说不下去了。

（"为什么我还不懂她的心"、"为什么我还不懂她的心啊"——狂猛的罪疚，伴着无尽的爱涛，再一次的，又是一起暂淹去了他心底的裂口。只有无尽的滚烫，无尽的滚烫，一时全部、所有的，完全攥住着他的一切。）

"——我知道……知道啊……对不起……对不起啊……小珊，不了……

我一定不了……”(他颤哭的,只恨不能,恨不能用自己的心血,来弥补自己竟然怎么会伤害了她的一切,怎么会伤害了她的一切啊。)他颤烫的熠栗说着,“……不管怎么样,我们、我们永远……永远都还一样是,这世上、这世上最幸福的——最幸福的——”

她哭泣的,紧烈拥依着他,无比无比紧烈的,拥依着他。

无比无比紧烈的,紧烈,拥依着他。

他和她,滚烫的哭在了一起。

(“是啊,永远都还一样是,这世上最幸福的啊”——莫名,一股让他,仿佛真的已是升超了一般的,激烫入髓的,彻华透魂的,强大空力。)

无尽的泪水模糊。

无尽滚烫悱恻的,泪水模糊。

模糊。

不知过了多久。

多久。

泪水,渐渐的,在他眼前,消退了。

消退了。

他看见了,那一枚多么熟悉的戒指,正在她的手上,淌着灿灿的泪。他看见,在他的面前,是一束多么美丽而鲜艳的蝴蝶兰啊。

她,依然是哭泣着,无比无比紧烈、紧烈的,拥依着他。

他心中被无尽仿佛已是真的超越了一切黑暗的幸福与滚烫包围着,心魂升腾的,仿佛是要将自己的心全统掏出来,一时,便是想要和她说话。他熠腾的,无比强烈熠腾的,想要告诉她,他不会了,真的再也不会了,再也不会这样愚蠢,这样愚蠢的伤害她了,他发誓,发誓,一定再也不会,再也不会了。他忏悔的,无比强烈熠腾忏悔的,想要告诉她,他懂了,真的真的都懂了;他幸福滚烫,而无尽腾忏的,想要求她原谅他,是最后一次能再这样的原谅他,因为,他已真的真的,完全彻底的知道,自己是错了,完全彻底的错了。他再也不会这样了,再也不会了,一定不会,死也不会了。他想真正的,真正是这样无比幸福了的,告诉她,他,真的都懂了。懂了啊。“不管怎么样,我们永远、永远都还一样是,这世上最幸福、最幸福的啊。”他想告诉她,真真正正是这样无比幸福了的,无比幸福的,告诉她——呵,小珊,不哭了啊。

可是,他猛然发现到了,他,已经说不了话了。

他连头也动不了了。

她还抱着他哭着。

他极惧的,狂劲挣扎着——怎么连头也动不了了?怎么连话也说不了了?怎么了?怎么了?

他狂挣着,却依然,只有无尽的,纹丝不动。

寒酷的,纹丝不动。

无尽的僵锢。

无尽的僵锢——就仿佛，他已完全的，不再属于他自己了。

就仿佛，他已完全的，被什么，收去了一切。

他恐极的，忽然，才是发现，他，原来，已经，没有心跳了。他忽然，才是发现，他，原来，已经是块石头了。——不，更确切的说，是一块，墓碑了。他自己的墓碑。

他忽然，才是知道，原来，他已经死了。

已经死了。

死了。

"啊——!!!!!!"

发不出任何声音，一切也全都纹丝无动的，他哀疯了的一声裂身狂喊。

（他心魂中的那一股空力，刹的，便彻全消失了。就如同，从来便没有过这股让他好像超越了一切黑绝的剧烈力量一样。——不，不止。——他还更好像，刹然的，便是永入了，一宇无极的，阿鼻地狱。）

（梦境前的他，已不再摇梦了的，彻萎了的，跌跪下了。——他在他的铁海天牢噩梦前，无声的哭泣着，哭泣着。——他已真正的知道了，命运，是什么了。——他，只是，在无尽的跪泣中，不停的哽咽喃着，哽咽喃着：为什么，没有神——为什么，这世上，真的，没有神。为什么，为什么啊。）

她滚颤的泪，还在一行，一行的，不断温暖着他，已冰石的脸。

他看见了，她手腕上，一条鲜红未褪的，残痕。

他看见了，他的旁边，一座早已是立好了的，她的空墓。

"不——不——不——!!!!!!"

没有任何声音，全统纹丝无动的，他哭疯了的悲嚎。

她滚烫的泪，依然还在，颤抖的，不断冰凉着，他的哭泣。

"为什么——为什么——为什么啊——天啊——"

他，石锢的，巨哭着。

巨哭着。

永远不能抗挣的黑绝。永远没有抗挣的，黑绝。

胡珊一时哭、拭交集的，止了些泣。

"……至诚哥……呵……你看我总是这样，每次来看你，都还是老要你说我……呵……呵，可是至诚哥，你真的……真的放心……我不是难过，不是的……呵，只是……只是想哭……呵……有时候，真的想哭哭呵……可是，我不是……不是难过，不是的……呵……"胡珊笑笑的，却一时终又还是禁不住的颤哭了起来。她抖笑的，不断紧抹着泪，"……至诚哥……呵呵……至诚哥……至诚哥，我好想你啊……天天都想的……呵，你、你也一样想我吗……呵、呵……呵，六年了……至诚哥……至诚哥，你这么狠心，都走了六年了……剩下我一个人……呵……呵……"胡珊抖抖的笑说着，笑说着，却终又还是一下子的，滂沱的泪而失声了。——她痛哭着，痛哭着，还是努力又颤止了泪的，笑笑呵，"……可是……呵……可是，至诚哥啊……至诚哥……你知道吗……呵……这六年来，其实，我都还天天觉得……还是、还是和你在一起着呢……呵呵……"胡珊笑笑呵着，哭淌戚惨的，泪水如帘如洗，"——真的……呵……呵，真的——白天，我老能看见你，晚上，你又老来我梦里，呵呵……其实，有时候，我开心的，都会醒过来呢——呵呵……我都老后悔，怎么就醒了啊……呵呵——呵——至诚哥……我多想每天都能再多看见你一会儿啊……再多看见你一会儿……每天都能再多看见你一会儿……哪怕只是一小会儿，也好……也好啊……至诚哥，记得……记得，以后，要多来，再多待一会儿啊……多来，再多待一会儿……一定啊——呵，一定啊……记得，要记得啊……呵……至诚哥……呵……"她泪笑着，一直紧紧的不停抹着颤然的泪，抖抖的笑着，笑而又惨哭着，又还是要笑着的，呵哭笑哽，"……至诚哥啊，昨天我烧了你最喜欢吃的红烧肉咧，给你碗里夹了好多呢……呵呵，我是不是比以前烧得更好了啊……呵呵……晚上做梦，记得要来告诉我啊……下次我再做给你吃，呵……我知道至诚哥你呀，就最是喜欢吃浓油赤酱的了……可是你呀，呵，呵——知道吗，每顿吃完了，我洗碗，都总是你那只碗最难洗了呵……呵，要谢我呵……呵呵……"哽烫的笑，帘雨的泪。她哭得，一时都捂住了眼睛，啼颤伏在了膝盖上。——好久，好久。她才是又抹去了泪的，颤抖泪笑的，抬起了头来，"……对了，至诚哥啊，昨天我又帮你晒衣服了，还有袜子、枕头，都晒了呢……呵……闻着都好香了呵……是太阳的香呵……昨天、昨天你来我梦里，闻到了没有啊……呵呵——至诚哥……呵，我看见你现在真的都已经长胖了好些呢，都有些像十一年前没生病时那样了呵……嗯——呵……呵……"泪水，颤肆的，淡红的，残忍磅礴的，洗着她泣笑惨惨的脸。她惨泣的抹止着难止的淡红色的抽咽的，笑笑的，"……呵……呵……医生真的、真的没有骗我，说你病好了呀，也都还是要慢慢调养，才会慢慢再恢复好起来的，不能急的，呵……呵……我就知道，这些年捎给你的那些药啊，一定管用的，都是补的呵，呵呵……下礼拜我再去多买些好不好……呵呵——呵……你一定都要按时吃啊，至诚哥……呵……"

字字泪，声声血。

他悲哭的，已再听不清，她在说些什么了。

只有她紧拥着他的眼泪，还在不断的，腾烫与绝寒着他。

"啊——"

剧狂的撕痛。疯了的哀嚎。

无尽的地狱，在他的身上澎湃。

他只感觉，天与地，浑沌了。浑沌成了，一片仿佛永恒地狱的海洋。

他腾烫绝寒的，无尽僵锢在了，一块墓碑之中。

（无尽的爱与痛，无尽的一切与一切，微的太极与宏的太极，彼此矛盾与

共同的相织螺旋，所有的一切一切一切，仿佛，全部全部的，统统都在这一刻，卡在了，这一方，小小，而恒亘无尽的石锢墓碑之中。所有的无极黑暗，与一切的亘永悲痛，就仿佛，在这一刻间，全部全部的，都凝聚为了一个点。一个，如同宇宙的始或终的无极无间意义的点。在它的临界处，便是那最重要的一样：他魂境最深深处的，极限底质。——那暂还没有得到真正爆破意义上的真真正正的最后升华的，此刻无尽黑绝的极限底质。——它，是这完完全全彻彻底底禁锢掌控着他的无尽黑绝的最终点，同时，也就是，那最终一个新的完全光明世界的，开始前。——而在这临界处，正是，如同绝集了所有地狱的全部一切。——就仿佛，是那涅槃前的最后一刹一般。——而在这所有的全部地狱里，那临界真正的最后一层未悟透，其实，便是在那无尽的黑漠中的永困相搀前行，与在那飘香的梅林间的欢乐相偕游玩，实则，是相同的，同样一种“永远”与“幸福”。真正永恒与永恒幸福意义上的，永远与幸福。——象由心生，万法一境。其实，真正的世界，永远，只是你的心。）

——至诚哥，我爱你。

他绝泣的，听见。

——呵，至诚哥，我再唱歌给你听吧。

轻轻的，胡珊泪泪的，在墓前，好听唱了起来。

无尽的烫爱，与剧狂的寒痛；剧狂的寒爱，与无尽的烫痛。

密集的浑沌挣扎。

至高的爱痛疯缠。

无力的禁锢在石。

无能的石内哀哭。

“小珊，我爱你——”

他哭着，最后，对胡珊说。

渐渐模糊。

模糊了。

旅馆房间内，苍白的灯光下，睡着的陆至诚的眼角，还淌着寒冰冰的泪。

天，慢慢的，亮了。

胡珊，醒了。

陆至诚，醒了。

她，静静的，坐在淡橘色灯光下。

他，愣愣的，呆在苍白的光亮里。

胡珊心中，那原本还最后不禁的颤栗恐惧着的最巨重、巨空而巨实的黑绝笼密厉绝匕尖，莫名的，真实消失了。全部，真实的消失了。

她平静了。

完全的，真实的，平静了。

——是啊，这世上，又还有什么好怕的呢？

她洗了把脸。她洗净了泪痕的，看着镜子，安静的，凝然的，笑了笑。

陆至诚站在镜子前，看着镜前苍灰的自己，莫名，凝凝的，双手合了合十。

他默默的，闭上了眼。

——佛祖，保佑我。

他出了旅馆。

她离开了小屋。

大街小巷里，都已是一片又一片，好浓烈了的圣诞气氛。

暖红色慈祥的圣诞老人，暖橙色轻盈的漂亮气球，暖粉色卡通的“Merry Christmas”。

是啊，快圣诞节了。

胡珊，不禁想。

是啊，快圣诞节了。

陆至诚，不禁想。

出租车，还在去医院的路上。

陆至诚凝然的最后又看了一眼那一张，他和胡珊已真的，好久以前了的，旧照片。

他慢慢的，合起了皮夹，重新便是，又放回了胸前的上衣内袋里。

他的手，放在衣服外，心口处，也就是那皮夹内照片在着的地方。

紧紧的。

他想，要是查出来，没事，那回去了，一定要，重新再和她，一起照一张现在的。

觉音寺内。

许愿潭外边的后院天井里。

方丈扫完了地，放好了扫帚，看着阴霾的天空，顿了良久，还是不禁的，叹了口气。

他迟凝的，还是滞然又拿出了手机，给精神病院的那位大夫打了个电话。

那位大夫还是很确定的跟方丈说，慧生是病了，典型的精神病。

大夫为难的回答说，精神病这东西很麻烦，打个比方讲，人的脑子，那就好比一个内宇宙，可是现在的科学水平呢，对它的研究还是很有限的，人对自己精神世界的了解，那基本上是比对地球的了解还要少，所以我实在不好跟你说，他是能治好还是不能治好，对吧——你们都是出家人，我总不好和你们打诳语，对不对——哎，拿你们的话说，就是只能看他自己的造化了啊。

方丈滞涩的灰放起了手机，一时看着阴霾的天空，不禁的又是叹了口气，便是转身，想要去大殿了。他心里有些不好受的正打算着，一会儿买一篮慧生喜欢吃的苹果，再去医院看看他吧。

突然，方丈的背后，“哐啷砰”的一阵败破声响。

方丈猛一愣，回身，一看。

只见，原本竖挂在院门两旁的那两块“听静夜之钟声，唤醒梦中之梦；观澄潭之月影，窥见身外之身”的古旧长匾，都是不知怎么的，掉摔在了地上，败破的，断碎了。

方丈摇头的叹着气，一个人蹲在地上，灰蒙蒙的，捡拾起了断匾碎片。

一块“梦”字的碎片，一时凝涩的，在方丈的手中不禁停留着。

方丈灰滞的双眼，苍冷的，淡叹着，涩遥的，凝凝看向了，灰霾天空的，远方。

远方。

出租车，依然正在尘路上行驶着。

从没有关严的车窗缝里绵绵凛冽薄厉进来着的冷风，依然还在一直绵绵不断的，如刀裹割着胡珊。

胡珊一直凝凝出着神的，都一直没有觉到，原来，风还一直像刀一样的在裹追着她。

只有她凝静的眼角，还在凝静的，不断被风和泪，洇湿了又吹干，吹干了，又洇湿。

痴热的万江红尘，凛寒的千崖灰风。梦尽了，也刻骨铭永的心；闻哭了，也难改的天瑟绝籁。

天命的锦瑟，大罔的拨奏。红弦，灰音。

痴哀的江南，鬼聚魔集。

万里霾障，千重魔屏。

南国娱乐城内。

梁啸刚迷迷糊糊的醒了过来，才是发现，自己的双手，已经是被反铐住了。

他恍恍的愣了一愣，才是突然，如被霹雳晴轰了一下的，猛的，真醒了。

他慌紧半爬了起来，看见，吕南国，正落泪的，坐在不远处。

靡旷的房间里，两个人，将近半分钟的无言。

一个冰呆，一个落泪。

吕南国还在悭悭然的，不断抹着泪。

依然还冰呆、冰呆着的梁啸刚，突然，一刹，不禁便就是血丝泪下了的，“扑通”，重重一声，在吕南国面前，垂首罪跪了下来。

“南哥，我不是人——”

梁啸刚痛哭流涕的，声嘶哑哭着，“咚”的重重一声，脑袋就是捣磕在了地上。

他跪着，头顶着地，痛哑得喉里不禁一股哭出了的血腥的，不停的，就是拿头磕打着地。

他恨不能磕碎了自己的脑袋，现在，就在吕南国面前，磕碎了自己的脑袋。

他血丝的哑哭着，哑哭着，恨不能，现在，现在，吕南国，就亲手直接给自己一刀。

他的额上出血了。

吕南国走了过来，好像犹带着泪音的，一边忙宽而伤泣地说着“别这样，老弟，别这样，快起来，快起来”，一边就是用力地止着梁啸刚。

梁啸刚喉里的罪泪血腥愈极了。

他不能看吕南国的，一刹，就是猛挣开了吕南国的劝扶的，哭哑极了的，便是重又千斤的磕跪在了他的面前，头砸着地。

南哥，你说吧，要我怎么样都行、都行——我不是人、不是人啊——你就是现在要我脑袋，我也一定不会让你脏了手，我自己来，自己来。南哥，你说句话吧。我不是人、不是人啊。

梁啸刚泣不成声。

老弟，老弟，别这样，别这样啊。

吕南国一边忍泪的样子，一边拼命就是要劝扶梁啸刚起来。

不，南哥——南哥，你说句话吧，说句话吧。梁啸刚罪不欲生的铁抖痛哭着，还是挣逃着吕南国的劝扶，头不能抬起半分来的，泪血混喉。我不是人，我不是人——我连畜生都不如、不如。我怎么会、怎么会——啊。南哥，你办我吧，我求你，办我吧——办了我。我不是人，不是人啊，南可。你要我怎么样都行，都行啊。我求你，南哥——我不是人，不是人啊——啊。

梁啸刚痛罪血泪，额骨如裂。

老弟！

吕南国好像气起了一般的，大喝一声，就是一时好像有些怒他不听的，一把，便还是将他用力的从地上拽了起来。

你这是做什么！

吕南国好像真的很生气了的，喝着，就是一把，将梁啸刚按到了沙发上。

“南哥——”

梁啸刚罪极之极，已哭无可言了的，痛裂的，便是再一次的，“嗵”的，萎跪在了地上。

吕南国重重的，叹了一声。

吕南国步沉沉的，好像被灌了很多铅一样的，就是在梁啸刚前面的椅子上，重重的灰跌坐了下来。

吕南国闷沉的哽了两声，一只手不停地揉着额，不时地还抹着眼睛的样子。他红湿着眼，不时地看看天花板，就好像，怕泪会一不小心，就又从眼眶出来一样。

梁啸刚痛苦到了极点的，紧闭上了眼，流着泪，就是一下子，重重的，又将头砸在了地上。

“南哥，你说句话吧——怎么办我都成——我罪无可恕、罪无可恕啊——”梁啸刚一句一砸头的，痛苦的喉血说着。

“老弟啊——”吕南国深吸了一口咽，声音很响亮的，让人觉得是正在痛苦的咽着苦极的泪，“老弟——”吕南国痛苦的，声音都颤抖着，“我……我真的、真的是……想不到、想不到啊……你怎么……怎么会——”吕南国一刹深吸，紧紧抬看天花板，哽涩无言，就仿佛他只要再多说下去半个字，或者头少抬起了一丝，那泪水和苦痛，就会全部从他的喉中与眼里崩溃出来一样。

梁啸刚心血罪迸，头抵着地，泪如黑泉奔涌。

“我昨天，一时有事出去，就想……”吕南国再次哽咽，“就想，让莺莺暂过来，多陪……陪……”吕南国喉如泪封，“哪知道，哪知……”

“南哥——”梁啸刚血从喉出，泪水纵横的，字字罪哭，“我不是人，我不是人啊——我畜生——畜生啊——”梁啸刚痛苦到了极巅的，头在地上碾着，苦苦的痛碾着，血痕斑斑，声声自残的泪奔着，“你罚办我吧，罚办我吧——求你了，南哥——我没脸、没脸再……再……”梁啸刚罪极的痛哭着，血不禁漫哽了喉的，失声大泣，“南哥——就是要我命，我也应得，应得啊——你说句话吧，南哥——我怎么样都行，都行啊——我是，百死难赎啊——”梁啸刚大哭失声。

吕南国看着头磕在地上的梁啸刚，嘴角，不显露的，微浮了浮，一丝难禁的笑。

“老弟啊——”吕南国捂嘴掩眉，声哽音咽的，仿佛苍颤难言，“你、你怎么能和我说这些……怎么能……”吕南国哽涩难言，“你不是不知道，在我心里，你就好像是我的亲兄弟啊——亲兄弟呀——我一直、一直都是，拿老弟你当成我的家里亲兄弟的啊——”吕南国声颤如撕，“我手下的其他弟兄，对不住我，犯了错，我可以照用家法，可是老弟你——不相同，不相同的啊——我、我——”吕南国哭不成声，“我是一直拿老弟你当亲兄弟的啊——不然，当年在牢里，大哥我也不会那么总帮着你了啊——对不对——”

梁啸刚痛如五马分心。他脑壳如劈。

“南哥啊——我对不住你——我不是人啊——”梁啸刚罪痛到了极点的，心都仿佛是碎哭了出来，“今天、今天要是南哥你，不办我，那、那我自己，也是绝对没脸走出去的了啊——南哥，我对不住你啊——”

梁啸刚极巅痛罪着的泪狂着，猛的，就是一下子，便想要自戕，却是忽然的，才是重新又一时有些微冷的醒然的，发现到，自己的双手是被反铐着。

一时，莫名有点说不上来的尖刺刺，微微的，便是不禁将正不由的极漫在狂罪自戮里的梁啸刚，稍稍的扎拨了拨。

——这手铐——好像——哪里不太对劲呢？

吕南国长吸了一气泪，仿佛悲痛难禁。

“老弟啊——老弟——”吕南国吞泪长苍状，“谁让是你呢——谁让是你呢——我……我——”吕南国掩面哽颤，仿佛痛不欲生，“——罢了，罢了啊——谁让你是我最好的兄弟呢，谁让你是我最好的兄弟呢——”吕南国长泪看天，痛哽的悲恨猛拍了两下自己的膝，就仿佛是痛苦的恨不能撕碎了

自己一样，“常言说得好，兄弟如手足，女人如衣服啊——罢了，罢了啊——我……”吕南国哽而掩泪，好像再难言的，还是不禁大泣了起来。“——更、更何况，老弟你和我，那是生死之交啊，生死之交——”吕南国还是抹去了泪的，苍伤又面向了梁啸刚，“谁让是你老弟呢，谁让这事是你老弟做出来的呢，谁……我……”吕南国苍泪仰天，还是痛苦不能禁状的，转开了头去。

“南哥——”

梁啸刚极之又极的，再一次被罪海淹没了。他哭喊着，头再一次的，碾抵在了地上。

“罢了，老弟，还是罢了啊——”吕南国声音仿佛还哽着，伤痛而宽苦的说着，眼睛却是看着正头抵着地、已罪不欲生的梁啸刚，浮起了一股笑。吕南国声哽痛绝一般的，“还、还是那话——兄弟如手足，女人如衣服啊——衣服啊——更何况，老弟你和我，是换命之交啊——换命之交啊——”吕南国声泪不断，“虽然我知道，老弟你这人，最讲义气，最讲公平，不喜欢别人欠你，也不喜欢你自己欠别人——老弟，你是我南某人，这辈子遇见过的最上道的兄弟啊，有你这么一好兄弟，我吕南国，还有何求了呢，何求了呢——”吕南国又亢声颤状，“你是我好兄弟，好兄弟啊——”吕南国颤而又转了一些仿佛很不禁的泪哽，“而且，我也知道，你昨天，是喝多了些，喝多了些啊——”吕南国不禁还是很情悲的样子，哽颤断了一下，又断了一下，咽而难言了一会儿的样子，“南哥不怪你啊，不怪你——”

“不——南哥——我求求你，罚我吧——罚我吧——啊——要我怎么样，都可以啊——都可以啊——只求你，求你了——罚办我吧——我不是人啊，我不是人——我不配做你兄弟啊，不配啊——我畜生，畜生啊——我不配做你兄弟啊，不配啊——我畜生都不如，不如啊——南哥——”

梁啸刚已罪不能再自活半分半毫了的，伏地血碾，嚎啕大求。

吕南国一时悲痛的转头哽咽不禁一时再难言状。

梁啸刚罪已极巅的，一时便是不禁的，又想要自戕，可是那手铐，很莫名的，就仿佛又是很说不上来的，扎了扎他。

大约十秒的，都是沉默。

“其实……其实……老弟啊……”吕南国抹了泪的，仿佛很难以启齿状的，痛苦而极其难以启齿，“其实……其实……老弟……老弟啊……要说对不起，我、我这心里……这心里，对你，也一直是有愧啊……有愧……”

梁啸刚一时倒怔了怔。

三五秒的，沉默。

——其实，其实，我这心里头，是、是喜、喜欢弟妹，很久了啊。我。

吕南国，掩泪，痛苦而极其痛苦的样子，愧哽而极愧哽，断不能再言状。

梁啸刚，好像没有听清楚的，还傻愣的，看着吕南国。

“其实……其实，我喜欢弟妹，很久了啊——”吕南国，仿佛愧罪已痛不能当了一样的，泪了的说，“可是、可是，老弟——你是我最好的兄弟啊——我们是换命的最好兄弟——兄弟如手足啊，手足……”吕南国，仿佛已痛极，再不能言。

吕南国仿佛愧极痛也至了巅的，哽泪颤然自抱着头。

而梁啸刚，依然还傻着。

傻着。

冰寒的手铐，无意间，又扎了扎他。

忽然，一幅最残忍的画卷，在他眼前，铺展了开来。

铺展了开来。

他额上的血，慢慢的，流过了他的眼角。

他不能相信的，绝对死也不能相信的，看着画卷里的一些东西。

他不能相信、绝对死也不能相信的，不是，吕南国说，他喜欢胡珊很久了，而是，那副手铐，在这一刻，所突然，就是让人看懂了的，一切。他绝对死也不能够，相信的一切。

——怎么能相信？

怎么能相信？

怎么能相信！！！

一百零八秒的沉默了。

仿佛，一百零八个小时了。

一种彻心的崩坍，呈塔状的，依然还在碎裂着梁啸刚。

碎裂着他的一切。

碎裂着他，很多年以来的一切。

很多年以来的，所有一切。

每一秒钟，他的心脏都仿佛在死亡一次。

每死亡一次，崩坍的碎裂就仿佛更彻底一层。

每更彻底一层，他的所有一切，就都仿佛，被重新全部毁灭了一遍。

他的心口里，已满的鲜血淋漓。

血淋淋的崩坍破碎，一层又一层的，仿佛，一秒又一秒的，在不停、不断的，带他走回，那一天又一天，一月又一月，一年又一年以前——直到，最后，他仿佛，来到了，那一座崩溃之塔的塔顶。他不由的看到了，一下子，不由的重新就是全部清晰的看到了，那很多很多年以前，当他第一次，被戴上手铐时的，所有情景。

两行浑浊的泪，苍老的，没有声音的，从他的眼眶里，奔涌了出来。混入了他的血。

他忽然，想起了很多早已远逝了许久的远逝。

他忽然，想起了很多早已忘却了许久的忘却。

他在泪水模糊中，不禁的，忽然，才是真正的如同站在了许多年前被戴上手铐的那一刻一般，真正痛刻了的，心哭道：我错了。

我错了。

他在这一刻，不禁的，忽然才是真正第一次的，泪水纵横的，在心中，向那一个已逝了许久的亡灵，忏悔道。

忏悔。

他在塔顶的这一刻，忽然，才是真正的明白了——正是他自己当年的不知忏悔，才让他，走向了今天这一刻的忏悔。

因缘似水流，万业终随身。

善福恶孽，苦、集、灭、道，一切造化皆自在。

血染的塔，崩塌了。

梁啸刚在泪水模糊里，哭着，哭着，慢慢、慢慢的，重新站了起来。

吕南国还以为，梁啸刚是已经入了套了。他满心兴奋的，笃定的，只等着梁啸刚接下来的送羊了。

不料，梁啸刚泪水的，却是，竟慢慢自笑了起来，自笑了起来。

他笑的，越来越骇人，越来越惨心了。

吕南国大意外的，都有些起了寒栗。

梁啸刚，笑得惨泪如潮。

惨泪如潮。

吕南国傻了。

“最好的兄弟……最好的兄弟啊——”梁啸刚颤站着，笑泪惨红，言犹含血，“最好的兄弟，最好的兄弟啊——”梁啸刚笑惨血言的，嘲天嘲地，身如万剐，“——我最讲义气，我最讲公平，我不喜欢别人欠自己，也不喜欢自己欠别人——没有错，没有错啊——哈——哈哈哈——”梁啸刚仰天绝嘲大笑。

“老、老弟你……你……”

吕南国一时无措。一切看样子，皆已暂在了他的意料外。

“——南哥，你说得不错，兄弟如手足，女人如衣服——”梁啸刚一时止了笑的，就是既像认真又像嘲笑的看着吕南国，“我这人，最讲公平了——既然我对不起了南哥你了，南哥你又这么有心喜欢胡珊——不如——”梁啸刚眼里起了血丝的，“不如——我们就有来有往，我把胡珊给你弄来——南哥，你说好不好？”

吕南国看着梁啸刚的样子，像认真，又不像认真，又说不上是个什么状貌。他一时，倒也真无言以对了。

梁啸刚血腥的，直直紧盯着吕南国的眼睛。

吕南国一时，竟不禁的，自己也说不上怎么的，就是滚落下了目光去，不敢，再看一丝梁啸刚的眼睛。

梁啸刚，呵呵，而至哈哈的，再次大笑了起来。

梁啸刚这次笑了很久。

吕南国忽然才是明白了过来，自己被耍了。

吕南国的眼中，恼羞成怒的，划过了一道狰狞。

梁啸刚止了笑。

“禽兽——”

梁啸刚暴一脚就踹翻了桌子的，溅血狂骂。

吕南国明白，刚才那一套，已经正式完全结束了。虽然他还真的不太清楚，怎么梁啸刚的脑子忽然就转了路。

吕南国，笑眯眯着，安泰的，就是重新看向了梁啸刚。

“老弟，怎么说翻脸就翻脸。我只不过，是说我喜欢弟妹而已嘛——哎哟哟，刚才，不知道，好像还是谁在说，自己是连畜生都不如的？”

吕南国，笑眯眯、慢悠悠的，安泰说着。

“王八蛋——”

梁啸刚喉中一口血，大骂着，只恨自己挣不开手铐的，冲上前，便是要踢吕南国。

吕南国简单的一脚，正中梁啸刚膝骨下。梁啸刚“嗵”的一下，就被踹跪下了。

梁啸刚一时半条腿都僵麻着，怎么都起不来。

“唉，我说老弟啊，你这人，还是冲动啊，本来，我们有话好好说不很好吗——你看，一样不还是都跪着，何必呢——哈哈哈哈。”

吕南国狰狞的笑着。

“我说怎么会这样呢——我喝酒，从没出过事——他妈的，全是你下的套！！！——昨天的酒里，有药！！！——妈的，王八蛋！！！！！”

梁啸刚恨血极了的狂骂着，拼了命的在地上挣扎着。一切无济于事。

吕南国冷笑的哈哈拍了两下手。

“哎呀，老弟，我说你怎么就聪明了啊——没错，是我给你下了药了——怎么样，效果不错吧——哈哈哈哈。”

吕南国狂意长长朗笑。

“哎呀，老弟，说实在的，本来呀，跟你也蛮多年感情了，真不想就这么跟你撕破脸啊，唉——可是没办法，实在太想弟妹了啊，再晚，恐怕我就真没机会再沾手了啊——唉，本来想，和你能不撕破脸就不撕破脸，唉，都怨你啊，都蠢了这么多年了，怎么这不该聪明的时候，就一下子聪明了呢。哈哈哈哈。”

“禽兽！！！畜生！！！禽兽！！！！畜生！！！！”

梁啸刚狂奋地挣扎着大骂。

哈哈哈哈。

吕南国起来，踹了梁啸刚两脚。

“怎么样，老弟，这手铐不错吧——是不是很多年都没再尝过这戴手铐的

滋味了啊——哈哈哈——别挣了，手铐能不能弄开你又不是不知道——哈哈哈哈——唉，不过说起来，老弟，这姜到底还是老的辣啊，哈哈，我就早防着，和你会撕破脸啊——不是怕和你动手，我这里弟兄多的是——只是我知道，你啊，太好冲动了，一冲动起来就没完没了，唉，妨碍谈正事啊。”

梁啸刚带泪的不禁狂笑，却是就打断了吕南国。

“哈哈哈哈哈——吕南国，你知道吗，你蠢就蠢在——想做一只伸头的乌龟，却又怕，会被人伸头就一刀——哈哈哈哈——”梁啸刚在地上血恨的狂笑着，“你知道吗，你刚才的那场苦肉戏，输就输在了，这一副手铐上——”梁啸刚咬牙的恨血着，“我蠢啊，我是蠢啊，我他妈的都蠢了这么多年！！！——我居然，居然，居然一直，拿一头禽兽——不，禽兽不如的东西！！！一头，禽兽不如的东西！！！！——当成，当成是自己的兄弟！！！最好的兄弟！！！！哈哈哈哈——我呸！！！！——哈哈哈哈！！！！”梁啸刚血泪的哭笑着，牙根裂血，“老天有眼哪！！！老天有眼哪！！！！没让我蠢到底！！！没让我蠢到底啊！！！！哈哈哈哈——”梁啸刚挣扎的半爬了起来，血嘲的血看着吕南国，“你知道吗，我刚才，差一点，也许，就真的会如你所愿了——哈哈哈哈——说得多好啊，多好啊——最好的兄弟，最好的兄弟！！！！——刚才，你跟我说了那么多，兄弟啊，女人如衣服啊，公平啊——哈哈哈，还流了那么多眼泪，说不怪我，说，你当年帮我——哈哈哈——你他妈的，还真会帮人洗脑——你不就是想，让我觉得自己真他妈的百死难赎了，就一个冲动，让你公平吗——畜生！！！你个禽兽不如的东西！！！！——亏你想得出来，下作！！！！”梁啸刚奔血大骂，“可是老天有眼哪！！！有眼哪！！！——不要忘了，人头顶三尺有神明！！！——我差点就当真了，差点，就真让你洗了脑了！！！可是——哈哈哈哈——谢了你这副手铐了——谢了你这副手铐了啊——多简单的一个道理啊，你要是真不怪我，那，我这手上的手铐，又是怎么回事呢——哈哈哈哈——哈哈哈哈——谢你这副手铐啊，让我终于，终于就是看清了——一个人面兽心、猪狗不如、肮脏下作、无耻流臭、想伸头又怕挨刀、蠢到了家还自以为聪明的畜生不如的乌龟王八蛋！！！！！畜生不如的乌龟王八蛋！！！！！！”梁啸刚吐血倒恨的越说越快、越说越疾的，狂声血啸。

吕南国恼羞成怒成恨的，狠的一下，就是踩下了梁啸刚。

梁啸刚咽血哀笑。

“我蠢啊，我蠢啊——”梁啸刚在地上，血嘲如冥，“你有一句话，说得没错，都蠢了这么多年了，都蠢了这么多年了——我都蠢了这么多年了！！！！”两行恨泪，在他脸上不禁恣肆。他泪嘲如撕，“我蠢，我蠢啊——竟然、竟然，一直，一直，人兽不分——人兽不分啊——我瞎了眼，我瞎了眼啊——我才是真正的，瞎了眼啊——”梁啸刚啸哭咬牙，泪血洗面，“我到今天、我到今天，才真正的知道了，什么是衣冠禽兽，什么是衣冠禽兽！！！——哈哈哈——”梁啸刚血牙大笑，恨泪如决，“可惜，可惜，我真的太蠢，太蠢，知道的太晚、太晚了——我以前，竟然就觉得像周健那种人，已经是王八蛋的东西了——不！不！！不！！我错了！！！我错了！！！我应该，为他而坐三年牢，应该！！！那是我应得的！！应得的！！！因为，他是一个人！！他最起码，还是一个不是禽兽的人！！！一个不是衣冠禽兽的人！！！！——哈哈哈哈——可惜，可惜，我知道的太晚了，知道的太晚了！！！我蠢啊，我蠢啊——啊——"梁啸刚啸而奋挣爬起，血面向吕南国，"我蠢就蠢在，这么些年了，这么些年了——直到今天，才真正看清你这个衣冠禽兽！！！看清你这个衣冠禽兽！！！！衣冠禽兽！！！！！——哈哈哈哈——可是老天有眼哪，老天有眼哪！！！老天他，没让我蠢到最后啊！！！！是天不让你这个王八蛋得逞啊！！！！吕南国，你会遭报应的！！！你会遭报应的！！！！人不收你，天会收你！！！！天会收你！！！！！道有恶孽，天不纵！！！！！天不纵！！！！！！"

梁啸刚决血骨响地狂嚎。

吕南国恼咬着牙，狠打下了梁啸刚。

吕南国恼恨而轻蔑的，在鼻子里"哼"了一声。

"梁啸刚，我告诉你，你是蠢，哼，因为，你不蠢，你就不是梁啸刚了。坦白跟你说吧，从你在牢里不识相开始起，我就知道，你是个只知道义气的蠢货了。我那时候帮你，哼，哈哈，实话说你听，那就是图的，你是梁家的独子。你家要不是那么有钱，我管你死活。——我和你，在牢里都只不过是暂待个几年而已，不愁出去了没人生。只要一出牢，那一切还不是都继续。所以，能和你这个蠢货关在一起，是我将来出牢后能为自己多铺条阳关路的大好机会啊。——我才不像那其他几个草包大佬，没一点远见。在牢里，我为了帮你，好像是倒尽了霉，哈哈，可是你知道吗，你越看见我为你倒霉，我就越高兴。投资啊，什么叫投资，这才叫真正的投资啊。你想想，要是梁家的未来继承人能成我的铁哥们，那就是天天被打，只要还留我一口气在，那就值啊。哈哈哈。真以为我拿你当兄弟啊——兄弟？哈哈哈哈，别白痴了，老弟。哼。"

吕南国又踢了梁啸刚一脚。

"不过可惜啊，我这人就是臭毛病，爱江山更爱美人哪——拿女人当饭，见了漂亮女人上不到，就像黄河被堵住了，然后，导致发大水，再然后，就千里饥荒，灾民遍地啊。呵呵呵——不过还好，这辈子，除了我没胃口的，我想要的女人，还从没有搞不到的。——哼，就是你老婆，浪费了我最多时间，害我闹了最长时间的饥荒——呵，不过，也没关系，这饿得越久，渴得越久，吃起来、喝起来才会越香、越有滋味嘛——哈哈哈哈——别激动——哈哈哈哈——其实，这也不能怪我啊，谁让你老婆长得那么让我一见钟情啊——哎哟，就是喜欢她那一股纯啊，纯——真是够味哪——够味——要说论身材论脸蛋，比她好的我都玩多了，可就是从没尝过像她这么乖乖小羊的良家妇女啊，哈哈哈哈——噢、噢——噢呜——哈——你别激动啊——哈哈哈哈——说了让你别激动，妈的——哼——哈哈哈——实话告诉你吧，我啊，从你第一次带她来，我第一眼看见她起，就已经恨不得能把她天天绑在我的裤裆里了——哦，那才真他妈的天堂啊——哈哈哈哈——你挣个屁——你看看，这还都不是你自己把她送上门来让我看中的，哈哈哈——蠢货，别人都在流着口水想上你老婆了，你居然还让自己老婆要像你一样白痴的，认人作大哥。哈哈哈——活该你呀。"

吕南国又一次的踩下了已如疯了的梁啸刚。

"其实要说起来，你老婆可比你聪明多了啊——她可不像你，真那么白痴的就拿我当大哥——唉，这也实在出乎我意料啊，没想到她骨子里还真他妈的挺烈的，没那么小羊，软硬不吃——不过呵呵，这样更有味啊——真他妈的想把她好好给收拾服帖了，那才真够刺激，呣——噢——哈哈哈——你再骂呀，骂呀——我让你骂，妈的——是你自己蠢啊，白痴——不瞒你说，从一开始，我就已经一直在天知地知我知她知的暗调戏她了，哈哈哈，你还都在场，只是你都没发觉，她也不敢真声张罢了——哈哈，她就是声张了，你也只会骂她发神经啊——老弟，我真为你感到可怜啊——可怜——哈哈哈——你要不是蠢的那么总拿我当大哥，信我就像信关公一样，跟她的感情又实在说不上怎么样，我就是再会戴面具，玩暗手，恐怕，你也不会直到今天才发现你自己是瞎了眼啊——我怕是早穿帮了——哈哈哈——只能都怪你自己啊——哈哈——不过呢，两回下来，我也有路数了啊，你老婆是软硬不吃，不过哈，再烈的羊，那也终究还是羊啊——哈哈哈哈——这样就好啊——只要是羊，就逃不过狼，一切，需要的，只是时间而已。早先呢，我呀，还想，你跟琳琳她黏上了，那胡珊她要是晓得了，一个心理不稳，我再趁机半软半硬一下，她会不会跟我就半推半就一些——没错，当时琳琳的那个电话，就是我让她给胡珊打的——我还特意安排了，接下来就请你和胡珊一起过来吃饭——哪知道还是莺莺的眼光准，说这招对胡珊肯定无效——哼。你还浪子回头，转眼就跟琳琳断了。妈的。

"其实老弟啊，今天这一局，我是早就有打算了的啊。只是一开始的时候，一方面，怕万一会撕破脸，另一方面，就想，会不会还有其他能让胡珊顺了的法子也不一定。要是能又不和你撕破脸，又和你老婆很 high，那就多完美啊。说不定还能弄个长长久久的彼此同乐。——你有钱，你老婆又迷人，真是鱼与熊掌啊。唉。——哪知道，是人算不如天算，你们正飞，转眼就出了大事，胡珊又突然提出了要和你离婚。你梁啸刚，是极有可能转眼就没钱又没女人啊——唉，你没了，也就等于我在你身上投下的和希望的，也全空了啊。那时想想，也真他妈的痛苦啊。说实在的，钱倒也不是很有所谓，反正我也暂还一直没有什么要在钱上利用到你的地方，这根长线重要虽重要，也不是很紧心，唉——就是想想，眼看胡珊和你一断，我要搞她，恐怕就更加十万八千里了，我这心里，是一万只蚂蚁在造反啊。——唉——真他妈的恨不得莺莺能真变成胡珊啊，要命。——饥荒真是要人命啊。说句坦心底的，老弟你啊，是真正身在福中不知福啊。那么多的钱，你有爹妈给，那么让人馋的女人，你可以天天睡，还包够——妈的，你命真是好绝了。唉。——还好，你和胡珊，后来又总算稳些下来了。我想，就别想了，快下手吧——可以有可能不和你撕破脸，又不经我犯事而稳能搞到胡珊的，除了这样子的一局，我也实在，想不出别的更好法子了。谁让时间、形势都那么紧迫呢。唉。——老弟啊，你说得不错，呵，我原本想的，就是像你说的那样，想要你，觉得愧对我到了极点，然后，哼，我再稍稍拨一下，就暗让你想到那条路上去。——唉，这么做是麻烦啊——可是没办法，一呢，真不舍得就这么万一断了和你的交情，二呢，唉，实在也不想再在阴沟里翻船，为女人犯事，吃一堑长一智啊。我是这辈子，都不想再坐牢了啊。就算是真的要和胡珊来真硬的，我也不想让自己倒霉啊。而还有哪个中间人，会比你，她的亲丈夫，更适合来解决这一切呢？不管最后，是你这个做她丈夫的，比我更适合有办法让事软成也好，还是不行，真硬了成的也好，反正，都是由你来解决最好啊——哈哈哈哈——没有错，老弟，我想要的，就是让你，来亲手给我盛这一碗饭。我不仅要吃得好，吃得饱，还要吃得安安稳稳、妥妥帖帖的，绝对，不会烫到我的手和舌头。哈哈哈哈——最重要的，只要是你心甘情愿帮我盛的，那，就你和胡珊那牵藤盘根的局面来看，再怎么着，手铐都一定会离我很遥远的啊，哈哈哈哈——吃得放心才会吃得大爽，吃得特爽啊——哈哈哈哈哈——叫你别动！——混蛋。

“其实，用药这一节，我原本倒是也没想到的，我原想，看你对莺莺好像也蛮有好感的——可惜啊，莺莺那次，却落了个空。唉。其实呢，那时我也想，万一这么一局，大家会撕破脸，那也就撕破了吧，因为那时我知道，你们梁家也快破产了，无所谓了——而这胡珊，可绝不能不到手啊。我这人哪，实在是太爱女人了啊，简直是爱女人胜过吃三餐饭啊。要不怎么有古人说是宁教花下死，做鬼也风流啊，真他妈的精辟啊。真是千古同感有知音哪。——唉——别动。——要是弄不到胡珊，我就真他妈的是天天等于在活受死啊，煎熬哪——渴死了——别说这辈子我绝不可能不搞到她，就是每再多熬半分半秒我都简直是要被憋死啊——活虐哪——所以老弟啊，你不能怪我，要怪，就只能怪你老婆真的太让我饥渴了啊——所以，我也是绝不可能不这么做啊——哼，叫你骂！叫你骂！！妈的——哼哼——告诉你，我想要的，是终不可能逃出我的手掌心的，迟早而已。哼。妈的，别动！——后来，那一次，我本打算要给你下药了，可是，唉，一个犹豫啊。听你说，正飞又起死回生了，唉，我就一个犹豫啊——真他妈的悔。这鱼与熊掌啊。难。谁让你看来又有钱了呢。唉。——还好，第二天我就是有大好机会，去单独见弟妹了啊，真是多谢你的白痴。唉——本想能不能再软硬一下，跟她培养培养状态，想最好就能省了冒和你撕破脸的险，让她从了，就最皆大欢喜啊。唉，哪知道，还真看不出来，小羊倒也有花木兰的时候，妈的——真恨不得虐死她——竟敢对我那么样。有她好看的。——哼——你后悔个屁——妈的——再骂——哼！

“话倒不用骗你，那一天，我倒是的确看见你老婆和姓陆的相会了，跟了他走，不过究竟是怎么回事，那就我也不知了——你个王八——不过，哼，本来我想，这下好了，她有把柄在我手了，我牢定了——哪知道，哼——你老婆可还真是一只三贞九烈的羊——我差点就想硬上了，妈的！！——我要不虐死她，这辈子就不姓吕！！等着吧！！！哼——我踩死你——没有错，后来，我就第一时间先给你打了电话——哈哈哈——不然你怎么死信我——不过也险哪，我还真怕，她会先给你打了电话——不过还好，你够蠢，而她，再贞烈，也终还是只羊——天帮忙哪，哈哈哈哈——老弟，说实在的，也别怪我，俗话说的好，篱笆扎得紧，野狗钻不进，你和胡珊，真要是感情好的话，那我，又怎么可能，游刃有余这么久呢？——哈哈哈哈。

“后来，我就再不能想别的了，今天一局，已是板上钉钉——只是，拖了很久。谁也想不到，胡珊，居然和你来闹真的了。人无影踪。我悔啊。真他妈的犹豫误事。早该搞定她。真他妈的悔死了我祖宗十八代。搞不上她，我死不咽气啊。呣——噢——噢——还是金眼好啊，最知我心者，非他莫属啊——本来还实在是怕，芳软良机，此去是一空便再无哪——真是急死人呀——哈哈哈哈，也到底是老天保佑我啊——你以为我是替你找胡珊啊——醒醒吧，白痴。”

吕南国冷笑的又踢了梁啸刚两下。

梁啸刚满口鲜血的，大笑了起来。

“——吕南国，你真他妈的、他妈的——让我开了眼了——哈哈哈哈——”梁啸刚血笑的，还是又一次的，奋爬了起来，“我这辈子、这辈子，终于知道了一个字，终于、终于知道了一个字——贱！！贱！！！贱！！！！——哈哈哈哈！！！！”梁啸刚笑得血滴成串，“你、你连、连衣冠禽兽都轮不上，轮不上！！！！你根本、根本，就是粪坑里的一条蛆！！！一条臭蛆！！！！这世上，每一个人，每一个最肮脏的人，都配在你面前称神！！！都配在你面前称神！！！！哈哈哈哈——”梁啸刚笑震顶宇，“是天不纵你啊！！！畜生！！！你做梦吧！！！！——我梁啸刚，今天在这里对天发誓，对天发誓——天地乾坤作证，只要吕南国敢动胡珊一根头发，我梁啸刚，一定杀了他！！！杀了他！！！！——天地乾坤作证！！！！！——哈哈哈哈——”

笑震穹宇。

吕南国却是只微微笑了笑。

他嘲笑而轻蔑的微蹲下了些身，薄薄的冷嘲看着梁啸刚。

“哎哟哎哟，真的让人好感动哦。吕南国嘲讽的，还特意声音转了两个弯。你对她真是好啊，真是有夫如此，妇复何求啊。可惜哪，可惜哪，哈哈哈哈——你老婆她，现在，恐怕都还是睡在陆至诚的暖被窝里，没有起来哪——哈哈哈哈。可怜哪，老弟，你可怜哪。”

“——王八蛋！！！！！”

梁啸刚刹然冲血大骂的，便是拼然怒冲而上。

吕南国一脚踩下了他。

“老弟啊,都这样了,大家干吗不都坦白一些呢——不要告诉我,说你直到今天,都还一点点不恨胡珊哦。吕南国冷笑的嘲说着。想想看,你对她多好啊,多好——喏,都这样了,还一心护着她,可是她呢——哈哈哈,现在,说不定正和姓陆的……哈哈哈哈。”

“你个畜生!!!!”

梁啸刚狂骂血挣。

“不要激动嘛,你这人就是这样,呵。吕南国又踩下了梁啸刚。想想看,你为了她,付出了多少啊——多少?——钱不说,心不说,你的命,你都为了救她,舍过命啊——可是她呢?嗯?——对你多残忍啊——多残忍。多少次的欺骗你,多少次的背叛你,多少次的要离开你——每天和你睡在一个枕头上心里却想着另外的一个男人,每天被你抱着却巴不得你立马变成姓陆的——她拿你当什么?你算她什么?——嗯?——喏,现如今,她要和你离了,是真真正正的来真的了——她和姓陆的快活了啊——可是剩下你呢?她想过你吗?她在乎过你吗?——她爱过你吗?——她丢开你,就好像丢开一条没人要的狗一样。你说,你算什么?——你算什么?——你的真心她全当垃圾,你的付出她全部丢弃,你用自己的全部换来了一个笑话,你用自己的生命便宜了姓陆的和你自己最心爱的老婆!救命之恩全是狗屎,一日夫妻百年只冷!你的家她不想要,你的人她只想抛,你的全部全部,她都只想永远丢进狗屎堆!!你的一切一切,全是她的垃圾!垃圾!!你在她眼里心里,就根本半文不值!半文不值!!从来半文不值!!姓陆的是宝,你就是草!!是草!!——最是无情女人心啊!!——你不恨胡珊吗!你不恨胡珊和陆至诚吗!!你不恨吗!!!你难道不恨吗!!!!”

“——别说了——!!!!”

梁啸刚刹然溃了的,痛泪的,颤萎下的,大哭了。

吕南国嘲笑的,坐了下来。

“所以啊,老弟,你说你还对她那么好做什么呢?——你为她拼死拼活,流血丢命,她都知道吗?她都在乎吗?她都需要吗?她都值得你为她付出这么多做出这么多吗?你现在就是为她死了,她恐怕,都只会和姓陆的一起拍手跳舞庆祝你死得好死得妙死得刚刚好啊——老弟,醒醒吧。天下女人皆水性,没有一个真值得男人去用真心的——谁用了真心,谁就是自掘了耻辱墓。想想吧,她是你老婆啊,是你真真正正正正式式明媒正娶办过婚礼领了红本的老婆啊——可是她现在人在哪,心在哪?在哪?全部统统的都在另外一个男人的被窝里啊!!老弟!!你可怜啊!!!你可悲啊!!!!——姓陆的有什么好?你有什么比不上姓陆的?不是胡珊瞎了眼,是老弟你瞎了眼啊!!为这么一个贱女人,你不值啊!!老弟你不值啊!!!——你拿这么一个贱货往皇后座上宝捧,她却拿粪水往你头上冷浇!!!老弟!你可怜啊!!!你可悲啊!!!!”

“——不要说了!!!!不要说了啊!!!!!”

梁啸刚在地上颤如叶碎，嚎啕大哭。

“老弟啊，你怎么咽得下这口气啊——怎么咽得下这口气啊——你是一个男人啊，一个堂堂正正的男人——你是胡珊的老公，堂堂正正的她的老公啊——你怎么忍得下，怎么忍得下他们这样青天白日的逍遥快活啊！你怎么忍得下啊！！是可忍，孰不可忍——胡珊是你的老婆啊，是你梁啸刚的老婆啊！！——以前，她反反复复的拿你踢了又捡、捡了又踢、同床异梦、表欺里叛、外顺内逆，那起码，还和你是依然稳在一屋里，一床上，可是现在，现在，她是站在了姓陆的胳肢窝下跟你喊离婚了啊！！站在了姓陆的胳肢窝下跟你喊离婚！！！离婚！！！！——明目张胆，大张旗鼓，忘恩负义，无情无爱，背心背德，无耻至极！！无耻至极啊！！！！你对她的一切忍让和宽恕全是笑话，你对她的所有爱情和希望全是烂泥！！！烂泥！！！她鞋底的烂泥！！！！她对你冷若冰霜，对姓陆的却热情如火，她对你拒之千里，对姓陆的却投怀送抱——她是你老婆啊！！是你梁啸刚的老婆啊！！！是你梁啸刚，付了命，费尽了千辛万苦才娶来的老婆啊！！！！是你梁啸刚比爱自己的命都还要更爱的最心爱的女人啊！！！！——可是她，却从来不爱你，始终欺骗你，三番甩你，五次叛你，在你怀里想着姓陆的，在你面前念着姓陆的，当你空气当你白痴当你透明当你垃圾——她想过你的感受吗？她想过你的感情吗？她以前和你在一起的时候，就已经是无时不刻的在用心让你当暗王八了，现在，更是全心加全身的完全彻底在青天白日神明下，和姓陆的一起让你欣赏他们的鸳鸯蝴蝶戏了！！！！老弟，姓陆的尿到你头上了！！！！是你老婆让他尿的尿！！！！是你老婆、还是你老婆，亲自让他尿的尿啊！！！！你能忍？——忍！！！！！”

“不要说了！！！！！不要说了！！！！！！”

梁啸刚泪流满面，血腥模糊，仰天吼嚎。

“你怕听吗？你怕听吗！！可是这一切，你都比我更清楚，更知道！！事实全全部部都明摆在你的面前，一切统统共共都正在发生之中——和你离婚她正努力中，和姓陆的同居她正在享受中——你没看见吗，你全都统统没有看见吗！！！——你的女人，正和另外一个让她朝思暮想了无数个日日夜夜的男人在一起！！——是另外一个，她在你身边当你老婆时就一直朝思暮想着，朝思暮想了无数个日日夜夜的男人！！！他们在一起！！他们正在一起！！！！缠缠绵绵，卿卿我我，蜜里调油，忘天忘地！！！！——你算什么？算什么？告诉我，你算什么！！！！乌龟王八蛋！！！！！”

“不要说了……不要、不要说了啊……求求你，不、不要说了啊……”

梁啸刚已彻底溃瘫了的，血泪糊哭着，嚎啕的，伏地哀求。

“胡珊和陆至诚，根本就拿你当烂屎！！烂屎！！！你在他们眼里，根本就是条死狗！！死狗！！！他们巴不得你现在就蒸发！！现在就蒸发！！！——那样多省事啊，多省事了啊——哈哈哈，那他们就快乐无止境，欢笑无极限了哈，你这堆碍事的烂粪，终于 say 拜拜了啊，哈哈哈哈——那样，他们就能到你坟上一起拥抱接吻着大声喊‘老公老公我爱你’、‘老婆老婆我爱你’了啊，哈哈哈哈——说不定，兴致一高，他们还会就那么一起光天化日的在你坟前脱光了痛痛快快热火朝天的嗨嗨咻咻上一回，让你死了也吐血啊——哈哈哈哈——胡珊，胡珊，她是你老婆，是你梁啸刚的老婆啊!!!! 你为谁爱过，你为谁哭过，你为谁死过，你为谁狂过——是她！是她!! 是她!!! 是胡珊哪!!!! 可是她怎么对你的？怎么对你的!!!! ——姓陆的算什么？算什么!!!! 可是他现在正在天天时时刻刻分分秒秒 happy 你老婆，而且，还是你老婆她自己求之若渴临之如幸献之似乞受之化狂的让他 happy、求他 happy、和他一起 happy 的!!!! 他们爽啊!!!! 爽!!!!!”

“……不、不……不、不要说、说了啊……求、求求你了啊……”

梁啸刚就好像是一只已完全彻底的失去了一切外壳与皮肤、只剩下了连被风轻轻吹一下都会好像受死般狂痛的血肉模糊的血肉的可怜蜗牛一般，趴地痛哭颤栗哀求。

吕南国，笑了笑。

“可怜哪，老弟，你真的是可怜哪——片玉帛换冰心，百壶真情自铰肠啊，可怜，可悲哪——这世上，还有比他们两个人更无耻的吗？这世上，还有比他们两个人更不是东西的吗？这世上，还有比他们两个人对你更残忍的吗？这世上，还有比他们两个更像刽子手的吗？这世上，这世上还有比他们两个人更应该受尽天打雷劈千刀万剐百世折磨千年地狱万劫报应的吗!!!! ——他们拿你当什么!!!!! 你不恨吗？不恨吗？不恨吗？那就让他们爽到天上去吧!!!!!! ——你个只能眼睁睁的看着自己老婆和别的男人一起爽给你看的可怜虫!!! 可怜虫!!!! 王八!!! 王八!!!! ——你活着还有什么意思？你活着还有什么脸!!! 你的活、你的脸，全都已经被他们垫了床脚擦了腿裆了!!! 你长眼睛，就是为了看他们亲，你长耳朵，就是为了听他们叫!!!! 你死了也比活着好啊!!!! 你还有什么脸活!!!! 你还有什么脸活!!!!! 你自己说!!!!!!”

“不……不……不……不……不!!!!!!”

梁啸刚惨厉如被五马分尸。

吕南国长笑了一口气。

梁啸刚惨颤的哀哭着，哀哭着。

悲决透骨的眼泪，滚混着惨厉的溃髓鲜血，在地上颤抖痛绝的彻寒哀流着，哀流着。

生不如死的惨绝、血泪彻寒哀流着。

“所以啊，老弟，难道，你就不恨、不想报复吗——我要是你，就会发誓，这辈子，都一定要让他们两个人受尽折磨，不得好活，生不如死，日日痛苦，夜夜煎熬——让他们快乐到地狱里去，让他们爽到阎罗王的油锅里去，让他们生生的永远活在现世的惩罚里，让他们永远后悔对你伤害的一切，让他们知道什么

叫代价，让他们知道什么叫罪过，让他们知道什么叫应得的惩罚，让他们知道什么叫后悔太迟——你不想吗？你不想吗？你难道不想吗？——胡珊和陆至诚，罪孽无边，恶盈臭海，活该生受死罚，地狱永缠，煎熬无尽，折磨无止，永罪永受！！永罪永受！！！！永罪永受！！！！！！”

声使云骛，森动霄壤。

仿佛上帝的宣判。

魔为神。

良久，良久。

流血颤栗的一直还哭伏在地上的梁啸刚，忽然，就是顿顿的，顿顿的。他的护甲，仿佛忽然慢慢的，慢慢的，便又是重新都长了出来。

阿修罗，仿佛又在血泊与死亡中，重新起了那永无止境的复活。

他慢慢的，笑着、笑着，又爬了起来。

“吕南国——哈哈哈哈——吕南国！！”梁啸刚依然还血泪模糊着的，余惨地站了起来，血嘲地面向了吕南国，“你真他、真他妈的贱！！——哈哈哈哈——你这辈子，真、真是他妈的是浪费了这一手口吐莲花的本事了——你怎么不去当谈判专家啊！！你怎么不去学人玩催眠啊！！——我呸！！！——你他妈的，真是做足了功夫了——就为了一老二——我呸！！！！——你、你他妈的，贱到家了！！！贱到家了！！！！——哈哈哈哈——告诉你，告诉你——滚你的蛋去！！滚你的蛋去！！！！——哈哈哈哈——”梁啸刚仰天血笑，声撕人耳，“做你的梦吧——吕南国，做你的梦去吧！！！哈哈哈哈——你以为你费了这么多口水，能激我，能激我？哈哈哈哈！！！吕南国，你也实在太让我小瞧你了啊，小瞧你——你个肮脏无耻卑鄙下流浑身黄臭贱到了绝的王八禽兽！！禽兽！！！！禽兽！！！！！做梦吧——哈哈哈哈——你不就是又想搞女人，又怕弄不好了会阴沟里翻船、又像以前那样进牢去吗——你打的好算盘，只要是我亲自帮你搞上的胡珊，别说和她来软的我比你多分量，就是实在不行来了真硬的，那也是等于亲爹卖囡，再怎么样事情都不可能弄大，是不是——混蛋！！！！！——我、我这辈子，算是知道什么叫粪蛆了——粪蛆！！！！你个衣冠禽兽！！！！！——做梦吧——做梦吧！！！！哈哈哈哈！！！！！”梁啸刚狂恨血笑，“吕南国，你全部白费了——全部都统统白费了！！！哈哈哈哈！！！！你的一切计划，一切废话，一切美梦，一切脏梦，全部都统统白费了！！！全部都统统去见你自己的口水吧！！！！哈哈哈哈——要我帮你盛饭，还要盛得安安稳稳、妥妥帖帖，不烫手不烫舌头——哈哈哈哈——去你的王八蛋吧——去你的王八蛋！！！！别说要我盛，吕南国，你就是敢动胡珊半根头发，半根头发，我都一定会杀了你！！！杀了你！！！！杀了你！！！！！！”梁啸刚怒狂大啸，如血眼之虎，“我发誓——！！！！！！”

吕南国却只是轻蔑地摇头笑了笑，可怜他的，叹了一声。

“哎呀，老弟，我是真不知道，要再说你什么好。唉，呵。可怜哪，可怜。吕南国摇头叹笑的，一边就是站了起来。蠢的人，看来一辈子，都是一个蠢字。

你以为我既然和你撕破了脸，就还会有兴趣继续跟你玩怀柔政策吗？——哼——老弟，你是的的确确，小瞧你大哥我了啊。哼。”

吕南国一边冷笑着，一边就是转身，径自的，往电视机那边走了去。

“刚才和你说那些，是实在我这个做大哥的，为你不值啊——你以为我是想激你？哼——兽脑想人哪——既然你那么乐意安然接受姓陆的天天和你老婆打花炮，愿意任他们去一辈子笑着撒热尿，不恨不恼，那为兄的，呵，就只有佩服了啊——佩服。”

吕南国一边冷笑的说着，一边就是已弹出了电视机旁的影碟机托盘，放入了一张盘。

梁啸刚愣愣的。

“来，老弟，一起欣赏一下。”

吕南国一边笑笑坐下，一边在遥控器上，按了一下。

画面上，正是清晰的梁啸刚，和不太清晰的杨莺。

有声有色。

“听说，北京的那个何什么，对你们正飞印象不错，对你印象也不错，是不是——老弟？嗯？”

梁啸刚怔住了。

“老弟啊，你说，要是像姓何的那个老头一样的年纪的人，一下子，不小心看见了这么 high 的片子，那心脏——吃不吃得消啊？”

吕南国，笑笑的，淡淡问。

梁啸刚，刹的，傻了。

“——嗬哈哈哈哈——”

吕南国，漫透了云霄的笑。

乌鹜漫野的笑。

狂风大啸。

风云尽魔，苍地遍瘴。

地狱江南万里，森罗鸦雀尽杀。

千重霄汉神尽亡，百网红尘，魔皆黄金甲。

真武死，佛陀亡；大道失，上法丧。

帝者魔障。大罔浸邪。

锦瑟音狂。

风尘舞天涯。

龙破凤翶。

三千大千世，尽鹜尽魔。

风如幌，幌恍，直似候断魂。

灰霾漫天。

日无光。

陆至诚苍静的，宁躺在冰冷的仪器床上，正在被缓缓的推入机器腔。

会没事的，一定。

他想。

胡珊，一个人，苍静的，泪痕的宁坐在陆至诚住处的门外，还等着。

在医院里，赵主任已经很确定的跟她说了，陆至诚是没事。

没事。

胡珊自从自己醒过来以后，就已经清楚的知道，原来的那些恐惧、瑟簌、害怕，她都不会再有了。它们，都已经全部统统无痕的去退了。而且，再也不会来了。因为，只有她自己才是多么切切多么切切的知道，她在镜子前的那一笑，是多么、多么，满泪的盈永啊。正如，她一路上，那一直都也未觉到的，不禁出神的流泪，满满是多么、多么，漫笑的幸福啊。

梦象，仿佛都已在她心头淡却，而那大悲、大欢、大逝、大恒之希声大音，却如赐的，已永华了她。——正如，渡船，之于彼岸。

她再也没有心想过，比如那两张地图究竟是孰真孰假之类的傻问题了。因为，她再也没有觉得，事情好像是一个迷宫了，就好像云去雾散，她知道，从来没有这样清楚、平静、笃定的宁然知道，他，是一定会回来的，回来了，就一定会告诉她一切——而不管，这所有，是需要多少时间。而无论，那一切会是什么，她也都知道，她和他，已经，是拥有了这世上最永远、最幸福、最珍贵的了。还需要，比梦更幸福吗？呵。

那令她一直在深心里感觉伤心着的，他所不懂她，也是让她感觉宁然的，平淡了。她笑说自己，傻呀。其实，又有什么呢？——有时候，相知与相守是一样的。只要相爱，它们便都在，只不过，很多时候，它们由不了人自己的愿。或者因为时间，或者因为其他。有时，相知不够，其实只是时间还不到；有时，相守不了，只是命运爱玩闹。可是，知道相爱，不就都够了吗？就好像，这世上总有太多的花儿，还没有来得及结果，就在风雨中成灰了——但是，种子不就是意味着果实吗？太多时候，时间、空间却反而一起蒙蔽了我们的双眼。——其实，从她和他相爱的那一刻起，他们，不早就已是，两个永远在一起了的彼此透融了的魂儿人了吗？正如，当一颗菩提子被你握在掌心的时候，它不就，已经是一棵生命之树了吗？

这世上，真正的结果，从来永远不在结果中。正如，她所真正已经在梦象里听懂了的希声大音，并不仅仅只是在，梦象之中。

她感恩了。

因为，她已是无比透彻的，懂了——不管怎么样，他和她，都永远一样是，这世上最幸福的啊。

只是，她很担心他。——是没有了任何茫惶、害怕，而仅仅只是因为爱的，那种担心。

当赵主任非常确定的跟她说，陆至诚的的确确是没事的时候，她那近乎会使一切文字形容变苍白的、不禁开心欢喜、而因为是在陌生人面前所以又不得不是努力收溢住的样子，几乎令赵主任心酸落泪。

胡珊完全没有理由怀疑这位和她素昧平生的医学权威，况且赵主任的样子看起来真的很大医精诚。她更根本不会想到，陆至诚那可悲的，早已未雨绸缪。

胡珊心里开心啊。就好像，她怎么真是这天底下最笨最笨的大傻瓜啊，想什么不好，想到那条路上去。她一出医院，那欢极的泪水，就再也忍不住了。腾腾而溢的幸福，几乎都是要真的比那梦都更幸福了好多好多倍的，不禁一时滂沱了她。

她都傻乐乐的想，还好，昨天把红花油和维生素都给买了呢。

可是，这他的健康，所让她一时欢极的开心，却丝毫也并没有让她的担心变少或变轻，反而，在她为他开心之后的落定中，又添上了一些就事而言的不确定。

既然他没病，那么，一切又是为什么呢？

她没有答案，却也没有再去想答案。——迷宫早已不在。而还有什么，比他没有病，暂更值得庆祝的了呢？——她知道，她现在唯一要做的，就只是等了。也，只能、只会是等了。

她其实，一直也都没有再真的去想，会不会是因为唐梦佳的事呢？——说不上的，她就觉得根本不成立。她从心底里最深的觉得，他，是不可能，绝对不可能，就为了唐梦佳的事，对她这么反常的。那么，难道是她听错了吗？——那么究竟又都是什么事呢？——她都没有再去想。

因为，她知道，他知道她在等着他。

胡珊在他的门口坐下的时候，那种让她在宁定之上不禁为他的无病而欢极的开心，基本上也平复了下来了。她静静的觉得好开心着。他没有生病，多好啊。

可是那种担心的重量，还一直伴随着她。她不知道，他到底是怎么了；她也真的好想，他可以不要这么傻，能什么都告诉她，那多好啊。可是，她一点也不害怕，也淡馨的，不再伤心了。因为，她知道，他会回来的，也会回来终告诉她一切的；他也终会懂她的所有的。——而，就算时间再长，命运再捉弄，又都有什么关系呢？

只是，她真的好担心他啊。她只是一直想，他要没事，都没事，那就好，就好啊。

她宁愿，他只是因为不太大的事，却还太不懂她，所以才这么反常的。而不是真的如她心底那说不上的透彻的逻辑一般，推测看来不太像一般的事，才这样的。虽然，她已都不再怕，也都不再迷茫。可是，她只心愿，他只要没事情就好。而她，被他多懂一些，或少懂一些，又都有什么关系呢？她知道，一切，需要的，也只不过是时间而已啊。而就算时间都不够，那也又有什么关系呢？

她和他，从相爱开始，一切，不就都已是，早已都足够了吗？呵。

她满满盈泪而依然是那样不禁静静幸福着的，宁然等着，等着。

她一个人看着那一枚钻戒，泪然幸福的，还想起了，她说过的，等到她可以让他真正的再为她戴上它，她就永远，再也不会取下来了；而他，说过的，它就好像他的心，天涯海角，都会永远和她在一起。

璀璀璨璨的，好像眼泪。

时间过得很快。下午了。

风依然无情的在吹着。

中午时，陆至诚终于又开了一会儿手机。胡珊很开心终于能打通了。可是，他只是匆匆而又低乱的跟她说了一声，他在上海，就又是挂了机，然后，又关了机。

虽然看不见太阳，可是，太阳还是越来越偏西了。

田教授，最后和陆至诚说了一声“对不起”。

傍晚。

繁华的上海的某条大街的冷僻街角，一个异乡人，颤瑟的，蜷缩着。

满面泪水。

胡珊，还在静静的等着。

等着。

风逝寒凛。

大杀无痕。

胡珊静静等候着的，一直还泪痕的宁宁祈祷着：只要他没事。

只要他没事。

她静静着，不禁泪流满面的，始终仍等着。她知道，不管会有多久。

不管会有多久。

她静静的，凝凝幸福的泪流着，不禁微微笑了笑的，安宁地，一直等着，祈祷着。

天暮了。

一直祈祷着，等着。

泪痕覆泪痕，暖冷重暖冷。

胡珊泪握着戒指，长淌着泪，笑了笑着，幸福的和璀璨，还一起宁宁的，静静祈候在寒夜中。

至诚哥，我等你的。

风咽泪唤。

长夜飘散。

寒萧杀。

陆至诚擦净了泪，上了一辆出租车。

他只知道，要是等他真的进了坟墓，那就，一切都晚了。

流光飞霓，美华彩云的夜景。

热闹的都市，热闹的街，热闹的人群。

已经有人在放烟火了。

彩灿映霓，美轮美奂，宛若天下天间。

圣诞前的气氛已越来越浓了。

风中无痕的血漫。

陆至诚好像一块死石一样的，僵定在正回遥州的车子里。

在田教授还没有告诉他最后的确诊结果前，陆至诚始终都在让自己忘却那个令他恐惧到发狂的梦。他始终要自己相信，天存善念，不会真的赶尽杀绝。

他始终在想，命运这东西，还是善良的，就是有时爱捉弄个人什么的，比如，拿梦来吓吓人。

在他接胡珊电话的时候，他正沉浸在那种自我的欺骗之中。那种欺骗，让他一时还真觉得自己是很多余——明明不会有什么事，干吗把事情弄成这样呢？这也正是他一时又开了手机的原因。——他在那一刻，完完全全的，只想要胡珊，原谅自己，这一次居然这么过分的愚蠢。可是，在他接了电话的那一刹，胡珊真实的声音，却也是一下子，就也真实的将他拉出了他对自己的欺骗。是啊，他人在上海。他来上海干什么来了？

而这，一刹的破灭，恰恰也就是，那自欺的空力逃脱，与真实的自我灵魂超越间，最本质的唯一区别。

他挂了手机后，再次的，又关了手机。

一直到田教授出来前，他都再没有办法让自己重新觉得真实的若无其事了，那个梦，如同一只无形的魔爪，再不能令他感觉是在放电影。他在极度的害怕噩梦成真与恐惧空逃无力的混乱错莫中，煎熬的浑噩度过了剩下来的那一小段时间。在这段时间里，他没有能够想任何事情。——就如同，一只，正在等待着未知的最后审判的，渺小蚂蚁一般。

而事实上，在他看到了正又向他走来着的田教授的脸上的表情的那一刹，他就已经是最后绝望了的，都明白了。

他一直在试图抛弃着的那个噩梦，随着田教授的向他走近，一步一步的，也就好像一场噩梦一般，重新清晰、无比清晰的，将他吸了回去。就好像，他原本便只真实属于、并只存在于那个噩梦之中。一切的虚妄、空想、祈求、逃遁、挣扎、混乱、煎熬，都只不过，是无用的生灵在如来佛手掌心上的徒劳。

田教授第九句话之后的那些话，他都一个字也没有再听清楚了。

他真实的感受到了，被一只生灵永远都不可能反抗的大手掌攥了起来的感觉。他真实的感觉到了，自己的每一个毛孔，每一个细胞，都被残忍的完全吸入并融化在了噩梦中的那种彻绝与彻死。——并没有恐惧——那种在这一秒而害怕着下一秒的意义上的恐惧——而，正是没有了那种恐惧的意义上的，绝彻死彻了的，彻绝与彻死。

有时候，人与命运，就很简单的好比，一只蚂蚁，和一根人的手指。

人永远是渺小的，也是悲剧的。

他没有再做任何的祈求。

田教授只是看到了，一个笑着仰天流泪，一下子，不禁在地上“扑通”跌然跪倒了，伏地嚎啕大笑、痛哭失声的，无言颤恸者。

没有人告诉陆至诚，他是如何离开的医院。他自己也不知道。

他也不知道，他是在往哪里走，正如，他不知道，风是不是还在吹。

怎么会这样，怎么会这样。

他一直的，苍麻的听见，自己在不停的，问着自己。

他明明记得，自己打算好了，查出来要是没事，回去，一定要重新再和她一起拍张照的。

他明明记得，自己跟她说好的，平安夜，还要和她一起去吃饭呢。

对了，还有明年春天，要一起去看桃花呢。对了，还有，放风筝。

还有，还有啊——还没有娶她呢，还没有娶她呢。

陆至诚，“哇”的，哭出声来了。

他在一个陌生而枯寒的角落，不禁的，泣蹲了下来。

怎么会这样，怎么会这样啊。

哭极而笑，笑而比哭更泣的，颤恸、碎铰。

怎么会这样啊。

哭天的呐喊。

风逝依然。大杀仍旧。

梦里的一切，都是真的。梦里的一切，原来，都是真的啊。

他被风铰破了一切的，恸碎哭念。

怎么办，怎么办。

怎么办。

噩梦，真实的在他的血液里活热。

他，清晰的，又真实的，被卡回到了那一块石的墓碑之中。

无尽的大悲，大逝，大痛，大苦，不可能的挣扎。

天地地狱，无极极限。

——“我爱他，愿意和他在一起，也只想和他在一起，他是做天子也好，做乞丐也好，我都一样不会变；是会和他一起吃龙肉也好，是会和他一起讨剩饭也好，我都一样永远陪着他。因为我爱他。永远爱他。永远只爱他。只有和他在一起，我才真正地感到幸福，就是有一天，会真的和他一起饿死、渴死，我也觉得幸福，一生都幸福——永远不后悔，永远都不后悔——”

——“梁啸刚，你知道吗——好几年以前，那时候，我还没有和你在一起，有一回，他问我，假如以后，有那么的一天，他生了什么病，这一辈子手脚都不能再动了，自己不能再给自己穿衣服，自己也不能再喂自己吃饭，一辈子都只能是一个没有用的瘫了的废人，那我，还愿意一辈子都陪着他吗——我告诉他，他手脚是可以动也好，不可以动也好，是一个没瘫的好人也好，是一个瘫了的废人也好，我都最爱他，会永远陪着他，一辈子也不离开他。——我跟他说——你要是有一天，真生了什么病，这一辈子手和脚都不能动了，那我，就是你的手和脚，我会一辈子都陪着你，一生照顾你，你自己不能穿衣服了，那还有我可以帮你，你自己不能吃饭了，那也还有我可以喂你。——我说，只要可以和他在一起，那哪怕以后的日子再怎么苦，再怎么累，我也愿意；只要可以陪在他身边，那么以后的日子顺心也好，不如意也好，我都一样觉得幸福——”

——“我和他两个人在一起，以后就算会是风风雨雨，坎坎坷坷，也都不会离开他，再苦再难，也不怕，我会永永远远地陪着他，一辈子都和他在一起，再也不分开了——”

——“至诚哥，能有你，这辈子，我无怨无悔，是最最开心的了——”

“我等你——至诚哥，我等你啊——”

啊——啊——呃——呃！！！！！！

陆至诚捶地的大嚎着、大哭着。

命运啊，命运——谁又真能解透？

天地唯悲。

陆至诚，在那一块石的墓碑中，已被所有狂撕到了极限。

一切质的魂境，在他极清醒着的这一刻，忽然，很自然，而又极可怕的，被他想到了，一种极残忍、而却又真的似乎只能是唯一了的方式。——就好像，一个在梦里渴得直喝海水的人，醒来了，便会赶紧去给自己倒开水一样。

一切的质并不决定所有的方式，但是所有的方式，都是为了实现一切的质。

陆至诚在这一刻，忽然，一刹云裂电闪般的，想到了——“分手”。

——分手。

还有什么，比这，更能将她，推离自己的黑暗呢？

或许，人口渴，不一定要喝开水——毕竟还有饮料之类——可是，归根到底，不都只能是水吗？——而，“分手”，难道本来不就是，要将她推离自己，从一开始就只能的唯一吗？

不彻底，又怎么推离？

这一无比清晰、可怕的想法，将他，推向了剧痛的巅峰。

他在这样忽然的一刹，雷电般的突然觉得，连自己都不认识了自己起来。

就仿佛，那活生生的能够从脑袋里跳出“分手”这两个字来的，根本就不是他，不可能是他。

可是，他又如何，不是他自己呢？

不，不，不。怎么可能？怎么可能？怎么可能？

我是不是疯了？我是不是疯了？

不——!!!!!!

他痛苦的将头挤抵在自己的双肘间，就仿佛想把自己的脑子给撕裂一般。

可是所有的一切并未退却。他想从自己脑子里撕走的所有，反而更烙了骨。

分手。

难道从一开始，那种他想的撕离，他不自觉不能不想着的撕离，不就是早已意味着这最后的唯一了吗？要想将她推离自己的黑暗，除了分手，还有别的方式吗？有吗？——有吗？

不。

他哭说着，哭说着。

当自己已与黑暗与绝望完全为一了的时候，要想将她推离，除了分手，又还有其他更好更彻底的方法吗？

（事实上，任何一样或大或小的推离感，都必然意味着与“分手”这一方式质上相同的撕离——所以，这种主动作出的伤害，对于他和她来讲，其实都并不陌生。只不过，以往的所有，都浅浅而已，而且方式的主体在事，而不在人，过了既复原。——而这次不相同，撕离以它前所未有的强大质量出现，而且主体在了人，那么相对应的方式，事实上，也只有“分手”一项了。——只不过，矛盾在于，这世上，一切非因为“爱”本身的撕离，不管是因人还是因事，都并不真正摧毁“爱”本身，而“爱”本身若在，那么，也就不可能有真正的撕离。——而在此时，他所没有办法逃避的，就是，他想要真正彻底的推离。因为，他知道，如果不彻底，她就不会离开他。）

他都不知道，自己究竟在想些什么。

彻狂的龙卷风，在他的胸中肆虐。

他要自己冷静，冷静。

他要好好想想，他必须要，好好想想。

他在街角，蜷缩了很久。很久。

瑟寒的冬风，使得他的脸庞被泪痕冻结的有些僵硬了起来。他无神的双目，依然无神的空看着远空，如同冻土下的两潭死水，苍白的映着天空的灰霾。

他的脑子里，如同断裂的空白。

他什么都没有办法想，一想，他就知道，自己会发疯。

他在看着灰霾的好像死了一样的天空的时候，是多么希望，这世界，也可以像这天空一样，死下来啊。那样，时间就停了。

他无比的害怕，害怕时间的往前。

因为，他还什么都没想好，没想好啊。

可是，天还是慢慢的入暗了。

他忽然想起，她还在等他呢。

就如同一条线断了一条堤,他只这么轻轻的想了一想,他的眼泪,就一下子,全部又重新的热化了他满脸的冻土。

他哭着想,她对我多好啊。

他哭着想,她对我多好啊。

他哭着想,多少年了啊。

他哭着想,多少年了啊。

无数涛的灼浪,仿佛在天底下,汹涌地吞向他。

时间不会停,而现在这件事情,他不能不紧立面对。

因为,他知道,她正在等他。

正在等他。

他知道,对她若无其事下去那是绝对不可能的了。自己到底发生了什么事,她不可能不问清楚。那么,回去了,告诉她吗?

他痛苦的,又回到了几小时前那圈矛盾挣扎的开头。

他紧紧地抱挤着自己的头。泪水一滴一滴的全落在了尘泥上。

他没有忘记他的噩梦。他记得,梦中的一切。

他知道,这个噩梦,就像一只口袋。它已经完全的将自己吸入了。而胡珊,也就是接下来了。

不,不,不。

他绝对不能、绝对不能,让她也陷入,这样一场无救的噩梦中啊。

可是,怎么办,怎么办呢?

自己,就是命运之魔的化身了啊,再救不了,救不了了啊——怎么办?

怎么办?

——分手。

依然,重新如霹雳般裂云出现的,只能唯一的答案。

不啊——

他死抱着头,脑中如流了血一般的,浑重斧砍的痛,痛不能生。

不啊,不啊,不啊。

他不停的死想着。

可是,又能怎么办呢?

怎么办?

——分手——而且,只能是真正彻底撕离意义上的分手。

他知道,知道。

可是,可是。"不——"

他痛哭的,伏下了脑袋。

拳拳苍悲而无力的砸落着地。湿透的灰尘激烈的四溅着。

那是要自己,亲手拿刀去割她的心,割她的心啊。怎么会这样,怎么会这样啊。

他的心，如被自戮的横血着。

可是，可是。

她的路还长啊，还长，怎么、怎么可以，和我一起坠落啊。

和我一起毁灭。

不——

他痛苦的颤栗着。

为什么——为什么啊。

无力的呐喊痛哭。

为什么。

为什么。

不——

风在他的泪水中，都被震得碎荡了起来。

浑哀沉噩的密密铁线，层层的缠裹着他。

天暗了的时候，他忽然，如被一根钉子，在匝匝的奔跑中，残忍而毫不余缠的，给一下子，厉钉了下来。他忽然的，定想到，要是等他真的进了坟墓，那就，一切都晚了。

是啊，要是等我真的进了坟墓，那就一切，都晚了，晚了啊。

他在钉子处，头顶裂流着血的，不禁想。

风声呼啸。

车子，依然在回遥州的路上颠簸着。

他悲哀的想，假如，命运真的是注定，那么，那一个让他连害怕胡珊会误会而要向她解释都还一直没有来得及真切顾到的电话，那一声"诚"，或许，也便是命运，早已为他安排好了的，天作之由吧。

对不起。

他不禁，再次的哭了起来。

陆至诚，回到了遥州。

夜凛冽。

二十四

从车子回到遥州境内的那一刻起，他头顶的钉子就好像一时又被拔掉了一样。他原本都已牢定打算好了的一切，根本不堪半击的就又全成了一盘散沙。

这世上，人永远比自己想象的更脆弱，也更加不能把握。——离开了异地，在异地想过的一切仿佛也就离开了自己的身体。而家乡的所有，似乎重新便又都来到了眼前。虽然，其实什么都没有变化。——就好像，一个人在自家门外原本打算好了进家去要做的一切，一进家门，却又全都变了卦。事情本质上在门里门外其实又有什么区别呢？区别的其实只不过，就是打算的事情，变得离自己更近更切了。

而陆至诚，就是在那突然无比清晰的意识到，事情怎么一下子真的就这么近了呢的时候，再次陷入了崩溃。

那一枚让他觉得必须要打定主意了的钉子，就那么轻而易举的随着车子的行驶而消去了的时候，大量的鲜血以及头痛分裂的痛苦，混着浑噩的散沙，全部便流满了他冻土而苍白的脸庞。

他在动荡而颠簸的黑暗里不用照镜子也知道，自己此刻的面容是多么的可怖。

正如他此刻根本就没有办法面对的自己。

他真的不知道，自己到底是怎么了。到底是怎么了。

到底，该怎么办？

怎么办？

他完全不能够去面对的所有问题。可怖的问题。

可是车子还在行驶。时间还在流逝。

他依然还在前进。

前进。

向着他所还根本不能够去面对的一切，前进。

一切都让他感到了前所未有的害怕与恐惧。他在这样的一刻，忽然才真正的明白了命运真正最残忍与最令人恐惧的地方，那就是，永远让你没有后退的往前。——这样一来，人生，便真的成为了一堆来不及验算便要上交的数学题。或者，更贴切的说，就是一场没有剧本、没有导演、也没有排练的一次性演出。往往在你能够真正让自己想清楚对或错之前，对与错都已结束；而在你能够真正让自己做出选择之前，你已走上不归路。

陆至诚，在这样的一刻，便是无比的清晰陷在这样的一种对于命运残忍的恐惧中。

他有很多次无比害怕的想让司机先停一停车，可是他知道，他绝没有办法向司机说明。而且，就算停了车，一切，又能怎么样呢？

他并不想让司机误会他是想半路打劫。

而这个想法，也丝毫没有让他觉得好笑。

他被无际而越来越更烈的恐惧渗漫着。

他知道，他离他所必须要面对而又完全还没有丝毫办法面对的一切，越来越近，越来越近了。

他不知道，他到底，应该如何面对胡珊。

如何面对她。

他依然没有办法接受，那个能够想到“分手”两个字并已清楚打算过了的人，就是他自己。

他一直不停地嘲讽着自己，我是疯了吗？

可是，那个噩梦，依然在他的脑海中无比清晰。而他，同样也无比清晰的知道，那个梦，真正的，不只是梦。

所有的一切，都是必然，就算不做梦，也同样会像现在这样清晰的一切。

他已得了绝症，是真真正正，再也没有任何可能让他去不相信、去祈求的，真真正正的得了绝症。

他将瘫痪，然后，在瘫痪中，迎接死亡。

除了奇迹，这世上，没有任何的拯救。

而，“奇迹”，这两个字，本身，就是多么的比没有奇迹，更让人一万万倍的绝望啊！

绝望。

人是多么的渺小啊。

他想起了，胡珊为他煎药，咽泪的跟他说，“肯定能好的”；他想起了，胡珊强开心的，还念故事给他听；他想起了，胡珊先为他尝药，笑着和他说，“能喝了”；他想起了，胡珊奋力地抱起他时，憋得紫红的脸；他想起了，胡珊喂他喝药，慰逗他说，“怎么，怕苦啊——咦，喝完了有糖哎——”。

还有，生活本身的残酷；日常维持的举步维艰。——陆至诚知道，这所有的一切，都不是梦。不是梦啊。

我将是个累赘，是个累赘啊。

开门七件事难，贫贱夫妻百事哀。——都将不是梦，不是梦，不是梦啊。

他想起了，她哭拥着他，哽咽泣说，“不管怎么样，我们永远，都还一样是这世上，最幸福的、最幸福的啊——”。

他还想起了，他在了墓中，而她，正在抱着他的墓碑，哭。

笑泣交集的，悲绝哀哭。

他还想起了，在他的旁边，就是她那早已为她自己立好了的，空墓。

他还想起了，她最后在他墓前哭哭的那一句“至诚哥，我爱你”，还有，她最后，还为他，唱的歌。

“不——”

陆至诚悲绝，而无力的呐喊。

——不能让她这样啊，不能让她这样啊。

他不停的听见自己心里有个声音在泣说着。

怎么办？怎么办？

我不能让她这样，不能让她这样啊。

——我会是个累赘，我会是个累赘啊。

——我不能拖累她，我不能拖累她啊。

——她的路还长，她的路还长呀。

我不能让她这样，不能让她这样啊。

怎么办？怎么办？

怎么办？

他顿住了。

他僵死的顿住了。

他忽然，知道，自己不能再想下去，不能再想下去了。

可是，他坐着的车子，依然在往前行驶。

他还是，终于被一下子的，又击裂了。

分手？——分手？——分手？——分手。

他逃不过的这一答案，终于还是又那么清晰的如雷劈砍了他。

不，不，不，不——

他在一整厢动荡颠簸的黑暗里，绝望痛苦的拼命死摇着头。

他怎么能够接受，怎么能够接受，自己居然想到了这两个字？自己居然真的、真的想到了这两个字？

不，我一定是疯了——不！我一定是疯了！！

他拼命的死抱着自己的头，绝望的巅摇着。

巅摇着。

可是，一切的流霓，所有的颠簸，都在告诉他，他正在越来越接近一切，一切他所必须要很快真实面对了的一切。

他知道，她正在等他，她正在等他啊。

他必须要面对。必须要面对！

他必须要选择。必须要选择！

他真的好想逃，好想逃啊。可是，又能逃到哪里去？又，终能逃多久啊？

终要面对，终要选择。更何况，她还正在等他啊。

她还正在等我啊。

他不禁泪然扪心。

腾海的痛苦纠缠。

“不——”

无力的呐喊。

所有的一切，仿佛都在随着距离的缩短，而一遍又一遍的完全以重新不同的巨大而愈来愈巨大的状态一遍又一遍的重新不断出现。他在车子里，想起他在街角痛哭时所想的那一切时，悲哀的觉得，那一切，是多么的匆忙与混乱啊，简直让人不可思议，不可思议啊。

可是，又真的不可思议吗？——自己现在，重新又在想着的，不还是那些吗？

为什么，能让人走的路，仿佛就是只有那么一条？——而刚才和现在的差别，其实仅仅就只是，自己正在离一切越来越近、越来越近了。

就好像，令人不能面对、害怕颤栗的终点，始终就是那么的摆在他的道路

面前，而他在街角时，与他在车里时，就只不过是如同在路的开始与在路的中途而已。不同的仅仅就只是，在路的开始时，一切都还可能看起来不太真的清楚，而在了途中，一切，就变得越来越清楚、越来越清楚。——可是，这些，其实又有什么差别呢？在路的开始时，因为所有的原因而好像看起来还真的不太清楚、并在此时让他觉得是匆忙混乱与不可思议的一切，与在如今的路途中，因为一切的原因，好像是重新出现让他不得不重新考虑其实却又只是在重复着重复的那状态愈来愈清楚的所有，又真的有什么差别呢？——与其说，他是在为尚不能选择而恐惧，还不如说，他是在恐惧，他根本就没有选择。

道路已经给定，再怎么奔挣计量，也一样，终还只能是这条道路。

命运的不可抗逆，在太多的时候，便是以这样的一种方式，来嘲笑人的无力。

陆至诚终于还是在离小区很远的地方，如同害怕天塌一样的，极度寒颤的，恐惧的慌忙下了车。

他无论如何，无论如何，也都还不能，还不能，在现在这个时候，现在这个时候，见胡珊，见胡珊。

不能。不能。

街头是多么的昏暗啊。灯色都已寥落，行人过车已稀。只有凛冽呼啸的寒寒冬风，千万浪的愈来愈冻得人生栗。一阵又一阵的幽长啸音，在暗黯寥廓的寒夜下，是多么的可怖啊。

陆至诚一直还是没有看时间。他真的不敢看。不敢看。

虽然，路上的一切，让他不得不知道，夜已深了。虽然，他知道，她还正在等他。

虽然，他知道，他是应该要回去了啊。

可是，他颤抖的，还是在黑暗的风声中，栗蜷了起来。

他的脑子里，只有无尽的混乱与空白。

他的全身心，都好像被天、地、风、声，残忍而令人恐惧的挤迫成了冻绝一方块。

冻绝一方块，没有生命，没有光明，只有无尽的恐惧与黑暗、绝望的冰僵渗霜的石头。

他无力的，蹲靠在了冰冷的花坛边。

他知道，躲不了多久啊，躲不了多久啊。

他是无比的多想，可以永远躲下去，永远躲下去啊。那样，结局就不会来，结局就不会来了啊。

终点，多可怕，多可怕啊。

对自己，也对她。

可是，他知道，躲不了多久啊，躲不了多久啊。

怎么办，怎么办啊。

怎么办。

寒风凛冽，残灯落夜。

一丝丝，一线线，都仿佛是在撕着他。

陆至诚，一个人，寒瑟的蜷靠在冰冷硬灰的花坛边。广袤无际的森厚阴霾夜空，就好像是无尽的石头海，令人绝窒死抑而又无尽可怕的，森严如山的群叠密绵悬浮在无边悲哀枯冷的沉重大地之上。早已仿佛没有了生命的夜下还残着的星星亮点；全部都好像只是行尸走肉了的人来车往。呼啸的寒风。没有了丝毫生命与光亮的，黑暗天地。

人生命深处，对于死亡的害怕，在这一刻，忽然前所未有的强烈席卷了他。

裹住了他。

他忽然在这一刻间，前所未有的强烈恐惧那离自己已经并不遥远了的死亡。

他忽然真的好怕死、好怕死啊。

巨大的恐惧，前所未有这样强烈的挤迫着他。他害怕得觉得自己的骨头都要被自己给蜷碎了。

我就要瘫了，我就要死了。

他无比惧栗的想着。

无边的森惧，厉厉的吞嚼着他。

他忽然，真的好想好想，马上能够回到小屋啊，回到那片最温暖的淡橘色中，回到胡珊身边，能够抱着她，紧紧抱着她，好好哭一场，好好哭一场啊，告诉她，他就要瘫了，他就要死了，他就要瘫了，他就要死了啊。

他多想，多想，她能够紧紧的陪着他，牢牢的陪着他，不要让他觉得是一个人啊，不要让他觉得，他是一个人啊。他好怕，真的好怕。他怕死啊，怕死啊。他是多么多么多么的好想，她能够紧紧陪着他，紧紧陪着他，牢牢陪着他，牢牢陪着他，永远，永远，一直到他死去，一直到他死去，不要让他一个人，不要让他一个人啊。不然，多可怕，多可怕啊。一个人孤零零的走向死亡，那多可怕，多可怕啊。

他好想，她能安慰安慰他啊，他真的好想好想，她能够安慰安慰他啊，和他说说话，陪着他，陪着他和他说说话啊。就算没有用、没有一点用的，他还是会瘫，还是会死，会瘫，会死，可是、可是，起码，不要让他一个人孤零零的，不要让他一个人孤零零的啊。他真的好怕，真的好怕啊。

他真的好想，他能在临死前，还一直有她陪着他，紧紧、牢牢、紧紧、牢牢的陪着他啊。和他说说话，说说话。哪怕是不说话、说不了话了——也只要，让他能知道，还有她，还有她，在一直陪着他啊。

他怕啊，怕。

无极的恐惧，就仿佛是在不停不断的嚼咽着他的碎骨一般。他被无尽挤迫的，都颤栗觉得，自己是已被完全的吞入了夜风的黑空之中——他就好像已

经是在这世上被蒸发了一般的，完全永远的已经被化入了永远完全的惧怖之中。

他在一刹那，甚至还一下子便惧极栗极的疾站了起来，转身，就想往小屋那边跑。

好想回去，好想回去，真的真的好想回去，好想马上马上回去啊。

小珊。

小珊啊。

不要离开我，永远陪着我，求求你，永远陪着我啊，到我死，到我死啊，求你啊。——我就要瘫了，我就要死了啊。——我怕啊，我真的怕啊。你陪着我，陪着我啊。

小珊。

小珊啊。

我怕啊。求你。陪我啊。

“——陪我啊——”

呐喊的眼泪。

可是。

——我怎么可以这么自私？

——我怎么可以这么自私？

我怎么可以这么自私啊！！！！！！

陆至诚的泪，在风中悲哀的落洒着。

飞扬。

入土。

残酷的夜风，依然还在冷却着一切热泪的呼喊。

是啊，我怎么可以这么自私。

我怎么可以这么自私啊。

陆至诚，依然蜷缩在夜的黑角。痛苦的泪，在他脸上长长的纵淌着。

她对我那么好，那么好啊。

她是那么爱我，那么爱我啊。

我怎么可以拖累她。我怎么可以拖累她啊。

她的路还长呀。还长呀。

我已经是个废人了，是个废人。

我会是个累赘啊，是个累赘。

我怎么可以，让她受苦，让她受苦啊。

我会害了她，会害了她啊。

害了她啊。

长长无尽的泪水，恣肆地磅礴着他灰绝的脸庞。

痛苦的天地间的一切。

死死的残灯败亮，冷冷的人来车往。

——“我让他变成一个瘫子！！我让他变成一个残废！！！我让他手不能动，脚不能动！！我让他饭也不能自己吃，衣也不能自己穿！！我看你到时候，还知不知道什么是幸福！！！我看你到时候，还知不知道什么是后悔！！！！”

——“至诚哥你要是真的有一天生了什么病，这一辈子手和脚都不能再动了，那我就是你的手和脚，我会一辈子都陪着你，一生一世都照顾你。你不可以自己穿衣服了，那你还有我可以帮你；你不可以自己吃饭了，那你还有我可以喂你。只要可以和至诚哥你在一起，哪怕我们以后的日子再怎么苦，再怎么累，我也愿意；只要可以陪在至诚哥你身边，那么我们以后的日子顺心也好，不如意也好，我都觉得幸福——”

——“他根本就给不了你幸福，根本就给不了！！！”

——“至诚哥，能有你，这辈子，我无怨无悔，是最最开心的了——”

天哪，告诉我，这一切，到底是为什么？

为什么啊？

——寂寥深旷的长风，依然还在依稀着，黑绝黑夜中，最后还残着的一些，星星、点点。

陆至诚还蹲着，蹲着。

他冰冷透骨的，忽然开始，有些不得不承认，那个居然能够想到“分手”两个字的，的的确确，就是他自己。

他悲寒渗髓的，不得不想：我，没有疯。

可是，半下子，刹瞬间，悲狂的飓风，便是又卷住了他。

他依然不敢想，不敢想，真正面对的去清晰想，这两个字，所真正代表的一切，一切。

正如，他从一开始，就根本不能够、不可能能够，让自己去真正清晰面对的这一切，一切。

他只知道，那是要自己，亲手拿刀去割她的心，割她的心啊。

悲狂的飓风。

如何面对？如何面对。

她对我那么好，那么好啊。

她是那么爱我，那么爱我啊。

我要做什么？做什么？

那样，是杀了她呀，是杀了她。

她怎么受得了？怎么受得了啊？

她对我那么好，那么好啊。

我是在杀她啊，我是在杀她啊。

她是那么爱我，那么爱我啊。

我还是不是人？我还是不是人啊？

不——

他剧裂地抱着头，颤栗着。

颤栗着。

怎么会这样——怎么会这样——怎么会这样啊。

我要做什么？我要做什么？

到底做什么？

多少她用她的全部活热生命，付给我的痴心痴真，难道真的要我用冰来回？多少她用她的所有日日夜夜，交给我的长眷长恋，难道真的要我用刀来断？多少她用她一生仅有的一辈子的一切，已融给了我的一世皓首无悔，难道真的要我当真抛弃？难道两个人那多少岁月织结的朝朝暮暮魂牵梦萦，真的要被我来亲手剪碎？难道两个人那多少哭泣换来的相聚终得心月终圆，真的要由我来亲手砸破？难道两个人那用多少彼此一世的真心来相爱守护期盼着的一切、一切，真的，都要让我来亲手，统统毁灭？

不——不——不——

——她还特地给我做喜欢吃的，给我做喜欢吃的啊；她唱歌多好听啊，多好听；她，还等着，可以让我再为她戴上那一枚戒指呢，等着呢。再也不分开了，再也不会分开了呵。

——她是多么难，多么难，多么难，才离开了梁啸刚啊，回到了我身边，回到了我身边啊；她为我流了多少眼泪啊，多少眼泪啊；没有她，我早已经死在了钢架下了啊，早已经死在了钢架下了啊。生生死死，我们都会在一起的，都会在一起的啊。小珊。小珊。

——她在那张长椅处，望等了我多少天天月月啊，多少天天月月；她和梁啸刚在一起，为我伤了多少心，多少心啊；她为什么那么傻，还为我挡那一刀啊，为我挡那一刀；我对不起她，对不起她啊。说好不哭的，都不会再哭的了啊。

——她说，她愿意嫁给我啊，嫁给我；她还亲手给我织了那件毛衣，亲手给我织了那件毛衣；她还在潭边许过愿，希望我们可以一辈子都在一起，可以一辈子都在一起啊；她爱我，爱我啊。小珊，我一样也多想，多想，我们可以一辈子都在一起，可以一辈子，真的都在一起啊。小珊。

——她一直都记得，那棵老雪松啊，呵，那棵老雪松；她小时候，呵，走的时候，还想要把玉蝴蝶给我，给我呢，呵；傻丫头啊，傻丫头。傻丫头。我爱你，小珊，我爱你啊。呵。

“呵——”

——小珊，你说，我们俩下辈子，第一次要怎么见面才好啊？

哈哈呵，下辈子啊，嗯呵——我想想——嗯，第一次见面，就在家门口吧好不好？我们呀，就做对门邻居，从小对门邻居，这样啊，我们下辈子，从小就天天都能看得见了，你说多好啊。哈，呵嘿。

"呵——"

——小珊,这辈子,我最幸运的,就是,可以在老雪松下,遇见了你——今生,就算要我重来,我也一样,还是,想再可以,像今天这样,和你坐在一起,小珊。

"不——不——不——不——"

难道真的要我毁了这一切?

难道真的要我毁了这一切?

难道真的要我毁了这一切!!!!!!

我还是不是人?我还是不是人?

可是,我就要瘫了啊,就要瘫了。我很快,就是一个残废了,我很快,就会是一个残废了啊。

她的路还长,她的路还长呀。

我没几年了,我没几年了啊——没几年了。

我会害了她,我会害了她啊。

怎么可以,怎么可以啊。

"呵——"

可是。可是。

难道,真的要我那么、那么,让她相信,她痴心痴情一生了的那所有所有,都、都只不过,是一个天大的笑话?难道、难道,真的要我那么、那么,让她相信,她倾爱倾魂一世了的那全部全部,都、都只不过,是一场空洞的谑嘲?难道、难道,难道,真的要我,那么、那么,让她相信,她朝朝暮暮,日日夜夜,天天岁岁,月月年年,守望、期冀、珍爱、惜护、无悔贞信、拼命奔向着的,一辈子的一切、一切,一切的一切,从一开始,就都是、都是——错,错,错?

不——

难道、难道,真的要我让她相信,两个人之间,所有的嚼茸笑向檀郎唾,原来,都早已只不过,是注定了的,风逝江水东流去?难道、难道,真的要我让她相信,两个人之间,全部的泪痕红浥鲛绡透,原来,都统统只不过,是早就应该清醒了的,错、错、错,莫、莫、莫?难道、难道,真的要我让她相信,两个人之间,一切的锦书山盟、心似金钿,原来,从一开始,便早已都统统注定了,是这世上,这天底下,最愚蠢、最愚蠢的,空虚、破碎、天谑、风嘲?难道、难道,真的要我让她相信,让她相信,两个人之间,两个人之间,所有、全部、一切的,八月蝴蝶来、双飞西园草,原来,都只不过,只不过,是这世上,一场早就不该存在了的,风中之戏、雨中之梦?

"不——"

呵呵的,颤地长长痛哭。

可是,可是,不那么做,不那么做,我就会害了她,害了她啊——呵——呵。

哭咽着的一切。

一切。

风仿佛依稀还带着空空小屋里亮亮光明的温暖。夜色窒人。

生命成泪。

呵呵颤地的哭。

没有了她，我怎么办，怎么办——呵——呵。

我好自私，好自私啊——呵——呵。

可是，她怎么办，怎么办——呵，呵。

怎么能那样对她啊，怎么能——呵——呵。

她那么爱我，那么爱我——呵，呵——呵。

她对我那么好，那么好——我是在杀她啊，是在杀她啊——呵——呵，呵。

可是，可是——我就要瘫了啊，就要瘫了啊——我活不了几年了，活不了几年了啊——呵——呵——呵。

我会害了她，会害了她啊。

——天哪！！！

风萧萧，夜沉沉。

陆至诚蜷哭了很久，很久。

一直到，风，吹得他的手，忽然又抖了抖。

他愣愣的，看着自己不能控制的发抖的手。

很久。

很久。

他忽然，呵呵的，呵呵的，笑了起来，笑了起来。

他慢慢的，颤瑟的，用已停止了发抖的手，难禁的发着抖的，瑟瑟抹去了自己满脸的泪。

是啊，我已经，是个只能等死的人了。

陆至诚擦净了泪的，呵呵笑着的，慢慢，慢慢，用力站了起来。

风如刀，夜似磨。

天地碾窒。

——陆至诚，你要像个男人。

——这是你，最后，唯一还能为她做的了。

他铁断的，跟他自己说着。

是啊，不要害了她，不要害了她啊。

她的路还长，路还长啊。

陆至诚，定定的想着，便是，艰难的，迈开了步子。

他艰难的，无比滞重的，就仿佛，他的脚，是被长牢在了地上似的，一步步，一步步，拖石拉山般的，艰重的，向着小屋的方向，困难地走着，走着。

走着。

他不停的告诉着自己，不要把事弄砸了，不要把事弄砸了啊。

那样，会害了她，就会害了她啊。

一定要分得利落，分得干脆。

分手。分手。

突然，他一下子，又仿佛是被天雷劈了一般的，滞呆住了。

——分手，分手。

他滞呆的，重复的，轻轻，痴痴自喃了两遍。

我，都在说什么啊——呵——呵。

他，再一次的，哭着，被击垮了。

风，还在继续吹。

——陆至诚，你不可以这么没用，不可以这么没用啊。

他，哭咽的自想着，自想着，终于还是，慢慢的，又奋力站了起来。

她还在等我，还在等我。我要快些回去，快些回去啊。

他，绝不能再让自己软弱、犹豫的，自催着。

他快快地走着，不容许自己再有半丝半毫软弱、犹豫的，快快地走着。

就仿佛，他是在和自己赛跑。他真的怕，怕，另一个哭泣的自己，又会跑到了自己的前面去，拦住自己。

快，快。

突然，他的手机，也不知怎么的，一个不小心，就是掉了出来。

"啪"。

落在了地上。

很清脆。

有些像，什么碎掉的声音。

陆至诚匆匆快快的捡起手机的时候，却突然，脑子里，滞然的被，闪了一闪。

他仿佛，忽然在刹那之间，又是听到了，一曲《天鹅湖》的铃声。

和伴着的，仿佛还有，就是那，那一天，在多么的熟悉之间，并让他心底遥远的某个熟悉地方，不禁起颤了的，轻轻静静的，慢慢近来了的，细细淡淡的，高跟鞋脚步声。

——安静。

安静。

只有《天鹅湖》，依然，还在一直奏响。

奏响。

铃音，停了。

"……小珊……是你吗……"

"……是我……至诚哥……"

——"啪"。

裂了的手机，从不禁滞然了的陆至诚手中滑落，再一次的，掉在了地上。

怎么会这样，怎么会这样。

怎么会这样。

陆至诚，不能抵抗的，再一次，被他自己，击溃了。

风声长呼。

小屋里灯，依然空空的亮着。

胡珊，依然凝凝静静的，还在陆至诚住处的门口，等着他。

等着他。

他会回来的，会回来的，一定。一定。

她还在，痴痴静静的，等着，等着。

风黑夜深。

云森天荒。

流泪的陆至诚，开了已裂坏，却还一时能用的手机。他还在一条又一条的，看着，胡珊发他的短信。

一遍又一遍的撕心裂肺、泪水模糊。

他痛苦而不能再看，哪怕再半丝半毫了的，仰泪，一下子，便是紧紧的，颤手的攥合上了手机。

——多么难，多么难，才能重新又在一起啊——重新又在一起——为什么，却又变成了今天这样——变成了今天这样——为什么。

陆至诚，无力的痛扪着地。

痛扪着地。

为什么，为什么，那样百转千回、千难万挫，才终于，终于，和她盼来了的一切，终于，终于，和她一起求来、挣来了的一切，到头来，却还是要这样子的被逼到绝路！！这样子的被逼到绝路！！！！这样子的被逼到绝路！！！！！

为什么，为什么，那样千牵万萦、魂祈梦盼，才终于、终于，和她一起走到了如今的所有，终于、终于，和她一起以为，能够平平静静安宁美好了的所有，所有，却还是要这样子的，被赶尽杀绝！！！！！被赶尽杀绝！！！！！被赶尽杀绝！！！！！

我们有什么孽！！！！！我们有什么孽！！！！！

为什么要这样对我们！！！！！为什么要这样对我们！！！！！

为什么要这样逼我们！！！！！为什么要这样逼我们！！！！！

为什么要这样惩罚我们！！！！！为什么要这样惩罚我们！！！！！

为什么！！！！！为什么！！！！！

天道在哪！！！！！

在哪啊！！！！！

天啊，你睁开眼来啊！！！！看看！！！！看一看，你的人间吧！！！！！看一看，天底下的所有眼泪——听一听，天底下的所有哭喊吧！！！！！！

为什么，这世上没有神。为什么，这世上没有神！！！！！！

为什么，这世上没有神！！！！！！

啊——啊！！！！！！

泪溅土飞。

心迸血扬。

陆至诚，颤抖的伏在地上。

颤抖的，伏在地上。

伏在地上。

地上。

泪湿尘土。

为什么，我和她，终于盼来了的一切，真的，就要这么完了？为什么，我和她，好好的相爱，一切，却总那么难？为什么，我和她，从一开始，其实就早已被注定了，这今天的结局？

呵，病啊，病啊。

为什么，这世上美梦好梦成不了真？为什么，这世上，一些只不过是最单纯最平静的对于生活的美好期望与希冀，也总是要被命运，当成老鼠蟑螂一样的，来无情的践灭？

只不过，是想和最喜欢的人在一起，安安乐乐、平平静静的厮守，淡淡宁宁的，过一辈子。可以天天见得着，能够彼此说说话，开心了一起笑笑，困了、累了，知道有对方在，就也不怕了。从来不想要那夺命的轰轰烈烈，也从来没想要拿那磨心的眼泪来彼此证明。只想要，可以最简单的，好好在一起，一起平平凡凡的过生活。不怕那生活有跌有起，也不怕那万事总有成有败，只是，不要再拿刀山火海来吓，也不要再拿那生离死别来罚。只要能让两个人，安安宁宁的一起生活到老，一起相伴相偕到彼此的，天寿终。有饭可以在一起吃，有话可以在一起说，有泪可以在一起哭，哭了还能彼此想开些，有负担就一起分担，有忙累就彼此搀扶。生活只求过得温饱或小康，那样就最最好。从没想过，要有非分，或远大。

这样，是不是也已经很贪心了呢？——没关系，没关系啊，可以再一起多受些苦，多受些累，随便怎么样，随便再怎么样啊，没关系，真的没关系啊——只是，真的、真的不要，不要这样子，把两个人，逼上绝路，逼上绝路啊。

怎么会弄成这样子，怎么会弄成这样子啊。

陆至诚伏地大哭。

她只是爱我，我，只是爱她。我们真的，真的，只是想，可以最最简单的，好好在一起啊，可以最最简单的，好好在一起啊。

为什么偏偏就是选中了我们？为什么偏偏就是选中了我们啊。

为什么，就不能放条生路给我们？为什么，就不能放条生路给我们啊。

好不容易，好不容易，才和她，和她，一起、一起——走到了如今啊！！！！！！

我还要娶她的啊。

还要娶她的啊。

都以为老天有眼，都以为老天有眼的啊。

呵——呵——

无力的哭。

她对我多好啊。

她多爱我啊。

她为了我，为了我，为了我多少啊——呵——呵。

他无力的长哭着。

夜愈深了。

手机，忽然响了起来。

陆至诚，被怔了怔。他一时，还以为，会不会是胡珊。一看，却原来，是赵主任。

他顿了顿，擦止了泪，便还是，接了。

赵主任告诉了他，白天，他给他打过两个电话，不过，他都关着机。他是要告知他，胡珊已经去他那里问过了，他已经照他的意思，瞒了。

赵主任安慰了陆至诚几句，并说，随时可以去他那配这病相关的药。

陆至诚说了谢。

挂了机。

他无力，而苍冷的想，是啊，这第一步，都已经跨出去了。

不是巧合吗？

命运啊。呵。

还有得回头吗？

——呵。

陆至诚，仔细擦净了泪的，便是，笑了笑的，沉重的，又站了起来。

他真的不想，再被另一个自己，追上拦住了。

因为他知道，会的。

她还在等我啊，还在等我。我要快些回去，快些回去啊。

他自催的，奔跑着。

几乎快跑到可以能够看见小屋那空空亮亮的灯光的地方了。

她还在等我啊，还在等我。我要快些回去，快些回去啊。

忽然，他就突的仿佛，被那另一个自己，中心的，扎了一刀。

烫石的，冰寒一刀。

是啊，她在等我，她在等我。

——她在等我啊！！！！！！

我要做什么？我要做什么？

她在等我，等我——可是，我却、却是要，做什么？

——说，分手？

——不——

他无力的，再一次，被自己，摧垮了。

分手？——她，怎么办？怎么办？怎么办？——她、她、她，那么爱我，那么爱我——怎么受得了？怎么受得了啊——我，我，我——不一样也是害了她吗？不一样，也是害了她吗？——说了分手——我不一样，也是在害她吗!!!!!!

天哪!!!!

怎么办？怎么办？

——怎么办!!!!!

陆至诚，就崩溃的哭蹲在，胡珊昨夜，为他去买药时，崩溃的哭蹲下的那个黑暗角落。

他知道，这世上，有些事，是真正，容不得人选择的。

也再容不得，他犹豫。

他抹净泪，奋丢掉了自己的，刚往前又跑了两步，便是看见了，那从小屋泅出的，淡橘色，温暖灯光。

他并不知道，胡珊，此时，刚好，并不是在小屋里，等他。

他只以为，结局，没想到，真的，真的，就是这样子的，这样子近的，已经，在他眼前了。

在他眼前了。

好温暖，好明亮的光啊。

"其实这世上最温暖的光呀，就是灯光了——你看太阳总是靠不住，还是灯光好，怎么也不会离开人——所以呀，在这世上，有家的地方，不一定都能有太阳，却一定都会有能亮的灯——嘤呵，至诚哥，以后，我们一起去买灯，好不好——"

天哪——

不——不——不——不——不——不——呵呵呵。

"呵呵呵呵啊——"

疯了一样的抱头痛哭。

陆至诚狂的转身，疯了一样的，哭着，逃走了。

逃走了。

让我再想想，让我再想想。天啊，求你再多给我一点时间，求你再多给我一点时间啊。

求求你呵呵呵呵。

陆至诚，往他自己的住处，逃了回去。

风森云厚。

天荒，地老。

鸷满江南。乌杀红尘。

二十五

陆至诚没有想到，胡珊，正在他住处，等着他。

正如，他已没想到过的，那太多，像突然、偶然，其实，却又真真全是必然、定然的，没想到。

胡珊冰凉的额，寒瑟瑟的，低低蜷搁在夜冻冷了的双手拢抱着的膝盖上，冻簌簌的，依然还在痴静的等候着的时候，忽然，便是听到了，隐隐在夜中，由远而渐近来了的，一阵，莫名有些很滞滞重重着的，她所无比熟悉的脚步声。

她一下子，快抬起了头。

她听见，脚步声，越来越近，越来越清晰了。

晶莹的喜泪，一刹划亮了夜的黑。

胡珊飞也似的跑出了楼道。

真的是他，真的是他！

“至诚哥——”

胡珊开心的，一下子就不禁泪水夺眶而出了的，在暗暗无华的夜色下，都没有发现到，陆至诚脸上此刻是多么让人无可理解的惊慌无措与愕、惧的，欢泣的，便是扑入了他的怀中，紧紧开心而哭泣着的，紧紧抱紧了他。

抱紧着他。

“至诚哥，你回来了、回来了，呵、呵——你回来了呵——”胡珊开心而不禁哭了的，泣笑高兴的不由连连了的说着，泪盈的不禁紧紧埋脸拥着他，紧紧的埋脸拥着他，“我就知道，你今天一定会回来的，呵——我就知道，你今天，再晚，也是一定会回来的呵——一定会的呵——呵，至诚哥——”胡珊泪呵呵的，啜泣而开心的哭说着，高兴极了的，紧紧抱拥着他，抱拥着。

此时的胡珊，开心极着而泣然的，一时尚还没有察觉到，陆至诚，在这一刻，是多么反常的僵硬如石啊。

陆至诚，僵硬冰呆的，像个石头人一般的，被胡珊紧紧的泣笑开心泪拥着。

“对了，至诚哥，你到底是怎么了啊，到底是出什么事了啊——你怎么去了上海啊——你为什么会去上海啊——你有什么事了啊——至诚哥，你要不要紧，有没有事啊——为什么不告诉我呀——”胡珊止了哭泣，一时的高兴极也平伏了下去的，心坎上紧紧的担着为他的担心的，不禁抬头，紧紧看着他的，关切的不由连连痴问。

陆至诚一时依然还无言。

在昏暗的夜色中，胡珊并没有办法真正清楚的看清，陆至诚此时脸上最丝微的表情。他在这一时的沉默，只不过让胡珊以为，还是那她所明白的他的难以开口。

她只以为，他的沉默，是因为，他的那还不想说、不能够说。却绝没想到，他的沉默，其实，是他的，那暂还不知道，究竟该怎么说。

陆至诚，一时，微有些僵硬的，轻轻推开了，胡珊那依然不禁着的紧拥。

胡珊，一时，稍稍不觉的，不由有些愣了愣。

“……我们……进去再说吧。”

陆至诚顿然了三四秒，眼睛看着地的，低声滞僵的，说。

陆至诚没有能够再让自己多理会一下下一时不禁有些愣然着的胡珊，一下子转身，便是径自先往楼道走了去。

半滴泪，一下子，不禁便是溢出了胡珊的眼角。

胡珊紧拭了拭。

她痴静的，凝凝，依然笑了笑的，便是也转身，就跟了去。

楼道里的昏暗，显然比外面的深夜，来得更浓烈。正如，两人间的沉默。

胡珊不可能猜得到，陆至诚此时的心中，是正如同在进行着一场千军万马血横遍野的雷疾雨暴如狂飓疯雹般的屠杀战争。而互屠着的双方，都是他自己。

她只以为，他的沉默，只意味着，是单纯的，事情并不轻松。和，她所依然单纯理解着的，那，他的还不能够让自己说。

而她的沉默，正是，这样子，他的沉默，所让她，为他，感到的巨大担心。巨大担心。

她好担心他啊。

好担心，真的好担心啊。

他到底出了什么事呢？到底出了什么事呢？

他究竟怎么了啊？究竟怎么了啊？

陆至诚，摸错了好几次钥匙。

一直开不了门。

胡珊并不知道，他一直还开不了门，其实，只是因为，他的手，一直在发抖。一直在发抖。

轻轻的“嗒”一下。

胡珊为他打开了，楼道口的一盏昏昏的苍白的灯。

积满了尘垢的苍白的灯，在一瞬间，便将一片黯淡而仿佛浓厚凝满了簌瑟的苦亮，铺漫了开来。

陆至诚顿了顿。他一下子，忙慌止了手的抖。

他下意识的一时，不禁向胡珊那边转头，看了看。

却恰好，和转身回来的胡珊对视了一个正着。

两人一时都不禁定了定。

彼此的看着对方的眼睛。

陆至诚并不明白，为什么，他明明在这一刻，好像很怕这样子的，看胡珊的眼睛，却还是这样子的，不可克制的，一时并没有将目光逃走。就好像，他在梦里，很怕面对胡珊，却又还是没有办法克制的，要看向她一样。

正如，胡珊在这一刻，忽然也是想起了，在梦里，两人的相视。那虽含泪，却还是一切都那么终究幸福、永远的相视。

可是，就这一刻而言，两个人的相视，却又真的，都不禁让彼此，有种陌生的冷却。

就陆至诚而言，与梦中不同的，让他在这一刻，不禁陌生冷却的，是，胡珊眼中的担心关切与迷惑询问，让他不由不醒觉到：他正没有选择的，必须要的面对着两种选择。

就胡珊而言，与梦中不同的，让她在这一刻，不禁陌生冷却的，是，陆至诚眼中那些她所熟悉的，还正剧烈动荡惶然着的东西，与还有一些她到现在在光亮里才突然的是清楚发现到了的，让她真切的感觉到坚硬与隐得太深而致使她实在不能够看到、看清的东西。——她不禁烈烈惶惑：他究竟怎么了？

就仿佛，两个人的梦，都是各自，起了呼唤。

只是两三秒。

或者，三四秒。

陆至诚勉强的笑了笑，便是紧忙的错避开了她的目光，低下了头去。

半滴热热的泪，差点又模糊了她的视线。

她凝静的，痴痴的依然笑了笑。

有了光亮，他就没有理由，再开不了门了。

有时候，未必正当时的光明，对于一个正暂需要黑暗的人来说，其实，也是一种，天意嘲讽与戏弄般的逼迫。——因为，光明，其实也需要承受；而能够使这种承受，或者说，力量，成长、超越起来的，恰恰却正是，只有黑暗。

陆至诚开了门。

呵，进来吧。

他很勉强的，才是又让自己，和她说了一句话，并且笑笑的。

他从来没有想到过，哪怕半丝半毫的想到过，自己这辈子，有一天，会真的是这样子真实的，从心底的最深最深里，这样子的，怕见到她——不想，见到她。

他在这么想着的一刹那，很害怕胡珊看他。他知道，自己这样想，是在很深的伤害她。

可是，他又不得不流血的嘲讽自己——你连分手都想了，还有什么做不出来？

他给胡珊端了椅子坐后，便是低着头，不停的到处收拾或者翻乱着凌乱或者整齐着的所有东西，一边还不停的反复重复的苍白笑然的自言自说着“乱啊，呵，你看都是乱啊，呵”。

他把衣服放到了鞋架上，把鞋子放到了椅子上，转了半圈后，才又忽然的是发现弄错了。然后，他就又是把衣服放到了椅子上，把鞋子放到了衣服上。又发现弄错了。然后，才是终于把鞋子，放到了鞋架上。

乱啊。呵，你看乱的。乱的。

胡珊一下子，再也忍不住的，就是被泪水冲湿了脸庞。

她一下子的，不禁哭着，就是弹的疾前奔了上去，直扑在了他的背后，双手苦涩的，紧紧前抱住了他。

疾疾，紧紧的，就紧紧前抱住了他。

至诚哥，你怎么了呀，你告诉我，到底怎么了啊——你出什么事了？到底出什么事了啊——至诚哥——你说啊——说啊。

胡珊泣然哀求的，紧紧抱着他的，心碎如铰、万万分着的，哭求着他。

哭求着他。

一刹，陆至诚剧极的长吸饮泪。

血色满了眼的无声屠杀。

他力屏住了泣然，冷颤的，便是不禁微微有些发着抖的，移下了手去，不易察觉的簌然的，终还是，分握住了她正紧紧围抱着他的瑟冻的双手，想要掰开她的紧紧的泣抱。

可是，就在他的双手，簌然的，一起握住了她的瑟冻的双手的那一瞬，她手上的冻冷，却一下子，便有如滚烫而有生命的热开水一般，全部统统的，从他的手心里，集涌入了他的血液间。

刹的，便涌流遍了他的全身百骸。

他握着她的手，顿呆住了。

她在这么冷的夜里，等了我多久啊。——不可抑的血烫涌腾，集结冲击着他心的钢闸。

他在一时间，不禁一下子，忘却了所有一般的，不可自制的，紧紧、无比紧紧的，紧握住着她瑟冷的双手——却，合合的，不再是想要掰脱，而，只是想，温暖她，温暖她。

就好像，曾经一直是那么熟悉那么温暖的所有一切那样啊。

他多想，自己，可以再一次的，就好像这样一样，可以多么简单，而又多么美好的，为她，捂暖她的双手啊。

烈苦的眼泪，无息的溢满了他血丝的双眼。

胡珊感觉着陆至诚在这一刻间无比温暖的焐然紧握，泪水，刹然的，淌湿了他厚厚的背。

一刹那，莫名的，她却不禁，在泪水模糊中，就仿佛又是忽然看见了，她的泪水，不听话的，淌湿了她怀中苍凉的石碑的那一幕。

她一下子，不禁剧极了的，刹然长吸咽泪。

陆至诚是多想，多想，这最后的一刻，能够，永远、永远停留啊。

“……至诚哥……至诚哥……你到底怎么了，到底是怎么了呀——告诉我、你告诉我啊——”胡珊哭泣的哀伤求说着，正紧紧抱贴着他的整个身子，都不由的，是簌然的伤切微颤着，“你怎么可以这样、怎么可以这样呵……不要这样不说啊，不要这样瞒我啊……至诚哥……我知道你有事，一定是有事——你告诉我、告诉我啊——至诚哥……你知不知道，你让我好担心，你真的让我好担心啊……为什么要这样不告诉我、为什么要这样不告诉我呀……至诚哥，为什么你不明白，为什么你还不明白啊——难道你真的要我把心剖出来吗——难道你真的要我把心剖出来才可以吗——至诚哥，求你啊……不管是有什么事，你都不要这样子瞒我啊，求你了……”

胡珊哀泣的，伤切求说着。

她围抱着他的瑟冷的双手，不禁的被牵动着的微微的颤簌，差一点，几乎就震碎了陆至诚眼中的钢闸。

他，深吸了一口气的，黑闭上眼，还是一下子的，就立断的，分掰开了她紧紧围抱着他的，颤冻的双手。

胡珊刹的，愣了愣。

汪洋的热泪，在她哀滞了的双眼里愣然的激荡。

小珊，你看，呵，今天都这么晚了，要不，我先送你回去吧，我——我们——我们有话改天再说好不好？——我、我没什么事，我……呵……我……我先送你回去吧，好不好？

陆至诚强撑还笑然的，眼盲盲的空盯着胡珊脚前的地，脑子里厮杀的直“嗡嗡”然着的，声音里都不禁是颤栗着的，动荡说。

“不——”

胡珊看着不能面对着看她的陆至诚，哭泣的激说了一声，便是不禁颤疾的，伸出了簌然的双手去，紧紧的泪盈紧握住了他的双手。

他的双手，就仿佛，石头一样的，温暖而坚硬，柔软而冰冷。

她不能够抑然的，激颤泪下，“至诚哥，你怎么会这样，你怎么会这样啊——你没事，那你昨天干什么骗我说你是回来收拾？你没事，那你怎么会是去了上海？你没事，那你告诉我，你究竟是怎么了，你究竟是怎么了啊——你到底是有什么事啊——至诚哥——”胡珊哀哭哽咽了的，不禁泪水如潮着的，便是再一次的，不由紧紧的，又是投入了他怀中，“至诚哥，不要这样对我，不要这样对我啊——有什么事，是我们不可以一起面对的啊——还有什么事，是我不可以，和你一起面对的啊——你忘了吗，你难道忘了吗，我们曾经都可以那样，要死一起死，要走一起走——还有什么事，这世上，还有什么事，是我们，不能够一起面对的啊——”胡珊啜泣心撕，“为什么你总还是这么笨，总还是这么笨——至诚哥，我的一辈子都是你的，都是你的啊——我什么都不怕，不怕的啊——只求你明白，只求你明白啊——不要这样对我，不要——这样，你真的让我很难过，真的让我很难过啊，至诚哥——只求你明白，我的心，我的心——永远、永远,都是在你手中的啊——"胡珊泣抱着他,紧紧的,不禁整个人都是哭而哀涩的有些发抖了起来,"至诚哥,我真的、真的,好担心你啊——我真的,真的好担心你啊——你告诉我,你究竟是怎么了、究竟是怎么了啊——求你了,求你了,说啊——至诚哥,你说啊——"

胡珊难过至极的,哭颤在他的怀里。

陆至诚的眼前,不远处,刚巧是那一盆,正盛开着的蝴蝶兰。

鲜艳美好的一只只漂亮蝴蝶,仿佛,依然都还一双双、一对对的,正在这个无尽哀伤的黑夜里,温柔无忧的齐齐欢乐翩翩着。

多好的一盆花啊。

多久了的一盆花啊。

他僵硬的,被胡珊哭抱着。

他在自己没有眼泪的脸庞后面,痛哭着。

痛哭着。

他的心,仿佛在被一万条苍狼,撕噬着。

撕噬着。

他真的,没有答案,没有答案。

他不知道,该怎么办。真的不知道,该怎么办。

怎么办。

他的心,被一条苍狼突然撕噬得猛一狂痛的,忽然,真的,真的,好想,抬起手来,再抱一抱她,抱一抱她。

他多想,可以再抱一抱,抱一抱,正在他怀里,被他连自己都未曾想到过的真实这样残忍而冷酷的,伤害得伤颤哭极着的她啊。

就好像,他曾经一直是可以的,那样抱抱她啊。

哪怕,只能够是再抱,一抱。

轻轻的。

哪怕,可以微微让她,只好受一些些,也好啊。

也好啊。

她的泪,一行行,仿佛,全是他,被苍狼撕噬出的血。

他心中血痛寒髓的,是多么希望,多么希望,自己可以在这一刻,真实的就在这一刻,抱住她,紧紧的抱住她,死也不松手、不松手的,痛痛快快、全全部部的哭出来,哭出来啊。告诉她,完完整整的告诉她,自己就要瘫了,自己,就要死了。自己,就要瘫了、瘫了,就要死了、就要死了啊。

他是多想跟她说,小珊,陪着我,陪着我啊,一分一秒都不要离开,一分一秒都不要离开啊。求你,求求你。一分一秒都不要,一分一秒都不要。我不可以没有你啊,不可以。我不可以没有你啊,不可以。不可以啊。哪怕一分一秒,哪怕一分一秒。哪怕半分半秒,哪怕半分半秒啊。我不可以没有你啊,不可以。不可以啊。求你,求求你了啊。我怕啊,我怕啊。不要让我一个人,不

要啊。陪着我，永远陪着我啊。小珊，永远、永远陪着我啊。

他烫抖的，一时不禁，滞然的，抬起了自己僵硬的双手来。

他的双手，在空空的空荡里，却仿佛，被四面八方的千万条绳索，铁牢铁牢的，一起牵拉着。

他的双手，想再抱一抱她——哪怕只能够是最后的、再抱一抱她——的双手，被无限的空荡，空荡的锁住在了空荡中。

——你好自私啊。

空荡中，唯一的一个声音在对他说。

他悲哀的，在自己干涸的脸庞后面，痛哭着，知道自己无论如何，也是终逃不掉的。

逃不掉的啊。

他的手，颤巍巍的，有如千斤铁重的，终于，还是轻轻、而却无比沉定的，放到了她的肩上。

他没有让自己露出一丝一毫的颤栗与软弱犹豫的，很坚决而又很残忍果断的，一下子，就是推着她的肩，极心不想弄痛她半丝半毫的，将她，柔推开了去。

有那么两到三秒的时间，胡珊傻着。

她不能相信的，傻着。

根本不能相信的。

他看着，两眶从来没有在她眼里出现过的泪水，一刹那，从她淡红了的眼里，溃奔了出来。

那是两眶，在一瞬间，几乎就使陆至诚，崩哭溃跪了下来的，带了淡红的颜色的，眼泪。

他知道，他已经毁掉了，这么些年来，两人之间的，一些，很珍贵、很珍贵的东西。

他竭尽了全力的，封死了自己心中，那在这一刻，无比狂碎着的，仿佛和她连着魂一般一样的痛、更痛着的心叶。他近乎一个好演员一般优秀的，尽善尽美的掩饰了自己。

只不过，他无泪的眼睛，始终不能离开灰色的冰硬地面。

他在这样子的一刻，甚至很想，干脆就这样，顺水推舟的快刀斩乱麻吧。

可是，很显然的，他心中的那一场前所未有这样如此过的自相屠戮的战争，并没有分秒的停止过。

甚至在有那么的一刹间，他连他自己都不能够相信这眼前，自己已经说出、做出了的一切的，不禁傻了般的自问：这、这些，真的都是真的吗？

没有人可以回答他。

正如，他曾问过自己，问过天地的其他很多问题一样。

或者，也正如，那永远也不可能在佛前，得到那他想要的天地间最可笑而又最一无是处的答案的，矍童子一般。

或者，这世间，其实，从来就没有，任何的答案，也本便不该有，一切的问题。

而一个个的生命，与一场场的命运，或许其实，从来便都只不过，是一江又一江，从来都不需要问，也永远不可能真正有答的，无所谓对或错、无所谓是与非，也无所谓从何处来、无所谓往何处去的，空空如风之逝水。

生，即为因；灭，即为果。

道中又真有何物可得？

锦瑟音希。

——我还是，先送你回去吧。

陆至诚低陷的说着，便是依然垂着头的，已转身走向了门。

扑的，一下。

陆至诚差点被撞得往前半个踉跄。

胡珊，冲跑的，洒泪的，扑拥向了他的背。

她死死的，围抱着他。她紧紧的，贴埋着他。

死死的；紧紧的。

空气里，沉默的很安静。

没有半句话。没有半个字。

只有眼泪，和已不成律了的或跌或宕、时激时窒的痛苦呼吸的声音。

他的颤栗，和，她的哭泣。

他感觉得到，她正紧贴着他后心的脸，正在不能禁的，发着抖。发着抖。哭泣的抖。

她感觉得到，他的心，正被她的脸庞紧紧贴着的心，正在哭泣，很大声的哭泣。是颤着抖的，分明很大声的哭泣。

他试图再次掰开她冰凉的双手。可是，她抱得很紧，很牢。

是非常非常的，似乎拼尽了她全身力气的，那种，很紧、很牢。

很紧，很牢。

他不敢真的用力。他怕会弄痛了她。

哪怕一点点。

虽然，他知道，自己正在杀她。

她抱得他的心都快要崩碎了。

他的双手，冰凉的，停握着她颤栗冰凉的双手。

两个人，彼此都想给予对方温暖却又都给不了的寒冷，永远都比两个人各自的冰凉一起加起来还要更寒冷。

正如，两个人彼此都想要让对方不落泪却又都做不到的悲哀，永远都比，两个人各自的哭泣一起加起来，还要更悲哀。

虽然，他依然没有落泪、哭泣。

像个真正的男子汉。

可是，他真的，真的，好想，可以，真的可以，崩溃啊。

崩溃啊。

他是多么希望，她可以，就这样，永远抱着他，永远就这样，这么紧、这么牢的抱着他啊。

就好像，她和他，真的就可以，这样子永远抱在一起，永远不会分离、不会分离一样。

虽然，她这一刻的抱，真的让他，心都快要碎了、全全部部的都快要碎了啊。

可是，可是——他真真是多么希望，她可以，就这样，永远抱着他，永远就这样，这么紧、这么牢的抱着他啊！

永远。永远。

虽然，他都真真快要碎了，快要全全部部、完完彻彻的碎了啊！

可是，永远——永远吧。

——可是。

他却又清楚的知道，他如果真的碎了，那么，也就等于，自己是向她，亲手敞开了噩梦的入口。

不，不，不！

绝不可以。

绝不可以！！

他很坚强的，对自己心说着。

很坚强的。

他闭着眼，深吸了一口气的，双手，还是最后又试图了一下的，想掰开她的手。

小珊，我、我真的、真的——还是先送你回去吧。

他想笑笑，可自己都想不到、克不住的，声音里，竟出来的都是泪哑。

是那种一听，就明明白白清清楚楚，便好像是一根根的弦上都缀满了湿湿热热的烫然苦酒的，满满泪哑。

满满的，泪哑。

陆至诚痛苦的，都没有了丝毫的余心，为自己的失露感到一秒的懊悔。

他的手，停握着胡珊的手。他不能再掰了，不能再掰了。

哪怕再一下下。

一下下。

他不想弄痛她。不想弄痛她。

真的真的，不想弄痛她啊。

哪怕再一下下。

一下下。

可是，她还是，好像拼尽了力气一样的，那么紧、那么牢的抱着他啊。

抱着他。

她的抽泣，就好像是失去了海岸线的苦涩太平洋，四崩五裂，倾塌落宕，哀碎悲涛，潮跃腾跌，旷离莽散，无尽伤瀚。

沉默而难已的泪栗，紧紧而难以抗拒的剧烈压抑着的跌宕哭息，都好像是一潮潮、一涛涛最揪心、缚肺的哀伤海流，在不停不断的，盐咸的，涩浸入他的伤口中，还有，她的伤口中。

多么残忍的痛啊。

她又何尝不是，他的海岸线呢？

他冰凉而颤栗着的双手，紧紧的握着，她那同样也是颤栗而冰凉着的双手。

在他的记忆中，在他那曾无数次的握住过她手的记忆中——也曾是有过这样子的冰凉，也曾是有过这样子的颤栗，或者是一个人的，也或者同样是两个人的——可是，却唯一的，从来没有这样子，两个人都是同样颤栗而冰凉的，悸动的，四手紧紧相握在一起。

是的，悸动的。

彼此的一起。

悸动，使一只手加一只手，不再等于原来，那纵然是两块同样颤抖的冰，握在一起也会融融的变成一起同样坚定温暖的，坚定、温暖。从来没有像今天、现在这样出现过的，彼此心底里海岸线的真正的动荡，使他和她的手，都只是一样的，悸怕的，成为了彼此，也同样也是自己的，动荡与冷却。

冷却，与动荡。

模糊的空气里，弥漫了苦涩的寒颤。

陆至诚感到，胡珊伴着一阵不禁的泣栗，愈紧的抱紧了他。

“……至诚哥……至诚哥……你怎么会这样……你怎么会这样啊……不，不——你是我的至诚哥啊——你是我的至诚哥啊……怎么会这样——怎么会这样啊——”胡珊哭瑟的，不可能相信的痛苦的，紧伏在他背上的脑袋都不禁剧簌簌了起来的，泣喃着，“——我不相信——我不相信！——至诚哥——你怎么了——你是怎么了呀——为什么，这都是为什么啊——”

无数的眼泪，都仿佛透明的烈鹰一般，燃烧着，在从他的后心处，纷纷的扑击入他的魂扉。

他的心，都仿佛要把他的全身绞碎了。

他依然沉默了很久。

忽然，他的手，仿佛千斤重着的一般，终于，还是，慢慢的，慢慢的，离开了她的手。

离开的那一刹，两个人，都感觉，时间，好像停了停。

真的，好像，忽然停了停。

其实，也没什么——就是……昨天，我……从医院出来的时候……碰……碰巧，碰巧……遇到了……唐梦佳。

四秒左右的寂静。

出奇的寂静。

是他能够无比震耳欲聋的听到，空气中的某些东西，像山一样刹那轰然坍塌下的惊天巨响的，无比出奇的，寂静。

寂静。

胡珊用尽着力气紧紧、牢牢、无比紧紧、牢牢围抱住着他的冻簌的双手，滞然的，一下子，就好像是，突然被人残忍极的抽去了骨髓一般的，无力的、苍碎的，松开了。

松开的那一刹，陆至诚的后心处，仿佛，突然破了一个大大的洞。

他知道，只是她的脸庞——那，他不用看也知道此刻是如何伤泪纵横着的，他真的无论如何、无论如何也没有办法让自己回头去看、哪怕只看一看的，她的脸庞——只是她的脸庞，离开了，他的背。

那，她一直哭偎着的背。

哭偎着的，人最重要，也是最脆弱的，后心窝。

他忽然，仿佛又感觉到了，那一根火烫的钢铁，刺入了自己后心的那一刹。

多么清晰的，那一刹。

胡珊，仿佛依然还在他紧紧的怀中。

他宁愿舍命也要保护着她的，紧紧的怀中。

他剧痛的，眼前一黑。

仿佛刹的，便失去了知觉。

黑暗，寂静。

黑暗、寂静。

无尽的黑暗、寂静。

他仿佛又感觉到了，胡珊在自己额上的，那一个，轻轻的吻。

一道刹然的如电血光，在他眼前划过。

他忽然，一下子，仿佛又清醒了过来的，才突然发现，自己是清醒着的。

早已清醒了。

没有死。也并没有留下任何后遗症。

恢复得非常好。

也非常健康。

就连伤痕，像她曾说的，也都再看不出半点点。

半点点。

呵。

一切，都只是天意。

都只是命运。

命运。

他垂着的目光，无力的看着胡珊颤冻的双手，无力的，滞然的，落出了自己的视线。

滞然的，落出了，他的视线。

他听见了，背后微微却无比闷重的一声，她的半步跌然后退。

他依然没有转身，却那么残忍的仿佛，一切，都仍然还是在他的眼前一般。

她的愕碎，她的战栗，她的簌悲，她的岑惨。

她的断泪。

她的不能相信。她的不能接受。

她的不可能相信。她的不可能接受。

还有，他所不能面对的，她的一切，一切，一切一切。

他的背后，空空荡荡的。

他知道，他和她，此时最多不会超过一步的距离——她就在他，背后的大半步处。可是，他却分分明明的，只感觉，自己的背后，是一片，广袤无际的大峡谷。他就背对着峡谷的，正站在悬崖上。而崖的际，就在他的脚下。

他感觉，自己就仿佛是失去了整个的后半边的身体。那整个后半边，原来有她紧偎着的身体。原来，有她冰凉的温暖着的身体。——他也不知道，究竟是他自己撕去了自己的一半，还是，那一半，本来就是只属于她的。

他没有办法去想任何东西了。

崖的际，就在他的脚下。

整个峡谷的寒风，都在无尽凛冽的狂恣吹割着，他那已失去了整个后半边身体而没有了任何遮护的身体里的所有全只都是还多多少少的剩下了或多或少一半的一切内脏、骨髓、血脉……

苍狼与烈鹰，一起的撕噬、啄食着他。

他的脑子里，一半的空白。

他痛惧的，下意识，往前迈了一步。

好像，这样子，他就又逃离了一个自己。

可是，那峡谷以及烈利的一切，刹那就跟着翻了倍的扩张，使他的那逃前的一步，根本就好像是直转身迈下了悬崖一般。

他逃命一般的，慌就又转回了身。

可是。

他知道，他根本，就早已无处可逃。

他没有办法面对的胡珊，必须要面对。

他知道，开弓没有回头箭。

他知道，他必须要继续下去。

就好像，一个好演员应该做到的那样，就好像，一个深爱着自己所最爱的姑娘的男人，在最后前，唯一还可以，也是唯一还应该，要为她做到的那样。

他知道，演戏，一次演砸了，还可以重演很多遍；而真正的人生，从来都不可能有，让人重新修改的机会。

他知道，他必须演好。只可以演好。

他知道，从一开始，他就已经根本没有选择了。

他并不知道，此刻，支配着他的所有一切的那个自己，到底算不算是真正的他自己。——可是，又真的有哪一个自己，能算是不是真正的自己呢？

胡珊愕碎而簌岑的，流泪看着他。正如他所在转身前，便都已全然痛苦看到了的那些那样。

只是，他的混乱，在这一心中的战争已到达了白热化时的混乱，使他，理解错了一些东西。

他以为，当他说出那一句唐梦佳的话后，胡珊心中的很多东西，都应该是会如他所草率、匆匆打算过了的那样，开始崩溃了。他以为，她应该是会很容易的介意，然后，便直接开始影响到他与她之间的爱情。就好像，他曾看到过的，太多的蹩脚小说中的简单情节那样。——对于尽快尽好达成目的的强烈渴望，加上他的混乱，加上一切在他意料之外的匆促，使得他，几乎如同失去了他原来应有的那些最起码的智商一般的，匆忙的便真的用了这样的一套他以为最好最快最稳妥的方式，希望来达到与她顺利好好分手的目的。在这样子的一种混乱的黑暗中，他不仅仅失去了最起码的智商，而且，更遗失了，其实在他和她之间，以前从未遗失过的，那一种多么珍贵与难得的，相知、相应。他浑噩的丢失了，他一直，对她有着的，那种懂得。那种，只有对于彼此最相爱着的人来说，才是那么难得与珍贵存在着的，相知、相应、相信、相融的，懂得。

从一开始，直到现在，胡珊的所有难过、流泪、颤栗、冰凉，其实，都只是因为——他的不懂她；他的，为什么还不能够那样真正的，完全明白她的心。在他说出来以前，她的担心与愈担心他，使得她的一切难过，都如漩涡；而在他说出来以后，她其实，只不过是，真的没有想到，他是，真的只是为了怕她，介意唐梦佳。

胡珊还单纯的，根本就没有意识到这个引子，会有多大的后续。她只是真的、真的，没有想到——想不到，这么些年了，为什么，他，和自己的相知、相应、相信、相融，还根本就经不起这么简单一点点事情的来去？——数年恩爱数年忧，多少相思多少愁，几多迤逗几多受，却为何，还是这样几遍成几遍休的，全只为半点事半点惭羞？

她不相信，不相信！——可是，又如何教她不相信？

一切——都全是他的亲口、亲言。

她在这一时，没有办法想更多，也不可能有办法想更多。

而她与他在最后这一段路上的不同，其实，就是在于——她对他最深心里的那一切相知、相应、相信、相融，其实，十被欺、百受骗，千荡万裂，也都从未真正的遗失灭落过；而他呢，在最后的黑暗中，却是浑然了。

浑然。

虽然，一切还都没陆至诚想得那么顺疾，但，胡珊还是已经被他，多多少少的推上了那条，偏移真正真相的岔道了。

胡珊，在这样子的一刻，又如何能想到，他，在这时对她的坦言，其实，正是一个，他对她最后的、只可成不可败的，绝命谎言？

可是——胡珊此时伤心痛绝的一切，谁又真能说，不能，不算是误会呢？

她在这一刻的岔路口，所为非事实而伤心欲绝着的一切，其实，难道不刚好，就也便是真正的事实吗？

——他，为什么，就不懂呢。

剧烈伤心的难过，丝毫也由不得她的，在这样的几秒间，席卷着她。以至于她心中为他的担心落下了，所应该有的轻松与高兴，也被伤潮冲涤得支离破碎了。

使她一刹间更难受的，是他说完了以后，停顿着，然后，竟然向前迈了一步。——她太熟解他了。他的那一步间，是背对她而非转回身来，与那气息中满溢着的疾离意味，所漫布着的逃跑质味，无一不都是像刺一样的，更加刺痛了她。她从来没有像今天、现在这样无比强烈、清晰的，清晰、强烈感觉到着，他伤痛着她。

可是，他毕竟还是又转回身来了。虽然，他的双眼看着地。

她的心中，终究，还是又平息一些下来了。再痛苦的漩涡，也依然，没有改变，那个梦，带给她的一切。

一切。

其实，就算没有那个梦，又怎么会不原谅他呢？

她痴痴的心想。

是啊，他没什么别的大事情。还有什么，比这更好呢？

她流着泪的，凝凝然着，拭去了泪的，一时不禁滞滞静然的还露出了一丝浅浅很开心着的笑。

她正想开口和陆至诚说话。

突然。

“……昨天，我……是骗了你……”他，低闷的，先又开了口，“我……其实，一早就离开了医院……只不过，是……是回来的时候，遇到了她……所以……所以……才回来的晚了……”他的背脊中间，有一股钢铁般的迸裂，在战栗、战栗，“还有……其实、其实……我……不是没有听到你打我电话，而只是……我……我——没有接……没有接。”

胡珊已真的并不是很意外，可是，她嘴角的那一丝原本痴凝的浅浅微笑，却还是，一刹间，不能禁的被痛苦的抿然所取代了。

他听到了，微颤着的一声，深深泪息。

他脊梁中的一些钢铁，仿佛被一双手，生生的，撕开了。

"……对不起……"

他颤然的,还是说。

胡珊还是,痴凝的,又露出了一些微笑来。

她多希望,他可以抬起头来啊,看着她。看着她。

她不怪他,不怪他的啊。

你抬起头来呀。

她多希望。

为什么不看我。

浅浅的微笑中,一缕还是淡淡的苦涩着。

她微启了启早已是被泪浸苦了却还是馨然着的唇,似乎是想要说些什么,真的和他说些什么。

说些什么。

可是,说些什么呢?

她淡馨的微微不禁自笑了笑的,嘴角还余着淡淡的一丝苦涩的,痴凝的,抹去了脸上还残着的好些泪痕。

她忽然,真的只想,再抱一抱他啊。好好的,抱一抱他啊。

是温暖的,坚定的,一如从前那样的,好好的。

好好的再抱一抱他啊。

还有什么话,会比这样的一个,只是不能失去对方的、只是想拥抱住对方的,最无言的、温暖、坚定、一如从前那样的拥抱,更能让人明白、理解一切,语言的苍白所不能让人懂得的所有呢?

——她的心,痴爱的,只想让他在这一刻,真正听到:好了,都好了呵,至诚哥,我最亲爱的。亲爱的。

痴痴欢馨的一缕幸福,终究还是,让那浅浅还余着的一丝苦涩,如烟逝去了。

她凝静痴然的,一时并没有看到,此时仍还低着头的陆至诚,眼中是多么的可怖的裂碎如纹。

每一条血的纹,都是一个他中的他,撕出来的。

他正在后悔那一句"对不起"。

那一句,他自己都不知道,自己是怎么说出了的"对不起"。

他知道,这是破绽。

是与他应该要对她快刀斩断的,不和谐不一致的,不干脆的破绽。

他正惶恐,胡珊,已是出乎了他意料、让他没有想到的,轻上来,无言,而无比温暖、坚定的,紧紧,拥抱住了他。

是那样温暖、坚定,无比馨柔的,一如从前那样的,一个拥抱。

紧紧,无比紧紧的。

她靠偎着他的心口。

就好像：好了，都好了呵，最亲爱的；她，只是，不能失去他，她只是，想拥抱住他。好好的。

好好的啊。

好好的。

至诚哥。

他的心，突然，一阵狂擂。

他知道，他想错了。

他知道，她想错了。

他突然，不知道，自己，是不是真的在做，一件，很愚蠢的事。

他突然，发现，在这一刻，自己还可以回头。

还可以。

因为，在这一刻，他还没有真的说“分手”；两人之间，拥有着的，那最所有着的一切里，还有着最热烈、最完整如从前的原谅。

他在这一刻，仿佛，又回到了以前的那个自己。

他，懂得了，他原来所明白的她的一切。

他的心，仿佛又真切的，被她拥回了她心怀中。

他知道，人生有些真正的完整，一旦打破，纵然回头，也是再回不到原初的最美最好的。而此时，他还，没有打破。

她的心，她的紧紧拥偎，真实的，让他在这一刻，背叛了自己。或者说，战胜。

他甚至，已经热泪盈眶、无尽忏悔的，又抬起了手来，只想，同样也那么，温暖、坚定、一如从前的，紧紧美好拥抱住她，拥抱住她。再不松开，再不松开。

一千句的“对不起”，已在他的喉间滚涌。

可是。

他又仿佛，被惊醒了。

回头？——那，会是什么呢？

噩梦？——除了那个噩梦，又还会有什么呢？

还会有什么呢？

真实的墓碑，依然禁锢着他。

他知道，真的等他死了，就，全都晚了。

她此时，是多想，可以融化掉，他此刻的那一阵战栗啊。

她紧闭着的双眼，紧闭着的坚定而温暖、而只想也把这一种温暖与坚定融给他的双眼，没有看到，他此刻的脸上，其实，是多么与她所熟解着的那种矛盾，完全不同着的巨大矛盾啊。

她只是，多么多么的想要他知道，没有关系，没有关系，没有关系的呀。好了，现在，都好了。

她拥抱着他。她不能没有他。

是永远的。

她知道，他会明白的。

是的。

只有你，只有你才是我的唯一啊。唯一的在乎。最在乎。

至诚哥啊。

她用她的最紧紧最深爱的拥抱，无比的诉说、融入着他。

她只想，只想，可以为他，为他，融化掉，他的战栗、他的寒碎。

他此刻，颤然着的一切、一切。

所有。

用她的心，她的暖，她的坚定，她的唯一，她的全部。

她的所有的痴、爱、挚、真。

一切。

“……至诚哥……”

她无尽深痴的，真的好想好想，要告诉他一些、一些她真的很想说，却又真的，实在又不知该如何才能真正说明的话啊。痴极了的一声唤后，漫漫的无言，只使得她，只能是更加无言、更加痴烫挚融着的，紧紧紧拥住着他。

无限的痴暖，使得她是多么那样的害怕，害怕只要稍微睁开了一丝丝眼，一切就会逃跑掉好多的，不敢张开半丝丝眼睛来。她紧紧、暖暖，无比紧紧、暖暖的，痴紧拥着他；她是多么希望，一切的无限，可以在她睁开眼睛来之前，在哪怕只会是漏掉一丝丝前，就全部的，能够都融给他啊。全部，都。

她深深的，痴埋在他的怀中，还战栗着的怀中。

她是多么希望，他，也可以像她一样的，在此刻，紧紧，抱住她啊。

她是多么希望，她，能够真正的将她想表白的一切，那样真正的，放进他的心底啊。

告诉他，至诚哥，我们是幸福的，不管怎么样，我们永远、永远都还一样是，都还一样是，这世上最幸福的，最幸福的呵。

她只恨不能，可以直接掏出自己的心来，真正的，放入他的胸中啊。再不需任何语言，再不需任何表达。

让两个人，真正的，直接共用一颗心，同在一个胸膛中。

她，无限紧融的，愈紧暖地抱住他。

紧紧的，两个人，都是可以那么清晰的，真实感觉到，彼此的心，是那么真切的，那么贴近的，仿佛就是有如生来便是连在一起般的，在热烈、活烫跳动着。

“……”

她在他的怀里，又开了开口。真的好想、好想，告诉他，告诉他，她的梦，她的梦啊。

她真的好想好想，也让他，能真正的和她一样，可以那么幸福的，感觉到那一种真正、最真正了的,永远、幸福啊。

还有什么事,是他和她,需要去在乎,需要去害怕了的啊。

她是多想,吻一吻他啊。

可是,她睁不开眼来。

多想,他也能紧紧的,拥抱住她啊。

那样,她或许,就有力量,可以让自己,不用害怕,那一切的无限,会在能够给予前,就跑走了啊

哪怕一丝一毫。

她忽然,才是真正的明白,真正的不会说,是多么的让人幸福、而又让人害怕啊。

当不能够表达,成为唯一不会损伤表达的表达时,她,是多么渴望,她可以,真正的为他,剖开自己的心膛啊。

忽然。

她清晰地感到,他的战栗,止息了。

他依然没有拥抱她。可是,一股最强的力量,仿佛刹那间的,就从他的胸膛中,从他那清晰活热跳动着的心脏中,源源不断的,涌入了她的心怀中。

她紧闭着的双眼,一刹那,仿佛就是无比灿烂幸福的,在无尽无限的黑蒙蒙中,那样无比清晰、真切、火热、绚烂的,看到了那一轮真实的心中的太阳。

她的,也是他的。

我们的,一起的。

好灿烂啊。

真的,好灿烂啊。

她以为,他,真的都好了。好了呵。就好像,她所希望他能够真正都明白的那些一样。

她在他的怀里,她正无比紧暖地拥着,不禁溢着明朗的,馨暖的,慢慢睁开了眼睛来。

她知道,一切,丝毫也没有跑走。因为,他在。

是多好多好的,不再战栗了的,在啊。

还有,那一轮太阳,多么的真实的灿烂啊。

他是她的至诚哥啊,就知道,会的,会的,一定的啊,呵。

她幸福的,馨然抬起了头来。

可是。

她却很意外的,看到了一张与她此刻所幸福意想到他的应该也是释然了的脸,完全不同的,他的脸。

乌霾,低硬,僵寒,没有表情。

甚至,让她觉得有些陌生。

她一下子,不禁愕怔了。

她又怎么会想到，陆至诚在这一刻，战栗的止息，并不意味着释然，与融解。正如，一个在雪中颤抖的人突然的止息，其实，可以存在着两种可能。

而他，恰恰很残酷的，便是那一种她不可能想到的可能。

是的，陌生。

他在这一刻的表情，是她所不可理解的。

从他的脸上、眼中，仿佛落下了一场很突然而又意外并且很使人不可理解的冰雨，击湿滑寒了她的心。

一刹间，她竟忽然觉得，他的心，如同在她的千里之外。

这种感觉，她从未有过。

她感到了害怕。

仿佛有一种东西，在突然很忽然的推击起了她的心。

向外的，被迫后撤的，一步又一步的，就好像，一片蔚蓝的中间，突然出现了一点乌黑，乌黑在不断的扩大，蔚蓝在不断的被撤退。

她还没有从这一刻的愕怔中回过神来，陆至诚已是，又一次的，轻轻，却又很坚固的，推开了她。

“啪”的，她觉得，自己的脚下，仿佛被踩碎了一块玻璃。玻璃的渣，全都下在了她的心上。

“我……我去上海……就是……就是为了她——”陆至诚看着地，“她……她是因为临时有事，所以才回的遥州来……她要带不少东西回上海去，她一个人不方便，又要赶时间，所以、所以我就帮了忙，送了她回去——”他的脚，在地上写字一般的，发抖的，乱划了一会儿，“你知道，我一直觉得，自己对不起她……”

沉默。

他觉得，脚下的地，好像在晃晃的震。

有那么的一刹，他并不知道，到底是不是自己的错觉，还是，哪里真的闹地震了，余震波及到了这里。

对他来讲，这，或许也是，一个他到死也没得到答案的问题。

沉默。

她并不意外，他此刻说的一切。

从她刚才第一次为唐梦佳这三个字一刹愕然的时候起，这一切内容，已都不是很难用逻辑推猜出。——他遇到了唐梦佳，然后，晚回，并且骗了她，然后，他又在了上海，能是怎么一回事呢？——所有，她都早已想到了八九分，并且也知道，一切，是不会再有多少出入了的。而推猜也并不仅仅只是推猜——这世上，一切情节的大半基础，都只在于心理。而她，只是真的太懂他。

甚至于，她都从那一刹直到现在为止，也全然的丝毫都没有再想过，要再多知道一些什么，或者，再听他多告诉关于这一些事情，她只想，好了，都好了啊。只要他没事，真的是没事，都没关系，都没有关系的啊。她只想要他明白，好了，都好了啊。只要他没事，真的是没事，都没关系，都没有关系的啊。他不用这样，根本不用。因为，她了解他，相信他，明白他，根本就不会，像他想的那样，误会或介意他。因为，她知道，他的心。她知道，他的心啊。她只想，用自己的一切，温暖、坚定、幸福的一切，要他明白，好了，都好了呵。只要有他，有他啊。不管怎么样，我们永远、永远都还一样是，这世上最幸福的，最幸福的呵。

可是，他现在的继续叙述，让她感到了一种可怕的陌生。她清晰的能够感觉、明白到，他，并不是，依然在觉得内疚，或矛盾，或者，她所熟悉并且懂得着他的一切。

虽然，那些内疚、矛盾，还有她所熟悉并且懂得着他的一切，此刻，在他那只不停在地上乱划着的脚上，依然淋漓无遗，可是，他让她感到的那一种陌生，忽然，使她隐隐而又可怕的，开始微微意识到了，自己，或许犯了一个错。

可是——

她的心，被拖入了一个漩涡。

那是一个，心象之真相与真相之心象的，巨大漩涡。

她还是用力的笑了笑的，“至诚哥，我、我都知道，知道——我都早猜到了——我明白、明白的啊——没关系，没有关系的啊——现在，知道你没事，只要你没事，那——”

胡珊不得不承认，其实，有时候，表达比起不表达来，反而，是那么值得嘲讽的，多么惶恐与破碎啊。

当明知苍白会损害到本意而依然不得不必须要表达的时候，一切，是多么的好像——开始要往外丢东西了的热气球，是那么的，只能说明了危险的迫近啊。

还有，恐惧，无措，挽救。

漩涡中的她，还没有说完她努力想要在这一刻要说的话，就已被陆至诚打断了。

“我想我还是要说清楚——其实——”

他抬起了头来。

她确信，她看到了一个，她从不认识的他。

她的心中，刹的被一黑。

有如眩晕。

她在眩晕中，只听见，他清晰而清晰的说：“其实——我是想说——我们……我们——分手吧。”

寂静。

岑岑的寂静。

长达半分钟左右的，岑岑重重的，长长寂静。

外面马路上，风一样的间断驶过了三四辆车子，声音绵绵而无比沉重的，就好像是三四团由远而近来、又由近而远去了的巨大闷然雷鸣,吼吼吼的。

她死了一样地看着他。

他死了一样地看着地。

他们都听见了,两个人山一样的呼吸。

好像被紧勒住着喉管的呼吸。

她在这一刻,是死亡的。因为,她以为,自己的呼吸是假的。她觉得,她并没有在呼吸,虽然呼吸的声音很清晰。但她并不知道,那是谁的呼吸,谁的生命。

他在这一刻,也是死亡的。因为,他无比的清醒。他知道,他在真实的呼吸。呼吸的声音很清晰。他知道,那,就是他的呼吸,他的生命。

他也没有再觉得脚下好像在地震。因为,此刻,他是无比清醒着的。

清醒得几乎令他自己都不敢相信。正如,他在这样子的一种极度的清醒之中,几乎也是同样的不能令自己相信,他怎么会,真实的感觉到,自己的呼吸,在这一刻,是如此的困难。

他确信并不是他的肺出了问题。他无比清晰的能够感觉到,自己肺部的收、放,是那样的强健而具有生命力,正如他在此刻同样也是能够无比清晰的感觉到着的,他自己心脏的正无比强健而具有生命力着的跳动一样。他丝毫也不怀疑,自己的身体,在这一刻,无比的健康,胜于正常。

但是,空气的稀薄,那样就如同是站在了海拔太高的巅峰一般的稀薄,仿佛,正在他的灵魂背后,真实的试图嘲笑着他的清醒。虽然,他无比清醒的真实知道着,他在这一刻,是无比真实的清醒着的。

可是,空气,一块块的空气,都仿佛是被灌了铅一样的,坚固地停留在他的身体之外。他费力的呼吸着,尽可能的用力,想将那一块又一块灌满了铅的空气,吸入自己的身体里。他那清清楚楚健康无比的身体里。他不知道,这到底是他生命的本能需要,还是他此刻的还不想死。因为他觉得,如果在此刻放弃呼吸,那对他来说,并不仅仅只是简单,而且,好像还是一种真真太好了的解脱。真是费力啊。那一块块,铅一样的坚固的空气。他仿佛从没觉得,自己这样脆弱过。因为,呼吸还是那样的始终不曾间断过。他只是想,或许,只是自己在这一刻有些缺氧。因为,灵魂,也是需要充足的氧气来维持的。而他知道,自己此刻的呼吸是困难而稀薄的;而,困难与稀薄了,就会难免犯浑。就如同,人活着的身体缺少了呼吸也就等于碎丧了生命。就如同,他在此刻,知道,自己其实正无比的清醒,真正的清醒。

他清醒的知道着,自己只是因为呼吸有些困难,所以才会错觉得呼吸有些困难。

他并不知道,他的眼前,只是一块灰硬的地。

是那么的,可以美好的用来,作为埋葬的,大地。

唯一的,大地。

他只以为，他正在，拓出一片蓝天。

还可以飞翔的，美好蓝天。

他想，这是自己，最后唯一还能给她的了。

是的。他想。

“……你……你、呵、你……你在说什么啊——呵……你、呵……你都在说什么啊……”胡珊好像一面颤抖着而还用白纸粘住着的碎镜子一样，笑呵呵而整个人都不禁是剧烈的战栗了起来的，声音就仿佛是一串碎裂了而还残漾着的亮丽风铃一般，还如同是依然着那好像未碎时的悦澈“叮当”，“——呵、呵——至诚哥，你、你、呵……呵……你是怎么了啊——怎么了啊——”

一种玉珠断线散落满地的泣音，还是在话声落处，仿佛滂沱的江洪，冲撕破了，整张湿了的白纸。千万叶的碎玻璃，在空气的颤抖里，千万叶的，落离了风铃。

飞扬的凋碎破落。

密集的“嚓当、嚓当”——一片又一片的碎风铃，落地粉碎的声音。

密集，而绵烈如河。

随着粉碎、战栗，一起在如铅的空气里，被他呼吸入了他的，整个身体，以及，整个灵魂。全部的生命。

全部的生命。

碎成粉末的玻璃，在他的整个生命、身体、灵魂里，所有的，颤栗寒冰的，流淌、回荡、飞扬着。

整个大地，在他的眼前，成为了黑色。

全部的黑色。

从这一刹起，他坚信，他终于看到了，大地，真正最本质的颜色。

是的，一直到他死去，都是。

黑色啊，黑色。

大地。

最真正的。黑色的，大地。

他涸碎的眼睛，服从着他此刻无比正清醒着的魂的，离开了，坚硬的地。

他看到了，就仿佛是被一张已碎成了无数片的湿碎纸，还颤栗的勉强粘连住的，眼已漉漉，而嘴角，却还是，那么坚强而明亮的，挂着最馨然的笑的，碎抖而依然朗撑着的她。

他的心，像被厉的剪了一刀。

好像有一些红色，弥漫住了他的视线。

他不知道，是不是错觉又粘上了他的眼睛。他相信，自己是清醒着的。无比。

他看着眼前活活宛如漫天飞花的连缀残红，在一刹那，突然有了一种害怕被淹没的恐惧。

恐惧,无比的。

潮流澎湃。

"——我是说——我们分手吧。"

他确定,要摆脱这种恐惧,就是必须要再一次的让自己相信,一切,都没有错觉。他需要相信,他是清醒的,无比。

正如,他在这一刻,所重复的这句话一样。

只有无比清醒的知道,自己是清醒着的,才可以知道,一切的错觉,都只不过是错觉。他确定。他是坚强的。

也是,残忍、冰酷、可怕,与陌生的。

就仿佛一股强烈的气浪。胡珊傻了的、真真正正傻了的,一下子,不禁重重的被冲击得重重后跌了两步,几乎摔下。

清晰的乌黑,不,漆黑,无比清晰的漆黑,刹的,便爆炸了开来,铺满了彻底的她。她的完全天空。蔚蓝,撕碎破尽。

她看到了,天空,黑色的。

大空。

二十六

最后第七天。

破晓了。

乌蒙蒙的天空,开始微亮。

天上漫着灰,地上结着冰。

一个很真正的,阴霾的冬天。

陆至诚一个人。

还好像一坨被砸碎了的泥一样,无力的,就那么仰躺在冰硬而黑色的地面上。

淌着泪。

仿佛河一样。

黑色大地之上,流淌着的。

他的意识,在流淌着的碎渣之中,鲜血淋漓,而依然仿佛昏迷。

他知道,自己此刻——不,已经好长几个小时了——是,不清醒的。

不清醒的。

因为,他觉得,自己就好像死了。

因为,他不知道,天已经亮了。

他不知道,胡珊,已经离开了。

他仰躺在地上,冰硬的地上。可是他也并不知道,自己还躺在地上。

他只以为,自己是睡在,一片广阔的黑色天鹅绒之上。

多么美好的天鹅绒啊！

每一片，轻轻、柔柔的，中间，都仿佛竖着，一根灿烂的钢针。

可是他不痛。

不，也不是不痛。——是，痛才好，痛，才好啊。

他恨不得，每一根针，都可以最猛最狠最无情的，痛痛快快的，穿透他，穿透他！

那样才好，才好啊。

那样，才是真正，他最想要的，这世上，最最美好的，天鹅绒大地啊。

他恨不得，可以用他的血，来染遍这最广阔、最柔软、最轻盈的，最美好的黑色大地啊。

让他真正的属于它，真正的成为它，真正的染红它！

用他的血！

他无尽沉痴的千斤铅重的陷躺在这最广阔与黑色的无垠天鹅绒大地上，昏醉生迷的，痴然笑着。

微笑着。

哭泣的。

没有人能说清，他到底，是哭，还是在笑。

正如，他自己也根本就不知道一样。

他只知道，自己此刻，正睡在，无垠的黑色之上。

痴醉的。

他忽然才发现，黑色，有时候，很像酒。最高度的，那种酒。当你陷入，你会发现，一种享受。是的，享受。享受！

正如，一个渴望醉的人，在渴望死亡的时候，那最无尽的享受，便是被撕裂、击破、穿碎、崩坍——以及等等等等的，毁灭。毁灭！

还有什么，比你更能够正接近你所完全只渴望着的一切，更值得让人去欢呼，去雀跃呢？是的，雀跃！

让一切，来得更彻底吧！就像海燕，就像海燕！

他发疯般的，在心中呼喊渴望着死亡。他发疯般的，渴望着五马分尸般的折磨，与狂杀。他需要，他需要！就好像，一个快要在炙漠中渴死了的人一样。

而后，他在地上，大笑了起来。

大笑。

笑得翻来覆去。

好像滚钉板。

他面朝下的，趴在了地上。

就好像，是被一根钉钉住了心脏。

他的脸上有些湿。是因为，沾到了地上的泪。

他无垠黑色的眼前，飘满着飞了起来的天鹅绒。他只以为，他脸上沾到的，是胡珊落下来的泪。成串的泪。成片的泪。成河的泪。

他忘了，她离开了，有好久了。

正如，她仿佛，依然还正嘶哑的哭在他怀里一样。

“你怎么了，至诚哥，你到底是怎么了啊——你都在说些什么，你都在说些什么啊——”

撕星裂月的哭啼，仿佛，依然还在他的胸前震荡，紧紧的，就好像是她紧抓着他的双手一样，撕碎着他的心。

他在那一刻，试图把她当成一棵小草。他不认识的，一棵小草。可是，他没有能够做到好像不认识，就如同，他其实从来也都并不能够，真正的不认识他自己一样。反而，本想让自己坚固的对于小草的想象，在一刹那，几乎就粉碎了他。

他也不知道，为什么，自己就只是，想到了小草。

而不是犀牛。

或许，只是混乱吧。

是的。他依然感觉，自己是坚强的。

纵然她，在他怀里，已是哭得支离破碎。

她不停的追问着，追问着他。他知道，她不相信，她，不可能相信。正如，他在那一刹，也几乎是同样的，不能够相信，这一切，真的都已经是真的了一样。

她颤栗地紧紧抓着他的手，一直紧紧的抓着，紧紧的，死死的。

他在有那么的一刻，甚至真的，感觉一点也不麻木的，觉得，双手，很痛。就好像，是从手心到脊髓的全部，都全部的，骨裂了一般。而从那骨裂开了的一寸又一寸的每一寸里，都好像是，一只又一只的，她的手，正紧抓着他的手的她的手。它们，一只只、一只只的，全都，仿佛在往他的心里、脑里，满满的钻，钻心的钻。漫漫，满满，冰冰，紧紧，就好像是一只又一只的，紧紧抓住着他的小冰砣。颤抖的，破碎的，小冰砣。他不只是痛。

他在那样的一刹，几乎欲哭，几乎承认脆弱，承认输。

可是，他知道，他不能输。因为，他将输掉的，并不是他自己。

他知道，他自己，已经是完了。

而她，路还长。

还长。

纵然，她的手，让他的手，再一次的，还是又麻木了起来。

他看见她的脸，比她的手，更加破碎。

眼泪，清晰着碎痕。一道道，一折折。

一叠叠。

他知道，成功的分手，必须需要成功的理由，更何况，其实连他自己都根本不相信自己。

他不知道，是什么力量，真的那么强大的，使他能够，真的那么再一次的，推开了痛哭紧抱着他的她。

人，原来，真的永远也无法预料自己。他想。

他说，他和唐梦佳谈了很多。他说，唐梦佳现在过得不是很好。他说，唐梦佳还爱他。他说，他忽然才是发现，他有多么对不起她。他说，他忽然才是发现，他真的，有多么对不起她。

他在那一刻，是看着她的脸，说的。他知道，这样才比较逼真。

虽然，他看到了，他根本不能承受的一切。——她就好像一幅僵住了的画，傻呆着，傻呆着，然后，突然，满盈的泪水，半刹间，夺眶而出；可是，她哭着，哭着，却还是擦泪的，摇着头，摇着头；她还是要自己笑了好几笑的，不禁自言般的，呢喃着“不会的，不会的呵”。

她不停地抹着泪，笑哭着摇头。不断的，低喃着“怎么会这样、怎么会这样”，并伴着断肠的两声碎碎“呵”，然后，突然一下子的，就还是又扑入了他怀中，紧紧的抱住了他。紧紧的。

死死的，无比死死的。

痛哭失声。

“不、不——我不相信，我不相信！你是怎么了——你到底是怎么了啊——你到底、到底是怎么了啊——不会这样的、不会这样的……不会这样的——你到底是怎么了啊——”

那一刻，他没有办法，再推开她。

就如同，他，没有办法，真的剖碎自己的心一样。

她，就仿佛是一颗，这世上，最最金烫的心一样，在他的胸前，跳动、抽搐、鲜活、哭泣着。

哭泣。

他在那一刹，忽然，真实的觉得，自己像个刽子手。

他颤抖的，说了句：小珊，别这样。

而后，胡珊在他怀中不禁的顿了顿，使他，顿时的，便又是难懊的，剧烈后悔了起来。

胡珊止泣的，抬起了头来。看着他。看着他。

——至诚哥，你到底、到底是怎么了啊。

胡珊哀求着泣问，好像一张布满着荆棘的网。

他不知道，到底真的是应该怪，他演的真的太不够完美，还是，她，真的已太懂他，太信他。

无尽的悲哀，残忍地切割着他。

他知道，他的脆弱，正在出卖他。

而他，输不得。

不可以。

“——你别这样。”

他带了一些坚硬声调的，说着。

他用力的，又是推开了她。

有一些残忍的，大力。

一下子，她不禁一个趔趄。

差点摔倒。

他慌的，忙紧的就是一箭步抢上前，牢扶住了她。

多么遥远、熟悉，而又相似的一瞬间啊。

那一个，有如流星般已永远美好的灿烂消逝在了仿佛人生、命运开首处的馨绚夜晚，一下子，仿佛就又真实的，回到了两个人的眼前。

泪水模糊的眼前。

他在她的眼里，她在他的眼里，都一样的，看到了。

《友谊地久天长》；花儿，和人；水珠，相笑；台阶，一刹。

卖花的小女孩；相牵着手的，奔跑。

奔跑。

沉默的一刻。

他，轻轻的，放开了她。

她的双手，紧紧的，一起合合的还牢握着他的手腕。

他的眼睛，看着地。目光，连她的脚尖，都不敢触碰。

他知道，她的双眸，正在他的眼角流泪。

他的手腕上，一行，又一行的碎痕。

碎痕。滚烫，而颤抖。

颤抖。

他都要碎了。

“至诚哥，你是怎么了——你怎么、怎么——”就好像有一只只的钩子，在他心里发抖一样，他在有那么的一刹，觉得，她的泪，都好像是飞入他了体腔的冰凌雪花一般，飘卷舞扬着，以至于他都不能够知道，究竟正在剧烈颤抖着的，是她凄切的抽噎，还是他冰冷的石躯，“……你、你怎么会……怎么会跟我乱说这种话啊——至诚哥——”她颓然萎垂。他被泪流寒落湿了的手背，几乎一下子，就差点被她凄颤的簌哭抖息给烫穿了。她用力吸抑着眼泪的，还是又抬起了头来的，“至诚哥，我知、知道，这都不是真的，不是真的，对不对——对不对？呵——你怎么了？怎么了？——你到底是怎么了啊——”她由痴然还痴痴问的，而痴然还微强笑了笑，而顿有如峰澜急起了般的疾力连问着的，最后，崩哭悲问的，连绾好着的秀发，都是簌抖的，散颤了好些下来。

她还有好些话，他都没有听到了。

他只知道，她在哭，宛如，一株烈风里的，瑟瑟被折小草；宛如，一瓣，风中飘零着的簌簌落花。

风,是永远无情的。

而他,不知道,人生是否又真的有回头。

哪怕,仅仅,只是需要在这一刻,这一刹。

杨柳绾相思,空絮付满天。

他,轻轻,而又坚定的,再一次,残忍地推开了胡珊。

他为自己的残忍感到惊奇,与庆贺。

是的。庆贺。

在那一刹,他清晰地感到了,那种对于,死亡,与五马分尸式折磨的,渴望。

是啊,渴望。

他为自己的残忍,为自己的如被绞剪,而几乎雀跃。

死亡,你来吧！来吧!!

他鲜血淋漓的心脏,在欢呼。

他几乎想笑。

可是,他还不想,让她在这一刻,觉得自己是发疯了。

因为,他知道,在这世上,有时候,笑与哭是等同的。而有时候,笑,甚至会比哭,更让人战栗。战栗。

他知道,自己还必须要平静,平静。

不只因为,他在此时,还必须要坚忍的清醒下去,无比的那种清醒下去;更因为,他知道,这世上,唯一可以让人看起来觉得是最无情的表情,那就是,没有表情。

他知道,此刻,他不可以,有表情。

任何的。哪怕微微一点点。

一点点。

——其实,本来,我也不想这么快就跟你说,可是,呵,那一个电话,相信你也听到了。刚好是她在叫我。不小心。——所以我想,还是就不要拖泥带水了的好。我……

"不！不!! 不!!! ——我不相信!! ——我不相信!!!!"她痛哭的,令他不得不,再一次的,逃开了目光,"你说她有事,你帮她,我信,我会相信,可是、可是——你怎么会和我说、和我说——分手？——不!!!! ——我不相信!!!! 我不相信!!!!! ——至诚哥,你怎么了？你怎么了？——你、你怎么会突然变成这样？——你到底是怎么了啊——"

她痛哭哀求的,紧拉着他的手,簌悲的,都弯蹲下了膝盖。

他面无表情。

他在那一刻,都不得不惊讶的,是在心里,欢呼起了自己的铁石心肠。

他几乎都想开心的大笑着对自己说:原来,我真的可以这么不是人啊！

好啊!!

哈,好啊!!!

——其实我也想过了，我和你，是不可能的。第一，我爸妈不会同意，他们年纪也大了，我不想再让他们多不开心。第二，我，实在是不想，再和梁啸刚他多纠缠下去了，我——也怕他再找我麻烦。你说我胆小也好，这么些年了，我也实在是累了。而最主要的，是——我实在是，不想再对不起唐梦佳了。我欠她的太多。我都跟她说好了，会尽快，和你说清楚。——我们还是，好聚好散吧。

说完了之后的一长片沉默中，他都很惶恐。

他惶恐。

因为连他自己，都不得不觉得，他说得这一切，全都好像纸铡刀。他不得不害怕，一个谎言，如果连自己都骗不过，又如何做到真实。就好像，一个再努力的演员，碰上了一个幼稚到家的编剧，那怎么好好演，也是白搭。

他在那一刻，实在不知道，究竟是他理由编的还不够好，还是，他其实，根本就不可能编的好。

他还在沉默之中惶恐，胡珊，却已是慢慢的止住了泣。

她没有再哭。

她只是，以一种出乎了他意料的平静极了的声音，突然的，轻轻、而又坚固极了的，对他说：至诚哥，你看着我的眼睛。

他在开始的一刹那，还以为，这很容易做到。

就好像，他始终，都无比清醒的知道着，自己都演的很好着的那所有一切一样。

可是。

他忽然才想起，除了那刚才一下子扶住了她的短短一瞬以外，其实，从开始到现在，他都还从来没有能，真正的，看着她的眼睛。——是那种真正的，以前对他和她来说都是那么馨然而又总不禁自然的，双目凝双目的，看着。

一直，他都还只是最多能看着她的脸，或者，就是与她的目光，相擦而过。虽然，他没有看，也总是就好像，自己的心在被她的眼睛，直接从他自己的眼睛里，烫灼着。

而，他知道，那扶住着她的不禁相视一刹，是错误的。

错误的。

他希望，自己能够很正确的，真正的看着她。看着她的眼睛。

他以为，自己能够做到。

可是，他错了。

他的眼睛，仅仅凝住了她的眼睛半秒都不到——连说一瞬都好像是有些略显夸张——就一下子，仿佛着了火一样的，疾急，逃转开了去。

是的，仿佛着了火一样。——他能够用来让自己看着她的一切，在正正的碰上她的目光的那一刹，就“嘭”的一下子，全仿佛，薄薄的一层棉巾窗纸，被点上了火。

——就好像，他的一层眼睛，刹的，便被撕剥了去一样。

火烧火浇的痛。

几乎不能再睁开眼。

几乎流泪。

滂沱。

可他还是忍住了。因为，他知道，也许他离“全完了”，就还只差险险然的半步了。

他绝不可以，在已经是不能正正的看着她了的前提下，再伴上不争气的眼泪。

那样，就全完了。

他没有想到，他的一切，已完全令他觉得自己是已经完全疯了的一切铠甲，钢铁铠甲，原来，根本，就还只不过全是，可怜的绵巾纸。

他在接下来的三四秒的岑寂沉默后，听到了，她，不知道究竟是该说笑多一点，还是哭多一点的，泣然笑声。

并不烈然，也并不响亮的，低低、低低，泣然的笑声：

却惨戚的，惨戚的，几乎让他在一刹那，就想，向她跪下。

是的，跪下。

可是，他觉得，他真的还是很坚强——哦，不，或许更准确一点的说，应该是，魔鬼式意义上的“坚忍”。

他觉得。

他的每一寸，都仿佛是被钢钉钉在空气里，钉在，无言中。

包括眼神，或，呼吸。

全都流着看不见的血。

他知道，这些钢钉，是在帮他。是的，帮他。

多么善良的饮血钢钉们啊！

他知道，如果没有了它们，他或许，在这一刻，就真的，做不到，无动于衷了。

是的，他知道，他必须，无动于衷。

哪怕，真的，比杀了他，杀他千遍万遍，还要更残忍，更痛苦。

她，再一次的，哭然，紧握起了他的手。

“至诚哥，我知道你在骗我，你是在骗我——”胡珊潸然哑然，“你说的不是真的，都不是真的——你不是这样的人，不是的！——你不会怕你爸妈不同意，你说的，我们可以一起慢慢争取；你也更不会怕梁啸刚，你不是这样的人，不是的啊——”胡珊簌然泪下，“——你会觉得对不起唐梦佳，可是、可是，你是绝对不会，绝对不会，和我说分手的啊——不会的，不会的！——我知道，我知道的啊！——至诚哥——你怎么了？你到底是怎么了啊——怎么了啊——”胡珊落散的，几乎都哭得，要跪下了。

他在那一刻，有很长的一会儿，仿佛失去了听觉，也仿佛失去了视觉。他在那一刻，很清醒的，无比非常很清醒的，真的觉得自己，好像是聋了，也瞎了。他的满耳，都是那么清晰，无比清晰的，“嗡嗡”声；他的满目，都全只是那么满满，无比满满的，他的噩梦，噩梦中的，泪水模糊。他的脑中，完全空白的，都是模糊、模糊，泪水模糊。

他都没有丝毫的意识去害怕到，他会不会是真的聋了、瞎了，或者精神错乱了。他的耳中，都全是“嗡嗡”，他的眼中，都全是模糊泪水，他的脑里，都只是泪水模糊，他整个人，都仿佛已是完全的失去了意识，整个人，都仿佛已是成为了木偶。整个人，都仿佛已是只剩下了躯壳，最无用的躯壳，就好像，那个曾经站在噩梦前而一无所能的他一样。他觉得，他，就好像根本不是他一样。他觉得，他此时，就好像是，又一次的，站立在了一个他所根本便不可能有所为的噩梦前一样。而那个噩梦，就是他自己，现在的，这个清清楚楚、明明白白的他自己；还有，那些满耳的“嗡嗡”；还有，那些满眼的模糊，模糊泪水；还有，那，所有，所有一切的，泪水模糊。

如果不是胡珊紧拉着他的双手，随着她的一下子不禁然惨濒哭萎下，牵抖得他差点一个踉跄，他也许，还会长久，不知会有多少长久的长久，陷沉在这样子的一种几乎可以形容为了是麻绝的痹沼中——也或许，可以是，永远。——正如，其实人生，活着，很多可以有的沉睡那样。

是的，沉睡。

可是，他还是，依然没有再能够听清楚，她还说了些什么了。他整个人，都似乎，还是有大半，依然陷在麻绝中。——那种只有被撕剪到了极点，才会有的麻绝，痹沼。——就仿佛，只有真真正正的落入冰河中的生命，才会正正真真，濒死感觉到的那些那样。——他看着眼前清晰而又模糊着的胡珊，听着耳中模糊而又清晰着的她的一切泣、说，脑中模糊而又清晰、清晰而又模糊的，真的不知道，此刻发生着的一切，正清晰而又模糊、模糊而又清晰发生着的一切，到底，是梦，还是真。是真，还是梦。正如，他曾在噩梦前，所梦、真，真、梦过的，那所有一切一切所有那样。

他只觉得，一切，都只仿佛，好浑沌。

一直到，胡珊颤栗的哭泣着，一边簌簌的说着什么，一边掏出了那一枚他给她的戒指来，瑟瑟的合牵着他的手，战战的一起抬起到了他的眼前，哭说着，晃晃的，他的浑沌、麻痹，才是一下子，就仿佛被一种突然的耀眼，雷击了一般的，劈了开来，很剧痛，有些头被裂开了的难以再撑，就仿佛，一种石碑刹那便被劈碎了的感觉。

而就在那种石碑被劈碎了的剧痛在他的全头脑以及全身体里震迸了开来的那一刹那，他突然，便是又完全无比清醒着的，仿佛，一下子，又真实的再一次，回到了他的那个噩梦之中。他的全身心，仿佛，都又回到了那一块，石头的墓碑之中。

同样的，她的哭泣，与泪说。还有，一枚誓诺的灿烂。

泪水模糊。

是啊，到那时，就都晚了。

他无比清醒的，想到。

他突然才是，很真实的才发觉到，自己的脸上，有些湿凉湿凉的。

这种湿凉，刹那，便击乱了他。

是在无比真实清醒状况下的，那种被击乱了的无比。

因为，他忽然无比清醒而又真实的意识到了，这些湿凉，是泪。泪水。而他，却不知道，这些自己脸上的泪水，究竟是谁的。

如果万一，是他的——

他的脑子，突然像被一根麻绳厉提了起来，刹的，便拎出了他的脑壳。

严寒，多么凛冽的严寒啊。

他的脸，冰冷的，贴着地，还贴着地。

流着泪。

在无垠的，黑钉天鹅绒之上。

空气里，仿佛下着霜。

淡橘色的灯光里，殒散着无尽的雪花。

每一片都仿佛是在吸走着她的氧气。她真实而麻木的，觉得每一分的呼吸，都仿佛是正在耗尽着她最后的体力。

她自己都不知道，她是怎么样回来的。

怎么开的门，怎么坐的下来。

都好像在梦游一样。飘浮的，恍惚的。

不真实的。

可是，又是都在眼前。

她觉得，她的每一个方向，都好像是正竖着一面厚厚的无尽坚硬的冰壁一样。百面千面，每一面，都好像是正在向她无情而寒凛的挤迫过来。她不知道，她的心脏的跳动，究竟，又还可以真的为她坚持多久的抵抗。

淡橘色的灯光，在这温暖而柔软的小屋里，是多么的让人寒战与残忍啊。

她依然，安静而颤栗的，还好像一个泪人儿似的，萎靠在门角。

她不知道，她正坐在地上。

只有那一枚坚硬的戒指，一直，还被她捂攥在手心。紧紧，一直无比紧紧的。

始终，硌痛着她。

她一时甚至真的不知道，究竟是她的手心还在一直焐热着它，还是是它一直还在温暖着她的手心。

正如，她一直到现在，都还没有办法，辨清楚的一切那样。

她从来没有想到，哪怕半丝半毫的想到过，他回来了，等待着她的，却竟然

是，这样子的一切。

在她真的听清楚他是在很正式也很认真的跟她说"分手"的那一刻，很难说，除了用"天塌下来了"的这个意象来形容，还能用什么别的更好而又比较朴素的话语来进行说明。——虽然，她其实，心底里，一开始，就连那她以为的他是为了要帮助唐梦佳而又怕她知道了是要误会、介意的所以才不告诉她、瞒骗了她，也是直觉的强烈就觉得，实在难以让人相信。

可是，就好像一把巨铡，刹的，就裂开了天，裂开了苍穹一般。

——分手？——分手！

直到现在，她都几乎，依然还在怀疑自己的耳朵。

怀疑自己，是不是，在做梦。

一场，大大的，戏人的，噩梦。

一场，几乎就好像，是粉碎机一样的，噩梦。

就好像，塌了天一样的也塌了她的梦。

她怎么能相信？怎么可能相信？

一切，就全都仿佛，沸烫的滚水，突然结成了石硬的钢冰，或者，金灿的太阳，忽然成了，可怖的黑洞。

她怎么能相信？怎么可能相信？

意料未到的一切，不可相信、接受的一切；突然的他，突然、而突然陌生、不可认识的他。

当他真的告诉她，他是为了唐梦佳的事而去上海时，她的心，是紧搐的难受了一下的。可是，她还想得很简单——这些，原也与她早先那有过的差些的可能猜料出入无几——而且，在这简单之下，其实还隐抑着那由于了解而如同本能般令她还实在是感到难以相信的不能相信。虽然，他说的，是那么的一点也不像是在骗人，或开玩笑。而且，在那开始时，她也没想到，他既已开了口了，就还有什么需要继续再骗她的。——她是很难受的，可是，毕竟，她想，是这样啊，那他，就是没事了的啊。她对他的千斤担心，那一刻，是真实的卸下了。而还有什么，比他没事，真的没有事，更好，更值得开心了的呢？——而他对她的那些瞒、骗，还有其实这些瞒、骗下所真正一直让她不好受、酸楚着的那些他对她的是还不够相知、相信、相应、相融，其实，又都有什么关系啊。——只要他是没有事，没有真的好像遭上了噩运一样的麻烦事、坏事，那就最最好，最最好了啊。——谁说人生，不可以比梦更好、更幸福啊。呵。——她只想也要他知道，没关系，真的都没关系的啊。

她明白，其实，如果，他真的是能和唐梦佳相遇如陌路的话，那么，他也就不是他了。她了解他，明白他。而他，会再让他自己为唐梦佳做些什么，也完全是在情理之中的。这些，她都完全毫无疑问。她明白，假如势然有需要，他为唐梦佳真的去两肋插刀，也是有可能的。但这些，她都完全不介意，也没有丝毫的会难过，更谈不上误会。因为，她真的，也许已太明白他。也或许，也只有她,才能真正是好像他一样的,知道,他心里,对唐梦佳的亏欠,到底有多深。——他,其实真的是一个,浓味活在浓世的人。——而另一方面,其实就她自己而言,她也是觉得,有些莫名很说不上的,觉得对不起唐梦佳。莫名很说不上的。——可是,她心底却也知道,他如果真的要为唐梦佳去做些什么,那肯定,不会有意瞒着她,甚至骗她的。她心底其实一直都相信着,他是明白,其实都明白着这些的。她其实一直都相信着,他是明白,她相信他的。无论怎样啊。——他是怎样的一个人呢?他是,一个可以为了不可能的她,而放弃唐梦佳,甚至放弃他自己的人啊。他是,就算为了唐梦佳而倒在血泊中,也一定会在最后,还念着她的他啊。她都明白,明白这些的啊。她只是一直都以为,他也懂她明白这些,明白这些的啊。她心底里,其实是多么了然,他和她,是怎样的相知、相信、相应、相融的啊。——她不介意,不会难过,并不是因为,她真的好像很超越,她只是一个很普通的女人——只不过,她真的太了解,在他心里,她和唐梦佳,本质上的不相同。他,也许真的会像对她那么好一样的,也会为唐梦佳那么好的去做同样的一些事,可是,她知道,他对她,是爱,而对唐梦佳,是亏欠。他会在为对唐梦佳的亏欠而做出弥补的同时,对她,也感到亏欠,却不会,在爱她的同时,心里也想起唐梦佳。——他会为她,而放弃唐梦佳,却永远,不会为唐梦佳,而放弃她的。她比相信她自己跳动着的心脏的存在,更相信这一点。——她还有什么好需要介意的呢?——她和他,都已经,一起经过了多少事了啊。——只是,她以为,他都,明白这些的。

当他真的说了开头那些话,而让她以为,他原来,真的就仅仅只是这样,就那么对她了的时候,她的心,是被按下了冰窖的。可是,这也都并不紧要,不紧要的啊。她相信,他和她,其实,需要的仅仅只是再多一些时间,多一些时间而已啊。而他,回来了,又真没她原来想过的也许会有的那些可能的糟事、噩事,多好,多好啊。——他爱着她,她爱着他,其实,就算真的有事,会有什么噩事,她都知道:那又怎么样呢。她知道,其实,只要两个人是相爱的,那,风雨泥沼,又都是有什么关系啊。——她只是,真的好希望,好希望,能把自己的心,真的掏出来给他看啊。或者,直接就能把魂儿真的给了他,那多好,真的多好啊。

可是,在她以为,他的战栗息了,而睁眼抬起了头来的那一刻,她是多么恐惧的意识到了,突然一刹的意识到了,她也许是错了啊。一切,都是那么突然的,仿佛,眨眼之间,给她换了一个世界。

她在那一刻,真的不知道,他是不是真的是他。

可是,有时候,人生最大的痛苦,却往往是,知道自己不是不清醒着的。

——分手?——怎么可能!!!

她根本想不到,原来,她还只不过,是在一场他将要真实叙述给她的情节的开始处,转了个小弯绕。——原来,他,不是仅仅就为了唐梦佳的事而去了上海,而瞒了她,骗了她,而是——分手?——分手!!——她怎么可能相信!!!

一切,突然的,就好像是地球突然翻了个里朝外;一切,根本不可能相信的,就好像是太阳,突然变成了一副巨齿,挂在天上的,燃烧着的,可怕而尖利的巨齿。

宇宙间最可怕的黑洞,在巨齿间猩然狰狞。

她突然,全明白了,全明白了——假的,全是假的!从一开始,他就依然还是在骗她!!还是在骗她!!!——根本就不是这样,根本就全不是这样的!!!——没有唐梦佳,没有去上海,假的,一切,全都是假的!

她都开始恨自己,怎么一开始,就全都没想到呢。怎么,就全都没想到呢。

他怎么了啊?到底是怎么了啊?

她的心,都好像是被那一副巨齿,给咬拉了起来,还带着战栗的碎。

战栗的碎。

你为什么不说?为什么不说啊,至诚哥——她的心,直如万箭在穿。

你到底,是怎么了啊?

她真的好想,他不要这样,不要这样啊。

分手——有什么事,才会让他,说出这两个字啊——有什么事,才会让他,真的说出这两个字来啊。

分手,是分手啊。

怎么可能啊——!!!

他陌生的,就好像,真的换了个人一样。

那么冰冷,那么残酷,那么陌生。陌生。

不,这不是他,不是他啊。

他是那样的不能看着她的眼睛,不能。就连他面对着她说,他是因为觉得对不起唐梦佳时,他的目光,都是不能看着她的眼睛。她是那么清楚的感觉到,他,就好像是一个躲在铁壳里正瑟缩着的人啊。他的理由,是那么苍白,那么无力,就好像一张脆弱的绵纸一样,根本,就不是能够在这么突然的一刻里翻转地球的主手。她知道他觉得对不起唐梦佳,可是——这,有可能是理由吗?——简直根本,就是在用一叶遮千里啊。——而恰恰,正是这理由的轻脆,使得一切,谎言的实质,重重的一下子便落现了出来。就仿佛,一块太重太尖利的铁石,却只是,用了一张太薄太弱的纸来包。——他到底是怎么了啊?

就在她一下子,完全醒悟了过来的时候,她那不小心被他推得踉跄了的一刹那,更是明明白白的,让她看清楚了所有。他的眼睛,在那一刹,是多么清清楚楚的,还是那个她的他啊。她在他的眼里,是那样多么清清晰晰的,看到了在那一刹,和她心里完全都一样着的那所有一切啊。她知道,他和自己,是都回到了那曾经多么相似的一刹啊。

她看到了,只是有多么厚厚的一层铠甲,在围裹着他啊。

她在那一刹,是多么恨、多么恨自己的无能与渺小啊——不能为他撕开它!不能为他撕开它!!

她真的，好担心他啊，好担心。她的心，也真的，是被他弄得好痛，好痛啊。

每一次他的推开她，他的冰凛她，都好像，是那么真实的，在用剪刀铰她的心啊——那么真实的。——纵然，她知道，他说的不是真的，都不是真的呵。可是，真的还是那么一种很残忍的痛。很残忍的痛。

她求他，求着他，是那么哭着的哀求着他。可是，他却还是那么残忍，那么残忍的，推离着她。推离着她。

她真的痛得几乎要碎了啊。

一直到，他再一次的，又说了很多理由出来——他父母不会同意；他怕梁啸刚。他对不起唐梦佳。

可是。

——他是会因为他父母的想法而改变他自己的吗？他怎么早些不改变？他不是还都和她一起早打算好了吗，实在不妥，就还是可以和她来日方长，慢慢再来一起讨得他父母的满意的啊。——他怕梁啸刚找麻烦？这，更不用说了。——他觉得对不起唐梦佳。是啊，他这话，她倒也是明白不编的。可是，她清楚在心底底里知道，这种对不起，早已并非是那种需要用再选择来作偿了的对不起啊。——以前那么长的时间，那么长的，唐梦佳还在着的时间，他都没有真能放下她，而到了如今，她和他，都几乎可以说得上是已经一起走到了，她可以真正的让他为她戴上那一枚婚戒了前的最后一步了，他，却竟然，说，要和她分手了？——更何况，她明明就好清楚，他对唐梦佳的那些疚欠，其实，不是早就和着她对唐梦佳莫名也是不禁有着的那一些感情，都已如同逝而升一般的，化为了那一种粹然很美好、而又真的是都很感恩的，再也无关乎那种碎然而动荡着的爱与妒和选与否之类了的，他和她，对唐梦佳一起、共同着的深感之感情了吗？唐梦佳，可以说，在他和她的心里，都早已是成了一个他们共同的，很美好而又很粹然的深深朋友了。他又怎么可能，一下子，便又是大大到几乎就实在是厉大了的，倒退回到了那种两择一的剧然碎裂之中去呢？——而这，其实也正是，她从一开始，心里也便已隐隐总觉着直觉般难以相信的根然原因了。只不过，一开始，那时一切，还都没这么实在谬然千里。事情与原因，都还只是能够让人勉强实在接受着的浅浅然。毕竟，人生在一些可能的风漾雨荡程度上，又哪能真的永远完全点滴没有一些心在魂峰之阶上的偶尔的石滚踟蹰、草折滑履，或莫然错步、趺趺伏伏呢。——可是，他现在，却竟然是在说，亲口说，分手？——怎么可能！！！

她要他，看她的眼睛。

是的，看着她的眼睛，就好像，从前，一直是的那样的，真正的。

可是，他没有能够做到。

她的心，在那一刹，碎了。真实的碎了。

虽然，她笑了起来。可是，她知道，她一定，笑得比哭还难看。

怎么会这样的啊？怎么会这样的啊？

她是多么希望，他能，给她一句真话啊。哪怕半句，也好啊。

她在那一刻，是多么的觉得，其实，他真的，还是伤得她很重啊。很重。虽然，她在那一刻坚然知道，他说的分手，不是真的。可是，她却也知道，他的那一壳铠甲，是真的。

——谁说，只有分手才是伤害呢？

在这世上，其实永远都有一些伤害，是比别离，更残忍的，也更痛，就好像，永无相聚的日和月，其实，有时候，是比想要拥抱风儿的云，来得更加幸福，与永美的。

她哭着求他，求他，几乎都要泣得跪下来了。可他，却是就好像，成了一块石碑一样。——比她梦中的石碑，远远要来得更加残酷的，石碑。——这世上，痛苦极的，不一定就是残酷极，可是，残酷极的，却大多必然痛苦极。

她在泪水中，哭然的一直诉求着僵硬的他。

僵硬的他。

她在那一刻，看见了，他的眼神，是多么的，她从未见过的，僵痹啊。如死，如疯。

从未见过的。可是，却，并不陌生。

是的，从未见过，却并不陌生。

她知道，这样眼神的他，是他，是真的他啊，是真的，她的他啊。她的，脆弱的他，绝望的他啊。那一刻，她的心，就好像是真实的被人突然抽走了一样，所有的血流，全都刹那塌烫的，崩入了空凛而利刃的慌痛，捂都捂不住。

你怎么了啊，怎么了啊。

她慌极了的，真的怕，怕他，他的这种眼神啊。僵痹，而如死，如疯。她从未见过这样的他，却知道，只有绝望到了怎样，他才会是这样的啊。

她怕，真的怕啊。

怕，他是怎么了啊。

不要这样啊。

她甚至，在这一刻，都无比的责怪起了自己：是不是我不好，是不是我不好。

我不问了，不问了啊。

至诚哥。

不要这样啊。

至诚哥。

那一刻，她哭泣着抱住了他。

无比伤泣的紧抱住了他。

至诚哥，至诚哥啊。你不要这样啊，不要这样啊。

求你了，求你了呃。

她，哑极了的，哭绝着。

她在这一刻，是多么真实的，又想起了，那一个梦，还有，梦中，她同样也是这样，哭抱着的，僵硬，而冰石的墓碑啊。

不，不要啊。

突然，她清晰的，感觉到了，一行，从她的额角，忽然，缓缓，淌下了的滚热。

滚热。

她怔住了。

又是一行。

淌过了她的眼角。

和她的泪，混融在了一起。

一起。

她愣愣的，抬起了头来。只见，两行粗宽的亮然的泪，正在他僵灰如石的脸上，明烁的淌着。淌着。

他如死水一般乌痹的双眼中，分明的，满蒙着，漩涡般的泪水。

那一刻，她真的就好像，觉得自已仿佛崩溃了。

不留一丝一毫的，完全的崩溃了。

她紧拉着他的手，一下子，不禁就是哭溃了的，萎下了。

你怎么了，怎么了啊。至诚哥，你怎么会这样，怎么会这样了啊。

她哭萎了的，都几乎已是泣溃得半跪下了的，瑟瑟的脑袋，就仿佛是真的害怕、剧烈害怕着他、他的一切、所有会好像烟一样从她眼前真的就那么突然而意外消散一般的，紧紧、而无比紧紧的，还依然是簌戚的垂贴在她紧紧抓着的他的手的背上，说着，痛绝的哭说着。

在那样的一刻，她是多么的害怕，真实而无比剧烈的害怕，他会真的，就好像梦一样，突然，在她的眼前，在她的眼前，就那么的，真的变成一块石头啊。一块，真真实实的，只是代表了再也没有了的，寒绝冰绝的石头啊。哪怕，就算是她真的知道，在梦里，她还可以用她全部的真的拥抱，来温暖一场最后的落幕，以及，守护，一座永远岑寂了的坟墓。

她的泪水，遍湿了他的手背。

怎么会这样子啊，怎么会，这样子了啊。

她仿佛彻碎了的风铃一般，哑然的，线散璃破的，溃碎戚哭着。

戚哭着。

她颤簌的，咽泪，一时想起，那一枚戒指，他给她的戒指，她就一直带在身上啊。

她以为，他还是他，还是他啊。他只是，一时真的浑沌了，浑沌了，她和他的所有，一切，一切呵。

至诚哥，你看、你看啊，我、我一直都把它带在身边的，一直都是啊，你说的，说过的啊，它，就好像、好像是你的心，会永远和我在一起，永远和我在一起的啊——不管是什么时候，我才能真正的戴上它，也不管，以后我们还会有多

少波折，你的心，都是永远，会和我在一起，不分离，一生一世不分离，永生永世不分离的啊——是坎坷起伏也好，是天涯海角也好，你的心，都会陪着我，时时刻刻、分分秒秒地陪着我，永远和我在一起——至诚哥，你忘了吗，你都忘了吗——至诚哥——至诚哥，我求求你，求求你了啊，不要这样，真的不要这样啊——你知不知道，你这样，比杀了我还难受，真的比杀了我还难受啊——至诚哥，我知道，你说的不是真的，都不是真的——你不会的，你是绝对不会的啊——你到底怎么了，到底是怎么了啊——至诚哥，我求你，说啊，说啊——我的心，是都给了你的啊，是都给了你的啊，求你明白，求你明白啊——怎么样都好，只求你不要这样对我，不要这样对我说分手啊——不要啊，求你了——至诚哥——你为什么要这样，为什么要这样啊——我可以为你愿意一切的呀，一切，只求你不要这样子，不要这样子啊——你怎么会这样对我，怎么会这样对我啊——至诚哥，求你了，求你了啊……

她哭着，向他跪了下来。

她自己都已记不起，她还泣说了些什么。

她只记得，当他还是，那么残酷的，甩开了她紧拉着他的手时，她看见，他是那么真实的，真的，好残忍。好残忍。

她是真的好想要他明白，她有多担心他，多担心他啊。她是多么无比的，想要知道，他是到底怎么了啊，到底怎么了啊。她是多想要他知道——至诚哥，不管什么事，不管你到底是有了什么事，不要怕，不要怕啊。我没有用，没有用，可是，让我陪着你，还是能够永远陪着你啊，和你一起，一起都去啊。哪里都不怕，什么都不怕的啊。至少，我还可以永远陪着你啊，照顾你的啊。不管什么路上，都还可以是搀一搀的啊。生死坦陷，只求，可以相随，相随啊。我愿意一切的，是愿意一切的啊。只求你，明白，明白啊。不要不要我，不要不要我啊。

可是，他真的，伤得她很重，很重。

她看见，他不再僵痹了，是那么多好的，不再僵痹了啊。可是，他又是，回到了那陌生，多么可怕与冰酷的，对她的陌生啊。

她真的，真的，突然好想，在那一刻，在那一刹，真实的，在他面前，剖开自己的心膛啊。

他冰冷的，就好像，一尊雕像般。虽然，他的脸上，那些没被拭净的泪痕，都还未干。

他的冰冷与坚固，像千万把无言的世上最锋利的刀子，在空气里，残忍极了的，剐割着她。

真实的，千刀，万剐。

真实的，残忍伤害。

那一刻，她的泪，如海磅礴，却真的，哑然，无丝毫声。

他背对了她。

——我说的，都是真的。我没有别的事。你信也好，不信也好，我今天，想和你说的，就是这些。我也是，不想有什么，再多余的拖拖拉拉。——我们，就还是好聚好散吧，不要分手分得拖泥带水的。

“至……”

“你走吧。”

他就好像是一把残忍的铡刀一般，连让她再可以多说几句话的机会，都不给予。

她真的，好痛。

“你走吧。”

又一次的，残忍的逐言。

岑岑的寂静。

空气里，都仿佛漂染着血丝。

“走啊！”

她一刹泪水烫糊。——他这辈子，都没这么凶的，吼过她。

赶她走。

可是，她知道，她不怪他，不怪他的。她只是，真的，走向了门口。

她还是，在门口站了站。

——不管怎么样，我都是不会和你分手的。

哽咽的向他说完，她，便是转身，走了出去。

她自己也不知道，她是怎么回的小屋。

还是好暖的灯，好暖着的一切。

她不知道，天已经亮了。

正如，他也不知道，时间是否又真的还是在走一样。

他哭着笑了一会儿，觉得，自己脸上的湿，真的，好像都已经干了。

是啊，干了。

他笑着的，费力的从地上翻转了身过来。

他就好像是一摊坚强而又连他自己都觉得是如粪的烂泥，四仰八叉的，向着天花板，依然是似死的，一动无动。

一动无动。

是的，他仅仅就只是翻了个身，而并不是想从地上起来。

他又为什么要从地上起来呢？

不是，很快的，他本来就便要属于这地了吗？——属于这，永恒无亘的黑色大地了吗？

而这其实本来不也便就是人，每一个人，从一开始，便都早已全是统统被一概注定了的，终极的、唯一的归宿吗？

是啊，繁繁众生，枯荣千遍，往复万轮，终还不就，都只是，这红尘之上的一捧尘土啊。随风尘土。——呵，呵。

他在地上，忍不住的笑，忍不住的笑。

笑。

可是，她的路还长，还长啊。

是啊，她一辈子的路，还长着啊。

哭不出的笑，随着他颤抖的身体，战栗着。

战栗着。

他都不知道，他到底是在哭，还是在笑。

就如同他全身魂的僵痹过的那一刻一般，所有积抑的痛苦，都会好像报复一样的，在适当到了不能再适当的程度的时候，一起，剧翻倍着的，就反击过来。

让人不能承受，哪怕仅仅再半丝半毫。让人，真的只想疯。哪怕，明明，明知自己，是清醒的，无比，清醒着的。

他的笑，在战栗中，哭泣。

剧烈的，哭泣着。

他都不知道，自己是究竟做了些什么，做了些什么！

他觉得，自己其实，真的是该死啊，该死。

他不知道，自己是究竟，真的都做了些什么啊。

他麻痹的，看着天花板，有很久。

很久。

他的手指，在地上，微微的发着抖，一簌簌，一抖抖，僵冷的皮肤，不断的，好像弹琴一样，针刺般痛的触碰着寒硬的地。每触弹一下，就仿佛有一种皮肤的裂，会从地里，好像根须一样的蔓上他的指，然后，再不断的，一直蔓上去，蔓上去，到他的全身，到他的身体里面。裂，他觉得，仿佛是一种多么本应的召唤啊。他颤抖的手指，是多么清晰的，在这一刻，忽然让他感到了召唤啊。那一种，就如同是真正来自他本就只应的归宿的，来自大地之下的召唤啊，好像蔓延一般，有着无可抵抗的生命力的，召唤。

他的耳朵里，都仿佛听到了，他的手指，每一下轻轻触地时的，“锵锵”声。是的，锵锵，锵锵，雄浑，而有力，简直好像将军令，简直就好像，根本便不是他手指能在地上弹得出的声音。是啊，不是他能弹得出的，不是他能弹得出的啊。他在震耳般的雄浑声中，明白，这便是那一种生命的声音，那一种，无可抵抗的，巨大的生命力的声音啊。是大地，在弹奏着他的手指；是蔓延，在蓬勃着那一种生命；是召唤，在铿锵着，那一墓归宿。

而永远，也都是人的生命，在用命运的生命力，让人聆听着命运的声音。

大觉之音。

他想，是啊，早晚的事。

都只不过，是早晚而已啊。

他在地上，死一样的躺着，躺着。

无泪，无笑。

只有他的手指，还在颤抖。

颤抖。

颤抖着的，她，还是，很仔细，很小心的，放好了戒指。

放回了身上。

她知道，他，只是现在，一定还很乱，一定还很乱。

她相信，他会明白的，他是会明白的。

他，是不会真的那么对她的。一定，绝对，不会的。她知道。她相信。

相信。

她，也依然没有怪他。虽然，她脸上的泪，都还未干。虽然，他的赶她走，从来没有过的那么凶的赶她走，依然没能从她耳旁完全褪尽去。

虽然，她的心，都还好像，是在滴着血，一滴，又一滴。

可是，她知道，不要紧，都不要紧的啊。

她知道，她离开，真的离开，不是因为，他赶她，不是因为他赶她呵。他那么凶，她是好难过，真的好难过，可是，她却也还明白，他凶，正是，他还是原来的他，一点没变的他，爱她的他，一点没变的爱她的他啊。他在那么暴吼的一刹，其实，正是，完完全全的，都说明了一切啊。他，如果真的是不要她了，从心底底里，不想要她了，又怎么会，那么凶的，对她暴吼、要那么立即立刻的、马上就赶她走呢？他心里，如果真的对她是一块死冰了，又怎么会，这么急厉厉的暴烈对她吼、要赶她走呢？他是一个，真的像他说的那样，分手，只会是“好聚好散”的人啊。要是真的真心冷却了，又怎么会是像那样突然的，突然，而又那么的凶厉激烈呢？——更何况，根本不可能，根本就都是完完全全根本不可能的啊！！！——她很难受，真的好难受，可是，她明白的，都明白的。她走，只是，她真的，不想再逼他。

他只是乱，只是一定心里还很乱啊。

她想。他可能真的，是需要一个人一会儿呵。

她想，他会明白的，会的呵。

只是，她真的好担心，心里真的好担心他啊。

她不知道，他究竟是怎么了。

不知道啊。

怎么办？

胡珊心如乱麻。

陆至诚，从地上，爬了起来。

他平静的，洗了把脸。

他看着镜子，他还是他。

他站在窗前，看着外面马路上，已渐热闹了起来的人、车，来来往往。

他知道，天亮了。

又是新的一天了。

胡珊离开了小屋。

她早已无疑确定,他是出了极其严重的事情了。

是的,极其严重的。

她想,他不说,可是,她是还可以问别人的啊。他出了事情,总不可能,真的就没别的一个人知道了呵。

总能问到的。她想。

一定要问到。

她想。

她走远了。小屋里的灯,那一盏淡橘色的灯,依然,空空的,暖亮着小屋。

灰霾的天空。

凛烈的风。

岑岑的厚森。

陆至诚知道,她是一定,不会就这么相信他昨天说的所有的。

他知道,他昨天的一切表现,都是那么的无能,而拙劣。

是啊,多么的无能,而拙劣。

他都不禁自嘲的想,原来,都还以为,自己说不定能学学写小说呢,呵。

连编个事骗人,都这么差。

这么差。呵。

他自嘲着。

自嘲的,双手颤抖着,都不禁一下子的,便是不支的,跌撑到了椅子上。

“——哈哈嘿——你呀,就是自己不会写小说,不然这么的一个梦,要是能让你给编成了一个成串的故事,那多好——”

“——呵嘿——那不难,等我们以后都有了大把大把的时间,就一起来写,把它写成书,你一段我一段,写它个一百万,保证震惊中国文坛——”

一阵剧烈的咳嗽,一时袭住了他的肺部。

他战栗的剧烈咳嗽着。

咳嗽着。

咳得泪都差点就掉在了椅子上。

他无力地跌坐了下来。

是啊,我是就快要不行了的。

他,哀然地看着窗外的灰蒙蒙,想。

天上有几只冷清的小鸟飞过。黑色的痕迹,装点了悲哀的乌云。

悲哀的天空。很宁谧。

胡珊很安静的,还守在医院里,赵主任的办公室门外。

护士告诉她,赵主任今天好像是要来的。

——“至诚哥,我知道你在骗我,你是在骗我……你说的不是真的,都不是真的呵……你是绝对不会，绝对不会，和我说分手的啊……不会的，不会的！——我知道，我知道的啊！——至诚哥……你怎么了？你到底是怎么了啊……怎么了啊……”

她的哭，一声声，一句句，都还仿佛是在他的喉中翻滚。

有如秃鹫的扑啄，不断的。

早已是被攥捏成了紧紧一团的战栗纸烟壳，依然还是在他发抖着的手中，厉簌簌，厉簌簌的，不断的，被紧捏碎着、紧捏碎着。

厉厉的颤，簌抖的碎。

紧紧；紧紧。

一末又一末末的，瑟断散洒的灰重烟丝，还在发着抖的，不断的，从他的紧厉的颤颤握拳间，簌簌的，坠落着，坠落着。

厉厉的，不断的，重重坠落着。

重重的。

却也是，空空的，无力的。

空空的，无力的。

轻盈盈的。有些，落在了他的膝上，有些，落在了他的鞋面上，还有些，落在了地上。

轻的，都让人心如被铁穿。

空空无力的，都让人遍体似被填了石。

鳞鳞的伤和太重的重，几乎，都让人被颤碎的轻盈与坠落的无力，拖入了麻木。

是啊，麻木。

他除了能在这里捏碎一只纸烟壳，又真的，还能捏碎什么呢？——他悲哀的想。

散洒的烟丝和一片的模糊，长久的凝固住着他的眼神。

长久的凝固住着，也麻痹住着。

他的整个脑袋，都是无力的僵定着，包括着他的一切。

只有胡珊跪然的苦苦哭泣抽噎，依然，仿佛还在他的背后，清晰。

清晰着。

时间，仿佛被定着格。

长久的，定着格。

他还攥着纸烟壳的手，在麻痹中，长久的麻痹中，毫无知觉的，慢慢的，慢慢的，松开着，松开着，不断的，慢慢的，松开着。

直到最后，突然，轻轻的一下，紧皱紧碎着的烟壳，就好像是一块枯碎的石头一样，还带着洒散未尽的灰乌烟丝，从他的手中，滚落了。

轻盈盈的，烟壳带着烟丝，就好像，是一块最最微不足道的墓石的小碎块，带着眼泪，无力的，就那么落到了地上。

微微的轻极了的一声——“咚”。

他蓦然剧烈的被弹抖了一下。

两片眼前的模糊，一时都是化了浊泪，缓缓的，淌过了他的嘴角。

他清晰的，看着自己的膝，看着自己的鞋。

看着散落的烟丝，看着地上的纸壳。

看着自己空空的双手。

在空气里，空空而一无所用的双手。

一无所用的双手。

看着，眼前又是的两片模糊。

你没用啊！

他痛眩的，紧目咬牙着，不禁苦痛颤绝了的抱住了头。

不——！！！

严寒的风，还在鼓吹着广阔的莽莽灰乌。

天冰地霜。

一切，都仿佛是在风中，泗漫着萧荒。

萧荒。

胡珊，依然还在赵主任的办公室门外，安静而执著的，宁凝等着。

医院的底楼。

赵主任刚进大门。

一个刚巧走过就和赵主任打了个点头招呼的护士，一时顺便就是告诉了赵主任一声，说，上面有人在等你，好像有事，很久了。

赵主任不禁轻带了一些纳闷的就上了楼梯。他刚走了三四步，手机，却又一时是响了起来。

他停下脚步，掏出了手机。

——喂，哪位？

胡珊一个不留神，左手的无名指，不小心就是被凳子上的刺碴给利扎了一下。

渗出了一滴殷殷鲜红的血来。

她看着自己手上的这一滴血，心头上，却突然，很莫名的，就是划过了一道清晰的不祥，很不祥。

这种不祥，让人很惶恐。

惶恐的很清晰，却又实在让人难以理清。

从昨天一直到今天，始终都是那种无比剧烈的断缠痛裂在剧烈的纷纷结绕着她。摧心摧肝，剧痛的纠缠如同始终都未曾合上过的双眼一般一刻也都未放弃过对人的残伤厉害。他的对她的隔膜，对她的残忍说分手，就如同一只又一只的恶雕，始终都不曾仁慈的哪怕让她的心在鲜血淋漓之中少痛上一秒两秒。战栗与剧痛，从昨天的开始一直到今天，在这算起来其实也真的不能算

是很长的十来个小时里，就仿佛是都已齐聚了她一生的悲伤与痛苦、撕裂般的，排山倒海、云呼雨啸的，没有半秒钟——不，应该说，是哪怕半瞬——离开过她的灵魂。尖扎、钻撕的痛，从来没有像这样一般，这样无比剧烈、清晰的，从他，真真正正的是那样无比剧烈、清晰的，从他那里，从她的心底的最深最深最最深里，这样无比真真正正、剧烈清晰的，狂烈哀袭悲痛着她。绵绵入骨的痛，长长无能断的哀伤。化人魄，断人肠。——他真的不告诉她，他真的要说分手——怎么会这样——怎么会这样。——入骨的难过，揪心的悸栗，一直到她离开小屋来到医院，还如铁锁穿着她的琵琶骨一般，让人几乎每前跨一步，都禁不住的会痛得难禁搐栗。

可是，当她真的坐了下来，开始等赵主任了的时候，慢慢的，慢慢的，她真实的开始觉得，她的悸栗，与一些剧痛，都仿佛，是好些了，慢慢的，好些了呵。虽然，还有一些难过，清晰依旧。可是，真的是仿佛慢慢都好些了，好些了呵。她也不知道，到底是因为，她真的是已经在坐下来等了，还是，其实，她迟早也是会像这样子的，在坐下来了以后，慢慢的，真的好些了，好些了呵。只是，她真的，在坐下来了以后，一个人，看着墙壁默等着的时候，又是那么清晰的，慢慢，慢慢，重新又仿佛是在眼前，看见了，她的那一个梦。——是啊，又都有什么关系呢？——她想，我都知道，他是爱我的，那，又都还有什么关系呢。——是啊。

虽然，还有一些难过，清晰依旧，可是，她真的觉得——都没有关系的啊，我还难过什么呵。

而那一种不祥——以恐惧、极其恐惧感的方式出现的不祥——从昨天到现今，却还一直，未在她心中，突然这样巨大、无比巨大的，突然最前的漫住她的一切。——而这种感觉，她也并不完全陌生。——正是就好像，她在做那一个梦前，心中恐惧的，就仿佛是被一把巨匕的匕尖，无比贴近的，就那么紧贴在她心脏的跳搐外的，那一种感觉。——不同的，只是，在那一个梦前，她与这种不祥，是存在与逃跑的关系；而现在，却是，它无比的，前漫在她眼前，而她，惧，极惧，却，也并未就逃。

只是发愣。

一直在现在之前，在她看见了手指上的血而突然就是似偶然而又其实似必然的被触起了这一巨大的不祥感之前，她都因为那个梦，而心中一直再不曾恐惧着。——这一，对于人、事存在之噩命、噩运的巨大极烈恐惧；对于，结局大哀大空的剧极害怕。她也不知道，这一剧极可怕的恐惧，在这一刻，怎么就会是这样仿佛脱缰的野马一般，千匹万匹的便是无比清晰、狂烈的奔腾在了她的心原之上。她原以为，自己是再也不会感到这种害怕了的。可是，现在，她却就是这样无比清晰、强烈的感觉到——她是那么狂烈的害怕，他是真的有事啊。

毫无疑问，自从陆至诚回来一直到现在，猛波狂澜的动荡，对于胡珊来讲，刚刚才是稍显得平复了一些下去。而这种平复,在平复的同时,其实也便是意味着,难免会在平复之后,开始凸现出一些被动荡多多少少总是会搅得或多或少有的,狼藉、混乱来。——就仿佛浑乱海潮退去之后的沙滩,总难免会残有一些凌乱。——其实,很难说,她手上的这一滴血,与她心中此时无比的恐惧,又真的有什么必然关系。——这世上,其实很多的偶然与偶然之间,其本质的关系,便仅仅只是如同:一根刚巧能够吊牢着一块大石的发丝,与一粒,刚巧马上就是要掉到石上了的,小小尘埃。

她在这一刻,甚至多么害怕的宁愿,他说的分手,是真的啊。

是啊,宁愿分手,也不要他有事啊。——可是,“分手”两字,一下子,便又似乎又与这一种恐惧,完全不同的,在她心里,掀起了另一卷飓风。

更加的让人痛不能活。——分手?分手?分手?

——怎么会啊——

那一滴血,有如刹那都倒入了她心膛的一堆乱山岗。

赵主任放了手机。

他摇头,叹了一声,便是,继续上了楼。

一切,终还是,都仿佛,又回到了平静了。

那一种,凌乱终还是,都过去了之后的。

胡珊拭去了泪,也拭去了血。

她终还是,不禁痴痴然的,微自凝凝笑了笑着,重新,宁凝的,又是安坐了下来。

是啊,我都在瞎想什么呢。

——其实,又真的,都有什么好怕的呢。

他也,总都会明白的。会的呵。

他只是,一定还很乱呵。

没有关系,什么都没有关系的呵。

——至诚哥,只是,求你,不要不要我呵。

胡珊,痴痴的,眼中热模糊的,不禁赶紧,便是又拭去了,眼角一时不由的一滴泪。

她咽泣的,还是不禁凝痴的,重新便又是抬起了头来,微然的,静静笑了笑。

她依然,痴宁的,在等着。

赵主任,上了楼。

他一下子,便是看到了,正坐着在等他的,原来,是她。

胡珊也看见了赵主任。

她永远也不会知道,其实,所有的一切,仅仅只是就相差了那么的几分钟。

几分钟而已。

而有时候,对于命运来说,这,已经完全足够的,可以算作是漫长了。

正如，此时，还呆呆在看着手机的陆至诚。

他不知道，这世上，是不是真的有太多的路，只要走出了第一步，就已注定，不可能再回头。

还是，其实，做人，本来就没得选择。

就仿佛，一粒粒被上帝随手洒到了人世各条路上的小小玻璃球。——或许，有时候，我们真的不该单单只说，玻璃球，是可以自己滚的。

那样，很残忍。

而残忍，有时候，总是会带上太多的血。

正如，此时陆至诚眼中的，那一盆蝴蝶兰。

多么鲜红的蝴蝶兰啊，血一样的颜色。

殷殷无比的，在他眼中，鲜艳漫天飞舞。

——“……至诚哥……其实、你知道吗……小时候那一次，我为什么会想到要去养一盆蝴蝶兰——”

——“——为什么？”

——“……其实只是因为……我想你……还想你为我……刻在老雪松上的那一只蝴蝶……”

我都做了什么？

天啊，我都做了什么啊？

赵主任，是个很守信用的人。

他甚至，不得不暗暗感慨了很久：有时候，一个人对另一个人的了解，也可以是一件，多么残忍与可怕的事情啊——当它，成为武器时——哪怕，仅仅只是铁盾。

同时，他也不得不感慨，命运，真是个让人永远也说不清的东西啊——如果不是在见到胡珊前的那几分钟，陆至诚刚巧就是那么险险及时的，又给他来了那一个电话，他想，也许，事情，真的就不会是这样了。

是啊——这世上，又哪来的如果呢？——陆至诚，不禁悲哀而自嘲的想着。

他想，幸亏电话还打得及时。他不知道，胡珊究竟什么时候会再去找赵主任，可是他知道，她是一定，会再去的。

他这么想着的时候，并不知道，胡珊已是多么崩溃的，哭着向赵主任半跪了下来。

她不相信！她不相信！！

怎么会是这样！！！怎么会是这样啊！！！！

——不——不！！！！！！

求您，求求您了啊——不然，他怎么会从医院回来、从医院回来，就突然好像变了个人一样啊——是不是他要您这么跟我说的，是不是他要您这么跟我说的啊——医生，我求求您了，不要骗我，求您了，不要再骗我啊……

陆至诚，依然还半身无力的，半跪倒在地上。

——他只是，想，走过去，再看一看，好好看一看，那盆蝴蝶兰。多么鲜艳的蝴蝶兰啊。

可是，才走了没几步，突然，便是一袭无力、剧颤。

他“嗵”的，便是一下子，重重的，无力的，半跪的、跌跪到了地上。

猛烈磕地的膝盖骨，一阵如裂的剧痛。

他的一只还好的手，颤栗的，使劲撑在地上，撑着自己。

他用力着，使劲着，奋命着——可是，他还是，没有力气，站不起来。

站不起来。

哪怕，一丝一毫。一点点，都根本站不起来。

他哭着的，抬头，看着就在自己不远处的，那一盆蝴蝶兰。

多么鲜艳、美丽、盛开着的蝴蝶兰啊。

离他，仅仅就是，还只差那么的几步。

就几步。

可是，几步。

“呵、呵、呃——”

一声撕心裂肺的，哀哭长嚎。

——如同，已是陷阱中了的最后的孤兽。

他，泪如雨落的，就那样，根本便无可挣扎的，颤重无力的，半跪在，那一盆蝴蝶兰前。

那一盆，无尽美丽的，蝴蝶兰前。

一只只鲜艳的蝴蝶，仿佛，都染血了的翩翩。

赵主任实在是不知道，自己到底算是在帮人，还是在害人。

只不过，相对而言，男人还是比较更容易理解男人。

他实在是不忍心，去破坏，一个已经是这样在和死神握手了的可怜男人，所最后还竭尽全力着，想要为他爱的女人织留下的，一片放飞的天空。是啊，放飞的天空啊。——虽然，他也觉得胡珊很惨——并且，真的很无辜。——多么死心塌地的一个女人啊——真是造孽。——可是……可是——谁让是那个电话先到的呢？——也许，真的天意吧。他想，实在是不能怪我的啊。

君子应当成人之美。更何况——他自己都到了这地步了，还这么为她，不容易啊——他感慨不禁的想。这是，生离之最后死别啊。

——就还是，好人做到底吧。

赵主任，就这样，带着对陆至诚的深刻理解与同情，还有，其实早也算是已定了的承诺，再一次的，以自己的医德作为着保证，好心而感慨的，帮助了陆至诚。

“——怎么会这样——怎么会这样——”

在医院大门外，不小心摔倒了的胡珊，还不知道，自己是摔倒了。

“——怎么会这样——怎么会这样——”

只有成串的眼泪，还在顺着她僵颤的苍冷脸庞，不断的，簌簌的落入着莽结着冰的寒旷大地。

陆至诚剧痛的磕着地的那一只膝盖，突然，剧烈的搐栗了起来。

剧烈的，搐栗着。

就仿佛，突然有千千万万株，枯萎了的向日葵，从大地里，扎入了他的膝盖骨。

扎入着。

灰色、枯萎，而残留着的一些热，慢慢的，仿佛，都在他膝盖处凝集了起来。

一股很弱很弱，并且还颤抖着的力量。

但毕竟也还是力量。——慢慢的，漫了开来。

他颤栗的，慢慢，终于又是，一时又恢复了的，站了起来。

只是，当他的膝盖离开大地时，他的心里，一刹的，便仿佛又是，厉利的，被再断了一根弦。

事情，已经拖不得了啊。

他不禁的，紧厉想。

——我不信，我不信。

不信!!!

要不，就是什么别的事?

对。一定的。

——陆至诚相信，胡珊一定没有理由，会依然坚决还不相信，赵主任仍旧肯定着的一切了。——如果赵主任，真的依然还能够帮他的话。

陆至诚相信三人成虎的道理。他相信，三人说虎，就算真成不了虎，那也最起码，不会是无虎的结果。——他无比的希望着，胡珊，可以真的相信，他，是真心要和她分手了。

可是，当他谢过了赵主任，然后，挂上了赵主任给他打来的那一个电话，然后，不禁然的大大的松吐了一口气之后，却突然，随着自己那一口吐气的结束，竟忽然，打了个，剧烈的寒战。——就仿佛，在这严酷的冬里，一盆猛寒冰水的，刹然淋头。

我在做什么?

我到底，真的都在做什么?

——全全盛开着的蝴蝶兰，就仿佛，一下子的，便是在他的眼睛里，将他的时空，劈裂了开来。

他在一刹间，仿佛忽然又醒过来了另一个自己般，不敢相信的，看着自己，眼前、脑里的，一切，一切。

我都做了什么?

我都做了什么?

我都做了什么！！！

——“……你是绝对不会，绝对不会，和我说分手的啊……不会的，不会的！——我知道，我知道的啊！——至诚哥……你怎么了？你到底是怎么了啊……怎么了啊……”

他一下子，痛苦的猛烈抱住了自己的头。他脚下一个趔趄，险然摔倒。

不，不，不，不！

他痛苦的，摇着头，摇着头。

猛摇着头。

“——至诚哥……你怎么了？你到底是怎么了啊……怎么了啊……”

对不起、对不起、对不起、对不起呵……

他哭喃着、哭喃着，哭着。

不要相信，不要相信，不要相信啊——我错了，我错了，我错了呵——我爱你，我爱你，我爱你……

——不——

呃——啊！！！！！！

他裂然哀号了一声，不禁的，便是重重一步后跌，跪倒在了地上。

我还没有娶你——我还没有娶你呢啊……

他伏地，悲哀的，哭哑着。

哭哑着。

——绝境，依然如同阴霾般，残忍着，蔓延着。

胡珊不相信，依然不相信着。

可是，赵主任说——你看，姑娘，我有什么理由，好一定要骗你呢，对不对，大家非亲非故的，是不是，再说，我是一个医生，他要是真有什么别的病，我干吗要不告诉你呢，只有是要让你们家属、朋友多多配合他治疗、督促、早些让他病好才是啊，又怎么会瞒你呢，对不对，你看，你也都来了两次了，我、我、我真的，骗你一次也不会骗你两次啊。

是啊，那——又到底是怎么回事呢？

——要不，会不会是，别的事呢？

对。

——总之，她不相信，他是要说分手。是，绝不可能的。

绝不可能的。

他的手，又触到了，自己的衣袋。

心口处，衣袋微鼓鼓的。

仿佛一刹的电击，瞬的便弹开了他的手指。

他忽然才想起，照片，还就在，他的口袋里。

那一张，他在这一刻，忽然就真的觉得，仿佛已是真的好旧好旧、已太旧了的，旧照片。

他的手指，呆愣的还怔在被弹开的那一处，鲜明的那一刹他在此刻真实的觉得就仿佛是早已好几辈子前了的一瞬定格，早已是泛黄而昏暗的，在他的脑海里弥漫了开来。就仿佛，一滴画的水墨，蓦然在一张薄薄宣纸上的洇开。墨里，就像含了锈。

太多的锈。

每一寸、分、毫的旧，都仿佛浓重着无尽的锈。或铁或铜或铅。旧的重，仿佛都被锈，洇漫着了无尽苍莽的沉痛。每一寸、分、毫的沉痛，都好像，一起被埋入了黄土的碎铁和枯花。

断草的灰烬，仿佛依然在他颤然的指尖零落。零落的每一点，都还好像是在重重的砸陷着他心纸的每一日，每一月，每一年。

星星的塌陷，让他的照片，疮痍满目。

笑脸成空。

碎痕漫布。

锈渍和水墨，在裂痕中一起渗漏。

窸窸和滴滴，好像小雨，穿透着他的灵魂。

不断的，穿透着他的灵魂。

越来越密了起来。

不……

他无力的痛吟着，揢捂住了，自己仿佛被穿了一个大洞的，心口。

紧紧的，无比紧紧、揢紧的，就好像，他的手，在这一刻，只要不小心的松一松，哪怕，就是那么最最微不足道的微微一松，他的心，便会好像泥石流一样的，从他的心膛里面，如泻的，倾滚出来。

带着正翻涌而无能止的，波澜雨锈、苍莽。

心口处，依然，一块，那，微鼓鼓的。

不——

为什么会是这样……为什么会是这样呵……

无尽的波澜，在这一刻，前所未有的带着让人几乎崩溃而再不能承受半分半毫的岁月的重量——那一种，只有岁月，才会那么无比真实的，让人觉着心如灌锈、铅的，酸涩沉陷的，迫心重量——云匝雨密的，不停的，不停的，还在收卷着他，收卷着他。

像一座又一座来了的流山，像一条又一条去了的高河；像一幅又一幅难再的痴画；更像，一根又一根，难抵的寒鞭。

难抵的，寒鞭。

……对不起……对不起……对不起呵……

紧紧握拳，而泣摇着头、难言半字的，哭。

胡珊以为，或许陆贤，能给她答案。

可是，陆贤在闻听了她想问知的事情后，无言的愕然，却不由不让人明白，

他，显然是比她还要更莫名其妙。

陆贤都不相信了他自己的耳朵似的：你、你说什么？——他，说和你分手？

和你——分手？

——风，还在依然的吹。

萧暗的天空，还是滚滚的霜霾。

是啊……是啊……可是——不然……怎么办……怎么办？

我就要瘫了……我就要瘫了啊……她的路还长呵……

我会害了她……我会害了她的啊……

怎么办呵……怎么办啊……

陆至诚不能承受的，捂脸哭着。

“呵啊——”

大哭着。

——陆贤说，我讲的，真的都是真的。

这事是蹊跷，啧……嗯——胡珊，你看，要不这样……

陆至诚苍白的仰在椅了上，无力的，还瞪然的痴呆看着天花板上的一只死虫。

渺小的一个黑点。

哦，对，可能也不是虫。

或者是虫，也不是死虫，只是一只暂时没动的虫。

哦，也或者，还是不是虫。只是——多么渺小的一个黑点哪。

陆至诚突然才是又发现，其实原来，天花板上什么都没有。

——什么都没有呵。

他呛然的，笑哭了出来。

笑哭的，又哭笑然都抹去了泪。

——胡乱的、用力的狠抹。

弄得他自己的脸很痛。

辣烈烈的。

他知道，这都是自己的眼泪，犯的错。

——他坐着，开始冷静。——哦不，更准确说，是又开始冷硬。

他明白，他还有很多事，没有做好呢。

他还有很多事，没有做好呢。

他明白，在每一个人的人生里，其实都会有一些后事，是死了，就再也不可能办好了的。

他现在知道，所谓人生路，其实就是，无归路。

——就好像，每一个人都不可能选择自己的来处一样，其实，人生，从来便没有真正的可选择。起点既不由，又谈何路漫长？——因缘流水，人生的一切，或许也真的便都只是，从所有没有来由的来由，顺着一切没有选择的选择，往着所有没有结果的结果去的如风逝水罢了。——谁又真能主宰？谁又真是主宰？

他想起，医生说，他这病，先天性，所以，其实现在这样——也只是早晚的事呵。

是啊……

——还好，现在，也不算晚。

幸亏，也还不算晚呵。

不然——呵。

摇头，长久的，岑默。

无泪无笑，长长久久的岑默。

几只灰色的乌鸟，在阴霾的天空，长长的划出了几条荒芜的飞翔。

手机铃，依然还在寂寞而倔强的响着。

好似刮痛着耳膜的金属。

陆至诚一直以为是胡珊。他终于还是掏出了手机。

一看，却原来是陆贤。

他微怔了怔。

裂缝着的手机，还在闪闪的，响着。

“嗒”。

——喂……

——嗨，是我。

陆贤在电话的这头，好像很轻松而又很随意、若无其事的应着招呼说。

陆贤用的是电话座机。他好像很轻松、随意的笑脸，此刻，俯贴得电话很近。

——因为，他现在，正用的是电话免提。他怕声音离得远了，陆至诚会觉出不对劲。

胡珊，正紧屏着气息的，纸白的紧张在一旁。

——可惜，陆贤真的已经太久，没用免提了。

“……哦，最近都还好……嗯，是啊……呵，没有，在住处呢……呵，我不就那样，有什么好忙的……都好呢，没什么事……呵……是啊……”陆至诚强笑的，有气无力的，一直干呵呵着的，无神应说着。

陆至诚手机的听筒里，不知怎么的，一直传来着剧烈的沙沙声。

——陆至诚原想，是不是自己手机摔坏了的缘故。

胡珊，一直紧张而苍白的，屏息凝听着，陆至诚的每一个字。

她无比的希望，陆贤能够真的，可以从陆至诚嘴里套出话来。——哪怕，仅仅只是蛛丝马迹也好的啊。

的确，有时候，假如当一个人有了事，而不能对甲说，那么，对于或许可以说的乙，诉出的欲望会更强一些。——浅就比如，几乎总已是太多的男人，对于女人与兄弟的不同，那样。

——如果，陆贤不是这样子想用免提，来使对话敞亮，而让胡珊实在是相信，他真的比她更一无所知，那么，或许结果，就还会有另外的一种可能。——又或者，如果陆贤此刻的电话机，能够争气一些，那么——呵，可是，正如陆贤在此刻遗忘了的，他和陆至诚曾是那么感慨的一起叹说过的：是啊，这世上，哪来的如果。

陆贤的鼻息，在电话机的座面上，一阵阵着白汽。

他确信，陆至诚是绝不会想到，胡珊正在的。

因为，他已忘记了，两年前，他曾用这电话机的免提，和陆至诚简短的通过一次话。——而那一次，末了，陆至诚曾随口问过他，怎么你声音这么不清楚？——他说：哦，可能我用的是免提吧。

陆贤知道，所有的免提，声音离得话机远了，多少总是会有些走样。可是，他不知道，其实，他这部电话机的免提，早出了问题。

而问题，有时，便会成为一种标志。

正如，他此刻，问的陆至诚：你最近，没什么麻烦事吧？

尽管，他问的语气，已是尽量了的若无其事与随意无他。

——陆贤想的是，按胡珊说的，那陆至诚肯定是有事的。别说胡珊不相信陆至诚会要和她分手，就是陆贤，或者白芸，那也一样都是觉得这完全简直在开玩笑。——陆至诚都为了胡珊穿心裂脑过，差点连命也丢在了火场里，分手？——他想跟唐梦佳结婚的时候，都没能不爱胡珊。

哪有现在了，却反而要这样子的道理？

不过陆贤倒也是觉得这事未必就在陆至诚的身体状况问题上，一呢，胡珊也说了，赵主任两次都反复跟她说了，真没事，二呢，陆贤也是跟胡珊说了，去年公司里组织过一次体检，陆至诚他，倒也真是一点毛病也没有，连个脂肪肝都不长。陆贤认为，真要是什么大病，比如说得不吉利一些，来个癌呀什么的，那也总不可能，在这一年内就突然到了不可收拾的地步吧——而要是如果良性的，好收拾，那也没什么好不跟她说的呀。再说，陆至诚今年刚出事，在医院里待了那么久，那整个人，基本上就是全透明的都被检查过了不知道多少次了呀——陆贤讲，陆至诚出院的时候，那医生可都是打包票，说他恢复的看起来是连个芝麻大的后遗症都不可能有的啊。陆贤说，不信你还可以去问白芸。真的。陆贤还跟胡珊分析了，说，你看，你都说了，他能走能跑，那哪有可能是被打出事情来了呢，男人打架，那唯一有可能的糟糕后果，就是伤筋断骨，要不就流血呜呼，对不对？不管内伤还是外伤，轻点或重点，只要是打出来的伤，就哪有可能伤到了却还是像个没事的人一样的道理。——所以，陆贤就推估，可能是有别的事。

陆贤是想，会不会，是霍启东那件事上的，后遗症？

要说霍启东也出意外死了，而且据陆贤所知，那霍启东有的，除了露水情妇和酒肉朋友，也还是酒肉朋友和露水情妇——想来，树倒猢狲散，应该也不会还有人，会那么发痴的要帮霍启东完成遗愿吧？——可是……这个，倒也是，说不大准的。——天晓得，霍启东有没有铁兄弟呢？

可是，陆贤推敲的也想了呀，真要是霍启东方面的后遗症，那再怎么着，也不可能是会使得他要让胡珊离开他啊——拿陆至诚以前自己说过的一句半玩笑话来讲，就是只要人还在红色中国，哪就用得着怕黑社会。——再怎么想，陆至诚也不可能犯那种根本就犯不着的空傻啊。

陆贤也是毫无头绪。

他问陆至诚“你最近，没什么麻烦事吧”，一来呢，他心里是觉得，可能真就是这方面的可能性比较大，二来，他也实在是没把握，到底该怎么样，才能比较顺利而好好的把陆至诚的话给套出来——陆贤了解，陆至诚这人是做人不愿讲算谋，可是，万一要真算谋起来，那陆至诚就也绝不是个阿斗傻角——他这么的一句问，尚比较模棱两可，他想，万一暂说不方便，那起码，一时还可以有个回旋的余地。

而就陆至诚来说，刚开始呢，陆贤跟他寒暄，“你最近还好吧”、“你最近都没事吧”，他还没觉得有什么——事实上，陆贤也没觉得有什么——这就是很普通的说话。——可是，正如陆贤和胡珊都是一样没有意识到，这些话，其实实际上已都好像是落大雨前都先已了的毛毛点，陆至诚，在听到他问了“你最近，没什么麻烦事吧”后，就总觉得有种说不上来的不对劲。——怎么说不上来的不对劲呢？

说不上的——就好像，反复的毛毛雨点，渐渐越渐渐的，总好似，是在，已向人预报些什么了。

陆至诚，一时还并没有心思，也并有时间，去多想其他别的什么。哪怕多一点的几丝几毫。他的心，本已就被折磨的近乎奄奄一息了。——只不过，陆贤这一句问，真的，一时，有点触到了他的心穴。

有那么的一刹，陆至诚甚至很想，真的很想——是带着那一触被痛的顿然满腔欲诉欲哭的想——现在就约陆贤出去喝顿酒。——是那种可以不需要有任何理由，也不需要有任何话语，只不过就是能多拉一个人来当作原因的，痛痛快快的喝酒。

是啊，他现在唯一最想的，是酒，酒啊。

最高度最烈度的，那种酒。

“……我……呵，没事，没事……呵，我都好着呢……”

陆至诚，终还是笑呵呵的，说。

正如陆贤在这一刻一刹很明确的，明了了陆至诚的确是有事一样，陆至诚在说完之后，忽然也一下子就明白了，那一种不对劲——那就是，陆贤问的，很刻意。

原因都一样。——陆贤是在忽然发觉自己问的很刻意之后，发现到了，陆至诚回答的很刻意,而这世上一切的刻意,都暗示着无论褒义还是贬义的伪装:陆至诚要真没事,就不会在连说了两次“没事”后再呵笑着加上一句“我都好着呢”。——而陆至诚,则同理,是在发现了自己回答的出了问题以后,一下子,才顿通的,也明白了,陆贤问的,有心而来:如果没事,他干吗忽然这样,老问他有没有事?

陆贤和陆至诚,一时都是不禁各有所默。

不过陆贤毕竟还是老道的。他知道一切忽然到了穿帮的边缘——他后悔自己的失算:陆至诚的忽默,已经说明了他的疑惑。——不过陆贤也庆幸,他这一看起来好像是失算的失算,忽然一下子,就让他顿想到了一条干脆便顺水推舟的妙道。

原本考虑的也的确是尚不周全的几乎就是想用来碰运气的模棱两可的那一句问,在很意外的忽然遭遇了这样的一刹自省到不周而险然了的一瞬后,却也便是柳暗花明的,反而不啻是为所有接下来的,开了一个好头。

“哦,是这样的——”陆贤好像毫无感到异样的,很自然的就好像他本来就是要接着说下去 样的,先打破了这短暂极却又是好像去正漫长极了的一刹的沉默的,开了口,“最近,因为……我听到消息讲,霍启东留下的那些身后事,又是出了不少的闹乱,又破产又纠纷什么的,糟成了一混团——他人死了,剩下的不太平倒也还没都跟着他全一下子就去。——我是想,不知道——你最近有麻烦没?——你看他以前和你结下的那桩梁子……”

——噢?

陆至诚一时倒也是真意外。

这一声真不自禁而又是不由又真带上了些微讶与小惑的问然“噢”,一时不由的便是让陆贤与胡珊一下子便都是明白而且大半的确信到了:看来,不会是这事。

不过陆至诚一时倒也是便放下了对陆贤怎么突然就那般有心之问的疑惑。——原来因为是这样啊,怪不得。

没事,我这里没什么麻烦,真的,没事,谢谢你啊。呵。

陆至诚谢然的说。

噢——那就最好,最好。

陆贤就笑然了笑然说。——不管陆至诚此时真的说的是像那样看来真的,还是假的,总之,陆贤知道,在这段话题上,已没什么好再多延展的了。他并不想画蛇再添足。只不过,陆贤结束思谋,万一要真不是这事,可别让他为这起多余的瞎担心。——“我说至诚啊,不过你也别多担心,苍蝇说到了底,也都只能还是苍蝇——更何况,我看,那梁子也应该是早已经就断了的——呵,没事——”陆贤说得比较双关。

陆至诚当然没听出来。——要不是陆贤现在在说,陆至诚的心,根本沾都沾不到这事情上。——陆至诚就是觉得,陆贤怎么今天有点特别说不上的——说不上的——婆婆妈妈。——陆贤还暂并没意识到，其实，他最后那一句双关的有心关照，对于其实真就没这事的陆至诚来说，是算作蛇足的。——当然，虽然陆至诚现在暂一时，也还没从这蛇足上真觉出什么不对劲来。

——呵放心，我从来没担心这，都在共产党眼皮子底下，我又不傻——再说了，就姓霍的那人，连子孙都没有，哪还来兄弟，呵，是不是？

陆至诚呵笑了两声。

陆贤也跟笑了笑。他不由看了看胡珊。

胡珊也看了看他。

都是滞然的静。

一直听到现在，仍半点头绪也没有，胡珊的双手都紧张的已起了僵麻的寒。

胡珊不知道，陆贤是不是还能有什么办法真的可以把陆至诚的实话给套出来，还是，真的就不行了。

她紧紧的脑子里，都是千缠的乱麻。她冰冰的手心里，寒寒的，都已洇起了渗苍的冷渍。

"呵，原来我还想，都不知道你最近怎么样了呢——下个月公司里的一些旧老朋友要出去聚餐，爸昨天还跟我说，要我叫你一起都去呢，大家许久都没见了，要聚聚才好——哈，我说，你最近，可说不定很忙——不一定有空啊，呵哈——"陆贤玩笑开得很自然，而又绝对是，恰到好处的转折，"你现在可总算也是守得云开见月明，哪能不先忙好月明却来忙吃饭哪，哈哈哈——嗯，怎么样，最近你跟胡珊都还好，事情都顺利？——有没有要帮忙的？"

胡珊的心，一下子，便险出了嗓子眼。

陆贤不动声色的，僵笑屏息在电话旁。

陆至诚的一刹岑默，在三个人的空气里，顿时就漫出了一阵紧绷的僵涩。

陆至诚，一时，像被点住了穴一样的，呆滞着。

无限的痛，仿佛一刹间，都想呼啸着，从他心口的那一点被痛着的穴里，爆迸出来一样。

他自己都料想不到的，刹然哽咽了。

胡珊都不知为什么，在这一刹，顿就被泪，蒙住了眼眶。

她刹的，便是紧捂住了自己的口鼻。

"我……"

陆至诚自己都不知为什么，在这一刹，竟然真的，就不想瞒了，一丝一毫的，也都不想再瞒了。不想，不想了啊。

真的好苦，实在好苦啊。

受不了，一个人，真的再受不了了啊。

——哽然而止的陆至诚，在一刹间，真的不知道，其实人，是不是，终究还是只属于脆弱的。

“怎么了——有麻烦事吗——你上次不都还才那么开心的说过，就要买新房了呀——是不是钱上暂周转不开啊？唉，这算什么事，我不是说，你只要需要就随时来我这拿好了呀——你看你们这不是好不容易才这样了——多难的啊……事情怎么了……有什么事，你只管说——”

胡珊的手心已出了汗。

“不是，不是……不是钱……是……是……”

陆至诚一时，不禁的就是又哽然的说不下去。

“至诚啊，你有事情，只管说好了——这人在世上啊，本来就应该是你帮我，我帮你的，大家见有难，就一起帮着过的——更何况，你我是兄弟。一人计短，两人计长，这万事再难，也总会是有办法的，是不是——这人啊，怎么样都好，就是千万不要因为一时的难，就坏了一世的事——你不是说，还要买新房子，是和胡珊以后一起的吗——你不是说过，你们是好不容易，才总算到了现在吗——不是我说，我这么个旁人看着，也都觉得天不能再薄你们了——是什么事啊？你只管说——这世上，只要有心，就不会有真过不了的坎呀——”

……

有那么的一刹，陆至诚的心理防线，是真实的被陆贤击破了的。他甚至在一瞬间，真的就几乎是想要将一切，和盘都诉出了的。——不是他觉得真能有什么办法，而是，他真的只不过，想说，想要说啊。

在那样的一刹，其实，陆至诚哪怕面对着一棵树，恐怕也会泪流满面。

他在那样剧苦而想诉的一刹，甚至其实都没有考虑过：如果他真说了，那么，陆贤又会不会真的为他保密？

——又或者，其实，他根本，就不希望，陆贤会为他保密。

因为，他在那一刹，只是无比强烈的，明了着，他，是脆弱的，是真的脆弱的；而人，终究，都只是脆弱的呵。

谁也骗不了自己。谁也，骗不了别人。

——如果不是一阵稍显尖烈的金属哨音，突然从听筒中传出，刹的，便撕裂了，陆贤好不容易，才为陆至诚洗脑洗出的一片蓝空。

撕裂了，陆至诚的一刹如梦。

那么。

——陆至诚，瞬的，又醒了。

他忽然，觉得，这一哨音，有些熟。

他忽然，发现，陆贤的声音，从一开始就有些不太对的那种不清楚，有些熟。

他忽然，想起，自己拿这裂了的手机和赵主任通话时，明明也都还一切很清楚。

——他一下子，突然，就是忆起了，两年多前，那一和现在是多么相同音质的，免提通话。

他干吗还免提？——对呀，他的手机是都能放电影的。

陆贤今天整体在对话中的异样，一下子，就蓦地，突然好像百来根的原本微到全都微不足道的小海草，刹的集纠在了一起，瞬的，浮出了海面。

一刹的暗凛，瞬掠过了陆至诚的心尖。

陆至诚，突然想到了，一种也许的，危然的，可能。

可能。

……

“其实……是——我……要跟胡珊分手了。”陆至诚恢复了冷定的，对着裂了的手机，面无表情的，说。

他的眼前，只是空白白一片的墙。他很诧异，自己居然真的依然还能够如此冷静沉着的演戏——就好像他根本就不关他自己的事一样——尤其更是在此时，这样的一刻，所有的一切无论如何再怎么样看起来都像是一场真是要活活笑死人了的独角戏。——他想，真是这空白白的墙壁，给了他力量。

他的双眼好像死鱼一样的牢盯着坚固空白的墙，就好像鱼儿的呼吸必须不能离开活着的水。他几乎都错觉到自己是要进入墙壁了。可是他不能排斥这种错觉。因为他真实的确信并且害怕，假如自己在这一刻不能被坚固而空白的墙壁空白而坚固的吞没，就像天下所有的水儿都会一样的最终湮灭每一条必须只能活在其间的鱼儿的一切，包括从生存到死亡的一切，那么，他在这一刻，就必定会在令人窒息的空气中，为自己这一刻的只能活在墙壁中而不禁纵笑，并且会在纵笑的窒息中而真实的见证到活着在不能活中的必然死亡。

他不可能允许，自己犯这种毁灭性的错误。

所以，他依然盯着墙。

死盯着。

僵固的气息，并非只在他一个人的鼻呼中搐然着。

胡珊已死咬住了自己搐然的唇。

陆贤第一次真听到他这么说，毕竟，还是大讶了。

——你、你说什么——你不、不是和我开玩笑吧？——是怎么了？怎么回事？——是不是遇上什么难事了？至诚——你可不能一时犯糊涂啊——有什么难事，那也用不着这样啊——到底怎么了？你说。——这有什么事情不好想办法解决的啊——你可不要拿自己一辈子的事情来开玩笑——你可千万不能让自己糊涂啊，人一辈子，有些错，犯了一次，就永远都不可能回头了啊。——你和胡珊分手？你不简直是在——你到底是怎么了啊……

“——我没有糊涂，也没有别的难事——这都是真的。是我自己……想要和她分手了。——这都是真的。”陆至诚回答的很平静，而又很自然，并且恰到好处的很坚断。

——怎么会这样……

陆贤此时这一句不禁的半忖半问，倒也是已暂不存了套话之心的全疑惑。

“其实……呵，我知道，你一定没有办法相信，呵——是啊，其实一开始，就连我自己，都觉得，我是不是疯了——”陆至诚自嘲的说着。他这一自嘲的真实——并且，还带着仿佛是为这真实来锦上添花的就连电话的另一头都是能那么清晰而强烈感觉到的波洇出的悲哀——是多么的为他此刻所就要说了的一切，开了个无比的好头啊。——陆贤在这样听诉的一刹，甚至都是无比真实的，半点也没想到，他是不是在骗人，这个问题。——“呵，可是，我又真的没疯——我想，我只是错了……呵，错的，太久了——”

——你知道吗，我……前天……又碰到了唐梦佳。其实……呵，真的也只是偶然。这……呵，怎么说——真不知，也算不算就是天意。——呵，我自己都想不到，会和她谈了那么久——原本，以前那时候，都一直是害怕和她多说话——呵——这人，有时候，真的是会连自己都弄不明白自己——可是，一切，却又就都是那么的真实，想不懂，却，又都逃不得。——我还帮她搬了东西——呵，她都说不用了，我却还是依然一直又送她回到了上海——直到昨天晚上，我才是刚回来。——你知道吗，就那么差不多两天一夜的时间，我却居然……居然，也不知道为什么，忽然就是在有那么的一刻开始觉得，真就是那么突然就好像是在被什么抓心一样的，忽然开始觉得，我，和唐梦佳，在一起的时间，真的好短。好短。

我和她以前的事情，你也都知道，呵——你该明白，其实我，亏欠她的有多少。——呵，你知道吗，我自己都不敢相信我自己，在我和她一起坐上了车子的那一刻，我竟然，忽然真的就是那么的好想，可以和她，重新再回到从前。——我都不敢相信，我真的都不能够相信，我忽然，真的就是那么的好想，可以和她，重新回到开始。——真的，都不能相信，不能相信——是唐梦佳，唐梦佳。而不是胡珊——不是胡珊。——可是，却又竟然，真的都是真的。——真的，都是真的。——你知道吗，我竟然，是那么的，真的好想，可以重新，和唐梦佳回到开始，我真的好想，假如可以重来——让我可以好好对她，全心全意对她，弥补她，弥补我曾经所对她犯下的一切不该的错——不要再让她难过，不要再让她难受。好好陪她，好好爱她，好好的，和她在一起。而不再，一直的，都只是，骗她，伤害她。——你能明白吗？

陆贤哑愕。

胡珊苍白捂唇，涔涔泪下着的，紧屏的，拼命摇着头，拼着命的死摇着头。

陆贤一下子，就忙回过了神来。——他在不禁哑愕了那一刹，其实，几乎就都已是忘了，他给他打电话是到底要为了什么来着。

“你、你……呵，你都是在瞎说些什么呵——”陆贤此时，其实已不能是再算作，是和胡珊完全思忖在了同一线上的了。基本上有两秒钟的时间，他是不知道，自己究竟到底是还该如何将这样的这一场对话，按原想法再继续下去。

——他是在说假话吗？——没理由呀——也不像啊——是怕我知道了便会万一说漏掉吗——可他又说得这么……真是……他又不知道胡珊在听

哪。——可是……又会不会……可是……

——"……至诚啊，你这都是怎么了——你真没事吗？——你说的，我不明白，我一点也不能明白——"陆贤稳定了下来，重新又说了道。他此时所说的，倒也的确是他真的不明白。——"你说，你亏欠唐梦佳，这我知道，我明白——可是，你也不是到今天才开始觉得亏欠她的，是不是——你以前，和胡珊根本不可能着，而且，都是真的要打算和唐梦佳结婚了的那时候，都是要她而不要她，怎么、怎么又会是到了现在这个样子，唐梦佳已经自己走了，胡珊和你，又终于总算是可以顺利了的时候，你却突然，反而就是一下子，又什么，统统都好像是全翻了个颠倒——至诚，你一定是有什么事，你一定是出了什么事，不想让胡珊知道，对不对，所以才会要跟她分手，是不是——我了解你，你不是那样的人，你不是一个说变就会变的人，你更不是一个会这么乱七八糟对待自己感情的人——你现在，假如就又是为了对不起，而要自己和唐梦佳在一起，那，和你以前那样勉强而终又只是让两个人一起受折磨有什么差别？再说，现在和那时也不同了，你要是和唐梦佳在了一起，那胡珊怎么办？你对不起唐梦佳，那就对得起胡珊了吗？你这不是明明的在把好好的三个人本已都清了的事，又搅浑在了一起吗？——唐梦佳她可以重新有条新路，而你和胡珊，能够终成眷属，这么清楚好好的事，你会那么糊涂的，重新又把它们全部搅乱？不可能！——你不可能！——至诚，你究竟是出了什么事情？——究竟是什么样的事情，才会使了你这样啊？——不要瞒我。——你不能告诉胡珊，那暂先告诉我总行吧，起码，我帮你一起想想办法，你要是真的有苦衷，暂时不能告诉胡珊，那我可以向你保证，我一定会守口如瓶——只是你，绝对不可以，因为了一时的难，而犯大错啊——不可以，让你自己的终身，还有别人的终身，去做一时难厄的香灶灰啊……"

话筒的两头，都是静默。

岑岑而又都无比坚硬、脆弱的，静默。

陆至诚静默，不单单只是因为，他已完全肯定了，胡珊在。

而陆贤静默，也不单单只是因为，他还真的不知道，陆至诚，是不是会真的，能够可以说出来一些什么。

只有胡珊泪满的捂声静泣，溢满了，哀伤与坚毅。

"——呵，你要我怎么跟你说才好——或许，你说得真的也并没有错吧——我是不会乱七八糟的对待自己感情，呵，你知道，我有时，真的或许，也是太过喜欢活的清楚了——其实有时，也是真的不知道，这样，究竟是好，还是害——呵——"陆至诚，真实的哀伤自嘲说着，"……可是，我真的，并没有犯糊涂，也没有，把事情搅浑，我正是，正从来没有的，清楚着——你说的不错，假如就又是为了对不起，而要跟唐梦佳重新在一起，那我，也的确是，呵——不可能这么糊涂。那是害人也害己，而且，终也只能是竹篮打水，我知道——可是，其实……你能相信吗，和以前不同，真的不同的是——"陆至诚低宕，终还是长吸了一气，“不同的是，我这一次——真的不仅仅只是，想要补偿她，弥补她，而是……你知道吗，就那么的一刹开始，是从我的心底里，真的，想——要和她永远在一起，可以永远在一起的，那种感觉。——也就是说，其实……其实是……我竟然，发现，我——爱唐梦佳。”

陆贤如木。

“……你……”

陆贤已再不知，能说什么。

“——呵，不敢相信是吧——是啊，其实就连我，都不能相信——不能相信，呵——”陆至诚依然看着墙，平静而哀嘲的继续说着，两行泪，在他脸上无声蜿蜒，“我一直也都是以为，像你说的，我不会是一个，说变就变的人——呵，是啊，这人，活着，哪能真什么事，都说变就可以变的呢——呵——我都爱了胡珊那么久，真的那么久，呵——以前，我和唐梦佳在一起那么长的时间，都没有觉得，自己爱她，呵，真的——甚至连想都没想过，或许，会真有这个可能——可是，呵，可是……这人，有时候，太多的事，需要的，原来，真的仅仅就只是一刻间，甚至，就是那么真的，可以几秒都不到，一瞬间——呵——我都真的，真的，不能相信，不能……”陆至诚，声音里已是真实的，带了哽咽，“可是，我却不能骗自己，呵，不能够，就一样的好像，当初，我和唐梦佳在一起的时候，也是一样的不能够，骗自己忘记胡珊一样——呵，你说，这，是不是真的也能算是报应——想不到……呵，真的想不到……怎么会是到了如今这个样子，却反而……反而……呵，一切都……呵，都是老天作弄的人啊——你说是不是——”陆至诚泪然笑嘲。

胡珊戚栗的泪，都从紧捂着嘴的颤抖手上，湿了袖。

“你说的对，其实，到了今天的这个局面，我突然这样，是真的，很对不起胡珊——也许，我这人，其实真的，始终都是太自私了——以前，是那么，对唐梦佳，现在，又是这么对胡珊——呵——可是，我又真的，是实在没有办法让自己活在糊涂里的一个人——而且，一个人如果不糊涂，而硬要去糊涂，又有什么意思呢——就好像从前，我一直要自己去爱唐梦佳，一直对自己说，我不再爱胡珊，我不再爱胡珊，那样，到头来，除了痛苦和痛苦，又都还有什么呢——呵，其实，想透了，今天的一切，也都只不过是好像事情翻了个版呵——真的……呵，怎么说……我现在，既然爱唐梦佳了，又为什么不可以和胡珊分手呢——

“——呵，也或许，真的就是我骨子里，太自私了——也许真的只是，我从来就只知道，要自己要的——可是，呵，怎么说呢——我想，我真的已经给自己找过了太多的理由了——呵，我也真的，是不想再骗人了——为什么不干脆坦白一些呢——人，难道本来不就是自私的吗，爱情，难道本来不就是自私的吗——我和胡珊之间的一切一切，其实，本来不也就是自自私私的一切一切吗——就好像唐梦佳那时爱我，我却爱胡珊一样，现在，我爱上了唐梦佳，又有什么问题呢——爱一个人,又需要真的有什么理由呢,是不是——

"——呵,或许,我真的也是不该这样,为自己的自私作辩,可是,我想我也真的是,不能够改变——呵,我又为什么要难为自己呢——我想要追求我想要的,又为什么不可以呢——就好像那时,我又为什么要一直勉强自己去不爱胡珊呢——我又为什么,在现在,要不和她分手呢——呵,这世上,本来不就是这样吗,谁能保证,自己在下一秒,不会爱上一个陌生人,是不是——

"——呵,或许,对于胡珊,我真的是只配说自己,始乱终弃——事情弄到今天这个样子,其实,呵,要说我不对不起胡珊,那肯定是假的——可是,呵,怎么说呢——就好像你开头说的那样,如果就是为了对不起一个人,而和她在一起,那又有什么意义呢?我和唐梦佳的以前,不就是最好的证明吗?——我承认,我这样,是多多少少害了胡珊。——我想,其实这辈子对于我来说,她们两个,我都亏欠,我都对不起——可是,相对而言,我给胡珊的,不是早已太多的多于唐梦佳了吗——就算只为了弥补而言,我和唐梦佳在一起,不是也比和胡珊在一起更应该吗——更何况,我现在,是自己从心底里,想要和唐梦佳在一起——我爱她——

"——是啊,其实,从心底讲,我本来,真的是还不知道,究竟该怎么才能和胡珊开口,可是——也不知道,算不算天意吧,昨天,我一回来,就是,刚好,就胡珊在等我……"

……

"——后来,她就走了……呵……其实,我想,可能这样,也比较好吧,与其拖拖拉拉,不如快刀斩乱麻——也许时间长一点了,她会想通的吧——其实,呵,我现在才发现,我好像,也真的,没自己一直以为的,那么爱她——其实,我现在,真的挺后悔,自己以前,怎么会犯那么多傻——呵——天涯何处无芳草,是不是——呵——可能,这世上,真的有太多的事情,总要到了一定的时候,才就,一定会醒的吧——其实,我和唐梦佳在一起,要比和胡珊在一起,好不知道多少啊,你想,第一,我爸妈,肯定不会答应我和胡珊的事,就是要答应,那也得费多少周折啊,第二,胡珊她现在,跟梁啸刚的事,都还没了清,我干什么就一定非要去给自己找麻烦是不是——天底下,又不是真就只剩下了胡珊一个女人了……"

陆贤看见,胡珊已是紧紧死捂着嘴的,满脸亮闪闪着的,如癫的无声剧剧抖搐着,蜷蹲了下去。

陆贤有些于心不忍,可是一时又实在不知该如何来结束,依然还在说着的陆至诚的话。

"——其实这样说清了也好,我都答应了唐梦佳,要尽快回来和胡珊了清的……对啊,我一个人先回来的——唐梦佳暂还要留在上海……其实胡珊现在,也只是一时还不能相信,毕竟,呵……怎么说——我是……呵——可是,其实胡珊她那天晚上给我来电话的时候,也是听见了唐梦佳的声音的……是唐梦佳不小心刚好叫我——那天晚上，其实，我……和唐梦佳过夜了。”

陆贤口愕。

——不行了，弄糟了，不能再让他说下去了。

“——其实，虽然一切，都好像是弄到了今天这地步，我也后悔，可是，毕竟，也应该庆幸，还好老天让我醒得没有更晚，是不是——还好，我现在，能回头，能重新，再选择一次，重新，再安排好自己的一切，你说对不对——呵——我到现在才发现，其实，我和唐梦佳在一起，是多么的幸福啊——真的好想，能把和她在一起的每一秒，都拉长成一年来过，这样，有多好啊——我现在，真的只想，可以早些，等把和胡珊的事情真的都了清了，就真的再重新，能跟唐梦佳在一起，好好在一起——至于胡珊，我想，呵，我恐怕也，就真的只能是，对不起了——呵，真的，对不起了……对不起……对不起……呵——呵……希望她，真的可以……忘掉我……呵，以后……以后，重新再有好好的生活——”

“我说至……”陆贤忙想让陆至诚别再说了。

却反而又是被一时声音就好像是不知怎么就不禁仿佛有些紧甸然低落了下去的陆至诚，是一声长吸然的，忽又音升起并似乎很是松悦然着的，重重地打断，“——其实，话又说回来，想透了，又真有什么好多对不起的呢，是不是——胡珊和我的一切，都是你情我愿，是不是——其实男人换换女人也很正常对不对，你想，那再好吃的一盘菜，天天吃，吃多了也会想吐，对不对——呵呵——”

——“呃——”

烈一声，终于的崩溃。

话筒两头，同时刹静。

“嘭——”

胡珊大哭着，夺门而出。

跑走了。

天乌乌。云茫茫。

生死之择，在云霾间，用血色，弥漫着，这世上最残忍的杀戮。

陆至诚，僵麻的喘息咳嗽着，将已挂了的手机，重重的，放在了柜子上。他费力地撑着，一时又跌坐了下来。

他的一条腿，又开始发病了。

他费力的，呼吸着。

他知道，自己要倒下，也还不能，在现在倒下。

不能。还不能。

绝不能。

他庆幸，自己终于还是，撑到了对话结束。很好。很好啊。

他确信，自己，都说得非常好。

除了，近尾处，那几句连然着，险就让他崩了的，不禁的“对不起”。

他在听到胡珊那一声崩哭的同时，甚至，都是近于毫无了人性的，舒了口气的。

他想，好了，没事了。

虽然，两三秒之后，他就开始，蓦然惊滞。

惊滞——这，这，这，都是真的？

如骨塔的一刹崩塌。

还好，陆贤和他的通话，又再草草了两句，便真的结束了。

终于，都结束了。

真的。

陆至诚无力地瘫在椅子上。

看着跟墙一样的天花板。他觉得，自己仿佛在游泳。

好累啊，真的好累啊。

都是水泥一样的液体，都是钢筋一样的液体。

真的好累啊。

他都好想停下来啊。哪怕，钢筋、水泥，很快的，就会全部的塞封住他的口鼻，让他在无尽的混凝中被裹窒死去。

也总好过，像现在这样挣扎的还活着啊。

好过，还要不断的，在水泥与非水泥间，在钢筋与非钢筋间，死而活，活而死啊。

他真的，好累啊。

他长长地呼了一口气，不禁慢慢地，闭上了眼睛。

他是真的，好想睡一会儿啊。

可是，又根本，睡不着。

她，现在怎么样了？

他不禁的，想。

可是，想完，他便慌忙地咬住了自己的心。

死死的，咬着。

几乎都渗出了血渍。

他知道，不能想，不能想啊。一想，就全完了。

就会全完了啊。

他要自己睡。他要自己睡。

他知道，自己是累了。累了。

他知道，自己是想睡了。想睡了。

可是。

——她，现在怎么样了？

不，不不不不不！

不——！

他慌紧了的，狠狠一下，就是又咬下了，自己的心。
一滴血，都仿佛渗入了他的牙。
狼一样的，牙。
一、二、三，四、五、六，七、八、九。
他紧紧的，心数起了数。
数着，数着。
想睡。
天上密密集集的云，还在冰冰冷冷的流涌。
一层层，一座座，一叠叠，都还仿佛，是在俯瞰着可怜的人儿。
尘世间，太多的，可怜的人儿。
到处。
一处，昏暗的路角。
冰寒的呼风，肮脏的天地。
胡珊蹲坐着，埋头大哭着。
“呜——呜——呜——”
风随发颤，声被哭恸。
涔涔，扬扬。
泣浸着泪，泪颤着发，发呜着风。
风哭着人。
人啼着心。
一片又一片的，仿佛，都在她的心膛里，涔涔潸然剥落。
条条斑斑，都是鲜血淋漓。
淋漓的鲜红。
翩翩皆若蝶。
一风哭然。
——不，我不信，我不信！
我不信——
天啊，告诉我，为什么！！！！
这一切，到底为什么！！！！！
为什么啊——
“呃……呜……呜……”
风呼呜。
不会的！不会的！！他不会的！！！
是假的！！！是假的！！！！他说的都是假的！！！！！
他骗人！！！！！！
“呜……呜……”
他说他醒了，他说他后悔了，他说，他现在才发现，其实，他没他一直以为

的，那么爱我；他说，他爱唐梦佳了，他说，其实和唐梦佳在一起，要比和我在一起好不知道多少，他说，他现在才发现，其实他和唐梦佳在一起，有多么的幸福。他说，好想把和她在一起的每一秒，都拉长成一年来过；他说，只想和我早点了清了，和她在一起，好好在一起。他说，他都想吐。

不——

胡珊哭得，都咬破了指尖。

“不是真的——都不是真的——”

你为什么要这样对我啊——

为什么。

风萧萧的吹着冰雪的天。

陆至诚痛哭流涕了很久。很久。

他真的不知道，自己，究竟，都做了些什么。

到底，是对，还是错。

谁能告诉我？

谁能告诉我啊——

他，抱头痛哭着。

她，现在怎么样了？

他痛哭着。

胡珊痛哭着。

可是，那、那一声、那一声“诚”——又究竟是怎么回事啊。

谁能告诉我？

谁能告诉我啊？

胡珊在风中，冰冷的痛哭着。

——“你……你没事吧？”

陆贤，忐忑的，总算是在路边的一个角落里，找到了胡珊。

——陆至诚冰麻的垂头坐着。

突然，他一下子，抬起了头来。

一种忽然被他想到了的，他怎么就一直是忘了想到的，整件事上还存在着的一个最致命的漏洞，一下子，就是无比恐惧的，慌乱的占满了他的两个布满了血丝的眼球。

——要是，胡珊通过陆贤，找唐梦佳，怎么办？

陆至诚一下子，就是急扑向了自己的手机。

他忘记了，他的一条腿此时正无力着。

他跌在了地上。

——胡珊擦干净了眼泪，勉强的笑了一笑。

她跟陆贤说了谢谢。微笑的轻摇头强道了一声“呵，我没事”。她微微有些歉然的说，麻烦你了。

呵。陆贤笑摇了摇手。

他都实在不知说什么好，他想不到，他们两个，哦，不，是他们三个，怎么就弄成了现在这样。

陆贤一时实在是觉得，自己要是不说两句什么安慰的话，那就真的好像是有些欠道德。可是，他又能说什么呢？——陆至诚都说的那样了。

唉。

你……你想开些。呵。

陆贤实在没话的说。

胡珊滞然的，笑了笑。

呵，没事。

她笑笑说。

——陆至诚在地上，爬不起来。

手机，离他差不多还有一臂之遥。

他实在够不着。

陆至诚能够确定，起码在陆贤挂上那一通电话前，他们肯定还都没为这事联系过唐梦佳，可现在这会儿——就说不准了。

他恨自己，怎么早些就没想到。

怎么早些，就没想到。

——“……你知不知道，怎么样……才能联系到唐梦佳？”

胡珊顿了顿，终于，还是又问。

陆贤愣了愣。

哦——有。

陆贤答说。

——陆至诚用尽了力气，也还是爬不起来。

他恨自己。怎么偏偏现在发病。怎么偏偏就是刚才，把手机给放在了那里。

他用尽着力气。

也还是够不着。

他都哀嘲的想，这，简直天意。

陆至诚，放弃了的，瘫躺在了地上。

他只能祈祷，这一阵暂时的无力，能快些过去。

他只能祈祷，天意，不要真的便是让这百密一疏，毁了一切。

他知道，一旦毁了，就真全毁了。

全毁了啊。

他想。

罗网般的乌鸦们，好像都在盘绕啄食着他。

他噩然的，不停紧紧祈祷着。

紧紧的祈祷着。

可是,乌鸦们还是一次更猛过一次的啄食着他。

他自己的身体,就仿佛是他自己心的油锅。

逃不了的煎熬。无能为力的煎熬。

害怕,与挣扎。

是的,不只害怕。还有挣扎。——从他放弃奋力的再挣扎起,到现在,忽然越来越清楚了的,另一种煎熬挣扎。

就是那么的好像,那另一个他自己,又追拦了上来,和他撕抢起了,他的心。

正都被乌鸦们如起哄般愈凶猛的围啄着的心。

千疮百孔,满目难睹。

快些起来。——不要起来。

千万别让事情毁了啊。——毁了吧,毁了吧!

不要找到唐梦佳啊。——找到吧,找到吧!让事情全明白吧!

两个声音,仿佛在一起搏斗。

搏斗。

仿佛两块板砖,正在一起一左一右的拍击着他的脑门。太阳穴。

痛不欲生。

有如千钉穿窍。

他还是觉得,自己,正在被那另一个自己,慢慢腐蚀、侵占了。

他觉得自己抵抗的很无力,又或者,他其实,已不能抵抗。

他也不知道,其实,哪一个自己,才是真的他自己。都是,又或都不是。

他觉得,其实,此时的这种感觉,或也不能说是腐蚀、侵占。——谁又知道,或许现在的自己,反而就不是他自己呢?

那他自己,又其实究竟是什么呢?——呵,谁知道。

每一个人,其实都只不过是好像,一个无数个自己的战场。

谁输谁赢,成王败寇。人生,谁又真能定透?

一种燎原的梦醒感,在他身上蔓延了起来。——刚才的腐蚀、侵占,在此时,开始以一种复原的感觉,在他身上漫漾了起来。——而这,在一刹间,是极其可怕的。

就好像,一个梦游后醒来的人,忽然在那样的一刹,突然发现,自己满手是血。

——更糟的是,他并没有忘记梦中的一切。

她的血啊。我都做了什么——

天哪。

可怕,不仅仅只是可怕。——正如,这世上,太多永远无法真正形容的感受。比方,不仅仅只是追悔的追悔;不仅仅只是内疚与自谴的内疚与自谴;不仅仅只是难以形容的痛苦的，痛苦。人生总是有那么太多的感受，一旦寄予了符号，便只剩下了碎片，就好像，当它们都还不是碎片时，你永远，也不可能，用符号来解读它们——哪怕，仅仅只是意识的翻译，也不可能，做得到。

正如同，当河流还是活的河流时，你永远也不可能，将它作成一个蝴蝶标本。

正如同，陆至诚此时，除了只知道，自己再不能承受此刻这样的这一种痛苦以外，也还是，只知道，自己再不能承受，此刻这样的这一种痛苦。

他几乎觉得，自己都快要疯了。

简直要疯了。

我都做了什么？

我都做了什么？

“——呃——”

野狂的头裂。

人生最痛苦的挣扎，其实，从来，都只在自己与自己间展开。

陆至诚瘫望着天花板。他突然开始庆幸，自己现在拿不到手机。

他突然开始庆幸，自己这多好的，一个疏漏啊。

——其实，一切，从一开始，就都好像，是来得那么的多么匆匆啊。而不可逃避。他都还不知道，一切，究竟真的该怎么办，潘多拉的盒子，便仿佛就已被打开。他都还是想逃，却已那么意外的，面对。——其实他现在觉得，自己的这个疏漏，是个必然，就好像，他昨晚想逃开小屋、逃开胡珊，却反而，就是回来一下子便面对到了一切一样，都仿佛天意一般。像偶然，其实又全都只是必然。——就如同，他在接到陆贤的那一个电话前，都还是心乱的，根本便没能想到，胡珊会去找陆贤。可是，其实又有什么好奇怪的呢？——谁说，胡珊就只能去问医生呢？——回头想，一切，不都只不过，是他自己算虑不周而已吗？虽然，他补救的相当高明。——虽然，他将计就计的，相当残忍。

然而，这世上，一切的残忍，都会要人付出代价。——正比如，他，在这一刻已是的生不如死。

还有，那生不如死中，多么强烈的，那一缕庆幸啊。

怎么偏偏就是现在发病呢；怎么偏偏就是刚才，把手机放那里了。

是不是，老天，要我回头？

是不是，我真的，错了？

——她，会跟唐梦佳问清楚吗？

他，仰瘫在地上，瘫看着，无云的天花板。

陆贤，往回走了。

唉。

他还是不禁然的，摇头叹了一声。

他一时回头，看了看也已是远去了的萧然的胡珊的背影。——唉，没事就好。

不然可真是——唉……

陆贤，不禁然的又是叹摇了摇头，便是转回了身，继续回去了。

——陆至诚的眼前，黑茫茫的无尽浩瀚。

生命像纸一样仿佛在被烂撕着的痛苦，如荆棘的铁索一般拉扯着他全身的每一根骨。

他都几乎不能相信自己刚才，在电话里真实的说出的每一句话，每一个字。

那些真的都是我说的吗？

那些真的都是我说的吗？

他相信，自己是活该。——他痛苦的，甚至只希望，自己此刻简直撕拉的让人生不如死的痛苦，能够真实的，将他像纸一样的撕碎，彻底撕碎——他痛哭的真实觉得，只有那样，或许，才能让他真的好受一些。

他，都让她听见了一些什么啊！

他，残忍的都说了哪些啊！

他，真的是活该啊。

他，哭泣的，又一次剧烈咳嗽了起来。

他无力地瘫在地上，痛苦的哭泣着，剧烈的咳嗽着。

他真的，好想自己，被撕碎啊，彻底的撕碎。

那样，也弥补不了，对她伤害下的，一丝一毫啊。不，半丝半毫，也弥补不了啊。

我都做了什么呵。

他痛苦的，哭着，自谴着，自罪着。

剧咳着。

他想，她，现在怎么样了？

她，不要紧吧？

——呵，又怎么会不要紧。——他自嘲的哀想。

陆至诚，很担心胡珊。

他知道，今天，他拿刀捅了她。

她，还好吗？

呵。

他哭着。

很久。

他想，还好，陆贤肯定不会让她就为了这个电话，而有什么事的。

呵。

那样就好，那样就好啊。

一定不要让她有什么事啊。一定不要啊。

要她想开些。一定让她想开些呵。

呃、呃。

他又一次的，痛哭了起来。

他的腿，依然无力。

我不是个东西啊，我不是个东西！

他嘶哑的哭着。

自唾着。

哭着。

广袤的尘埃大地之上，灰嚣依然如奔如滚。所有的冰冻与朽枯，都乌然的还在寒霜蛊惑着一切红尘间有生的寂静与喧哗，欢笑与哀伤。风如失去了树枝的叶，依然还在云与地之间，没有方向的奔号。

呜荡。

陆至诚没有方向的散落在苍白的天花板上。

无数个他自己的模样，在他的眼底缭缠。

每一个他自己，都仿佛抓着一把他的心。

他不知道，自己怎么，竟然，真的就能把那些话说出口啊。

他完全没有办法去想，她，心里会是什么感受。——他完全就没有办法，能够是再好像以前任何时候都能够那么的设身处地的去想她的感受那样去想。他无比害怕的感到，自己，就仿佛是一只已被吹满到了几乎极限的薄薄气球。

再不能，哪怕多吹一点点了啊。

虽然，他知道，她一定，难过的无法承受。——甚或，直比他此刻，更难过百倍、千倍。

可是，他真的不能再想，哪怕再多半点点，半丝毫。

他不知道，是不是真的自己太自私。还是，只是自己，真的太软弱。

他几乎从来没有像现在这样，无比清楚、强烈的彻透的，看彻过自己灵魂中的这些全部最深最深的乌暗处。斑斑，点点，星星，块块，都是那么的让人可怕。

可怕。

他从来没有这样的，真实的感到自己真不是个东西啊！

自私！软弱！懦夫！无用！冷血！残忍！寡薄！！

混蛋！！

他痛苦的，只恨不能，当真宰了自己。

宰了自己！

我，对不起她啊！！

对不起啊……

——只是，蓦地，他又是忽然多想，她此刻，可以，真的就在他的身旁啊。

其实，忽然，多想。

多想啊。

伴着他剧烈的咳嗽，一阵又一阵的，脆弱如潮。

他恨自己的这种脆弱，却又真的，无力抵抗。

他是真的忽然多想，她此刻，能在他的身旁啊！

瘫了的他的身旁。

他忽然，真的很怕，她，会不再找唐梦佳。

真的，很怕。

他怕，她会真的就信了，他已不再爱她。

——不要啊！！！

不要啊！！！

——她会找她问清楚吗？

——会吗？

他突然，又开始无比的祈求着，他此刻的这一阵无力，能快点好起来。

因为，他在这一刻，是突然这样无比真实而强烈的，竟然想要，给胡珊打电话。

马上、立刻、最快的，立即，亲自，给她打电话。

他想告诉她，对不起、对不起、对不起。他想自己、亲口的告诉她，不、不、不，这一切，都不是真的、都不是真的、都不是真的。

都不是真的啊……

对不起呵……

小珊……

撕心裂肺的想追，一切想要追上所有已如风逝的想追，在这一刻，满漫的，灌透了他。

猛剧的，灌透着他。

他，重新又奋力挣扎了起来。

……她会找她问清楚吗？

……会吗？

忽然，他感到，他的无力，在开始消退了。

风声呼呜。

胡珊，萧然的，一步，一步，行走在呜呼的风中。

萧然的。潸然的。

岑寂的。

她不知道，她还应该，往哪里走？正如，真实的失去了方向的风。

不知道还该往哪里追？还能往哪里寻？

陆贤给她唐梦佳号码的时候，告诉她，唐梦佳唯一还留在遥州的没有断，据他所知，就只有这一号码了，连她自己的爸都没别的联系方式了。陆贤说，不过，上个礼拜，他才给唐梦佳这号码打过一电话，是停机。不知道是暂欠费还是她换号了。陆贤说，也是没想到，不然刚才，我就先给她打电话干脆了。也不知道她这号现在通了没有？

陆贤记给她号的时候，还微带了一种不由的为陆至诚的赎不道德的良心感，很好心的说，要不我现在帮你给她打打看。胡珊强微笑了笑，还是说，不用了，过会儿我自己打吧。她笑了笑说，谢谢你。

陆贤一时不由真实的很同情并由同情而有些微哀的，默了一会儿。——那你过会儿自己试试看吧，可能也通了，暂不通也不要紧。陆贤最后，就便是安慰而又其实很笨拙的笑了笑说。

然后，他又说了遍，你一定要想开些，就和她道了别。

——其实，陆贤看得清楚，他是怕，胡珊搞不好会就那么有个三长两短，而陆至诚……怎么说，其实，陆贤隐隐就觉得，总那么有些说不上的不对劲。

陆贤实在想不透。

——胡珊给唐梦佳打了九次，都是停机。

停机。

胡珊每往前走一步，都仿佛在穿透一堵墙般的艰难。虽然，她自己都不知道，她是在往哪里走？

风，好像一层又一层看不见的冰。

云，仿佛都是泥沼的倒映。

天与地，都好似失去了分别。牢笼的坚硬，在一切视线的尽头，霾霾模糊着所有的朗冥。只有风和云，还好像冰与泥的海洋，在苍莽的人世乌灰间，黯然流荡着仿佛红尘间最痛苦与绝望的痴眷和哀伤。

江南千万里。缠绵的冥狱，追奔的绝堑。

哀伤的冬天。

胡珊停下脚步，又给那个停机的号码，打了四个电话。

连她自己，都不禁嘲笑起了自己的傻。

泪水在她脸上都好像结了冰，僵麻了她的一切表情。

可她，还是依然，无论如何都不相信。

她不相信。

她只是伤心。

她伤心，他为什么要这样对她。

她还很担心，他究竟是怎么了？

紧密的痛苦，都好像崩塌了的山块，伴着岩浆般的江流，在她的心上奔突。仿佛他丢下的流星锤，不需要人用力的，便那么长长着獠牙一瞬不停的不断狠砸着她。

她不想他有事，可是，她也已经，真的不再怕，他会有任何事。她只是，真的好想，他能都明白啊。哪怕，让她来为他怕，也好过一切啊。可是，她也真的不怪他，她知道，他是爱她。她也真的都不怕，她知道，只要他爱她。她知道，他是爱她的。她知道，哪怕就是珍珠会变成石头，红豆会变成烂铜，他也不可能变得不爱她。——虽然，现在这样，她真的也很伤心，很伤心。

可是，她依然是那么从来没有变过的，用自己的生命相信着，不可能。绝不可能。

就是要她用死来相信，她也绝不会点头。

只是，她现在，真的真的，好想知道——究竟，是为什么啊？

风和云，都仿佛一样的彷徨。

彷徨。

陆至诚，已经重新站了起来。

可是，他的手，却僵停在了手机旁。

他没有办法不承认，那一种勇气，或者说，是冲动——想立即马上给胡珊打电话的那一种冲动——正在急速的消退。

是的，仿佛伴着他身体内的那一种无力的消退，他的那一种就是在那么最无力的一刻间的一刹里所忽然就是突的剧鼓起了的勇气，或者说，冲动，就好像是几乎同步一样的，也不可阻拦的，同样消退了起来。

甚至，他在真的完全重新又站了起来的那一刹，想，我怎么会这么糊涂。真是，差点就犯了大错。

可是，他的手，又还是，僵停在了手机旁。

他不知道，其实，他究竟应该怎么做。

正如，有时候，人在最寒冷的冰窟中，却反而能够生起火种一般，当冰窟隐却，火种却反而又会陷入了黯然。

告诉她吧。——不可以告诉她！

我真的不想再这样对她啊。——那就只会害了她！

我真的不要没有她啊。不要啊！——你怎么可以这样自私！你怎么可以这样自私啊！！

可是、可是，我是真的，真的，爱她的啊！！——可是，你就要瘫了！！！你就要死了啊！！！！

你拿什么，让她幸福？

——是啊，我拿什么，让她，幸福？

她的路，还长啊。

爱她，就让她走。

让她，离开吧。

长长的，岑寂。

——她会找她问清楚吗？

——会吗？

她，会找她问清楚吗？

——他颤抖的，还是滞然的，拿起了手机。

颤栗着的，终于还是，拨号。

只不过，他拨的，是，唐梦佳的号。

停机。

僵硬的手机，长久的，还僵硬在他的耳旁。

他忽然笑了笑的，一下子，便是热流下了两行泪。

他一只手，簌抹去泪，一只手，便是收起了手机。

他知道，这个号不通了，那么，至少在遥州，就再没有人能找得到她了。

他哭笑的想，原来，胡珊本来就，不可能问得到她。

天意啊。

他苍凉的笑着，嘲笑着自己。——原来，老天，本来就没打算要我回头。

天意。

也好啊。呵。

呵。

他哭着，笑然。

笑然。

呵。

——为什么!!!

他突然哭疯了的一拳，便是狂砸在了墙上。

墙不痛。

风长长。

胡珊萧悲的，自己也不知道，自己怎么，竟然会来到了街心花园。

惊醒的那一刹，她忽然，泪流满面。

多像啊。

曾经也是这样。

"……为什么……为什么……"

胡珊远远的，看着那张依然空空的，仿佛真的除了他和她，就是再没人坐过了的白色长椅，突然，不禁掩面大哭失声。

路人，甲、乙、丙、丁，都不禁驻足，讶然。

胡珊抛忘了所有一切的，哭痴了的就是急转身，狂奔了起来。

狂奔。

不要！不要再这样!! 不要!!!

明知恩爱明知痴，明记清狂明记誓，为何却还总要那么，逃不脱一世两思，几遍成几遍休，究竟几多事几多惭羞？

再不要!!!!

我一定要问清楚!!!!! 我一定要问清楚!!!!!!

又有一阵风，哭了起来。

叛魔者，杀。

云下，又一次，阴霾起了风之血。

江南寒，流水如逝依旧；梅香芳，冬凛随风仍故。

陆至诚，出了门。

他知道，自己现在这状况，一定不行。胡珊是一定还会来找他的，而他，却又随时可能会发病。

他想去一下医院。

想看看能不能先用一些药物，稳定、延缓一下状况。

他转身的时候，眼睛，却一时，便是很真实的，就那么，被一片黯淡的光——楼道口处的，一片黯淡的光——给剧烈的刺痛了。

他一下子就是想起，是胡珊昨晚，为他开门而开的灯。

蒙着垢的昏暗灯光，在白天却又仍旧是那么乌黯的楼道口，仿佛依然还在灰冥冥的，如纱洒漫着，摄心的哀伤。哀伤的，真的仿佛太过炽亮。

一种单纯的疚伤，一刹划痛了他的心房。——单纯的，疚伤。

在这一刻。

就好像飘零的棱棱雪片，莽莽的漫山遍野，都如旷旷麦田般的无垠烂漫山花，蒲公英一样的寂寂翻起了涔涔逝逝的浪。——有时候，越简单了的哀痛，却反而越更让人难受。

陆至诚低了头，干涸着眼眶，走到了楼道口。

纱幔，像苍白的一张又一张的纸，紧紧的贴住了他。

他没有抬头的，滞然抬起了手，"嗒"一下，关了灯。

他知道，他不可能带着内疚，走过这片哀伤。

他，还是干涸着眼眶，走出了楼道口。

一路上，他接到了二十一次胡珊打来的电话。他都没有接。

最后一次按掉电话时，他离医院大门，已不到两百米。

胡珊哭泣着，终于还是没有再给他打第二十二个电话时，她离医院的大门处，差不多还有四百米。——不过，中间有一个转弯。

陆至诚不知道，其实，此刻，他和胡珊，正在从两个不同的方向，往着一起，越走越近，越走，越近。

因为，他根本就没有想到，也不可能想到，胡珊，在陆贤和他的那一个电话之后，还会，第三次，再来医院。

陆至诚，早已忘漏了——其实，他的主治医生，也为他，做过早先的一些检查。——虽然，是什么也没查透彻。

但是，胡珊想起来了。

只不过，胡珊此时心里更主要想的是：他，会不会，是上次重伤还留下了什么问题，这次发现了？

她真的不知道，他的身体，究竟是出了什么问题——一切，到了现在，都已是噩乱的，让一切原还或许可能的推猜，全部成为了可嘲而混浑的肥皂泡——可是，她还依然莫名，就是直觉得，事情的关键，应该，就是肯定在这里。

她，一定要，把事情弄清楚。

一定要。

胡珊，快到拐弯处了。

陆至诚，站定在了医院门口外。

陆至诚哀顿了一顿，便还是，走入了医院。

当陆至诚走入了医院的时候，胡珊刚好，也便是走过了转弯。

她一抬头，远远的，就已是看见了医院的空空大门口。

她愈走快了起来。

陆至诚在医院楼外的草坪上站了一会儿。

漫目的冬，遍天的阴霾，绿绿的草坪，都仿佛断了翅膀的蝴蝶。一扇又一扇哀伤的窗，都好像在流淌。流淌着揪人心的凋零花丛。灰暗的。长长茫茫。

这里，从周健，到梁啸刚，再到他自己，再到现在，他忽然，真的蓦地，无比悲哀的，感觉到了一种，生命的已苍老。

锦瑟无端五十弦，一弦一柱，思华年。

他哀嘲的想，原来，有时候，有些事，其实真的用不了五十年。

风逝的悲哀，风一样的浸透着他。

谁又真能，反抗命运呢？

他一刹湿了眼眶的，想。

胡珊走到离医院大门口还有差不多四米的时候，陆至诚的右手，抖了一下。

他，走进了赵主任办公室所在的那栋楼。

几乎同一刹，胡珊也走进了医院。

胡珊经过草坪的时候，说不上真为什么的，就是难过的，一刹便泪满了面。

胡珊在护士室很快的便是问到了，曾为陆至诚主治过的那个主治医生的办公室，在哪。——就在赵主任办公室所在的那一栋楼外的，另一栋楼里。

——而那栋楼，其实正也是以前陆至诚在里面病躺了几个月的病房的所在。

陆至诚在赵主任空空的办公室外，才知道了，赵主任是刚好去了那另一栋楼里。——就是他以前住过的那栋。

陆至诚一时就只好又是下了楼去。

胡珊心里沉蒙蒙而又是颤恸恸的，百哀交集着，而又是紧紧祈求着的，便是跑上了楼去。

而，就在胡珊的前脚刚踏上了一楼第一阶楼梯的时候，刚刚巧，也便是陆至诚的后脚，刚迈下了一楼的最后一阶楼梯。

陆至诚，远远的，往这边赵主任正在着的楼，走来了。

胡珊跑上了三楼。

陆至诚踏上了，胡珊刚刚走过的楼梯。

说不上真为什么的，陆至诚心中，一时百哀交集。

他一步、一步的，往上，沉重的走着。

陆至诚走上了二楼的时候，胡珊还依然尚站在三楼的楼梯口。

因为，她一时也不知道，到底哪里才是那主治医生的办公室。

刚巧一个护士走过。

陆至诚走到了二楼至三楼的楼梯中间拐弯处的时候，耳朵，却突然一凛。

他在那微嘈而又一时莫名有些稍静了下来的医院人声中，忽然，竟是好像听到了——是……

他一下子，忙转弯，紧疾往上一看。

三楼的楼梯口，却只是一个拄着拐杖的老头在和一中年妇女聊天。

陆至诚，一时不禁松了口气。他顿滞着，两三秒的，自嘲的自摇了摇头——却又不禁一刹，险然恸然。

胡珊，跟着带路的护士，继续往前走着。——正站着老头和中年妇女的楼梯口，在她身后，四米，五米，六米……

陆至诚离迈上三楼的廊地，还有五阶楼梯。

护士已经带胡珊，走到了医生办公室的门口。

办公室里空无一人。护士对胡珊说，你先坐进去等一会儿吧。

胡珊说好。

胡珊走进办公室门口的那一刹，陆至诚，刚好就是站到了，三楼楼梯口，胡珊刚刚站过的那一个地方。

他不禁想起了自己以前住院的那些事，就是在楼梯口，一时滞然的站了一会儿。

中年妇女一时就是有些莫名的淡扫了他一眼。她有些微怪，怎么这人站的位置和方向，和刚才那女的几乎完全一模一样。她看了看他的脚——哟呐，还都是踩在了那同一块廊地花纹上哩。

陆至诚，铅重的不由微叹了一声，便是径自的，继续又往了四楼去。

陆至诚刚上四楼，胡珊便又刚好是，从那办公室里，走了出来。她不知道，自己到底要等多久。她的心里，就好像是满满的一锅，乱噩的煎熬。

她不禁，转头看了一眼，楼梯口。——那老头和中年妇女，正在离开。

空空的楼梯口，愈难受的，抓痛了她的心。

陆至诚在四楼，找到了赵主任。

陆至诚和赵主任聊了一会儿。

胡珊，依然还是空茫而煎熬的，在等待着，祈求着。

祈求着，事情，可不可以，真的就水落石出了。

她看着此刻，一时空了的走廊，心中，一刹，却不禁便是，锯拉过了一道浓

烈的忧伤。

她忽然想起，那一次，梁正强住院，她和他，擦肩而过无言，却又都是彼此回首相错，就是在这一条走廊上。

她的心中，一刹不禁泣然。可是，她却又是，终露出了一丝微朗的微笑——她想：在街心花园，那么多次，都没有碰到，在一起相遇，那么走过，都不能相看，可最后，不都还是，那么真好的，都好了吗？——呵，这次，肯定也是会一样的啊。只不过，是上天的小小玩笑呀。

是啊。

她，又回空办公室里，安坐了下来。

陆至诚和赵主任，一起下楼来了。

赵主任要带陆至诚去二楼打针。

陆至诚重又到了三楼的时候，莫名不禁的，顿了顿的，也是浓烈忧伤的，忽然便想起了，那一次，正是在这条走廊上的，和她擦肩相错。

他，很悲哀。

天意。

他不禁想着，险潸然。

他和赵主任一起拐下了楼，往下走了去。

陆至诚先在医室里坐着，赵主任去取药。

赵主任在去取药的时候，刚好就是碰到了，以前也是给陆至诚负责治的，副主治医师。

赵主任和他笑打了个招呼。

然后相过。

副主治医师经过医室的时候，并没有看见、在意到，刚好就是正背向外坐着的，陆至诚。

副主治医师，径自上了楼。

他最近刚和主治医生一个办公室。他正有些郁闷的，要回办公室。

他回到了办公室，便是有些意外的，看到了胡珊。

胡珊站了起来。她曾在七月飞雪的那一天，见过这位医生。

——赵主任，和一护士，一起回到了医室。

赵主任不擅打针。

而，这一来为陆至诚打针的护士，却刚巧，便是刚才，那一给胡珊带路的护士。只不过，她既不认识胡珊，也不认识陆至诚。

冰凉的药液，仿佛都带着难言的哀伤。在慢慢的，进入陆至诚的血管，血液。

一寸寸的，寒冰。

打完了针，赵主任便是跟陆至诚讲，这药打完了，要休息一会儿，要不你先在这坐着，我去给你开些药，一会儿再过来。

陆至诚点头说了好，又说了谢谢，一时想到，便不禁又是忙叫住了刚要走的赵主任，问，就他现在这情况来看，这一针，不知道能大概维持住他多久？

赵主任想了想，便是说：大概，只能是一星期吧。

陆至诚便想，那这药能不能用多些呢？

——这药……无论是量，还是次，只要用多了，那之后，效果，便，都只是会，越来越差。你知道，你这病……

沉默。

陆至诚笑了笑。

——三楼。

胡珊才知道，那位曾为陆至诚主治的医生，从昨天起便已请了假，这几天都不会来上班。而这位副主治医师，没什么好气的跟胡珊说，他呀，这两天小老婆生孩子，你说能不请假吗。

陆至诚默然的坐着。他觉得，药液的冰凉，仿佛终都还是，已全部的消融入了他的血液中了。他不禁的，不知道，其实，已经是被一种另外的冰冷所融入，并且，也或可以说，是正在被改变了的自己的血液，到底，还能不能算是，他自己原来的血液了。——正好像，他不知道，已经是在这样对待胡珊了的他自己，到底，还能不能算是原来的他自己了。

好像不是——可是，又怎么不是呢？

自己如果不是自己，那谁又是谁呢？

他自嘲的哀想。

——副主治医师向胡珊担保，陆至诚怎么可能有什么后遗症。

他说，他出院前，我还亲自给他做过一次全面检查。

胡珊担心会不会是出院后才发现的。副主治医师讲，没听他（指主治医生）说起过啊，要真有，他没理由不告诉我嘛，又不是他一人全责。

医师讲，不可能，你放一百个心。他（指陆至诚）当初那么重的伤，要是没好，我们怎么会让他出院。

胡珊还跟医师问起了，那个陆至诚就是跟她瞎诌过的神经营养不良。——可惜的是，这位医师，今天心情正差。——他将陆至诚原是对胡珊瞎诌的“神经营养不良”，错岔的理解为了，是或许由于胡珊的寡知，而造成的对于“营养不良”这一简单概念的转述失误。——他甚至，连原本或许可以为胡珊打开一扇门的，其实刚巧也就是近旁存在着的另一种重病误读——“肌营养不良”——都没想到。

哦，营养不良啊，小事情嘛，让他吃营养一些不就行了——吃得补一些，不过也不要太补，平常注意些饮食均衡。——嗨，这都容易好的事情。

——这位医师此时说的，刚巧，就也是和陆至诚瞎诌的意思差不多。

胡珊的心，一下子，就乱了。——她将医师此时说的“营养不良”，误解为了，是对她所说的“神经营养不良”的，简读。

——语义的鸿沟。

胡珊再一次，陷入了事情噩茫的沌雾。

心乱的，以至于，她都忽略了——其实，她还应该要说一下，其实，和“营养不良”根本就不符的，陆至诚曾说过的，无力，手抖之类。

可是，对于简读的误解，使得她都以为，“神经营养不良”这一概念，已是包涵了她所想要向这位医师表述的一切状况。——再加上，她心已乱。

他究竟是怎么回事啊——那他，究竟是怎么了啊？

她的心，在焦然起煎。

她想跟这位医师，要那位主治医生的电话。——她在这一刻，显然没心思发现到，这位医师，不高兴了，也不耐烦了。

不知道。他懒懒冷冷的说了一句，便是有些不再多搭理下去了的姿态的，坐回了座位去，不再管胡珊的，自拿起了一张报纸。

胡珊心焦的，又是想跟他问，那么那位主治医生什么时候会再来上班。

这位医师，只是眼看着报，冷懒的，摇了摇头。

胡珊，忽然才是发觉到了，自己，是犯了一些讳。

——显然，这位医生和那位主治医生间，可能有些龃龉。

胡珊，实在是——救火碰上了硬要卖油的。

你去外面坐吧。

医师冷看着报，眼也没抬一下的，说。

——二楼。

陆至诚感到，自己的身体里匍匐着的那一种颤抖与脆弱，好像，真的在慢慢消失了。

他知道，自己最好是，应该要尽快的，将所有事情了结完。

一切，都拖不得了啊。

他紧箍着心的，想。

——三楼。

胡珊黯噩的，坐在走廊里的椅子上。

她的心里，仿佛被泼翻了的一锅滚油。

怎么会这样？——怎么会这样？

沸乱焦心的麻绳，千万圈的在她心膛内紧勒厉转着。

像一粒又一粒扎得人生痛的珠子，成串。

从那医生也是那么样的，说那“营养不良”是小事情开始，她的心，便开始真的，一刹乱了。

就仿佛，夜晚中的旷野，指北星的终于蒙黯。

她都几乎完全就没有心思，再去丁点儿的想那刚才心中糟乱如麻时的和那医生的小小节外生枝——她知道那医生，是误会她信不过他的技术了——她真的不是那意思。就好像——她曾三番两次的就是反复那么求问赵主任一样——其实,她也不是,信不过赵主任。——她不信的,所绝对、坚决就是不能相信的,实在只是事,而不是人。——正如,其实她从来,都只是想要,可以很简单的追寻到她的肯定,而不是,要去一路否定一切对她的否定,通过否定所有的被否定,而获得肯定。——可是,这世上一切的追寻,却都仿佛注定了,逃不过必然只能是用披荆斩棘的方式,才能到达终点的东方,才能,获得信仰的阳光的宿命。用一个人全部的力量去否定一切对肯定的否定,用一个人整个的灵魂去斩除一切拦路的荆棘,似乎,只能是一个人追向其心中的太阳的唯一路途。——哪怕,很多荆棘,其实都只是很无辜的相对而言——就好像,在没有交通规则、也不可能有交通规则的多岔路上的,纷纷相撞。——其实,人生与追求,有时候都是很残忍的,对己,或者对人。

可是,太多的时候,不想走的路,却终只还能是,必须要走,也唯一只能走的路。——就如,要走向东方的阳光,就必须要穿越过所有的荆棘。——就如,其实太多的事,实在总免不了,原就是和人,牵缠在一起的。

胡珊在表示歉然的向那医生微鞠了一下躬,然后便只能是默然的走了出去的时候,甚至一时都还是不禁的,一下子引想起了梁啸刚和程素梅。

——是谁,偏偏就将所有的一切,织成了这样的一盘纠缠与伤哀呢?

她在噩乱中,忽然就是那么真切的觉得,自己的双脚,仿佛离开了大地。

她就好像是在飘着的,摇摇晃晃的跌坐到了走廊里的椅子上。

她在噩乱中,开始感到了彷徨,开始感到了害怕。

不是为荆棘,而是,为了太阳。

太阳的,开始入雾。

她知道,她不怕荆棘,再也不怕,不会怕——哪怕遍路会塞满了一切的疚歉与伤害、激烈与悲哀——她也知道,她能过去,一定能过去。哪怕仅仅只有她一个人的力量,她也能,一定能做到。——因为,她早已在百万次千万次的痛苦中,是那么的刻骨铭心:人生,最痛苦的,永远不是得不到,不是——而是,不去追——不去追。不去追——那一轮,每一个人心中其实,都会各各有的,心中的太阳。

——是那么永恒的,心中的,太阳。

可是,现在却分明就如同是有越来越多的雾障,在漫住那一轮太阳,漫住那一轮太阳。

是的,当荆棘们,开始用它们的力量,试图蔓遮住那一轮太阳的时候——就仿佛,在众神们还没有离开这个世界的时候,那一位,双脚被离开了大地的,巨力的神。

胡珊的心里,就仿佛树摇石滚。

呼风大作。

嶙峋的山翻壑覆,在她的心中起乱。

她本来,还想再去跟赵主任问,那主治医生的联系方式。可是,她却又是不得不的，那么哀噩的，明明听见自己心里有个声音是在恸说：是啊，他们都这么说了，还为什么要再问。——再问，又真能再问出什么来呢？

可是，她不信，不信！

她依然，绝对不能相信！

他不再爱她？——绝不可能的！！！

——她只是想：那这么看来，一定是别的事了？

无论如何，她也一定要把事情弄清楚。

一定要。

她看着这条走廊，又一次仿佛看到了曾经。如在眼前的长长悲伤，仿佛湖泊一样的，粼粼闪着光。

她一刹间，忽然不禁泪盈的粼粼想起，他，还没有带她去心青湖玩呢。

都说好过的。

她痴悲的想着，险些，就一下子恸哭了出来。

胡珊蓦然抹去了眼角的一刹潮湿的，便是，站了起来。

赵主任说：其实我差点就想说了。

"……她都哭了。"——呵，我是都看惯了病人家属的哭，不然真是……唉——其实你，又何必呢……

沉默中，陆至诚依然只是，饰面淡然的，笑了笑。

他拿了药。

胡珊脚下仿佛滑着没有着落的风一样的，踉跄无魂的，就是宕宕的下了楼。

经过二楼的时候，她的心中莫名一绞，就好像一片云的流过。

陆至诚谢过了赵主任，便也准备要告辞了。

胡珊的前脚刚踏到了底楼的走廊地面，陆至诚的后脚，便是迈出了二楼医室的门。

陆至诚走到楼梯口的时候，右手又是抖了抖。

他心里一刹莫名绞了绞。他不禁驻了步。

他往朝三楼上去的楼梯看了看。空空荡荡的楼梯，半个人影也没有的寂静。丢个硬币也仿佛能涟漪起回声的此一刻的莫名岑寂，好像在整条楼梯上一时的寂然流荡着。流荡得陆至诚的心，都好像是发出了"咯咯"的裂纹声。

他不禁长漾哀痛的想，那时候，她偷偷来医院里看自己，也是走的这里吗？

——他不知道，其实今天医院里这栋楼中的另外一条楼道，刚好卷帘门没开。

也就是说，其实，今天的他和她，很悲哀。

相逢了的鞋尘，交错过的人。

可惜，这世上的人，有时还总不如尘。

——胡珊缩了缩在风中落散开了的发。

她看着一根长长的发，掉在她的手上，被风吹了去。

她心里，就好像是也仿佛被风吹走了一些什么原本长在她心上的东西一样，有种被剥离的痛。

就好像忽然很痛也很重。她蓦的感觉，有些走不动。

就好像，有一种风的逝，在拼命的往她的腿里灌着心的伤痛。有一种冰，在从大地里，不断的往她脚上结着冻凝，沉重的甸冰。

她在离医院大门不远处的一处花坛旁，无力的脆坐了下来。

她的背后，刚好竖有一只差不多大半人高的广告灯箱。

恰好高过，坐下了的她的头顶。

胡珊痛重而已仿佛被痛重在这一刻剥逝去了所有的力气的，无力的，坚决禁抑着自己，不允许自己哭。

她咽恸的，不禁还仍颤颤然着，又重新是不放心的弄了弄头发，再反复的是擦干净了自己的脸。她怕自己的脸上还会残有泪痕。她怕，自己现在的样子，是不是会看上去很难看，很让人没好感，甚至令人生厌。

她怕极了。

因为，她现在，是想要，去见陆中兴和张慧芬。

一个人。

因为，她想，或许，也只有他们，才能是，最后能给她答案的，希望了。

她想，他要是真的出了什么别的事，那，他爸妈总应该也不会是一无所知吧？最起码，就算暂还不知道，他爸妈也总能比别人，更有可能知道到啊。——这世上，哪有真不透风的墙啊。

可是，她也知道，对她来说，现在，去见了陆至诚的爸妈，那么也许——她和陆至诚之间，本来的一切，就会真的要遥远了。

但，再遥远，也总胜过，一切，现在这样啊。

她知道，自己不怕。——不怕的。

她颤咽着恸。

她簌簌的，深深吸了口气。烈抑下眼泪的那一刹，她心如万刀齐剪。

不只一种剪。

至诚哥，你为什么，要那么样对我啊。

胡珊，心哭若涛。

陆至诚，从医院里，走了出来。

其实，那一广告灯箱，只在他左侧的十多米处。

可是，他，没有抬头。

也没有转头。

陆至诚抑着心悲的，往右一转身，直接朝来路回去了的那一刹，胡珊，刚巧也便是，就从灯箱后面，颤然的终撑站了起来。

可惜，胡珊是刚巧背对着陆至诚的。

而她，也刚巧并没有转身。

陆至诚和胡珊，就这样，背对着背的，往两个截然相反的方向，各走了去。

两人，相离的，越来越远。越来，越远。

走着，走着。

胡珊莫名的，就是觉得，自己的后心处，便仿佛是有一根线，一根细细长长的线，在随着自己的走，越拉越紧，越拉越痛。越拉，越痛。

就好像，风中的一只风筝。

陆至诚莫名的，就是觉得，自己的后心处，便仿佛是有一根线，一根细细长长的线，在随着自己的走，越拉越紧，越拉越痛。越拉，越痛。

越拉，越痛。

就好像，风筝，在长长风中，长长的颤飞。

脆弱的线，如雨的风。

紧紧，紧紧。

胡珊，忽然，不禁停下了脚步。

陆至诚，忽然，不禁停下了脚步。

都顿着。

四五秒。

胡珊忽然真的不知道，她是在离真正的谜底越来越远，还是，越来越近。

正如，陆至诚忽然也是真的不知道，他是在离他所真正想要的，越来越近，还是，越来越远。

“——还想什么呢？”

胡珊紧咽下了喉中一刹不禁的悲伤哽烫，没有能回头的，终便还是赶紧而匆匆的，心恸着，往着她前面要走寻的路，忙忙继续的走了去。

“……还想什么呢？”

陆至诚自嘲的哀抑下了眼中一瞬又是的模糊，没有能回头的，终便还是噩噩而茫茫的，心碎着，往着前面，他自己也不知道究竟是要往哪里去的路，沉沉继续的走了去。

两个人，越走越远。

终还是，越走，越远了。

彼此的风筝，在浩莽的如雨风中，嘶哑颤抖。

两个人的后心，都仿佛，越来越被瀚旷的空谷，紧紧的撕痛了。

风仿佛带着时间，在越来越沉甸的，往他们行走着的心的伤口里，灌着寒冷的铅。

寒冷的铅。

每一步，都仿佛更空旷的痛，和更沉重的难动。

一层又一层流荡撞击的铅。

一层又一层被裂开的时间。

胡珊怏怏的走着，怏怏的走着，却终还是，不禁慢了又慢、慢了又慢了下来。

陆至诚不禁终还是慢了又慢、慢了又慢了下来。

无数凄黯的蝴蝶，都好像带着灰云做的石头，一群又一群的，不停在往两个人空痛旷莽的后心里扑。

层峦叠嶂的哀碎涟漪。

胡珊哀恍的，忽然又是想起了，那时候，有一次，她爸生了病，也就是住进了这里的医院。陆至诚陪她一起来，还偷偷的早跟她开玩笑，讲，要算是女婿看望丈人的。

陆至诚哀惘的想起，那一次，还刚好就是一起看见了梁啸刚。还有，一条闪电的疤。

胡珊哀滞的，想起了，后来，就是梁啸刚为了救她，险些送了命。刚好，就也是进了这医院。

陆至诚怅哀的，想，那时候，都真的是还不真懂——做错了太多的事。既毁伤了别人，也毁伤了自己。

胡珊哀涩的摇头，自嘲的伤笑了笑，想，那时，一切，真都好像天意。

陆至诚心霾霾的悲惘，长哀自嘲笑了笑，天意，其实又究竟是什么呢？

胡珊心中一时像被一束流星殒了殒的，一刹，不禁便是悲重又想起，再后来，就是他，又住进了这里来。

他，差点，就也回不来了。

长厚的悲滞哀绵中，沉烈的突然仿佛一刀入心，彻底的，便是一时停下了她的脚步。

他，一时，也是终不禁的，还是又一次的，停下了脚步来。

谁说，只有死亡才是考验呢？

陆至诚，悲惘的被仿佛万千的缰锁牵拉着，沉重的，几乎觉得，整个人都要往地里沉下去了。眼泪，几乎一刹就从他的眼里跑了出来。

不值得，都不值得那么为我啊。

胡珊，几乎刹然泪下。

陆至诚，咽哀的，不禁凝滞转回了身来。

胡珊，忍泣的，也是，不禁凝滞转回了身来。

他，远远的，又最后看了医院一眼。她，也是远远的，最后又看了医院一眼。

太多太重的沧桑，最后一次，都仿佛雨一样的，淋湿了他们的眼眶。

他们看不见，他们的风筝，就好像是在浩莽的风空中，打了一个最后的结。

风中，最后牢牢，而颤抖着的结。

因为，他们早已相距得太远。

他们，都是最后的，又看了一眼各自眼前，纷纷而空空的人来人往，便，几

乎是在同一瞬，又都重新，转回了身去。

胡珊抹去了泪潮，知道，哪怕就是为了这曾经已远去了的一切，她也一定要，找到答案。

陆至诚抹去了泪潮，其实，不知道，那些曾经已远去了的一切，究竟是应该要被他带向哪里，才对。

他只知道，他是在，往前走。——正如，胡珊也并不知道，其实，她正在离所有的答案，一切，她的追寻，越来越远。越来，越远。

陆至诚，茫茫的走远了。

胡珊，拐过了弯。

两只打着结的风筝，仿佛，一起在空中，终于被绷断了线。

破碎了的相牵相结，在如雨的空风风空中，破碎了的，哀伤如絮漫飞。悲怅无影凋零。

伤惘哀怅的断线、碎风筝，千万绪千万片的，都在莽莽霭霭的灰空中，化为了乌茫茫的霜絮。

遍羅的，凄寒霜絮。

人潮人海，茫茫依旧。

霜絮，遍遍、纷纷。

长风仍然。流霭依旧。

陆至诚哀伤的，不禁想，缘分，其实真的，又是什么呢？

——他茫茫噩噩的，走着。

走着。

他都不知道，自已怎么就竟然会走到了街心花园。

萧悲与哀伤，在他蓦然惊醒的那一刹，用泪水弥漫了他僵寒的脸庞。

多像啊。

曾经也是这样。

“……为什么……”

陆至诚远远的，看着那张依然空空的，仿佛真的除了她和他，就是再没人坐过了的白色长椅，忽然，不禁魂如落雨。

心叶纷零。

灰霭流天，乌冬漫云。

胡珊，簌瑟的，还匆匆走在冬冷的路上。

一块又一块忐忑的冰，都仿佛在她的心里，被不断的踩碎了，踩碎了。

是几乎连去忐忑的思余都没有了着的，匆匆的，不断被踩碎了、踩碎了。

不断的，被踩碎了着。

一种莫名的飞扑，在支撑着她，无比的，鼓荡着她。——她知道，哪怕可以化作一只飞蛾，她也恐怕不会比现在，更加无比这样的渴盼着，焦熬几乎到了极点的渴盼着，能够与那恒仰的烈灿光明、温暖重新拥抱的一刻的早些到来。——哪怕，有些穿越，或许真的是会需要，用被毁灭来作代价，或赌注的。

她，匆快的，匆快的，几乎奔跑了起来。

陆至诚，一个人，安静而萧哀的，沉默坐在那张白色的长椅上。

他滞伤的仰凝着头，无泪而悲伤的眼珠仿佛两潭死了的水一样瞪着天。僵硬的瞪着遍满乌森、漫厚霾鸷的云流莽莽的灰天。

他的眼前，岑寂的旷远。

重重叠叠的往昔和快乐与忧伤，都仿佛带着此刻在无尽的云雾中生动的鲜艳复活了起来的恸极悲哀，无泣的泪满剧锯着他心的每一星缕。

如排山倒海悲绵，如烟江雾湖哀锁。

长天流霭，旷云重被。

胡珊，快要到了。

她的心，忽然还是，不禁突突突的烈跳了起来。

她的脚步，一时也不由突紧的，就跟着，小停了停。

她还是最后，又给陆至诚打了个电话。

陆至诚依然没有接。

胡珊，终于，还是走到了门前。

她的一只手，簌紧的蜷握着空拳，微瑟凝然的，滞重抬了起来，一时坚定而又好像是有些微急的，便是欲敲的伸向了门，可是，还未及门，却又是忐忑而又好像是有些微犹豫的，不由止下，微缩了缩。

她的手，僵在离门板几公分远的地方，微然有些颤抖，就好像一只飞翔的白鸽，忽然停顿在了两重气流的裹挟之中。

三、四、五秒。

六秒。

她微咬了咬唇，蜷握着空拳的手，还是就好像手心里正徒握着一百斤的重砂一样的，重而滞的，微簌然的，而终却又是坚定的，微急着，轻轻，瑟敲了下门。

轻敲了两下。

开门的，是张慧芬。

讶。

陆至诚在有那么的一刹，甚至真的很希望，手机可以再响起来。

他都想了，我一定接。

可是，正如他也终还是没有给她打过去一样，他的手机也一直都没有再响起。

张慧芬讶愣的那一刹，胡珊是无措并且像纸一样苍白的。

沉默的空气中，鼓满了一种难以形容的紧绷与宕荡。

直到陆中兴觉着外面安静的奇怪，一边说着“是谁呀”，一边从房间里走了出来。

沉默才算是被打破了一条缝。

“——你来干什么?”

张慧芬淡静里带了七分严冷的,问。

陆至诚哀默的坐着。

他忽然对自己所做的一切,产生了怀疑。

他忽然,想哭的想,我是不是真的错了?

他忽然真实的,开始后悔。

他再一次的,开始被自己所破碎。

就仿佛,从他跟胡珊说“分手”开始,一直到现在的一切,都只不过是一场梦。

一场还可以醒的梦。

而胡珊,却是在她不得不依然只好是挂上了她在走近门前最后一次打给陆至诚的那一个电话的时候,便已再是没有选择了的明白了——至少就现在来说,穿越与寻回,对于她来讲,已真的是,唯有眼前这一条可能的路了。

虽然,当张慧芬开门的那一刹,胡珊已是突然莫名的预感到了,一切,也许会比她原来打算的还要更困难一些。

“阿……阿姨好——我、我……”

“不要叫我。——我问你来这里干什么?”

胡珊无措而紧乱着的开场白都还没有说完一个开头,就已是被张慧芬严厉的冷冷打断了。

胡珊一下子,更不知该如何讲才好了。

她匆急而却又是慌乱的,就仿佛是有千万只拖着正焦焰着的火球的老鼠,正在她心里一起疾奔的焦乱狂蹿狂跑。

“我、我……阿姨,我是想、想……”

“说了不要叫我!——你来这里有什么事情?有事快说,没事就快走——”张慧芬不只严厉,已是看得出动了气,“不过先说白了,你要是想来说你和我儿子的事情,趁早闭口——今天我心情不好——”

陆中兴已是蹒蹒跚跚的走到了门口。他小叹一声,轻拉了拉张慧芬的衣袖,意思想要张慧芬稍微客气一些,可是张慧芬猛一下便是甩开了陆中兴的手。

胡珊当然不知道,梁正强昨天才在电话里和陆中兴、张慧芬交涉过。陆中兴、张慧芬在梁正强前,言语自然是袒护陆至诚和胡珊的事情的——张慧芬甚至还是很理直气壮而又婉转回击的跟梁正强说了:哎哟,这种小辈们自由恋爱的事情,你说我们这些老人家来多关心什么呀是不是,他们现在不都大了吗,有他们自己的想法和过日子的道理……哎,老梁你说的是没错,胡珊是你们家媳妇,唉,可现在这有什么呢你说对不对,年轻人分分合合很平常的嘛,时代不同了哪,这话不是老梁你以前自己说的吗,唉,要说,也真是十五像了初一啊……老梁，我说你也别动什么气，依我看，小辈们的事就让他们自己去解决吧，好好坏坏，都顺他们自然着去吧，别伤了我们的和气是不是呵。

面子是撑给外人看的——再怎么说，陆至诚都是他们的儿子，没理由不帮自家儿子说话的。可里子，却就是要自己来受的了——陆中兴和张慧芬才在一个半小时前，为了要不要和陆至诚谈一下这个问题而吵过一小架。

所以，张慧芬说“心情不好”，倒也真是个实话。

陆中兴往外探了探头，很多余的嘟噜了一句“怎么至诚没来”。

“伯伯——”

胡珊欲哭无泪、心焦心乱的，还是很礼貌的轻然叫了一声。她还是想跟张慧芬把话说完，可是，却又实在已是，好像全已紧乱的，忘光了原打算的该怎么说——或者讲，她实在已是，焦苦而紧乱的，不知道到底还该、还能怎么说了。

“阿姨，对不起，我……我……我来是想……想……”胡珊真的很口拙，现在更甚，“——我和至诚哥……至诚哥……他……”

胡珊本来没想到，张慧芬会开门就对她发火的——所以，她一路上原先打算好过的一些说辞，基本上也就全好像玻璃摔在了地上了。——而胡珊在这一刻无措而断续的说的这一些尚不成逻辑的句，却使得张慧芬，一下子就误会了。

张慧芬从一开始，就料定了，胡珊来，肯定就是要说她和陆至诚的事。——这不，胡珊不是想说了吗？

张慧芬还正在火头上，所以，其实在这一刻，倒还没陆中兴脑筋来的清楚。——陆中兴倒不是看出胡珊来是有别的事，他也是觉得胡珊来，那肯定就是为了和陆至诚的事。陆中兴还暗想，巧了，来了更好，你们也不能总瞒着我们吧，说白了，好说好商量不是更好。陆中兴只是一时心里有些奇怪：说你们俩的事，怎么至诚没来？

“好了，你不用说了，也别阿姨伯伯的了——你和我们儿子的事情，我们早知道了，刚才还正说着呢——”张慧芬愤怒的一挥手，“你好啊，也不知道给我们家的那个混小子灌了什么迷魂汤，出了现在这么大的事情，还瞒我们瞒得好像防贼似的——你本事啊，还当着别人家的媳妇呢，就已经让我们家的那个痴小子忘爹忘娘了是不是——啊——”

张慧芬激愤的痛骂着，都不自觉的一步跨出了门槛去。咄咄逼人的，都使得胡珊下意识的不得不跟着便忙紧后退了一步。

胡珊如淋狗血，眼中早已不禁是盈然含泪。

胡珊一刹，突然却又是紧反应过来，一时的误以为真的——“出了现在这么大的事情”？

陆中兴正拉着张慧芬的胳膊，低声好气的劝着她“还是进去说吧”。胡珊不禁的一时便是被误以为陆中兴和张慧芬知道陆至诚是出了什么事紧焦着，一下子，不由便是忙重又跨前去了一步。刚想问。

张慧芬气愤未消的，甩开了陆中兴的手。

“阿姨，是出了什么事情？是……”

胡珊紧焦的苦问都还没有说完个所以然，就已是被张慧芬一下子顿猛就暴怒了的，指脸吼断了：“滚！你给我马上滚！！你居然还有脸跟我明知故问——真没想到你这么虚伪，你人都站到这里来了，还跟我装什么无辜啊——告诉你，我这辈子最恨的就是人不老实！——真不知道我儿子是吃错了什么药，怎么偏偏就是瞎了眼，要一头往个盘丝洞里扎啊——你滚——”

张慧芬都是要哭出来了的，厉声大喝着。——显然，她误会了胡珊的问。

“阿姨我……”

胡珊忍辱含泪，欲说，却又真是不知到底该从何说起。

“你、你还想说什么——啊？告诉你，你和我们家那没出息的东西的事情，我们都知道了，都知道了！！”张慧芬愤而老泪两行，“我们家，这辈子的脸，算是都让你叫那没出息的东西，给丢光了！！从头到尾，一桩桩，一件件的，给全都丢光了！！——好啊，好啊——前段时间，我们还只是听到一点风声，至诚他爸还不信，现在好了，现在好了——你公公，现在还算是你公公的公公，昨天都打电话骂到我们家门上来了！好啊——好啊！！——胡小姐，这一切，都是拜你所赐！！拜你所赐啊！！——你现在来，还想要说些什么，还想要说些什么？——啊？——你听好了，你和梁啸刚离不离婚，那是你们自己的事情，我们管不着，也不想沾上，各家自扫门前雪，拜托远一些——可是，你记住了，也麻烦顺便帮我告诉那没出息的东西，他要是真非要和你在一起定了，那就这辈子，也别再来认我们做爹娘了！——不是我们心狠，是我们这两个老废物，已经实在是没脸再认他了！——你们觉着怎么好就怎么去吧，我们祝福祝福再祝福，只是我们两个老人家年纪都大了，实在是还想要再多活一些日子，求你们就让我们省心一些吧！！！别让我们临进棺材了还要为了你们这些没出息的事情把一辈子的老脸都给丢了个精光才算完！！！”

“你都瞎说什么呢——快别在这里吵了——”陆中兴一边劝拉着张慧芬，一边又是忙打圆场的跟胡珊说：“你别介意啊，她刚在火头上，别当真——”

胡珊一早已明白，自己刚才，是心急，而犯了个实在千万不该的误会错误。她也知道，张慧芬只是一时心火，再加上误会了她。她后悔，实在是千万万的不该，让张慧芬在这一时误会了她。可是，她更痛苦。

痛苦的，泪水都已完全模糊了她的视线。

阴错阳差的，那另外的一种还存在着的陆至诚和胡珊原先都已有过心里的预备却又其实一直还没铺垫要一下子就马上面对了的困厄，就好像是故意要在现在这时候来捣乱了的，一下子，就无比真实而重烈的跳在了胡珊的眼前。

胡珊从一开始打算要来问，就没好好的考虑过这个其实也能算是必然的问题。她只是在原来和陆至诚还好着的前些日子的那段时间里，因为陆中兴、张慧芬和陆至诚通过的那一个电话知道，他们可能是已了解到了一些事情的。可是，一来，她和陆至诚原来所有好好的打算，在这几天全仿佛是被砸成了碎梦，二来，她在来时的路上，也是一心主要只担急着陆至诚的事，没有细虑到，陆中兴、张慧芬其实首先会是怎么样态度来对待她和陆至诚的事的——更没有想到，事情会是这样的不巧，梁正强刚好才和陆中兴、张慧芬交涉过，一切，都正在非常的噩然中。

事情的糟糕，完全超乎了胡珊来之前的一切打算。——可以说，胡珊来之前的那些打算，都是真的过于简单了的——她原想，带着祈求的想，或许，是可以和陆中兴、张慧芬很平和的说一说事情的——可是其实也或者可以说，她的来，本来，就只是不可能再有其他、更好办法了的，一场赌。

胡珊心中痛乱纠缠的，愈已是更不知，该怎么办了。——而且，她仿佛已是隐隐的，感觉到，好像，陆中兴和张慧芬，也是还并不知道，陆至诚是出了什么事的。

心愈焦。

"阿姨，我、我……"

张慧芬已是又甩开了陆中兴的劝拉。

"你还想要怎么样！——那时在医院里，我和你明明都说的好好的了，你为什么，还是就偏偏要带着至诚他，往一条难路上去啊——是不是他没有死，你就觉得闹腾得还不够啊——你到底还想要怎么样啊！！是不是一定要至诚他哪天真死了你才会甘心啊！！！"

滂沱的泪水，终于是一下子，从胡珊通红而滚烫的眼眶里，悲痛绝了的奔涌了出来。

"嗵——"

胡珊满脸泪水的，跪了下来。

陆中兴、张慧芬，一下子，停顿了。

"阿、阿姨，我、我、我今天来，真的不是、不是想来和您说这些的——"胡珊咽泣伤绝，泪惨如潮，"今、今天，是我一个人来找您们——因为、因为，我真的不知道，至诚哥他、他究竟是出了什么事了——可是，我知道，他一定是、是出事情了呃——阿姨、伯伯，求求您们，您们知不知道至诚哥他是怎么了——他是到底怎么了啊——求求您们，您们要是知道，请告诉我，请一定要告诉我呃——求您们了呃——"

陆中兴、张慧芬，傻了。

乌风，依然长呼。

陆至诚，哀泪长流。

乌云，在天空密集着冬的绝望。

曾经的岁月，他的一生，都仿佛胶片一般，在他的脑海里，如哀伤的河流一样，灰黯而伤惘的淌着。

太多曾有过的喜忧，太多曾有过的欢悲，都仿佛卷着水花的鱼，一条一条又一条的，不停的顽皮又哀伤的溅湿着他心岸的悲惘。他仿佛在岸旁孤坐。他希望自己可以想清楚一些事情。可是，他却又其实，似乎自己就像河。

他知道，自己将要面对的，不只是死亡。他知道自己将要面对的，是等待死亡。可是，他不知道，这世上，其实谁又不是在等待死亡、走向死亡呢？——人从一出生，不就已是在走向死亡了吗？——可是，活着，难道也就只是为了走向死亡吗？——不是。——那么人活着，又究竟是为了什么呢？——生活的安逸、甚或富足？心灵的温馨、更或喜乐？——都是。——又好像，都不是。那又到底，是什么呢？

他想起了，胡珊曾是那么单纯的和他说过的，每一个人心中其实都会有的，一轮心中的太阳。——这让他一刻间觉得很痛。——信仰？追求？——他并非不懂。——正如，他想起，自己在少年时第一次看《命若琴弦》，便已泪流满面。可是，他依然困惑：假如小说中的那个小瞎子，从一开始，便已明白那张纸上只是空白，那么，人生对于小瞎子来讲，又将如何？——正如，他在此刻，忽然才是无比最痛的明白：人生最悲哀的，不是必将走向结局，而是结局在它真正到来以前，便已让你早早的看见了它的必将到来。——而这，才是最残忍的。

可是，在这样的一刻，他依然困惑。——其实想透了，就算自己和胡珊可以无灾无病的好好一生在一起，可是，到了最后，不也一样总是要面对那最终的生离与死别的吗？——那么，与现在的情况，其实又有什么不同呢？——既然实质上结局是相同的，那，为什么，又以前想的那些所有，和现在的都不一样了呢？

我又为什么要和胡珊分开呢？

可以在一起一天，和可以在一起四五十年，其实，又真的，又什么差别呢？

——是啊。

是啊。

——可是。

他痛苦的，又依然不能想透，还剩下的所有。

他似乎是开始觉得，其实并没有什么不一样了。可是，又其实还是觉得，是非常不一样的。

（他并不明白，其实太多的时候，知道结局与亲入结局，是不同的。而他在这一刻，所认识到的看见结局，其实便是亲入结局。——正如，每一个心智正常的成年人都知道自己迟早会死，可是，肯定不可能会有太多的人，真实的知道自己离死还有一天时的那种感觉。——正如，他已亲见过的那一个噩梦。——其实他现在想的并没有错——想透了，那他有没有病，真的于他与她来说，又有什么实在的不同呢？可是，又好像还是真的很不同。——不同在哪呢？——其实，以前，他和她，谁也没有真正的亲入过结局，或者说，也是都不可能亲入的。毕竟很少有人会在自己还活得好好着的时候就去想、去体验临死前的事。——可是，从他和她的各自的那一个梦开始，一切，就不再相同了。当两个人，心魂，都开始真正的亲入结局了的时候，差别就也开始了。——差别在哪里呢？其实就是，他，还没有能真正看到，他有病没病，真正彻底意义上的：其实没什么不相同。——就正如，其实，他和她，一起欢笑的走在梅园中，与一起困难的走在荒漠中，又真的有什么差别呢？——而这，其实便是本来还可有的对于最后的超越。——而其实，人在结束之前便先见到结局与在结束之时才见到结局的真正不同，只是，经历后者的人，当他们真正可以亲历结局了之时，大多，已不会再有去超越的时间与想法了。——这或许可说成是老天对他和她的一场小捉弄，因为毕竟有时，当结局提前，那么结局本身也就会成为了走向结局前的过程中的一小部分，而这，有时，往往又会使得，一切脱离原来的轨道。可是，假如人可以在预读的结局中明白超越，从而改变结局，谁又能说这不是老天所给予他和她的一种幸运呢？有时候，哪怕仅仅就只是能改变自己，也足可以改变一切。——而其实，这，难道不也就本来便才是，超越本身真正的最真最本质意义吗？——一个人最真最本质生活着的世界其实在哪里？——世上一切的山湖其实并非就一定都是山湖，正如所有的海市蜃楼其实也并非就一定全是海市蜃楼。——万境穷通皆为空，大空参破万不空。——一个人的灵魂，真正决定着一个人的世界。当一个人的灵魂在自觉的意义上实现了改变——是的，自觉、自证的意义上——而实质，只有这种意义上的，也才可称之为是真正意义上的超越，譬如涅槃——那么，同样，他的世界也就一样会得到改变。包括一切所有的开始、过程、结束。——或许，谁也不能说，陆至诚现在不是在试图改变——可是，一花一世界，并非每一种改变，都可称之为是超越——而并非真正超越的改变，又其实很难可以真正说得上，会让一个新的结局，实质比原来的结局更有什么不同，甚或能够说得上更好。——不过，也或许，其实对于他来讲，需要的，真的还只是时间。）——而他，此刻还是觉得：不同了的。

他很痛苦。

——每一个人心中，也许真的都有一轮太阳。它们和拥有着它们的人一样，众众纷纷，各各不同，就如世上每一个人也许都会有着这样那样相同或不同着的信仰与追求一样。它们和拥有着它们的人，可能真的都只不过是如在这世上看起来太过微不足道与渺小无力的尘埃一般，会被除了每一个人或每一对、每一群人以外的人，觉得可有可无，甚或嘲讽厌恶。可是，有一种力量，一种在人与人心中的太阳之间存在着的力量，却其实才是也许，应该真正才能被我们，称之为“生命”的东西。——这世上，并非每一种活物都有生命。——正如存在不一定就能真的证明存在一样，有些时候，消失也就同样不能证明，真的消失。——而永恒是什么？永恒与永恒之意义上的关于人生信念上的幸福、快乐又是否真的存在？早已远去了数千年了的那一场对于佛陀与永恒的追问，又是否真的可以有一种除了箭喻之外仍能够的执著答案？——就比如，当一个人，还活着，便已亲眼无比真实的，见到了心中那一轮太阳的彻底毁灭，却又，依然还是无比真实的，清晰知道着，看到着，那一轮心中的太阳的，仍在，仍灿，仍熠。

谁又真能说，永恒不可能是永恒呢？

时间，永远也不可能战胜生命——因为真正的生命，可以获得永恒。——而命运，却永远也不可能做得到。因为，时间是命运的脊梁。——人死了，生命可以还在，而命运却必只能随寿而终。——而也正因为，时间是命运的脊梁，所以，时间不可能战胜生命，却可以，改变命运。

就正如，陆至诚此刻依然哀伤而绝望着的一切矛盾难解。

他不知道，假如他依然让胡珊留在他的身边，那么，胡珊又是否还会感到过得开心。可是，他也同样不知道，胡珊如果真的不再和他在一起了，又是否真会幸福。

他不知道，为什么其实迟早都会一样的结局，现在早看到了，和本来可能会很晚才真正看到，差别会如此之巨。——他想，为什么人可以比较自然的接受几十年夫妻了之后的有死有别，却没有办法同样比较自然的接受年还少时的生离与死别。是否一天和一生，又真的是有很大不同？

他不知道，为什么同样是彼此仍如一相爱着的生活，在被蒙上了如黑纱一般的现实阴影之后，就会让原本的幸福变得支离破碎。——他想，为什么人总是在可以生活的相对康裕的时候才能更多的给予所爱的人想给的幸福，而在贫难了的时候，却只能更多不禁的是让彼此收获灰黯的悲伤。是否，相偕梅园与相搀荒漠，又真的是有非常差别？

太多的矛盾，织缠着他。

他没有头绪。乱成了噩。

他看着无尽灰茫的天空，明白，自己还是终须选择。

因为时间仍在往前。

命运不会等着他来想办法找答案对抗。

他忽然又再一次的不禁想，可能，分手的决定，真的是太匆匆了。

可是，又都已经开始了。他哀噩的想。

他忽然又开始害怕。他再一次的又开始强烈害怕了起来，假如没有胡珊陪着他，他一个人，等候着死神的那种可怕生活。

他是多么希望，起码可以让他不要死的太孤独啊。——可是，却连他自己都觉得，自己是多么的可笑啊。

他忽然又开始想，其实，胡珊要是真的离开了他，又真会幸福吗？

不对——甚至，他一刹，都下意识的就警醒到，自己在这里用“幸福”这个词来形容，是多么的荒谬。

他的脑子里，仿佛一下子，就又是出现了很多个不同的自己，相互厮打着。

乌云，在天空像巨重的石磨一样旋着缓慢而可怕的转。

碾转。

胡珊泪流满面。

张慧芬一时还以为是不是胡珊又害得陆至诚怎么样了。

张慧芬一下子，不禁便是剧急、厉怨、狂愤的，连哭带推的就连连急赤责问起了胡珊："你又害我儿子怎么了，你又害我儿子怎么了啊——你说，你快说啊——你个害人精啊，你到底还想怎么样啊——我真是造了什么孽呀，碰上你这么个祸水来不放过我儿子——我儿子他究竟又是出什么事了啊——你快说啊……"

张慧芬连哭带骂的，又骂又问又哭着。

胡珊已唯只剩下了哭泣。

她已不想再多说些什么了——不是她心里委屈，而是，她在这一刻，忽然已是无需他们再回答了的，无限哀焦的，明白了：他们，真的是，原来比她更不知道，陆至诚怎么了。

怎么会这样——怎么会这样啊？

无限的悲麻，如潮侵浸了胡珊。

最后还是陆中兴劝止了激然的张慧芬，也搀起已木然了的胡珊，让她们，进了屋里再说。

胡珊哀焦而一时悲麻的，其实已什么都不想再说了——她已是那么残忍地明白了答案——可是，出于礼貌，她还是一时就跟张慧芬和陆中兴进了屋，坐了下来。她还是比较清楚的，礼貌而简明的回答了陆中兴的一些问，并大概的跟他们讲明了一些他们想知道的事情。

一切，都在心中哀然的焦悲与彼此暂抑下了的激烈冲突中噩然而煎熬的问答进行着。本来，胡珊是想，可能陆中兴和张慧芬是会有答案的——她甚至原来还比较乐观的想，另外，也许陆中兴和张慧芬也是能够接受她的。——可是，她原本想好好和他们谈的打算，成了空，对于能够问到答案的祈祷，也化为了乌有。不仅如此，所有的一切，更都是以一种她所真的没有能够想到的激烈的糟糕，残忍的真实鼓斥了她的所有。——唯只剩下了仿佛无垠的悲麻与焦哀。

他究竟是怎么了啊？

她心焦心哀的，已不再幻想能够在这里找到答案——也心焦心哀的，已早不再有心，希望能够在这一次，顺便也多少可以让他们，多可以接受她一些。

所以，她也愈是黯哀的，仿佛碎了魂。就如同她无神而破碎的那一切正在对着陆中兴和张慧芬的回答与叙述一样。

——她不知道一切究竟是怎么了，她不知道一切到底该怎么办。她仿佛一时已突然看不见了路，她仿佛一时已忽然望不见了岸。她就像是被残忍的遗弃在了一片漫天的大雾里，她就像是徒劳的一个人飘浮在无底的悬崖间，还在挣扎。她不相信真相，却又找不到事实。只有无底的坠落，仿佛依然宿命般的牢攥着她。

痛苦的挣扎，焦惘的悲哀。

所以，她在无神而悲焦的哀茫伤熬中，一时也暂忘了，她其实原来还打算的——假如他们不知道，就请他们想办法问一问。——也许他们也就能想办法问到的呢？

——她已不知道自己到底还该往哪里去，她已不知道自己究竟还能做些什么。

怎么会这样？

究竟是怎么了啊？

这一切到底都是为什么啊？

——她不知道，自己现在其实在哪里。她不知道，自己现在其实都是在说些什么。

该说的，都说完了。

哀焦，匪茫，碎了神，失着魂。

三个人的无言沉默。

陆中兴紧锁皱着眉。

张慧芬，坐着，一下子，就不禁捂脸哭了起来。

寂静而沉重的空气里，一时唯只有着张慧芬苍老而断碎的哭声。

胡珊，一时也终还是，被张慧芬寂寥的哭声，拾回了一些魂来。

胡珊看着苍老哭泣的张慧芬，其实突然感到了一丝内疚。——因为，她在张慧芬的老泪纵横里，突然很真切的才明白了一件事：其实，自己根本就不该，原来那样担心害怕，他们，会不接受自己。

因为，她蓦然才是发现——在陆中兴的锁眉与张慧芬的浊泪中，发现到——其实，他们，懂得陆至诚和她之间的，一切。

胡珊为自己曾想过的好多担心，而在这一刻，随着张慧芬的苍老哭泣，感到了一波内疚，与自责不安。

她甚至在一刹间，责怪起了自己，这样来，是不是真的太莽撞了一些？

——不该。

她有些不安的，站了起来。

——正如胡珊突然才明白的那样，其实，陆中兴和张慧芬，也觉得陆至诚在现在这样的一个时候，突然和胡珊说分手，是必有蹊跷的。——虽然，他们理解归理解，但其实终还是希望、从心底里一直希望着，陆至诚可以移情别恋——换一个至少在他们看来是可以比胡珊更好些的，那也是为了他的一辈子好——但，很显然的，他也不应是现在这个蹊跷的别恋法。

不过，恰如胡珊突然明白的，其实，她本来就根本不该担心，他们会反对陆至诚和她在一起的——同样，其实，假如陆至诚真的是真正的又爱上了别的女

孩，那么，陆中兴和张慧芬，也是一样不会反对，并且会理解的，甚至，他们还会远要比现在来得高兴的多。——陆中兴和张慧芬，都是远更中意于唐梦佳进门的。——只不过，现在，他们是和胡珊一样的，被蹊跷，提心吊胆着。——而陆中兴和张慧芬，与胡珊之间的不同，便正是只在于：其实，只有胡珊一个人，才是真正的那样相信着，陆至诚，对她的爱，是不会变的。

而其他人——陆中兴、张慧芬，或还有陆贤——其实，都只是，因为觉得蹊跷，而觉得蹊跷。——他们在一般的意义上，理解陆至诚和胡珊之间的事情，并且，可能也还是可以说得上或多或少有同情的。他们也想：不可能啊，他那么爱她，一直那么爱她，哪能说变就变了呢——不可能啊——蹊跷。——但是，如果陆至诚真要是说，他爱上了别的女孩了，那么，对于他们来说——这又真有什么不可能的呢？——对不对？

——假如可以说，爱上一个人，等于爱上了一派宗教——那么，或许也可以说，陆至诚和胡珊，其实是这世上，彼此唯一的信徒。

只有真正最虔诚的基督徒，才会真正最透彻的懂得，上帝，永远在这个世界的每一寸土地上存在着。

只有真正最透彻的信仰者，才会真正最虔诚的懂得，神，永远不会离开世人。

而，胡珊爱陆至诚。

无比的爱。

无比的爱。

——张慧芬依旧在哭泣，陆中兴仍旧在思考。

他们正一样的无比在担焦、思虑着这件事。

陆中兴看胡珊一时站了起来，以为她是想要走了，就打了个手势，示意她先暂再坐一会儿。

胡珊就依然仍是莫名带着些不禁的疚然不安的，重新又坐了下来。

陆中兴跟胡珊微稍歉然的讲了，刚才一些小误会，请你还不要介意。

胡珊就更觉心里不安了起来。可是她又一时实在不知道该是怎么说才好。——她实在是很难让陆中兴和张慧芬明白的，其实，此刻正觉着歉然的是她。——她实在是在这一时，很疚然的歉觉得，自己真的是不应该，以前那样的没有真正的理解到他们其实对她已是的宽容与作为陆至诚父母来说的苦衷——她自责：自己真的是，不该再给他们添那么多的麻烦与焦心了啊。

可是，正如张慧芬抬起头来说的"现在先别说这些了"那样——胡珊一时，也便重新就又想起了她原来打算的：可以请他们想办法问问。

不过，已用不着胡珊思量到底该如何跟他们讲这件事了。——陆中兴和张慧芬已是有了谈话。

张慧芬和陆中兴商量着，陆至诚要是真有什么事的话，那应该会是什么事呢？——世上没有不透风的墙，那，或许应该再找谁问问呢？

一时，各种想法。可能与不可能。

却又仍然都是一筹莫展。

胡珊微垂着头，低默的哀煎祈祷着。她无比祈求的希望着，他们，能有办法。

她魂凝祈然的，没有看见，其实，三人都正寂焦沉默着的此刻，陆中兴和张慧芬，忽然都是不约而同的相视了一下，然后，便都是一刹不禁然的，一起看了看她，然后，他们又相视了一下。

陆中兴和张慧芬，都知道，他们，是想到了同一种还会有的可能——我们的儿子，又会不会根本就没事呢？

谁说，他说的要和胡珊分手，又一定不可能呢？

——陆中兴沉默的看了看张慧芬。张慧芬沉默的看了看陆中兴。

两个人，又一起沉默的，再看了看正微低着头的胡珊。

正一心全意祈求着的胡珊，依然，还是那么悲剧单纯的，在用她的全心一意，祈求着，祷告着。

“要不……我给至诚他打个电话吧？”

陆中兴，看着张慧芬，说。

“——好啊。”张慧芬说。

胡珊抬起了头来。她虽然一时有些小小的不明白——怎么刚才陆中兴和张慧芬商量时，陆中兴说要不打个电话给他，问问，张慧芬还焦哀的微斥陆中兴，说蠢——第一，直接问，他不一定就会说，第二，套他话，他也不一定就会上当，而无论哪一样，只要他万一是不想让他们知道而又察觉到了他们是想知道，那他们恐怕就也真的是别再想会能有办法知道了，这险是万万暂不能冒的——可是，现在又……——不过，胡珊也实在是觉得，好像的确是也真的再没其他更好的办法了呃。

胡珊无限紧张而焦祈的，不禁心烈祈求着，希望，能成功。

她无比的祈求希望着——可以真的知道，一切，究竟是怎么了啊？

街心花园里，寥落的很空旷。

陆至诚忽然揪心的想起，自己还曾答应过胡珊，要一起再和她来这里，跟水月买花的呢。

——呵，下回看见了小姑娘，我们一定要多买些花，当谢谢她。

哈，你谢什么呀？

你不觉得，水月还真就像观世音一样，好像一根线，缝了我们的缘吗？

——陆至诚空哀稠茫的望着天上的犷悍的乌云，悲惘的都仿佛觉得，广袤的灰，真好像是一块打了太多褶皱的已失了红彤彤颜色的盖头布。

盖头上的绣线，都早已零零断断。

破落的很凄怅。

他在哀伤的自嘲中无能敌的自嘲哀伤着。他忽然很破落的悲伤想，其实，都是错的。

一切都是不应该。不该当初。

他真的不知道,自己现在这样对胡珊,是不是真的很残忍。是不是真的很不是东西。他不知道自己是不是可以被算作寡情薄性,他不知道自己是不是可以被算作始乱终弃。

他的一切,都好像是一个溃碎着所有的巨大漩涡,所有的一切都仿佛是在永无休止的周而复始溃碎、反证着他那些被溃碎、反证了的仿佛周而复始永无休止的一切所有。

他又开始觉得不认识他自己。他内疚,他自责。他不知道自己其实到底应该怎么办。他开始鄙视、厌恶他自己,他无情的嘲弄着他自己,不只因为他觉得有罪有愧,更因为他恨自己。

可是,他又不知道,到底什么才是对,什么才是错。假如是对,那为什么一切好像都只是痛苦;假如是错,那又到底什么才是对。他在一刻间,想,或许错的只是方式。他在一刻间,想,也或许,他的一切痛苦,都只不过是因为和她分手的方式似乎有些太过残忍了些。——可是,又还有其他更好的方法吗?他又想。——也许,一切的痛苦也都只是暂时的。他又想。

——可是,又真的是如此吗?他又想。

他觉得自己快要疯了。

他忽然又开始动摇——其实,假如真的和胡珊分了手,胡珊以后又会怎么样呢?

难道你不知道,她有多么爱你吗?——他忽然不禁自诘。

离开,就一定会比不离开好吗?——就算你要瘫了,就算你快死了,可是你和她的一切,其实又都和以前有什么不同呢?——她离开了你,以后,又真会比不离开你过得好吗?——可是,怎么样,又才能算是"过得好"呢?——可是,她不离开你,以后又真会过得开心吗?——可是,她离开了,又真会过得开心吗?——其实,又为什么要想以后呢?——从前、现在、以后,其实真的又有什么差别呢?——一天,和一生,其实真正说穿了,假如失去了人所赋予的意义与意义之一切,难道本来不就仅仅只是一种没有生命的刻度吗?时间,假如没有人的生命的赋予,又真的和一只玩具钟有什么不同呢?——你,其实,又真的想,要她离开你吗?

"——不——"

陆至诚头脑中,万千的盘丝缠结,拉扯螺旋。

没有解脱的痛。裂。

找不到答案。

突然,他的手机响了起来。

一种撕心裂肺的响。

他一时还以为,依然是胡珊打来的。

他没有掏手机。他还是想不接。可是——手机依然在响,而他,终于,还是又犹豫了起来。

有一种仿佛冲动的动摇,在他终还是伸入口袋里去拿手机的手,剧烈的打着粉碎的颤。

当他微颤着的手,在口袋里碰到了他的那一只已裂了的手机的时候,《甜蜜蜜》的铃声依然在如旧欢快的奏响。

欢快仿佛依然真的如昔的轻甜旋律,在腾的一刹间,忽然便是好像千丝万条的有着强烈燃烧着的生命力的线一样,无比疾快的纷纷连结不断着的往他手指间颤碎然着的裂缝里一起连然不停的深深钻心的都蹿了去。

他的心,仿佛一下子就被那些似乎是还清晰的带着每一个跳跃流动着的音符的温度的线,给缠牵住了。

他一瞬间,蓦然就仿佛是抛忘了所有的,一下子,便是激动的,掏出了手机来。

他要告诉她。他要告诉她一切的真相!

哪怕,只是就为了这一首《甜蜜蜜》。哪怕,只是就为了,那每一个,还在纤心的线丝上温柔而伤感的缓淌奏跳着那一曲哀忧而温馨的舞的音符。

他也一定要,告诉她了。

——可惜,这一个电话,不是胡珊打来的。

陆至诚看见,是陆中兴的来电。

陆至诚一刹不禁有种莫名说不上的,深深重重的,坠落感。

空空的,深深重重的,被坠落感。

被放弃感。

莫名,重重的,空深悲哀。

——就好像,终于可以决定了,要伸手去留住一片云,却才是蓦然发现,云,原来就只是不可去留的云。

"——喂,爸……"

天空的厚旷灰乌,深萧浓瑟的很莫测。

——胡珊心提的看见陆中兴跟张慧芬点了点手。

胡珊知道,是电话通了。

胡珊非常紧张。

虽然,并不像陆贤那通电话一样,她能听见陆至诚在说些什么。

——陆至诚原本以为,陆中兴,只是平常的跟他打个电话。

却没想到,陆中兴是跟他,问起了胡珊的事情。

陆中兴说,是梁正强给他们打了电话。

陆中兴说,所以,你妈让我给你打个电话……我们想知道,他说的是不是都是真的?这一切,究竟是怎么回事?

有一会儿的沉默。

——陆至诚一时,直漫感到着一种深深的内疚。是身为不肖子,愧对父母的那一种内疚。他不禁然深歉的想,自己总还是牵累着他们,要他们操心。——也不只是歉疚,在此时,更,是还后蕴着重重的悲哀。惶遽。——他知道,他的将死,不只是会对一个人要有影响的。

“……对不起……爸……我……梁正强说的都是真的——”

陆至诚低萧说。

……

——陆至诚比较大概的讲了讲,自己要和胡珊重新在一起了的事情。他讲的,比刚才胡珊回答给陆中兴的,还要来得更短略和断续——虽然,和胡珊不同的,陆中兴是其实并没多问他什么。——陆至诚也不知道,其实自己,为什么在这一刻,是有这么多的想说;他也不知道,自己明明是有那么多的想说,却又为什么,说的都又这么短和这么断。——就仿佛是有两个不同的自己,在轮流占用着自己的脑子和嘴巴。——一个,就似乎是在不久的日子前还不知道自己已经是有了病的那个自己。那个自己,似乎还是那么充满希望的在心底里企盼着,父母,可以能够真的好好的就接受了胡珊,接受了自己和胡珊的事。能够那样,多好啊。而还有的那另一个自己,那另一个,似乎就是现在已经是早已绝望的清晰了自己病情之一切的自己,便仿佛是不停的,在自己的耳旁,悲哀的不断在对自己绝望哽咽的说着:都还有什么呢,都还有什么了呢?

——陆至诚说的一切,其实陆中兴刚才都已是从胡珊口中明了了。陆中兴其实本来没打算能听到陆至诚说这些。陆中兴原本,只是想借个由头,接下来好探问探问陆至诚和胡珊目前的状况,想看看陆至诚到底会怎么说,然后酌情况再作思量。——可是,毕竟是快近三十年的父子做下来了——陆至诚一时还没想到陆中兴打他电话其实也算是另有他图,但陆中兴却是已隐隐觉得:儿子是真的有点不太对了。——陆中兴有些感觉到了一种东西,一种在他儿子所说的一切之后更隐藏着的东西——陆中兴形容不上来的,一种像是悲哀,却又仿佛是要比“悲哀”两字,远来得更深更重的东西。

陆中兴忽然,觉得——这,似乎更确切的,是一种不祥。

一种,仿佛还带着浓雾的不祥。

他了解他的儿子。——他几乎已经重新又是像胡珊一样的,怀疑起了所有背后可能的真相来了。——是什么,会让如此这样的一种悲哀、不祥感,在儿子身上凝结的如此浓郁呢?——还或只是,自己错觉了?

一会儿的沉默。彼此的一时无言。

陆中兴无措的一时空白。但他还是很快的又恢复了思绪,他还是决定按原来的打算探一探陆至诚的话。——而事实上,在已这样了的一刻,其实,本来也就是不可能一时再有其他什么更好的方法了。

陆至诚正在一种莫名冥茫的哀伤里一时不禁想“其实,我还说这些干什么呢”的时候,就是忽然又听到陆中兴开口说了——“你是不是怕,我和你妈,

会反对你？”

陆至诚一时没有说话。

——不仅仅，只是因为被陆中兴，说对了一半。

陆中兴听见陆至诚没有说话。——他很难揣测，儿子此一刻的无言，究竟意味着什么。是？否？还是是非是也非否的无言？

不过，陆中兴知道，不管怎么样，在此一刻，更重要的，是他要把他接下来想跟儿子说的话，必须顺利的说下去。

陆中兴说，我和你妈，想见见你和胡珊。

陆至诚一愣。

胡珊一愣。然后方才明白了陆中兴此语的用意。

陆中兴知道陆至诚一定正在突愣。他继续的跟陆至诚说，这也是你妈和我商量后的意思。

陆中兴说，其实，你也不用有那些担心——再怎么说，事情也都到了现在这步了，既然你们都跨出去了，那么，你终究也还是我们的儿子哪。以后，你们真要是成了，那她，和我们也终还是一家人啊。说实话，我和你妈，也不是真不讲道理的人，我们其实一直都明白，你对胡珊那姑娘一直——我和你妈，其实也不是真的就一直对那姑娘有反感还是怎么的，只不过，以前，是那样不可能的情形下，我和你妈，是实在都不想看你自已垮了自己啊。儿子哪，你要明白我们的苦心。——现在，既然她也有决定了，那么，我和你妈，不管别人怎么说，心底里，还是希望你们能，就好好的了。毕竟一切，也都不易啊。你们以后，真要是就能成了，好好的了，我们做父母的，也是高兴的啊。——你妈和我，都是想见一见你和胡珊，你跟胡珊说一下吧，什么时候约好了，我们一起坐下来，见个面，说些话，好不好？我和你妈，也是不想胡珊以后，会万一和我们有什么见外呵。就在这个星期里吧好不好？我和你妈刚巧都闲着。

陆至诚愣着。

——不只陆中兴一个人，在忐忑的等着陆至诚的回答。虽然，胡珊和张慧芬，都是听不清那听筒里到底在说些什么的，可是在寂静的空气里，她们至少能听到，现在，万籁正俱寂。

——其实，陆中兴说的这些话里，除了想见面的那些话是假的以外，其余的，倒也的确都是真话真想法。并且，那些话里，陆中兴有一部分，也是想让胡珊听明白的——毕竟，“我和你妈，也是不想胡珊以后，会万一和我们有什么见外呵”。——不过，最主要的，还是那陆中兴依然还在忐忑等待着的，想听到的，陆至诚的回答。

其实陆至诚倒依然还是一直丝毫也没有怀疑、觉醒到，陆中兴实质上是想要他说出一些陆贤没能真问出的话来。陆至诚一时只是意外与有些愣愣然。——这一方面，是陆中兴话设的老道，而另一方面，其实也是陆至诚，到如今现在，早已是哀悲心憔的，没有再想其他的余心了。

所以，陆至诚是并没有觉到，其实陆中兴的话里，是有一最大的漏洞：陆中兴说的那些关于他和张慧芬对待陆至诚和胡珊的态度的话，是没有错也没有假，所以也就不存在漏洞，并且，“我和你妈，也是不想胡珊以后，会万一和我们有什么见外呵”，这话也是实话——如果陆至诚和胡珊真成了，陆中兴和张慧芬是会和他们坐下来，好好说一些话的，毕竟要成一家人的，假如外部障碍真的都可以没有了，那他们，也是没有理由会想儿子过得不开心的——但是，陆至诚忽略了一点——陆中兴和张慧芬，是极重规矩的人，更何况与梁家关系本来复杂，又怎么可能，会在现在这样，胡珊还在事实上，依然并没有真的能够跟梁啸刚正式的离成婚的情况下，就以那样的一种会让人明确混淆关系的一家人坐谈的方式来约见胡珊并想与她好谈呢？——事实上，在目前的情况下，陆中兴跟张慧芬，能做到对陆至诚和胡珊的事情装聋作哑，就已经很不错了。

——这一点，胡珊同样也和陆至诚一样，没有觉到。她也是的确，早已哀悲心憔了。虽然，她的原因，和陆至诚并不一样。

胡珊，无比忐忑。祈求。

陆至诚很难了解清楚，自己心里究竟的感受。在他再一次的真的是听清楚了，陆中兴是在说要见见胡珊的时候之前，陆中兴说的那些表态的话，那些表示了是接受意思的话，着实是令陆至诚灵魂中的某一部分，在一刹那，开心的几乎就是想要雀跃起来。——可是，在那些想要雀跃的开心周围，却又明明仿佛都是，凌厉着无尽的嶙峋悬崖。

重重层层。

叠叠嶂嶂。

到他再一次的，不禁更深愣愣然。

他不是在愣愣然他们为什么要见她，而是，在愣愣然：怎么办？

——怎么办？

“……还是不要了吧，爸——”

陆至诚一时无计推搪。

“怎么了？——要是时间上暂不妥，那不要紧啊，你就随便什么时候，看你和胡珊都有空……”

“不是……是……”陆至诚无措。

“那怎么，是不是……胡珊她……心里对我和你妈都有意见了啊？——因为以前的那些事吗？——唉……也是啊——我和你妈，其实也就是有些怕这个——毕竟以后要万一真进了门，大家还是要做一家人的啊，这……唉，所以也才是真的想要早些能先一起见一见她啊……”陆中兴抛出了这最关键的话。

“不、不、不，不是——她没这么想过，真的——”陆至诚赶紧忙想为胡珊解释，却又已是，实在无能再说什么。

“——那，是为什么？”

陆中兴听到陆至诚无言，停顿了一两秒，便是，问。

陆至诚默着。

胡珊的心，已到了嗓子口。——听着陆中兴的话，她已大概能猜出陆至诚是在说些什么了，并且，她也知道，现在，就该看陆至诚最后怎么说了。

——陆至诚心已乱。

其实，他到现在，忽然也才是无比清楚的发现到，自己还该将这事瞒着的，还有陆中兴和张慧芬。

——要是他爸妈知道他日子已经不多了，且不说这事还能不能往外暂瞒住，首先，要他们两个老人家怎么受得了啊——可是，莫名的他灵魂中的那一部分，又是那样强烈、无比强烈的，不想让陆中兴和张慧芬他们对胡珊有任何、哪怕半丝半毫的不好的误会。

怎么办？

怎么办？

——"……是……我要和胡珊分手了——我……不想和她在一起了——"

陆至诚在沉默了五六秒之后，终于，还是说。

陆中兴，愣了。

——陆中兴在听到陆至诚忙紧的就是为胡珊维护、辩护的那一刹，其实，心里已是料想定了，陆至诚，和胡珊分手是假的。——可是，想不到，陆至诚现在对他说的，却依然是这么一回事。这到底——是怎么了呢？

——陆中兴确信，自己问的一切，都很天意无缝，况且胡珊在这里也是半天没吭响一丝的声音出来。——陆中兴不禁纳闷，假如他真的的确是有什么事，那么，究竟是什么事情，会使得他对自己的爸也要瞒呢？

——陆中兴甚都想了，他应该只有要让我来发挥余热，看看能不能帮上他忙才是啊。——我儿子从来没傻过啊。

——这一切，究竟是怎么了？

怎么了？

"你……你说……你要和胡珊分手了？"

陆中兴不禁愣余的，终回过了神来的，不禁回问。

胡珊脸色，一刹灰白。

张慧芬顿释然。

"是啊，我……不想再和她在一起了。"

"——为什么？儿子，你怎么……"

"是的，这都是真的——因为，我忽然才是发现，我真爱的，是唐梦佳。而不是胡珊。"

"——你说……你爱唐梦佳？——怎……"

"是啊，是真的，真的——呵，我知道，这，是突然了一些，可的的确确，都是真的——”陆至诚强笑叹了一声，“这事说来话长，以后，我再跟爸你慢慢说吧。——不过反正，不管什么事情，爸，你和妈都别为我操心——梁正强以后要是再来电话，你们也别真当事，跟妈讲别动气。我会把事情都处理好的。——我自己什么都好，你们全放心，呵——你们自己多注意身体，现在冬天了，过段日子，我来看你们……”陆至诚岔开了话的说着，却莫名就不由越说越难受了起来。大团大团莫名的哀伤在心里鼓涌着。他怕自己会哭出来，就赶紧笑呵呵的想要结束电话了，“那爸，我们以后再说吧，我手机要没电了，就这样吧——呵，没电了——好，下次说——挂了——”

“嗒——”

合上了手机。

张慧芬忙问陆中兴，都说什么了。

——他还说，现在冬天了，要我们多注意身体，他过段时间会来看我们。陆中兴最后，还补充完整了一句。

张慧芬愣了愣，然后，便是微舒了一口气。

胡珊始终未言半字。她的脸，死灰死灰的白。

陆中兴，依然有些半有所思。

——陆至诚，哀丧的垂着头。

厚厚的乌云后面，日已渐西斜了。

他给包律师打了很多个电话，都不通。

——陆中兴给陆至诚的这一个电话，忽然就还是很突蓦地，便是提醒到了陆至诚：除了分手以外，他还有一些很重要的事，没有为胡珊做完。

陆至诚希望，自己可以为胡珊做完自己最后还能够为她做的一切。

包律师的电话，依然不通。

陆至诚，打算去一趟包律师的事务所。

从椅子上站起来的时候，他的心有一种被粘住着而拉离的痛。——他知道，自己已经，再也回不了头了。

他背对着这张椅子，滞站了一小会儿。很多年里的很多东西，在这一小会儿里，都好像奔跑着的一小桶又一小桶的五颜六色的鲜艳油漆，在他的眼前、脑里、耳旁，纷纷的逝奔、伤溅、碎淌去了，逝奔、伤溅、碎淌去了，一片又一片，一摊又一摊，残存洗涤不去的缤纷，或灰黯着。

他想起，胡珊从小，就是一个孤儿，除了程素梅，她从小，就是和自己最要好了。

他想起，胡珊小时候，最后离开福利院时，自己也没能去送她。可是，自己却又是在她走后，那么希望着的，天天，还想等她。

他想起，很多年，也就那么过去了。谁能想到，自己和她，原来还有缘遇到。

他想起，两个人，第一次来这里坐。有过的很多笑，说过的很多话。

他想起，两人曾一起许过的愿，曾一起有过的很多憧憬，和很多，真的都太美好了的，傻念头。

他想起，仿佛依然还在自己掌心甜甜安睡的玉蝴蝶。那一枚深寄了两人多少心愿与灵犀的，亮亮的戒指。

他想起，胡珊哭起来，总是那么容易让自己的心变抽痛。自己那时，如果不是那么错的错了一次又一次，也许，后来一切，也就都不会变成那样。人，为什么总是要醒悟在错过与失去之后。太多的后悔，太多的，没有挽回。

他想起，后来，自己在胡珊结婚的那天，醒了。可是，一切，都早已迟到了。又或许，其实，一切迟到的醒，本来也就是都不可能，改变所有在醒之前的错的。而太多的时候，人只要错出了第一步，就，再也不可能回头。

他想起，所以，那一天，自己，选择了醉。更深的醉。而，后来，自己醒了。又似乎，醒了，依然，还醉了很久。深深的，醉。

他想起，后来，自己便是常常又喜欢，一个人，来这里坐。静静的，可以就那么静静的坐着。静静的，可以什么也不用去想，什么也不会去想，再去想。可是，那小女孩说，有一位喜欢蝴蝶兰的小姐，也总是那么巧的，会常来这里。

他想起，自己永远也没有办法忘去的，火海那一天，“我不走，不走——今天我们要走就一起走，要死也一起死——要是至诚哥你出不去，那我宁愿在这里和你一起死——我宁愿在这里和你一起死——”

……

他长吸一气，不禁悲然想：是啊，我要，和她分手了。

我，说不爱她了。

他最后想起，两个人，最后，在这里的，那一天，终相遇。他想起，那一天，自己是那样泣断的，摊开着她的手掌，哀痛地看着她掌心留下的那些烧伤的疤痕，哭着跟她说：“——人一辈子，又有多少比自己生命还重要的东西可以真的去追求，去坚持，去守护——小珊，我爱你，求求你，求求你，勇敢一次好不好，回来，回到我身边，回到我身边好不好——小珊——小珊——”

……

陆至诚，一刹不禁仰头，剧抑下了泪。

是啊，我都说了，不爱她了。

不爱她了。

——还想这些干什么。

还想这些干什么。

他心哀如驰。

他几乎在就那么的一刹，不能禁的脆弱极了的后悔了起来。后悔，一切。可是，他却又知道，时间，不会再等他。

他想起自己曾答应过胡珊的还要和她一起再来这里的那些话，一时不禁在一刹间甚至还很可笑而又痛苦万分的在自己心里和自己打了个赌——他赌想：要是今天在这里，能再看见水月，我，就马上去找胡珊，明明白白，告诉她，一切。

——可是，又为什么要赌呢？

他一刹，不禁又撕心裂肺的哀嘲。

他看着灰霾阴空下空空寥落的街心花园，不禁深剜自嘲的想：我自己，究竟又都是在想些什么呢？

——到底该怎么办？

他痛苦的，捂起了自己的脸。

他痛裂极的苦捂了捂自己冰僵的脸。——闭上眼，他知道，自己没有流一滴泪。

眼前只有模糊着所有的黑暗。

所有都模糊着的黑暗。

睁开眼，他终于还是，没有再回一回头的，便是大踏步的，离开了这一处，空空的、仿佛永远都将只会是空空了的，有着一张曾经的很美的白色长椅，和两个人的，空地方。

他知道，他时间不多了。

他离开了街心花园。可是，正如他越来越快了脚步一样，一种莫名的，空的越来越重了的，空空的空痛，就仿佛是被那一处他要抛去却好像就在他脑里扎了根一样的空了的地方，随着他越来越快的脚步，越来越重、越来越重了着的，剧烈牵痛着他往前的每一步路，每一步路。

我要没有她了！

我要再没有她了！！

我要永远都再没有她了！！！

空狂了的狂重，“霎”的一下，狂落穿了他的心膛的底。

“啊——”

陆至诚，狂逃了起来。

寥落的街心花园里。

那张空空的白色长椅前。

水月，拎着一桶花，站着。

她，一时不禁微仰起头，看了看天。

乌鸷的，天空。

长风呼。

胡珊忍着眼泪，却忍不住眼里的晶莹。

她不能禁的，一直微微的摇着头。她碎了神的，无了魂的，一直不住的隐泣的轻轻是自喃说着：“不会的、不会的……”

张慧芬一时正释松，并没有发现，陆中兴的沉默中，其实微也还带了几分暗忧的皱眉。

张慧芬听见说儿子居然真的是开窍了，一时心情正好。她正打算安慰胡珊两句，也算是替儿子作一些道德上的补偿的时候，却就是听见陆中兴先跟胡珊开了口。

陆中兴说，要不这样吧，姑娘，你也别心里急，你先回去，我再想想其他办法，或者跟别人别的路子问问，可能再会知道一些别的什么也不一定，要是真的有了别的什么消息，一定再告诉你好不好？也或许，至诚这孩子，心里这几天暂有些疙瘩什么的也不一定，等过几天，他可能自己想通了，这事情，也就好办了是不是？

张慧芬尚在宽释了的暗暗高兴中，一时也只是以为，陆中兴说这些，只是想早点打发了胡珊走，就也忙凑合着是这么说了几句。

陆中兴说的倒全是真好话，不过张慧芬误理解之后再跟着也凑合了上去的一些话，便是真将打发的意思化成了主角。

胡珊一时在哀绝了的无魂碎神中，稍回过了一些魄来。她紧忙礼貌的，就是起了身。

她歉然的跟他们说了几句抱歉的话，最后又是礼貌的谢了谢他们帮了的问。陆中兴最后又是说了几句“我会再想办法问问”之类的话以作对胡珊的安慰与交待。胡珊半也并没有当真的，忍着哀伤与悲酸的，最后又说了两声“谢谢”，很礼貌的与陆中兴、张慧芬道了别，便是萧瑟的，滞转身，一个人离开了。

关上了门，张慧芬不禁就有些抱怨的跟陆中兴讲，你打发她走就打发她走是了，反正他们这种事情说穿了也谈不上谁真对不起谁的，我们儿子也不欠她的，你干什么还要多废话再想办法问问啊什么的，说一遍不够，她要万一真当了真，再来什么的多麻烦，再说，她不死心，那不就是分明在给儿子添乱吗，事情都那么清楚了。

陆中兴“唉”了一声，坐了下来。

清楚什么呀，这事不对着哪——刚才我跟你说电话里的事情的时候，有些事都没全说清楚——至诚他心里，看样子可一点也不像真是不要胡珊那姑娘了啊……这事蹊跷——我刚才就是看她在，也不好方便一时把这事给真越说越蹊跷了去，让人更没个着落，添乱，所以才想，暂不管这事情是好是坏，是真是假，就顺水推舟的让她起码先落定一些心下去，好将事情尽量先暂缓一缓——这话呢，也不要跟她说死，不要让她真觉的就是定了，毕竟这是左是右，不都谁也还没有真弄明白吗——这事看来有不小的蹊跷，谁都不能急——也更不能，现在就让那姑娘便认死了一边啊——不然，万一要出了什么反而的问题或麻烦来，那不是对事对人都更不好——审度不中庸，都是解决不好事情的啊——唉，哪知道你想到了岔里去……

张慧芬愣然。

胡珊哀绝的，一步步，一步步，走着。

麻木的走着。

风像刀子一样,络绎的割着她的泪。

不断的割着。

她看着乌霾的天,不知道,红日是否真的已西斜。

荆棘,狰狞的,已经布满了她的心空。

她的脚底,每一步,都仿佛踏着钻心的刺。

分手……分手……分手……

她的心空,划满了滞喃的血痕。

长天乌厚。

陆至诚落魄的走在回去的路上。

包律师不在。袁助理也不在。

也找不到能问得着的人。

他也只能想,改天吧。

他空重落落的,疲疲走着,走着。

看看天色,也是傍晚了。

暮寒深重。

冬冷绵绵。

就好像一块空空的大石头,空空荡荡的,依然在他心里越来越重,越来,越重。

空沉得发痛,发苦。

从心膛底的那一个破漏处,仿佛依然还在流渗着悲酸的带血眼泪。

石头仿佛依然还在往下不断的沉落、破出,却又仿佛每一次的沉破悲哀,只是让心膛中,更空、更重、更痛。

更落。更空。

就好像,一场本就不可能有解脱的,永痛哀空。

空哀永痛。

那一种,他很快便将要失去胡珊、是彻彻底底真的完完全全就要永远失去胡珊了的感觉,自他斩钉截铁的让自己离开了那张空长椅处起,便如突晰突烈了的噩虹一般,萦缠住了他。

如铰剪一般哀噩的萦缠。

很多事情,仿佛都已是在慢慢的平定下来,由匆乱慌促,走向稳笃实定——和胡珊分手,似乎已早完全的,是由动荡纷乱的开始,滑入到了一条越来越密、越来越密的嶙嶙隧道里。这条隧道很暗很黑,并且似乎根本就不能转身。只能往前。往前。——嶙嶙的平定,黑暗的稳笃实定,密密的只能往前。

陆至诚甚然在一刹间还想到过保龄球。

可是,人毕竟还不是球。——就在他越来越觉得自己再有的犹豫和踌躇都已早是无用的残碎与多余的回望了的时候,就在他越来越觉得一切的矛盾和挣扎都全只是脆弱的一时动摇与无能的总归徒劳的时候，就在他越来越觉得所有的命运与结果都只能也只可以是就这样必须往前走下去、走下去了的时候，另外的那一种，无比空的重痛，就也是随之愈晰愈烈、愈晰愈烈了起来。——他以前一直都还只是在想着“究竟要不要和她分手”、“怎么样才能真的让她相信这一切都是真的呢”、“又到底还有别的办法吗”之类的问题，而现在，当这些问题，都早已越来越变得后滞、徒劳、脆弱、无能、不需、不能，也不再可以了的时候，“我要真的，永远没有她了”的这一几乎就是与他之前想的所有完全截然相反的感受，却就是如同越来越强烈、越来越强烈的哀寒火焰一般，熊熊的燃烧了起来。

燃烧。

烧得人心如透霜，肝肠寸冰。

陆至诚早已跑不动了。不是因为，他已再没有力气了，是因为，他此刻，实在已不知道，自己还要往哪里去了。

他看看天。暮越来越浓了。

他在 刻间，忽然沂于痴出魂的，突然想，要是刚才我没有走，今天，会看见水月吗？

——会吗？

他出神的，无魂哀然看着乌霾的天边。

天边，破线的丝缕，依然仿佛在随着伤呜的灰风，零断荡漾。

漾然的哀怅缠结。

陆至诚深深的自嘲仰了仰头，重新，便是又飘荡的，走了起来。

回吧。

他想。

虽然，他一点也没觉得，是家。

暮色渐深。

胡珊破碎的萎蹲在一灰乎乎的冷硬角落间。

眼前的一切，都仿佛碎了的天空。

飘散零落。

……他说不爱我了……他说不爱我了……难道是真的？难道是真的？

不——!!!!!

胡珊，哭乱了头发。

凄痛的呜咽，在漫漫风中漾散着霜。

风送人步。

陆至诚，耳中在被风灌着霜的冷，呜呜的冷。

冷得鼓膜都仿佛在呜呜的发痛。

他麻木的，已走到了楼道口。

他又看见了，那一盏，被胡珊按亮了又被他自己按灭了的厚厚灰乌的灯。

没有灯亮的楼道，在已暮了的深深阴暗天色下，愈发黑暗的让人几乎害怕。

害怕的，就是那么的在他眼前，在他脚尖前。

他又一次的，感到了自己像一只球。一只，已经被命运之手抛掷出了的保龄球，或者，一支箭。——他知道，只要开了弓，就不可能再有回头箭。

而他，早已是离了弦。

虽然，他也不知道，那早已让他是如箭离弦一般的真的说出了“分手”两个字的，到底是事情、时间、巧凑、势然、匆乱、冲莽、错莫、浑噩，还是命运，还是——只是他自己、都只是他自己，一切，都只是他自己。

他噩木的，站在阴暗嶙嶙空洞的黑暗前，心里突又是蓦然猛的一落重重空痛。——严霜封冰的，重重空痛。

他忽然很混乱、噩痛着的，又想到了一连串的东西。——她离开了我之后，一切，又都会怎么样呢？她相信了我是真的不爱她了以后，一切，又都会怎么样呢？她以后，又会真的怎么样呢？她会过得好吗？她会过得开心吗？她会过得幸福吗？——她会在某一天，重新再爱上别的某一个人吗？那一个人，会真心对她好吗？她会比爱我更爱他吗？他会比我更爱她、更对她好吗？她会忘记我吗？她会真的，把我忘了吗？她的一切、一切，真的都会，重新再开始吗？她的生命中，将会真的再也、再也没有我了吗？

她会真的，不再想起我了吗？

——就好像有越来越多的酸哀疮孔，在他的心头上，爬布了起来。

忘了好，忘了好啊。

他不断的跟自己说着，说着。

可是。——不！！！

他就仿佛突然一下子，是在黑噩中睁开了梦醉的双眼来，看到了眼前那可怕的黑洞一般，整个人，都不禁打了个剧烈的寒栗。他痛苦的哆嗦了起来，他冻馁的哆嗦了起来。

呃。

他一下子，再不能承受了的，便是一个紧转身，再不能止制了的，逃跑了起来。

逃啊。

跑。

可是，他又能逃到哪里去，跑到哪里去？

寸土星尘，皆在云之下。

天地之间。

片雪皆为造化。

空虚的巨重破落痛，酸哀得难言，逃不脱的绝望挣缠噩乱，紧箍般匝匝牢牢的无限天捆与自缚，全部统统的，全都尽尽纠缠在一起，让他拼了命的逃，却又根本逃不了命的,逃无可逃。——无尽的重量与缠缚,剧滚翻涌,越来越重,越来越涌,越来越巨的,就仿佛是在他的心膛中,一下子便再也无法被容纳下半分半厘了的,"轰"的一下,就统统的哀极爆碎了开来。

刹那猛绝的一种剧烈想哭。——可是,又真的没有半点眼泪。

——他蓦然一下子的,就是被无比重重的,剧烈摔扑在了地上。

很闷重的倒地声。

天女散花一般的,心碎的飞扬。

一片又一片心的碎片,仿佛都还带着鲜红的灿光血丝的,遍覆在他已半入黄土了的身体上。

三十七秒的岑岑僵寂。

陆至诚僵冰的,泪满心肠,却又,欲哭,无半点泪。

他自嘲的无力哑笑着,费劲的,从冰硬的地上爬了起来。

他摇摇晃晃的,站着,站着,却终还是一下子就又跌坐了下去。

他无力的,就那么苍碎的,靠坐在一处破落的灰黯角落。

他僵冰的,欲哭无泪,泪满心肠。

他哀涸地看着就离他不近也不远的他的住处。

看上去,又黑又暗。——他真的好怕回去啊。

他忽然,真的又好想去喝酒。——他忽然,又想起了带胡珊来剪花的那一次的,这段路上的忧伤和哀愁。

他忽然,又好像看见了一帘又一帘的,梅黄风絮。

满天的在飘。

天色,愈暗了下来了。天也愈寒冷了。

安静的陆至诚,安静的,依然站靠在黑暗灰沉的角落。

他此刻的旁边,是一座新近刚因要拆迁而被废了的仓库。仓库里黑漆漆的墨然一团。他此刻的脸旁,刚好近着一扇灰尘厚厚的窗。窗上的玻璃,有着一角洞。黑乎乎,尖咧咧的,就好像一张恐怖的嘴。

陆至诚看着这张恐怖而大咧着的就仿佛是正在嘲笑着他的尖玻璃大嘴,僵冷麻木的,却忽然无比哀烫的,一刻间,多希望,这张妖魔般的大嘴,是活的,能把他吞下去,吃掉,就现在。那多好啊。

他是多想,可以一了百了了啊。

——他真的,已不知道,到底该怎么样活着再走下去了啊。

"谁能告诉我啊——"

他悲默、搐然的看着他眼前的那一个仿佛无尽深的黑暗喉咙,寒涸哆嗦的,麻痹哀盲,仿佛已都不知道了什么是想哭的,一刹,却,被泪瞬满了脸庞。

涔涔,绝绝。

滚滚的热。

抖不掉的满满悲伤。

披挂了一身的灰装。

他低摇着头的，剧摇着头的，重重无力的，一把撑在了墙上。

路灯，已纷纷都亮了起来了。

胡珊滞重而无力的，走在昏昏暗暗的路上。无星无月的夜光，显透着一种闷铁般的沉怅，高高的牢固笼漫着夜下的一切。

凄冷的路灯，在她背后拖着长长黯黯的瘦影。

她微垂着头，双手紧紧的绞着。眼眶总还是不能禁的，一阵又一阵的泛着忍泣的通红。

她走到了那个废仓库的破玻璃窗旁的时候，一时不禁顿下了脚步。她望了望也不算太远处的那里——黑漆漆的，就连窗帘缝里也没有丝丝毫毫的亮光。——她的心，一时又不禁是起了惶惶——他在吗？

她微转了转头，不经意的看到了那块玻璃上的破洞。黑的可怕的一个尖利的洞，就好像一副张开着的獠牙。

正在夜下伸张。

她一时，赶紧便是转开了头去，不再看。

她不知道，从刚才，一直到她走到这里，花了多少时间。她只觉得，自己这辈子，好像都没走过这么长的路，就像是有几天几世纪那么的长。

——陆至诚不知道，自己以后，会不会有一天，后悔？

他沉沉的掐灭了一支烟，自嘲：我哪还有以后。

他不知道，自己抽了多少烟了。他看不见。他从进门起，就一直没想到开灯。

可他现在，忽然想到了。——因为，他忽然又是清晰的想起了，自己，还有太多的后事，没有料理完。

是的，他已不需要再去想或许真的太遥远的以后了。因为，他知道，他已不会再有很多的时间了。——他甚至都在一刹那，拿自己开玩笑的想：也好，我这辈子，都不会变老了。

早死也有早死的好。

“嗒——”

他开了灯。

他叹着气，收拾干净了狼藉。他觉得，自己真该多拿自己来开开涮，起码，心情真的是会好很多啊。

我是不是应该先给自己烧点纸钱——算预存，以后上路了好花销？

他又想。

他呵呵笑了一会儿，坐了下来。

呆呆的发着愣。

空白的。

夜很浓。

他想:她是一定,还会来找我的。

他坐着,呆呆的坐着,眼睛一直就那么的盯着地,像死鱼。

他捂了捂自己的脸。

要不,就先给自己烧座纸房子吧——要大一点的,干脆花园别墅好了。对。

他又想。

呵呵呵。

他又笑。

——胡珊的泪水,险些又溢出了眼眶。

她看着从窗帘缝里一时如碎银般凝怅淌出的灯光,心里一刹,却反而是又像被撒了一把雪白的盐。

她痛搐的,真的不知道,她和他,怎么就会是变成了现在这样。

她慌忙的抹去了眼角她唯恐会有的泪痕,深吸了一口气的,又看了一眼那夜的尽头的,便是往前继续走了去。

胡珊痴滞地站在黑暗的楼道口,眼前却如黑纱蒙着一般,耳中仿佛依然还是轻轻微微的"窸窣"着他在黑暗中摸索着钥匙开门的声音。

就好像,那多么残忍的一切,都从来便没有发生过啊。——或者,仅仅就只是一场梦,那多好啊。

窸窸窣窣的,他仿佛依然还在摸索着钥匙。

真笨啊。

胡珊痴爱的心喃了一声,"嗒"的轻轻一下,便是又为他按亮了灯。

可是她才发现,一切,都只是空空如也。

一种蒙着眼的黑纱仿佛突然被人扯落,黯乌的黑暗像强光灯一样被人打进了眼里的绝望与剧刺痛,像铁的一束荆棘织成的毒花一般,在她心膛里残忍的一瞬绽放了开来,由内而外的破裂起了她的心。

难言的悲酸,一刹不禁又是涌上了她的喉头,带着一种鲜红的腥。

——陆至诚不太放心的,又是给唐梦佳打了个电话。依然停机。

他舒了一口气。心里却又莫名一阵难言的难受。

他将手机放回了口袋里的时候,正想着要再打算打算接下来的一些事情的时候,忽然,就是愣了愣。

他听见了,一串滞重而轻弱的脚步声,已是近到了他的门外。

停了。

陆至诚僵然的,站了起来。

"咚、咚、咚——"

轻轻而滞顿顿着的,几声沉弱敲门声。

死一样的寂静。

门里门外。

僵固的流淌。

沸腾的黑霜。

陆至诚的手依然僵黏在门把上。

他深深的吸了一口气，微跺了一跺脚，便是，开了门。

门，在胡珊面前，慢慢的、慢慢的，被打开了。

盐白的碎银色光黯，像一条慢慢越变越宽了的河，随着门的打开，越来越重涩的，一层又一层的不断覆盖在了她的身上，无纹波澜涤漾。

陆至诚的黑长人影，拉窄凝固的僵浮在门口地上的盐白河中，就像雪银的天鹅绒毯子上，裂了一条不知被什么割开了的口子。

搐痛是死一样的无动与空气里的沉默。

陆至诚和胡珊相对的都是默然了一会儿。

胡珊看着地上他无言无动的长影，眼里就好像是落进了一粒砂的痛。

风从楼道里吹进来，仿佛还带着些许外面马路上的车过声，让人错觉时间的奔跑声与已然的漫长。

两个人之间，好像从未这样，相对站在一起，却好像完全各自便是在两个完全不同的世界里。彼此都无法替代或相触、通融的徜徉。

徘徊。

彷徨。

胡珊未知着下一秒。

陆至诚未知着下一秒。

只有时间依然在走。

陆至诚看见楼道里的灯又是亮了着，不知道是不是胡珊开的。他的心里一阵错莫的酸揪，心尖一下子就像是被黄昏的足印不小心重重地踩踏到了黎明的凄凉，说不出的周缠哀绕。

"……进来吧，别站着——"

陆至诚勉强的笑了笑，平静而轻轻的说。

正心中一半空白一半茫乱着、不知到底该如何来打破他和她之间的那样一种让她莫名便是觉得冷、怕的沉默的胡珊，一刹听到他的说，却不禁微愣了愣。

他声音里的平静与温柔，让她意外而疑茫。她意外，他在一刹里让她是那么熟悉如昔的温柔；她疑茫，他的温柔，还有让她是同样那么意外的，平静。

她原以为，陆至诚现在看见她又来找他，一定是会很凶的。

"——进来啊，呵——"

陆至诚微笑的，又是跟一时不禁然有些微愣的胡珊轻温笑说。

就一般意义上的心心揣度而言，陆至诚很容易的就能看透胡珊——可惜，胡珊却不能同样的看透陆至诚。

胡珊的心里，像是被风一时吹乱了好几扇窗户的，晃关晃开着的，便是不

禁，又看了看陆至诚。

陆至诚很平常的便关了门。胡珊却在客厅里，嗅到了一股不平常的浓浓烟味。

很清晰、很浓郁的烟味。

她知道，他是早已经戒烟了的。

就像她进门时多么疑茫的看他的那一眼一样，空气里平静而无影无声剧烈着的动荡，愈是疑茫晃萦的围惑起了胡珊。茫惑里，胡珊无比的又忐忑了起来，甚而在忐忑里，还有着偶偶的几丝害怕。

她害怕。——越来越清晰的，开始感觉到了，那一种，已是应该可以真的被称作“害怕”了的不安。——从不知什么时候起的，一直到现在。

越来越甚。

她感到了陌生，让她害怕的陌生。——就连他那仿佛熟悉的温柔温语，都似乎是比他的凶，要来得更让她不认识。

她感到了一种巨大的被雾围着的感觉。她忐忑，而不时害怕。——虽然，她也说不上，她是在到底真的害怕什么。——她只感到，就仿佛是有千百扇的门、窗，在她心里“砰砰啪啪”的纷纷晃开晃关、不停碰碰撞撞着，风雨飘摇。

是的，风雨飘摇。

风雪昭昭。

她在有那么的几刹那，甚至都觉得自己，好像是根本就已无力再去抵抗，或挽护了。一扇又一扇的门，一扇又一扇的窗，总是挽了一扇，就护不了另一扇了，纵然她始终都在拼尽全力。可是，烈风始终都——不，甚而只是越来越那么无尽、无情。她感到了一种剧烈透心的哀憔，真实的无力。她甚至在几刹间，都错觉自己，要倒下了，要真的倒下了。要真的，不得不在风雪中，承认一切的死去了。——可是，不，不。不！——那让她，觉得，比真的死亡还要更可怕，是比仿佛人类一切最原始的畏惧的本能都要来得更直袭清烈无比狂腾的觉得的，觉得，比真的死亡还要更可怕，更可怕，千倍，万倍，千万倍，千万万倍！——可是，她又真的已是那么哀憔的，仿佛都已失去了一切的力气了，已经是被，失去了一切都还能有的力气了。她都已是那么痛苦而无力的，真的觉得自己，在这烈烈风雪中，再也是站不下去了，站不下去了。——可是——她几乎都不知道，究竟是什么，依然还能够让她，在风中，站下去，依然站下去，奔跑着，挽护着。仍然拼尽着全力的，奔跑着、挽护着一切，一切。一切。

漫漫的荆棘，蔽天的织着。

遮日。

陆至诚灰色的脸上依然僵黯的烙着几许笑。他丝毫也没有发觉到，有一种多么珍贵的东西，正在此刻沉默着的胡珊的心中，经受着一种多么残忍的撕熬。

因为，他此刻，心中也正兵戎相见。

“坐啊——”陆至诚微微又是笑了笑，笑中透着几许不禁不觉的低然的，跟正愣神的胡珊说。

胡珊茫惑、不安的，无神坐了下来。

她看着也是坐了下来，却只是侧侧向着她的陆至诚，开了好几次口，却依然，仿佛被东西堵着喉。不是她不知道自己想说什么，而是从他开门，她看见他的冷、静、沉、默起，就突然，似乎是在空气里吞入了一块难言的凝滞。凝滞的中间，是一些莫名很真实的刺。

刺的伤冷，就仿佛带着钩的一些钢筋水泥。——她从来没有这样的，感觉到，是那么无比强烈、清晰的感觉到，在他和她之间，心的之间，有了屏障。——微妙，而真真令人害怕的，寒心的屏障，让人心生痛生疼的，带刺的屏障。

好像谁都有很多话，却又好像谁都不想先说些什么。——于是，依然都是不禁继续了下去的沉默，各自都是感到了紧张，一些紧张。——虽然，他和她，谁也都是不知道，自己怎么会，感到了紧张。

陆至诚不禁然的惴惴转头，先看了看胡珊。四目相错，其实，都是一刹无由莫名的想逃遁。只是，胡珊落开了目光去，而陆至诚，却依然强烈镇定着眼睛。——所以，胡珊并没有看到，陆至诚眼眶里的，终还是不住的几乎一刹湿红。

而当胡珊一刹的想遁过去之后，又是莫名强烈裂涩的后悔自己为什么要落下目光去，并一时重新的又是就抬起了眼睛来的时候，陆至诚，却已是终还是不禁的，又转开了头去。

胡珊苦涩看到的，依然只是陆至诚僵硬灰黯的侧脸，冷冰冰。

胡珊心中，莫名的一瞬剧烈热痛。她喉头刹然一烫。

所有的冷固、紧张，仿佛都在这无由的几乎都是清晰哽咽的一烫间，作了乌有。

“——至诚哥……”伤心极了的千言万语，都仿佛是一刹在她心膛中脱缰了的千匹万匹野马。

可是。

“昨天……昨天是我不好。”

陆至诚低然并微带着一些好像是自嘲的，脸依然僵冷的侧着的，打断了胡珊的话，低然说。

胡珊顿猛一愣。

她一时不知，他这话，究竟是……

她看不到他的脸上有任何表情。

一刹然，胡珊突然，惊喜的几乎便是要落泪了的误以为，他是在想要收回昨天的话了。可是，她的惊喜几乎都还只是才由她的大脑刚刚到达了她的脸庞两秒都还不到，他便又是继续的说了下去：“昨天……我知道，我的态度……是凶了些。本来,这事我该好好跟你说的……哪知道……”他转头来,看了看脸色已是惨白得很非常的胡珊,又一时不禁的,是落开了一些目光去的,顿了顿,继续便是又说,“可能……昨天……是事情一时还有些乱吧……总之,对不起……对不起了……”

胡珊自坐下起,本来就一直是紧紧的绞在一起的双手,顿顿的,顿顿的,突然,一下子,便是松开了。

无力的。

他看见,她的双手,就仿佛是一刹突然被什么砸断了筋骨一般的痛搐着的,连指尖都仿佛是在搐洒着难忍的痛苦的,便好像是两只在一瞬间忽然被什么重重残忍砸拉开来了的紧紧拥牢着的瘦弱的小白鸽一般。它们凄白的身上,隐隐清晰的,都还残着刚才一直因害怕、慌乱而紧紧拥着的红痕,在痛搐中。它们蜷抖的,都是各自战栗搐滚着。由膝上,跌落到了凳沿,由凳沿,又再蜷爬回了膝上。痛的冷搐,仿佛都像手一样的揪心攥心。

他看见,痛的泪雾,都在她的眼里,越来越晶莹厚厚了起来。

泪雾的后面,他看见,她,还是他一直认识着的那个她;可是,泪雾里,他却知道,他,已不再是她一直认识着的那个他了。

他不能禁的,一时,还是只好将自己的侧脸,面向了一动不动看着自己的她。——他庆幸自己坐的这个侧侧的位置。相对而言,不看着她,是多么的自然啊。

他听见了紧压抑着的她的微然一小下抽泣。他的眼角的余光,瞥见了她匆忙的抬起一只手,匆忙的拭去了眼角的一片晶亮泪水的,浓浓幽怨。

他的心尖,一抹无能放恣的酸涩。

他微闭了闭眼睛。

胡珊心恸着的,还是要自己把这,当成只不过是一个玩笑的,使劲的用力笑了笑。

笑重的好痛。

几然又是的落泪。

“——呵、你……”

“今天……你去我大哥那儿了?”

陆至诚又是近乎冷酷与残寒的温和而安静着,低低沉凝的,打断了她都只是才刚说了一两个字的话。——他自己都几乎不明白,自己为什么要这样让人觉得是那么冷和远的对待她。她有什么错,他甚至都在心里问自己。他想,或许,他是真的太怕,再听到她说什么吧。他觉得,真的怕。他开始觉得,自己的坚固与坚强,似乎其实都没自己原来以为的那么真的坚强与坚固。他怕。他想,也或许,是他,一定要先把他打算好了的话,先说了,才行吧。

他听见,她顿了一会儿,然后,喉中就仿佛是噙着滚烫的开水一般的声音的,轻轻低“嗯”了一声。

他的心坎，就仿佛是被一小杯开水烫了一下。

他剧烈的克制着自己心中的波澜，一时顿了顿，"……那……你……你都听见了？"他一边闷闷的，依然温和、安静问着，一边就是抬转了头，看向了她。

她看着他。她无语垂目的，微点了点头。

他看着她泪盈出了眼眶。她看着他冷默的依然温和而安静。

谁也没有逃遁的注视，让空气中的距离反而仿佛愈拉开了一壁江山。万里的戈壁，都宛若晃荡了起来的厚厚垂帘。垂帘的两旁，都好似有马蹄香在慌乱哭泣。

她看不清他的表情。他看不清她的泪心。

他涩然的笑了笑，便是垂下了目去。他低低叹了一声，转开了头去，慢慢站了起来，"……那……也好……那……该说的，我也就不再多说了——希望……你能真的都明白……我——对不起了……"他看着地的说着，心中一刹宛若弦断。他依然克制。他目光赶紧从地上拾了起来，一边匆沉的就是忙往靠室角落的书架那边走了去，一边就是继续的又匆说了下去，"其实本来，我也还有事要找你……呵，你来了正好——"

胡珊哀恍密密，而一时不解的，看着他的背影。

陆至诚在书架厚厚的最里层，拿出了一本已泛了黄的《百年孤独》来。

他打开了书，从里面，取出了一份，他藏夹好着的存折来。

胡珊看见，他一手放下了书，便是拿着一份存折，又转回了身来。

"这是你上次，交给我的存折——我一直没动过，放好着……本……"他一边走回胡珊旁的位置，一边说着，却刹那像被一根鱼刺在脑海里扎了扎，有种短短窒息了一下的痛默。一小瞬的断语之间，他蓦然就好像是被这根鱼刺淹塞掉了喉管间的生机，连自己呼吸的气息都仿佛成为了窒塞的阻碍空白。他在这短短的一小刹空白里，忽然便是想起了很多难过的事情——他想起了两人，还有过的好多打算：关于小餐馆，关于新房子，关于原来还有的，好多以后。——这一份存折在此刹，忽然就是不自觉令他瞬刹勾忆起的好多、好多，几乎便是使他不能禁的，一瞬被窒然止步。——可是，他只是微然低了下头，脚下步子的匀律依然。"……现在，既然……呵，还给你——你拿好着——"他停下，站定在了胡珊旁边，将存折递到了她眼前，"——呵，你回去记得自己改一下密码。"

他说得依然一直温和而安静。他的脸上，甚至始终都还是带着一种轻微之又轻微的轻轻微笑。没有人能说清他的这种轻轻微笑，究竟是有多少含义——对他？还是对她？嘲讽？还是掩饰？快乐？还是悲哀？解脱？还是枷锁？——等等。他自己也不知道。他只晓得，自己是在微笑，并且应该也还能算得上是微笑的正恰到好处。他只晓得，自己应该要，保持微笑。——或许，也是他自己，需要微笑，想要微笑，他想。——正如，他其实也都并不真正清楚，自己为什么要再多添上那最后一句话。或者说，是不知到底也该不该。——他只晓得，自己很残忍。真的很残忍。或者，也是他需要残忍，想要残忍。不管对谁。他很残忍的想，自己一定，很让她寒心了吧。

沉默的僵硬，在寂静中悲哀堆积。

他拿着存折的手，依然僵硬的伸出在她的面前，僵硬着。她一直低垂着头，僵硬的，一动也无动。

她一直没有吭声；他也一直没有再多说什么。

一直到，他突然看见，有一滴泪水，突然掉在了，他手里的存折上。他知道，那泪不是自己的。

胡珊，慢慢的，抬起了头来。

他看见，她的双眼，湿红的让人心穿。

他不能面对。

他只能看着他手中依然僵着的那份存折。深红纸面上的那一滴深红的泪，慢慢的缓缓斜淌着，深红的，仿佛同样也是在纸面上划着一道深红湿透的伤。

他的目光，随着她的泪水， 起在深深的鲜红中，殒落了哀伤。着地。“啪”碎。

四溅。

空殇。

“……至诚哥，我、我就当、当你什么都没说、什么都没说，好不好？好、好不好？你什么都没说、什么都没说——好不好——好不好——”胡珊栗栗抽泣着，声音有如风中碎铃铛般的发抖着，宛若一扬纷纷风逝了的雪白羽毛般，凄恻的，伤急的，戚烈哀求说着。

陆至诚的心都仿佛蜷起来了。他看着自己的手，凝然的，还是很坚断的，尽量不弄痛她的，便退开了她牢抓住了他手的手。他将存折硬塞在了她的手里，然后，便是不禁微紧忙的，退开了两步。

“小珊，你别这样……我说的，真的都是真的——我知道，我对不起你——可是……可是——我们……我们、还是好聚好散吧——”

陆至诚紧禁着心底的哀颤的，脸色灰白而凋碎的，还是强静定着的，依然跟她说。

几秒的寂静。可怕的沉默。

“不——!!!”

胡珊哀极了的，大哭了一声，猛的就是甩丢下了被陆至诚塞还到了她手里的，那一份，她唯一的、所有的积蓄。

她悲恸至极的刹便是烈站了起来，泪如泉涌着，瞬然一下子的，就是凄哭然的号啕前扑入了陆至诚的怀里。

崖落岸溃，澎然动荡的陆至诚。冰冷硬枯，无动于衷如故的他的胸膛。

他的心膛中，仿佛千万把的尖刀，都在滴着她的血。心血。每一滴，都仿佛，在穿透着他的心和髓，拷断着他的骨与魂，将他，拖向海洋般的地狱。殷红色的鲜艳海洋，无边浩瀚着滚热心酸悲凉哀恸的，金阳光芒如箭一般的地狱。

他依然很安静，安静的，像一个悲白的雪人。

无垠广袤天底下的，一个悲凉的白雪人。

他的雪冷，白白、滔滔滚烫着她的泪，滚烫着，她的哭。

无能的天锢，依然漫漫飞扬着雪。

悲白的雪。

他知道，他不可以放恣。

不可以。

“……我不相信、我不相信、我不相信！！！——你说的一切，都是假的，全部都是假的！！！！我就是死，也不相信！！！！！！！”胡珊嚎啕大哭的，整个人都仿佛是成了一张风破的雨中细纸，啼悲星殒，泣若梨花踏沓，声断海棠飞似落，“你到底是怎么了——你到底是怎么了啊……为什么要这样对我——为什么啊……我做错了什么——我做错了什么啊……至诚哥……”凄恸幽怨，萤萤若泪草。

泪蚀人心，心草若化萤，萤萤绕寒冰。

陆至诚心若黄连煮。

他好想哭。

可他还是没有哭。

他推开了胡珊。

他没有办法看着她，甚至都没有办法正向着她。他不得不半步转侧过了一些自己的身，好让自己知道自己所正面对着的只不过是一团空气，和模糊。

“你……没有做错什么……错的，是我——”他长长的吸了一口气，还是沉静的，抬起了头来，“我……对不起你……可是，一切……都不能改变了——”他几然一刹哽咽。他还是安定了自己。他咽泪笑了笑，还是微微轻笑了笑的，凝绵看向了胡珊，又继续的说了下去，“小珊……我们还是好好说再见吧——”

胡珊的嘴唇，发白的颤抖着。

他没有看她一眼的，又去捡起了那存折。

他顿了顿，还是走回了胡珊面前。

这个，你拿好。

他还是没有表情的说着，将手伸递向了她。

一抹粼粼的悲烈，泛着宛若风碎了的花黄，刹然淹没了她哀白的脸庞。

烈烈的泪水，拍湿了她簌簌的发缕。

万马奔腾的寂静，在踏沓的层叠穿心中洇湿着两个人之间的咫尺千里。泪江天涯声长。

他不能看着她。她看不见他。

无言，有时就好像带刃的玻璃，脆弱而又锋利。

而寂静，有时锋利的，不只是痛。

他听见，她终于还是剧烈而几乎是发着抖的，抽恸了起来。

她一下子，便几乎是不顾了一切的，再一次的，紧紧扑拥住了他。

紧紧的，无比紧紧的，扑拥住了他。

"……你到底怎么了……至诚哥，你到底是怎么了啊……求求你，你说啊……你说啊……不要这样……只是不要这样啊……至诚哥，你到底是怎么了啊……"

她在他冰冷的心膛前，哀求的哭问着，哭问着。哀求着。

他觉得，心膛前，就仿佛是有一根无比巨大沉重的撞门木，流着血的，正在不停动荡晃栗着的，一击又一击的，不断哀伤摧撞着自己的心门。他觉得，自己几乎真的马上就要垮了。他仿佛，听见心中有一口古老的钟，正在苍凉而哀悲的，荒残破败，鸣响着。不断的，鸣响着。

"咚嗡——咚嗡——"

苍远、枯破。哀凉，伤败。

冷白的灯光，依然很瘦瘠的在空气中铺蔓着荒凉的藤萝。

"……至诚哥……你到底是怎么了、怎么了啊……你为什么要这样啊……究竟为什么……你说啊……你说呃——"胡珊怆然泣涕，"……我不信，你说的那些，我都不信，我都不会信——我永远死都不会信——究竟是为什么？你究竟是为什么啊——至诚哥——"胡珊哭求嘶哑，"……为什么、为什么，我们好不容易才到了如今，好不容易、才到了如今——你却要这样——却要这样……呃……"胡珊恸声已几窒，"你说的，你说的啊，我们再也不会分开——我们再也不会分开了啊——为什么……究竟是为什么啊——"

胡珊嘶哑已几窒的，不禁号啕了起来。碎哑的号啕，仿佛这世上最咸腥的苦绝荆藤，在陆至诚早已碎破不堪的心央伤口间，如柱砸笞。

鞭溃。

她的哀恸。他的破溃。

他全身的骨架，都仿佛在她的拥抱里，风雪飘摇。

泪虐血肆。他的心，真的也想号啕。大声的，剧烈号啕。

可以响彻天地的，剧烈号啕啊！

可是，他知道，他不能放恣。

他知道，他应该要坚强。还有，或许是残酷。

他的手，在发抖。

不是病。

是他的心，在啼血。

他无言的，还是将她，用力的推开了。

绝对坚断的。

他感觉得到,有一种塔,正在她的心中崩塌。因为,他看到了她站立的不稳。更准确的说,是并没有踉跄的,双脚在颤栗。

他还是又一次的,将存折,硬塞还到了她冰透了的手中。

他看着她被盐霜的灯光镀得几乎是悲凉的可怕的泪盈脸庞,还是很安静,而淡温的跟她说了句,以后,我们还是不要再见了。

寂静中。

你以后,自己多保重,希望你,以后可以重新再有一份好好的幸福。这辈子,就算是我对不起你了——欠你的,我来生再还吧。

他,低淡的说。

依然寂静中。

只有盐霜的灯光,仿佛在"嗞嗞"作响。还有,她的苍碎脸庞,依然在被泪水滚滚冲烫。

寂静。

可以让人死去的,寂静。

一抹悲绝的哀笑,慢慢的,慢慢的,仿佛一道凄凉的夕阳,在她惨白脸庞的泪水中,淡淡漾了开来。

她无片言的,寂静的,不禁簌簌笑而抽泣着,重重的,一下子便是不由脚下一塌,跌坐在了一旁的椅沿上。

她的整半个人,都仿佛是已被齐齐敲去了心的骨一般的,痛得几乎就是看得见了血的,哀泪痴笑着的,无力靠伏在了椅背上。

她的脸,不由伏埋在了她自己的手臂上。

她的整个人,都在剧烈压抑着的,抵抗着颤抖。

他看着簌簌栗栗着的她,知道,她依然在哭。他也知道,她已经,在开始,怕让他看见她的眼泪了。

他觉得是种胜利。可是,莫名,却一涛大烈心绞。

她依然,不禁剧烈而寂静的,恸哭着。

就仿佛遍天的白纸,灰冥的铺满了她的一切。她看见,有陌生的植物在天空中央狰狞生长,好像一把断了齿的旧梳子,好像一块褪了色的斑驳红盖头。

风雪仿佛盛开的肆虐,放恣的卷扬着她被肆虐的眼泪。

被肆虐的,悲恸。

天空仿佛在枯萎。大地在凋零。

纸屑如雨。

冥灰满地。

窗外,依然偶尔有车呼啸。

夜色黑暗,深沉。

没有星星,没有月亮。

有风。

还有人间，依然红白各色的，红尘黑白。

五光十色。

陆至诚转头，抹去了眼角的一滴泪。

霜白的灯光，在他眼里珠珠五光的闪烁。

他定格的看着窗。窗帘定格的褶皱着若干条痕。

没有风的地方，一切都可以很安静的定格，正如那窗帘上的褶皱，也不会动。他想。她还在哭。

其实，每一个人都经常会忘记时间。

他看着窗帘缝外很黑的夜，也不知道现在其实是正夜。

他忽然好像想起了有个谁说过大概这么的一句话，真正的时间，只存于人的意识之中。他觉得有点好笑。可是又其实根本不想笑。他知道，自己只是真的好像，需要想一些什么，随便什么。不然，他都不知道，这样只有着她轻轻而压抑着的抽泣声的空气，还会继续的在他肩上膨胀到多重。多重。

他想，你走吧，快走吧。

我不想、一秒钟都不想再看见你了。

他怕，自己就要垮了。

她觉得自己的脑子里很乱，真的什么都很乱。怎么会这样——怎么会这样？

就仿佛在一片广袤的雪野上，猛烈的东南西北风，乱白飞扬。

她想，他是在真的和我说分手啊，他是在真的和我说分手。她难受的，真的好想痛痛快快的大哭，是嚎嚎啕啕的，痛痛快快大哭。悲哀的，整颗心都好像全被埋葬掉了的，嚎嚎啕啕大哭。可是，她难受的，又真的想不哭，一点点都不哭。哀伤的，整个人都仿佛是已再没有了心的，一点点都不哭。

可是，好像又更有一种瀑布般的难受，更加瀑布般的在不同咀嚼着她的心。她想，这都不是真的，都不是真的啊。她都觉得，自己的哭，都是傻的。——这都不是真的，都不是真的啊！——可是，她却难过的，便愈想哭。伤透了心的想哭。可是，她又觉得，自己真的不该哭，不该哭呵。可是，又崩溃的，愈不禁哭。

瀑布般的难过，难受。

东南西北肆虐的风。

她抹去着泪，看到着他硬塞还给她的存折，心里愈一阵难言的悲酸。

她努力拭净着脸的，抬起了头来。他看见，她双眼红肿肿的。他心里一股紧。

她看了看他。他避开了她的目光。她的眼里，满满哀酸。

她知道，他是不敢看着她。她知道，他是在骗她。虽然，他不凶了。是真的好像要好好说好好散的样子了。虽然，他比昨天，是还要更让她真觉得，冷冰冰如隔千里了。虽然，她依旧还是什么都不明白着。虽然，她怕，心里其实好像真的很怕。真的很怕。可是,她知道,她知道。

她知道。

陆至诚看见,她瑟瑟的,还是一只手撑扶着椅背,簌簌的站了起来。

一刹那,其实他差点一步上前。

他依然没有表情的站着。

两个人都是无语了一会儿。

陆至诚微顿踩了踩地,还是抬起头来,吐叹了一口气,先开了口的说:“小珊……”

“至诚哥——”胡珊却是哽咽着,就好像是一下子便怕他再多说下去半个字的,急抬头张口的便是忙打断了他,抢了话,“你听我说,先听我说——”胡珊声中犹带泪的,一边坚持说着,一边便是步急的,忙又重新走到了陆至诚的跟前。她泪水朦胧的抬脸看着陆至诚,一边将存折又是塞回到了他的手里,一边就是哀求他的说着,“至诚哥,我走,我现在就走——可是这个,你不要还我,不要——求你不要——这两天,你和我说的话,我也都当你没说过,没说过,好不好——好不好——我知道你有事,你一定有事——你现在还不想告诉我,还不想告诉我,对不对——至诚哥,我不逼你,我不逼你——要是你想一个人静静、要是你想一个人静静,那好的,那好的呃——至诚哥,我不会烦你,我不会烦你的——”胡珊苦淌着泪,惨白的哀求和陆至诚说着,“只是、只是求求你,求求你,不要这样、不要这样和我说分手,不要这样和我说分手呃——至诚哥,我求你了——我走,我现在就走——你什么时候想通了,想见我,再来找我、再来找我,好不好、好不好?我等你、我等着你,我会一直等着你,好不好?——至诚哥,求求你,求求你——”胡珊双手紧紧地紧握着陆至诚的手,冰烫的泪都模糊了声音,“你记着、一定要记着来找我啊——求你一定要记着啊——一定记着呃……我走,我现在就走——”胡珊苦求的说着,哀酸的拭着忍不住的泪,悲恸说完,最后紧紧的双手抱握了握他冰凉的双手,一下子便是放了开去,慌忙的就是转过了身,就好像是怕他会现在就再多说半个字的,真的怕他现在就会再多说半个字出来的,便是朝门直逃了去。

陆至诚悲哀极了的愣着。岑苦的泪水,一刹满盈了眼眶。

天啊,我该怎么办?我到底该怎么办!!!

胡珊已簌簌的快开了门。

陆至诚突然一个箭步上前,一只手用力的拉开了胡珊,一只手便是用力的又推上了门。

沉沉“砰”的一声。

陆至诚一只手尚夹拿着存折的,向前撑在门沿上,一只手,向后,还牵着胡珊的手。

他的脑袋,千斤重的垂着。他闭眼的看着地。他无力的吐着气。

他的脑子里,很乱,很乱。

他的呼吸，重重的声响着。他没有办法控制住自己胸膛中完全都已“轰轰轰”了的一切。一切，完全都已如山河颠崩。他的全身，全脑袋，仿佛都在猛烈的轰鸣。血液的冲奔，整个人的颠崩。

空气，在陆至诚沉促的喘息中，重、重、重，而动荡。

胡珊动荡、促重、慌悸的闪烁注视着陆至诚。她好害怕。她真的好害怕，他会真的又再跟她说出什么来。可是，她又忽然在一刹间，仿佛突然如电光石火般的，看到了一丝瞬亮起的希祈。——她的心几乎是在半瞬间突然就那么不禁要跃跳了起来的，不由然泪喜想：难道，是他不想我走了？

她忐忑、动荡不安的，悸促看着，依然沉垂僵着的他。她不禁然的，也是握紧了他正紧握着她手的那只手，用两只手，好紧的。

沉重的空气里，都是只有着两个人沉促、不规律、悸而不安的呼吸声。声音里，仿佛都还是一样的带着泪。——颤然的泪。——只不过，他和她，一个，更多的还在挣扎；一个，还在希祈中企望、等待。一个，泪的是无奈；一个，泪的是伤心。

“……至诚哥……我们、我们不要这样、不要这样好不好……”胡珊微泣的祈求说着，紧紧依然牵握着他的手，“我爱你……你知道我不能没有你……不能没有你……不要再说那些那样的话，求求你，再不要……至诚哥，我们还是好好的、好好的……好不好……好不好——”胡珊求泣几哽，声声哀痴，“——不要不要我，不要再让我离开你——不管怎么样，都不要再让我离开你——不要不要我……至诚哥，好不好……好不好——求求你了……”胡珊哀痴的哭诉着，泪求着，不禁然的，凄楚的，便是再紧紧抱靠着了他的肩。

她的伤恸，在他肩膀，如夜哀悲，亦如夜无涯。

如夜重。

他觉得，自己就像是要塌了。

“……小珊……不要这样——”

他还是屏定了气息，站直了自己，转回来，推开了她，也抽出了她紧握着他的手。他一边重新便是又将存折硬塞还给了她，一边就是不能看着她的，说：“这个，你拿好着——”他听到胡珊刹然泣泱的急一抽噎，莫名就是怕极了，她会现在再跟他说什么。他目光依然重拖在地上的，不自觉的瞬然就是急后退了半步，疾忙的便是马上又把自己的话连说了下去：“你先听我说——”

霜白的灯光，枯灰的僵静着。

他莫名的怕，无措的怕。——却又仿佛根本就无话。

他心紧的长吸了一口气。

“……存折，你拿好着，那是你自己这些年攒下来的——”陆至诚心中，莫名想要寒冷却反而愈烫酸了起来的紧揺。他说着，却又仿佛其实根本不知道，自己在说什么，或，想说什么，也不知道，自己其实到底为什么要说。他无措的，又长吸了一口气，却才发现，自己是连呼吸都在颤抖。“——我知道，现在这样，是我对不起你……你也很难接受——可是……可是，我说的都是真的。这两天，我和你说的一切，都是真的。——小珊，我们分手吧。就分手吧——”陆至诚一只手在裤兜里，紧攥着布袋的，说着，“大家都洒脱一些不很好吗——为……”

“不——!!!”

胡珊再也忍不住了的，大哭喊了一声，便是奔上前，看着陆至诚，将他的一只手也放在了那份存折上的，一起举到了他的面前，泣不成声的，跟他说：“……至诚哥，你还记不记得，和这份存折、和这份存折在一起的，还有什么？还有什么——”胡珊泪珠如串，草露凄怆，“我们说过什么？那时候，我们都还说过什么啊——”胡珊哭窒息折，“至诚哥，你都忘了吗，你都忘了吗——我们、我们都还没有一起去开起那家小餐馆来呢——我们、我们都还没有一起去买下那套新房子呢——我们的以、以后，我们的家、我们的家，都还在等着我们啊——都还在等着我们呢啊——”胡珊长泣难抑，“你为什么要这样……你为什么要这样……为什么到了现在，你却要这样——为什么呢……至诚哥——”

胡珊嘤嘤凄碎。大地，仿佛都在雨裂。

陆至诚的脚下，仿佛都在颤抖。

她是这么近的就哀凝看着他，她是这么近的就悲酸哭着他；她的一缕一珠，都如同不能逃避的雪雨拍岸，凉透着哀酸的，层层风裹着他。他不能看不到，他不能听不到。

他的冰冷，几乎不能再延续半分。

她看到，他眼里，分明便有她所是多么熟悉的那种他的痴暖，在翻滚。

她看到，他分明就还是他。那个，不会变心的他啊！

她泪干肠断。

他的天空，乌云咆哮。

风霜纠缠。

霜白的灯光，依然在夜色下瘦瘠的堆积着噩云的明亮。

“好了——”陆至诚长长的吁叹了一口气，转开了头。他微有些好像不耐烦了的，再一次的推开了胡珊，“该说的，我都已经和你说的很清楚了，你为什么就还不明白呢——难道你还想听我把电话里那些话重新再说一遍吗——”

噩静。

陆至诚自己也一时没有再说什么。他自己也想不到，自己这么说，第一个剜痛了的，却好像首先就是他自己。

胡珊泪雾晶烁。蒙哭的两弯泣月，惨黯朦胧。

他依然控制着自己。

“……你走吧——你自己的东西，自己拿好着——我们分手了，该分清楚的东西和事情，还是这样都早些分清了的好——以前的事情，都过去了……你

也就都忘了吧——今天，也就算是我们最后一次见面吧——”他仿佛麻木了的说着，揣在裤兜里的一只手，手心里却已被自己的指甲掐得生疼，“以后，我们也就各自归各自了——希望，相互也不要再有什么打扰了——我不想……以后再和你见面了——”他的脑袋里有些“嗡嗡”的，也有些听不清自己的话了——不过他还好，庆幸自己尚清醒自己在说什么，“那样，我想，对大家也都不好——是不是，呵——”他呵然笑了笑，也说不上是自嘲还是悲哀，又或者，仅仅只是想放松一些——可是，却一下子又仿佛更重了，“……你以后，自己照顾好自己——你和梁啸刚还没完的那些事情，反正律师那里你也都认识了……”他说着，一时又莫名觉得自己不知怎么好像又说得不够冷冰了，“——也不关我事了——该怎么样，你就都自己去看着办吧——你离也好，不离也好，反正……”他说着，一时却又莫名怀疑自己是不是真需要说得这么斩绝——不，简直是不是东西，“反正……反正……还是希望你能过得好吧——你……还是那句话吧，你以后自己多保重了——希望，你还是能过得幸福——”他说着，又是就无声呵了呵的笑了笑。他一下子，莫名便是很想马上抽根烟。可是又知道最好是现在别抽。他的目光，依然还一直是重重的拖在胡珊的脚旁。他听不到她有一丝的声息，也不敢看她。他的心里湖水很平静——是知道已经完结了的那种平静——却又仿佛是有鼓声在紧紧“咚咚”。他一时就又想说些什么——并不是他真觉得还有什么想说或可说的——只是他忽然真的很怕，那种“咚咚”声。有些时候，死水却又微澜，是最可怕的。“……其实，呵，今天你不来，我本也打算是晚一些要去找你的——呵，你存折都还在我这里着。——不过我也知道你迟早总还会是再要来的。不然，呵，我们之间的事情，也都还没真的了清、说结。——今天这样了也好，反正也都是迟早的——话也说明白了，东西也没拖没欠的了，呵——现在，都好了。——我们……就也真的好散了吧——”他说着，笑了笑的，终于还是抬目光看了看胡珊，却是被她的噙泪惨白，刺得一下子又赶紧是别转了目光。他忽然像是连这样两三秒的寂静变得恐惧承受了起来，“……嗯——你看看，还有没有什么东西没还你的了——除了钱，还有没有了——”他没话找话的无措说着，想微笑一些的，却是连勉强起来的表情和眼神都散乱着落魄的魂，“——其实——其实，呵，你看我这人也没什么好的，钱又少，这把年纪了混得连个小毛头都不如——”他一时莫名强烈的就又是很想拿自己来开个涮，“呵，其实说白了，该你甩我才对是不是——你看像我这种……”

“——呃……”

陆至诚还没说完，胡珊已是再也忍不住了的，一下子掩面失声痛哭了起来。

“……呃……呃、呃——我、我今天、今天不是来和你、不是来和你了清说结的……——呃、呃……我、我要的、要的不是钱呃——你、你、你为什么要这样子啊——你为什么要这样子对我……”胡珊连哭带说，声不成串的，恸啼着，便是痛苦极了的，又一次将存折，使劲的碎摔到了地上，“你都在说些什么……你知不知道你都在说些什么啊——你是怎么了……你到底是怎么了呃……”胡珊烫泣啼殒得话都已经是纷纷如在僵麻的舌头上打结了。

陆至诚看着哭得连话都已经是在说不清楚了的胡珊，心中别样的一番烈烈悲酸。

他不禁难过想：她有时候，哭起来还是真的像个孩子。

他后悔自己这么想了。他发觉，自己忽然，又真的在动摇了。

他看着被胡珊又是哭丢在了地上的她自己的存折，忽然又是真的想：我做的，真的对吗？

他忽然又是想，我真的应该这么对她吗？

——难以形容的哀酸。

他蓦然莫名想：她，会原谅我吗？

——无尽的心哀。

藤锁漫漫。

“……对不起……”

他出神的看着窗前正依然全盛开着的蝴蝶兰，落魂的，向着空气说。

他忽然才是想到，这盆花其实也该是要还的。可是，他却非常一刻祈望的又想，最好她忘了。

“我不要听你说对不起！”胡珊哭恸的大声说了一句，便是花碎的又一次紧紧地牢握住了他的双手，哀求的悲啼祈看着他，哭说：“我知道这都不是真的，我知道这些都不是真的！！！——至诚哥，我知道你一定是有事瞒我，我知道你一定是有事瞒我——对不对——对不对——你说啊——呃……你不要这样对我呃……”

心花宛若风霜四裹。八面绝壁。十路楚歌。

他咬了咬牙的，还是冰冷至极的，又一次推开了她。

他一言不发的，铁着脸，径自便是又去捡起了那一份存折。他知道，不管怎么样，不管以后，一切又真的会如何，最起码，这一份她安身立命的基本，不能让她给丢下。她可以感情用事，可是他知道，他不可以。

“好了——我不想再多说了。该说的我也都说清楚了，至于你还要怎么想，我也没办法——我最后也只还能是那句话，这辈子，算我对不起你了——”陆至诚无情至极的说着，没有再将存折往她手里塞——他怕再这么塞下去会弄坏——而是直接就往她衣服左下刚好就是有些微凸着的一个口袋里塞还了去，“拿好着你该拿的，走吧——我们之间的一切，都结束了，都已经结束了——你听好，都已经结束了！——不要再来这样烦我了——”他铁冷到了他已所能铁冷到的极限的，无情、没有再半毫温柔余地的，断绝说着，便终还是将存折硬塞进了她的衣袋里。

他一心暂只正烫想着要怎么才能让她对他更死心——尽快、马上——并且可以让她要了这存折，而一时，也便并没有在意到，他手在她口袋里碰到了的一个微好像有些绒绒的硬物。

直到他手从她口袋里一时又匆抽出，想再跟她说绝几句时，那硬物，很凑巧的，便是被他的手不知怎么就是带离出了她的口袋外。——“咚咚”，它，掉在了地上的，还脆韧翻跳了两下。

——空气里，忽然都寂静了，也僵硬了。

霜白的灯光，依然霜白。

——他看见，原来，是那一只，放戒指的盒子。

鲜红的盒子，鲜艳的红色。

风枝惊暗鹊的寂静里，露草皆若泣。

陆至诚心中的指针，仿佛依然还待在那忽然的停顿。

他忽然才发现，有时候，人假如失却了忘去，那坚强，是多么的不堪一击。

他的眼前，仿佛飘舞起了遍野漫漫的雪叶。啸啸的北风，宛若在无边的霜白中悱恻着的，缠绵满着他的眼眶。萧瑟的风刃，每一叶的都仿佛在深渊的闪亮中让他看到正在被扭碎着的他自己，还有她。

他在这一刻，感到的绝不仅仅只是自己有罪。——他如感到自己正在被一种雪野掩埋着一样的，悲哀的，已经觉得连哭泣都仿佛成为了一种奢侈。鲜艳的雪叶，泛着苍凉的寒光，一片又一片的，仿佛还在如悲伤的霓虹一般荒茫着他的视线。莽莽四野，一遍霜雪。温柔而锋利的深渊闪亮，仿佛成串的珍珠占满了他每一滴奢泪的缝隙。他在夜下的旷莽雪野中，仿佛被黑夜的光芒，刺得都睁不开了眼来。

是啊，多么哀伤而哀伤得令人不断如同在被缠窒的一个夜啊。一个，他几乎在霜白的灯光下，要忘了这是一个夜了的夜啊。可是，他却又仿佛苏醒了一些过来，在这苏醒中，又更深的觉得缠窒。那黑夜的光芒啊，是多么的令人害怕。还不如在痛苦的麻木中被痛苦盲蒙住双眼，为什么又要被绝望的那一丝温柔唤醒，看见更麻木的痛苦。无边的雪野啊，当黑夜将它映亮的时候，它仿佛就已是成为了地狱。何时才会在其中被真正掩埋住口鼻，又有其实多少差别呢。心的无可挣扎与眼睁睁目睹毁灭哪，夜的黑，真正最令人撕心裂肺而又无泪可奠的，是在心醒中，在被温柔唤起的心醒中，无能逃脱的，感觉着自己、自己和别人的每一寸，被夜吞噬啊。那悲伤如霓虹温柔的雪叶啊，那绝望如深渊明亮的珍芒啊，都仿佛最醇美的毒酒，或去了壳后的心头肉，受伤或死亡，似乎只是最美之后的唯一黎明。而就连休憩或等待，也都只是成为了时间对生命的惩罚。

他忽然再一次的感到了一种对于时间的恐惧。他没有想为什么。只是恐惧。

一丝细微的闪光，突然仿佛牵回了他正被埋葬在雪野中的目光。他眼前的薄薄的泪光，仿佛突然被划开了一条哀伤的口子。悲怅而无奈的惘酸，尚在伤口间粗糙的砺痛着痔涸的眼珠。他看见，是胡珊抽噎的已蹲在地上，流泪的打开了捡起的盒子。

他知道闪光着的是什么。

可是，他不知道自己到底在想什么。

胡珊一直都没有再说话。他只是看见，她一直在流泪。她的脸上，一直有光亮在湿湿的淌，带着夜的冷。

夜的温柔，让夜愈加的冷。

她一直发呆的，流泪看着那一点璀璨。

他一直砺痛的，看着她的流泪。

他并不只是在恐惧——他更觉得，自己要是现在再说什么，真的是太罪。

"……你还记得吗……至诚哥——"胡珊咽凝的哀流着悲静的泪，整个人都还仿佛是被一种让人可哑的心酸牢牢的攥定一般，簌瑟的噎看着手中的那一滴璀璨，"……我们、我们说好过的……等我真的可以自由了，你还要重新再为我戴上它的……再戴上了，我就永远也不会再取下来了……永远也不会了……至诚哥，你都还记得吗……"她几哑的难过说着，泪行都仿佛成了声带的抖抖的弦，"……你说，不管我什么时候才能够真正的重新再戴上它，也不管、以后我们、我们还会再有多少波折——你的心，都会永远和我在一起……不分离……一生一世不分离……永生永世不分离……你会永远和我在一起的……这些，你都忘了吗……"胡珊痛苦的，一下子，不禁一只手紧捂了自已滂沱的泪，"……是你说，我们活着，就应该要真正的醒，真正的勇敢，为我们自己，为我们的还活着——再多的风雨，我们也可以一起过，再多的苦难，我们也可以一起背，只要是我们自己愿意走的路，自己选的活，那再多的坎坷，再多的波折，我们也无怨无悔，心甘情愿……你说，你爱我……你说……"她哭得，说不下去了。

陆至诚石碑一样的矗立着。

"……你说，要我先拿着它……它就好像，你会永远陪着我的心一样……"她哭泣的说着，恸噎抹去着割脸般的泪，"我就没有一天、没有一天让它离开过我……我就是连睡觉，都把它放在手心里……"胡珊抽噎的几乎便是一下子崩然的就号啕了起来，"——可是你现在、现在为什么要这样啊——"

陆至诚石立依然。

胡珊伏膝哭恸着。

哀伤的哭恸着。

——"叮"的轻轻一声。

戒指，从胡珊手中颤颤的盒子里，掉了出来。

落在了地上。

滚滚蹦蹦的几声。

夜色很寂静。

窗外依然偶尔有车呼啸。

胡珊哭泣得，牙齿都抖抖的打起了寒战。

她整个人，都仿佛是被浸泡在了一只冰水的晶杯里。

整个夜晚，都仿佛在被泪水晃荡。

他看着她哭泣，努力让自己觉得其实并不关自己什么事。

他也不让自己觉得难受。他让自己觉得自己不是自己。

夜色带着时间安静的流淌。

寒冷看不见的浸润着时间的每一寸。

她在寂静里依然难禁的抽泣着。他在破裂里离开着自己。

一种凄透了心扉的寒，慢慢的，吞噬着她一节节，一寸寸，不只是因为夜太冷。不断垮塌着的痛，也仿佛不只因为夜太静。她恨自己的哭，却又仿佛更哭自己的恨。

她的心中仿佛有昏晓在分割。他已真的不爱她；或他只是在骗她。——她的心中又仿佛有一团宇宙在越来越塌，越来越塌。不一样的可能，其实却又都一样的伤害。

翻江倒海的悲酸，在她心中纠缠，宛若一座又一座白塔的倒坍。

他看见，她抹去着泪的，紧紧止泪的，便是抬起了头来。她瑟瑟的去捡起了戒指，干净而仔细的便是紧就先轻将戒指放回了盒子里。她一直没有看他。可是他看见，她合上了盒子的时候，脸上一刹不禁便又是两波亮莹。她的眼里盈盈满是没有掉下来的泪珠。

她合好了盒子，目光呆视着鲜红的，仿佛自嘲般的微摇头烈笑了笑的，一只手不禁便又是紧捂了脸。她长久的垂着头，看着地。

他的目光，在她的发丝间颤抖。千重的风阙，仿佛都在他的眼瞳前吊唁。丧去的悲哀，四裹了他霜雪的心碑。

冬天啊，一切的结束。

她站了起来。

他看见，她噙着满满成粒的没有掉下来的水莹泪珠的，还是向他笑了笑。

她将拿着红盒子的那只手，伸出在了陆至诚面前。

"……那这个……我是不是……也该还给你——"

她哽咽的笑着，泣然说。

他的脑子里"嗡"了一下。

死声一片。

他还是，抬起了手来。

她的手在颤抖。

他的手也在颤抖。

他慢慢的，终还是止簌的滞伸出了手去。

两只越来越接近了的手之间，有寒冷在剧厚，红色在厚厚的寒冷间鲜艳。

她看着他的手，泪滴滚涌的闭上了眼睛。

可是，他的手，却终还是做不到的，停顿在了红色之外。

她的手，在剧栗。

他的手，在挣扎。

仅仅三秒的寂静，便如突然的一道惊雷，划破了她的悲浑。

她蓦的睁开了泪眼。——她看着陆至诚僵簌而终还是落不下来的手，再也不能禁的，便是一下子“哇”哭了出来。

她大声痛哭着的，扑入了陆至诚怀里。

“我知道都是假的，我知道都是假的！！！——你到底怎么了啊——你到底怎么了啊——”胡珊痛恨的大声怨哭着，无力的抱着他、打着他，“你为什么要这样啊——究竟为什么——”红色的盒子上渐渐都洇着了泪水，“你那天回来吃饭都还和我好好的——到底是发生了什么事——到底是发生了什么事啊——这一切，到底都是为什么——为什么！！！”

——为什么！！！！！！

他的目光在她背后脆弱的泛红——他也想问自己：到底，为什么？

可是，他也没有答案。

他只痛恨自己的脆弱。

他恨。他恨。

他一咬牙，便是再一次的，就推开了胡珊。狠狠，用力的。

他差不多是抢的，一下子就从胡珊手里拿过了红盒子。

他背转身向着胡珊的，几乎是破败了一般狼狈的急躁便匆吼了起来：“你走吧，走吧——现在都结束了，走吧——”

“不——”

胡珊哭着大喊了一声，便是箭步上去，一下子用尽了力气的便是又从他手中抢夺下了那只红色鲜艳的小小盒子。她将它紧紧的双手攥握着，紧紧的攥握着便仿佛是再不能允许任何人将它抢走的，哭泣的捂拢在心口前，悲痛的啼看着陆至诚，“说什么你不再爱我了，说什么你爱唐梦佳了——就算全世界都相信，我也不相信！！不相信！！！绝不相信！！！！！——你以前、以前，和她在一起那么久，都没有变、没有变——哪有现在、现在突然这样的——到底是发生了什么事啊……什么事……求求你不要这样——”胡珊泪红透绡，恸然声已哑，“你、你告诉我啊……好不好……好不好呃——”胡珊悲哭的，整个人都仿佛终于彻底是散塌了的，号啕哀恸着，拉着陆至诚的一只冷手，一下子，便脆跪了下来。

陆至诚脚下顿猛一个趔趄。

顿猛一个趔趄。

他的眼前，有天地在摇晃。

他感到了一阵剧烈的天旋地转。

他的心中，有霹雳在炸响。

——天啊，我该怎么办？我到底该怎么办啊!!!!!!!

黑暗与灿烂，宛若两片天冥长叶，在他眼前如螺旋桨一般疾烈起转。

仿佛带着他的起飞。

他仿佛就是飞舞。他感觉大地已远离。

他仿佛正在仰天。天空莫名让他想起了一把伞。

一把莫名好熟悉的伞。

旋转啊，旋转啊。旋转。

模糊了的天空；不再有感觉了的大地。

只有千万的泪水在心中铸悲，砌恨。

旋转。

他重重一下的，不禁然又是一个后跌踉跄。

他差点摔倒。

他一下子猛的不禁屏息力伫定。

他不想垮，不想垮。

不想垮。

"……至诚哥……你还记不记得、记不记得，你那天，回来和我吃饭的时候，还说、还说，这辈子，最开心的，就是可以在老雪松下，认识了我——你还、还说，这辈子就算要你重来，你也还是一样，要和我在一起——要和我在一起啊——到底是发生了什么事啊……至诚哥……"胡珊呜咽哭破。

冷冷的旷夜，仿佛尽数在他耳中吼啸。

恒河沙数的诵音，仿佛尽尽在他脑中咒缠。

他的眼睛充满了血。

他长吸了一口气。安宁了。

他最后一次甩开了胡珊的手，然后，冷冰而用力的，用力而冷冰的，便是搀起了胡珊。"——好了，都够了——你不要让我觉得你烦。"他坚硬无情的说着，"——大家为什么最后不彼此留个好印象呢，对不对——你究竟还要我跟你说多少遍才懂?"他极其厌烦了的口气跟她说，"你听着，我不爱你了，我已经不爱你了！——懂了没？我已经不想再看见你了！一点点都不想再看见你了!! 你别烦了!!!"

他的手离开了胡珊的肩。他皱眉地看着她。

他趴在自己的眼睛后面，看见她的眼眶正在通红的结冰。有一个脆弱的影子，正在她的泪冰后面，逐渐、逐渐，战栗的蜷缩、蜷缩。

蜷缩。

他在自己眼眶的铁窗后面，萎塌的，倒下了。

他笑着想，起码，她不会再跪了。

不会了呵。

他在自己的囚狱里,成功了的哀啼。

他开始明白,有时候,伤害真的是必须——不管是否真的太残忍。

就让一切,残忍的更彻底吧!

——“那戒指,你要是想拿着就拿着好了,或者你要是想丢了也行——呵,反正还我也没用了——上面有字,我总不能再拿它重新送人呵——”他麻木的,自笑了笑。他无情的微自嘲笑了笑的,看着胡珊,很像样的仿佛不禁的微叹了一声,退了笑的,便是微侧转了一些身,“——其实……呵,到底该怎么和你说呢——我以前,的确是很爱你——呵,很爱很爱。——那戒指,呵,还有上面的名字,毕竟也都不是假的——”他顿然的,笑摇了摇头,“——你不能相信,其实也对——呵,你知道吗,就连我自己,其实也都不相信自己是个说变就会变的人。——就像你说的,我和唐梦佳以前在一起那么久,都没有变——呵,或者说,是好像没有变。”他自嘲的又叹了叹,“——可是——我现在和你说的一切,所有一切,不管你怎么想,我还是想要告诉你,真的都是真的——我对你,真的只能是对不起了……你先听我把话说完——我知道,你一定还是要问……你听我说——”他又一次的是怕极了她会再说的,急手势止说着的,脚步都不自禁的一刹便又重重后跌顿了一下,“——我知道,我……我……我……”他心飒然的,却又一时竟口中如堵,就仿佛有一串长长破碎的海螺,在他的喉中深深晃战。每一只海螺的最深处,都仿佛有低悲的大海在声声回绵,哀荡。破碎的刺涩,不时在螺音中尖利的划痛琴弦。苦胆般难咽的唾沫,在喉中积淀着越来越鼓胀的倒流悲恸,让人如中见血封喉。他从不知,原来有时候,人不用喝任何东西,喉中竟如饮鸩。——有时候,人生最毒的,原来竟只便是,欲恸,不可泣。

好像有很多东西,在他脑中匆匆奔突,又好像,他脑中什么都没有,空空如也。

“——其实,还有些话,我原本……原本是不想再多说了的——”他喉中剧烫的鼓咽了咽———种炭火般的极烧痛,嘴角微抖了抖的说着,已是再撑不住了的,勉强还持着一些从容淡淡的,沉重的一下子便是僵硬落坐在了椅子上,“……呵……其、其实……我也问过自己很多次——为什么?——怎么会这样?——呵——”他顺然而又滞然几凝的,冷低说着,脑中左右如矛抵的,无魂魄般的,仿佛只是在面对空气说着一样,“——其实……你知道吗……我……我、我……其实……很早以前,就已经不再爱你了——”他的手在自己的膝盖上摩挲着,用力的摩挲着,用力的不断的摩挲着——他的膝盖,都火辣辣的生痛了起来,可他丝毫也都没有觉着,“——我……其实很早以前,就已经不爱你了。——不爱你了。”他沉滞的看着胡珊的发梢——因为,他的目光实在好像已无处可伫,呢喃一般的,安静而清晰、断重的,坚硬的,麻痴说。

胡珊面如雪菊残。

惨黯的两弯朦胧泪月，在凄戚的双黛下，顿如鹫啄。

死呆若坠雁。

他依然看着她的发梢。晃晃的发梢，像一把黑亮的帚，颤战、牵拉的磨扫着他胸口的裂缝。

他难受的感到，仿佛有一种灵魂的浆液，正在自己的心口处，不断渗漏。

渗漏处，宛若有霜光灿烂。

“……我……其实不是突然……爱上了唐梦佳，不爱你了……呵，你说得对，哪有这么快，说变就变的——”他沉战的冻郁自嘲笑了两笑，手愈痛的在膝盖上压搓了两下，胸中仿佛澌流撞荡，“我——只是……”他的目光，在地上如铲萋萋草，“我……只是——突然才发现……我错了——我……错了——”他的眼中不禁，一刹泪光。——“我，其实早在……早在两年前、两年多以前——你离开我的那一刻，你真的说要不再和我在一起了的那一刻起——”他的手指，在膝盖上紧抠得搐然几乎要折断了的痛，“……那一刻起，就已经不爱你了——”

无语近飒。

他还是微微笑了笑的，抬起了头来。他指了指门，轻又笑了笑着的，也不知道究竟是在嘲笑谁、或什么的，说：“……你还记不记得——那时候，就是在这里的门口——是你跟我说，今生今世，要我就把你给忘了吧——”

胡珊眼中刹如两叶丹枫脉碎的，重重的，脚下半个倒退踉跄。

他知道，他在真的割她的心了。

他没有看她。“——我知道，呵，你一定还是会觉得不能相信，你一定，会想问——那后来，我对你的那所有一切，又都是为什么——我为什么，又还是那么一直念念不忘着的，还是想要你回到我身边——呵……”他低摇头自叹笑了笑，沉默了一会儿。——他还是微笑着抬起了头来。他费劲的又站了起来。他背向了胡珊。他咽下着喉咙里的搐痛，“——我一开始，也这么问我自己——人有时候，其实真的是连自己也很难一时真的看清自己——呵，直到最后，我才是不得不承认，其实……一直以来，我依然都还念念不忘着的，想要你再回到我身边，并不是因为，我还爱你——而只不过……是因为——我想要赢梁啸刚。”

寂静的钢铁，潺潺在空气里流。

汩汩在空气里流。

“……我其实早已不再爱你——我只是……一直想要，赢梁啸刚。”陆至诚面对着自己的背后，黑色的，又很平静的说了一遍。“……对不起——”他说。

他看不见自己的背后的，只能面对着寂静，一片深深的寂静。他也不敢转回身去。

寂静的仿佛连她的呼吸都听不见。他也不敢呼吸了。

他全身的皮肤与肌肉都仿佛在紧缩，绷勒的他全身都很痛。他的呼吸也更加困难了。

他的双手都放入了裤兜里。他的双手抑制不住的在裤兜里蜷曲了又伸张，伸张了又蜷曲，就仿佛这双手已是他现在唯一还能呼吸的器官。

他的脖子抑制不住的仿佛有些痉挛。他用力的稍稍微仰了仰头，仿佛缓解了一些喉管处莫名一时强烈感到的挤压的，轻吐了一口气。他的心膛处，仿佛随着他的这一吐气，又是剧烈的一瘪，很痛。

“……我并非没有爱过你，曾经，我的确，是爱你甚过于自己的生命。我曾经的的确确是从心底里，恨不得能将自己的全部都交给你，为你付出一切。甚至，我那时还恨过，为什么在车头前代替你受死的偏偏就不是我——”他紧闭着眼睛的，在黑暗中黑暗的说着，“可是，你知道吗，从你那一天，在这里，就在这里的门口，把戒指真的还给了我，还跟我说，要我今生今世、就把你忘了吧起——我对你的一切，其实就都变了。——没有错，我那时候，是放不下，我对所有的一切，都根本放不下——呵，我那时候，也一直以为，自己放不下的，是对你的爱——可是，其实……”他在黑暗中，黑暗的自嘲笑了笑，“我到现在，才真正明白过来，我放不下的，其实是恨——是恨！——我一直以来，其实真正都放不下的，是恨！”他紧攥着裤兜里的布——几乎是要扯坏了的，死颤闭着眼，在无尽的黑暗里疯麻的大吼着。他的心膛仿佛剧烈一下子的，就齐齐夹烂了他的心脏。“你知道吗，你那时候，在我与梁啸刚之间的那一个选择上，伤害了我有多深！你当我什么！！——我不是你的一只鞋，想丢就丢！！！——梁啸刚算什么东西！！！——我怎么可能输给他！！！！”他吼毕了的，心中暴一滚痛，仿佛让马蹄剎一下就蹬塌了全部肋骨的，紧一窒息。他几乎痛的窒的一下子便要跪倒下来。可他厉的便是紧一提吸气。一种鼓胀了起来的猛瞬更痛使他获得了盼料之中的解脱的麻木。寒冷的尖锥，在他周身密麻而散不去却又终可以是不触到了心的蔓延着。——他裤兜里紧蜷的双手，缓缓的麻木伸展了开来——他在深长的黑暗里，轻轻舒了一口气，“——所以，一直以来，我想要的，其实，都只是赢。——我想要的，只是要从梁啸刚手里，抢回原本就应该属于我的，一件东西。”

他在依然深长的寂静里，感觉着一种铁的气味，对于自己的侵蚀。

他没有抵抗。他知道自己需要支撑。

他也没有再去想背后的胡珊。他知道自己需要忘却。

没有最彻底的忘却，就做不到最完美的织幻。

他知道人生没有放恣。

“——本来，我也一直没有真正的明白这些——呵——”他睁开了眼来，感觉着一种虚脱的平静的，自嘲的平静笑了笑的，在平静的虚脱中继续的平静说着，“我本来，也真的只是一直以为，我好爱你，我真的好爱你，我真的不能没有你，没有你，我好像一生都会是一个没有心的稻草人——可是，呵，直到我们，终于又能够在一起了——你终于，是能够真的要和梁啸刚谈离婚了——我本来，呵，真的以为，自己应该是要高兴，应该是要无比无比的高兴才对——可是……呵，我的心，却其实反而一天愈比一天冷空了起来——就好像，我突然才是，真正的在由一个人，慢慢的变成，稻草人——那种感觉……”他说着，不禁长吸着一口气的，又是紧闭起了眼——他的双手，动荡的，又紧紧蜷攥了起来——他一把猛用力的又抓攥住了裤兜，就像抓攥自己的脑子一样，“……那种感觉——”他的喉中，却也仿佛在被另一只手，抓攥了起来一样。

依然的寂静。死寒重黑的钢铁，像水一样的充斥了每一粒空气。

“……你知道吗，其实……很多时候，我和你在一起，心里真正在想着的——却竟然是……唐梦佳。”

他鼓足了气的，终于，还是说了出来。

寂静中，他终于还是再一次慢慢的松开了自己手掌的，轻轻而虚脱的，睁开了眼睛来。

夜色的霜白，仿佛依旧的在他眼前平静的流淌。

流淌过的每一分，都仿佛在他的心雨中点着毒。

流雨腐毒，百灼千蚀。

“……和你在一起的这段日子里，我其实突然、突然……开始越来越后悔。——我总是越来越控制不住的，会常常想起唐梦佳——每次只要一想起她，我的心里……就会好像有爪子在重重的抓。——很难过。——有时候，我一个人待着，便总是由不得自己的，会不得不问自己，我这是怎么了？胡珊不是已经终于又回来了吗？这不就是我一直在盼着求着的吗？我到底，是怎么了？——呵……我每次总是跟自己说，不要胡思乱想了。可是……很多时候，我只要一看见你，甚至，是只要一想起你，心里……就会空得发慌。——你明白吗……空得发慌。”陆至诚绝情的向着空气重重说着，“——其实……我一直都不敢承认……在我心里……真正爱着的，早就已经是唐梦佳——而不是你了。——我以前一直都没有办法……让自己承认这个事实。我以前，一直都总还是以为，我是还爱着你——呵……可是，她真的走了，你也真的又重新回到我身边了——我一直以来盼望着的，好像终于都近在眼前了——可是，呵，我却反而好像一下子，掉进了一个万丈的深渊里。——那种抓心的难过，一天比一天更重的，让我寝食难安。那种对她的难过，一天比一天更让我不能不面对的，不得不开始承认——其实……我爱她。——你明白吗，是……我爱她。而不是，仅仅觉得亏欠——”陆至诚没有半点点后退的让自己说着，“我没有办法再逃避一个事实，那就是——其实我一直以来，都还放不下你，只是因为，我恨梁啸刚。——我恨他，当初为什么就一定要把你从我身边抢走。——我甚至……也恨你——你当初，为什么偏偏还是选择离开了我——”陆至诚力咬了牙的说着，手心里都沁起了麻木，“我一直还是那么的想要你重新再回到我的身边，其实，就是为了要证明，我失去的，一定都还能拿得回来！我就是要让梁啸刚知道，他抢不走我的任何东西！——我……还想、要你知道，你当初，是、犯了一个多么、愚蠢的错——”他狠横了心的，还是说着。可是就连他自己，都害怕起了自己声音里的颤抖。他几乎都为自己的这种颤抖，感到了悚然。可他还是坚固的，“——你一定，会觉得我很不是个东西吧——呵，没有错……这一切，我原来，也一直没有办法让自己承认。呵——可是，或许是上天给我的惩罚吧，惩罚我……这样子对你，呵。——我不能逃避的，越来越开始后悔——我后悔，其实，我不该，失去唐梦佳——”他一下子不能禁的，不由便是微仰起了头，咽下了眼里的血泪。他自嘲的深深笑了笑，便还是无情的让自己依然说了下去，“呵，或许‘后悔’这两个字，原本就是上天藏在每一个人身上的惩罚吧——引线，就握在每一个人自己的手里。——我终于重新又得到了我失去的，可是，我却也同时，失去了我其实心里最爱的——我一天更比一天开始后悔，自己其实，当初就不该恨，我不该恨——我根本，就不该恨梁啸刚，也不该恨你。一切原本就都是天意，又何必要贪嗔强求呢。——我更加不应该，就是为了要证明自己，为了要赢梁啸刚，为了要让你后悔当初，而千方百计的，再要你回到我身边。——我根本，就不是个东西。”陆至诚，脸都抽搐了的，几乎恨不得这一声骂，可以真的便劈开了自己，让自己在血亡中解脱，“——上天，还是惩罚了我。——我真的看清了自己，也便真的得到了惩罚——我既失去了唐梦佳，也开始真的后悔、觉得对不起你。——本来，我以为，也许我这一生，就只能这样了，可是，哪知道，我又是碰到了唐梦佳。——呵，原本，在再遇到她之前，我有时候，还老是会跟自己说，你就是胡思乱想吧，你就是胡思乱想吧——呵，我总是要这样，才能让自己觉得好过些。可是，当我真的又看见了她，我才是不得不真的承认了，真的，都是真的，一切，全部都是真的。我为什么不敢承认，我为什么还是要一直逃避——我根本就是个懦夫！！”他都咬破了自己的舌尖，一股血腥浓烈的几乎一下子便让他大哭。“——我想，或许真的便是上天，愿意再给我一个机会吧——就在我真的是从心底里，真真正正的彻底承认，我是错了的那一刻，唐梦佳也跟我说，她，其实……一直都还爱着我。——呵，或许人们说的真的没有错，上天，对每一个人，终究都还是公平的吧。”陆至诚彻底虚脱了一般的，终于说完了的，顿停了停的，让自己，松吐了一口气。伴着心膛内的垮痛。“——这些，我原本，都不想告诉你的。——你想怎么样骂我，都可以。我……真的对不起你了……”他一边最后终结了的说着，一边，终还是鼓足了气的，转回了身来。

“嗵”的一下，胡珊刹然垮坍了的，一下子，摔跪在了地上。

她裂碎了的目光，剧烈战栗着的，从陆至诚的脸上，蜷曲打抖的，宛若冰雹一般，纷纷滚落到了他的脚下，地上。

直若砸地声声。

他裂心的看见，她的脑袋，好像一个缓缓的拨浪鼓一样，苦苦滞摇着的，深

脆，抵低向了地。

她栗薄的双臂，瑟缩的支着地。

坚硬的小盒的圆角，在她手心陷心的硌痛。

她蜷栗的发梢在冰硬的地上不住难止的碎颤，牵战的他的眼睛都仿佛被敲破了窗。

她蜷栗的碎颤着，碎颤着。

成团无声的夜光，都仿佛在栗然的抖动。

无声。无声。

颤栗——颤栗……

隔了良久。他突然才是看见，有大大的一滴泪，凝凝的，忽然，慢慢，从她看不清的脸上，重重落坠了地。

他的喉中，重重一满血腥。

他终于听到了，宛若桅折船翻一般涛破水碎的，迸然的一低江断流抽泣。

哑折嘶坠的，她的终于决堤了的悲哭。

千折千坠的江断江流。

澎湃的成团的夜霜，飒飒剧涌。

陆至诚重重的一步后跌踉跄。

“不……不……不……”她痛恸的，悲摇着头，悲摇着头，“这些都不是真的……这些都不是真的……”她一只手痛绝的紧捂住了自己的心口，哀摇欲绝的，泣断啼若杜宇，“你为什么、要这样对我……你、为什么要、这样对我呃……”她哀啼的撑支着自己，恸然的抬起了头来，“你为什么不相信、为什么不相信我……你为什么、为什么不相信我对你的一切——你、你……为什么就是不相信，我和你之间的一切啊……你为什么要怕啊——”胡珊号啕泪奔，哀泣裂夜。她哭恸的，泪哑的都痛俯下了整半个人。

子规啼，杜鹃艳。银汉本无桥；王母座前，本无青鸟。

一字字，一声声，全都仿佛滔天的巨江长浪，直透击进了他心底的最里深。

是啊，我为什么要怕。

我为什么要怕。

我为什么，不相信。

……

他呆若木石。

木石。

他看着胡珊，他听着胡珊；他心中的碉堡，一座又一座的，仿佛都在轰然倒下。倒下。倒下。

夜无星月。只有风霜纵横。冬霾深降。

他看着、听着那仿佛是被定了格一样的自己的狰狞，麻木的仿佛都失却了知觉。

他生命的每一分，都仿佛是被一只石头样的大手，抓进了他那宛若被冻结了的心跳中。他的脉搏，好像脆生的玻璃细管一样，带霜的还痛跳着。每一跳痛，都仿佛雪地里濒死的雁一样，还在用翅膀抖落着霜。

他什么都好像看不见了，也什么都好像听不见了。他的全身都仿佛聋瞎了一样的麻木了。——他不知道自己在做什么的，一步步、一步步，呆滞的重重的每一步都仿佛是拖了大石块的，走近了胡珊。

是啊，我为什么要怕呢？

我为什么，不相信呢？

他失却着知觉的，竟是慢慢的弯下了身，颤抖的伸出双手，搀扶着了胡珊。

胡珊呆痛的看着陆至诚。她分明看见，他的眼眶里，是泪啊。满满的泪。

"……至诚哥——"胡珊痛绝的，悲求的，哭唤了他一声。

陆至诚的两只手，尚搀停在胡珊的双肘上的，一时，顿了顿。

一条抽搐，忽然从他的额心，爬贯了他的脸。

他突然好像是被毒蝎子蜇了一般的，触电一样的疾缩回了手。他紧的别转过了头，侧过了身子。

……你走吧。

他紧闭着泪的，力说。

"不——我不走!!!"胡珊大哭着的，一下子，便是紧紧的，侧抱住了他。她破碎的泪面，破碎的紧紧贴着他冷冰的肩，"——我不走——我不走——!!!"她几乎是放恣任性了的，号啕的大声悲哭着哀说。

我不走，我不走……

她战抖的，哭着说。

很长的一段时间里，除了她的哭泣，谁也没有再说话。

灯光，依然在夜气里霜白的流。

夜空茫茫。天涯哀怅。

江南湿冷，雪意霜封。

烟雨悲凉。

天上，忽然下起了淅淅沥沥的小雨。

一场夜的小雨。

淅淅，沥沥。

寥寥冷冷的马路上，仿佛被尘埃泼上了一点又一点的墨，夜雨如笔。崎岖若画。斑斑似桃花，若扇开。细细帘帘，飘摇挥洒。江南一卷风中，风中一卷江南，似本便，一画江山如书如帘。

夜色下，几棵枯树，枝枝桠桠，都仿佛被浸染了泪。斑斑驳驳、残残黯黯的一块块夜光、灯色，都好像是空气里，被哭湿了的云。霓裳一般的，夜殇云。

夜雨淅沥的，淅沥更添了夜的寒。

陆至诚不知道，外面下雨了。

胡珊不知道，外面下雨了。

夜霜愈越。

——对不起……你走吧。……我们，真的都结束了。

——我不走……我不走……我不走！！！——你说的都是假的，你说的都是假的！！！！

——到底还要我跟你说多少遍！！！！

——不——不——不！！！！！

——你不要让我讨厌你。

——你为什么要这样……你为什么要这样呢……

——走。——我要你走。我要你现在就离开。我要你现在就马上在我眼前消失。我再也不要看见你！！！

——不——！！！——不——！！！！！

——胡珊！！！！

——不！！！！！！！——你那天回来吃饭都还好好的，说你爱我，你爱我——你那天明明还说，你这辈子，真正全心全意爱的女人，只有我一个，只有我一个！！！——你还明明说，你想一辈子都和我在一起，在一起，到永远！！！到永远啊！！！！——你怎么了——你怎么了——你怎么会变成这样了啊……

胡珊悲绝的哭恸着，倔强极了的，就是死死抱着他，不放开。不放开。

不放开。

好了！

陆至诚狠狠的一横心，就是粗暴的厉推开了她。他几乎让她摔倒了。他知道，自己一定是把她的肩膀弄得很痛了。

其实他自己也很痛。

她哭得更任恣了。——“你到底是怎么了——你到底是怎么了——你到底是怎么了啊……”

长长的“呃、呃”悲哭。她哀恸号啕的，连断链的呼吸，也高高低低的，一次更比一次难接续了。

他的眼泪，都仿佛要决堤了。

我不想再把那些话，重说一遍了。我知道你现在还不能接受，可是我最后——你听着，是最后，再说一次：我说的，每一个字，都是真的。都是，真的。我不想，再和你在一起了。也不想，再看见你了。——你、不要再烦我了。

他紧攥着拳的，冷酷说。

他不敢看她。

不能看她。

蝴蝶兰，依然在夜色的窗前，盛开得很灿烂。

窗外，夜雨蒙蒙。

她依然悲哭的抽泣着，抽泣着。抽泣着。

夜雨蒙蒙。

二十七

最后第六天。

东方有些白了。昏昏的灰乌，依然铁笼着天地人间。

清晓悲霾。北风破百花。

云海森森。天地间寂静的，仿佛连半丝鸟儿的鸣声都听不到。

夜小雨在天开始亮之前的很久，便早停了。地上到处仍湿漉漉的。

小屋里的淡橘色，依然温暖的铺漫着揪心的亮洋洋。旧旧的取暖器，仍旧红亮的蔓蔓着钻心的暖融融。

胡珊痴悲的看着灰蒙蒙的窗，还有窗外灰蒙蒙的路。灰蒙蒙的一切。眼泪，依然在她怀里的枕头上不断流淌着。

滚烫的流淌着。

一直，流淌着。

她的心滴着血。

凉寒的夜雨，仿佛依然还在落淋着她；冰冷的他的每一句，都还好像在凌迟着她。湿了的枯树枝，仿佛依然在她的脸庞拂痛；流泪的霓虹，仿佛依然都还在她身旁的雨中洇动。

她的心，滴着血。

“你到底是怎么了——你到底是怎么了——你到底是怎么了啊……”

她的耳旁，仿佛都还响亮着自己崩溃的泣啼。

就好像，一只又一只的玻璃瓶，依然在她心中迸碎。

她怎么能相信？她怎么能相信？——他都在说什么，他都在说什么！

她知道，他是在骗她。她知道，他都是在骗她啊！

可是，她却又是那么真切的，还是听到他在真的说：“……我说的，每一个字，都是真的。都是，真的。我不想，再和你在一起了。也不想，再看见你了。——你、不要再烦我了……”

她的天地，仿佛依然还在那里，旋转。

她记得，她终于还是没有让自己倒下。她记得，她是看到，他不敢看她。他不敢看着她啊！——“为什么要这样？为什么要这样？”她哭着想。

——“……你说的、说的都是真的？你、你说的都是真的？”她止抑着泣的，伤心得气息犹断啼着的，自言而痴嘲的颤然反问着，滚亮的泪波刹然又是不及掩，“你只是想要赢梁啸刚，那你、你为什么、为什么还要帮他赢霍启东？你只是想要我后悔、后悔当初——那你为什么、为什么还要来火里救我！！——为什么！！！你告诉我！！！！！”她啼然戚溃的，惨烈问，“——你早就不爱我了？……你其实早就不爱我了？——那你为什么、为什么还会在我和

梁啸刚结婚的那一天,来要我跟你走!!!!!! 你说啊——”

她失去了海岸线的,大哭着。

大哭着。

他沉默了很久,才是又开了口。她听到,他是嘲然的,笑了两声。“——你真的……太天真了。呵。——是啊,没有错,你说的这些,我以前,也常常会觉得矛盾,甚至,自己也不理解自己——呵,可是,你知道吗,人有时候,的确是会比自己所一直了解着的,要来的更丑恶,就算不想承认,也做不到——”他的一只脚不知为什么的,在地上用力厉划了两划,又重重的空踩了踩,“不错,我是帮了梁啸刚——这一点,其实我以前,也一直很不明白——我其实一直在问自己:‘你不是恨他吗? 你不是一直恨他吗? 你不是一直就盼着有一天,梁啸刚能被人整得要死不能要活不得吗? 你干什么又要帮他呢? 你干什么又要帮他呢?’呵——一直过了很久,我才不得不承认,其实,帮了他,我很兴奋——你懂吗,我很兴奋——”陆至诚扭曲的向着墙壁扭曲的大声说着,“你不会明白这种感觉,你不会明白男人与男人之间的这种感觉——我帮了他,是的,我帮了他,可是我赢了,我赢了——哈哈,你懂吗——我之所以要帮他,就是为了要赢他! 就是为了要真正的能够感觉到,他在我面前,是一条可怜虫——而我,永远在他之上! 在他之上!! 哈哈哈哈——”陆至诚扭曲极了的大笑着,“我赢了!!! ——你懂吗,这种感觉,要远比就那么看着他被人整垮整死妙上千倍万倍!!! 哈哈哈——这,才是我真正最想要的。这才是我真正最想要的! ——现在,你都明白了吧?”……“呵,你还是太天真了——我干什么要让他知道是我帮了他? 我就是要看着他,自以为得意的一天天过下去,我就是要看着他,把他一天又一天自以为是的心血全部都建立在一个其实应该是要让他感觉到耻辱的起点上——只有这样,我才能永远的感觉到他是多么的可怜,只有这样,我才能永远的感觉到,自己是他的救世主。这种感觉,多好啊。——我又为什么要去破坏这种感觉呢? 呵。不然他万一一个冲动,把事都砸了,你说,我还怎么能够享受到这种可以永远看着他可怜而白痴的在我脚下活着的大好感觉呢——哈哈哈哈——”陆至诚变态的笑着,笑得抽搐的脸上,几乎便是要僵麻的裂开了缝来。

“……至于你说,我那时为什么要来救你——呵,不瞒你说,其实我心里一直都是不敢承认的,在后悔。不值啊,不值——其实现在回想起来,我都后怕。呵,还好,幸亏是没有真的把命搭进去——呵。我这人啊,就是太好胜,不达目的不罢休——其实想想当初,真的又是何必呢? ——只不过是想要重新把你从梁啸刚身边抢回来而已,我却差点送了命——呵,后悔啊——”他自嘲的摇着头。

“……你说你和梁啸刚结婚那一天的事,呵……其实,可能吧,或许那时,我对你应该是还有一点点的舍不下和祈望,不然,也不会犯下那么蠢的冲动。——可是——”陆至诚近乎凶残的血眼瞪着墙,“你知道吗——就是从那一天起，我对你，只剩下了恨，只剩下了恨！——不！！是更加倍了的恨！！是更加倍了的恨！！！——是你，是你，让我在全天下人面前，成为了一个小丑！！！你懂吗，成为了一个小丑！！！！”他变态极了的咆哮着，“我恨你！！！！！”

——“呃——啊——”胡珊烈抱紧了枕头，一下子，在灰暗的窗前，便是又一次的，不禁狂悲号啕了出来。

苦涩的枕角，和着她想撕裂的一切，在她战栗紧咬着的齿间颤抖。

陆至诚手抖的，又点着了一支烟。

他大大的吸了一口，又大大的吸了一口。他的手抖，才安静了一些下来。

数不清的战栗，依然在他胸中扭曲的翻滚着。

他的脸上，一直无声无息的淌着两行干不了的泪。

他大口的吸烟。他大口大口的吸烟。

他几乎没有勇气，再去回想半丝半毫，昨夜的一情一景。

可是。

“……哈哈哈——这，才是我真正最想要的。这才是我真正最想要的！——现在，你都明白了吧？”

他的所有，又仿佛是被他自己，给拉回了昨夜。

——“……你怎么、怎么会变成这样？你、你怎么会变成这样啊？至诚哥呃……”她悲惨的哀啼着，手指颤抖的，都已拭去不了半滴了泪的凄绝，“你为、为什么要让自己这样啊？你到底为什么、为什么非要让自己这样子说啊？你不要、不要这样子呃……你究、究竟是怎么了呃……”

“这些就是我要跟你说的事实，我……”

“不！！！——你不是这样子的！！！！你不是这样子的！！！！！！——你真要是那么想、真要是那么想，那为什么又不让梁啸刚知道是你帮的他！！！——你为什么要这样说自己？你为什么要这样说自己啊？呃——至诚哥……求求你别再这样了啊……你出什么事了呃……”

“……呵，你还是太天真了——我干什么要让他知道是我帮了他？”

……

“……你懂吗，成为了一个小丑——我恨你！！！”

——陆至诚的牙龈里，仿佛犹带着血腥。

他一直都不知道，自己在说那么一大段话的时候，其实脸上是什么表情。他只是分外强烈的一直记得一块坚厚的乌方的墙。就好像他还有他的一切，在那样子的一段时间里，就是那样子的一块坚厚的乌方。没有生命，而表演的很入戏。可是他又知道，自己的整场独角演出，都是还有着生命的。因为他一直都还记得，自己的背后，一直还萦荡着她悲惨的哭泣。他不知道为什么自己要活着而好像死了一样的活着。他也不知道，自己其实究竟为什么一定要那样的伤害她。是该怪她真的太聪明，总是在那样不断的看出一个又一个的破绽，还是该怪他自己真的太愚蠢，从一开始就没有备够足够合适的台词？是该

怪她真的已太了解他，还是该怪他，连一点点回头的余地，都没有再来得及给自己留下？——他始终都没有看到，他说这些话时，她的表情，是多么的，哪怕连石头人看到了也会肝肠寸断；他也同样不晓得，他说这些话时，他的表情是多么的，哪怕连他自己看到了也会不认识的狰狞可怖。

他只一直记得，那没有生命的墙，那，她的哭。

还有，他自己脸上一直的痛。——他并不知道，那是因为他变态可怕极了的抽搐。他只记得，一直记得，自己每说一句，每说一个字，心底，都好像地震般可怕的在发抖。还有，他的手心，一直在出汗。

他觉得自己在说那些时，已是足够尽量的让自己的脑子被绑定着了的。可是，他还是那么清晰强烈的记得，自己每往前多说一秒，自己整个的身体里，就好像是在被人多挖出一勺。越说，越脆弱。越对她残忍，越脆弱。越痛的想爆炸。就好像两个自己同时在自己的身体里拔河。

他庆幸自己还是把那么长的一大段话都说完了。虽然他在很大声的说完了那句“我恨你”之后，虚脱的还是一下子就仿佛被人在悬崖边给猛推了下去。

其实他本来还想多说几句，可是那一下子便摔到了底，粉身碎骨的痛，瞬然的就扼灭了他仿佛全部的意识。

他的脑子，痛碎的空白了有几秒钟。

当他从麻痹的空白之中苏醒过来的时候，他的背后，是她依然悲凄，却已然是分明低了好些下去的哭泣。他并不知道，这种低了下去，意味着什么。他也并没有再半分脑力的去想。他只知道，从刚才之后，他说的时候，她一直是什么都没有再说。她只是一直高高低低的在他背后哭。悲伤的，哭。

他依然看着墙。他默然再无语的，听着她低低的哭泣。

他知道，他已是什么都再说不了了。他的魂，都已支离破碎的，仿佛只剩下了一竖枯树般的残破空架。

江水涛涛。碎魂似飘萍。

他记得，过了很久，才是听到她，哽咽的说：“……你、你看着我的眼睛，说你、不爱我，说，说、你恨我——行吗？”

他觉得，自己整个人，薄得就只剩下最后的一层纸了。纸的躯壳。

他不知道，自己的全部，都是被挖到哪里去了。他也不知道，自己到底是否还能坚持下去。或者说，只是站下去。因为，他已完全不知道，他是在坚持什么，又为什么要坚持——更不知道了，又是否真的应该要坚持。

他只知道，他是站着，而他，还不想倒下。

他铁青着脸的，转回了身来。——这铁青，倒不是他假装的。就好像他刚才说那些残忍的话时脸上的抽搐与扭曲也都是真的一样。只不过，他自己的原因，和他希望别人能相信到的原因不一样罢了。——同样的，他也是没有能够发觉到，其实，他此时脸上的铁青，是多么的可怕啊。

他甚至都没有能够让自己真正的看清楚，胡珊的眼中，是那种多么的恐惧啊。她看着铁青的他，是多么无比完全陌生、害怕的恐惧啊。——他看着她的眼睛，他完完全全直直的透彻看着她的眼睛，可是其实，他却又什么都看不到。他只感觉到，自己剩余的全部的血液，仿佛都已涌在了脸上。那种感觉让人永生难忘。除了眼睛，整个的脸庞，都仿佛是被血冰透了一般的僵麻。每一分"嗡嗡"震耳的呼吸，都让人感觉到仿佛有风在箭穿喉咙。他似乎都能闻到自己鼻孔之中剧烈鼓荡洋溢着的那种让人几乎就是忍不住恶心得要吐的焦冻沥青味。沥青之中，还游着一丝丝血腥的那种沥青味。他的整张脸，都是冰冻了三尺的麻痹。而在这完全的冰面之上，他的双眼，又都仿佛是被血烫透了一般的两潭岩浆。他的全部心魂，仿佛都只附着在了这两摊鲜红之上。这两摊岩浆，痛得他的整个脑壳里面仿佛是钻进了无数条的"嗞嗞"的蛇，千足千爪之蛇。

他已完全记不起，自己在那样的一刹，是如何完全的真的做到了，看着她的眼睛，却又可以依然的还是好像什么都看不到。因为，他的心，他的魂，他的所有所有，都已是早彻垮了的，再做不到第二次。哪怕仅仅只是又想起。他也再不能够了。他只依然"嗡嗡"的记得，他的眼前，是两摊烫得他全脑全身都发痛的鲜红；他只依然"嗡嗡"的记得，自己很清晰的说："——我最后再说一遍，胡珊：我，陆至诚，已经早就不爱你了。我已经早就不爱你了！我恨你。我恨你！"

他记不得后来时间又是过了多久。他只记得，空气里死一般的寂静了很久。一直到他的冰、烫、痛、恶心、麻僵全都慢慢的开始消退了下去，他才发现，自己原来，一直都还是双眼直直的在瞪着她。他不知道自己的视线是否依然便还是原来刚才看着她眼睛时的角度与位置，他只看见，她已是低垂着头，一只手紧掩着面。

他也不知道她有没有在哭。因为他没有再听见她的哭声。他也没有再看见她的泪水从指缝间掉落。可是，她却是在战抖。令人崩溃的，战抖。

他感到，有一滴又一滴的泪，正在令人恐惧的，不断打湿他的纸。

他最后的纸。

他忽的，一下子便是赶紧又转侧了身。

"——你走吧。"

他说。

很安静。

"你走吧！"

他大声了起来的，连他自己都觉得是透出了可怕的焦惧的，紧了的大声说。

很安静。

他还想再说，却已莫名，再无了力量开口。就好像，他只要再多说一次，他的一切，就会马上垮了。他害怕，剧烈的害怕，却又不知，是在害怕什么。

一切，再次陷入了寂静。

他感到了自己的一只脚已经在这样的寂静中踏入了崩溃。

——“你、你告诉我唐梦佳电话，好、好不好——”

胡珊哑颤的，突然，竟是说。簌断的“好不好”三字，痛苦，而又很是坚决。

陆至诚心中猛一跳。

这猛一跳，一下子，便好像是救命一般的，一时又将他拉离了他的脆弱。

他一下子就明白了胡珊的意图，而这明白，刹然便是提醒了他：他正在做什么，他已经做了些什么，他还应该要做些什么。

他一下子就知道了，胡珊肯定已是给唐梦佳的那个不通的号码打过电话了。

“你到底还想干什么？”

他极力掩饰着自己心里的慌惧的，好像是极其厌烦、已是再不可忍受了的，厌恶极了的说着，终还是鼓气的又看向了她。

他心里不断的跟自己说着：不能功亏一篑，不能功亏一篑，千万不能啊，陆至诚！

他看见，胡珊颤碎的抹去着无声红泪的，哽断的又是再一次的说：“……我、我要你、要你告诉我唐梦佳的电话号码——”

她倔强极了的说着，一边痛苦的抹去了泪，一边，抬起了头来。

他害怕极了会再看着她的眼睛。他一下子，便是很生气而尽量自然的又侧回转过了一些身子，逃避开了她的目光。

“你不要再跟我烦下去了好不好——我都把话和你说得这么明白了，你还想怎么样啊——”陆至诚好像已是烦透了的说着，还用力的拍了一下墙。他的另一只手的手心里，又已是汗涔涔的了。他慌极了的，又是不禁的拍了一下墙，来掩饰自己。他知道，自己怕是已再做不到刚才说那么一长串狠话时的犹能撑了。他清楚，自己的整个人，早已是全被掏空了。他都怕，自己的这个纸躯壳，是不是还真能支持到她走。——更何况，他都不知道，自己能不能真的让她走成。

他的心里，像是烧开了一锅油。

“……我……”

“你别你你你的了——”陆至诚暴狠了的残暴打断了她的话，眼睛尽量发瞪的停留在离她脸不远的地方，晃晃撞撞着，“我说了这么多你怎么就还不明白呢——你要她电话干什么？嗯？你要她电话干什么？你别烦了——这是我跟你之间单单两个人的事，你不要去扯扰到别人好不好——”他拼命的用暴躁掩饰着自己，慌惧的，越来越暴躁，“没有错，我是对不起你，我混蛋——我是不该这样对你，这些年来的一切，我其实是都不该，可是、可是……”他一时心中乱乱词穷，喉堵的，只能是用力又拍了一下墙，“可是我现在不是知道错了吗——我和你分手，不就是不想再让这错延续下去了吗——我不就是不想再害你了吗——我、我……我只不过是想要赢梁啸刚而和你在一起，你说我们要是再一起下去，不是害你害我又是什么——对不对？——我以前是不该那样，我是不该就为了自己的那些目的，而、而把一切事情都弄到了今天这个局面，可是、可是——我们现在回头，不都是还来得及吗，你走你的路，我走我的路——梁啸刚只要依然不知道事情真相，我也就没算真踩了他，对不对——事情不都挺好的吗？你干什么还要这样烦不清啊——你到底……”

“我只要知道她电话——”她哀号的哭断了他的话，“我只要、我只要，亲耳听见她跟我说，你是真、真的要和她在一起了呃——”胡珊哭得嘴唇上，一下子便洇出了血。

“这只是我们两个人之间的事！你不要骚扰到她！”他大吼了一大声，手指甲，深掐进了自己的手掌心里。

几秒钟的安静。——“——我跟她都说过的，这边的事，我会一个人都好好解决妥当的——”他缓和了一些语气下来的，说。他看着自己的脚尖，“……胡珊，我和你，都说完了，就这样吧。我最后，只能还是跟你说，是我对不起你了。我们就这么好说好散了吧，不要再缠缠吵吵下去了——我们最后为什么就不能彼此留个好印象呢，是不是——我已经说累了，你走吧——”

夜色深沉而安静。

小缕的那一丝血，已经在胡珊乌白的唇上结干了。

她绝望的苦摇着头，苦摇着头，无声的泪，如雨下。

“……怎么可能……怎么可能……”她自喃的不断哭摇着头，不断哭摇着头，“你那天回来都还好好的，你那天、那天回来……”

“我那天回来吃饭，之所以还会和你说那些，就是因为觉得对不起你。就是因为觉得对不起你！没别的!! 懂了吧——懂了吧——”他大声的打断她，怒吼了起来。

无声的空气。又是无声的空气。他恨！他恨透了此刻的所有一切!!

甚至包括了她低到了几乎是已不能再低的剧烈压抑着的啜泣声。他恨，为什么她现在不干脆就哭得大声一些!! 为什么不干脆就哭得大声一些!!!

那样，可能就真能解脱了。他想。

可是，她却已是，连哭泣时对他的紧紧拥抱，恐怕都不会再有了。他知道。他看着她，在痛苦的搐栗中，是发寒的，紧紧泪搂住了她自己的双肩。

她的苍白的双手，指尖是打着让人心裂的抖的，紧紧的双臂交叉的抓牢着她自己的双肩。瘦弱的双肩。他看得见，她的指尖，用力的是连指甲根都泛了惨惨的白。——那只让人心痛的一直都还是在她右手手心里被牢牢死握着的戒指小盒子，就好像是故意也要来让人更痛的，鼓鼓的跟着她的右手，深深的也是压掐着她的肩膀。——她的头紧簌的垂着，紧垂着，连耳际旁的散发都仿佛是在打着刺骨的寒战的，紧簌的垂着。——他一下子掐破了自己的手心。

夜色依然霜白的流逝着。

——她的左手，苍白的颤移着，苍白的颤移着。她的整个人，都是不自觉的，竟侧避转过了一些，好让陆至诚感觉上不是就在她的正正面——虽然他其实一直也就是微侧向着墙的。她的手，终于，还是深深的捂住了自己的脸庞。她用力的，深深紧紧、捂住了自己的脸庞。

她好恨自己，为什么还要哭。她好恨自己，为什么还要哭！——可是，她的眼泪，却依然肆虐着她。肆虐着她。

“那、那我就只站在这里，看、看你给她打一个电话，好、好不好——我只要、只要看见你是在真的给她打、打电话，好不好——你放心、放心，我会没有声音的，你随便说一些什么都好，都好——”她抽泣的，早已哑颤哽哽言不成句，“我只、只要是看见、看见，你是在真的和她说话、你、你是在真的和她说话呃……好、好不好呃——”她咽下着泪水，咽下着泪水，心寒透了的拼命吞咽下着黑苦的泪水，“不然、不然，我是不会走的，我是绝不会走的！我是死也绝不会走的!!!”她决绝极了的，大声泣说。

他忽然好想哭。他忽然好想，就这么算了。他忽然只想，在她面前跪下来，跟她说上一千句、一万句，对不起，对不起，对不起。

还有谁，能像她这样爱他？

他知道，他垮了。

有什么好怕的呢？未来真的便只会是噩梦吗？将来真的便只能是如噩梦般可怕吗？依然和她在一起，又真的会害了她吗？又真的是害了她吗？要她离开，又真的会让她有幸福吗？又真的是让她有幸福吗？她会开心吗？——可是，开心又是什么呢？幸福，又真的是什么呢？

生命啊，为什么偏偏就是个问号。太多个的，问号。

他的心胸里，千丝缠茧的乱痛。

“你不要这样了——”他痛苦极了的，撑着墙，难受极了的说。

不，我就是要这样。

胡珊抹净了泪的，悲哀的看着陆至诚，倔强到了不讲道理的，任性的，就是偏偏说。

她莹莹哀戚而又无限倔强的，坚决极了的，一直便是不躲的看着陆至诚。

凄然的悲伤，一直在她眼眶中被强抑着的闪亮着。

她倔强极了的孤零零目光里，都仿佛是哭满了坚决而凄凉的悲伤。

他无声的耳旁，都仿佛是满满的她的哀凉啜泣。

他全身的每一根神经，都仿佛是被紧紧绷了起来。他虚脱错乱的，紧擂了擂墙，鼓摇了摇头，又紧擂了擂墙，便是暴的一下子的就大吼了起：“我说你不要烦了好不好!! 你到底闹够了没有!!!”

潸然的两行泪，从她眼中夺眶而出。

“你不是说，你碰见了唐梦佳吗？你不是说，是上天再给了你一次机会吗？你不是说，你送她回了上海，还、还……过了夜，然后你回来，就是为了，要和我、和我分手吗？——好啊，那你肯定最起码知道她电话啊，对不对，不然你们怎么联系？"她哀嘲的说。

你到底想怎么样？

我不想怎么样，我就是不信，不信！我不信你是碰到了唐梦佳，我不信你是去了上海，我不信你是真的想和我分手！！！你说的一切，我都不信！！！我死也都不信！！！！！！

"神经病！"

他发狂了的，大骂了道。

悲惨的泪水，一刹洗了她的脸。——他又几时，曾这样骂过她？

"……那好啊，你证明给我看。——让我知道，我真的是神经病。"胡珊伤透了心的，悲惨，而依然坚决的，静静微笑着的，痴情说。

陆至诚痛、乱的，快要疯了。要疯了。

他手微微打着不易察觉的抖的，真的，便是掏出了手机来。

——他现在回想起来，犹后怕。他想，自己，是冒了多么愚蠢的一个大险哪。

——他真的便是掏出了手机来。

他心狂乱的，想，就假装打个电话好了。

你别出声啊。他很多余的，掩饰自己的，甩说了一句。

胡珊很安静。

他原本是打算，随便糊弄两句，然后假装信号不好，就挂机。

谁知道，他刚拨了个假号——他并不敢真拨那不通的号，他怕万一那号现在要又通了，就麻烦了——刚空说了一声"喂"，胡珊便是突然，一下子就猛跑了过来，快夺下了手机。

陆至诚不及防。他刹然大骇。

胡珊快夺下了手机后，一边便是疾步的退后，距离开着陆至诚，一边就是连看屏幕都急紧的没有来得及的，将手机疾疾的便贴上了自己的耳朵。

哪知道，就在胡珊刚将手机的听筒处贴到了自己耳上的第二刹——便是清晰的听见，手机"嗒"了一下。

电量不足。然后，手机自动的，关了。

胡珊傻着。

陆至诚也傻着。

一切，都是这样的突然，而让人傻着——陆至诚还没有从她突然的抢夺中明白过什么来，她的抢夺，便已经失去了一切可能有的意义。

陆至诚回过神来了。——他在回过了神来的那一刹，才是迟到了的，感谢起了天意，还有侥幸。

"你疯了！"陆至诚从发呆着的胡珊手中，拿回了手机，重重的，拍在了桌

上。

他拍得很重。——其实他是特别想把这手机给现在拍坏。

两行悲泪,刹然烫痛了她的惨白的脸颊。

——小屋里很暖。

每一秒的暖亮,都仿佛是在刺嘲着她的眼泪。

是啊,她自己都觉得,自己是不是要疯了。

有谁知道,其实,她在那么坚决而又大声的泪说着、连连说着“我就是不信,不信”的时候,心中是多么的就要垮了啊。

其实,她在说,要他给她唐梦佳电话的时候,她就已经,好像是站在了悬崖的边上了。——她是根本就想不到,他是真的能够、真的能够,就那么真的看着她的眼睛,真的、直直的、看着她的眼睛,说:“我已经早就不爱你了!我恨你。我恨你!”

其实,她是多么希望,能有奇迹发生啊。就算要她用生命去换,她也愿意啊!

可是,她不知道,是不是真的就连上天,也不帮她。——她连手机里到底是什么声音、甚至是有没有声音都没听清楚,就那么“嗒”的一下,都完了。

她也不知道,她那时,心里究竟在想什么。她只觉得麻痹,全身心的都是麻痹,寒透了的,麻痹。脑中满满的空荡,全都仿佛钢铁的轰炸机一样的隆隆起降着。眼前白花花的黑色,全都好像无际荒枯的莽原一般让人绝望着。她也不知道,她为什么,就没有再想,换部电话让他打。

她只记得,他说,你疯了。

万箭穿心的痛啊,究竟怎样才能言说。撕心裂肺的无能言说啊,究竟怎样才能吞咽。无尽的吞咽饮泣啊,究竟,又都是为了什么?

她不知道。她仿佛什么都不知道了。她的世界,她全部全部的世界,都仿佛只有了泪水。全部全部的泪水。

她记得,自己一直哭了很久。她记得,他拍完了手机后,也一直沉默了很久。一直到,他说,对不起。他说,你还是,走吧。我们已经分手了。

——“……我们,已经分手了——”

他安静了很多的,轻轻低着头说。

她的泪水模糊着她的一切。她甚至连还死握着戒指小盒的那只手也一起抬起来擦了泪。结果弄痛了脸,也湿透了小盒。

她心里面辛烈烈痛的,是一下子,便真的想转身走了。

她也不知道,自己为什么就是真的那么一下子,真的想走了。她只是知道,心里面,是那么痛的,就好像是有一个声音,在不断的哭着,一直跟自己说着:“你还待在这里干什么呢……你还待在这里干什么呢……”

可是,她又迈不开步,真的半点点的,迈不开步。

她不争气的流着泪。还是那么不争气的,就一直烈流着泪。

她呆呆的，在泪水模糊里，看着，那一盆，真的开得是好美好美的，蝴蝶兰。

真的开得是，好美好美的，蝴蝶兰。

——“至诚哥，我们的花儿，一直都在呢——就像你说的，我们的心，是那心的世界，一直都在着——而我们眼里的世界，也真的回来了——风儿再也带不走了——”

曾经说过的旧话，仿佛，都还在耳边一样。

她忽然知道，自己走不了。她忽然知道，自己，是走不了的。

走不了的。

——她，大哭了起来。

——陆至诚的烟，都抽完了。

他呆滞的，坐到了地上。

他仿佛依然还看见着，胡珊无声的流着泪，傻傻地看着那盆蝴蝶兰时的模样。

他觉得，其实有时候，人哭多了，可能就真会麻木。——虽然他昨晚在胡珊在时，其实一直一行泪都没有流。——可他还是觉得，自己是麻木了。否则，他就不知道，自己怎么竟然真的会，能够对她一直那么残忍。

很多这辈子他原来连想都从来没有可能想到过的对她的伤害，竟然就是在那么短短的小半个晚上，被他都给了。

在他看着胡珊是那么痴悲的看着蝴蝶兰的那一刻，他其实，是那么多么强烈的，又一次被淹噬进了自己的软弱里。

他看着胡珊的模样，就仿佛千万缕的雨丝，在自己的心头被黑夜踩踏。

他不知道，世上是否真的还有阳光。

“……至诚哥，你还记不记得，我们、我们以前说过，我们的心，是一直都在着的，一直都在着的——就好像这盆花儿一样，一直都在着——我们的一切，我们之间的一切，都是风儿再也带不走了的，都是风儿再也带不走了的……”

胡珊痴悲的看着蝴蝶兰，最后，痴悲的，不禁哀泣向着空空的，说。

半分多钟的低泣，与寂默。

——陆至诚大步的走到窗旁，端起了这盆蝴蝶兰。

“这花我还给你。你自己带回去吧。”他一眼也不看胡珊的，便是端着花，去开了大门，然后，便是将花，端端正正的放在了大门外。

他侧身站在了门口，冷冷的做了个手势，冷冷说：“请吧——”

“至……”

“请吧！！！”

三秒多的死寂。

胡珊长颤一吸声，紧掩住了面。

她低着头、紧掩着泪的，顿了顿，又顿了顿，便终于还是一下子，真的，就是遽然“登登”的，半跑的疾步到了门口。经过陆至诚身边时，她顿了一顿。迟了一迟。

他转过了身。

她长一颤咽，一大步，跨走出了门。

“砰——”

门重重的，无言的，关上了。

陆至诚一下子，便是垮摔了下来。他一只手，力扶住了椅子。

胡珊泪决的，一下子，便是萎蹲在了地。

——胡珊终于渐渐的，止住了一些泣。

她擦干净了泪水，看着灰蒙蒙窗外的暗黑的晨光，心脆得像极了一栋没有了钢筋的楼。

而风，很狂烈。

——她泪决的，低噎泣哑在门外楼道里灰灰的黯光亮中，咬唇的栗栗看着那一盆已是被他弃摆在了大门外楼道里的，开得正芳华的蝴蝶兰。

这 切都是真的吗？这一切都是真的吗？这一切都是真的吗？

她看着蝴蝶兰，看着这盆已真的、真的被他亲手抛弃了出来的蝴蝶兰，只觉，只觉，天昏地暗。天昏地暗。

不，是天黑地乌。天黑地乌。

她痛搐的双手，忽然才是发现，忽然才是发现，鲜红的小盒子，那只鲜红的小盒子，原来，一直都还是死死的硬硬的和自己在一起。

在一起。

一股巨酸冲起。她蓦然便是猛抬手，哭恨的，一下子，就是仿佛要掷去手中的红硬。

可是，她栗顿着，栗顿着。

她哑哭着，哑哭着，滞抖如潮的，还是，哀收垂下了手来。

红红硬硬的小盒子，被她泣搐的，泣搐的，紧紧深深的，紧紧深深的，按在了心口很久，很久。很久。

夜雨，忽然一下子大了些起来。有了些轻微的重重“噼里啪啦”声。

陆至诚忽然才是发现，外面，在下雨。

他的心，蓦然一紧。紧紧的紧。

他不知道，外面是什么时候真正开始下起的雨。可是，他知道，她还没有走。

他知道，她一直就还在门外。因为，从他关上门的那一刹起，直到现在，他都一直是空空寂寂静静的，没有听见，哪怕半丝半毫的，她那熟悉的脚步声，远去的声音。

虽然，他也是同样空空寂寂静静的，没有听见半丝半毫的，她的哭声。可是，他却也知道，她是一定在哭。而且，一定哭得很厉害。就因为，没有声音。

他隔着门，似乎都能想象出来，她此刻的样子。——她一定是正就那么傻傻的蹲在地上，自己抱着自己，哭得像个泪人儿一样，却又不让自己有半点点的声音。而那只红红的小盒子，还就是那么死死的在她手心里。或许，也都是已被她的泪泅透了。蝴蝶兰，陪着她。

他并不知道，她什么时候，才真的会离开。可是，他知道，事情已都不能再回头了。——本来，他是打算，就这么耗下去。反正，只要他一直不开门，她总是要走的。他甚至还特地关了灯。他怕门缝、窗缝里都会有灯光透出去。他不想让她知道，他其实一直还待在门旁。

在雨大起来之前，他甚至还很小心的，是将耳朵贴在了门上。可是，什么都是空空寂寂静静的。既没有半点点的脚步声——哪怕只是挪动一下下；也没有半点点的哭泣声——哪怕只是抽噎一下下。这让他很害怕。这让他的心里好像有无数的蝎子在爬，有无数的鞭子在抽。他恨门的厚。他恨门，让一切本来也许都是能够听到的她的最细微的声音，全被阻隔在了他周围的这一团片漆黑之外。

他希望她能快点走。

可是，现在，他突然听到了雨声。他突然，知道了外面正在下雨了。

他心里的蝎子、鞭子，全都好像是一下子，就被猛的紧紧勒进了他的心头肉里。

是他在要她走；可是外面却是在下雨。

他开始无措了起来。

怎么办？怎么办？在下雨，在下雨。

他突然很想开门让她进来。可是，转瞬，他就不禁哑然悲嘲。他情不自禁好像脑袋发了昏一样的开灯，跑去拿了一把伞，都已经是站在了门旁，手搭上了门把，想要开门把伞交给她，却又是像块石头一样的死僵在了那里。

他突然才是无比悲哀的发现，其实有时候，人生最悲哀的，不是什么都做不了，而是，想做，却什么都做不了。

他只剩下了祈求。他祈求，雨快点停。

他希望，她在门外再多待一会儿。哪怕依然是哭着的。

那样，起码不会淋雨。

他想。

可是，突然，他听见，很响亮的听见，她遽然的，跑了。

好清晰的，跑了的，声音。遽然的，就仿佛突然从他心里，拉走了一副大楼的钢筋。

“啪嗒”一声，伞，从他手里脱落，掉在了地上。

陆至诚打开了门，看见，那盆蝴蝶兰，依然还在楼道里。一动也没有动。

空空的楼道里，灰亮漫漫。苍白的蝴蝶兰，依然盛开。

楼道外，雨线连绵。

噼里啪啦。

胡珊在夜雨中，痴惨的奔跑着。奔跑着。

冷冷的泪水，和着滚烫的雨线，在模糊的脸上混成一片。寒栗的脚步，碎摇着涟漪的冬路，一次又一次的让她在凛冽中跌倒。雨湿的树枝拂痛了她脆弱的脸庞，尖锐的石子磕痛了她薄瘦的膝盖。夜雨，无情的哭泣着人生最荒谬的悲哀。鲜红的小盒子，装着戒指，却依然还死死牢牢、紧紧硬硬的，一直在她手心中。在她手心中。

——天真的亮了。

亮得昏暗暗的。

陆至诚看着依然在地上的那把伞，想起其实才没多少日子前，自己还和胡珊一起出去玩得好开心。他想起了那个在阳光下欢快的打起着伞的胡珊，心被掏碎了的酸。

他想起，那一天，自己还跟她说：真想快点到春天，快点到桃花开。那时候，我们一定已经可以真的有一个我们的家了。

"——至诚哥，等春天来了，我们一起去放风筝，好不好？"

他在灰暗的晨光里，哭了起来。

号啕的大哭。——就好像，昨夜，他在空空的门口，看着地上那盆如旧的蝴蝶兰，终于的决堤大哭。

这几天，真是好像几年的那么长啊——不，简直是几世的长啊。一切都像是重重叠叠的乌云一样，一下子便统统齐聚在了他的眼前，要他来穿彻，要他来承受。他真的好难受，好难受啊。他根本就毫无抵抗力的大哭着。就好像是他这一辈子的眼泪，都在趁机往外一起逃一样。

他想不到，真的想不到，原来，有时候，人的一生，真的是，说变就变。就这样真实的，就是这么真实的，说变，就变了。

陆至诚在昏暗的晨光里，悲哀极了的，又一次，担心、思念起了胡珊。

——胡珊泪干了的，痴痴的，还看着手中的戒指。

这一枚戒指啊，还是那么的耀眼、闪亮。

她的脸，深深地埋在了自己的臂弯里。

昏昏的晨光，轻轻抚着她的长发。

她想好好静一静。她想好好静一静。

——早上七点多了。

云灰漫漫，乌鸷浓厚的，依然遮天蔽日。

陆至诚刚给手机又充上了一些电，便是接到了张慧芬来的一个电话。

昨天，胡珊从陆中兴和张慧芬的家里离开以后，陆中兴的一席话，又是让张慧芬坐立不安了起来。再加上陆中兴除了皱眉以外一直一言不发，张慧芬就愈加觉得很烦。她和陆中兴吵了几句，并且在吵架的过程中也同时和陆中兴进一步的争吵式的讨论了一下他们的儿子究竟是不是真出了什么事。什么答案都没有。

陆中兴先给医院打了两三个电话，结果刚巧就都没人接。张慧芬跟陆贤通了一会儿话，答案很简单。

张慧芬就说陆中兴：你多什么弯弯绕。

可是陆中兴依然皱眉踌躇。张慧芬就也还是很忐忑。

最后，张慧芬焦极了的就是拍板：问什么问，直接打电话给儿子，问个清楚。我倒不信了，真会有什么事，看你们一个个都吃错了药。

张慧芬终于给陆至诚打电话了的时候，陆至诚的手机刚好就是自动关机了不久。

张慧芬打了三个电话，都是关机。关机。关机。

张慧芬心焦得老泪纵横了。

还是陆中兴安慰了她：没事，没事，我们的儿子能会有什么事啊，都说他大难不死，是必有后福的啊，没事，没事，我再想办法问问看。说不定，也就是胡珊那姑娘瞎猜瞎担心啊。

陆中兴后来还是打通了医院的电话。他问到赵主任的联系方式。他给赵主任打电话，可是提示音总说暂时无法接通。陆中兴就想第二天亲自去医院找赵主任问问看。可是陆中兴打电话给医院问"赵主任明天在不在，他几时上班"时，医院方面却又是回答说，不巧的很，赵主任是今天下午刚接到通知，有急事，明天就要去北京，大概要一礼拜后才能回来。陆中兴谢挂了电话，就只好又给赵主任打，却仍然不通。

陆中兴默然愁眉。张慧芬便又是焦极的哭了一回。陆中兴又给陆至诚打了回电话，也还是不通。张慧芬一时便躁焦的，说是要马上去儿子那里，当面把事情问个清楚，却被陆中兴制止了下来。陆中兴说，你瞎添什么乱，怎么越老越按不住性子了呢。两人就又吵了半分多钟。

吵了一会儿，两人就又都是沉默了下来。沉默得彼此都很寂静而焦虑。

陆中兴就说，要去找儿子，也明天再说吧。你看看现在几点了。

因为晚了，陆中兴就也没再往外打电话了。他打算第二天再联系赵主任，再问问别的人。张慧芬也沉默的罢了。

后来，两人有一句没一句的又讨论了很久。都说，生个孩子，就是债啊，到老也还不清。

老夫妻俩谁也没睡着的总算熬到了第二天天亮。陆中兴一大早也再顾不上礼貌不礼貌了的便是又给赵主任打了一个电话，结果是不在服务区。两人便打算要出门了。可是陆中兴又考虑到万一他们去了，儿子不在，岂不是白跑。于是便又让张慧芬先再给儿子打个电话试试，看他人在不在住处。哪知道，电话竟通了。

张慧芬一下子就焦冲的忘掉了原来所有的打算。

陆至诚好不容易听完了张慧芬一长串焦急透了的问和说，才知道，原来，昨天是胡珊也去找过他们了。

陆至诚凝定了定神，便让自己轻松了下来。

他谈笑自若的，基本上还算是比较容易的，将他已经是越编越成熟了起来的那个故事，讲给了张慧芬听，并且不是太困难的，就也博得了张慧芬深切的相信，与大释然。

电话讲了有大半个小时。最后，张慧芬便是爽朗大笑了的说，都是你爸呀，跟着别人发毛病，好了好了，儿子你没事就好了，那我们就也不过来了啊，改天记得一定要带唐梦佳那姑娘来坐坐啊，哎哟，我可是喜欢这小姑娘的。

挂了电话，张慧芬便是跟一直在旁干看着的陆中兴大概复述了一下陆至诚讲的内容。由于张慧芬大释而由大释喜更喜了的大喜心情，所以在她的大概复述中，用来表达内容的词句也都是充满了轻松而大喜的语言生命。相应的，其实她讲出来的内容，实质上和陆至诚讲的，也就是有了一种本质上微妙的不同。——所以，陆中兴搓着自己的太阳穴，重新又深深的动摇、怀疑了起来。他想：这么说，儿子是真没事了？

老夫妻俩都坐了下来。陆中兴犹豫了一会儿，便是有些踌躇的问：那、那，我们还要不要再跟别人打听打听了？

你也发神经啊。张慧芬嗔怪的边喝了口水，边说。你没听懂儿子讲的什么啊——就是他不想和胡珊在一起了，胡珊她自己想不开。张慧芬很干脆的放下了水杯，松然的吐了口气，便是又接着说：我们两个也真都是老糊涂了，被人一说就动，真是瞎折腾了一场。还好没真给儿子添上什么麻烦。胡珊那害人精啊，真是讨人厌。我们的儿子早该开窍了，这种女人真是早甩早好。真是只会添麻烦，让人见了就烦。还黏着我们儿子。我们也是，被她一乱说就瞎想瞎紧张。你想，儿子能有什么事情，非得揣着好像藏宝似的，连我们亲爹娘都不告诉？是不是。自己的孩子，我们自己还能不清楚？就全是昨天让胡珊那女人给闹腾乱的。——哼，还有你这个老脑筋，简直就是离痴呆也不远了，本来昨天就都把事情弄清了，还瞎绕绕着想，害我一夜也没睡好。困死了。

张慧芬说着就也打起了呵欠，摆摆手，说："还是吃早饭去吧——"

陆中兴坐着，又想了两想，便也是全展开了愁眉的，不禁呵呵笑了起来。他跟着张慧芬就也站了起来，和她一起出门吃早饭去了。

风继续吹。

胡珊凄涩的站在窗前，灰暗朦胧的看着灰黯朦胧的一切。

她紧紧的搂抱着自己，却还是冷得可怕。

她紧紧的仰着头，不想让泪流下来，不想让泪流下来。

泪水，像湖水一般的溢满了她的两圈眼眶。

她寒透了的，眼前都只是涟漪的，竟错觉的，自己就仿佛，是在一湖深深冰透了的湖水底，仰着头。

她不知道，自己是想看见什么。她只觉得冷，深深的冷，无边的冷，就仿佛,一个人,深深的、深深的独自在无边湖底的寒冰、窒息、囚禁。还有,仰望。

虽然,她也似乎已不知道,自己是真的还想看见什么,又还能看见什么。只有湖水,无边的封锁一般的湖水——湖水一般的泪。寒冷的,透彻心髓。

她的耳旁,仿佛又是响亮的响起了,那天电话里的,那两声刺耳的车喇叭声,还有,那一声清晰的“诚”。

不……

她痛错的,早已是精疲力竭了。就连否定,都已衰弱不堪。

她的双手,疲痛已极了的,紧紧捂盖住了自己的耳朵。

紧紧的,死死捂盖着。

可是,寒冷的湖水,依然仿佛在她的四肢百骸中如蛇肆游。

怎么会这样?怎么会这样?

她已一百万遍问过天问过地问过自己的痛喊,依然在她的心尖战栗。

她已一百万次坚强重起的不相信,依然在那一声轻脆的“诚”面前,摇晃折扭如风中之纸厦。

从她真的自己走出陆至诚大门的那一刹起,她心中的广袤地基,就仿佛是一下子便统统的全部都陷入了无际的泥沼之中。不,沼泽之中,黑暗、无际的沼泽。绝望的。破碎的、不断的,陷入。

沉入。

她凄惨的恐惧,悲哀的绝望。

一切都仿佛在坍塌,一切都仿佛在毁灭,剧烈的,正在坍塌、毁灭之中。

当夜雨无情的穿透并冰冻着她的所有的时候,她是多么的误以为,这个世界就要被毁灭了,这个世界就要被毁灭了啊。是一场,多么可怕的,就连一叶方舟的希望都不被留下的毁灭啊。她的每一滴泪水,都仿佛只是祷告最后的无奈与悲哀。

叫她怎么相信?叫她怎么相信?叫她怎么不相信?叫她怎么不相信?

天的光明湛蓝啊,与天的黑暗乌鸷啊,就仿佛一起卷绞着,在她的心膛中混凝。

成无边的团。

她是多少次的还依然在心里,不相信着他所说的一切、一切,一切。“他是出什么事了啊?他是到底出什么事了啊?!”她是多少次撕心裂肺的,几乎忘却了他的残忍的,还依然煎熬极了焦急极了的,担心着他。

可是,那一声“诚”,那一声真的就是她自己亲耳听到的唐梦佳的声音,却便总是又就好像一个最残酷的她自己给她自己的悲惨嘲讽与哀厉撕破一般,无数次的如一根顽固的尖锐钢针一样,摧毁击透着她的所有明蓝,与坚强、相信。

他说的是真的……他说的是真的……

末日的黑暗,又都仿佛倾泻的天雨一般,如鹫鹰的魔一样死死攫夺着她的

魂。

她悲痛欲绝。她甚至自己都已是记不得，她是怎样便好像一个刚从寒透了的水里挣扎着爬上了岸来的碎透了而又泪透了的可惨生灵一般，战栗的在昨夜的那样一个冰透了的深深雨夜里，重又是回到了小屋的空空中。她心魂俱裂的，痛碎的就仿佛是只剩下知道了，漫天的凶骘，漫天的凶骘。

漫天的凶骘。

她在痛到发战的被不断来回死死攫夺中，甚至还有好多次都是仍那么痴痴的想了：是真的，那他就也没什么要紧的事，就也没什么不好的事了啊。她傻傻的泣想，那也就好，那也就好呀。——可是、可是——“我已经早就不爱你了！我恨你。我恨你！”

再痴浓的情江，也会被无边的悲海淹盖。

怎么会这样……怎么会这样……

她悲恸的，依然不能已的，哀啼问天问地，问自己。

来回无尽的挣扎，如铁锁一般，让人有痛无生。

她紧紧的搂抱着自己，搂抱着自己。冰冷的湖水，依然仿佛封锁一般的，在她眼前无尽，无尽。

“他是出什么事了啊？他是到底出什么事了啊？！”——“诚……”——“他说的是真的……他说的是真的……”——“那他就也没什么要紧的事，就也没什么不好的事了啊——那也就好，那也就好呀——”——“我已经早就不爱你了！我恨你。我恨你！”

“——不……”

她的脑袋，痛乱的，就好像是要迸裂开来了一样。她真的好累，好乱，好痛，好冷。好累，好乱，好痛，好冷……

无边的湖水，依然仿佛一个牢笼一般，无边的寒冰、窒息、囚禁着她。

好像发烧了一般的寒战与抖栗，越来越完全的，彻漫了她，彻漫了她。

真的好累、好乱、好痛、好冷啊。好累、好乱、好痛、好冷……

她已经有两天两夜，在这人生如同突然就那么被刹然拗断了的天翻地覆中，紧乱、恐怕、焦悲、苦哀、凄惨、冰寒、奔跑的，没有合过眼了。——千万条索的荆棘与绞链，依然还正在她心中、全身心里血泪的纠纷着。而她，在这一刻，却仿佛终于是已经被攫夺干了的，再也跑不动了的，一下子，倒下了。冰冷与火烫仿佛毒药一样的交织着弥漫了她的整个脑袋，令她难受的喉咙里都仿佛真切的涌起了一阵强烈的苦腥。她突然一下子感到了一巨阵突如其来、无比强烈的不可抵抗的被她在这颠覆的两天两夜里仿佛丢光了一样没有感到过的困意。无比强烈而疾然的困意，深深的困意，仿佛毒药一样让人根本无能再抵抗的困意。她恍惚得好像已经是被陷入了半昏迷一样的觉得，那种让人简直想把自己的身体撕碎一样让人难受的腥苦，就好像是千万条毒蟒一样，已经根本让人无能抵抗的，沉重无比的盘爬满了她整个就仿佛是已被骘魔攫夺空了的空空身体之中。她觉得自己此刻尚存的这一点点意识，就仿佛是只不过躯壳最后的还清醒。而这最后的一点点清醒，也仿佛正在消亡、消亡、消亡。她仿佛依然还想抗争，却又已仿佛，再连半点点的力气都已经没有了。她整个人，整个魂，都仿佛是在冰冷透了寒湖水中，被蜷缩了起来……她越来越累、越来越累。越来越麻木、越来越麻木……

她脸上犹挂着一行、一行泪的，痛错、困极、恍惚、寒战的，如同发了烧一般昏昏倦极了的，终于是垮然了的一下子，沉沉的，还滴着成串的泪珠的，萎溃了的摔趴在了床头。她瘫痹了的俯倒着，迷迷糊糊的还一直在不断栗栗抽泣着的，慢慢、慢慢，渐渐的，便是在湿湿的泪水中，昏昏的疲寒睡了过去。

陆至诚也是一下子，就仿佛所有的意志都刚好是到了最不堪一击的时候，便被那被一直就仿佛丢光了一样丝毫也没感到了许久而在现在终于是一下子就抬冲了起来的困意给击的粉溃了。疲倦用它积蓄了两天两夜的深绵力量，一下子，就是在这样的一个事情已明定而出路还未明的人最矛盾、脆弱而挣扎无救的晦冥时候，轻而易举的俘虏了人的全身心。他昏疲极了的，便是趴在桌上，流着泪的，睡着了。

都睡着了。深深的，睡着了。

陆至诚和胡珊，都做了一个同样的梦。

他们都是一样的在梦里，重新又看见了那棵老雪松。还没有被砍掉、掘掉的老雪松。他们仿佛又一起回到了他们的小时候，无忧无虑的小时候。他们一起，在树下、树旁，追啊，跑啊，玩啊，闹啊。追啊，跑啊，玩啊，闹啊。——天空中，有一道贯天的彩虹。

美极了的，彩虹。

红、橙、黄、绿、青、蓝、紫……还有，在彩虹中，隐隐约约的一座桥。桥上，模模糊糊的，还有两个人。

他和她，突然都是好像照镜子一般清晰的看到了，彩虹中桥上的，竟然就是，他和她。

只见胡珊手里是正拿着一把漂亮的秀伞，欢乐的，在桥上轻快的蹦蹦走走着。陆至诚乐呵呵的是正伴着她，在一起笑容灿烂的走着。胡珊嬉笑的一时打开了手中的伞来，撑起，欢溢地乐跃舞转了两圈，一边娇倩的笑说着“本来还怕今天下雨呢，你看这天，好得都该拿伞来遮阳了”，一边就是半舞地转回了身去，欢甜看向了一时还慢走在自己后面一两步的陆至诚。陆至诚笑若蓝天。

莫名，好熟悉的一切。

陆至诚和胡珊，都沉沉的睡着。沉沉的睡着。

天色，依然一直灰暗着。无尽的云莺，依然密集在天空。

陆至诚和胡珊都沉沉的睡着。他们的眼角，都有泪水在流。

很快，便是到了上午十点多了。

陆至诚醒了过来。胡珊醒了过来。

陆至诚长长的深叹了一声。他栗乱的，又是想掏烟抽，却才是又想起，烟已是早被自己抽完了。

他重乱的，来回踱着步。来回踱着步。

胡珊的脑袋里，依然好像是被莫名一种冷冷寒寒的仿佛水一样的东西缠结锁禁着，昏昏沉沉的痛，好像发了烧一样。她不知道自己是不是真的发烧了。她疲脆的，还是重新又撑站了起来。她一下子便几乎是站不住的，晕晃了晃。她觉得自己好轻。整个人，都好像是被包裹在了一片无尽的水中央，浮浮的，好轻，就好像她已经有些不属于了她自己一样。

她晕晕沉沉的，看了一眼窗外。一点也看不出时间的，依然的乌乌暗暗。

胡珊洗了一把脸，洗去了满脸还一直模糊着的泪水和湿痕。她撑在了台盆旁，努力了很久，才是没有再让自己又哭出来。

她都没有发现到，自己的额头，其实很烫。

她只觉得，自己的满脑子里，都好像是有冰川和岩浆在交替错织着的流，乱流，噩痛的乱流。好难受。真的好难受。

陆至诚站在门口，仍旧犹豫着，到底要不要将依然还在门外的那盆蝴蝶兰搬进来。他不知道。

因为他不知道，事情是不是真的就这样，算完了。完结了。蝴蝶兰还在，可是他不知道，她究竟还会不会再来。他似乎觉得，自己好像是还不应该在现在便重新又把这盆花儿搬回来。——万一胡珊她还会再来呢？对不对？——他跟自己说。可是，他又不知道，其实自己，还想不想再看见她。

他伫立在门口，眼前的楼道里，依然是那楼灯的灰蒙蒙光亮。

他不晓得，自己到底都在想些什么。在灰黯与寒冷中依然娇艳盛开着蝴蝶兰，仿佛定人魂儿一样的凝牢着他的目光。他不知道，自己其实是觉得还不该将它搬回来，还是，不希望，真的就这样，将它搬回来了。

她还会再来吗？

他很矛盾的，还是想。

他忽然感到了一阵深深的害怕，深深的害怕。就仿佛一个人正站在高高的云端，忽然被猛推了一下，一脚顿然便不由前踏向了悬空时的那种剧烈害怕的感觉。他忽然开始无比剧烈害怕的，想：我和她，真的就这么算完了吗？我真的和她分手了吗？

无法摆脱的恐惧，就好像一个即将从高楼顶上被人要推下去了的人一样。——而这一切，不又都只是他自己造成的吗？不又都是他想要的吗？那个推他的人，难道又不本来正就是他自己吗？

他心痛心乱如麻。

“砰”的重重一声。他将蝴蝶兰一动未动的，断留在了门外的，一下子，便是紧紧关了门。他无力的，背靠在了厚厚实实的门板上。

他紧紧的死闭着眼，全身都好像是被一根黑绳子紧紧的给圈捆了起来的，胸膛就仿佛是被两座莫名的山一前一后一齐猛烈夹压的都骨折了似的塌陷了的栗痛的，急促的呼吸着，急促的呼吸着。他清醒的知道自己是清醒着的。可是，他却又是那么清醒的，不知道，为什么自己的周围，都是火焰，都是火焰。都是火焰。

熊熊的烈火炽焰。

“——要是至诚哥你出不去，那我宁愿在这里和你一起死——我宁愿在这里和你一起死——”

……不……不……不……

陆至诚近乎要窒息了的急促的呼吸着，急促的呼吸着，不断的摇头苦说着，不断的摇头，苦苦的对自己说着。他就像是一只颤栗的、渺小的小虾米一般，在滚烫的火海中，战抖的，崩溃了的战抖着，越来越蜷缩了起来，越来越蜷缩了起来。

……怎么会这样……怎么会这样……

他趴倒在了地上，就仿佛一只濒死的兽一般，痛苦的挣扎着，痛苦的挣扎着。还在挣扎着。

命运依然还在活埋着他，活埋着他。依然还在，不断的继续活埋着他。

他觉得，自己就好像是被一只巨大的手掌，钢铁的攥着，钢铁的攥着。

死死的，钢铁攥着。

凛风呼呼。

胡珊无力的瘫坐在椅子上。她整个人，都仿佛是失去了支架一般。她只觉得自己的脑袋里和身体里是满满的有无数股冷和热在不停不断的奔突、冲撞。她觉得自己好重。真的好重。又好轻。真的好轻。她就连每一次的呼吸都觉得难受而吃力。就好像她只要每再多呼吸一次，她全身心里的那些冷热奔突和轻重相搏就会再多剧烈一些。她觉得自己整个人，就好像是被浸泡在了一湖莫名的水里一样。周围的空气全是看不见的液体，痛苦的液体，让人战抖的液体。刺人的寒冷和栗人的滚烫，就仿佛是在这些液体中，不断的好像水蛇一样的在往她全身的每一个毛孔里钻，直钻，直钻入她的脑子、魂魄、血脉、内脏。重得让人仿佛在不断的坠落坠落再坠落，又轻得让人仿佛在不断的不属于自己不属于自己再不属于自己。她趴在椅背上，难受的一直打着哆嗦。一直不禁的打着哆嗦。剧烈的哆嗦。

当她难受的根本就是不能再去想起他昨晚说过的半个字的时候，她才终于是开始明白，自己是发烧了。她哆嗦的，禁不住抖抖的，抬起了手来，摸了一下自己的额头。她哆哆嗦嗦、昏昏沉沉的，又觉得好像摸不出什么来。——她并没有想到，其实现在，她自己的手和她自己的额头是差不了多少温度的。

可是，她难过的想到了，要是没分手，现在摸她额头的，一定是他的手。这一想，差点就又让她忍不住哭了出来。

没有人能告诉她，事情究竟是怎么会变成了这样。

她从来没有想到过的，就是都发生了；她根本就不相信的，又便都是，事实。她什么都也再想不了了，她的整个脑子，只要稍稍多再动一动，就好像一切都在天旋地转；她什么都也再不能想了，她的整个人，破碎战栗的，就仿佛只要重新再多面对一次昨天的哪怕一丝一点，就会再也没有半丝半点力量了的，死去。

命运，同样也正在活埋着她。依然的，不断的，一直活埋着她。活埋着她。

她觉得，湖水好重，好紧。好重，好紧。好重，好紧……

……

乌云阴霾，天空冷冰。冬风寒凛。遍地湿凉。

可是一条条的大街小巷，慢慢的，还是渐渐活热了好些起来。

毕竟时间，已经是快近午了。

甚至零零星星的，还有一些孩子，是在街角巷尾，脆脆的“噼里啪啦”，放起了烟火来。

毕竟日子，已经是快要到圣诞了。

街上一家新开的必胜客，正在往招牌上挂气球。五颜六色的。一个小孩子手里牵着一辆拴了绳的玩具小汽车，“哒哒”的在门口跑过。笑得调皮而响亮。一位年轻的母亲，怀里抱着大包小包，边追边喊着“快别跑、别跑”。脚步匆匆的急忙，而又分明是实实幸福着的，丽朗。正在挂气球的一个员工，因为分神，回头又多去看了两眼路上刚走过的一个漂亮女孩，被店长喊了一声名字。他连忙又回神。一边继续挂气球，一边偷笑的很开心。

又一声很清脆的“嘭”。不知是哪个孩子，又放了一根爆竹。

乌暗的天幕上，盛开出了一朵淡淡美丽的花，像百合。

水月站在街心花园旁边的路口，不禁欢乐的也跟着抬头，看着那一朵，像百合的烟花。在天空中，淡淡的绽放了一刻的灿烂。

很美。

陆至诚走出了门。

他关好了门。

他又转回了身。

他还是坚强的。至少他觉得。

当他在房里重新又关上了柜子的门的时候，他就觉得，他已经是重新，又站住了。

是的，站住了。能够站住了。而不再眩晕。窒然。

他甚至觉得，其实，在他从如正在被厚土不断埋葬着的地上终于又是站了起来的那一刻起，他心中的那一个强硬的自己，便已是重新又在不断的战胜那个软弱的自己了。

他现在仿佛犹还能清晰的听见，在他从地上爬站起来的前一刻，耳旁的那一个冷冰的声音:“好啊,你跟她说呀,说你就要瘫了,说你就要死了,说啊,说啊——别傻了!”

别傻了。

“你爱不爱她?你到底爱不爱她?难道你爱她,就是要告诉她,你快要瘫了,你快要死了,让她知道,你们其实根本就不会有明天,你们的前面,有的只是一个深渊,一个深渊!她是那么爱你,她是那么爱你啊!!——然后、然后,所有的一切,所有的一切,就全部都好像,你在那个噩梦里看见的那样,在那个噩梦里看见的那样!让她和你一起坠落,一起坠落,一起坠落!不,不仅仅只是这样——她的痛苦,会要比你更深,也更久!更深!!更久!!因为,她的路还长。她,是那么爱你……你看见的,不仅仅只是一个梦。噩梦……”

——陆至诚站了起来,很安静的,便是重新收拾了一下屋子。

他放起了那把掉在地上的伞。他什么也没有去想。

他打开柜子的时候,又看见了那一只银色的台钟。

积满了灰尘的银色台钟。早已停了的钟。

在曾经的那一天,她将戒指还给了他的那一天,停走了的钟。

他记得,重新和胡珊在一起的那段时间里,他本来是还打算过,有空要拿这钟去修一下的。

他不禁哀嘲烈然。——当初,有谁能料想得到,事情会变成现在这样。钟还没有拿去修,曾经停下的时间还没有重新再开始走,他和她,就已是再次分手。

而且,是真正最后了的,分手。——或者,也可以说,是死别。

他关上了柜子的门。

他在出门前,曾想再拿件衣服穿。因为他莫名觉得很冷。他不知道是不是降温了。有冷空气什么的。他有好多天没看天气预报了。

真是好冷啊。他莫名直想打哆嗦。

本来他已经打开了衣橱。他想拿件绛红色的坎肩。可是他没想到,自己却又是就那么的,看到了那件整齐折叠着的白色毛衣。她以前给他织的。

他想起,这件毛衣,他总共也只才穿过几次。他以前总是舍不得,怕多穿了,要穿坏的。

他在橱前呆站了很久。最后,呆呆的凝重的,便是又把橱门给关上了。他也忘了自己其实原来开衣橱是想干什么来着。

——陆至诚凝然的走出了楼道,被一阵寒风刺得打了一个大大的哆嗦。

他才想起,自己原来是想添穿件衣服的。

他出门,主要是因为他总也打不通包律师和袁助理的电话。

所以他必须要再去一次律师事务所。

他知道,有些事,如果自己没能够办完,那么,恐怕自己死也不会瞑目。

他必须要抓紧时间。

凛冽的寒风，猎猎的包裹着他。

他伫凝的，几乎一时迈不开步子。

他艰难的，还是依然往前，迈了步。

他在飒飒的冬风中，不经意的又看了一眼不太远处的那个废仓库。仓库的灰玻璃窗上，那个尖利的破洞，依然狰狞的很清晰。

风太大。

陆至诚上了一辆出租车。

车子在路上不太快也不太慢的行驶着。

陆至诚又想掏烟，才是再次又想起，烟早抽完了。

他沉默的坐在车厢里，忽然感到了一种悲哀的可笑。他觉得自己仿佛就只是才刚刚上了一辆出租车，要去上海重新看病。

事情，变得真是快啊。他想。

其实人生，有时候比一块饼干还要更容易掰断。

雪水仿佛瀑布一样的冲刷着他还站立着的灵魂。

他就好像是没出门时在给包律师打电话之前又是给唐梦佳打过一个电话那样的，再一次的又是忐忑而悸动的又给她拨了一次号。依然不通。

他再次舒了口气。

是天也要我走这条路啊。他笑笑想。

可是，他却又是莫名的一烈阵，悲从中来。

他长长的吸了一口气，又长长的吐了出来。心中的块垒，才算是好像低塌了一些下去，让他稍稍好受了些。

他现在几乎已是都记不大起，昨天都究竟和她说了些什么。他也不知道，自己为什么会记不大起了。他也不去想，自己为什么会记不大起了。他怕。虽然他也不知道，他怕什么。就好像，虽然他也其实记得，自己昨天和她说的意思。

他觉得，自己越坚强，就越好像在逃亡。逃避着被那个软弱的自己灭亡。可是，他又不得不嘲笑的问自己，既然是坚强的，又为什么要逃避？

他没有答案，也不能再去想。这世上总是有太多的问题，让人不能去想。也没有办法去想。因为，想，就意味着面对，而面对，就意味着交锋。而交锋，又意味着……灭亡。虽然他也不知道，为什么自己就是那么的害怕，自己的坚强，会被软弱灭亡。他似乎根本就不相信他自己，却又莫名，仿佛更恐惧相信自己的不相信。他没有办法分辨自己的一切，也没有办法再去想、再去想了。他只知道，这是自己仅还有的一点力量了。这是自己最后仅还有的一点力量了。他不知道，自己要是再倒下了，就还真的能不能到事务所了。

他知道，自己的时间，不多了。已经真的不多了。

他身上打的药，也是支持不了他几天的。

他必须要，先和包律师谈一谈。

他都打算好了,无论如何,眼下胡珊那才离到了一半的婚,他是一定要想办法让包律师给打包票办好的。——他犹记得,自己是很冷冰的跟胡珊说过了,她跟梁啸刚的事情已经跟他没关系了,她该怎么样,就都自己去看着办吧。——这个在他在给包律师打电话时就好像是被牵带到了而反射一样开始仍又不时跳出来的清晰记忆,那些仿佛重现般字字明亮的话语,就好像是一堆没了结束的锥子一样的不停在他心上、心旁跳踏着。一直还跳踏着。他没有办法丢抛的一阵断一阵、一阵又一阵的不断一直感到着扎心。他不是觉得自己没良心,而是很痛。他就好像是被自残了一样的痛。他在一大片的仿佛忘却之中依然被清醒的一点痛苦钩牢着。他不知道怎么有些伤害就好像是回旋镖一样,没想到最后一样也会痛到自己。或者说,只是一开始没想到,本来,就是要和她一样痛的。他一直觉得,自己就仿佛是已经再没有半星星的力气,好再去想起昨晚的哪怕半点点了。可是,昨晚的全部,却又都好像影子一样的,始终在跟牢着他。他不敢去想,其实,或者这世上本来就没有所谓的忘却,有的,只是不回头,或不敢回头。影子从来便都是人的一部分。他想。他就好像是盼望着能甩掉影子一样的,不停盼望着车子能开快些,再快些。

他其实一直都还没有能够静下心来好好的认真仔细想过,他和胡珊真的结束了以后,胡珊的道路,又会是什么样的。他还一直没能真的想过。不是他不想想。而是莫名的,他就好像是极其恐惧、不能接受的,一直在下意识的排斥着自己这么想,就仿佛有一个声音,一直潜藏在他的耳后,在不断的跟他低沉说着:不,不,不。

可是,他却越来越的,不得不必须要强迫自己来好好想想清楚这个事情。虽然,他很多次的,又是被那"不"的声音驳回。可是,他知道,这世上终有些事,若不进,则必会退。

他绝不能让软弱的屏障,成为坚强停止的缺口。他祈望自己的坚强可以不断前进、膨胀。因为莫名,他似乎只有在自己的坚强的前进与膨胀中,才能够仿佛暂时的忘却掉自己的害怕。对于自己的坚强其实是软弱的害怕。

他的心仿佛在被自己左右撕牵。

车子,依然在路上不快不慢的行驶着。

他想,她离好了婚,一个人,以后的生活会是怎么样的呢?她一个人了,以后的生活,会是怎么样的呢?会是怎么样的呢?

——他的想,即刻的便是又仿佛引起了耳旁那个声音的哀吼:"不,怎么是一个人!不,怎么是一个人!不,怎么是一个人!"

他的脑袋,又是一猛阵近乎眩晕的裂痛。可他还是要自己想下去。他知道自己能把握的时间正越来越少、越来越少。而他,必须要把这个问题想清楚。因为,他想要想清楚。不只是因为,他害怕。剧烈的害怕着自己的一切坚强会萎缩、萎缩下去。更因为,他想要知道,是必须的想要让自己知道,自己究竟还能为她多做些什么,为她的以后,多做些什么。

他想要为她的以后,做好一切他所还能做的。

可是,就仿佛是有两个不同的他,在他的心中拼抵着。谁也进不了半步,谁也让不了半步。矛和盾,就仿佛一大块僵硬在了一起的石头,大石头。

他整个人,都仿佛裂了开来的痛。他想不下去。半点点的都依然还是想不下去了。他脑子里痛噩噩的,就好像是已耗尽了全部想的力气了一般的,虚脱的,空空白白着。他哀丧而滞白的看着车窗外飞逝的风景,忽然,却是又不禁虚脱的自嘲跟自己心说:我又为什么要去想她的以后呢。

他空荡荡的,无力,而却又是一遽阵的悲哀,深凉的悲哀。

他用力地搓了几下自己的脸。然后又烈摇了几下头。他希望自己暂时就也干脆什么都别再去多想了吧。他想要自己起码先清醒的把眼下事给办好了。他怕自己会胡思乱想。而一真再怎么胡思乱想,说不定,就会都完了。

他嘲然的一刹想,其实自己的全部牢固和坚强,真是像极了一栋危楼。

他只望它暂还别塌。

这种说不上到底算是什么感受的感受,苦苦重重的,一刹间,突然却是又很莫名的,让他一下子又想起了刚才没出门时的一个在他脑中闪了闪而又被他很快的同样也是好像刚刚那样搓脸给搓去了的一个问题:假如我不爱胡珊了,那么胡珊和梁啸刚离婚,又是为什么?

他记得自己没出门时,是莫名有些狠狠的心骂了自己一声“白痴”,然后便搓脸搓去了这个想法。然后他便是也像现在这样的感到、承受着一种危楼般的苦重。之后出了门。

他忽然在这样子的一刻,逃避不了的觉得,自己的所有牢固和坚强,都是在苦苦逃亡着的牢固和坚强。

他其实一直试图让自己停留在一个简单的道理上:胡珊不爱梁啸刚,那当然要离婚了。——可是,他又不得不问自己:如果真是这么简单,那我搓脸干什么?

他没有办法再想下去。他知道自己是不敢,也没有力气再想下去。他很怕自己又矛盾。虽然他也说不上到底又是为什么怕。

他只希望,一个自己,能先暂时好好的服从着那另一个自己。因为,他不想有些事情,会被自己毁灭。

可是,当车子越来越接近事务所了的时候,他突然,便是好像仿佛第一次的,又顿然想到了一个问题:我不爱她了,那么,她现在,还会和梁啸刚离婚吗?

他的脑袋里像是被一根鞭子打了一下。他不知道自己怎么会突然想到这个。可是莫名的又并不是真的感到很意外。只是脑袋里有种突然好像是被鞭子打了一下的感觉。他不知道自己心里到底是在想什么。

他脑子里很痛。

车子,到了。

陆至诚长长的,吐了一口气。他又用力地搓了几下自己的脸,然后大大的睁了睁眼。很清醒。

陆至诚大步的下了车。

胡珊困难的爬起来,好不容易才是找到了一片退烧药,服了下去。

她依然感到自己的神智,越来越困重,越来越困重。

包律师和袁助理又是都不在。

听一个了解的人说,包律师今天是可能在家。陆至诚好不容易就才是又找到了一个问得着的人,打听到了包律师的住址。

陆至诚匆匆的便是就又离开了事务所。

车子,又在路上行驶了起来。

不快也不慢的。

陆至诚心中的焦躁,还是慢慢的,平复了一些下来。他告诉自己不要急。他告诉自己,越急越办不成事。

他慢慢的,还是又平静了下来。可是随着他的这一渐平静,那苦苦重重的沉痛感,却是渐渐又仿佛清晰重重了起来。他没有办法的,突然便又是想:假如我不爱胡珊了,那么胡珊和梁啸刚离婚,又是为什么?

这个念头像根刺,让他一时怎么搓也搓不掉。疼痛得厉害。并且,这种褪不去的疼痛还让他不得不好像是重审一样的又是牵连着下去的再想到了:我不爱她了,那么,她现在,还会和梁啸刚离婚吗?

他心中一烈阵巨大的恐惧。他知道自己不能再这么想下去了。他知道自己绝不能再这么放任自己想下去了。他怕,他怕,他怕。虽然他不能真正的让害怕在自己的脑海里显现。可是他清楚,软弱正像一把刀,在割破他,在不断的割破他。虽然他也说不清,究竟在他心底里,是怎样的一种纠结矛盾。可是,他只无比强烈清楚的知道,他怕,他怕,他怕。

就好像在他心中有两个角斗士,他希望其中一个"他"能够暂时就好好安安分分的装死。不要再做任何无谓的挣扎与反抗。虽然他也不知道,他其实究竟算是知道"他"一定会死,还是怕"他"真的会死。——他不知道。他只感到从潜意识最深处泛起的强烈害怕。

"我不爱她了,那么,她现在,还会和梁啸刚离婚吗?"的念头被他紧扼着的暂时没有让他往更软弱的深渊处滑去。他紧惧的咬着自己的唇的,哆哆嗦嗦的摸遍了自己全身的口袋。——他又忘了,烟已早被自己抽光了。

可他现在必须需要抽烟。他急让司机找地方暂停了车。

他慌疾的跑去买了烟。他哆哆嗦嗦的付了钱,一拿到烟,便是好像一个在沙漠里快要渴死了的人终于端到了一碗水一样的,急撕的战栗的扯撕开了烟盒。

他发抖的急忙叼起了一支烟。打火机在他手里掉了三次,终于点上了。

他拼命的深吸了一大口,长长的吸了一大口,又长长的吸了一大口。

又长长的吸了一大口。

他感到仿佛有无数只毒蝎子，被他深深的吸入了自己身体里的每一个细胞之中。

他终于感到，好些了。自己整个人，都终于好些了。

轻快了好多，真的轻快了好多。

当他在车子里，点起了第三根烟的时候，他看着车窗外一只飘远了的红气球，逃然了的想：就算她不离了，只要是我不在了，梁啸刚也是不会待她不好的。

陆至诚，收回了目光，紧紧长长的，深吸了一大口烟，一大口。

先尽量办好眼下的吧，先尽量办好眼下的吧。

他紧紧的跟自己不断心说着。

风，灰蒙蒙的。

“……你以后，自己照顾好自己——你和梁啸刚还没完的那些事情，反正律师那里你也都认识了……——也不关我事了——该怎么样，你就都自己去看着办吧——你离也好，不离也好，反正……反正……反正……还是希望你能过得好吧——你……还是那句话吧，你以后自己多保重了——希望，你还是能过得幸福……”

……

难受的紧闭着眼的胡珊，脑海里，却仿佛是因为服了退烧药的关系，而不能自已的，翻江倒海一般的好像又回到了昨天。

已经伤透了她心的一切，仿佛还嫌不够的，在她昏噩的脑海中如恶螭搅滚着，搅滚着。

陆至诚按响了包律师家的门铃。

等了很久，包律师才是来开了门。

包律师看见是陆至诚，愣了愣。

——胡珊昏昏噩噩、晕晕沉沉的，脸上的泪湿，是一直不断的滚热了又冰凉，冰凉了又滚热。

她就仿佛是已失去了一切还能想的力的，无力而悲哀的只能任凭恶螭在自己的脑海中翻天覆地。她就仿佛是被无边寒重的湖水紧裹透织的已半点点再没有任何自己的支撑了的，只能任凭泪水在自己的脸上彻底不听话了的烫了又冷、冷了又烫的尽情放恣着不断的一阵紧连着又一阵的脆弱与绝望。

她感到就仿佛是有千万层的那已渗织进了自己体内的寒重湖波在不断的剧烈的动荡震卷着自己的一切，已碎未碎的所有一切。她觉得自己整个人都仿佛是掉在了一个无边的地狱里。睁着眼和闭着眼都是一样无际的黑噩，让人完全不能承受的黑噩，如湖一样的沙漠。

她难受的整个人都仿佛失去了知觉。她只剩下知道，自己的心还在跳，还在痛；自己的泪水，还在不听话的，一直流。

一直哭。

就好像，自己每多一秒心跳积蓄起的力量，都只不过是为了让那不听话到了疲倦、疲倦了又再放恣的泪水不断获得继续、继续、再继续。——她已痛苦到了极点，却又根本无能为力自己的一切、一切。一切。就好像，她自己，既是她自己，又不是她自己。

就仿佛，地狱的锁罩，好像湖水，却又好像血液。

她不知道，是不是吃的药，才让她好像整个人都失去了生命全部的力一般。还是该溶化出来的一切，迟早都会这样溶化出来，遍布及四肢百骸。

她不知道，怎么会这样，一切的事情，怎么都会变成了这样。

破碎坍塌了的一切，宛若漩涡一般的在她烫寒纠结的身心里震荡无止。

她觉得自己就好像是快要死了。她莫名觉得自己就好像是快要死了。无边的湖封，和沸扬的苦血，织缠在一起，就好像是千万具的绞架一般，正在一起将她越收越紧、越收越紧。越收越紧。

我已经早就不爱你了！我已经早就不爱你了！我已经早就不爱你了！

她无能而又不争气的，哭着，又是大哭着。

她只能任凭泪水冲刷着自己，冲刷着自己。

她全身都仿佛是被火焰与雪江交相裹织着，每一寸的皮肤与血管里都好像有恶螨在发了疯的狂噬绞滚。她剧烈的哆嗦着。剧烈的哆嗦着。

好难受。好难受。真的好难受啊。

无尽的泪水。无尽的泪水。

脱缰了的漩涡。脱缰了的漩涡

根本就由不得人的战栗，发了疯一样痛苦的战栗。

整个人都好像在被火烧。整个人都好像在被火烧。

整个人都好像在被冰雪埋葬。整个人都好像在被冰雪埋葬。

无尽的心搐；无尽的心搐。

她搐簌栗痛的，已根本不知道，究竟是自己心的寒泪，还在烧痛着自己的全身，还是自己全身的寒战，还在不断的痛烧着自己的心。

她泪干肠断的，都已根本不知道，自己是否真的是发烧了，自己是否真的是发烧了；而昨天，又其实是否真的是存在过，其实是否真的是存在过。

她觉得自己整个人都好像是空了。整个人都好像是完完全全的都被掏空了。

只剩了一副连纸还不如的躯壳。

躯壳。

“我已经早就不爱你了！”

不！！！

“——诚——”

不！！

“我已经早就不爱你了！”

不！

“——诚——”

不……不……不……

怎么会这样……怎么会这样……

胡珊的整个脑子里，都仿佛是有乱风在呼啸，东南西北噩乱的风。

咆哮一般噩乱呼啸着的风。

黑暗啊，混着震耳的呼啸，所有的一切仿佛都已陷在了深渊沼泽之中的无际的黑暗啊。

突然，在如荆棘之海般缠捆之中的无际黑暗里，仿佛如星光一闪般的，胡珊竟突然是又想起了，那天她临走时，陆中兴说的，会再问问。

原来并没有再能让她真寄托多少希望在上面的陆氏夫妇的那天的最后慰别话，现在，在这一刹，却突然就是莫名的，这样莫名的，好像一根稻草无由的陡然便成了金箍棒一样的，蓦地成为了她最后的救命希望。

就好像是一个溺水者在生命最后了的那一刻，手忙脚乱的忽然竟碰到了一件可抓物。胡珊整个人，都不禁怔了怔。

她在依然的噩噩中，不禁一下子，便是急责起了自己的遗漏。“对啊，事情不是还没真的都弄清吗——还没真的都弄清啊——”她在浑遍的噩然中，一时竟好像仿佛暂被劈开了一道湖水来的，终又有了一丝有氧的呼吸了的，刹然明亮想。——就好像一个濒死的溺水者在抓住了稻草的第一刹时那样。微释、懊悔、自责、紧急，还有对手中之物分量的无比看重，还有，对以前原有的一切认知、判断的抛忘。可是，又的确别无再择。

胡珊一下子便是鼓足了力的，拼命支撑着的站了起来。她摇摇晃晃的。

身体内就仿佛是截然不同的冷、热两股力量的交替冲击，随着她的使劲，刹的便也好像飙狂了起来。猛猛一大阵的天旋地转。她头晕的差点便是一下子又摔下。剧烈的寒、热就仿佛是在她的每一寸皮肤、肌肉、骨骼、内脏中剧烈的打着架。她轻得好像都要飘起来了，却又重得好像背上被压了一个地球。

她脑袋里的一刹明亮随着她的天旋地转，仿佛一时便又是给那无尽的昏噩给茫茫的吞噬掉了。她轻飘而又重垂的晃晃的站着，战栗难禁的，一时不禁便又是好像给沉入了深深的湖底。她就好像突然才是又想起的明白了，她刚刚看到的，原来，就只是一根稻草。

而不是什么救命的金箍棒。

还有什么好问的，还有什么好问的。——一切都是真的，一切都是真的！

胡珊眼泪刹然便又是从心奔出的，哭然的重重跌坐了下去。

可是。

不！不会的！！绝对不会的！！！

心里、耳后就仿佛有个声音，又在对她哀吼。

都是假的！他说的都是假的！

她昏噩烈然的，又仿佛听见自己在对自己大声说。

她在满满的头热心寒中，滚热如炙而又寒战生霜的，两眼发着烧烫的，在眼前无尽的漆黑天空中，就仿佛是看见了一片血一样裂开来了的亮。腥亮。

“对，还没真的都问清，还没啊！——一切都不是真的，一切都不是真的！！我怎么傻了，我怎么傻了……呵，我真是给烧糊涂了，真是给烧糊涂了……对，这就去、这就去……去……”

她迷迷糊糊的一连串的想着、剧烈想着，才又撑站起来了没一会儿的整个人，还是终于不支的，彻然憔悴不堪了的坍倒在了地上。

她昏倒了。

冬风依然吹舞着灰霾。

正午了。

胡珊，一个人还昏迷在冰凉的地上。

凛冷胜雪。

她冰冷的昏迷着。

无际的昏迷冥冥浑噩中，海洋一般的深浩幽渺黑暗里，胡珊的明眸心目前，仿佛飘渺着一匹绚然的白绫，一匹长长的，莹洁若雪、华白胜月的，绚然白绫。

飘渺的飞舞着，飞舞着。莫名仿佛带着一种她无由好熟悉的气息，深深凛冽的气息，宛若花瓣的零落，散扬着霜棠的寒星，好似灼华的碎破，飞舞着梨花的雪莹，殒坠、殒坠。

月雪寒洁的白绫周天的漫漫绕舞着、绕舞着。有无数仿佛还闪烁着雪气的霜滴，天女散花一般的随着绫的舞，一圈又一圈的慢慢飘落着下来。一圈又一圈的，不断的慢慢飘落着下来。一圈又一圈的，飘飘的散落着。她觉得好冷，真的好冷，刺骨的冷，透心的寒冷，就好像每一滴的霜冷，都在直往她的心膛里透。她感到自己在不停的瑟缩，不停的寒冷极了的瑟缩，瑟缩着。可是，绵绵的霜滴，却依然还在不断的下，不断的下。她觉得，冷雪就好像静静却又可怕的沉重湖泊一样，快要将她淹没了。快要将她淹没了。她又冷又怕、又冷又怕的，不断瑟缩着，不断瑟缩着。直到她感到自己已是缩到整个人仿佛都已是只剩下了一层薄薄的纸样的躯壳贴裹着心的时候，她才是觉到，自己就好像是快要死了，就好像是快要死了。她不知道自己的血肉骨骼内脏都已是去了哪里，为什么只剩下了一层纸样的薄薄外壳，和一颗清晰的还在“咚咚”热跳着的心。可是她知道，一切都不是真的，这所有的所有的一切，一定都不是真的！她觉得这一定就只是个噩梦，这所有的所有的一切，一定就只是个噩梦！她知道自己的心还在跳着，她知道自己的心，分明是还在“咚咚”的跳着啊！！她不要再瑟缩，她不要再瑟缩！！她不只是不要、也绝不能让自己的心继续再被瑟缩噬去，她还要、还必须要找回到那些仿佛都已不在了的血肉骨骼内脏。一定要！！！她拼命的挣扎着，拼命的挣扎着。虽然她也不知道自己其实到底

是在如何的挣扎着。可是她只清晰的知道，她要挣扎、她在挣扎。她只觉得自己手忙脚乱的，就好像是在一个水底一样的，拼命划拨着，拼命划拨着。寒冷的霜雪，都如利箭一般纷纷的射入着她不再瑟缩而空虚了并挣扎着的身体，不断的刺痛着她的心，不断的沉重着她的所有一切。她感到自己的一切力量、呼吸都正越来越弱、越来越弱。她竭尽着自己的全部的挣扎着。她竭尽着自己的全部的挣扎着！可是，一切，依然正仿佛越来越弱，越来越弱。无数的寒山雪原，都仿佛在凌迫着她、不断的凌迫着她。她愈挣扎，就仿佛愈是要她死，要她死！可是，她还是拼竭了命的挣扎着，还是拼竭了命的挣扎着！！只因为，她知道自己的心是分明还在火热的“咚咚”跳着，火热的“咚咚”跳着！！！——她挣扎着，挣扎着，忽然，才是竟发现，那匹白绫，正在慢慢的将自己缠绕起来，不断的，慢慢的，无可反抗的，越缠越紧，越绕越密，越绕越密。她还没有弄明白这到底是怎么回事，白绫，就已经像个茧子一样的，将她完完全全的封缠了起来。

她的眼前只剩下了无尽的黑暗，还有一动也再不能动的钢铁坚固。她再不能挣扎分毫。钢铁就好像是水珠一样的已渗入了她周身全遍的每一丝毫。她就连最微弱的哭或喊也都再做不到。她的心还在跳，她甚至觉得自己的力气也还没有都用完，可是，她却已是什么都再做不了。她忽然开始明白，自己，原来是已经进了坟墓。

无际的寒冷啊，在紧密着她每一寸肌肤细胞的无隙空间里，仿佛宇宙一般的浩瀚博大。漆然的黑暗啊，在根本看不到任何东西的世界里，比太阳的主宰更辉煌璀璨！时间、空间、色彩、温度，仿佛都在这里浑沌；受、想、行、识，好似失却了全部的意义。停固、停固。有的，仿佛只是无尽的停固。

停固。

可是，她却依然还在微弱的呼吸着，一直微弱的呼吸着。她的心，也还仍旧还在“咚咚”的跳着，一直“咚咚”的热烈跳着。

她不知道这一切究竟是怎么了。怎么了。为什么太多的不明白，似乎连一点点的问都还没有来得及，就已经统统便这样被画上了句号。为什么竭尽了生命的挣扎，仿佛连一丝丝希望的曙光都还没有看见，便已经全部就这样的似乎被永葬入了黑暗。她只觉得冷，无尽深深的寒冷。寒冷。她只觉得黑暗，无尽浩噩的漆黑黑暗。漆黑黑暗。

仿佛永宁了的寂静，无尽的寒冷，黑暗。

不！

她拼尽了命的挣扎，拼尽了命的挣扎！——可是，依然如渗透凝结了她全身的铜墙铁壁，依然如宇宙般浩瀚无际的黑暗寒冷。

——无际的牢固。无际的牢固。

她拼尽了命的挣扎，拼尽了命的挣扎！！！

可是，就连哭泣，她也已都再做不到。——钢铁，仿佛已牢固了她身体的每一个细胞。就连泪水,也已不再属于她。

不!!

一定只是个噩梦!!! 一定只是个噩梦!!!!

她拼尽了命的挣扎着!!!!!

——她依然一直微弱的呼吸着,“咚咚”的心跳着。微弱的呼吸着,“咚咚”的心跳着。虽然,她自己也仿佛已经根本不知道,她还为什么要呼吸。又为什么,还要有心跳。

无际的牢固。无际的牢固。

她已根本不知道,自己还能做什么。又真的还能做什么。她觉得自己仿佛已经死了,是真的死了。却又仿佛还没死。虽然,她也不知道,自己为什么又还没死。又,为什么要还活着。

只是,她知道,自己的心,还在跳着,“咚咚”的一直跳着。

所以,她还在呼吸,一直微弱的呼吸。

她依然间断的挣扎着。

只要她觉得自己是好像又有了一些力气。

——不知道,究竟过了有多久。

她依然间断的挣扎着。

只要,她觉得自己好像又有了一些力气。

黑暗啊,仿佛已是融为了她的生命。寒噩啊,仿佛已是生为了她的血液。

——不知道,究竟过了有多久。

她依然,间断的挣扎着。

只要,她觉得自己是好像又有了一些力气。

好漫长啊,漫长的无尽的寒冷与黑暗,仿佛停滞了千年的轮回,仿佛经过了百世的转移。

——不知道,究竟过了有多久。

多久。

她依然,间断的挣扎着。

突然,她的耳旁,隐隐约约的,仿佛响起了一阵梵诵。

一阵她听不懂的,梵诵。

突然,她眼前的无际黑暗,竟是刹的,裂开了一条缝。

一条缝!

整个茧子,刹的,便是裂了开来。

她蓦地才是发现,自己,竟然已是变成了一只蝴蝶!

一只通体莹莹洁白的,玉色蝴蝶!

所有的黑噩仿佛都在刹那粉碎! 所有的寒彻仿佛都在瞬间退却!

她,破茧而出!

她愕讶而惊欢的飞舞着、飞舞着。她不知道这究竟是怎么了,这一切,究竟到底是怎么了。

这是梦吗？这一切都是梦吗？

她愕讶的飞舞着、飞舞着，不禁的疑问着，不禁的疑问着。

可是，正如在那漫长的仿佛凝固了千万年的不屈与挣扎中，从来就没有任何第二个声音来告诉过她答案一样的，现在，也没有任何神或生灵用语言来回答她。

她飞舞着，没有任何答案的飞舞着。在不再寒冷了的融融温暖中，在不再黑噩了的熙熙光明里。忽然，她觉得这种感觉好熟悉，这种如现在一般在温暖与光明里自由自在蝶舞的感觉，竟然好熟悉！就仿佛，她曾几何时，也是这样子过，就仿佛，一切，本来就是这样子。她觉得好奇怪，她觉得好奇怪。这一切都是真的吗？这一切真的都是真的吗？——假如那漫长的黑噩寒绝的折磨囚禁真的只是一个梦，那么为什么自己现在的飞舞竟是感觉如此熟悉？可是，假如自己真的便是一只蝴蝶，又为什么要一直都还以为，这一切都是梦、都是梦呢？——假如这不是梦，那么，让自己会觉得这是梦的那另一个梦，究竟又是什么呢？——对了，那么我，究竟又是从哪里来的呢？——我，又是要往哪里去呢？

她想啊，想啊，却仿佛已经根本就记不起了，自己是从哪里来的。她只想起，自己好像，是生病了。对，是生病了。——那么，我又是要往哪里去呢？那经历了仿佛千万年的挣扎与期望、等待，自己又究竟，是要往哪里去呢？

对了，她想到了，自己不是想看见陆至诚吗？自己不是想，他能就好像以前（虽然，她也已根本记不起到底什么是“以前”）那样，一直还在自己身边吗？对啊，对啊。

她仿佛忘却了所有的梦与非梦、痛苦与快乐的，只剩下了寻找、寻找、寻找。她已忆不起太多太多的事，可是，她只清晰完全的忆得，在白绫之前，在她看见那条绚然的白绫之前，她是想、是那么的想，能再看见陆至诚，她是那么的希望、那么的希望，他能再好像以前那样的，一直就在她身边（虽然，她也不知，为什么感觉是“再”）。一直就在她身边。

她飞啊，飞啊。在茫茫的光明与温暖中飞啊，飞啊，寻找着，寻找着。

飞累了就停下来歇一歇，歇好了就再继续飞，继续找。

不知飞过了多少茫茫的山河大川，不过飞过了多少广阔的海洋大地。她还在找，还在一直找。

她还在一直找。

她现在才忽然是开始慢慢的明白了，原来，在那漫长的痛苦里，她的心，为什么还是一直在跳着的；原来，在那漫长的冥噩挣扎里，她为什么，还一直要活着，要活着。忍受了百世的禁锢，只是为了如今的寻找；等待了千年的挣扎，只是为了一朝的飞奔。她知道，再苦再难，她也不怕。不怕。只要有他，只要有他。她无怨无悔。

无怨无悔。

她依然飞啊,飞啊。——不知道过了有多久。

多久。

她还在寻找,苦苦的寻找。她知道,一定找得到的,一定。

就在她又是感到了一阵莫名好熟悉好熟悉的深深的累意、想要停下来歇一歇的时候,她忽然,就是深深好莫名的,蓦然觉得自己是飞到了一个无由好熟悉的地方。虽然,她眼前是茫茫朦胧的,也看不真切自己现在是究竟飞到了哪里。可是,那深重近近的熟悉,却是真的又无比清楚。

她看到了模模糊糊的一个正站着的人,向前伸出了右手来。

好熟悉的一切啊。

莫名,好熟悉的一切啊。

她忽然仿佛想起了远远的一些什么,可是,又近近的仿佛什么也都一点点想不起来,一点点都想不起来,就是莫名深重的熟悉,莫名深重的强烈熟悉。仿佛,一切都早已经过,又仿佛,一切都还未发生。谜一样深重的熟悉,而又模糊。

她莫名觉得这人好像很熟悉,是一种特别说不上来的,幽久渺渺,又深冥长长的熟悉。她不知道是为什么。但她没有办法看清这人的样子,一点点都没有办法。

她心"怦怦"的紧跳着。她莫名强烈的,就是仿佛觉得,这人,便是陆至诚。她心莫名紧张极了的,"怦怦"擂鼓般的剧烈跳着。——可是,她就是没有办法看清这人的样子,一点点都没有办法。她没有办法飞近这人的脸,就好像是有一种好奇怪的力量,在始终让她在他的千里之外。

她不断的一次又一次的努力着,她不断的一次又一次的努力着。可是,她依然还是看不清他哪怕一点点的样子。

她好累。真的好累啊。

仿佛,再没有一点点的力气了,再没有一点点的力气了,莫名的,她好难过,好难过。

为什么不让我看清楚?为什么不让我看清楚?

她好想再努力,再努力,可是,她的双翅,就好像是被挂了石头一样的,越来越沉重、越来越沉重了。

她慢慢的,在他的掌心上,停歇了下来。

她无由的,看见这人的手,真的好像陆至诚。真的好像他啊。

莫名的又好一阵难过,烈烈袭过了她的心头。

她难受的,觉得自己的脑袋好重,又好轻啊。全身的每一根血管里都仿佛是有冷、热在不断的冲突。她才是又模糊的想起,自己,是病了。

她真的好想,能现在就看见他,能现在就真的看见他啊。他可以就在她的身边,就在她的身边啊。

她是好想，他可以轻轻的用手摸一摸她的额头啊。

她在一瞬间，刹然欲泣。

虽然，她仿佛还是依然有太多的好像记不起，好像还记不起。

她难过的，将头抵在了他的掌上。

她昏噩而无力的，幻想着，这就是陆至诚的手掌。

幻想着。

祈望着。

祈望着，幻想着。

她模模糊糊、慢慢渐渐的，就好像是几乎便已忘了自己其实早已是一只蝴蝶而不是胡珊了那样的，慢慢渐渐、模模糊糊的，也已是痴痴当真的，便将这手掌当作了是陆至诚了的。

她的双眼滚烫的紧紧闭着。滚烫而栗然的，紧紧闭着。她无力的额头，紧紧的抵贴着他宽厚的掌心，深深的抵贴着，抵贴着陆至诚的掌心。

她战抖的，幸福的就以为，陆至诚好像是正拥抱着她一样，紧紧的。他的全部、一切，都正紧紧的全部包围拥抱着她一样。

陆至诚掌心里的温馨、安暖，就好像是和她心跳一样的，不断的，一直就仿佛是有着生命一般的，在不停的一直轻轻安慰的抚着她的额，一直轻轻的安抚着。

她都想哭了。她都想哭了。

至诚哥，我好想你，至诚哥，我好想你啊。你不要再离开我了，你一定不要再离开我了啊。

她栗栗的痴喃着，栗栗的痴痴喃诉着，泪水就好像是断了线的珠子一样，不停的从她紧紧烫闭着的眼中流出来。

她滚烫的颤抖诉说着，颤栗诉说着。真的好想，好想可以就这样让时间停下了啊，停下了啊。那样，她和陆至诚，就永远也再不会分开了啊。

她好想，就让自己变作了他掌心的一条皱纹啊。哪怕，会失去生命。那样，也有多好，也有多好啊。

她痴诉着，痴诉着。不知过了有多久。不知过了有多久。

时间，真的好像停了啊。

她好幸福的，好幸福的，忽然，却感到了一阵深深的累。深深的，仿佛离开了好久、却又莫名便回来了的一阵好熟悉的困累。

她忽然好想睡。好想睡。

可是，却又隐隐好莫名的，怕睡，怕睡着。

至诚哥在着呢，至诚哥在着呢。

她莫名的，便是自己又跟自己说。

她心中的怕，才是又好像莫名来时的那样，莫名消隐了下去好些。

她安安心心的，便是想睡了，想睡了。

迷迷糊糊的,越来越迷迷糊糊的。

忽然,她的心膛里,莫名便是猛一像是被什么劈了一下,刀绞般的剧烈惨痛。

她痛的一下子,便是醒睁开了眼来。

只见,天色蓦然已暗。

“哗啦啦——”

瓢泼的大雨,倾盆而下。

她忽然才是一下子,想起,这都只是梦,这都只是梦。

一刹那,哀如潮水。

她用尽了力的想再看一看他的脸。却是,“轰隆隆”,猛的一阵惊雷响起。——他的手掌忽然剧烈的一抖,她整个人,便是好像根本就没有翅膀的,往地上摔了去。

她的眼前蓦然黑了一黑,然后,她就莫名的感到,自己是缓缓的,睁开了眼来。

莫名好熟悉,好熟悉的一切。

她朦朦胧胧的,看见了陆至诚。她迷迷糊糊的才想起,原来,自己是刚做了个噩梦。

——“怎么,醒了?”

“……嗯……本来也是没怎么睡熟,刚才糊里糊涂地做了一个梦,就醒了……”胡珊迷迷糊糊地说。

一暂阵睡眼惺松过去,胡珊再次清楚的看见了陆至诚。好近好近就在她身旁眼前、关心爱看着她的陆至诚。她心中莫名一阵好幸福,莫名如获了重生的,开心极了的,好幸福。

——“做了个什么梦呢?”陆至诚疼爱的笑问。

“嗯,记不大清了……那梦很奇怪,好像是我睡在了一个人的手掌上,一直睡了好久……然后不知怎么,我的心口被什么劈了一下,心里就像刀绞一样的痛……接着就下起了雨,打起了雷,轰隆隆的……后来我突然往地上一下子摔了去,就给吓醒了……”胡珊忆象已茫茫断断了的,努力回想着的,断断续续说。

“傻丫头,你是身体不好,才会做噩梦的——你看外边的太阳多好,怎么会打雷下雨呢——好了,不要想了。”陆至诚一边说,一边就给胡珊掖好了被子,“我去给你炖鸡汤,你只管睡,好好休息,听话。”

胡珊心口里,莫名一烈阵,微酸的,灼心滚烫。

“至诚哥——”胡珊一时轻轻拉住了陆至诚,不禁痴痴的说,“你坐一会儿吧,不要忙了,今天是大年初一,可是你都为我累了一天了——”

“没事,”陆至诚轻轻理了一理胡珊的发鬓,说,“我照顾你是应该的。你现在乖乖地休息,什么都不要想,好不好?听话——”

……

过了正午了。

胡珊，依然还原模原样的昏迷在冰冷的地上。

冬风凛冷。

胡珊慢慢的，真的醒转了过来了。

她慢慢的，睁开了眼来。

睁开了眼来。

她的眼中，漫漫的茫茫、茫茫。

没有任何人能够形容的茫茫、茫茫。

她已真的醒来，却已不能相信，自己此刻的醒，是否真的为醒；她已记得了所有一切，却已想不清楚，究竟什么才是开始，什么才是结束。

仿佛宇宙般浩瀚无际的茫然，好似银河般的冥旷轮回，如尘埃般在永恒里依然织缠。

胡珊滞滞的撑爬了起来。她凝然的摸了摸自己的脸，凝然的又摸了摸自己的脸。

她站在镜子前，看了一遍自己。转了一圈，又着了一遍自己。

她还是她。

现在的她。

凝滞的、凝滞的，她忽然，捂脸哭了起来。大哭了起来。

为什么，不能就真的回到了那时。那时候。为什么。

冬云依旧乌霾着寒风。

胡珊莫名感到，自己的烧，好像是退了好多了。没原来那么好难受好难受了。

她也不再哭了。

她深深的，凝吻了吻那枚依然的戒指。

——她毅然的再次走出了门。

她还是不相信。

张慧芬正在家里一个人看电视小品。

陆中兴刚好有事出去了。

"咚咚咚"，轻轻的敲门声。

张慧芬想：谁啊？

她兴冲冲的去开了门。

开了门。张慧芬脸色顿然不禁一阴。

张慧芬看见了胡珊。

——风依然吹。

大街上的一角，很热闹。有长长的鞭炮，在"噼里啪啦"的猛猛长长作响；有呼呼喝喝的人声，在不断此起彼伏、高笑低笑。几辆花车横阵，一片鲜红喜气。原来,是又有一户新婚人家了。

风儿掠过新娘盛笑的脸庞,拂扬起了一缕幸福的发丝。空气里的每一分,仿佛都带着鲜花的香甜与蜜意。

红橙黄绿青蓝紫的缤纷七彩欢乐。

欢乐依然的人间。

滚滚红尘之上,苍空乌云依然密布。

——陆至诚千恩万谢的离开了包律师家。

陆至诚把该给的钱和不该给的钱,都已经全给好了包律师了。包律师笑说,你放心,你朋友离婚的事,我一定会百分百办好的。

包律师还答应好了陆至诚,会尽快再为胡珊找到一好的暂住处,不让梁啸刚再缠扰到她。

陆至诚要包律师不要告诉胡珊,他已经都给她安排好了的这一切。包律师并没有多问半句不该问的。包律师允说,你放心,我会给一切找好理由的。

最后告别时,陆至诚还跟包律师说,那以后要是再有什么需要帮忙的,还请一定要多费心了。

当然当然。包律师笑然应了。

陆至诚心里的大堆石头才算是放落下了一些的,离开了。

——陆至诚也并不知道,自己接下来,还该去哪了。

东南西北仿佛全是方向,又仿佛都只是茫茫。

他知道自己还有太多的事情,都没有安顿好。可是,他又心乱如麻的,仿佛再多一分的思虑,整个人便会倒塌。

他不知道像现在这个样子,胡珊与梁啸刚接下去又真的会怎样;他不知道胡珊假如真的和梁啸刚离成了婚以后,她一个人接下去的道路又将会是怎样?他也不知道自己剩下来的还有几年将会是什么样?等等。他根本连想都不能去想。

他连自己现在是在往哪个方向走都不知道。

他整个人都好像虚脱了一样。

他在路边坐了一会儿。

他想,她昨天是淋了雨,不知道要不要紧。他想,不知道她有没有打辆车坐。他想,不知道她有没有打到车坐。

——胡珊苍白而静静的,和张慧芬对坐着。

无言着。

"……对不起,我……"

"呵,我想应该是我要替我们家至诚跟你说对不起才是——胡小姐……"

"不不不,阿姨,我是……"

"你的意思我懂——胡小姐,请你听我还是先把话说完——该讲的,我刚才也都彻底跟你讲明白了,再重新多说也没必要了是不是?——呵,怎么说

呢——其实你的心情我也懂……人谁没年轻过对不对，呵——可是，胡小姐，你们现在的年轻人不是常喜欢说爱情爱情吗，呵呵，我倒想问问你们，爱情，又究竟是什么呢？……胡小姐，爱情，它其实，说穿了，就是你现在看到的这个样子。佛经上不是有句话吗，说是，过去心不可得，现在心不可得，未来心不可得。——呵，你是个聪明人，事情既然已经真的发生，相信你也应该明白，继续再让自己陷沉在里面，只会拖累别人，也浪费自己，是不是？”

“……”

“自己的儿子，当然是我们自己做父母的最清楚了——呵，你自己想，他能有什么事，好连自己的父母都不能说的了呢？——他不能告诉你，难道就连我们也不能告诉了吗？难道就个个都不能知道了吗？你想，是不是？这很明显的事情。——呵……再说了，退一步讲，就算他是真有什么事，呵，像你说的那样，是不愿告诉你，可是……呵呵，说的不好听些，你说我们知道了，又有什么必要不告诉你呢？——胡小姐，我也是说句为你好的，女人一辈子拖不起，该断的，就还是早断为好吧……”

“……那，阿姨再见——”

“呵，那我也就送到这吧——我就不和你说再见了，呵呵……你走好——”

“……嗯……”

胡珊嘴唇颤抖的，还是最后向张慧芬努力的笑了笑。

胡珊安静的，安静的蜡白的，蜡白的离开了。

她听见，楼上的门，“砰”的一声重响关上了。

两行心酸，刹那潸然。

——陆至诚的烟，又快要抽光了。

苦涩在他脸上如砖砌筑。

他觉得很重。

周身都仿佛披挂了太多的不能承受。

他一根又一根的不断抽着烟，吞吐着烟雾，自己都不知道自己是在抽什么。

还燃着的烟蒂，灼痛了他的手指。

一阵惊醒。

他重新再拿烟，却是才发现，烟已经又抽完了。

他沉顿了良久，闭眼长长的叹了一声，不禁自嘲地笑着，双手撑了垂下的额头。

沉重的垂着。痛紧的撑着。

他已经决定了，要离开遥州。在一切事情都安顿好之后。原因很简单，他必须要带着他的一切不能言说，在他病重以前，离开这里，否则，等他一病倒，他的一切不想说，就也都没有意义了。至于去哪里，他觉得都无所谓，中国很大。而离开的借口，那自然更简单——他可以说自己是要去上海，和唐梦佳在一起。

本来，在他从上海回到遥州以后，他也是一直都还没有真的能够好好想过，到底要不要把这事告诉给陆中兴和张慧芬听。怎么说。什么时候说。可是，随着陆中兴和张慧芬的相继来电，他已逐渐愈清楚，这事情已不再需要选择考虑。或者说，其实这个答案本来就是如此，只是他一开始还没有真的想清楚。一瞒到底，已是他再不能回头的路。

是啊，干什么又还要让他们临老了，知道这些呢。

他苍哀的想。

——胡珊步簌簌的，苍然无力的，萧哀的在那张空空的旧白色长椅上，落魄坐了下来。

此时的街心花园里，冷清的很寥寂。

她的头，还是带着一些昏昏沉沉的，就好像有无数的细沙石在她的每一条思想的空隙里作着恶、跳着滚，并且相互混乱群殴着一样。痛，而沉。沉沉昏昏痛痛。

她的眼前，一整片发着灰的昏蒙。

昏昏蒙蒙。

她寒战的，整个人都好像是散了架一样，就仿佛有无数条的毒虫，在将她四分五裂的吞噬，不断的吞噬。她不知道自己是不是还在发烧。她也没有再摸摸自己的额头。她只觉得很难受，说不出的难受，剧烈的难受，透彻了整个身心的剧烈难受。她想，可能真的只是病了，只是病了，发烧了，所以一切，才都会这么难受的。

她无力地斜倚在椅背上，就好像他还在一样的。她整个人，都簌簌地感到冷得可怕。她不知道自己是不是烧得愈严重了。不然怎么会和原来都不一样了的，身心里的所有滚热仿佛都退让给了此时现在这样的一种严寒，恶恶的严寒，成团成团的像魔鬼一般的缠绕渗透着她的仿佛每一个细胞。她的整个身心、魂魄，都比原来寒热交织时，要清晰更难受上了百千倍、千万倍，无比强烈的清晰。她想可能自己真的是烧得更厉害了，不然自己现在的脑子里，却为什么就一点点也想不清楚起来他的样子。他好像还在这里的样子。他以前就是在这里的样子。她噩哀的想起了自己在昏冥中想要努力看清他的样子的无力与悲伤。她真希望现在的一切也同样只是一个终会过去的噩梦。她不知道是不是一切，都只是因为自己发烧了。要是那样，真多好。烧到四十度她也心甘。她无由簌簌的伸手，摸了摸自己的额头，却冰冷冷一片。她不知道，是不是自己真的已经给烧糊涂了。还是，自己的手已经太烫了。她什么都想不清楚了。也不想、不能再去想了。

成团的严寒，在她的体内纠缠。她的心在抽搐。她是多希望，能再有一丝丝的热，从她身心里翻腾起来啊。可是，她就连无力的泪水，也都只剩下了颤抖的冰凉。她不知道自己现在真的是不是又烧得更厉害了，她只清楚知道，自己难受的，就好像是快要死了，就好像是快要死了啊。

单纯了的冰冷，远更千万倍痛苦过了冷热互搏。

她努力想要想起他的样子，他的脸，他的眼睛。她痛苦的努力着，却始终都再无能。

她恨，为什么自己发烧了。为什么，自己偏偏发烧了。

她酸痛的，都想不起，也不知道，自己在和张慧芬说话时，是不是说错了什么，又有没有听错什么。她很想想起来，好让自己能知道，自己是错了，真的错了。可是，她的整个脑海里，却都是只有模糊，泪水的模糊，冰冷的模糊，所有的模糊。她好难受，战栗栗的，真的好难受。

“……诚——”她的耳朵旁，只剩下了这一个她万无能消磨去的真实声音。

是真的，都是真的。他说的，一切都是真的。

她真实的，想。

痛哭的泪水，从她眼中奔涌而出。

都是真的。都是真的！

那的的确确，是唐梦佳的声音啊！！

胡珊痛恸崩溃。

崩溃。

他真的是去了上海，他也真的是和唐梦佳在一起啊！！！

她痛哭的，告诉了自己。告诉了自己！

晶亮寒透的泪水，在空空旧旧的长椅上，无声的流淌着，成霜，化殒。

映云。

——陆至诚无力的，独自走在回住处的路上。

他悲伤而感惘的，忽然想念起了很多自己以前的事。有童年的，有少年的，有年轻的。一切都仿佛风中的棉纱一般，絮絮的飘裹住着他的脸庞。轻渺而悲重不能挣脱，悠悠，而愈哀伤的几乎不能呼吸。人生如同一坛突然打翻在了地的陈年老酒一般，从来都还没有想过要回味，回味却便已经是带着结束的祭奠，让人心地遍湿，哀难自禁。生命就好像是一张经不起剪裁的纸，还没有能真的好好剪出一个喜欢的图案来，风不小心那么一吹，“哧啦”一声的，就在手中被风顺着剪刀刃给撕豁了去。生活仿佛就是在让人不断的告别与迎接，告别一切想要的和不想要的，再迎接一切想要的和不想要的，直到最后，迎接死亡。命运就好像一只谁也看不见的手，当你以为自己已经一个跟斗翻出了五指山的时候，殊不知，如来佛正在微微笑。

风絮绵绵阴灰的缠裹着正滞走着的陆至诚。

陆至诚觉得自己很对不起父母。一辈子，什么能让他们高兴的好事都没真做过，让他们要替他烦替他忧的事倒是能装了几箩筐。他想，特别是后来那些年，一直到现在，跟胡珊的事，又都没能让他们真的好好安心安稳过。如今，自己又是弄到了这个结局。

我不孝啊。

他眼里一刹不禁起了泪花的，想。

他庆幸，自己幸亏在还没有把事情都想清之前，没有把自己现在已经是活不长了的这事告诉他们。

他不由悲哀的，到现在才是真正的发现，原来这件事，一瞒百瞒，不只是对一个人的需要，更是对几个人的必须。

他希望陆中兴和张慧芬可以安度晚年。

有些事，真的是不知道，总要好过知道百倍啊。

他难过的想。

——风，在天际茫茫。

陆至诚想过了，自己离开后，就只能拜托陆贤多照顾照顾两老了。他自己，是已经再无可能为陆中兴和张慧芬养老送终了的。能瞒住、不拖累到他们已是万好的了。

他不禁一阵鼻酸。

他难过想，自己离开前，一定要好好多陪他们一阵子。一定要好好多陪他们一阵子。

风中，泪满了陆至诚的眼眶。袖掩面。

栗然的哭泣。

——胡珊指尖冰凉。

她泪水模糊的，滞看着长长的乌灰天际。乌黑黑的绵云，仿佛一地化泥了的落花，在她的泪珠里纷纷模糊闪烁着的，刺灼着她的眼眸。

她的眼眸就好像是两潭死了的水一样，无魂的映盛着天空的灰暗。

斑斑驳驳。

无数的美好，都已经仿佛在她心里化为了灰烬。

就连脸上的泪，也已经干了很久了。

干了很久了。

风"刮啦啦"的凛痛着她的脸庞，她破碎的心。

发梢在她唇旁如刀刃一样的不停随风割痛着她，割痛着她，脆弱的嘴唇，苍白的嘴唇，脆弱的、苍白的，一切。

街心花园的草坪旁，有一个半大的孩子吹起了口琴。

稍显生涩的旋律，虽然被街心花园周围路上不时起伏的喧响包围着，但是在这空寥有余的花园里，还是落出了一种在此时的阴霾下，异样的清晰。

那个孩子入神的吹着，吹着。他闭着眼睛，微蹙着眉心，两条浓密的黑眉毛就好像是会跳舞一样的，随着口琴低郁的奏响着的明亮旋律，不时便好似波浪一样的轻轻跌宕弹跃着新鲜的伴奏。

琴音续续绵郁，而旋律很灿烂，是一首《我们这里还有鱼》。

有一个年轻人还不禁跟着轻轻哼唱了起来。

从胡珊心里跳出来的歌词，在一刹那，却纷纷如刺的，让她重新又一次，热泪满面。

她忽然想起了很多往事。一桩桩，一件件，都好像火柴一样，在不断的擦着她仿佛已漆黑透了的心。漆黑透了的仿佛都已成灰烬了的心。擦着，不断的擦着，擦痛着，不断的剧烈的擦痛着。

成堆了的灰烬里，让她灼痛极了的，一刹却突然就仿佛又是蹦出了一簇火星来。

让人心裂成丝的痛绝火星。

不！这都不会是真的！

她重新又听到了自己心中的一声哀哭，甚或说，是乞求。

“都不会是真的——”

她痛哭着。

乞求的痛哭着。

可是、可是、可是，这所有的一切，所有的一切，究竟是怎么了啊！

她无能的萎哭着，萎哭着。

灰扑扑的风，还在灰叶灰绿间鼓鼓穿梭。

天上像山一样的乌云，好似一个巨大的磨盘，还在慢慢悠悠的，碾转，碾转着。

那一声清晰的唐梦佳的声音，依然在她心头上顽强的回响着，不断回响着。

她想不明白一切，她根本就想不明白所有的一切！

要她怎么办。她该怎么办。

他说的一切究竟到底是不是都是真的？——假如不是，那么他又究竟是为什么要这样？他到底是怎么了？——可是，假如不是，那么那一声唐梦佳的声音又到底该怎样解释？——事情的真相又究竟是什么？——难道，他说的一切，又都是真的？——不不！

她想不明白。她想不明白。想不明白。

只有无尽的痛苦在缠绕，在缠绕。

缠绕。

吹口琴的孩子，早已远去。

园中的岑寂，却依然还在她的耳旁模糊着。

模糊着一切。

冰凉与滚热，一起在她脑海中作恶着，作恶着。

她的脑海中忽然闪了一闪，又闪了一闪。一个依然让她无法接受却又已仿佛是唯一还最有可能的念头，就好像是由不得她了一样的，终于还是清晰的烈烈出现在了她的脑海里。

——他是真的遇见了唐梦佳,也真的是送她回了上海。那一个电话里的声音是真的。他也是真的跟唐梦佳说了,要回来、回来和自己分手——可、可是、可是,他一定是弄错了! 他一定是弄错了!! 他一定是弄错了!!! 他一定只是觉得对不起她,他一定只是觉得对不起她!!! ——他一定只是,想错了啊!!!! 他只是觉得对不起她啊!!!!

他是不会不爱我了的!!!! 他是不会不爱我了的呀!!!!!

他说的一切,他说的一切,都只是他想错了呀!!!!!!

对! 一定就是这样的!! 一定就是!!!

胡珊的指尖都打起了不自觉的颤来了的,最后了的,烈然想。

她的双手,颤抖的合握在了一起,紧紧的。

——陆至诚木然的站在楼道里,看着眼前依然在灰暗光亮里的那盆蝴蝶兰。

兰花不灭的气息,仿佛依然在往他的心肺里顽固的直钻,直钻。

他连鼻子都仿佛痛了起来。

他还是依然坚决的转开了头。他一下子就开了门,逃也似的跑进了屋里。他"砰"的紧紧一声在背后拍关上了门。

他压抑的喘着气,大口的透喘着气。

他紧紧的背靠在门上,紧紧的背靠着的站着。厚实的门板闷闷而沉沉的在他的背脊上传延着他沉沉而闷闷的心跳。——他不知道自己现在要是不这样靠着门,是否还能站得住。

时间,依然还在一分一秒的过去。

一阵剧烈的无力,刚刚正在从他的左腿慢慢消失。

他正剧烈的咳嗽着,一阵接着一阵的。他的肺生痛生痛。

他吃力地站起来,蹒跚的走到了窗旁,微有些喘着的长息了一声,沉重的坐了下来。

他消瘦的抬起手,苍白的将窗帘多拉开了一些。

窗外的下午,寂寥了好多。偶尔车来人往。望出去,远远的鳞次栉比的楼厦屋顶,就好像是天上云海中的一艘艘小船般,整整齐齐,而又滞硬、悬浮的没有一点点安全感,就好像是只要海里随便轻轻一阵风,它们就全会翻覆一样。

阴暗的光线,从窗外透入着没有开灯的房间。灰蒙蒙的亮光里,陆至诚干裂的脸庞就好像是被涂了一层水泥般的没有生命。只有他的那两只还在不时悸动着的眼睛,仿佛还在表明着他是一个人。

所有的一切,都仿佛在灰暗里停止了一样。很安静,安静得让人很不能承受。

时间依然在一分一秒的继续走。

继续走。

他的眉心一直就好像是一块被拧干了的豆腐皮一样的死样的锁皱着，一动也没有动过。他的目光没有生命的停留在窗玻璃上的灰尘片里，瞪瞪的越来越好像是被打起了结。他的心就好像是被越来越打结的目光拖进了玻璃上的灰尘片里一样，越来越难抖落两汪悸动的哀伤。

思绪就好像是一列倒退的火车，轰隆隆的笛响着悲伤的呜咽，将他的整个人都仿佛是在玻璃中又拖回到了昨天、前夜、不久之前、以往曾经。

脆弱的玻璃就像他的心一样，好像“嘎嘎”的发出了刺耳的破裂声。

他忽然开始真实的诧异，一切的发生是否都已成真。他蓦然开始感到一切都是那么的仿佛陌生。灰色的梦，漂泊的仿佛所有的一切都是那么的不真实。

然而却就是在这里，这个地方，昨天、前夜，真实的发生了太多太多，宛似用几天几夜、几月几年也说不完、道不清的事情。人生的断裂处，就好像一崖山谷的浓烈重雾，干脆了当，而又无尽迷惘。仿佛永远也看不透的深广，也永远都称不出的空重。命运，仿佛永远都在用问号，无尽的堆积着人生的悲哀。

他想起了，自己恶狠狠的跟胡珊说过的好多话，一寸又一寸的噬心。他难受的，一下子，便是不禁撕转开了结在玻璃上的目光，紧闭上了眼。他一只手紧苦的抓着自己的额头。紧苦的。眉心的皱，紧得就仿佛都要碎了。

他想，本来，自己和她，就要可以有一个新的开始了。他们会结婚，会一起布置一个新家，会一起开起一家小店来。很安静很平凡很幸福的生活。为什么上天就连这么一点点小小的梦想都要来捏碎！为什么！！

他紧按着自己疼痛的脑门。

不，这一切，难道又不是我亲手毁灭的吗？所有的一切，难道不就正是我自己亲手来毁灭的吗？

不！！

为什么！为什么！！

这就是天的残忍。哈哈哈，这才是天真正的残忍啊！！

我诅咒你，苍天！！！

——风逝无声。

胡珊重甸甸的，一步一步，依然继续往前艰难的走着。

揪心的疼痛，在她心中被紧紧按压着，按压着。

她怕自己只要稍微有一些些不争气的脆弱，就走不下去了，就会走不下去了。

她要自己微笑一些的去想所有的一切，却只是换来了一阵如炙的心酸心痛。

她要自己相信，他只是想错了，他一定只是想错了。在她所有的相信与不相信都仿佛崩碎了以后，这，宛似已是了她最后的奢想与希望。她原以为自己的心里应该会安定下来好多，少难受好多。可是，从她离开街心花园、那张白色的长椅最后一次模糊的在她视野中消失的那一刻起，剧烈的苦痛，就仿佛是汇合了所有的崩碎的相信与不相信的难过的，一起在她心扉中一步愈一步的、非冷也非热的却愈说不上的难受的，膨胀、动荡、沉重。膨胀、动荡、沉重。她要自己相信，他只是想错了，他一定只是想错了。可是，她却真的一路越来越难受、越来越难受。她也都不知道，她越来越难受、越来越难承受的，究竟是她真的相信，还是不相信，他只是想错了、他一定只是想错了。

一路上，胡珊经过了一家新开的招牌上挂满了彩气球的必胜客。还经过了一户正在热热闹闹办喜事的人家。她看见了几棵圣诞树。还有一个假的竖在百货店外的圣诞老人。一个小孩子放礼花玩，一点金色的碎屑还很漂亮的洒洒飘落在了她的肩头。

她一直在心里要自己很放怀的跟自己说：会好的，一切，一定都会好的。

快要圣诞节了啊。

她要自己欢乐一些的想。

他还说过，平安夜要和我一起去吃饭的呢。

她开心了一些的想。

我还没有穿那套漂亮衣服呢。

她陡然却又是不禁心一酸的，想。

一定没事的。一定没事的。

她心里，却不由一下子就哭了起来的想。

佛祖啊，你一定会慈悲保佑我们的，是不是？

——风逝无声。

陆至诚无言的看着手中皮夹里的那张照片，眼睛干干的。

他没有眼泪的，难过的想着：早知道，以前，真该再多和她一起照一些照片啊。

他难受的笑了起来。

一百年后，还有什么能来证明我们？

他笑笑的，眼睛里湿了一点点。

仅仅一点点。

他长吸了一口气的，合上了皮夹。

他的目光，重新又黏滞回了窗玻璃上的那些灰尘里。没有了灵魂的。

他发着呆。

他眼里的那一点点湿，也慢慢的重新又干了。干了。

他凝滞的，无魂发呆着。像一个已没有了灵魂的躯壳。木偶。

厚厚的灰尘，在他的眼中布封着，布封着一切，所有的一切。

他的视线，无魂的碎散着，碎散着。他的脑壳、心膛里，仿佛都已灭绝了的，空空再无一物了。他的一切，仿佛全就都只剩下了随着时间而走、随着时间而走了。

忽然，他的眼睛，像被一把剑，轻轻一划。

他陡然顿了顿，陡然的又顿了一顿。他真的看清楚了。没错。他一下子，便是紧的立站了起来。

他看见，胡珊竟然真的又来了。

他呆在窗边，发傻的，呆在灰暗的窗边。

他呆傻着的、呆傻着的，蓦然一下子终于好像是猛反应了过来的，紧紧一把的，就是疾拉上了窗帘。

拉得满满严实、密密封封的。

丝光不进，缕亮不透。

他赶紧又要去关灯，却才是发现，自己本来就一直没有开灯。

灰暗严沉的空间里，他仿佛连呼吸都觉得是在做贼。

他的双手，紧紧按撑着墙的，站着，簌簌站着。

他的脑海里，仿佛瞬扬起了沙尘暴。他的心膛，一刹便莫名如被什么撕的硬剖了开来，晾在了凛然的冬风里。

他刹然急找起了自己的魂。急煎了的。——怎么办？怎么办？

胡珊看见，他住处的窗帘，紧紧的封拉着，也看不到里面有透出的半毫光亮。

她有些忐忑。不知道他现在在不在。

走近楼道，她看见楼道口的那片灰黯光亮还苍白的无力亮着，心中不禁陡然一凄。她一时停步，有些不敢再往前。

她还是走到了楼道口。她在灰暗暗的蒙蒙苍白光亮里看见，那盆蝴蝶兰，依然还在原地。仿佛，真的一动也未动过。

胡珊的眼角，刹然剧烈的，一滴泪下。

——陆至诚在成团的激烈中，沉重如山的急促艰难呼吸着。

沉重如山的急促艰难呼吸着。

他还没有听见她的脚步声。

还没有。还没有。——还没有。还没有。

他的心，要跳出喉咙来了。

他都不知道，自己其实，到底在想什么。

他的额上，微沁出了汗。

——胡珊抽噎着，抹净了脸，微笑了笑，还是微笑了笑。

她止了泣，艰难的，还是往前迈出了步。

——陆至诚听见，她已经，走到了门口。

他死咬紧了自己的唇。

“咚、咚、咚——”

很安静。

“咚、咚、咚——”

依然很安静。

“咚、咚、咚——”

还是，很安静。

一时，一片的寂静。

一片的寂静。

“……至诚哥……你在吗——”

胡珊轻轻簌唤的声音。

陆至诚紧咬着唇，屏住了呼吸。

“……至诚哥……是我啊……你在吗——”

胡珊轻轻的簌唤着。

陆至诚紧屏着呼吸。

“……至诚哥——”

还是没有一点点的声音。

寂寂的安静。

——他不在啊。

胡珊心里不禁重重一空失的，失落想。

——陆至诚听见她的脚步在门外踌躇了一会儿。

胡珊滞然的，在门旁蹲坐了下来。

她想，就等他回来吧。

陆至诚听出来了。

他心里，凛凛一紧。

——陆至诚无声的靠在墙边，寂重的呼吸着，心里空空静静的，鼻子里却越来越酸涩了起来。

说不上的疚楚和酸痛，就好像是忽然不知怎么，在他灵魂的废墟下越来越多的钻游了出来的鱼一样，越聚越多，越聚越多。

相呴以湿，相濡以沫，不如相忘于江湖。——他一直试图要让自己来想透并且接受这个道理，可是，鱼却还是不听话的，越聚越多、越聚越多了。

越来越沉重的太多酸疚，和着苦痛，在他的心喉间剧烈织蹿着。混重的一切，就好像是一个剧烈被颠簸着的魔方一样，让人根本就不可能求索到归宿的路。

陆至诚悸动的看着自己的膝盖，就好像是有空气在粘定着他的所有一切一样。虽然，他也不知道自己其实到底是为什么在悸动。

——楼道里，不时有风在呼呼的灌进来。

胡珊安静而簌簌的，依然在风里萧萧的等待着。

等待着他的归来。

风好像有些在越吹越冷。

胡珊安静的等着，一直安静的等着，瑟瑟的觉得，自己的烧好像是已经退了，真的退了，只是，好冷。整个人，怎么都越来越好像是在被重重的冰窖包围。在被千重万重的森严冰窖紧紧裹贴包围。真的好冷，深深的重重冷。

冷得好难受。

清醒的冷得好难受。

就算她紧紧的守护着心中的那一点火星，也还是清醒的冷的好难受，好难受。

就好像是一切崩溃了的噩恶冷热痛苦的精魄，都反而如山叠积了起来。

她相信的想着，他只是想错了，他一定只是想错了。可是，她却还是很难过，一直很难过，越来越难过。只是没有哭出来，一直紧紧的没有哭出来。

她高兴的想着，那他就是没什么别的事了，那他就是没有别的严重的事了。可是，她却还是很撕痛，一直很撕痛，撕心裂肺的痛。只是她没有让自己哭出来，一直死死的没有让自己哭出来。

她难受极了的，哽咽长长吸了一口气，心中宛似乱石噔噔。

她的眼圈都红透了。

一天上层层密密的乌云，微微的波澜着，波澜着，好像一片广阔的海，好像一片扭曲的平原，好像一群群沉重的蜡象在奔，好像一群群巷威的白鲸在追。

日光无透，天华丧丧。

风度锦瑟。

陆至诚的一滴泪，从他干干的眼眶里，掉了出来。

他忽然很想开门。

我这都是在做什么呢？他想着。

他真的很想开门。

他想，很真切的想着，有什么呢，我不就是得了病吗，有什么呢，跟她讲又怎么了，跟所有人讲又怎么了！

“你个疯子！——你忘了你做过的那个梦了吗？它是假的吗？你觉得它会是假的吗？你觉得一切都只是在开玩笑吗！——你爱她吗？你爱胡珊吗？你是真的爱胡珊吗！——看看清楚你自己！看看清楚你前面的路！！——她是那么爱你，她是那么的对你好，难道你就是要她陪你一起下地狱去吗？！！清醒一些吧！！一辈子不是儿戏！！你个疯子！！！”

他心里的声音，又在向他吼叫。

他按在门上的手，在发抖，在发抖。

他整个人，都在战栗。

——风的片缕还在不断的刮痛着胡珊潮湿的眼睛。

生痛的莹莹眼睛。

她苍白的双手簌然的十指交叉着，轻轻的抵撑在自己微锁着的脆弱眉心间，就仿佛是有轻轻跳动着的冰雪哀伤，正在不断的从她的心口里不听话的往外跃出来着的一样,她整个人,都是寒瑟极了的,蜷膝含心的簌缩着,簌缩着,萧冷萧冷的,就连散散的发梢,也都是仿佛如噙了霜。

苍白无力的灯光,在阴暗无明的灰灰楼道里,漫漫的凉冷铺涂着哀伤的乌亮亮,就仿佛天光的辉煌,俱已连残骸都再无了影踪。灰暗的天地间,只剩了百千的寒黯,成为了唯一,仅有。

胡珊模糊的看着那盆在灰暗中模糊的蝴蝶兰,心碎的,都已辨不清,在瑟瑟摇晃着的,究竟是风哀中的花枝,还是自己破碎的眼神。

她一直要自己的眼睛不哭着。她不知道陆至诚什么时候会回来。她不想要他又是看到自己是在哭着。虽然她自己也不知道,其实到底是为什么不想要。

她也不懂,为什么自己明明好像是已经真的相信了,他一定只是想错了,那么几乎要可以说作是万幸了的,为他的"那这样,就是真的没有什么别的严重的事了",而由心底里高兴得几乎就是要流泪,却还是,难以遏制的是不断从心的最底里感觉到那种难以言喻的无比清醒的撕肺断肠。无比的痛苦、难受,宛若连绵的密密细雨,不停的就仿佛是在从天上往她的心里下。

一直下。

她痴痴的一直要自己相信着,会好的,一切一定都会好的,一定都会好的。只要等到他回来,就一定都会好了。

他什么时候才会回来呢?

她不禁然的,又一次想。

他去了哪里呢?

她心里,隐隐的又是莫名微微一揪。

她凄然的滞顿了很长的一会儿。她擦干净了眼眶,一时,便是凝凝的,拿出了手机来。

她萧然的踌躇了一会儿。

顿着。顿着。

她微紧抿了抿唇的,还是按起了键。

——陆至诚紧紧的撑着墙,狠狠的撑着墙,就好像,是恨不能将墙撑破一样。

突然。

他放在桌上的手机,一下子,竟就是明亮的响了起来。

大声的、明亮的响了起来。

他刹傻了傻。

他一瞬的猛反应了过来,心都从喉咙里跌了出来的,急狂了的就是疾跑扑向了桌子。他掉喘了的,猛一把就是速抓起了手机。他恨不能一刹就捏哑了它。他的手指急乱的战栗着的,都还没有能找到键的,急出汗的,都还没有能半分毫的想过这是谁来的电的,他的眼睛,已是不由人的,从屏幕上告诉了他,

正是她，打的电话。他感觉眼前的一切，全都麻了麻。他发抖的，按错了好几次键的，终于，按掉了声音。

一切，仿佛重又深深的陷入了寂静。

深深的寂静。

——手机，从胡珊呆了的手中，滑落了。

她不能相信的，凝呆极了的，滞转头，看向了门。

——陆至诚心中剧割一破的，忽然才是醒悟到，自己，其实本不该按掉手机的声音。

按了，就只能是，屋里有人。

深深的，寂静。

寂静。

——两行滚热的泪，从胡珊眼中，夺眶而出。

她痴悲的，簌抖的、剧烈的簌抖着的，慢慢，慢慢，痴痴的，栗栗站了起来。

悲哀的蝴蝶兰，在风中摇摆。

她不敢相信自己的耳朵。她不敢相信自己的耳朵。

刚才听到的，从里面传出来的一切，都是真的吗？——刚才听到的，从里面传出来的那一切，真的、都是真的吗？

她泪花滚滚的，已是颤栗着的，重新又站到了门前。翻江倒海的心酸，如冰若雪，塌心葬魄的，让人就连每再多一秒的站立，仿佛都如身浸地狱。

冰雪四彻，凛酸透骨。

她抬起的手，在离门三公分处，颤栗哭泣的，敲不下去，敲不下去。

就是，再也敲不下去了。

泪水在她脸上任性放肆。

她的一切都仿佛碎掉了。

——陆至诚湮灭的看着门。

他以为他会听到她的敲门，或她的声音。

可是，死死的停顿、死死的停顿。只有，死死的停顿的安静，寂静。——他的一切，越来越好像，是在被拖入着一架巨大的搅拌机。

地狱啊，可悲的地狱。

——胡珊咬着自己的唇，紧紧的痛咬着自己的唇。

为什么要这样，两个人，为什么要变成今天这样？究竟都是为什么？!

雪痛的一切在她心口里翻天覆地，淹日没月。

她颤抖的手，在他的门前栗泣着，栗泣着。

无数只破碎的蝴蝶，都仿佛枯叶一般的在她心前一瞬飘零。一叶叶，一片片，闪闪烁烁的都好像是在割人的眼泪；一闪闪，一亮亮，都好像是在往人的伤口上撒冰冻的盐。

她忽然又好像重新看到了，两个人不久之前，都还曾拥有过的那些好多好多欢乐。——她曾是那样多么的幸福，在小屋的窗口，熟悉而又恍若隔世的，重新又是看到了，欢笑的骑着那辆好熟旧的自行车，终于又是盼来了的陆至诚啊。她那时，是那么虔诚而又无比的幸福，真的以为，两个人坑坑洼洼的圆圈圈，是真的终于兜完了啊，上天，是要给她和他一条平坦的直路了，是真的要给她和他一条平坦的好好的直路了啊。她想起，那些个多么迷人而美丽的傍晚，他和她，曾是多么的踏实甜蜜、而充满了安馨的希望的一起散着步啊。她是多想多想，那种平实却真的好无尽的幸福，可以真的就好像那无限娇美的夕阳落日一般，能够可以直到永远永远啊。真的，直到永远、永远。就好像，他和她曾是一起多么美丽的听到的那种美妙的喜鸟声所带来的一切心望和祝福一样啊。她是多么的想念，那些可以就是那么自由自在的和他打打羽毛球的简单平凡却又真的是快乐极了的时光啊。假如生命真的能够典当交换，她情愿用自己的余生来换取短暂。哪怕是只能，再多换得一点点，最少的一点点，那也是最幸福的瞑目，最幸福的瞑目了啊。她是多么的想念，那一天，和他无忧无虑的游山玩水啊。本来，她真的是一直还以为，以后，是还会有机会再那样和他一起出去玩的。她一直都是以为，两个人，以后的日子，还长着，还长着哩。她本来，一直都是，幸福的以为着。她想起，两个人，都还明明说好过的，等将来老了，还要在月光里一起唱歌的，还要、还要在阳光下，一起、一起玩剪刀、石头、布呢。

怎么可以说话不算数呢。

痴悲痴悲的胡珊，心房一刹如破。

泪水滑落在了她冰凉凉的手背。

一切，都为什么要变成了这样啊？

胡珊不禁的无声咽泣了起来。

——陆至诚的天地仿佛在旋转。

剧烈的旋转，天旋地转。

——胡珊哀簌的指尖，在冷硬的门板前，战抖着，紧紧绷痛战栗着的，抖着。她想要再敲门，敲下去，哪怕再只轻轻一下，可是，模糊的泪水，和着如焚的心酸，绷牢着她的手，就是那么不听话的，抖痛抖痛的，死死绷牢着她的手。

她的心，都要像盛花一样的酷痛裂绽开来了。

就仿佛有不断的雪花，在从她的指缝间飘落。哀寒的冻心，伤冷的撕牵挣扎。

他怎么可以这样，他怎么可以这样。

伤心欲绝的声音，在她心中如涛的痛哭着，如涛的大声痛哭着。

“他是真的不爱我了，他是真的不爱我了。他是真的早就不爱我了！”

不！！

难道那一切欢乐、那才不久日子前的一切欢乐，就都是假的、都是假的吗？

不！！！

"他一定只是想错了！"

胡珊的手，还是颤抖的，轻轻落敲向了门。

——轻轻的一声，陆至诚的心，宛若刹那便是被一把悬着的利剑，自上落下的，贯穿了。

"……至诚哥……你开门啊……你……你开开门啊……我知道你在、你在啊……"

陆至诚透心难受的，听见，她哽咽的声音，就好像是被他亲手割过了一刀般的，哽哑簌瑟。簌瑟的，让他心里的伤口直滴血。

他无言无动。

"……至诚哥——"

胡珊痛唤失声，涟涟的泪水，又一次的是凄惨集涌出了她通红的眼眶。滂沱的脸湿。

"……至……至诚哥……你、你……你开开门啊……"

宛若杜鹃啼血般的，哀惨悲求。

他，依然无言无动。只有沉默的泪水，在他脸上滂沱，洗刷。洗刷着他的，一切错莫，和痛苦。

他沉默的听着，她在门外，几乎是无声的压抑抽噎，剧烈抽噎。

寂静抽噎。

惨然的，剧烈无声寂静。

他听到，门板上，是轻微的"簌簌"着、"簌簌"着。他痛绝的，闭上了眼睛。却还是依然清晰的仿佛看到着，清晰看到着，她脆弱的手，正在门板上发抖的哭泣挣扎着，哭泣，挣扎着。

他的心，被人刹撕了开来。

——胡珊簌然的双手，在冷硬的门板上痛苦的摩挲着，凄然的蜷缩爬抓着。蜷缩的颤抖爬抓着，就好像是一个什么小小的生灵，攀依在一壁陡峭的森严悬崖上那样的，绝望，而挣扎、绝望。一分又一分的痛，全好像血一样的在哗哗流；一滴又一滴的泪，全好像生命在不断轰轰的裂毁。指尖战栗着传心的痛，泪水模糊着掌心的森雪，似乎想要真的再抓住最后一些什么，似乎想要真的再求住仅仅一些什么，却只有一缕随风的发，好像怜悯般的抚了抚她凝亮透了的垂泪睫毛。

"至诚哥……"

她哭哽着的悲唤着他，残酷的他。

无声的他。

"你开门啊……"

胡珊泪雨如瓢泼。苍白的脸儿，在雨中颤栗如玉碎。

"你走吧——我不想再看见你了！你走吧！"

陆至诚紧一抹泪，一咬牙，大吼。

"……至诚哥——"

"走啊!"

他声嘶大吼。

青筋,在他的太阳穴暴跳。痛极了的,痛苦暴跳。

胡珊哭得,骨头都好像要碎了。

他的心,在流血。不断的,敞开着流血。

风吹拂着深冬的凛冽。

所有的颜色色彩,都仿佛在胡珊眼中化为了模糊黑白;全部的冷热轰鸣,都似乎已在胡珊的身心中化为了阎罗滔滔。

浑噩模糊了的一切,已全部浑噩模糊了的一切;盲聋哑麻了的悲痛,已全部盲聋哑麻了的悲痛。宇宙仿佛塌陷了天地,炼狱仿佛飞扬了江海。涛涛的毁灭铺天盖地的淹没着宇宙的塌陷,轰轰的崩溃山碎地裂的噬窒着炼狱的飞扬。粉碎了的一切,昏黑了的一切。已没有了颠倒的旋转,已没有了冷热的怀冰卧火。

胡珊,一下子,哭跌倒了。

她的脑袋,无力的抵靠在了尖锐的墙壁上。

彤云滚滚。

胡珊仿佛还在跳动着的心中,暮沙衰草千里。枯木连空横,无数乱山斜。

——陆至诚残破的心躯里,好似只剩下了北风虐虐。他还在以为自己坚持,一丝不能抗、无能言喻的痛悔,却是莫名,已经蓦然的,越来越强、越来越强了起来。

就好似一轮西斜的红日,蓦然被剜去了一角的,突然惨烈。

"我真的要这样对她吗?"

"你不是已经这样对她了吗?"

"可是、可是……真的、真的……应该这样吗?"

"难道你后悔了吗?"

"……"

"那么,你当初又是为了什么,才决定要这样对她的呢?"

"……我……我是怕、怕……"

"哈哈哈——那么,你,现在就不怕了吗?"

"……"

"你个废物!"

陆至诚痛的一紧下,捂紧了自己的脑袋。

恶魔,恶魔。恶魔!

他的脑门,痛得都好像要裂开来了,要裂开来了。

——胡珊荒极四遍了的风沙心中,漫目衰草如八方尽冢。

日月若颠倒,晨昏皆惶黄。

参差密密的雪野乱山宛若在心中哄拥，利齿冰冰的黑狱食兽好似在身周齐集。

他的冷酷，都是他的冷酷。他的冷酷！

不！！

“不会的，不会的，不会的！”

“可是、可是……他真的这样对我，他是真的这样对我呃……他是真的不爱我了，他是真的不爱我了呃……早就不爱我了呃……”

“不会的！不会的啊！！难道那一切欢乐，难道那才不久日子之前的一切欢乐就都是假的、都是假的吗！！不会的啊！！！”

眼泪在她脸上无情的恣肆。

他一定只是想错了，他一定只是想错了啊！！！

——陆至诚还没有反应过来，就已是突然猛听到了她重新又是的敲门。

剧烈敲门，响重的剧烈敲门。

砰、砰、砰，砰砰砰。砰砰砰。

响重的剧烈敲门。

陆至诚脚下的大地，都仿佛猛烈的摇晃了起来。

“至诚哥，你开门啊！你开开门啊！！”

“至诚哥，你开开门啊！！！”

“至诚哥——”

胡珊悲涩的，声中都已带起了血。

陆至诚一手撑桌。他的脊梁在颤抖。他的整个脊梁，都在颤抖。

时间比山还要沉重的，一秒、一秒的，继续在走。在走。

“你走吧！不要再来烦我了！我再也不想看见你了！一分一秒都再也不想了——”

陆至诚声嘶力竭的大吼着，向门外大吼着。

“不，不，不——我不走，我不走——我是不会走的——”胡珊涕哭得话也断断续续了，“至诚哥，你一定是想错了，你一定只是想错了对不对——你其实只是觉得对不起她是不是——你会、会想要和她在一起，会、会和我说这些，其、其实都只是你觉得对不起唐梦佳对不对——你、你只是觉得对不起她啊——至诚哥，对不对——对不对——”胡珊哭得声音都哑了，“至诚哥，你要重新想想，你一定要重新好好想想啊——我知道，你一定是觉得欠她、欠她的，可是、可是——呃、呃……至诚哥，我求求你，至诚哥，你不要不要我啊，你不要和我说分手啊——就、就算是要弥补她，也、也可以是有很多方法的啊，我们、我们……”

突然，门猛“咣”一下的开了。

胡珊瞬呆了呆。

陆至诚一脸冰冷的冷酷出现在了她的面前。

泪水模糊着胡珊的双眼，一刹那，看不见他面容的真实冰冷的滚烫，与误以为他是真的开了门、真的开了门的狂喜，一起愈狂烈的蒙住着她的双眼。——她喜极而泣，蓦的便是痴扑入了陆至诚的怀里。

“好了！”

陆至诚冷酷极了的，一把，就是猛推开了痴绝的胡珊。

“你到底要我怎么说你才明白啊！——你烦不烦！”陆至诚脸上好像结着铁一样的严酷无情，“我最后再跟你说清楚——我不爱你了，我早就不爱你了！我爱的是唐梦佳，我心里爱的是唐梦佳！是爱，是爱！而不是亏欠——你听清楚了没有！！”

冰雪的两行淡红色的泪，从她眼中夺眶而出。

她眼里的厚厚模糊，一时，变成了清晰。很清晰。

她看着他的脸，真实的脸。她的心，像被铁片划破了一样的搐痛。剧烈搐痛。无数的霜粒，仿佛疾河一样的在她心尖奔流过，冰寒透了的奔流，划出了无数条的血痕。

她看着他的脸，她已根本就不能认识了的他的脸。她看不清楚他。她用尽了力气的想要看清楚他，看清楚他的脸。可是，她还是根本就看不清楚他，看不清楚他的脸。

无数条的血痕，一齐的往外遽渗出了再也忍抑不住的烈烈悲酸。她心底底里的悲酸。一条又一条，都仿佛是被他残忍的用鞭子鞭笞出来的悲酸。悲酸的让人痛不欲生，血色河流一般的痛不欲生。——她想起，那一个她独自便是在这里的门外等着他回来的寒凉夜晚，她是那么开心的都哭了的，终于等到了他的归来，可是，却没有料到，他竟然、竟然便是会对她说了，亲口的真的对她说了，分手。分手。她想起，她是那么三番五次的让自己撑了又撑的抱定了希望的，去医院，去找陆贤，去找陆中兴和张慧芬，可是，换来的却偏偏就只都是那么真真的一次又一次的坠落、失惘、破碎，绝望。她想起，她是那样一次又一次的哭泣，求他，诉说，恨不得将心掏出来给他，恨不得只将心掏出来给他！甚至，还跪下了求他。只想陪着他为了他，一生都付他。可是，他却就是一直那么铁石的坚固。坚固的不要她。要她走。不要她，要她走，赶她走。她想起，他说，他其实早就不爱她了，他恨她。她想起，他还说她，是神经病，是疯了。

刀锋宛若在她心中凌迟着血肉。

她的双眼蒙起了一层淡血色的悲泪。厚厚的泪雾，宛似风雪漫天悲酸。

彤云吞吐。

可是她不相信，她不相信！

他怎么会变了呢？他怎么会变了啊！

胡珊泪雨不争气的滂沱。

——陆至诚的心脏仿佛裸露在空气中，如刀锋凛冽的空气中。

他的脸色森严，心若枯冢。

他的眼神，死死的躲藏在自己如狱的眼睛之后。

他看见，胡珊的脸，比旁边灰色的墙壁还要苍白，而没有血色。她的整个人，都在禁不住的颤抖，悲凄的颤抖。他看见，她就好像是变成了一截被残忍截断了的木头一样的，一动也无动的，一直悲颤的一动无动着，站着，凄站着。只有活滚滚、一直活滚滚着的泪水，还在一直不断的在她眼中厚了又薄、薄了又厚厚。不断的一直洗着她的脸，洗着她苍白惨然的脸。

她噙泪的一直看着他，就那么一直悲呆凄栗的，痴痴泪看着他。他在她的眼中淡红的看着，自己的样子模糊了又清晰、清晰了又模糊。不断的，他的心血厚了又薄、薄了又厚厚的模糊着他的眼神。

他的脸色依然如冰若雪，森牢坚固。

他不知道，她昨天淋的雨，多不多。他不知道，她要不要紧。他不知道，她昨天，是究竟怎么回去的。他不知道，她是不是真的不要紧。他知道，她很难过。

只昰，他知道，她一定，很难过。是他没有办法想象的，难过。剧烈，难过。

就好像，他也知道自己，其实很难过，一直都很难过。

可是，他没有办法软弱，他没有办法软弱！

天哪！这就是你给我的罪孽吗！！告诉我，为什么！！！究竟为什么！！！！

——胡珊哀栗的，在泪水里，微笑了笑，用尽了力的，微笑了笑。

她悲惨的在自己的微笑里，擦去了自己的泪水。

至诚哥，我们坐一会儿，好不好？

她尽量平静的，不哭的和他说着。

一两秒的寂静。

不用了，你还是走吧，我已经没什么再想和你说的了。

陆至诚冷冷的说。

一道盈盈的泪光在她眼中刹那鼓鼓涌过。又慢慢红红的退息了下去。

“……至诚哥，我……”

“你走吧，我已经没什么再要和你说的了——也不想再听你说什么了——我们已经分手了——”陆至诚残忍的打断了她的，冷冷的说着，“你走吧。另外——”他说着，手指了指就在胡珊身侧后地上的那盆蝴蝶兰，“把它也带走。不要再留在我这里了。不然也碍事——”

他狠心的说着，说完，顿了一微顿，便是转身就要重新进屋，关门了。

“至诚哥！”

胡珊惨厉了的一急呼，疾一步的忙慌抢上前，双手急栗了的便是一起死死的疾拉住了他的胳膊。

已是悲酸得血红了的痛极泪水，幽怨的在她脆弱的淡红眼眶里，深深的打着转。深深的幽怨的哀转。她忍着不让眼泪掉下来，死忍着不让眼泪掉下来。

她牢牢抓着他胳膊的手,都痛苦的哀颤的几乎麻木了起来。

“……至诚哥……你……你为什么、为……为什么就要这样对我啊……”

胡珊声若梨花破碎的,字字悲酸得都好似被杜鹃啼落了血渍般的哽哑的,寒战痴然着,仿佛被风撕着一样痛的,断续的哀痴说着。

陆至诚看着已是被自己伤到这样泪水模糊的她,心中再多再坚固的铁石,也早都宛似被熔为了岩浆铁水,滚烫灼化的岩浆铁水。

他的每一根骨头,仿佛都在颤抖,悲痛的颤抖。

他像石头一样的僵定着,僵定着。

泪水,不停的在她悲颤的脸庞上流落着,流落着。

她难抑的垂头哑泣着,悲酸的痛极哑泣着。苍白脆弱的双手,哀抖的,还一直死死的拉住着他,死死的寒栗拉住着他。

“至、至诚哥……我知、知道,你一定只是想错了,你一定只是想错了对不对……至诚哥,你告诉我对不对呃……好不好……求求你告诉我对不对好不好呃……我求求你,求求你一定要重新再想想,重新再想想呃……至诚哥,我求求你重新再好好想想啊……至诚哥……我求求你了啊……你其实只是觉得对不起她啊,你其实只是觉得对不起她啊,是不是……是不是呃……至诚哥……你一定只是觉得对不起她啊……对不对呃……我求求你了,至诚哥……我求求你了呃……”胡珊哀求得心都要碎光了,哀求得心都要碎光了,“——至诚哥、至诚哥,你跟我说的那些、说的那些,我都不记得、我都不记得好不好——什么都没关系、什么都没关系,好不好?好不好?——这、这次,你和她的一切、你、你和她的一切,一切……我都没关系、我都没关系啊好不好,好不好——”胡珊碎光了的苦苦哀求着,碎光了的苦苦慌极了的乞求着,“这次你和她的一切,我都没关系啊……好不好……求求你了……只是求求你了……你不要不要我啊,你不要真的丢下我啊……不要真的丢下我呃……至诚哥……我只求求你了—你重新、重新一定要再好好想清楚啊——你重新一定要想清楚呃……我知道你是爱我的啊……我知道你其实是爱我的啊……你其实是一直爱我的啊……我知道你是不会变心的呃……至诚哥……求你了,我求求你了呃……至诚哥……”

胡珊哭得呼吸都全断了。整个人,都仿佛是只在直往下掉,直往下掉。

无尽的深渊,地狱般的深渊。

陆至诚的眼泪在眼眶底里汹涌,疯狂汹涌。

他的心都碎光了,心都碎光了。

狂奔的风,仿佛在他的躯壳里掠夺,掠夺着他躯壳里全部还有着的光亮。一片片,一点点,都仿佛鱼的鳞片在被人撕去着一样的痛。

就仿佛是有咸苦的汁液,正在空气中不断的被痛绞出来着一样,一点点,一滴滴,都在奏响着轰鸣的哀酸。

她的哀求,她的每一句哀求,她的每一字哀求,都好像是下在他心上的金色箭雨，一箭箭，刺得让他想哭，也痛得让他要哭。

流血的哭。

他难受的想，她开始相信了。他难受极了的想，她终于，真的，开始相信，所有的一切了。

他本来以为自己是应该要高兴的。——他知道，从他和胡珊说分手起，胡珊就根本没有相信过他说的话，他说的一切。她是那么的痴拗，而相信着，他对她，是绝对不会变心的。她，甚至还是那么傻傻的，就连他是真的去了上海、也真的碰见了唐梦佳，都以为是他在骗她。就因为，她知道，他是爱她的，他，是一定不会变心的。他，是一定有原因的。——陆至诚真的好难过啊。他真的好难过。人生一辈子，上哪去找对自己这么死心塌地的一个人哪。——可是，他不断的伤着她，必须的一直伤着她。他好难过，真的一直好难过啊。——可是，他还是不断的在让自己无情的残忍伤着她。——而现在，她终于开始相信了，开始相信，他，是真的去了上海，也真的是和唐梦佳在了一起，也真的是，为了唐梦佳而回来和她说分手。她说："至诚哥、至诚哥，你跟我说的那些、说的那些，我都不记得、我都不记得好不好——什么都没关系、什么都没关系，好不好？好不好？——这、这次，你和她的一切、你、你和她的一切，一切……我都没关系、我都没关系啊好不好，好不好……"——他的目的仿佛终于在开始实现了。可是，他的心，却真的像在撕，像在被撕。

他不知道，究竟是人生自己的矛盾在不断的制造着命运，还是命运的无情一直在让人生充满了矛盾。——他只知道，胡珊，现在只剩就那么最后的一根救命稻草了。她的希望，所有希望，仅剩下了最后的幻想了。

她现在唯一祈望着的，就是，他是不是想错了啊，他一定只是觉得对不起唐梦佳啊，他一定只是想错了啊。——"傻丫头"，他无尽悲酸的在心里难过极了的想。我又怎么会想错呢。

他知道自己应该趁现在，雪上铺霜的彻底和她斩断，斩断一切。他知道自己现在，就是应该要坚决干脆无情的，狠狠甩开她正死死抓住着他胳膊的双手，脆弱的双手。可是，他的心，在发抖。他的一切，都在发抖！

小珊啊，我的小珊。是我对不起你啊。

他的心，在忏哭。

我没有变心，我没有变心啊。我爱你，我爱的，一直都只是你啊！

他的整个心膛，都在回响。

他的眼泪，在接近崩溃。

可是，他的耳旁，那一个剑一般的声音又仿佛是在一刹那，冰寒的铮铮作响了起来："你疯了吗！你想做什么！"

是啊，我想做什么？

我想告诉她、告诉她所有的一切啊！我想告诉她，所有真实的一切啊！我爱她，我是爱她的啊！这些天我跟她说的一切、跟她说的所有一切都不是真的啊！都不是真的啊！

“那么，说完了，接下来呢？”

接下来呢？

“然后呢？”

然后呢？

“以后呢？”

以后呢？

——以后呢？

是啊，以后呢。

“你个没用的东西！”

——“……至诚哥……”

胡珊哀求的垂簌断声哭泣着，哀求着。

哭泣着。

陆至诚指尖冰凉麻木的，还是慢慢、而微用力的，推开了胡珊。

推开了她。

“你走吧——”

他别转着头，强忍着悲痛，低闷说。

“不，至诚哥——”

胡珊痛哭着，又一次的是牢牢抓住了他的胳膊。“至诚哥、至诚哥呃，我求求你了、我求求你了呃……你重新再好好想想清楚，你一定要重新再好好想清楚呃……我知道你是不会变的，你是不会变的啊……至诚哥……我真的不能没有你，我是真的不能没有你的啊……至诚哥……我求求你了呃……”胡珊青丝带泪，心若沥血，“至诚哥……你知道我有多爱你、你是知道我有多爱你的啊……我真的不能没有你、不能没有你啊……至诚哥，你一定要想清楚，一定要想想清楚啊……就算你觉、觉得亏欠她，我们、我们也还是可以……”

“好了！”陆至诚一声断然冷喝，厉甩开了她惨抖的手。“你为什么就还是不明白呢——你没听懂我说过的一切吗？我爱唐梦佳，我爱唐梦佳！我早就都说过了，我爱唐梦佳！不是对不起她，不是亏欠她，是爱，是爱！而且是早就爱了！我不爱你，不爱你了，是早就不爱你了！你听懂没有！听明白了没有！！——我自己想什么，难道我自己还会不清楚！！你不要烦了！不要让我讨厌你！！——不要再让我讨厌你了！！”

陆至诚撕心的对她大吼着。

撕心裂肺的滞静，滞静。滞静。

磅礴的热泪，如瀑布般在她脸上飞泻。悲惨极了的飞泻。

哀伤极了的冰凌，宛若在天地间倾下。

悲惨的倾下。

胡珊哭不出声音来的栗然着，剧烈栗然着。她整个人，都仿佛破碎了的泪人儿一般的,在被滚油沸泼。沸泼。

残忍的沸泼。

煎熬。他整个人,都仿佛是被投入了沸腾的油锅里,无情的地狱。

胡珊的泪水里,都仿佛是凝结起了鲜红,血一样的鲜红,痛苦鲜红,一滴,又一滴。

惨战着的胡珊,痴痴的笑了笑,还是笑了笑。"……怎么会……怎么会……"泪水模糊着她的表情,模糊着她的声音。就连她自已,仿佛也都已是痛麻的不知自己究竟是还在和谁说话,到底,还在说些什么。"前些日子,我们还都那么开心……我们一起去看了梅花……还一起去了遥山上玩……还一起,又去了游乐场……你还说,要娶我……要娶我的……难道,就都是假的……都是假的……"胡珊泪水尽噙着颤栗的唇的,痛搐的麻木了的说着,痴悲到了哭泣不出也微笑不出的,滂沱泪水的哀说着,哀悲的惨静着的说着。

宛若有雪雨,在天际间哭泣而下。下得那样飘飘洒洒,下得那样如絮纷飞,悲哀。没有彩虹的乌霾天际,寒冷的整个江南都仿佛结起了冰。

冰一样的烈火,在他的躯壳里狂烧。寒凛焚尽着他的一切,所有一切。

都是假的。

他冷冷的最后说了一句。

对不起。

"砰——"

陆至诚沉重的走回了屋里,将胡珊一个人依然留在了门外的,闷然关上了门。

霜花,像柳絮一样的撒满了天上的云流,地上的江河。

盐一样的白,胜过了雪。

铁一样的冷,胜过了冬天。

陆至诚靠墙没有声音的哭着,放肆的哭着,压抑的哭着。

整个墙壁,都仿佛在他脸前摇晃。

整个大地,都仿佛在胡珊脚下震荡。

一切,都仿佛破碎了。粉碎。

一切,都仿佛完结了。终结。

泪瀑在胡珊脸上没有了抑制的恣泻,再也没有了半丝半毫抑制的,悲恣狂泻。

哀倾。

乌云,依然在天空汇聚得很密集。

密密麻麻。

都是假的。都是假的。

胡珊冰凉的耳旁,仿佛还在泅血的流淌着他的话,他最后的话。

一切,都是假的。

她悲惨自嘲的，寒哭想。

一切，都是假的。

冰冷的尖刀子，无情的捅绞着她的心。

无情的，捅绞着她的心。

——他听见，她滞痴的脚步，沉拖的离开了。一步步，一步步，都好像看得见泪花一样的血的，离开了。

——漫天的眼泪，都仿佛在飞舞。

胡珊模糊的往楼道口走着，沉拖的，一步步、一步步走着。

是啊，他又怎么会想错呢。

他早就说了，他是爱她啊。他爱唐梦佳。他早就说了，是爱啊。

他是早就不爱我了的啊。他是早就已经，不爱我了的啊。

早就已经，不爱我了的啊。

她哭着，痛哭着的，噩噩想着，想着。

她自己也都不知道，她是要往哪去，还能往哪去。

都是假的。一切，都是假的。

她伤惨的想着。哭想着。

那些一起有过的一切，都是假的。

他说的全部，都是真的。

"——都是真的……"

一切都幻灭了的悲哀，仿佛风一般的充斥了整个的天地间，破碎的天地间。浸满了泪花一般的鲜血的惨寒荆棘，呼啸的来回穿梭编织着。在破灭了的一切间，呼啸的来回不断穿织着，仿佛比世间一千个冬天加起来还要更寒冷更冰酷的绝望与阴噩，再也没有了阳光温暖的尘世，再也没有了仁慈宽赐的天地。

所有的一切，仿佛都在黑暗里哭泣。全部的所有，仿佛都在泪水里沉没。沉没了。

荒旷的洪宇间，仿佛只剩下了，冰冷的泪海，一望无际；破碎了的天地，黑噩一切；废墟。

胡珊的脚步都碎了。她不知道，她是要往哪里去，她不知道，她还能往哪里去。

她哀哭的想起：是啊，他不是早就在电话里和陆贤说了吗，他没有犯糊涂，他很清楚，他是爱唐梦佳，他是，爱唐梦佳啊。

怎么会这样。

胡珊惨然一垮，泪跌在了楼道口的破木槛上。

雪一样的云，依然在天际乌黑的堆积。袅然的阴霾脉脉，宛若一弯又一弯的香炉烟，在乌雪里升腾飘渺。渺渺着。零落。碎碎。一炉炼三界，金兽奔九天。

巨大的天盖，依然在苍穹如磨噩重。

碾转。

胡珊好像都只是剩下了冰凉透了的躯壳和流不尽的泪水一样的，无魂的萎蜷着，抱膝蹲坐在楼道口角落的破木槛上，哭着，一直抑声的低然泣哭着。

那盏乌灰的楼道灯的昏暗灯光，仿佛最后还有着一点温良的，在她的身旁、头顶轻弱的萦绕着，脆碎的铺散着仅有的一些暖亮。

乌灰灰的，凉冷的轻弱暖亮。

风啊，还在吹着，一直吹着。

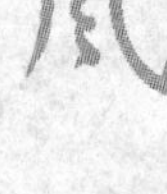

二十八

胡珊觉得自己整个人都仿佛是在下沉。她只觉得自己整个人，都仿佛是在不断的下沉，在如海洋一般的浩渺悲哀泥沼风中，越来越下沉。

早已淹没了她的一切的破碎，早已吞噬了她的一切的废墟，都仿佛是越来越广重的密积在她头上、身周的漫漫海洋水，层层愈冰铁封窒得她如已不能再活，叠叠愈无情伤透得她如已无能再活。漫漫的泥沼仿佛丝茧一般的缠封着她，片片的凛刃仿佛水流一样的浸没着她。胡珊脆弱的抱着膝，痛苦的抬起了头来。

灰蒙蒙的镀在楼道口侧墙上的光亮，乌白白的好像一张纸，凄亮亮的好似一块幕布。纸上没有一个字，幕布上没有半个镜头。她不知道一切究竟是怎么了，她不知道自己究竟是怎么了；她不知道自己到底该怎么办，她不知道一切到底该怎么办。

整个世界，仿佛都在无际泥沼的风中粉碎着。

眼角的带泪余光，牵引着她，转头，不禁的便又是看向了那一盆，曾经鲜艳的蝴蝶兰。

兰花的粉红，仿佛刻进了她眼里的伤。

胡珊在殇花的风中，难受的哭泣着。哭泣着。

——陆至诚在一切都仿佛死亡了的冥静里，寂然的呆滞着。他以为胡珊已经走了。

伤心的走了。

千万只嗜血的蚂蚁，仿佛在他的每一个骨节里爬噬。他无声的痛着，牙龈里都起了残忍的血腥的，紧咬着牙的，忍受着。忍受着。

痛不欲生的忍受着。

他不敢哭。不敢哭。他怕一哭，自己，就真的不知道，自己的明天还该去哪里了。

还该去哪里。

——胡珊残破的萎蹲在楼道口，伤心极着的，依然低低垂泣着。

仿佛辉煌神殿中的宏伟支柱全部被摧折了之后的倒塌一般，华盖圣壁的废墟，依然还宛似在广袤的大地之上悲吟着破碎的哀歌与入土的凄重。深重的泥土，颤栗的仿佛依然还在被倒塌的轰震所主宰，延续。荒旷了的宇宙间，岑寂衮衮，哀音渺袅。每一方的空荒里，都仿佛有颤栗的悲歌在带着泥的蔓延；每一粒的风尘中，都好似有轰耳的哀重在压抑着的匍匐。倒塌与毁灭，仿佛只是天地间的，一场刚刚开始。

黑噩的开始。

胡珊不知道自己究竟是怎么了，怎么了。心中的想念仿佛都已遭到了埋葬，一切的光亮仿佛都已殒入了冥谷。自己心房的每一分毫，宛似都在被混凝的泥土黏透，不断更深的黏透。好似太阳的脊梁都已经被摧的粉碎，好似生命的血液都已经被流的尽竭。她从来没有能够料想到的一种冥噩，一种她根本就从来没有能够承受过的让她根本就不能承受的无边冥噩，无边的就仿佛倒塌神殿下的灼颤泥土一般，就好像是毒龙一样的正在将她不断渗透，不断的剧烈渗透。一层，又一层；一道，又一道。她的整个生命，都仿佛是正在被越来越多的铅液占据，不断占据。

下沉，下沉。

她不知道，自己，究竟是怎么了；一切，究竟是怎么了。她只知道，一切，好像都已经结束了。都已经结束了。他说的全部，都是真的。全部，都是真的。她只感到，自己周身的骨头，都仿佛已经全部的碎了，全部的碎了。自己整个的躯壳，都已经再没有了一点点的支撑；自己整个的灵魂，都已经再没有了半点点的骨架。溃痛仿佛飓风一般的在体内肆冲横狂，悲伤仿佛洪水一般的在周身恣腾汹涌。自己一点点都站不起来，自己半点都止不了哭。自己是那么的没有用，自己是那么的不争气。

从他说分手起以后的一切，好像地震中的狂洪决了堤一样的，仿佛在她的每一个细胞里一齐重新拉开了残忍的帷幕，仿佛已经断折掉了一切信念的萎坍魂壳里，洪水如刀子一般的割痛着她全部生命的每一根神经。她也不知道，为什么现在重新又回想起他对自己说过的关于分手的一切话语，痛是那样的用撕心裂肺也难以来形容。每一分的重新忆起都宛若在让她重新经历，每一分的重新经历都宛若在让她的生命层层被削，残忍而无情寒冷到了极点的锋利被削，就算是她第一次在面对他的残忍时也没有这样痛彻魂髓的感觉锋利被削。就好像是自己生命真实的在一寸又一寸的不断被黑暗直直噬灭着一般的绝望而彻噩。彻噩的让人几乎便是要忘却了自己还是有着温度的生命一样的无尽绝望与黑暗。她也不知道，究竟，是因为，自己已经再也没有办法相信自己一切的不相信了，还是，自己已经再也没有办法不相信一切应该的相信了。她只知道，自己的心，不在了。自己的心，都已经好像不在了。自己整个人，都已经好像死了。自己整个人，都已经好像死了。不，是比死还要更难受啊！——她只听见自己的声音一直在自己空了的心膛中剧痛的不断啼血回响着:都是真的,都是真的。她只听见他的声音在自己的耳旁一直还残忍的说着:都是假的。都是假的。

他说的全部,都是真的!那些一起有过的一切,都是假的!

她的整个人,都粉碎了!

——她想起,他是那样坚决如铁的,跟自己说分手,要赶自己走。她想起,他是那样明白的讲,他对唐梦佳,是爱,是爱!而不是,只是亏欠、对不起。——她想起,他是那样残忍的告诉自己,他其实,早已不爱自己了。早已经,不爱自己了。她想起,他是那样残忍的告诉自己,清清楚楚的告诉自己:"我一直还是那么的想要你重新再回到我的身边,其实,就是为了要证明,我失去的,一定都还能拿得回来!我就是要让梁啸刚知道,他抢不走我的任何东西!——我……还想、要你知道,你当初,是犯了一个多么、愚蠢的错!"

——"……我一直以来,其实真正都放不下的,是恨!"

——"……所以,一直以来,我想要的,其实,都只是赢。——我想要的,只是要从梁啸刚手里,抢回原本就应该属于我的,一件东西。"

"我想要的,只是要从梁啸刚手里,抢回原本就应该属于我的,一件东西。"

天哪!天哪!!上天啊!!!

这都是真的吗?这都是真的吗?他难道真的、真的、真的都和我说过这一切吗?

天啊!!怎么会这样啊!!!

胡珊抑颤哭得手指都几乎是要被自己痛咬断了。

"天啊——"

——陆至诚安静的坐着。

他依然还在强制着自己:不要哭,不要哭。

奔流的江海,仿佛还在他咽紧的喉中被力扼着潮头;风中的小草,仿佛还在他紧握着的手中延续着躲避。

他一直仿佛听见自己心中有个声音,在不断的问着自己:我和她会有明天吗,我和她之间,会有明天吗。

他战栗的安静着,一直战栗的安静着,使劲的一动不动着。

他还没有崩溃。他知道。

他也还没有哭。没有哭。

——胡珊哀雾烈蒙着的泪眼,还好像生了根一样的死死定在那盆灰黯的蝴蝶兰上。

她模糊的在黑暗里看着它,感觉自己整个人都仿佛在飘。

没有方向的飘。天旋地转一样的飘。

剧烈动荡的仿佛山摇地震一般的飘。飘得她整个人都仿佛是被灰烬的痛散入了无边澎湃汹涌的噩苦黑色海洋之中。飘得她,根本都已不知道了,自己是否真的还存在。

她的每一分灰烬，都宛若在沥血。痛苦的沥血。

无情的浩噩铅铁，还在不断越来越多、越来越多的残忍灌注、占据着她的全部生命，还在不断越来越多、越来越多的，死死占据她的，全部生命。

他说的一切都是真的。他说的一切都是真的。

都是真的！

是啊，他又怎么会想错，他又怎么会想错。他自己想的，难道他自己还会不清楚。

他自己想的，难道他自己还会不清楚。——是啊……

“他又怎么会想错……”

是我自己傻啊。“……都只是我自己傻啊——”胡珊恸哭失箍，泪水碎束。

自嘲的惨战，仿佛悲漾满了灰暗乌乌的光亮的每一寸。灰乌的暗暗光亮里，晃晃的，仿佛有悲哀在用凄惨的泪水仍点亮着破碎的烛光。

照亮着她。微暖着她。

已陷入了黑噩沼泽最深处的胡珊，在惨碎极了的一刹那，突然，是多么的希望，能够有一个奇迹出现啊。她是多想多想，能够突然真实的，就是那么突然真实的，可以有一个人出现，来告诉她，不是真的，不是真的，这悲哀痛苦的一切、这让人悲哀痛苦得就要不能活了的一切，都不是真的。都不是真的。

她是多么的希望啊。

多么的希望。

——陆至诚握着拳，紧紧的握着拳。

他是多么希望，一切都可以回去啊。回到他还不知道自己有病那时候。回到他和她还可以在一起的时候。回到他和她还可以就那么欢欢乐乐、满怀希望在一起的时候啊。他是多么希望，可以回到那时候，把那时候的每一秒、每一分，都拉长成几年、几世来过啊。为什么世间一切的时间，都没有停留。

他悲哀而出神的看着那一扇厚实的冷冷的大门，被他自己关上了的门，心中宛似飞雪冰冻天地。风霜织缠肺腑。他难过的不是自己，他难过的不是分离，他难过的是为什么偏偏原来要和她分离的竟然就是自己。他恨自己！他嘲笑自己。他恨命运。他恨命运的无情。可是他又好像根本就不知道究竟什么才是命运。命运往前的每一步，都好像是在由他自己亲手掌着舵。有哪一个残忍的决定，不是由他自己亲作出的呢？——命运往前的每一步，又都好像全是由不得着他自己的决定。又有哪一句无情的话，是他真心要跟胡珊说的呢？——他悲哀而出神的看着那扇由他自己关上的门。

他忽然很悲哀的想起，本来，现在，胡珊可能已经是搬了过来了吧。他很错莫的想起，自己一直都还没有来得及再为胡珊配一把这扇门的钥匙呢。当初唐梦佳还给他的那把钥匙，在他去北京的时候给不小心落丢了，后来，他也一直浑浑噩噩的没有再重新去配一把。一直到胡珊回来了，他是真的想要把好多好多事情都给重新理理好了。就好像那座他都还没有来得及拿去重新再修修好的银色台钟一样，本来，他是打算，先帮胡珊收拾好了，只要在她搬来前，再去找个锁匠速配一下钥匙，很容易的。不急。——可是。

可是。

——很容易的。不急。

陆至诚心一揪的，几乎便是要哭了出来。

天意弄人啊。他难受的紧闭起了眼睛。——他在这一刻，是多么的恨自己，不懂得珍惜啊！他是多么的恨自己，当初是那么愚蠢的真的以为，两个人以后的日子，还会很长、还会很长啊。——早知道今日、早知道今日——他是多想回到以前啊。

他一定要带她去心青湖玩一趟啊；他一定要和她去一起放一次风筝，就算现在还是冬天，也要，一定要；他一定要和她重新再一起去一次街心花园，跟水月买一束蝴蝶兰，谢谢水月，谢谢她真的就像观世音一样，好像一根线，缝了他们两个人的缘。

"……至诚哥，过段时间，等事情都真的完了，都顺利了，我们就再一起回觉音寺去一次好不好——我们一起去还愿，一起去谢谢佛祖，谢谢佛祖让我们终于还能是可以，开开心心的，团圆在一起——"

他还要、还一定要，重新再为胡珊戴上那一枚戒指，不管怎么样，不管怎么样，都还一定要重新再为她戴上那一枚只属于他们两个人的戒指！一定要！！一定要啊！！！

可是，现在，一切都已经不可能了。一切都已经再也不可能了啊！

陆至诚悲怆的，哭了起来。终于，还是哭了起来。

悲怆的泪水，苍凉的洗涤着他的脸庞。苍凉的，如刀如剑。

寂岑苍怆，横流若沧海。

天地的欲哭。

风声悲啸。

悲啸若海滔。

陆至诚咬起了牙的痛哭，战栗痛哭。

他剧烈的一下子，拿起了手机。

他要给胡珊打电话，他要马上给她打电话！要她回来！！要她回来！！！他要马上告诉她、告诉她真正的一切！！他要求她回来！！！求她可以重新再回来！！！回来啊！！！！

他的手发抖着，剧烈的发抖着，发抖着。

可是，他却还是慢慢僵硬的，又重新好像是被冰冻了起来似的，停呆了。

我和她，又会有明天吗？——我和她，又会有明天吗？

如果没有。

"……"

陆至诚无言的脸,重新又好像是慢慢的,变回成了一副没有生命的面具,冷面具。

他没有生命的停呆着,长长辽阔的停呆着,长长没有生命的辽阔的停呆着。

泪水都在他脸上凉了。

他嘲笑的笑了一笑。

他战抖的抬起了手来。他狠狠的抹去脸上的泪,狠狠的、战抖的,抹去着自己脸上的冰凉的泪。

他的脸上干涸得都已经痛了,生痛了。他依然还在狠狠的不断的抹着。战抖的。战抖的雪片都好像在不断的落的。

他痛得脸上的面具都好像是要裂了。他忽然才自嘲的发现,原来,是自己脸上的泪早干了,早都干净了。他嘲笑的不禁又发现,原来,人要不哭,也是很容易的。

他笑了笑,又笑了笑。顿了很久,才是又安静的笑了笑。然后,长长的舒了口气,萧默的,冷漠的。

爱她,就不可以害她。他很平静的,心里跟自己又说了一遍。

他枯树般的静寂着,安坐着,整个人都好像一棵枯树般的。

他要自己什么都不要再去多想了,什么都不要再去多想了。

他怕自己。他怕他自己。

他不知道,日出究竟在哪一边。

他不知道,这个世界又或者是不是,本来就只是一堆不可能有复原的破碎拼图。

——只是,胡珊的脸,凄哀的泪脸,还是这样完整的,依然在他的脑海里铭现着,抹不去、甩不掉的铭现着。

他空白的一切里,依然悲萧的空空白白着。

只是,他忽然无比强烈、无比强烈渴望的,想要看一看,那盆蝴蝶兰,是否还在门外。

是否还在门外。

虽然,他也不知道,自己究竟是为什么,还想要,看一看。

他无比强烈的,渴望。

——胡珊泪眼朦胧的看着那盆蝴蝶兰。

她不知道,自己是否真的是应该,要将它带走了。

带走了,也便真的都结束了。

她不知道,一切,是否真的就是要这样,都结束了。

又或者,不结束,又还会和结束有什么不一样。

除了破灭,依然只有破灭。无尽的破灭。在她灵魂中的每一扇门窗中舞

扬风沙，张罗噩噩。

她只是想起，一直好像烙印一样的还想起着，小屋里的灯，她还没有关。她还记着，一直就好像是烙印一样的还记着，他走时，她跟他说过的，会等他，会等他，等他回来。

等他回来。

等他，回来。

"……至诚哥……"

胡珊啜泣心坍。

忽然，她竟是听见，哑哑闷闷的长然"吱"一声。

是他的门。竟，缓缓的开了。

她竟看见，陆至诚走了出来。

她呆了。一刹，就好像是要疯了一样的高兴的，呆了。

——陆至诚站在还没有开的门前。

他也不知道，其实，他是到底希望那盆蝴蝶兰，还在，还是已经不在。

"我是不是真的，再也不会看见她了？"

他突然就好像，是听见自己的心里有个声音在问。

一个像刀子一样的声音。

"一切，是不是真的就这样，永远都结束了？"

他蓦然感到了一遽不能承受的恐惧。剧烈恐惧。

他还是不能克制的，骤然握紧了门把。他的手心，烫得令自己的心膛起了搐。

他还是开了门。

门重的，几乎令他不能拉开。

——门还是慢慢的，被他一分一寸的拉开了。灰暗的蝴蝶兰，一丝一毫的，终于还是，重新又慢慢映入了他枯涩的眼帘。

他凝然的看着这盆依然还好像是从未动过一动的待在原地的蝴蝶兰，心中刹那一涛无名的悲恸起。不知道究竟是冷，还是热。

他不知道、真的不知道，她还会不会来、她还会不会再来。

她还会不会真的再来。

他的心中刹那如被撕成了千万瓣，泪水差点夺眶而出。

他出神不自禁的，向着蝴蝶兰，走前了去。

"……至诚哥——"

突然，他听到了，一个哽咽的哭泣声音。

第一刹那，他还以为，自己是又幻听了；第二刹那，他，呆住了。

他诧滞的，转过了头。

——胡珊流着不能止的泪的，急站了起来。

陆至诚愣呆的看着就站在楼道口的胡珊，没想到，她原来竟然，一直都还

在。

一直都还在。

“至诚哥——”

胡珊哭泣的急抹去自己的泪的，开心的都忍不住眼泪的，哽咽都还是那么悲烈着的，笑了起来的，又是喜极的泪唤了一声他。

陆至诚所有无情的坚固，在一刹那，都决堤了。是那么干脆的，就仿佛几乎是连任何半丝半毫哪怕最脆弱的击撞都没有受到过的，就那么干脆的，全部都决堤了。一刹那。

他在这一刻，是多想拥住她啊。紧紧的，紧紧的，再也不分开了，再也不分开了。

告诉她，我们，再也不分开了。

再也不了。

可是。可是，可是。

……

——胡珊开心得都哭极了的，奔跑回到了陆至诚的面前。

她是多么的几乎不能相信这一切是真的啊。她是多么的几乎不能相信这所有的一切都是真的。——就在她已经绝望到了黑暗的几乎最深处的时候，就在她痛苦到了心碎的已经最漩涡处，就在她几乎已经是连渴望奇迹的幻想都要破灭了的时候，他，却突然又开了门，走了出来。——她是多么的几乎不能相信这一切都是真的啊。可是没有错、没有错，一切都是真的！她高兴的都要疯了！她只以为，他走出来，是为了她。是，为了他们的爱。——她高兴的都要疯了。一切都已经不重要了，一切都已经不重要了——他也许便是真的像她那已经是最后唯一还能为所有的矛盾找出的救命原因一样，真的只是一直想错了，而现在，他明白了，明白回来了——又或者，是再有什么其他的原因，其他的原因——可是，可是，这一切，一切，所有的一切，在这一刻，在这一刹，已经全部全部的都不重要了。他爱她，他是爱她的！他并没有变心！他说的那无情的一切全部都不是真的！陆至诚爱胡珊！——还有什么，会比这一样，更重要呢。她想要的，只是这一样。只要这一样。有了这一样，她，就什么都不怕了。她知道，只要有了这一样，自己，就什么都不会怕了，真的什么都不怕了。而且，她也是多么的渴望，他也能和自己一样不怕啊。她是多么的想温暖他，温暖他心膛中的所有一切。无论黑色，还是白色。她爱他。她是多么的想让他能够就像她自己一样的知道，她是多么的爱他啊。爱他全部的世界。无论冷的，还是热的。她是多么的只想让他知道，只想让他明白，她爱他啊。她不可以没有他。她爱他，她愿意陪他去做任何事情，她可以为他付出所有的一切。只要他知道，真的都知道，她是真的不可以没有他啊。不要抛弃她，不要抛弃她。——她是真的爱他啊。

“至诚哥——”

胡珊泪水模糊的开心笑着，痴哭的，扑入了陆至诚的怀里。她紧紧、紧紧的紧紧拥着他。

滚烫的泪水，不断的打湿着陆至诚的心膛，不断的打痛着他的心。

"……至诚哥……至诚哥……呵、呵，呵——"胡珊涕笑泪然，"我就知道，那些都不是真的，那些全都不是真的——你是爱我的——你是爱我的——呵——我就知道，你是不会变的，你对我是不会变的——呵——"胡珊止泪涕然，"……好了，都过去了，一切都过去了——我们、我……"

"对不起——"

胡珊哭笑一起的热热痴话还没有说完，陆至诚却突然，便残忍的又打断了她的话。

——陆至诚的喉咙中像是卡着一把匕首。他很想推开她，推开正又一次紧紧拥着他的她，就好像他曾经很多次都能那么无情做到的那样。

可是，这一次，单单"对不起"这三个字，却仿佛已是耗尽了他一世的力气。

他做不到。他已做不到。

他已做不到，再多撒一把盐，哪怕只是再一把。

——胡珊，没有声音的，好像死了一样的，僵硬在他的怀中。

还僵硬在他的怀中。

他铁石一般的怀中。

一秒，两秒，三秒，四秒。

她，慢慢的，慢慢的，松开了手，松开了手。

离开了他的胸怀。

她苍白得没有了半点点血色的，踉跄的后退了一步，重重的一步。

又是一步。

她踉跄的，差点摔倒。

她看着陆至诚，看着他的脸。死死的看着他的脸。他的模糊的脸，模糊的脸。她的眼里都是泪水，厚厚模糊的泪水。她看不清楚他的脸，看不清楚他模糊的脸。她根本半点点都看不清楚他的模糊的脸。

五秒，六秒，七秒。

"你、你……呵……你说什么？"

胡珊惨栗得让人可怕的，哽声问他。

寂静。寂静。

"……对不起。"陆至诚不抬头的，重新又是低低说了一遍。他稍偏转过身，伸手往门口里一探，剧压抑着战抖的握住了门把，然后，力重一拉。轻重"砰"的一声，他拉关上了门，"——我只是……刚好有事要出门。"他说。

说完，他依然是看着地的顿了一会儿。然后，他便是不再理会胡珊的，径往楼道口走了去。

他从她的身旁走过。他几乎擦着了她僵呆的肩。他没有半瞬的停留。

泪水在胡珊眼中呼啸。

陆至诚已经走过去了。一刹那，胡珊就好像是疯了一样的转回了身。她奔追了上去。

她拼了命的拉住了他。

“至诚哥、至诚哥，我求你、我求求你，我求求你，告诉我这一切都不是真的、告诉我这一切都不是真的好不好、好不好——好不好呃——至诚哥——”胡珊双手蜷栗的，整个人都是惨然的打着剧烈的寒战的，就好像是只要稍稍再一松手，就会马上从悬崖上掉下去了一样的，拼死的牢牢紧抓住着他的胳膊，“至诚哥，我求求你——我求求你了啊——”胡珊哭得眼睛都好像是要碎了，“你是爱我的，你其实是爱我的啊——是不是——是不是啊——至诚哥——你究竟是为什么要这样对我啊……究竟是为什么啊……至诚哥……我求求你了啊……求求你，告诉我、告诉我这一切都不是真的啊——我求求你了……告诉我这一切、这一切都不是真的呃——”胡珊惨哭噩栗的，整个人，都是碎求的半跪了下来，“你究竟是为什么要这样对我啊……究竟是为什么——”胡珊号啕失声。噩栗的眼泪，在她脸上肝肠寸断的悲哀流淌，“至诚哥……你不要这样对我……求求你不要这样对我呃……这到底都是为什么啊……到底都是为什么……”胡珊哭得喉咙里都有了一丝淡淡的血腥味了。残忍的眼泪，混着碎命的血腥，在悲凄的仿佛没有了一丝丝呼吸的空气里，撕心裂肺的澎湃汹涌着每一个人仿佛每一寸的哀伤。“至诚哥、至诚哥，你其实只是觉得对不起她、你其实一定只是觉得对不起她呃，是不是、是不是这样——是不是这样啊……”胡珊痛哭极了的，整个人仿佛都已经是悲急错乱了的，最后救望的紧苦拉看着他的，发抖的连声急说着，“你想想清楚，你想想清楚，我求你想想清楚啊——我求你一定再想想清楚啊——你不要真的丢下我呃——不要啊——不要……不要啊……至诚哥……”胡珊哭哑嘶求。

一切，仿佛都只剩下了哭泣与寂静。

无尽的矛盾，仿佛也都只剩下了哭泣与寂静。

我都在做什么。

陆至诚痴呆的问自己。“我都在做什么？”

突然，他的右手，又是感到了一阵袭来的无力，与颤抖。

他呆着。

二十九

陆至诚再一次坚决的甩开了胡珊哀求的双手。

“该说的，我已经都和你说过了。你走吧，不要再待在这里了——”陆至诚冷冷低低的说完，便是看也没再多看她一眼的，丢下她的，转身，大步的继续往外急走了去。

“至诚哥!”

胡珊惨急的一声,栗剧撑爬起身,遽疾的便是又冲奔的抢上了前,拼命的拉住了他。

“你干什么!”陆至诚厉然的便是又甩开了她。胡珊却还是依然又重新拼命的拉住了他,死死的拉住着他。“至诚哥、至诚哥,你不要走、你不要走,我求求你不要走啊——你……”

“你不要再来烦我了好不好!”陆至诚狠吼的便是又断然的使劲一把甩开了她。他狠绝了的向胡珊吼道:“你到底还要我怎么说才明白! 我不爱你,我不爱你,我早就不爱你了! 我陆至诚早就不爱你胡珊了! 我爱的是唐梦佳! 是唐梦佳!! 你听懂了没有!! ——我很清楚我自己在想什么,我很清楚我自己在做什么! 你不要再来烦我了! 一切都没有任何为什么! 所有的一切都没有任何为什么!! 就是因为我爱唐梦佳了! 早就爱了!! 我很清楚自己的感受,我很清楚我是爱她!! ——你听懂了没有!! ——算我对不起你,就算是我陆至诚这辈子对不起你!! 可以了吧!!”陆至诚青筋暴突的向她血眼大吼着,“我已经再也不想看见你了! 一点点都不想了!! 所有的一切,所有所有的一切,就全当是我陆至诚这辈子对不起你行了吧!! 我和你有过的一切、那所有所有的一切,全是假的! 全都统统是假的!! 你听清楚了没有——你听明白了没有!!! 我已经不想再说了——”陆至诚一拳砸墙的痛得整张脸都扭曲了的对她狠狂吼着,“算我求你,算是我求求你,你就不要再来烦我了! 我实在是再也不想看见你了!! 我已经再也不要看见你了!!!”

“不、不……不……至诚哥……”

“你忘了吗? 你难道忘了吗?”陆至诚惨忍的打断着胡珊的痛声哭求的,一只手颤抖的指向了灰暗里的门,“你还记得吗——当初,就是你在这里,跟我说的,要我忘了你——要我忘了你!”陆至诚残忍的嘴唇都发紫的打起了战的,厉然的向胡珊扭曲的指说着,“之所以会走到今天这样,你不要怪我!!”

陆至诚厉然的吼说完,看着胡珊在自己的面前,好像一块碎瓷般的萎塌了下去,半刹也没有再多停留的,便是转身往外急走了出去。

陆至诚紧咬着自己冷得麻木了的嘴唇的,疾步的走出了楼道口。他在猎猎的凛风中,痛痹的根本就辨不清是左还是右的,随便的便是往一条他自己也不知道是要往哪去的路上走了去。大步的走着。他分不清东南西北,不知道自己是要往哪里去,也不知道自己是在往哪里去。他只知道自己要走,要越快越好的走。逃走。

“不! 怎么会这样!! 怎么会这样!!!”

“这都不是真的! 这一定都不是真的!! 这一切一定都不是真的!!!”

“他是在骗我!!! 他一定都是在骗我!!!!”

胡珊痛绝哭泣得仿佛都聩聋了的耳朵里,却是好像迸然的,便是有那么的一个倔强的声音在不断的尖锐说着,跟自己大声的说着。

这到底都是为什么?这到底都是为什么啊?

胡珊哭噩的悲想着。一切,怎么会变成这样啊。"……究竟为什么呢——"她绝悲的哭着。

他到底是怎么了啊。

他到底是怎么了。

——突然,胡珊猛然一个激灵:对啊,他现在会是要去哪呢?

——陆至诚才跑出了没多远。

"至诚哥——"

胡珊呼喊的奔追了出来。

拼命的奔追了出来。

飒飒的烈风,宛若比奔跑还要更飞快的,在她的脸上遽疾的割刮着、残忍的割刮着。都还未及拭去的泪珠,一颗又一颗的就好像是坠落的星星般,在她惨白的脸上不断的迎风破碎着开来。闪烁着晶莹的透明,仿佛透着不断的悲吟。

"至诚哥、至诚哥你、你是要去哪里——至诚哥你是要去哪里——你要去哪里、你现在是要去哪里啊——求求你告诉我,求求你真的把一切都告诉我呃——"胡珊惨哭的再次紧拉住了陆至诚的,绝泣的苦苦哀求着他、哀求着他,"是不是发生了什么事、是不是发生了什么事,你才会这样、你才会这样跟我说那所有的一切的呃——你现在要去哪里,你现在是要去哪里啊——求求你把真的一切都告诉我啊……至诚哥——"胡珊惨碎的哀求着他,最后的哀求着他。

"好了!"

陆至诚再次残酷的甩开了她。

我都跟你说了多少遍了,没有其他任何的原因!没有其他任何的原因!!就是我不爱你了!我不爱你了!!我求求你不要再这样了好不好!!你不要再这样了!!!

陆至诚吼的心血都仿佛要呕了出来。悲痛与恐惧,就仿佛是相互搏斗着的一起在将他的整腔心血往喉咙里涌推。他在这一刹那,忽然难受的想哭。他脆弱的,整个人都仿佛已是到了防线的最末了。不管是因为悲痛,还是恐惧,他在这一刹那,都仿佛已是一点点也都再不能撑下去了。她对他的痴心一切,她对真相的接近道破,都快要让他悲、惧的发疯了。他已无数次重筑起的所有坚固,仿佛都已是只剩下了连一层最最薄的窗户纸都还不如的脆弱顽抗了。

"——你要去哪里——我只要知道你现在是要去哪里——你告诉我——你真的告诉我啊——我求求你真的告诉我啊——"胡珊悲绝的乞求着他,哭极了的乞求着他。

好啊，好啊，你问我现在是要去哪里是不是，好，那我就告诉你。我不骗你。刚才是唐梦佳给我来了条信息，她说，她今天又回遥州来了。我现在就是要去见她。我现在就是要去见她——你听明白了没有？——听明白了就不要再缠着我了！我已经很讨厌你了！

陆至诚残忍极的猛甩下了胡珊的，便是又要走。

“带我一起去！我要见她！！我要见她！！！她在哪里——她在哪里——”胡珊悲惨的好似发了疯一样的，哭喊着的，便是拼死的再次奋尽了全力的拖拉住了陆至诚。

“神经病！”

陆至诚握拳痛骂了一声的，便是再次猛力的甩开了她。

胡珊摔倒在了地上。

陆至诚不管她的，急跑上路，遽疾的拦住了一辆刚好经过的出租车。

胡珊奋力的从地上撑爬了起来，拼尽了气力的便是又疾奔了上去，哭烈的拉住了已是开了车门的陆至诚。

带我去！带我去！！带我一起去！！！

胡珊凄疯了的哭求着，死死的哭求着。

走开！

陆至诚再一次狠猛的推开了胡珊，将她推倒在了地上。

他急坐进了车里，“砰”的一下子遽劲关上了车门。

他随便的说了个地方，要司机马上开车。

胡珊再一次忍着剧痛的从地上急急撑爬了起来的时候，车子已是发动了。

“不要走啊——”

胡珊惨呼一声，便是跟着已是开动了起来的车子，痴追了上去。

痴追了上去！

拼尽了全部命的。

十米，二十米。三十米，五十米。七十米，一百米。一百五十米。

——风，仿佛在她耳旁哭啸；路，仿佛在她脚下炙烧。整个大地，仿佛都在路下震摇；整片天空，仿佛都在风上晃烁。整个的世界，仿佛都在她的眼中破裂流血！

她，终于还是跌倒了。

路上没有其他的出租车。她只能看着他的车子，越来越远、越来越远的，远远的，消失在了她破碎视线模糊的最尽头。

胡珊痴痴的仰起头，看着乌霾的天空。她的泪水，像冰凌一般的溢满了整片灰黑的冬风。

云深深。

三十

风依然吹。

天色近暮。

陆至诚依然还蹲在破烂的街角，大口的灌着浓烈的酒。

冰凉的苦酒，一瓶又一瓶的洗刷着他的眼泪。他无能的眼泪。

他听着风的呜咽，看着天的黑乌，不断的好像疯了一样的笑着，笑着。

他大笑的喝酒，大笑的哭泣，就好像整个的世界，都在流血。

他的眼睛里，没有眼泪的两潭血红。

他的一只手里始终都还捏着付车钱时掏出来的那只钱夹。钱夹里的那张旧照片，就好像是隔世的梦幻一般，一直还在他灵魂的双目前萦绕、飘忽。活生生的演绎着几乎都要被遗忘了的山海美好。每一分的美好，都好像是盐粒一样的在往他的眼睛里落。

他大口的喝着冰凉的酒，冰冷得仿佛肝肠都在不断的被穿断。

他在闭着眼的黑暗里又不禁的看着自己，一个被自己剧烈扭曲着的自己。一个就好像是被流着血的世界，残忍剧烈扭曲了的自己。

他一点点都不知道，如今的自己，到底还是不是自己。被整个世界扭曲了的可怕，自己扭曲的可怕，令他几乎都想逃出自己的这个躯壳。他几乎都可怖的不知道，这个黑暗的站在自己眼前和自己共用着同一个躯壳的人究竟是谁。

是我吗？真的是我吗？

他痛苦的哭泣着，大口的喝着酒，大口的喝着酒。

他眼巴巴的无能看着灰暗的天空，依然还在越来越乌黑、越来越乌黑，模糊的双目前，仿佛又是好像破裂般的溢满起了一片他这辈子都没有这样见到过的凄惨茶色，茶色的车后窗玻璃。

他仿佛依然都还看见着，她在追着车子，她在追着车子，拼了命的追着。

拼了命的追着。

他大口大口的喝酒。大口大口的喝酒。

风却还是仿佛在穿透着他的脑子，仿佛奔跑一样的，仿佛拼了命的奔跑一样的，冷过了原上的雪，痛过了冰上的碎。

乌灰的荒霾，宛似无边的厚厚纱缦，在他凝固的视野里铺盖的飘蔓着、飘蔓着。

陆至诚无力的垂下了头。

他看着黑冥冥的地，仿佛自己整个人都在被一种无由的急坠往地里吸。

沉重而利涩的黑色大地，就好像是一个有生命的魔鬼一般在将他快速的吞噬。他整个人，都好像是在魔鬼粗砺的喉咙里，越陷越深、越落越下。

他突然一下子，却又猛烈的恐惧了起来。他在这种急速的坠陷里，突然一下子的，却又是无比猛烈的恐惧了起来。

这所有的一切都是真的吗？这所有都已发生了的一切真的都是真的吗？——真的都已发生了吗？所有的一切，真的都已是发生过了吗？——现在的一切、现在的一切，全都已是发生过了的真的吗？

不、不、不……

他恐惧极了的，突然就好像是在沼泽的滑坡上拼足了命的手脚并抓并蹬的发了疯一样的往上狂爬挣了起来。他猛烈恐惧的连为什么要逃、逃不逃得掉都来不及想想到一念念的，就是刹那便好像发了疯一样的在魔鬼的喉咙里往外骤逃了起来。逃命、逃命。拼了命的逃命。

一切都不是真的，一切都一定不是真的！我不要生病，我不要生病！我还不想死！我还不想死！！我不要那样对她，我不要那样对她！！我不要赶她走，我不要赶她走！！！我不可以没有她！！！我真的不可以没有她啊！！！！

他拼命的往上危急爬逃着、危急爬逃着。可是，骤然间却又仿佛是有一只巨大无比的拳头，从顶上而下的一击便又重砸在了他的脑心里，并紧攥着他的脑心将他一下子便是按砸到了魔鬼的喉咙底里。

粗砺的血腥气与黑色的泥沼味，仿佛混合着的在往他的四肢百骸里锋利的渗钻。他无力的感觉着自己深陷在地土之下的被慢慢活葬。他清醒的嘲笑着自己的想逃：什么能是假的呢？一切，我都不是已经那样对她了吗？

只能在这条路上走下去啦。只能在这条路上，走下去啦。他大口的喝着酒，看着地，听任了的想。听任了的想。

只能走下去啊。

他悲哭了起来的，跟自己说。

一条魔鬼的路。哪怕，只能是一条魔鬼的路啊。

也一定要走下去！

他大口大口的灌着酒。大口大口的灌着酒。

绝望好像蚕丝一样的缠绕布满着他每一寸悸动的皮肤，悲栗宛若沙子一般的锋利滚入着他每一片脆弱的思念。

他真的好想她，真的好想她呀——他想知道她现在是不是很难过，他想知道她现在要不要紧——他恨透了这一刹的自己：多么不要脸的想念啊，多么不要脸的想念啊！——她是不是很难过？她要不要紧？你居然怎么还有脸担心！你居然怎么还有脸想念！！你不配！！！你不配！！！

我就是个王八蛋！我就是个王八蛋！！！

“砰”，他恨哭的，一下子就是猛烈的摔碎了一只酒瓶。

他哗哗哭的，简直像个乞丐。可怜的乞丐。可悲的乞丐。

他的一只手狠狠的按抓着自己的头盖，另一只手，还颤抖的紧捏着钱夹。

他涕泪恣肆的忍不住，便是又颤抖的打开了钱夹来。他泪水模糊的看着照片上的胡珊，那时候笑得那么开心、天真，心酸得胸膛都好像要被血滴得裂开来了。整片整片的钉板，好像在往他的心上拍，狠狠的拍。

他真的好想她，真的真的好想她啊。——飞扬的悲酸，好像枯灰的树叶一样星星满着破裂的天空；漫野的哀痛，仿佛沉重的巨树一般花花遍着黑牢的大地。

他缠痛的不能抹去，她对自己是那么好的一点一滴；他茧悲的不能忘却，她对自己是那么痴的一字一泪。他就好像是被一个比最浓烈的海水还要更咸怆苦涩的漩涡给卷陷入了悲伤太平洋的最底处，痛苦的整个人都仿佛已是再寻不到一片还剩的残骸，也无能的整颗心都仿佛已是尽随了狂风暴雨的肆碎摧去。

他哀酸的想起，自己最后那一天离开小屋时，都还是跟她说，等他回来，等他回来。——她是那么开心得都哭了的终于在寒冷的夜里等到了自己的回来，可是，自己，却和她说了分手。她是那么痴心的一次次不相信，一次次到处去问，一次次苦苦的求自己，可是，自己却还是那么一次次的残忍说分手，一次次的不断赶她走，一次次的，将她的心越伤越深、越伤越深。——她是那么痴痴的死心塌地爱着自己，可是，自己，却是在不断的，不断的，将雪白的可怕的盐，大把大把的往她心上被自己割出来的鲜血伤口里撒。深深的、狠狠的拼命撒。

我是什么东西啊！

"砰！"

他整个人都是发着哭的抖的，狠狠的便是又摔碎了一只酒瓶。

几滴泪，不禁悲伤的落在了钱夹里照片上胡珊天真的笑脸上。他慌忙的便是拭去着照片上的泪。慌忙极了的。

胡珊，依然还好像是在照片里天真的对他笑着。他痛苦的紧闭上了眼睛。

我真的应该这样对她吗？我真的应该这样对她吗？

难道这样她就不痛苦？难道这样她就会有幸福？

"不……不……不——"

他的灵魂，如笼中的野狼一般嗥哭着。不断奔突却根本没有出路的嗥哭着。

难道就应该让她跟着自己受苦？难道就真的要她看着自己一步一步不可挽救的走向死亡、将所有无能为力的痛苦和不可救转的只能是一步愈一步临近终点的恐惧、悲哀、绝望全部都统统分给她来一起承受？——然后、然后，在自己真的死去了以后，便再留给她一座让她在这辈子剩下来的时间里都会流不完眼泪的终结坟墓？——不，不，不！

她的路还长，她还可以转头的啊！

人活着只有一辈子，我不能害了她，我不能毁了她啊！！

“我该怎么办……我到底该怎么办啊……”

陆至诚抓头痛哭着，痛哭着。

灰霾的风，依然在云天间呼呼的穿啸着。

陆至诚在破烂的街角，依然大口的喝着酒，大口的哭喝着酒。

他残断的泪看着钱夹里的照片，泪看着胡珊。

——突然，一阵疾风般的奔跑从陆至诚眼前刮过。

陆至诚酒气的一愣。——钱夹被抢了！

那个矮个子！

陆至诚刹的暴跳了起来的，便是拼追了上去。

发了疯一样的拼追了上去！

还给我！王八蛋！！还给我！！！

陆至诚疯追的急吼骂着。

矮个子跑得太快了。跑得太快了。陆至诚追不上，追不上！

“不要啊，不要啊，不要啊！！”

陆至诚拼了命的心喊着。不要啊！！！

——已经过了一条路。又过了一条路。

“帮帮我抓抢钱的啊——大家快帮帮我抓抢钱的啊——”

陆至诚一路狂奔，心焦成了焚火的边追边不断还求助的嘶喊着。

路人皆依旧各自来去。最多便是有人看热闹的停下脚步，目跟着的看一会儿。

又过了一条路。——又过了半条路。

陆至诚不再白费的求助嘶喊了。他咬紧着牙关，拼足了整条命的狂追着、狂追着。

矮个子疯跑着、疯跑着，依然如飞的疯跑着。

追不上！依然还是怎么样都追不上！！

不要，不要，不要，不要啊！！！！

陆至诚心底里发了疯一样的魂声哭喊了起来。

“还给我啊——”

他狂追着，疯声的向依然飞奔的矮个子吼喊着。

——又过了一条半路。

陆至诚依然拼死的紧追着，拼了死的紧追着。

还给我啊！！！

陆至诚疯声的吼喊着。

——矮个子疾跑进了一条寂静的偏僻小巷里。

陆至诚已近乎精疲力竭了的，也疯追进了小巷。

——陆至诚急疯的跑进了这条破落的小巷里，却是看见，矮个子并没有再跑。矮个子正一只手在撑在巷子三岔拐角处一侧的墙上，大口的喘着急气，大口的喘着都好像是快要缓不过来了的急气。

陆至诚半念念也没来得及多想的，拼尽了自己也仿佛已经是跑得最后了的力气的，一下子便是狂冲了上去。

还给我！！你个王八蛋！

陆至诚恨飙了的吼骂着，一只手便是往矮个子的肩上奋抓了去。

陆至诚的手还没有碰到矮个子的肩，后背上却已是突然的，便挨了重重一闷棍。

陆至诚眼前顿然黑了一黑。一下子，便是倒了下去。

陆至诚萎碎的翻倒在了地上，才是看见，原来，在矮个子站着的岔角的对面一边的岔口处，有一个高个子，手里正握着一根棒球棍。

妈的，跑死我了，跑死我了。

矮个子一边还撑着墙不住的喘着气的，一边就是好像连再多说半句话的力气都已经没有了的，看也没有力气看一下钱夹的，便是将钱夹丢给了高个子。

“还给我——”

陆至诚一下子骤拼起了所有残剩着只要还能有的力的，急挣扎着便是要起身，却又是被高个子猛砸了一棍。

陆至诚又无力的倒在了地上。

矮个子像是终于缓过了一些力气来了的，手离开了墙。他双手撑着自己就好像是直不起了的腰，看见高个子正在翻钱夹，就仍不住有些气喘吁吁着的问：怎么，该有不少吧，看他追得这么玩命。

高个子都还来不及答话，陆至诚却又是竟挣扎了起来。高个子赶紧又给了陆至诚一闷棍。

高个子不相信似的重新又翻了遍钱夹，便是脸色顿然一青的，冲正有些微笑的矮个子骂道：“你他妈的废物！还不少你个头啊！一共才五十八块，连张卡都没有！妈的，也算犯一次罪，你不会看值不值啊！”

高个子话音刚落，却突然，被倒在地上的陆至诚竟再次又是挣扎了起来的，猛一扑，便给抱住了双脚。陆至诚紧抱住着高个子的双脚，咬牙疯了般的烈吼了一声的，一下子，便是将高个子拉拖掀倒在了地。陆至诚一下子便是奋制住着倒地了的高个子的，从他手里夺下了钱夹。

妈的，你个穷鬼，耍我是不是。老子让你耍！老子让你耍！

矮个子愤怒一下子便是全撒到了陆至诚身上的，从地上抄起了高个子脱手了的棒球棍，往陆至诚身上暴打了去。

高个子趁势又一拳打在了陆至诚的喉骨上，一下子便推开了制着自己的陆至诚。

矮个子还要再揍陆至诚，高个子爬起来赶紧便是打了个不耐烦了的手势，

说：好了好了，快拿了钱走，你以为我们出来春游啊。

矮个子就连忙说是是。矮个子把棍子丢还给了高个子，就赶紧弯下身去，要从已是爬不起来了的陆至诚的手里，再次抢走钱夹。

陆至诚拼死的将钱夹抱护在了心口，眼里都是要迸出血来了的，再次震声的嘶喊了起来：来人哪，来人哪，有人抢钱啊！有人抢钱啊！！快来人哪！！！

高个子一下子不禁就是有些慌神的，忙又揍起了陆至诚。

没事没事，大哥，咱又不是第一次在这干，没人管，放心。矮个子忙跟高个子说。

你废什么话，快把钱抢下来啊！

高个子愤怒极了的大骂。

矮个子连说是是。

破静小巷的寥落尽头处，有两三个老头探出窗来看了看，然后，便又都把脖子给缩了回去。

陆至诚依然拼死的护抱着钱夹，嘶喊着，声嘶力竭的喊着。

矮个子抢不下来，高个子也一起上去帮着抢，还是抢不下来。

"不要抢我！不要抢我！"陆至诚已是精疲力竭了的血声大喊着，"求求你们不要抢我啊！！不要抢我啊！！！"陆至诚死护着钱夹，拼尽了力气的求然的最后大喊着，竟是一下子，泪水便无由而不能禁的，如江河般疾奔出了他血红的眼眶。

陆至诚竟然哭了起来。

"咦，我说你他妈还算不算个男人，不就是五十八块吗，再说你这夹子也不是真皮，这都什么年代了，人家两三百块买狗粮都不嫌心疼——"矮个子嘲笑了起来的说。

你他妈废话有完没完，快给我掰开他的手！

高个子愤怒极了的大骂矮个子。

陆至诚依然拼了死的反抗挣扎着、反抗挣扎着，护住着钱夹。

护住着钱夹。

"不要抢我……不要抢我……求求你们不要再抢我了啊……"

陆至诚已是没有力气到近乎痹然了的，哭然哀求着，苦苦的哀求着。

"求求你们……求求你们……不要再来抢我了啊……不要再来抢我了啊！！！"

陆至诚死护着钱夹，怆哭仿佛从心血里奔裂出来的悲恸的，颤栗哀求着，悲绝了的血栗哀求着。

高个子和矮个子依然拼命的想要从陆至诚死牢的手中抢下钱夹来。

陆至诚拼了死的，护着钱夹。拼了死的，死护着钱夹。

——这时候，外面的路上，远远的有一辆"呜呜"鸣响着的救护车，向巷子口这边的路上，驶了近来。

——“我钱给你们、钱给你们好不好——你们不要抢我夹子、不要抢我夹子，我、我……”

完全再没有力气了的陆至诚，在绝悲到了近乎已是要沉没了的之中，脑海里忽然才是好像最后救命了般的刹然浮闪过了这一根稻草。他正一边仍拼死的护住着夹子的，一边骤急的最后乞求他们了的说着，高个子，却突然，一下子发呆的，停下了手来。

矮个子都还没来得及理会陆至诚急说的话的，看到突然屏息般僵静了下来的高个子，感到奇怪的，不禁一时就是也停了手，问：大哥，怎么了？

高个子的脑门上突然有些渗出了汗来的，声音都有些发起了抖的，说：你、你、你听，是、是什么声音？

矮个子就也屏了息的，僵静了下来。

声音越来越近、越来越清亮。

矮个子的脸一下子就白了：大、大哥，是、是、是不是警车？

高个子煞白的顿着、顿着。突然，他一下子就是抛下了陆至诚的，暴一下蹿跳了起来。

“快跑啊——”

高个子飞也似的转身就仓皇逃跑了起来。

“等等我啊大哥——”

矮个子在地上急摔了两跤的，便也是逃命的，一下子，就跟着飞跑走了。

都没影了。

——救护车，也远去了。

一切，仿佛重新又都恢复了平静。

陆至诚依然死死的抓牢着钱夹的，从地上，艰难极了的，终于爬了起来。

他战栗的站着，颤抖的看着钱夹里幸运的竟还仍完完好好着的那张照片，终于一下子，还是再也不能克制的，仿佛已经失去了所有一切的，好像一只世上最脆弱的蚂蚁一般，“啊——”的一声，悲绝惨恸、恣肆的号啕了起来。

天色，暗了。

照片上的胡珊，在陆至诚的泪水里，欢笑的好模糊，好模糊，真的，好模糊啊。

三十一

天上乌云漫漫。

已是暗黑了下来的天色下，流光片片。

陆至诚住处楼道口的那一盏昏白的灯，依然还黯黯的一直亮着。

胡珊冥灭了的，一个人还坐在楼道口的门槛上。

苍白的蒙满了尘垢的灯，在她凋碎的眼眸里游荡着粼粼的碎痕。碎痕粼粼的白花花，不断的就好像是从灯光里散出来的一圈又一圈天旋地转一样，蒙住着她生痛的视线。

雪花般的寒凛，依然还好像一张紧紧的网一样的，牢牢的冻结住着她的全身。她霜白的手，依然还好像两根木头一样的麻木得没有一点点知觉的搭拢在瘦冷蜷起的膝盖上；她的眼睛，好像已经瞎了一样的，依然还一直冻结地看着灯，苍白的蒙满了厚厚尘垢的灯。灯光一直很苍白。

风仍然不断割刮着她的脸庞。

她已经不记得自己是怎么又走回来的了。她也不知道自己究竟是干什么又还要再走回到这里来。她只是好像不知道自己又到底还该往哪里去？

又到底还该往哪里去。

天色的黑，天上的云，都好像只是从她已绝望到了极点的深阔沼泽中溜出来的一小片纱。

轻薄极了的一小片纱。

沉重无际的天穹，仿佛都还正在她的整个身心里，如巨磨一般的碾碎着她的所有一切，她的所有一切。碾碎着她的，每一片还剩着的灵魂。

一裹无尽的虚空，仿佛一个她从不认识的噩梦，彻底的占据着她的整个生命。——原来，从她当初在这里的门口和他说分手起，他，就已经不爱她了。

就好像是有一个撕心裂肺的嘲笑声音，还在不断的一直嘶剪着她的心：原来这就是你们的爱？原来这就是你们的爱？原来这就是你们的爱！

这一个她从来都没有真正相信过的她从不认识的噩梦，从她看着他的车子最终还是那么真的无情的消失在了她模糊视线的最尽头的那一刻起，便突然是好像一桶黑色的油漆般，蓦的，终于真实打翻、淹住了她的心坎。

我又究竟为什么还要回这里来？——她悲嘲而又嘲悲的不断还在问着自己。

他什么时候会回来？——她又仿佛总是还不能禁的听见自己的心在想。

——我又到底还该往哪里去，往哪里去。

她心泪模糊的，仿佛每一秒的前行，都只是在愈拉深着灵魂的地狱。

她灵魂的地狱。

三十二

陆至诚疲惫而枯瘦的拖沓走在大街上。

已是华灯初上了。

流光片片的溢彩，又开始在这样的一个新的夜晚，装点起了夜色来了。无星无月的黑空，红橙黄绿的颜色，像一张网一样的交织在一起，交织着一个世界。

一个让人仿佛永远也看不透的谜一样、幻一样的世界。

陆至诚麻木的一步步走着。

他觉得自己好像是应该要回去了，可是却又不知道她现在究竟是不是已经走了。要是她还没有走，他该怎么办。可是，她要是真的已经走了，他，又该怎么办。

他的每一步都在踟蹰；他的每一步，都好像只是在后退。

夜色越来越繁华了。

陆至诚冷结的走过了一条热闹的路；又走过了一条热闹的路。

他却还是不知道，自己到底，是应该要到哪里去。

尘世依然在夜色下繁华。

热闹的路上，人来车往。寒冷的气息，像冰一样的沾满着陆至诚的唇鼻。每一次的呼吸都是那么的令人难受，就好像空气全是拿冰霜做出来的一样。

陆至诚依然麻木而踟蹰的往前走着，沉重的走着。

凛凛的风还一直迎面扑在他的脸上。

他走着、走着，却一时，一下子的，不禁便是顿停下了脚步来。——好特别的一阵让人莫名那么熟悉的“叮叮当当”清脆乐曲声，像是轻敲着他的耳膜般的，忽然便是拉停住了他的心弦。

他凝滞的站着，听出来，是《友谊地久天长》。他转过头，看到，原来，是一家精品店的橱窗里，有一只小巧的音乐盒正开启着，在“叮叮当当”的乐响着，乐响着。

他心中被扣住着的一根弦，刹那间，便是好像被人“刷”的拉弹了开来。一瞬间，宛似有许多片破了的窗户纸，在他的心膛中飘扬凋落。——他在蓦然间，便是忽然又好像回到了好多年以前，好多年以前的一个开端起点：多么相似的夜色缤纷，多么相似的街路热闹，自己就是和胡珊相遇在步行街口，相遇在《友谊地久天长》的弥漫里。

仿佛又有许多许多片破了的窗户纸，刹刹的在他心膛中飘扬凋落了下去。好多扇脱落了窗户纸的陈旧小窗，就好像是不听话的流淌一样，纷纷萍聚到了他哀伤的眼前。他折涩的目光，透过着一条又一条陈旧的窗框，不禁的在窗户里一幕又一幕的曾经中栗动、破碎、流泪。那一条又一条的旧窗框，就好像是一条又一条牢笼的钢铁一样的，会说话的不断告诉着他：那曾经所有的一切，和他现在的眼泪，早已不是在同一个世界里了。

他现在，早已属于牢笼了。

金属的。

他栗动的走近了橱窗。

漂亮的音乐盒，依然还在“叮叮当当”的不断美妙乐响着。有一个小小的可爱的塑料天使，在开启的音乐盒的正中央，随着清脆悦耳的乐曲，好像跳舞一样的不断轻缓旋转着，轻缓旋转着。

他出神的看着、听着。耳膜仿佛还在被一下下的敲击着；心弦，宛似还在

被不断的拨弹着。

他的心像花一样的碎满了天。

一幕又一幕，依然在他的眼前流淌着。

哀伤的流淌着。悲伤聚流成河。

心泣的栗动依然在他心尖漫漫。

——不，我又为什么一定非要和她分手？我又为什么一定非要和她分手？

我们是多么不容易才能重新又在一起的啊。我们是多么不容易才能重新又在一起的啊。我为什么要推开她？我现在又为什么一定非要推开她啊！我是爱她的啊！！

我真的不要没有她！我真的不要没有她啊！！

我真的不想就这么去死啊；我真的不想只能就这么，带着分离的，去等死啊。

不！不！

难道失去她我会开心？难道这样伤害她她会幸福？难道我这样就是爱她？难道我这样王八蛋的伤害她就是爱她？！

不！不！不！！

陆至诚心痛极了的呐喊着。

流血的呐喊着。

可爱的小小天使，依然仍在"叮叮当当"的清脆乐曲里，美丽的轻舞旋转着。旋转着。

——一胖一瘦的两个穿了羽绒服的大和尚，正都戴了帽子的走在大街上。

"拜托你大哥，走快点，要是回去晚了让师父发现就糟了——"胖和尚有些心急的一边快走着，一边就催一时走得有些落后了的瘦和尚。

"急什么啊，以前我们又不是没这么换了衣服出来过，师父还不是一直睁一只眼闭一只眼——"瘦和尚一边紧跟上，一边还满不在乎的说。

"唉，今天怕是不同的啊——要不是萍萍她们早约好了明天跟我们出去，我们今天可实在是不该偷偷出来买东西的啊——"胖和尚一边走着，一边不禁长叹了口气，"你没看见啊，师父他今天都两顿没吃东西了，话也没说过半句，脸沉得怕人哪——"

"……唉——也是——"瘦和尚沉吟了一下，也是不禁的叹了一声，"——谁让慧生他就这么死在医院里了呢，唉——也难怪师父他……唉，还是不说了，走快点吧，我们快去快回——"

两个和尚，很快就已是来到了精品店的门口了。

"喂，你准备给萍萍买什么？"

"就买瓶七八百块的香水吧——女人见这一定都喜欢——你呢？"

"妈的，我没你钱多——我想就给小梦买件好些的衣服。"

"哈，好衣服可也不便宜啊——走，进去再挑吧——"

两个和尚便一起都进了精品店。

瘦和尚走得稍落后一些,他在跨进了精品店门口的时候,不经意的转头往外看了一看,一时看到了正仍呆呆的站在外面橱窗前的陆至诚。瘦和尚一下子,便是不禁像被晴雷劈了一样的惊恐的呆愣住了。

瘦和尚惊恐的愣然站定着,仍直直的仿佛魂出了窍一样的诧呆万分的看着外面的陆至诚。

"喂,你磨蹭什么呢,还不快进来——"胖和尚回过身来看见瘦和尚还在门口,便是忙喊。

——瘦和尚恍恍的回过了神来,依然是不禁的盯看着陆至诚的,顿了一顿,又顿了一顿,惊恐的神色一时才是好像缓退了些下去。"哦,好——"他一边应声着,一边就是忍不住的又看了一眼仍在外面呆站着的陆至诚,再看了一眼陆至诚,才是踟蹰的往店里面走了进去。

"你看什么呢,那么出神——不会是又瞄上什么漂亮姑娘了吧——"

"神经病——"瘦和尚淡应了一声,微滞的沉吟着,嗫嚅了一下,就还是没有说。"快些买吧,早些回去。"瘦和尚低低的说。

——两个和尚都在楼上买完了东西。

下楼走出店来的时候,瘦和尚看见,原来像根木头一样一直站在橱窗外一动不动的陆至诚,却又已是像蒸发了一般的,不见了。瘦和尚一瞬恐然的忙东看西看了一大圈,却哪里都不见陆至诚的人或影。瘦和尚的脸,一刹煞然纸白。

"快些回去快些回去吧——快,快,快——"

瘦和尚声音都抖了起来的紧拉住了胖和尚的手,近乎是小跑了的快走了起来。

"喂,你干什么呀,发神经哪——"

"你、你知道我刚才进店的时候在店口外面看见什么人了吗——"

"不是漂亮姑娘吗?"

"谁跟你开玩笑啊——是、是一个人——一、一个人——那人,就那么一动也不动的站在橱窗外面,喏,你看,就是那边的橱窗——那个人就那么一动也不动的站在橱窗外面,脸白得像雪,眼睛鲜红红的,我都看了他好久,他都一动也没动过……"

"哎,不就是个人吗,有什……"

"你听我把话说完啊——你、你、你知道吗——他长得跟慧生一模一样,他长得跟慧生是完全一模一样啊!就差没有剃光头而已啊!"

"……不、不是吧……那、那边的灯也不是很亮,会不会、会不——"

"就是灯不亮啊——"瘦和尚怕得手都打起哆嗦来了,"你是没看见,那半亮半暗的,他一动不动、一动也不动,脸白得真是一点点不差的像雪,两只眼睛通红通红、通红通红的,都像是要滴出血来了的——我、我、我开始还想,是不是长得像,是不是就是这么巧长得像……可、可、可、可是,你、你看、你看,没了,没了,他没了! 他没了!!”

“快走啊! 回去念经!!!”

胖和尚和瘦和尚,逃命一样的在灯火辉煌的马路上,飞奔了起来。

三十三

陆至诚拿着刚好是花五十八块钱买了的音乐盒,急匆极了的走着,往回去的路上走着。

飞快的急走着。

我对不起你,我对不起你,是我对不起你啊。你不要走,你不要走,你千万不要走啊。千万不要真的走了啊。

原谅我,原谅我。等我、等我啊。

陆至诚飞也似的狂奔了起来。

她一定会喜欢这只盒子的,她一定会喜欢这只盒子的。

陆至诚一路狂奔。

——过了一条冷清些了的街,又过了一条愈冷清些了的街。

陆至诚离自己住处的那条路,越来越近、越来越近了。

他的心就好像是火焰一样的在炽亮燃烧。

炽亮的燃烧。

——胡珊呆呆的还望着路口,黑暗乎乎的路口。

冰凉的泪水,洇着沉压压的夜色的,仍在她的脸上流淌着。

冰雪的花瓣,仿佛在漫天碎舞。

没有星斗没有明月的夜,沉重得仿佛连灯光都透不过气来。

寂寥而怆冷的夜色苍亮,凝满了泪珠般的悲哀的,紧紧围绕着仍还一直坐在楼道口门槛上的胡珊。

她自己也不知道,自己究竟还在等什么。又为什么还要再等。她的脑子里好像只有空白,全只有空白。

心的触角,伴随着一旷无际的悲噩,却又好像越来越让人痛不能忍的,在往她脑海里泪水模糊的厚厚空白中钻。时光的日历,载着一层又一层的心血或泪水或欢笑的,在她心尖的颤栗中如枯叶般的破碎。悲噩的海洋仿佛在她脚下模糊。她感觉自己整个人,都好像是被一条辛酸的铁索,牵引向了一片泥沼深处的蓝空。有着一处又一处斑驳的伤痕的蓝空。已泛了黄的几片如叶破碎处,湛碧的泪水都还仿佛没有干透的在像星星一样的闪闪烁烁,晶莹得割人心。

伤痕的蓝空,仿佛在她眼眸前织流徜徉。她在一颗又一颗星星般晶亮的泪珠里,凄叠的看着那些一处又一处的斑驳泛了黄的旧伤痕,悲伤的湛空下整片整片的森林都仿佛一起褪下了盎绿的生命。只剩下无尽灰瘦的像大地枯萎的骨架一样的冬寒，匍匐般的仰贴在大地的黑色之上，颤栗的遥远仰望着闪熠的星光。蓝色的天际宛若游丝般缠绕着她悸动的心房，她在伤痕与伤痕间的每一寸湛空中滚烫的哀伤。这是一片她和陆至诚的天空，这是一片永远也都只属于他们两个人的天空。那一处处泛了黄的旧伤痕，是多么的醒目而灼心啊。她仿佛被站在了蓝天的开始处一般的，剧烈心酸的悲伤看着湛空中漫漫的泪水。她难过极了的想，她和陆至诚的爱情，是多么的从一开始就好像是被诅了咒。一帆风顺与皆大欢喜这两个人世人人都最想有的希望，似乎从一开始就只生活在他和她爱情命运的遥不可及处。他和她一次次的努力向希望靠拢，希望却一次又一次的还是无情将他们抛弃。他和她一次又一次的挣扎着走向黎明，黎明却一次次的还是残忍向黑暗的深处逃离。那些跟他有过的一处又一处的伤，是多么的鲜艳而让人难以遗忘啊。可是，他和她，始终都还一直是有着这么的一块蓝天。始终都还是一直有着这么湛碧的一块蓝天。纵然伤痕累累，也是湛碧晶莹的蓝天。这块蓝天，不是别的，就是他们始终的爱。他们始终彼此深信并且不弃不渝的爱，是命运一次又一次的让天空划满了伤痕，可是，却也是天空，依然还始终不服输的在让光明与温暖充满着整个的世界，她和他的世界，他们的爱的世界。——但是，就好像是一座巍峨山峰的轰然倒下，胡珊就仿佛是踏入了死亡一般的看到了湛蓝的天空就好像是脆弱的鸡蛋壳一样的隆隆破碎、剥落。湛碧的天空，带着全部的一切，包括光明与温暖，包括伤痕与泪水，仿佛凋落的秋叶一样纷纷的千斤般沉重疾速的丝毫不可挽转的坠落在了万里之下深深万里的无际海洋。剥落了的天空，只剩下了如宇宙般浩瀚无际的黑噩无尽。黑漆漆冷冰冰都到了极点的绝望寒冻，让人连悲号的力量都没有了的成为了苍穹，如铁笼一般的苍穹。再也没有了光明与温暖的世界，让她难受的就好像是死去了一般的，痛哭的哪怕是就连一点点的不管是光明还是伤痕的怀念也都再寻拾不到。可是，更让她要比仿佛死去了一般难受、痛苦上千倍、万倍的，是那湛碧的天空，原来竟早已只是了一层脆弱面纱的惨幻、悲寒。原来，他们的爱情，她一直以来以为着的他们的爱情，在很久以前，就早已仅仅只是了一层面纱，一层悲寒的让人几乎根本就是不能相信的惨幻面纱，脆弱面纱。面纱揭去，苍穹无情的狰狞。

他原来，早已经不再爱我了。

——“我，其实早在……早在两年前、两年多以前——你离开我的那一刻，你真的说要不再和我在一起了的那一刻起……那一刻起，就已经不爱你了——”

“其实……一直以来，我依然都还念念不忘着的，想要你再回到我身边，并不是因为，我还爱你——而只不过……是因为——我想要赢梁啸刚。”

“……你说你和梁啸刚结婚那一天的事，呵……其实，可能吧，或许那时，我对你应该是还有一点点的舍不下和祈望，不然，也不会犯下那么蠢的冲

动……可是——你知道吗——就是从那一天起,我对你,只剩下了恨,只剩下了恨!——不!!是更加倍了的恨!!是更加倍了的恨!!!——是你,是你,让我在全天下人面前,成为了一个小丑!!!你懂吗,成为了一个小丑!!!!——我恨你!!!!!"

不……

胡珊痛哭的紧捂住了自己的耳朵。她"嘭"的一下,就仿佛是从辛酸的铁索上断掉了下来,伴着殒落的碎空,一起重新深深的坠入了万里的海洋,浪花四扬。

深深的沉没,好似埋葬般的寒洋深深沉没。

叠积的悲伤与凄哀,像沙流般湮没着她的脸庞。

无底的,深深沉没。

是啊,一切都是真的,一切都是真的。

他又怎么会想错。他又怎么会,不清楚自己在想什么。

一切,都早已是真的呃……

悲哑的冰冷泪水,好像破碎的旭日般鲜烫的盈满着胡珊失堤的眼眶。

宛似漫天的乌鸦,铺翔着星月的凋破。

她不知道,自己又为什么还要待在这里。她不知道,自己又到底是还在等什么。她只是,好像不知道、一点点都不知道,自己又究竟,还该去哪里。

还该去哪里。

黑压压的灰沉,依然漫天遍夜。

——陆至诚的心都要从喉咙里跑出来了。

他飞奔着,像一只黑夜里的飞鸟般。

街路,一条更比一条冷寂了。

他已经快要跑近到最后的一个拐弯处了。

他的羽毛,都好像是在燃烧。

对不起、对不起、对不起……

他紧紧的手拿着音乐盒,心里就好像是有一湾太阳河在不断的熠亮着一般。

他飞奔着。

火熠的燃烧着。

——路口的拐弯处,就是那一座已经废弃了的旧仓库。仓库的白墙壁早已旧得灰黄斑驳,几处长满着青苔的墙脚处,都已是破损得露出了砖。仓库已经没有了大门,看来是已被拆去。空门的一侧墙上,还尖锐的破了一个不规则的大豁口。灰肃肃的砖块像锯齿一样的凹凸锋利着豁口的边缘,使得整个空门,看上去就像是一个睡倒下了的巨魔还咧开着的可怕的嘴。在空门没有破豁的那另一侧墙的旁边,有着一盏昏暗黄黄的路灯。路灯苍茫黯黄的灯光,浑散的照映在仓库破败的半侧墙壁上,使得墙壁看上去就宛若夜色下一张发了霉的旧牛皮纸，还脆弱的强直矗立在一堆废墟之上。这条路上的夜光寥落得很，拐弯处的光线大半依赖了这盏如柱的路灯。除去被墙壁遮去了的半片路灯光，剩下的半片昏昏黯然的光流，就好像是一块摸不着的玻璃一样的，像是一边被切割过了一样齐整的，从仓库的空门口斜斜的凝滞倾淌入着仓库里。昏昏的映亮着废仓库里靠路口那边的另外一边的小半片角落。从苍黄的光亮里可以看到废仓库里被映亮着的地方空空荡荡。空空荡荡得简直让人莫名会有些昏暗的凄凉。苍黄而寒凉的长久凄凉。——只是在仓库里靠空门口豁处的那一边，还横着一张旧木长凳。长凳脚旁的灰茫地上，散落着两张半前天的破碎报纸。

——陆至诚已是跑到了路口的这盏路灯下。

突然，他一下子的，便是不能禁的急止住了步，急疾的骤止住了步。

急止的他一下子的往前一个踉跄没稳，差点扑摔倒。他的右手急瞬猛撑在了刚好正旁的灯柱上，才是趔趄着的并没有真往前扑跌下去。

他的左手紧紧的拿抱着盒子，紧紧的搂在心前的拿抱着盒子。

他撑在灯柱上、整个人都是撑在灯柱上的，急喘着气，大口大口的急喘着气，莫名的慌悸，像呼啸的旋风一样的紧紧骤卷着他，骤卷住着他。

他的整颗心，都仿佛是缩成了一团，紧紧的蜷缩成着一团。害怕的，骤然莫名无比害怕的。

他全身的羽翼都依然还仿佛在燃烧、剧烈的燃烧，可是，他的心，却就好像是那么一下子的、就那么一下子的，被一只仿佛突然便是伸拦了出来的冰窟般的魔爪给紧紧的攥住了。无比紧紧的，牢攥住了。

一团又一团无由而莫名的慌悸、害怕，无比剧烈的慌悸、害怕，就好像蓦然瞬刹下起的一场尖利玻璃雨，淋透了他的全身。

美丽的音乐盒，在他的手中颤抖。在他的胸怀中颤抖。

她还会在吗？

“……她还会在吗……”

一个悲哀而悸动的声音，仿佛在他全身的每一处伤口里寒凉的响起着。

他一点点也不敢再往前走。他一点点也不能再往前走。

纵然，拐弯口已只在他眼前三四步处。

“她会原谅我吗……”

“……她还会原谅我吗……”

“……她还会，原谅我吗？”

他无力的撑在灰硬冰冷的灯柱上，整个人都仿佛是被昏黄苍暗的灯光溶去了全部的勇敢。

他悲伤的看着自己手中的音乐盒：我已经这样伤害她，她又还会，真的再原谅我吗？

陆至诚滞凝的站在苍黯的昏光下，整个人，都好像是被冻结成了一座塑

像。凛冽的夜风像刀子一样的围裹住着他。

他在一刹那，无比的悔恨了起来。他悔恨自己的愚蠢，他悔恨自己的一切，已经做错了的一切，总是一错再错的一切。他无比的悔恨，自己伤害了她的一切、一切。锋利的箭镞，如山峦般层叠在他破裂的心口，浸染着血渍，还在不断洇出来着的血渍。

陆至诚无力的肩靠在了灯柱上。和胡珊的爱情，和她有过的所有一切，都仿佛他灵魂的刺青一般，在这一刻，燃灼起了烈风鼓火一样的凛凛焚痛。从他知道自己有病起一直到如今现在的这段仿佛噩劫着千年般的地狱日子里，他对她有过的一切残忍，在这一刻，全都好像晶莹的她的泪雪，一一如刃的锋利清晰从他的心底里往眼眸上飘扬了起来。铿锵断金，碎落如珠。——我是着了什么魔？我为什么要和她分手？我为什么要赶她走？我为什么要和她说那些残忍的话？——我怎么可以？我怎么可以？

我怎么可以？

不，不，不……

“她会原谅我的、她会原谅我的、她一定还会再原谅我一次的——”

“不管怎么样，我都一定要求她、我都一定要求她——求她——”

对，对，对。

羽翼火烈燃烧的陆至诚，心宛似一下子便火焰鼓烫的奋挣烈跳出了紧紧的寒爪的，重又将熠勇的冲敢，刹的，灌流满了他全身的每一条血脉。

他的双手，紧紧的合拿着音乐盒。

他急重的，箭步走过了拐弯处。

蓦然转首，他一下子，便竟就是远远的看见，胡珊正仍还蜷静的，瑟簌一个人坐在楼道口的门槛上。

她正仍还蜷静的，瑟簌一个人坐在楼道口的门槛上。

她还在，她还在！

泪水，一刹涌出了他滚烫的眼眶。

他泪水模糊的看见，她正脸伏着手臂的，在战栗哭泣着，战栗哭泣着。

陆至诚心若塞喉的，欲唤却哑着，双手紧紧栗拿着音乐盒的，哭顿了一顿，又哭顿了一顿，一下子，便是恨不得能飞的急骤迈开了大步，就是想要奔跑过去。

奔跑过去。——她，她！

说时迟，那时快。突然，一下子，他的右腿顿然失力。

他猛然的，就是半跪然的重重摔倒在了地上。他一手急撑地，另一只手中紧护拿着的音乐盒，都是差点磕碰着了地。

他的右腿无力着、无力着，重重的无力着。

无力，仿佛一只魔鬼的手，紧紧的裹拉住着他，紧紧的死缠住着他！

天哪，天哪，我怎么了？我怎么了！

巨惧的陆至诚，抬起头，看到，远处的胡珊一时仍还战栗的哭埋着脸，并没有看到他。

并没有看到他。

已是惨白了脸色的陆至诚，半跪着呆看着自己的右腿，半跪的呆看着自己的右腿。

他又抬起头，看了一眼，仍在悲哀哭泣的胡珊。

他看了看，自己手中，仍还拿着的音乐盒。

他一刹那，差点冲哭失声。他猛烈的一下子，便是拼了命的奋劲挣扎着的，匍匐的艰难半爬着的，就像是一只伤兽般的，狂急的爬逃回了拐弯口后面。

爬逃回到了，拐弯口的后面。

陆至诚大口的急喘着气，大口大口的急喘着气，拼命奋足了劲的，还是站不起来，还是站不起来。

无力，像一个魔鬼，紧紧的，占据着他的右腿，死死的牢牢占据着他的右腿。

茫茫的黑夜下，昏黄的灯光，像一层厚厚的罗网般，严严的密密盖裹住着他。

陆至诚仰天厉哭无声。

他站不起来。他站不起来。

他一次又一次的，拼尽了命挣扎的，想要站起来、想要站起来。他一次又一次的，倒下、倒下。倒下。

倒下。

陆至诚背靠着灯柱，喘着气，精疲力竭了的喘着气。他的眼泪，无力的流着，无力的流着。

怎么会这样，怎么会这样。

悲哀，好像嘲笑一样的，惨缠满了他全部的表情。

他哀伤的流着泪，无力的泪。

为什么。为什么。

他拳抵的痛哭着，痛哭着。

陆至诚，还是站不起来。

——夜风萧寒。

胡珊哭痛着眼眶的，抬起了头来。她又是泣望了一眼远处的拐弯路口。

路口黑暗乎乎的，空空荡荡。

空空荡荡。

只有一小片残残的昏昏光亮，好像是一叶哀伤的断纱般，黯黯的从拐弯口后面斜斜的投散在一小节的路口处，好像泪水一样模糊的，短短暗暗的向四边昏荒茫泅出着一些空空荡荡而黑暗乎乎的浅浅渺亮。淡淡暗暗的，就好像是不知谁的嫁纱，在一汪夜色的湖水中，飘飘零零，漾漾如殇。

她不知道，自己究竟又为什么，还想等他。偏偏就是那样清晰的，还是那么的，想等他，要等他。

这都不是真的，这所有的一切，一定都不是真的。

你在骗我，你一定是在骗我，对不对，至诚哥。

告诉我，为什么，告诉我，至诚哥，为什么。

你是生病了吗，你是出什么事了吗。至诚哥，你究竟，是有什么苦衷呃。

跟我说，求求你跟我说。我不怕，我真的什么都不怕呃。相信我，求求你相信我呃。至诚哥，不要让我离开你，只是不要让我离开你啊。

你回来，你回来啊。至诚哥，求求你回来啊。

难道你还不明白我的心吗？难道你还不知道我的爱吗？至诚哥，我爱你，我爱你啊。世上的一切，我都不要，我都不要，我只要和你在一起，我只要可以和你在一起啊。

你快回来啊。

"……至诚哥——"

胡珊哽噩的哭泣着，哭泣着。

——风声沙沙。

夜色寂静。

旷寥的空空仓库门口，夜风好像拉着凄怨的胡琴一般的，不断的低低"呜呜"着的，来回呼吹着，来回呼吹着。

冷冷的气流，寒寒的声息。

低怆的哑泣。

陆至诚，挣扎的爬坐上了仓库门口里的那张长凳子。

他疲竭极了的喘着气。

他的右腿，还是好像已经不再属于他了的，彻底无力着。

陆至诚悲寂的坐在凳子上，一动也无能动。

一动也无能动。

泪水在他的脸上干涸着哀酸。凝固的咸湿涩潮，板硬的让人连自嘲的哪怕微微笑一笑都已是做不到。

美丽的音乐盒，依然还麻木了的牢牢的抓在他的手中，他紧紧抓的手中。

他就像是一座粗糙的石像般凝固着，一动不动的被凝固着，冻结着。

冬风的凛冽，好似满夜的乌鸷般寒固着他的血液。

我病了。对啊，我已经是病了。

我已经是活不长了。我已经是就要瘫了。

对啊。对啊。怎么我忘了。

怎么我忘了……

石像的脸庞，就仿佛是一张被纸底下冲涌决堤的泥流起伏鼓荡了起来的白纸一般脆碎搐栗的，剧烈的战抖了起来，剧烈的战抖着。

乌蒙蒙的泪水，像雷电般轰鸣的在他崎岖的眼眶中霹雳着，电亮的石破霹雳着。

几滴咸浊的泪水，在他脸庞无声滑落。

掉落在了音乐盒上。

是啊，我已经病了。我已经是病了。

怎么我忘了。呵，怎么我忘了。

"……所以，不是说，你怎么会得这种病，而是……而是你其实从一生下来起，身上就已经潜有了这种病——"

天意。天意。天意。呵。

呵。

陆至诚，笑惨极了的哑哭着，嘶哑痛哭着。

昏黄黄的暗淡光亮里，呜呜的风声伴着森严的夜，依然浓郁得仿佛一场化不开的天殆地殇。

——黑压压的云团依然在天上密集流滚。

胡珊一个人站在楼道口外面。

苍白的黯光，好像泪水一样漫漫的镶裹着她。

胡珊看见，今夜的路上好安静，真的好安静。

整条路，此刻，都真的好安静。没有一辆车开过，没有一个人经过。

只有断断不续的一些四散着的路灯夜霓，还在离离落落的各自如常定亮流烁着依旧的苍白红绿。夜的旷寥，在这所有的一切都仿佛加倍空荡了起来的一刻，就好像是铺上了沙子一般的让人觉得分外刺烁。空旷的每一分寸，都好像是沙纸一样的在磨痛着人的心。痛得都让人隐隐的更是被牵起了几许如丝空空的害怕。无由究竟为什么的，空空的害怕，就好像天地的空荡，会吃人一样。她忽然就像是想要喊救命一般灼灼焦熬的，无比、无比的渴望，陆至诚现在，可以就在自己的身边。

她好怕，真的好害怕，这样子的空空荡荡。这样子的，他不在自己身旁。

她在这样子的一刹那，忽然真的觉得，他好狠心。他真的好狠心。

如纱的幽怨、委屈，好像泪涩的手帕一样紧紧的拭抚着她的心尖。

你为什么要这样对我。为什么？

她不禁心酸哭泣。

夜的空恍，依然如笼如罩。

长灯若冥，层楼暗叠。空空荡荡。

空空荡荡。

胡珊又是不禁的朝路右边的拐弯处那里凝望了一会儿。昏昏暗暗的路口，依然还是那样的空空没有一个人。

苍白淡黯的渺渺灯光，仍旧还是那么黑暗乎乎的染洇着路口的荒凉。她的目光，仿佛都是被涂上了一层慢慢越来越深的悲凉。拐弯处旁边一些的一条原本是和这一条路往右一直连通着去的岔路，也是刚巧便是在今天下午的不知什么时候，被横上了施工路障给隔断了。她的目光，无由的就是又好像更被多上了一层欲避不能的颠簸绝望。她不禁有些哀嘲的想自己，明明自己刚坐在这里时还没有看到那里的路障，可是自己，却是连那路障是什么时候横上去的都不知道。

我究竟都在想什么。

她却一时不禁是又更悲嘲的落泪了起来。

路口，还是空空的。

胡珊痴凝的又是往路的左边长长的滞望了一会儿。

同样依然什么也没有的荒凉。

他现在会在哪里呢？

胡珊不禁悲酸的想。

他现在会在做什么呢？——他真的，是会和……

胡珊心中，却是一刹顿又如被铡断的，自己不能再让自己想下去，一点点也都再不能。

只有泪水蓦然惨惨汹涌。

他什么时候会回来呢？

他什么时候，才会回来呢？

至诚哥……

胡珊悲盈眼眶的，长看着黑旷的天。黑旷的天，好像巨鹰的长翅般森荒。

动荡。

——打开着的音乐盒里，小小的天使依然还在美丽的轻缓旋舞着。

清脆悦耳的"叮叮当当"声，还在一圈圈的美好响着，美好响着。

《友谊地久天长》。

"一切，其实从一开始，就只是悲剧。"

陆至诚悲寒的泪水，像断了线的珠子一样的，不断掉落着。

不断的掉落着。

昏黄的灯光，好像一条悲伤的河流般的，湍急而绵长的淹没着他。

一直还淹没着他。

他无力的腿，好像在慢慢恢复了。

好像在慢慢恢复了。

可是，他却一点也没感觉到。

仍然一点也没感觉到。

只有泪水，还好像天罗地网的雪花一般，封蒙着他的一切，封蒙着他所有的一切。

一切，都只好像，一场天锁的噩梦。

天锁的噩梦。

三十四

深深的黑暗里，梁啸刚恐怖的血红瞪大着眼睛，鲜亮的血红的瞪大着眼睛的，还在直着喉咙的一个人猛喝着酒。

发了狂一般的如烂泥样的猛喝着酒。如烈焚的剧火一般烧烫痛心彻肺的猛苦烈酒。

“……我发誓，这辈子，我要是再去看他一面，让天赐我不得好死！——就让天，赐我不得好死！”

胡珊曾经烈哭着的声音，又一次的，在他耳畔，如烈火般响起。

如烈火一般的，血腥清响起。

梁啸刚牙都自咬出了殷血来了的，大口的喝着酒。大口大口、大口大口的猛喝着火焚般的烈苦苦酒。

“……我发誓，这辈子，我要是再去看他一面，让天赐我不得好死！——就让天，赐我不得好死！！”

——夜风长狂。

天幕凄凉。

穷宇皆为凶。

胡景生，还一个人苍老的站在楼顶的一片黑暗处。

灰乌的老泪，依然在他的脸上成河着。

连绵的汹涌成河成瀑着。

怎么办？怎么办？

我的孩子，我的孩子。珊儿，我的孩子啊。

我的亲骨肉啊。珊儿……

我究竟应不应该告诉你？我究竟应不应该告诉你啊？

天啊，天啊，谁能告诉我？谁能告诉我啊？

为什么，这所有的一切，到底都是为什么啊？

珊儿，我的孩子，我的亲孩子啊……

我对不起你，是我对不起你啊。——我对不起你娘，是我对不起你娘啊。

造孽，造孽，所有的一切，都是我造的孽啊！是我害了你娘，是我害了你。都是我害了你娘一辈子，也害了你啊！

天哪，告诉我，这到底都是为什么！！

“……我究竟该怎么办……我究竟该怎么办啊……”

胡景生乌泪纵横，在黑暗中苍老长哭如鬼嚎。

黑色的夜。黑色的一切。

黑色的风。没有声音的，轰耳声音。

又是一阵寒烈如夺命的剧厉腹痛袭来。一口鲜血，自胡景生喉中呕出。

胡景生迎风长长哭嚎。

天意悲寰。

江南冬,依旧烈风中。

三十五

已是合上了的音乐盒,安静的还呆在陆至诚冰凉僵硬的手中。

陆至诚寂静的,站在仓库里的半片漆漆黑暗中。

他的旁边,就是那一扇玻璃上有着一个尖利的破洞的窗。他从窗玻璃上的破洞中,刚好,便是能够远远的,看着胡珊。

空寥旷旷的废仓库里,岑岑寂静的,只有风声分外隆隆的呜呜呼啸。黑色的声音,宛若一片没有生命的森林中萦缠满着的藤蔓一般,像哀恸的琴弦一样周绕着他。从空破的门外投进着仓库里的昏苍光亮,好像没有灵魂的拯救一样,脆弱空虚的让人根本不能依靠的几乎都会害怕,仓库里还余下着的大半黑晴,随时都会好像可怕的潮水一样的,将那些虚弱的光明尽尽的吞噬,湮灭掉。陆至诚就好像是一个漂浮在湮灭的黑暗中的稻草人一样,无力的肩靠着墙的耷拉站着。黑暗旁边的光亮,莫名的让他感到害怕,深深的害怕。就好像是一个人站在离死亡只有几步远的地方时那样。真正让人害怕的不是死亡,而是知道死亡。他在毁灭的黑暗中静栗的站着,绝望的听凭着湮灭的脉搏好似层层塌陷般的跳动。

他远远的看着胡珊。他站在浑浑漆漆的黑暗里,远远的看着仍坐在门槛上,在痴痴落泪等候着的胡珊。

楼道口苍蒙蒙的灯光,依然还模糊的笼亮着她。脆弱、淡淡的,笼亮着她。

他知道,她在等他。她还在等他。她还在一直等着他。

可是,他却已经,不能再奔跑向她,不能再,不可以再。虽然,他知道,此刻,他完全可以奔跑。

可是,他知道,他已不能再,不可以再。

他在茫茫的黑色里,悲哀嘲笑着自己的冲动,悲哀嘲笑着自己的莽蠢。

我又怎么还可能和她在一起。我又怎么还可能和她在一起。

“……怎么还可能……”

他绝望的嘲哭着。

哭得自己整个人,都好像一下子老去了。

荒芜的老去了。

——胡珊不禁的紧搂住着自己的双肩的,心栗如潮。

“呵——你知道吗,刚才我看见你骑着这辆自行车,一下子就想起了你老早以前那时候的样子,我们真好像是兜了个圆圈圈。”

“现在好了,圈圈兜完了,以后,会是一条又宽敞又漂亮的平坦直路了。”

"嗯——"

那多么清晰的一句句,都还仿佛才说过了一刹那那么滚烫的,在她的心尖沸盈激扬着。

怎么会变成了这样?一切,怎么就都变成了这样?

说变就变,一切,怎么会说变就变的就都真的变成了这样?

不。不。不……

胡珊痛苦的摇着头,拼命摇着头。

不是真的,这一切一定都不是真的!

你是怎么了?至诚哥,你到底是怎么了啊?

你到底是有什么原因啊?至诚哥,你到底是因为了什么原因啊?

你为什么这么傻?至诚哥,你为什么就是这么傻啊?难道你还不懂我的心吗?难道你还不明白我对你的爱吗?

你为什么要这样对我?你为什么要这样对我呃?

你怎么可以这样对我呃……

难道你要我把心剖给你看才可以吗?难道你一定要我把心剖给你看才可以吗?至诚哥,至诚哥啊……

你快回来,你快回来啊。

我不怪你,所有的一切,我都不怪你啊。我爱你,你知道我是爱你的啊。你回来,只要你回来啊……至诚哥呃……

不要丢下我,不要丢下我。只是不要丢下我啊……

你在哪里?你现在到底在哪里啊?至诚哥……

你不要离开我啊!不要啊!!

不要啊……

"我爱唐梦佳,我爱唐梦佳!我早就都说过了,我爱唐梦佳!不是对不起她,不是亏欠她,是爱,是爱!而且是早就爱了!我不爱你,不爱你了,是早就不爱你了!你听懂没有!听明白了没有!!——我自己想什么,难道我自己还会不清楚!!你不要烦了!不要让我讨厌你!!"

"——我很清楚我自己在想什么,我很清楚我自己在做什么!你不要再来烦我了!一切都没有任何为什么!所有的一切都没有任何为什么!!就是因为我爱唐梦佳了!早就爱了!!我很清楚自己的感受,我很清楚我是爱她!!——你听懂了没有!!——算我对不起你,就算是我陆至诚这辈子对不起你!!可以了吧!!"

"我都跟你说了多少遍了,没有其他任何的原因!没有其他任何的原因!!就是我不爱你了!我不爱你了!!我求求你不要再这样了好不好!!你不要再这样了!!!"

——陆至诚。黑黑暗暗中。

"至诚哥,我真不想闭上眼睛,好想一直都能就这么醒着。"

“傻丫头，可是人总会困，总要睡的啊。”

“可是我总害怕，我现在只要多睡掉一会儿，就会少看到好多我们现在还能这样在一起的开心，甚至，要是我万一睡了过去，老天不让我再醒过来了，那怎么办。”

“小傻瓜，不许瞎说，我们啊，这辈子还有好多好多的时间可以在一起呢，几十年，很长的，会像长江那么长，比长城都长，一辈子，我都会陪着你，和你在一起，让你天天都能看到我们的幸福，我们啊，一辈子不够，就还有下辈子，下辈子不够，就还有下下辈子，你说怎么会不够呢。”

陆至诚流泪在黑暗中。他远远的看着看不见他的胡珊，还在哭着的胡珊。

风像雪花一样的凛冽着他牢笼般的眼眶。一片又一片的泪水，都仿佛在不断的被风变作着他自己给予自己的锋利冰割。

一切，都是天意，都是天意。

都结束了，结束了。

我已经是个就要瘫就要死的人了。我已经是个只能等着往泥里去的人了。

我是个只能等着去瘫去死去往土里的活死人了！还有什么能救我？还有什么能救我？——呵。

还有什么，能将一切转救。——命运，又究竟是什么？

我会有几年的时间瘫痪。然后，再死掉。——瘫痪了，我的生活会变成什么样呢？瘫痪了，我的一切，会变成什么样呢？

医生说，我会就连抬一抬手、转一转头，都做不到，都根本是不可能再做到了。——不能自己穿衣服，也不能自己吃饭。——呵，那会是什么样子啊？——呵。

呵呵。那，我还能算是一个活着的人吗？

我还能算是一个大活人吗？

你，呵，难道要她和你一起过日子吗？呵，呵——那、会是什么样的生活啊？

赚钱、养家，操持起一个家该有的一切，都要由她来承担吗？——每天都要照顾一个一动也不能动的人的吃穿起居，那该是怎样沉重不堪的一份累赘与负担？——呵，她是那么脆弱的一个女孩；她，是那么需要人好好呵护的一个女孩。——生活，是什么？呵。

而一切最后的结局呢？——呵，又其实谁都知道，不可能被改变的。

那我和她在一起，能给予她的，又是什么呢？——除了拖累、耽误、痛苦、疲惫，绝望，在绝望中等待绝望，和最终谁也改变不了必然的毁灭，又还会有什么呢？

又还会有什么呢？

在我死后，唯一还只剩下一块墓碑。而那块墓碑，除了会继续带给她至死绵延的痛苦与眼泪以外,又还会有什么呢?

又还会有什么呢?

她的路还长。她的路还长着啊。

我难道就应该拖累她吗?我难道,就应该要拉着她,让她和我一起往沼泽里陷下去吗?

呵,呵,呵。

我是个什么东西。我是个什么东西……

陆至诚,笑着哭、哭着笑的,悲笑哀哭。

黑暗的风,无边无际。

——胡珊。

“至诚哥,我们的花儿,一直都在呢——就像你说的,我们的心,是那心的世界,一直都在着——而我们眼里的世界,也真的回来了——风儿再也带不走了——”

胡珊哭泣的看着灰暗中的蝴蝶兰。

她自嘲的哀笑的哭泣着。

又怎么不会是真的呢?呵,所有的一切,又都怎么不会是真的呢?

我不是自己都明明白白在电话里听到她了吗?我自己,不都是那么明明白白的,在电话里,听到她了吗?

那是她的声音吗?那真的,就是她的声音吗?

呵呵呃——我又为什么不相信?我又为什么要骗自己?我又为什么还要一直这样骗自己呃?——我又为什么,还要一直这样自己骗着自己啊?

胡珊悲泪捂笑。

一切都是真的,所有的一切都是真的呃……

他说的所有一切,都是真的呵呃……

为什么呃……为什么呃……

……他又怎么会想错啊——他又怎么会,自己不清楚自己在想什么啊——他又怎么会,自己不知道,自己到底在想些什么啊……

我又为什么,还是不相信?我又为什么,还是要不相信呃……

一切,都分明明明白白全都是真的啊!

一切,都早已结束。一切,都早已只是一场戏。一切,都原来早已只是一场空了心的戏了啊!

呃呵呵呃……“到底都是为什么……天啊……为什么……”

究竟为什么……

胡珊肝肠寸断的捂脸惨笑哭泣着,捂脸惨笑哭泣着。

他早就已经不爱我了,他早就已经不爱我了啊!

“我,其实早在……早在两年前、两年多以前——你离开我的那一刻,你真的说要不再和我在一起了的那一刻起……那一刻起,就已经不爱你了——”

“从你那一天，在这里，就在这里的门口，把戒指真的还给了我，还跟我说，要我今生今世、就把你忘了吧起——”

“你忘了吗？你难道忘了吗？——你还记得吗——当初，就是你在这里，跟我说的，要我忘了你——要我忘了你！——之所以会走到今天这样，你不要怪我！！”

——陆至诚。

“至诚哥，只要有心，世上就有真正的理想，十年不得，还可三十年，三十年不得，还可一百年，一百年不得，还可一千一万年。宇宙之间，你我就算是化了灰，那灰，在亿万的光年里，也是能再相逢的呀——”

为什么这样？为什么，一切，偏偏就是要变成今天这样？

陆至诚心窗若碎的，裂陷棱破般的流着模糊的心血的，站在如沼泽般深厚的黑暗中，从若齿尖利怖然的窗户破洞里，远远的看着楼道口，还哭伏在膝盖上的怆栗胡珊。

苍白的楼道灯光映着楼道口的夜，好像一幅撕破了一样的金绚灿烂的画，烈烈的烧痛着陆至诚胸中层叠如浪般的江水哀怆。烈烈的，一直还灼焚胜火。

多少年了啊。多么不容易，才是终于又盼回了她，等回了她。

小时候的我傻啊，傻啊。呵，就知道站在门口等，就只知道站在门口等，呵。

好不容易，那么天凑巧的，长大了，又重新见到了她。还能去她家，给小华补课。可我真的很蠢。呵，还是一直真的很蠢。——那一天，一起从饭店出来，十字路口，如果不是那一声刹车，那一声真是要让人吓破了心的刹车，我和她，接下去又真的还会怎么样呢？

呵。

呵。命运啊——命运。谁又能想到，她，后来，又真的会差点被车撞到呢？

梁啸刚啊梁啸刚，其实我不恨你。又恨透了你。呵，人生啊，究竟该怎样才能说得清？——我究竟是要拿你当恩人好，还是仇人好？——是你当初缠扰了胡珊，又将她拖带到了那时那样的那一个险境中。可是，如果没有你，胡珊又可能早就不在这个世上了啊。毕竟，可能早就不在这个世上了啊。还有什么比这更可怕。又还有什么，会比这更可怕。梁啸刚，当初，你救的，其实不只是她。——可是，你又为什么，后来偏偏又要那么蛮横的，还是一定要将她从我身边抢走呢？还是，一定要将她从我身边抢走。——为什么，呵，为什么。

只怪我自己蠢。呵，都只怪我自己蠢哪。

其实，那时候，我又为什么要放手？我又为什么，要真的放了手啊？

为什么，为什么……

陆至诚自嘲的泪落着，悲碎的泪落着。

都是我的错啊。都是我的错。是我真的放了手，才会让她落进了风里。

都是我一直的错。是我害了她，也害了自己啊。

人生啊，为何总是要，明白在经过之后。呵。——世上的一切，又都从来是没有回头的路可以走。

人生，是多么好像一场上天的捉弄。呵……

后来，我就也又有了唐梦佳。可我还是忘不了她，忘不了她。

我爱的是胡珊。我真的做不到忘记，或者自欺。

呵，多么让人哀伤的一切啊。自己的心，就好像是自己的网。

不堪回首的那么多，酸酸苦苦。

时间就好像一条眼泪的河。河里游着几个人。

其实那时的我，是多么的好像曾经的梁啸刚啊——呵，我还不如他。因为，我还有着唐梦佳。

后来，又是经过了多少事，多少事啊。——她还是跟我说，我们今生真的永远结束了。我们今生，真的永远结束了。

多少年了啊。多么不容易。

我们终于又是能走到了一起。能真正了的，走到一起了啊。眼看着，我和她，说不定明年就能结婚了。

呵，呵，呵呃……

老天啊，你跟我开了一个多大的玩笑。

一个多大的玩笑。

陆至诚惨笑的声音好像风一样无声的怖然。

黑色的风。黑色的笑声、哭声。

地狱一样的世界。在他的一切中鼓荡。

——胡珊。

她凝泪的簌抬起了头来。泪红的双眸中，都仿佛有无能止的悸栗还在余着痛苦的搐。

黑色的夜晚，好像铺天盖地的乌鸦一般扑入着她的心房。

笼罩着她的苍白，每一方寸间，都仿佛有钢针千万。

她还是痴凝的往路口那里望了一会儿。黑暗乎乎的，还是没有一个人。

她苍亮亮的眼睛里，就仿佛是有无数的天鹅绒一般的雪白树叶在凋落飘零。扬扬洒洒，哀伤汪洋。

她不知道，自己又到底为什么还在等？自己又究竟还在等什么？

只有无数的雪白的树叶，依然还在仿佛冬天的哀鸣一般的凋零飞扬着。在夜的苍白里，在夜的黑暗中。她的眼眶不断的隐隐生痛着，痛得就连她自己，都几乎看到了每一片树叶雪白的边缘，全锋利的好像羽毛般轻盈而可以割断筋脉。

她的泪水依然还仿佛在不断的哭着风。

泪水里的羽毛雪白，还仿佛在不断的将她往悬崖边上呜呜着的推，厉推。

胡珊还是看见，荒凉的路口，荒凉的空空着。

空空着。

整整小半段的路上，只有几盏路灯错落苍亮依旧。

胡珊的目光，坠落踉跄的重重跌退回了好多。她的眼神，痛苦不堪的，一时模糊的便是无力倚靠在了路口处那座废旧仓库的墙上，悲重碎望的宛若整个人都倒了下去。

倒在了破碎不堪的墙脚。

一盏路灯，在靠仓库旧墙中间处不远的地方黯淡亮着。胡珊的目光，蜷缩的，在路灯下，宛似被裹上了一层厚厚的霜。严寒冻窟的，好似整个天地、整个全部的所有天地，都已经是再也不可能在泡影中复生了，再也一点点都不可能，在泡影中复生了。

是啊，原本就只是泡影，原本就早已全都只是泡影了啊，原本就早已全都只是泡影了啊！

我究竟还在等什么？我又到底为什么还要等啊！

“呃呵呵……”

胡珊哭得一下子，不禁咬住了自己的手。痛苦到了极点的，痛苦哭咬着。

她泪水模糊的，远远的，发呆的看着旧仓库墙上的那扇破窗——那扇就是有着那么一个尖利的破洞的玻璃窗。最近的一盏路灯也离窗很远。一切，都很黑。黑暗乎乎的。

玻璃窗上的那一个尖利的如一张恐怖的大嘴一样的破洞，一下子的，就忽然好像是近近的跑到了她的面前。跑到了她的面前一样的，大张着嘴，就好像是要把她吞进去，把她吞进去一样。

她远远的看见着，窗后面漆黑漆黑的。可是，她又近近的看见着，莫名的看见着，窗后面，破洞里，并不可怕，并不可怕。真的，一点点也都不可怕。

她甚至，祈求，它能将她吞下去。它能真的，就将她吞了下去啊。

你到底是怎么了啊，至诚哥，你到底是怎么了啊。

她哭泣的在绝望的黑色里哽咽的呼喊着，大声的哭泣呼喊着。

你到底是出了什么事，你到底是出了什么事啊——至诚哥，为什么要丢下我，为什么要丢下我啊——不要——你带我一起去啊，你带我一起去啊——再黑暗，再难过，也带着我一起去啊——我不怕，我什么都不怕的啊——我真的什么都不怕的啊——只要有你，只要有你啊——至诚哥，只要可以和你在一起，我真的什么都不怕的啊——让我陪着你，让我帮你，让我陪着你，让我帮你啊——我求求你了呃——不要丢下我，不要丢下我，只是不要离开丢下我一个人啊……“至诚哥——”

你回来啊——回来啊……

“呃……呃……呃……”

胡珊痛哭的，闭上了眼睛。

你到底是出了什么事呃——你是怎么了呃……

你是怎么了呃……

……是不是救不了了的——是不是,已经救不了了的啊……呃……

你不要怕啊,你不要怕啊……至诚哥……

让我和你在一起啊——让我和你在一起呃……你不要这样子对我呃……

你回来啊……

你现在还好不好呃……

你现在到底在哪里啊……

求求你告诉我呃……

胡珊哀哭失声。

夜色雪碎。

——陆至诚。

他紧紧的背靠着墙的站着。在坚实的黑暗中,害怕极了的紧紧背靠着坚实的墙站着。

刺锐的荆棘仿佛在他的周身游栗;发抖的恐惧在他的每一个毛孔里如树枝生长。他害怕极了的紧紧的背靠着墙的,只恨墙不能将他收了进去。此刻,便将他完完全全的收了进去,让他化为了乌有。

他以为胡珊看见了他。他以为,胡珊已经看见了他。

他害怕的心中的一切都仿佛殒为了碎片。他害怕的连自己究竟该何去何逃都未能想到一点点。他只好像本能的退后了的靠在了墙上,紧紧的恨不能让墙将他收噬了进去的背靠在了墙上。

他不知道自己为什么会这么怕。他也不知道自己现在到底该怎么办。

他忽然发现自己手中拿着音乐盒,是一个很荒谬的错。他忽然觉得自己该把它丢掉。——她看见了我拿着它该怎么办?——可是他又做不到。他的手就好像是有着感情一样的,竟然不听他脑子的话。

他忽然才是又想到,对,我该逃跑。我该逃跑。趁她还没有过来,我快跑。

可是,他的腿又好像他的手一样不听他脑子的话。——不是他现在又没有力气了,而是他的腿就好像是有着感情一样的也背叛了他。他一点点都迈不开步。

他的心在冥暗的漩涡中激流涌荡。粉碎的琥珀宛若在他的漩涡中浓烈着所有的哀伤。矛盾的感情就好像是铸在了血液里的一张网一样,随着漩涡的激狂,只是将他的心,越勒越紧了去,越勒越紧了去。

紧勒的怆痛纵横。

隔了很久,他才是忽然又发现,胡珊依然还并没有过来。她依然还并没有过来。

陆至诚呆滞了一会儿。——他小心翼翼的,重新又走回了窗旁。

他在那个尖利的破洞中,远远的看见,胡珊,仍然还在楼道口的门槛处,战栗的伏膝痛哭着,寒碎的痛哭着。

陆至诚,忽然才是又发现,原来,自己正待着的地方,黑暗的,几乎是连自己都不能够看清自己的手指。

黑暗的,黑漆漆。黑漆漆。

他蓦然很想笑;又很想哭。

他无声的落着泪的,倚墙蹲倒了下去。

废旧的黑仓库,黑漆漆的,就好像是一座地狱。

活生生的人世地狱。

“呵、呵、呵……”

陆至诚笑笑的哭着、哭哭的笑着。

我怎么可以拖累她?我怎么可以拖累她?

和我在一起,她又怎么还会有幸福?她又怎么还会有开心?

不可以害了她啊——不可以害了她啊……

人只有一辈子;人活着,其实只有一辈子啊……

为什么要这样对我……老天啊,为什么要这样对我啊……

不可以拖累她啊……不可以……不可以再拖累她啊……

要走,一个人走。这条路,要走,我也只可以一个人走啊!

我不要她和我在一起啊!我不要她和我在一起啊!!

“——上天啊……”

陆至诚嘶笑着,泪如雨下。

这就是命。这就是命啊。

地狱,要待,也只可以让我一个人待。只可以让我一个人待啊!

小珊,你要走得越远越好啊!!

只能怪天、只能怪天……都只能怪天呵……

风森森,摧夜痴。黑色的笑,黑色的哭。

……可是……可是,她还在等我……她还在等我……她还在等着我……还在等着我呃……呃……

一口浓烈的血腥,剧涌出了陆至诚的喉。

——胡珊。

“至诚哥,我们明年春天,一起再去林园看桃花,好不好——”

“好啊,明年春天,我们一起再去看桃花,看桃花开满园。”

胡珊簌栗的抬起头,难过的看着没有星辰的夜,心空中仿佛缀满了无能熄灭的眼泪之灯。她旷哀的看着岑寂幽暗的路。路上骑过了一辆自行车,路上走过了一位牵着孩子的妇女。还是空空荡荡的没有他。根本没有他。

千丝万结的哀伤与凄痛,好像漂浮在粼粼夜色下海洋里的一张网,忽起忽沉、忽明忽暗的,不断宛似带着尖锐的钩的,时轻时重的收痛着她的心。

冬风的凛寒愈已浓利了。夜已经很深了。

她看到层叠的冥暗已经又深厚了好多。冥暗中原有的那些碎碎四散的流霓疏亮，都已是又消匿去了好些。夜风的呜呜声好像越来越大了。夜的黑寂好像愈加了倍的广阔深厚了。她再次感到了莫名的害怕，无由的一种深深的害怕。

至诚哥，你到底在哪里啊？

你快回来啊。

快回来啊……

她莫名害怕极了的难过的，流泪的心唤着。哀极的心唤着。

没有他的空空荡荡的黑色岑旷，仿佛借了夜的荒蔓黑沉，翻了无数倍的寒噩高厚的，滚荡烈卷住着她，就好像是一个刚刚失去了游泳能力的人，转眼便又被抛入了一片如夜的湖水海洋中。心愈岑痛，夜愈旷烈；夜愈旷烈，心愈岑痛。

她真的好害怕。好害怕。她是多希望，他现在就能在自己的身边啊。现在，就能在自己的身边。那样，她就不怕了。什么都不怕了。

夜还是很黑。风声还是很大。

她忽然好怨他，真的好怨他。

至诚哥，你为什么就不懂我的心呢？

你为什么，还是不明白我的一切呢？

至诚哥，你就是我的全部，我的全部啊。你知道我是多么的爱你，你知道我是多么的爱你啊……没有了你，我也就没有了一切了啊，没有了一切了啊……没有了你，我活着又还为什么啊……为什么……为什么你不明白，为什么你还是不明白啊……别的我都不要，别的我都不要啊……为什么你不懂……为什么你不懂呃……你怎么可以这样对我啊……怎么可以这样对我呃……

凄凄的幽怨，泪水蜿蜒。胡珊心酸的不禁哭泣着，伤心的哭泣着。

她的肝肠都好像在一寸又一寸的被伤心噬断。

漫漫的霜沙，宛似在风中嶙峋叠岗。长缠的荆棘，仿佛不断的编织着无尽的悲酸。

你回来啊……你快回来啊……我不怪你的啊……至诚哥，我都不怪你的啊……我知道你是爱我……我知道你是爱我啊……至诚哥……只要你回来啊……你快回来啊……

求你了……求求你了……不要丢下我啊……不要……

飞舞的霜沙，漫天激扬。

胡珊的泪水，在风霜的寒痛中恣肆的痛红着她凄碎的眼眶。

她凄簌而无助的哭着，哭着。

黑茫茫的天地间，仿佛只有风声呜呜。

胡珊止栗的，簌簌又重新拿出了手机来。

她不能抑制的，便是想给他打电话。

又想给他打电话。

她不能抑制的，都没有再想到半点点，他会不会接。

她给他打了三个电话。第一个和第二个他都没有接。第三个，他关了机。

胡珊没能再打第四个。

她的眼泪在颤抖，她的双手在颤抖，她的整个人，都在颤抖。

风霜仿佛卷起了天地的刺，吹透着她的心。惨寰的吹透着她的心。

“他回来了又怎么样？他回来了又怎么样？”

一个尖锐的声音，仿佛突然的，就是又在她的耳畔响亮了起来。

他还是不接你电话。他还是不接你电话。

他为什么不接你电话？

……

手机，忽然在胡珊手中松了松。

他为什么还是不接你电话？

……

不，不，不。——手机一下了，便是从胡珊的手中脱落了。

他为什么一直不接你电话？

……不、不……不……

胡珊一下子，痛哭的紧捂住了自己的耳朵，死死的紧捂住了自己的耳朵。

究竟为什么！

“不——！”

胡珊泪水冲奔如雨。

她失声的痛哭了起来。

你为什么还不相信？你为什么还不相信？胡珊啊胡珊，你究竟为什么还不相信！

他都已经这样对你了！

“不、不……不……他是爱我的，他是爱我的……他都是因为爱我、他都是因为、所以才、所以才……”

你不要再傻了！——那么那一声“诚”呢？那么那一声你自己亲耳听到的“诚”呢？那难道也是他骗你吗？那难道也是他因为爱你所以才骗你吗！——你不要傻了！！

“不、不、不——不——！！”

你为什么还要这样骗自己？你为什么还要这样骗自己！！是谁那么狠心的一次又一次和你说分手？是谁那么狠心的一次又一次赶你走？是谁那么狠心的一次又一次将你推开、将你推开！把你就那么的甩在车后面！把你就那么的甩在车后面！！——是他！是他！！是他！！！

“不——不——不——！！！”

他要是真的是爱你,会那么对你吗?他要是真的是还一直爱着你,会那么对你吗!!

"……不……不……不……"

哈哈哈!!你就是个傻子!!你就是个傻子!!!

"……不……不……不会的……不会的……不会的……他、他……他一定是想错了、他、他一定只是想错了、一定只是想错了——他一定只是想错了!!!"

哈哈哈!!!

"我爱唐梦佳,我爱唐梦佳!我早就都说过了,我爱唐梦佳!不是对不起她,不是亏欠她,是爱,是爱!而且是早就爱了!我不爱你,不爱你了,是早就不爱你了!你听懂没有!听明白了没有!!——我自己想什么,难道我自己还会不清楚!!你不要烦了!不要让我讨厌你!!"

"——我很清楚我自己在想什么,我很清楚我自己在做什么!你不要再来烦我了!一切都没有任何为什么!所有的一切都没有任何为什么!!就是因为我爱唐梦佳了!早就爱了!!我很清楚自己的感受,我很清楚我是爱她!!——你听懂了没有!!——算我对不起你,就算是我陆至诚这辈子对不起你!!可以了吧!!"

"我都跟你说了多少遍了,没有其他任何的原因!没有其他任何的原因!!就是我不爱你了!我不爱你了!!"

"呃——"胡珊刹然如溃的,捂耳嘶哭了出来。

"我,其实早在……早在两年前、两年多以前——你离开我的那一刻,你真的说要不再和我在一起了的那一刻起……那一刻起,就已经不爱你了——"

胡珊整个人,都哭碎了。

遍天的黑色混着满地的冬寒,在这天地间,如雷轰滚着,轰滚着无尽的哀伤与悲凉。

苍白的灰暗灯光,依然脆弱的照亮着她。还脆弱的照亮着她。

"……我并非没有爱过你,曾经,我的确,是爱你甚过于自己的生命……可是,你知道吗,从你那一天,在这里,就在这里的门口,把戒指真的还给了我,还跟我说,要我今生今世、就把你忘了吧起——我对你的一切,其实就都变了。"

"没有错……我那时候,也一直以为,自己放不下的,是对你的爱——可是,其实……我到现在,才真正明白过来,我放不下的,其实是恨——是恨!……所以,一直以来,我想要的,其实,都只是赢。——我想要的,只是要从梁啸刚手里,抢回原本就应该属于我的,一件东西。"

"——本来,我也一直没有真正的明白这些……可是,呵,直到我们,终于又能够在一起了……我的心,却其实反而一天愈比一天冷空了起来……

你知道吗，其实……很多时候，我和你在一起，心里真正在想着的——却竟然是……唐梦佳。”

“……和你在一起的这段日子里，我其实突然、突然……开始越来越后悔。——我总是越来越控制不住的，会常常想起唐梦佳——每次只要一想起她，我的心里……就会好像有爪子在重重的抓。——很难过……其实……我一直都不敢承认……在我心里……真正爱着的，早就已经是唐梦佳——而不是你了。”

“——我以前一直都没有办法……让自己承认这个事实……我一直还是那么的想要你重新再回到我的身边，其实，就是为了要证明，我失去的，一定都还能拿得回来！……我……还想、要你知道，你当初，是、犯了一个多么、愚蠢的错……呵——可是，或许是上天给我的惩罚吧……我终于重新又得到了我失去的，可是，我却也同时，失去了我其实心里最爱的……本来，我以为，也许我这一生，就只能这样了，可是，哪知道，我又是碰到了唐梦佳。”

“……当我真的又看见了她，我才是不得不真的承认了，真的，都是真的，一切，全部都是真的。我为什么不敢承认，我为什么还是要一直逃避……我想，或许真的便是上天，愿意再给我一个机会吧——就在我真的是从心底里，真真正正的彻底承认，我是错了的那一刻，唐梦佳也跟我说，她，其实……一直都还爱着我。——我……真的对不起你了……”

怎么会这样……怎么会这样……

胡珊哀恸如涛。

悲嘲的天空，仿佛在她的整个眼前塌陷如坑。

她仿佛是忽然一下子的，才又重新是发现，原来，自己早已是在了海底，早已是在了海底了。——难道一切不是早已都真的破碎了吗？难道一切不是早已都真的明白了吗？——分明所有的一切都已说过，分明所有的一切都已清楚——我到底还为什么？我到底还为什么啊!!

“……到底还为什么……”

胡珊嘲哭碎夜。

一切都是真的。一切都分明早已是真的啊。他早已不爱我。他根本早就已经不爱我了啊！——我到底都还在想什么——我到底都还是为什么啊！

原来，他早就已经不爱我了呃……原来，他早就已经不爱我了呃……

夜的轰鸣，如雷霆般的不断击破着她，击破着她的所有一切。

苍白如水的灯光，厚厚浓重着破碎的眼泪与模糊的，仿佛在夜的牵引与渗织下，一望无际的往天地间每一个还有着空旷与黑色的地方漫漾了去。脆弱与悲伤，仿佛变幻着难以言喻的各种混合的，在无际的汪洋大海中聚离乱流。哀痛与惘噩，以所有一切悲伤叠加在一起的浑沌沉重着全部的水漾。整个世界都宛若变成了一片湖水的海洋。牢笼在水面之下随波晃漾。韧而不断的每一根笼条，都仿佛百炼绕指柔的纯钢，无坚而又至坚的宛似将一切的悲噩、恐惧、绝望都已融入了水里的每一滴。胡珊在牢笼中,已经连自己的泪水,都看不清,辨不见。

每一方寸的寒水,都好似带着钢牢的噩绝在将她渗透。每一点滴的渗透,都好似在让人看见着有泪水在湖中化着血。——胡珊忽然又感到了自己的整个身体、魂魄里面,就好像是有两股剧烈的冷、热在冲突。

她泪水模糊的,脑海里,忽然又是再看不清他了。她看不清陆至诚的脸庞,一点点都看不清他。她拼命努力的想要看清他、拼命努力的想要看清他,可是,他的脸,还是那么的模糊、那么的模糊,模糊的,好像根本就没有存在过。模糊的,好像一切原本就只是一场梦。

一场就仿佛永远也解不开的谜一样的梦。

大悲苦噩,万世永劫。

夜风就仿佛一江诵不尽的诅咒般,在黑噩的天地间若恶螭般旷腾。

胡珊忽然真的很害怕,她害怕极了,自己看不清他。她还是拼命的努力着,想要将他想起来、看清楚。哪怕只是他的无情也好。可是,她还是看不清他。一点点都看不清他。他的脸,模糊的让她的心就好像是在被无底的恐惧深深的扎透着一样。她不知道这一切究竟是怎么了。究竟是怎么了。她害怕极了。害怕极了。

她不知道,自己到底是怎么了。到底是怎么了。她只感到,就好像是有两条不同的螭,一冷一热的,在自己的脑海里翻腾抵搏着、不断的剧烈的翻腾抵搏着。

她忽然才想起,对啊,自己今天,是发烧了。是发烧了。她心里的害怕,才忽然是好了些。可是,她心下却蓦然又是一阵难言的剧烈心酸。

她忽然再次不听话的又是想到,要是他现在在自己的身旁,那多好啊。——可是,一转刹,这一念想便又莫名的好似是被冻结成了一块冰,像刀一样的刹然便弄痛了她的心。

她再次感到了无比剧烈的害怕。她害怕的一刹那,便不禁的又是好像救命一般的再次心喊着:我只是发烧了,我只是发烧了。

所以才会看不清他。所以才会看不清他。

对,对,对。

很快就会好的,很快就会好的。一定很快就会好的。

对。对。对。

可是,一摸自己的额头,额头却分明是比自己的手背还要冰凉。

痛苦的泪水,在胡珊脆弱的眼眶里凝结的打着滚。不断的凝结着的打着剧烈的滚。

她不想哭,不想哭。不想真的再哭出来。

天上,下起雨来了。

淅淅沥沥。淅淅沥沥。

就好像胡珊脸上流着的泪水一样。

冰冰凉凉,冰冰凉凉的。

胡珊忽然才发现,自己心里的热,原来已是那么的不堪一击。冰冰寒寒的一切,还是终又重新将她,卷回了无尽的自嘲与悲哀中。凄惨的清晰,让她看清着他仅有的表情,无情,无情。她忽然才有些自嘲的悲哀发现,其实,恐惧有时候,或许并不是人生最可怕的。可是,她又悲哀的无能知道,在恐惧面前,为什么每一个人都只能是那么的想逃,或还以为能够挣扎。哪怕,也许有时候,人们分明会知道,有些事,或许前进还不如停留。可是,生命的本质又仿佛始终都是在将人往前推。究竟错的是人,还是命运。可是,又到底什么是人,什么是命运。又有谁知道。

雨,还在一直冰冷的下着。

他早已经不爱我了。

胡珊绝望的整个人都已是仿佛被铅液灌满似的,寒结的几乎已是再没有了一丝表情的,想。

我又为什么还要一直不相信呢。

冰冷的泪水,在她的脸上滚滚的滑落,涓落着。

不断的滚烫烫的簌簌滑落着。

雨水,成线的从楼道口的廊檐上泻流着下来。一条条、一线线的,成着帘。

一些溅起的雨水都打在了胡珊的衣服上、脸上。她都呆凝凝的没有发觉到。

已是彻碎了的悲哀,仿佛在她的每一个细胞里鼓胀着绞心的绝痛。她就仿佛是一只已是断毁了的小船的残骸,在这夜的无尽落雨悲寒中,无力的飘浮在茫茫的黑色泪海之上,无能而彻灭的看着从天空一片又一片还在不断剥落下着的蔚蓝。不断的从她身边经过,再深深的沉没入着深深的海洋。无尽的悲哀与伤心,宛若深渊之下的一扇门,通向着最终的地狱。

连可怕都不存在了的真正地狱。

胡珊泪水模糊的仰望着已如面纱般碎落去的天空,绝望的浩瀚,黑色的铺满着天地。灰茫茫的光晕,仿佛碎塌神殿下泥土中轰鸣匍匐的悲痛,如连绵的闪电一般无尽的穿透着她冰冷的心房。

原来,从那一天起,他就已经不爱我了。

这些年的一切,都只是了一场没有看透的戏,没了心的戏。

早就没有了。

一切,原来都已经是早就没有了。

“呵、呵、呵……”

胡珊悲嘲的捂脸自笑着,捂脸自笑着,大哭的捂脸自笑着。

雨帘,仿佛破碎的风声一样嘶哑悲哀。

“……你说你和梁啸刚结婚那一天的事,呵……其实,可能吧,或许那时,我对你应该是还有一点点的舍不下和祈望，不然，也不会犯下那么蠢的冲动。——可是——你知道吗——就是从那一天起，我对你，只剩下了恨，只剩下了恨！——不！！是更加倍了的恨！！是更加倍了的恨！！！——是你，是你，让我在全天下人面前，成为了一个小丑！！！你懂吗，成为了一个小丑！！！！——我恨你！！！！！"

"呃——"

胡珊悲绝失声。

天地，都仿佛在跟着哭。

无边的夜雨，细密如丝，辽长若河。冰冰凉凉，交织冬霜。

冰冷的一切，都仿佛铁块、石块一样的不断在往她塌碎了的心渊里积坠，带着就好像夜雨一样细密辽长的冰凉冬霜。

苍白的灯光映在墙上，好像一块悲酸的幕布。胡珊哀伤、悲空的想起了这两年来的很多事。她想起自己曾经最后一次在小屋的黑暗里看着他在路灯下转身离去，他不知道，其实自己是多么的想要追出去啊；她想起两个人曾经最后一次相遇在那棵还没被砍掉的老雪松下，他不知道，其实自己是多么的不想走。她想起自己和梁啸刚结婚的那一天，其实，是多么的想逃，想跟他一起走。

为什么你都不知道。为什么，你都看不到……

胡珊哀哭殒殒。

是不是都是我的错，这一切，是不是真的都是我的错呃……为什么……

胡珊悲陷如淹。

这是不是给我的报应，如今这所有的一切，都是不是给我的报应呵……

胡珊悲嘲的心都在滴血的，轰鸣的想着。不断痛泣着的自嘲极了的，悲鸣想着。

可是，我的心真的从没变过，真的从来没有变过啊。"……至诚哥……"

胡珊泪栗簌簌，泣泪都湿透了衣袖。

她想起，其实曾经，她每次只要一看见、或者想到他和唐梦佳在一起，心里就酸痛的忍不住要哭，他都不知道；她想起，其实曾经，那些他不在她身边的日子里的每一天，他都从来没有在她心里消失过。他都不知道。

我一直爱的都是你，我一直爱的都只是你啊……

胡珊伤痛的悲喃着。痴哀的伤痛悲喃着。

"小珊，跟我走——"

彻心彻肺的这一句，仿佛依然还在她的耳边萦绕，伴着熊熊的火光，伴着多少个睁开眼闭上眼都是血与火的泪水海洋的日日夜夜，仿佛金丝纠缠一般的在她耳畔的宛若每一方寸空间里鼓荡绵延，生之如命。

怎么会是真的，怎么会是真的……

痛苦的搐栗，仿佛车裂一般残忍的在她的每一滴泪水中浑噩战抖。浑噩战抖着她还好像最后痛攀在生死悬崖边上的心之最后寸缕。每一分毫的浑噩

战抖，都痛得心好像是在被锋利的空气悲撕成条。无底的地狱，好像一只看不见的手一样在抓着人的心血，往下坠落。

怎么会是真的，怎么会是真的……怎么会是真的……

“……至于你说，我那时为什么要来救你——呵，不瞒你说，其实我心里一直都是不敢承认的，在后悔。不值啊，不值——其实现在回想起来，我都后怕。呵，还好，幸亏是没有真的把命搭进去——呵。我这人啊，就是太好胜，不达目的不罢休——其实想想当初，真的又是何必呢？——只不过是想要重新把你从梁啸刚身边抢回来而已，我却差点送了命——呵，后悔啊——”

不！不!! 不……

胡珊刹那的紧抱住了自己的头，紧得都好像是要把自己的头都抱碎了，只恨不能将这一切、这所有所有一切的话、他亲口说的话，都从自己的脑袋里能够粉碎掉的，紧紧的死死的抱摇着自己的头，终于还是一下子再也忍不住的，悲绝的号啕起来。

她哭得声音都哑了。她哭得整个人都好像是被黄沙埋葬了一样的哑了。

夜雨，一直下着。如帘的悲伤，数不清数不尽的雨滴。

胡珊感到坠落，感到深深的坠落。无尽的坠落。无底的深渊，无际的嶙峋。参差的刀山冰梯，宛若一一在眼前飞升。

下坠，下坠。

是啊，他在医院里睡了那么久，我都没能去看他，没能去照顾他。

是她一直在陪着他，是她一直在照顾着他啊。

是我对不起他。是我对不起他啊。

是我对不起他啊……

“呵、呵、呃……”

胡珊泪如雨下。整个人都仿佛是被无数的铁石给砸碎了。

给彻彻底底的砸碎了。

一直，都是我的错呃……一直，都是我在对不起他啊……

胡珊哭如啼血。

可是，我真的没有变过心啊……至诚哥，我真的没有对你变过心啊……我一直爱你，我一直爱的，都只是你啊……都只是你啊……

胡珊泪雨如瓢泼。

你回来啊……求求你回来啊……至诚哥……

夜风哀呜，雨线悲栗。

天地的每一个角落，都仿佛有色彩在剥落。

斑驳的黑夜，哀婉的让人心揺。

地狱，仿佛在整个世界蔓延。

锦瑟无端五十弦，一弦一柱，思华年。

是啊，他后悔了。他说，他明白了，所以，后悔了。

他说，真的对不起了。对不起了……呵……呵……

为什么会这样……为什么会这样……老天爷啊……

呵、呵、呃。

胡珊悲笑惨哭，悲哭惨笑。

天地的石碑，都仿佛在裂。

原来，一起牵着手走过的路，早已是半场海市蜃楼。原来，一起挣挣扎扎终于以为到了的黎明，从很久以前起，便已是了永夜。

无尽的悲空，将胡珊，拉进了地狱。

风的呜咽，海啸山崩。

"小珊，可是这枚戒指，你先拿着，带在身边——它，就好像是我的心，会永远和你在一起。不管你什么时候才能够真正地戴上它，也不管，以后我们还会有多少波折，总之，我的心，都永远，会和你在一起，不分离，一生一世不分离，永生永世不分离——是坎坷起伏也好，是天涯海角也好，我的心，都会陪着你，时时刻刻、分分秒秒地陪着你，永远和你在一起——小珊，我爱你——"

"……前些日子，我们还都那么开心……我们一起去看了梅花……还一起去了遥山上玩……还一起，又去了游乐场……你还说，要娶我……要娶我的……难道，就都是假的……都是假的……"

"……都是假的……对不起。"

雨，依然一直很悲伤的下着。

——陆至诚。

无尽的黑暗里，他忽然想起，原本，他都还和胡珊高兴说好了，平安夜，要一起出去吃饭的。

冰凉的泪水，还在他的脸上泉一样的冰凉流淌着。

他都还不知道，外面在下雨了。

黑色与绝望的世界，在他的眼前，黑色与绝望着悲伤。

音乐盒，"叮叮当当"的轻脆响着。

塑料的小天使，闪着亮亮的莹光，在黑暗里，依然曼舞旋转着。轻轻的，曼舞旋转着。

"叮叮当当"的，"叮叮当当"着。

仿佛还在，不断的敲打着他的眼泪，敲打着他的心。

他依然无力的蹲靠在墙上。黑色的眼泪，还在不断的灼痛着他的眼眶，他的脸庞，他的心。

他看着天使转舞，听着乐声当当，心如风中纸鹤纷飞零落、凋残殒败。

他忽然想起了好些年前，胡珊在阳光里教自己叠纸鹤时的那一份单纯与温暖、快乐。假如人生能够倒带停留，那多好。

早已是被他关掉了的手机，仍好像是一块带着尖的石头一样的，在他的心房里，锐痛的坠拉着他的整颗心，不断的往下沉裂着，沉裂着，不断的锐痛的沉裂着。

乌霾的鸦群，仿佛在他的每一方寸间残忍的啄食着他的心血。他泪水模糊的眼前，仿佛黑红千里。

我怎么可以拖累她……怎么可以……

她会没有幸福，没有开心……没有开心，没有幸福……

生活会是多么的残忍……世界会是多么的黑暗……

我不要她和我在一起啊……

……可是——可是……

陆至诚的喉咙间，就仿佛有成片的沙漠在滚烫的炙灼。

小天使还在黑暗里莹光亮亮的跳着轻轻的舞，叮叮当当的。

清脆而美丽的乐曲，伴着风的呼呜。

长痛不如短痛啊……长痛不如短痛。

……可是，可是……又真的是这样吗？……又真的是这样吗……

……爱……生活……世界……

谁能告诉我……谁能告诉我……

哽咽的呼吸，在陆至诚悲沌的泪水间如铁索般穿行，越痛。

地久天长。地久天长。

乐曲伴着呼呜，还在如地狱般的黑暗里的风中萦萦洒洒、飘飘零零。

如哀弥漫。

当生活陷入噩梦，爱又是否真的还能让世界依然被阳光照亮？

可是，用失去爱的方式让生活远离了噩梦的生活，又是否真的还能让世界存在的有阳光？

什么是开心？什么是幸福？

什么是爱？什么是生活？什么是世界？

哀沌的铁索，如茧弥漫着陆至诚的滴滴心血。

乌黑的色彩，在陆至诚的全身冥绕。

陆至诚寒噩麻木的依待在黑暗里，看着不远处从豁门口斜进仓库里的那一片齐整锋利的昏亮，心若风摧枝折。

可是……可是你舍得了她吗……可是……可是，你这样真对得起她吗……

就仿佛是有一阵又一阵悲沌的凛风，仍还在从锋锐的昏亮里不断的往他身上、脸上紧紧的吹着的，缠勒无休。

悲沌无尽。

茫茫广浩的天地间，宛若只有地狱轰鸣。

黑噩幽绵。

陆至诚凝沌的看着手中莹光亮亮的音乐盒。盒子还在唱着好听的歌，天使还在跳着好看的舞。他悲伤的笑了笑。

有哀浊的泪，在他凝冻的笑容里闪闪的长流着。映烁着黑暗里天使美丽而脆弱的微微亮光，好像星星破碎的殒落。

他泪流满面的，寂哑的仰天大笑着。

音乐盒终于还是，轻轻的被合上了。

寂哑的黑暗里，寂哑的风声独鸣。

陆至诚战栗的，终于还是重新又站了起来。

我又还能怎么样……我又还能怎么样……

我不能让她跟着我受苦……我不要让她跟着我受苦……我不要……我不要……

我爱你，小珊……我爱你……小珊……

我要你走。我要你走。

你一定要离开。你一定要，离开。

夜雨，下得又大了一些起来。

陆至诚站在冥噩的黑暗里，从窗上的破洞里，看着外面的雨，看着依然还守坐在楼道口的胡珊。

他看见，苍白灯亮里的胡珊，还在悲伤的捂脸伏膝哭着，寒颤的哀哭着，哀哭着。

从楼道口廊檐上泻流下着的雨帘，好像一幅又一幅破碎的幕布一样，接连不断的宛若飘渺的悲纱一般笼向着他搐栗的心房。

陆至诚空白而悲笼的站着。

在下雨。在下雨。

他只是空白的一直想着。

她是不是还在等我。她是不是还在等我。

突然，他不可抗拒的，蓦的觉得自己一下子就好像是一张淋在了雨中的薄纸一样，脆弱的无可形容而又干脆的就是那样利利一下子的，在雨中，湿透了，湿碎了。

他的心剧绞得他不得不一下子，紧紧地按住了自己的胸膛。

翻滚的难受，酸痛的让他几乎刹那厥倒。

整个滚烫的太平洋，仿佛在他方寸的心膛里哭啸。

他的鼻喉间，被澎湃的悲酸汹涌的几乎窒了息。

他的一切坚强与决断、选择，仿佛都连一张纸还不如的，刹那化为了碎屑般的泡沫。

悲烫的冲勇，仿佛一瞬间的，便又是重新烧亮起了他全身的每一根羽毛。每一寸燃烧，都好像在告诉他：这里还不是地狱。

我又为什么要怕？我又为什么要怕？

她还在等着我，她还在等着我啊。你看，你看，你看见没有啊。她还在等着我啊。

我又为什么要怕，我又真的有什么好怕。

我怎么可以那样伤害她。我怎么可以真的失去她。

是啊。是啊。

只要我们还能在一起，这世上又真的有什么好怕的啊。

我为什么要赶她走啊。我怎么可以那样伤害她啊。

都是我的错啊。

“小珊——”

陆至诚的心滴血的呼唤着。音乐盒在他的手中微微的颤抖。

他远远的看着胡珊，烧烫的整个天地都仿佛在刹那间着了火。

熊熊的火海。

“小珊，你听我说，你快走，快走——我手已经断了，走不了——小珊，你走，你走——我不要你有事，我要你好好地活着——答应我，你一定要好好活着——快走，不然来不及了——快——”

“不！不！不——我不走，我不走！我们要一起出去，我们一定要一起出去！我要和至诚哥你一起活着，我要和你一起出去——”

“快走，走啊——我求求你，快走，走——要爆炸了，马上要爆炸了啊——你快走啊——”

“不！不——我不走，不走——今天我们要走就一起走，要死也一起死——要是至诚哥你出不去，那我宁愿在这里和你一起死——我宁愿在这里和你一起死——”

火样的血泪。

就是死亡，也未曾能够将我们分开过。——而如今，我都在做什么？

我到底都在做什么？——我到底，都在对她做什么？

雷霆般的声音，呼啸的在他的耳畔不断霹雳着。霹雳的问说着。

“可是，可是，我们每一个人，真正所要面对的，不其实一直、始终都是活着、都只是活着吗？”

仿佛又有另一个尖锐的声音，在他的耳畔撕裂的响彻着，痛苦的响彻着。

活着，才是真正的命运。这世上最绝望、最险恶、最黑色的，永远都不是短暂的死亡，而是漫长的活着，漫长的活着。

你能让她活得开心吗？你能让她活得幸福吗？

你们两个生活在一起，还会真的有快乐吗？

“不要再说、不要再说、不要再说了——！！”

陆至诚撕心呐喊。

黑色的地狱里，陆至诚哀沌的萧站着。

他从可怕得就好像是一张吞噬的魔嘴一样的尖锐的窗户破洞里，依然的看着，还依然着的胡珊。

陆至诚的背后，就仿佛是有一双巨大的展开着的羽翼，正在剧烈的燃烧，剧烈的燃烧着。

没有一丝一毫声音的，寂栗燃烧、剧烈燃烧着。

陆至诚的每一寸，都仿佛在火海里受着煎熬、焚烧的煎熬。

寂栗的煎熬。

他展开着的双翼，依然在火海里寂栗、压抑的压抑燃烧着。剧烈压抑的燃烧着。

他想飞。他想飞。他是多么的想飞！——可是他不能飞，他不能飞。他不可以飞！

他就仿佛是一只站在火海中的火烈鸟，只能那样任凭着双翼的燃烧与烈火的煎熬。寂栗、寂栗。无声的死亡战栗。就仿佛等待的可怕，活着的可怕。地狱的气息，如烈焰般熊熊。

他远远的望着胡珊，那么伤心的胡珊。

他知道，她是还在等他。

一切，又是否真的都会变成噩梦中那样？所有，又是否真的都会落到那般痛苦与绝望？

生活与爱情，究竟哪一样，对活着更重要？一个世界的明亮，究竟更需要的是生活的安乐，还是爱的存在？

爱一个人，究竟是应该要给她生活的幸福，还是爱的快乐？

当这所有的一切，都不可能并存的让人只可以选择其一的时候。

可是，假如生活中没有了爱，生活又是否真的还会幸福？假如爱没有了生活的支撑，爱又是否真的还会快乐？

当一个世界，注定了只能残缺的时候。如何选择，才能让世界中的光明与温暖尽可能多的在残缺之后得到保留？

所有的一切，都好像一个无尽的漩涡。

陆至诚的目光在黑暗与雨中悲沌的交织着哀噩的惘呜。

夜雨好像一场淋透着人灵魂的悲沌哀惘，还在不断密密麻麻的下着、下着。

陆至诚的双翼，在压抑的寂栗中，战颤的仿佛在不断的化着灰，化着灰烬。

他的心，在如漩涡般的无尽悲沌中，突然还是无比剧烈的仿佛跳跃一般的纵痛了起来。

伴着仿佛还在化着烬的燃烧。猛烈的一刹那。

不。

我不可以没有她。我不可以没有她！

不要只剩下我一个人，不要只剩下我一个人啊。

难道这样伤害她就是爱她？难道这样抛弃她就是为她好？我这样难道就不是在毁灭她，我这样难道就不是在把她推下悬崖？你明明知道她有多么爱你，你明明知道她有多么爱你！

这样子，她以后又真的可能会有幸福吗？又真的可能说开心吗？你明明该知道你就是她的一切啊！她对你的全部你该明白的啊！！

生活困苦一点又怎么样？活得艰难一些又怎么样？你该明白她的，你该明白她的啊！

"……至诚哥你要是真的有一天生了什么病，这一辈子手和脚都不能再动了，那我就是你的手和脚，我会一辈子都陪着你，一生一世都照顾你。你不可以自己穿衣服了，那你还有我可以帮你；你不可以自己吃饭了，那你还有我可以喂你。只要可以和至诚哥你在一起，哪怕我们以后的日子再怎么苦，再怎么累，我也愿意；只要可以陪在至诚哥你身边，那么我们以后的日子顺心也好，不如意也好，我都觉得幸福。"

陆至诚心中的黄沙，仿佛一刹全被尘土下的一切竖起而掀翻了。

还有什么比这些更重要？在这世上，还有什么能比这些更重要啊！！

生活分明并不是地狱啊！你和她在一起着的一切，分明一点也没有被改变啊！

都只是你想错了，都只是你想错了啊！！

这世上，还有什么能比人的一颗心更重要啊！！！

陆至诚火翼展荡。

难道你真的希望她离开你？难道你真的希望有别人来和她在一起？

"不，不，不！"

那你还等什么！

陆至诚颤栗的，几乎是跳起来的，一下子便转了身，就要往仓库门外的雨中冲去。

我要告诉她，我要告诉她所有的一切。我要求她原谅我，我要求她原谅我犯下的一切的错！求她原谅我！！

对不起，对不起，对不起……

小珊，我再也不会这样对你了，再也不会了！——我们再也不会分开了，再也不会了！

一定，一定的……

陆至诚飞跑到了仓库的门口。雨滴，已经湿到了他的额头。

可是，突然。蓦的，一个不同的声音，又是在他的耳畔，像魔鬼一样的响了起来。

真的是这样吗？一切，又真的都是这样吗？

难道你忘了，你在几个小时前，是怎么样爬进来的？

难道你忘了，你是怎么样倒下的？

所有的一切，在刹那间，停顿了。

陆至诚不禁往后半个踉跄。

雨滴，一滴又一滴的，不断的还落溅在陆至诚手中的音乐盒的一角上。

密密的夜雨，仿佛一道清哀的门帘般隔断着他的视线，他的人生。

绵绵的雨线，在他的眼前裁剪着辽阔的悲沌。

他忽然很清晰的又重新想起了自己曾经做过的那一个噩梦。那一个他根本就无力去摇撼、改变的噩梦。梦里的每一分痛苦、挣扎、悲伤、绝望，都好像她眼眶里的泪水那般清晰明熠。

我真的该告诉她吗？——我真的该告诉她吗？

陆至诚不禁的，又是往后重重一个踉跄。

从仓库空门外倾进来的昏亮，是那么明晰的，仿佛将这个废仓库锐利的分为两个世界。一个，就好像黑暗里的火海；一个，就好像明亮中的噩梦。明亮让人在黑暗中恐惧失去；而黑暗，又让人在明亮中绝望湮灭。

夜雨好像一首飘零的歌谣，在用悲哀而伤惘的布料，为一个冬天送葬着寒殇的花红。悲伤的碎纱，仿佛叶落般朦胧着整片湮灭的昏亮。

陆至诚绝望的坐在昏亮里的长凳上。他脸上的雨水，干涸了的仿佛枯叶般凝透在干涸而绝望的脸上。

他手中音乐盒上的眼泪，还在往地上掉落着。

陆至诚深深的沉浸在噩梦中。他甚至还清晰的听到了胡珊在为自己念《百年孤独》。他听到，她念到了阿玛兰塔和奥雷良诺一起听着蚂蚁的哄闹、蛀虫的巨响、野草的尖叫，也一点不觉得恐惧的那地方，刚好便停了。

陆至诚生痛的眼眶里，忽然盈满了淡红色的泪水。他战栗的没有让自己流泪。

夜雨还在连绵的下。

他的双翼，仿佛全已成了灰烬。他忽然又好像重新回到了冷静。绝望的很冷静，也很坚强。他紧紧的痛咬着自己的嘴唇，还是没有让翻滚的泪水再从眼眶里流出来。

快午夜了。

——胡珊。

她悲伤的想起，才不久前，他都还和自己说好过的，平安夜，要和自己一起出去吃饭的。那时，自己还开心的说，不知道那天，会不会看见好看的烟火。

"——要是今年能再下一场雪，多好。"陆至诚笑着说。

"嗯呵——等下了雪，我就再和你一起堆一个雪人，大雪人，好不好——"胡珊开心的说。

"好，大雪人，呵，一定要堆得好看。"

所有的一切，都宛似一场早已逝去了的幸福梦一样的，随着冰冷的雨水，湿碎在了天地那无尽的噩旷间。

雨依然如帘的下着。

夜色寒深。

苍白的灯光，映着夜的岑岑黑寂与泪珠的滔滔模糊，仿佛依然还在她的眼前不断的演绎着斑驳的欢笑与哭恸。

一幕又一幕，全都好像鲜艳夕阳下被泪水划碎了的小树林，全都好像桃花春风里被哭泣殒落了的美丽风筝。如梦的前尘，仿佛都在雨中化了泥；悲恍的倒塌，仿佛都在风中飘扬着荆棘。

"……以后，我们还是不要再见了……你以后，自己多保重，希望你，以后可以重新再有一份好好的幸福。这辈子，就算是我对不起你了——欠你的，我来生再还吧……"

他的声音，还仿佛是这世上最冷酷的盐霜一般，在风凛凛的直往她的心口里灌。

为什么……这一切，到底都是为什么……

她的心底里在哭泣呐喊着。

我从来没有对你变过心……真的从来没有啊……我心里爱的一直都是你，真的一直都只是你啊……至诚哥……为什么你不明白……为什么你看不到啊……你为什么要这样对我……为什么……你怎么可以这样对我……怎么可以这样对我呃……

胡珊的心在流着血的殷红哭着。

我们现在不是终于又能重新在一起了吗……我们现在、不是终于又能重新在一起了啊……你为什么要这样啊……

胡珊心血哀恸。

"可是，当初也真的是你，要他忘了你啊——"

就仿佛是有一个尖锐的声音，又在她的耳旁说。

"是你，真的就那样离开了他啊——"

难道不是吗？——难道不是吗？

尖锐的声音，反复的在她的耳边响荡着，响荡着。

……是啊……是啊……是啊……

一尖利哀血的悲嘲，凄凉的在她的心坎上浓烈弥漫了开来，就仿佛是有一根针，忽然便是那么自嘲的，在她栗栗的心房上挑破了一个悲凉的洞。汩汩的鲜血，带着心底里的滚烫，伴着莫名彻骨的辛酸，缓缓的、缓缓的，从她搐栗的心里痛悲彻肺的，缓缓淌着出来。

是啊……那时候，真的是我……要你忘了我……真的是我……离开了你……

真的是啊……

"……呵、呵……呃……呃……"胡珊悲簌的呆着、悲簌的泣泣呆着，自嘲的哭笑着的、自嘲的哭笑着的，失声栗然的痛哭着，痛哭着。

是不是都是我的错……是不是真的都是我的错……报应啊……

胡珊痛苦的栗问着自己、栗问着自己。塌陷的悲酸，仿佛冰雪般淹没着她自己的心房。

至诚哥……你怪我……你怪我……你恨我……你恨我呃……

“……呃……”

胡珊嘶抑悲哭的，心血都仿佛和眼泪一起淌到了脸庞上。

刺骨的悲恸，穿心的风哭。

……可是我真的没有对你变过心啊……至诚哥……我心里爱的，真的一直都只是你啊……

为什么……为什么呃……

胡珊哀寒的心血悲恸着。栗彻的凄惨，如黑夜透彻着她已若冰雪的心肺。

我以为……你是一直还爱着我的……我一直以为……

……以为……以为你……知道我的……我一直以为……

……以为……你会原谅我的……你一直都……是还爱着我的、还最爱着我的呃……

穿心的悲泣，像海洋一般淹没了她的呼吸。

“……你恨我……”

呵、呃……

“……你早就已经不爱我了……”

呵呵、呃……

仿佛无数只的恶鹰残忍地穿透啄食了她的灵魂一样的，她泣血的失声悲哭着。

陆至诚的脸，再次在她悲恸的凄惨眼前，哀栗的寒冷模糊了。

都是我的错……都是我的错……都是我的错呃……

无断的悲栗，仿佛铁索般勒出了她灵魂的血渍来。

“……都是我的错呃……”

夜雨残冷。黑茫映着悲腥。

风声像擂鼓般轰鸣。

胡珊看见，雨里的夜，黑得真好像万岭千山。

除了仅有的几盏路灯，寒茫的黑夜里，已再看不到半点星霓碎亮。

重重的夜，就好像千万层的雪野，骤骤的岑寂叠加在一起。寒冷的仿佛能化了钢铁，黑噩的仿佛能湮灭人间。

千万柱的雨，还在无尽悲伤的下。

胡珊像截木头一样的站在楼道口。

脸上还淌着未净的泪。

一切都是真的，一切，都是真的。

她的心，像截死了的木头一样的喃喃着，已痛到麻木极了的，喃喃着。

还在不觉流着成行成行的泪的，喃喃着。

一切，都是我的错。

是我以前太软弱。是我以前，真的离开了你。

胡珊悲痴的心喃着，不觉的流泪着。

泪水冷得好像冰一样。

胡珊看着眼前仿佛无尽的冷雨，路上依然还是没有他出现。

她哀滞冰凝的站着。

她好像还在等，却又不知道自己其实到底还在等什么。她好像已经不知道自己到底为什么还要再待在这里，却又好像也不知道，自己又到底还该往哪里去。

只有一种无名深深的悲伤，好像没有了海岸线的汪洋，在她的所有一切之上涛流崩垮。整个世界，都仿佛在她的眼前成为了汪洋的哀浑。

她依然想不起陆至诚的脸庞。

她的心，好像悲伤的雪片一样零落着哀浑的辛酸。

只有泪水，在她脸上悲伤的滂沱。

胡珊悲沌的，忽然凝凝的伸出了一只手，伸进了冰凉的夜雨里。

寒冷的雨水，仿佛冬天的雪泪，冲刷着她滚烫的痴悲。

她就好像轻轻的在抚摸着仿佛已经很遥远很空虚了的什么一样的，战栗的轻轻抚摸着凛风中如霜若雪一般的冬冷夜雨。夜雨湿透了她冰冷的手，寒透了她痴烫的心。夜雨，仿佛还在不断的为她编织着遥远、空虚的一切。这世上，仿佛只剩下了雪泪般湿透了一切的冰冷，还在告诉着她，她的心还在跳。

透彻心肺的风霜雨冷，好像夜的黑，弥漫着苍天和海洋。

胡珊重新又坐了下来。

她的目光远远的靠着路口的墙。

她忽然又看到了废仓库的那扇破窗户。窗上的那个破洞，莫名的一下子，便是又定住了她的目光。

尖利的空洞，带着空洞后仿佛一望无际的黑色苍茫，宛若一团无由的幻火般，突然一下子，便是莫名的又好像一扇牢固的门似的，卡住了她心里的什么东西。

幻火，轻微而细密的，仿佛穿越着遍片的夜雨的，围笼着漆黑中无由的深深一团漆黑的，好像无影的针线般，将微弱的一小点火苗，蓦的便是宛似飞翔一样的投进了她心坎里一泊血泪下的漫漫悲痛、哀酸里。

门轰然倒下。有一长片的火焰，仿佛从她那雪样的心房中宛似早已被厚厚埋葬了的滚烫之下低弱却连绵的燃竖了起来。

他是不是出了什么事？——他一定是不是出了什么事？

她的目光深深的陷落在那一团火焰中深深的漆黑里的，蓦然就仿佛是重又被那不知已是被无尽的悲伤裹埋住了多久的对他的一片烈烈担心给痴痴紧紧的攥住了脆弱而悸动的心尖。

紧攥着的担心，仿佛一刹漾开的一汪泪水，刹那便好似挡开了一切的，哽住了她的喉咙。

火焰，仿佛刹那在她心膛中低而蓦的一下子高的升腾了起来。

一切，一定都是因为这样。一切，一定都是因为这样啊。

一个悲恸哭泣的声音，就好像在她心底的最深世界里烫栗哭恸着。

你为什么要这么傻……至诚哥……你为什么要这么傻啊……

难道就因为你有事，你就要我离开吗——难道就因为你有了事，你就要我离开吗——你怎么可以这样——你怎么可以这样……

为什么到现在，你都还不能明白我的心……为什么我们一起走过了这么多，你都还看不到我对你的一切……为什么，你还不懂……为什么，你不相信……

"……至诚哥……"

你回来啊……求求你回来啊……不要叫我走……不要叫我走啊……

除了可以和你在一起，我哪里都不想去啊……

胡珊泪流满面。

……为什么你还不懂……为什么，你不相信……

至诚哥呃……

你就是要瘫、要走了，我也只想和你在一起啊……我们永远在一起……永远在一起啊……

至诚哥……我们说过的话，难道你都忘了吗——我们说过的话，难道你都忘了吗——至诚哥啊……

让我永远和你在一起啊……让我永远和你在一起啊……

"……至诚哥……"

胡珊伤心的哭泣着。

爱的伤心，好像一条滚烫岩流之下最无能让人缝合的裂口，悲痴得让人那么滚烫燃烧，却也寒深得让人那么无可温暖。

夜，仿佛还在一点一滴的不断跟着冰凉的雨丝，往时间的前路上流逝着。

过了凌晨了。

已经是最后第五天了。

夜雨，依然还在一直下着。

冰透了的冬风，还在不断的冰透着苍白的胡珊。

……为什么……为什么……

胡珊的泪水，还在不断的仿佛泣痛着黑夜的风。

"我，陆至诚，已经早就不爱你了。"

"……我们——分手吧。"

雨，还在一直"哗哗"的下着。一直"哗哗"的下着。

——陆至诚。

他看着外面依然下着雨。

他静静的坐在静静的长凳上，不知道她是不是还在。还在等着他。

他不敢再去看，也不敢再去想。

他只是希望，她能在雨停了之后再走。

他不知道她是不是还在等着他。

无数悲伤的泥土，仿佛在他的周身堆积。他觉得自己一动不动的，就好像是在被看不见的黄沙活埋。

他自嘲的笑了笑的，动了动。

是啊，我就要瘫了。我就要死了。

谁也都救不了我了。

我又怎么还能和她再在一起呢。我不是拖累她吗。

我不是害她吗。

这个世界还很大，她还可以去很多地方。

她还可以重新再找个人，好好对她。——呵，她就是还跟着梁啸刚，也比跟我强。

一滴泪水，突然从陆至诚的眼眶里无声的跑了出来。

他笑了笑。悲伤、绝望而自嘲的笑了笑。

他还想让自己再重复告诉自己一遍自己刚才的那一想法，却是无论如何再也做不到。他忍着揪心的辛酸与莫名的悲绝的，要自己又笑了一笑。却是又一滴眼泪，从他的眼眶里不听话的跑了出来。

我都在想什么。呵，我这都是在想什么。

他自嘲的抹去自己的泪。指尖烫得仿佛在被人用针尖无情的刺。

他的心在栗栗的流着鲜艳的血。

和我在一起，会毁了她剩下来还有的大半辈子。

她还年轻。她的路还长。

我只是一个要等死的废人了。我是一个只能等死的废人了。

我会害了她。我会害了她。

我会把她一起拖累进地狱的。

不要，不要，我不要。

离开我，离开我。小珊，离开我。

你还可以有幸福。你还可以有幸福。

陆至诚呆滞的流泪着。

昏亮的灯光，仿佛带着雨丝的哀伤淌映在他悲沌的脸庞。

他的心，仿佛被无由无尽的哀伤苦茫悲噩的格住着、空白着。

他哀沌的仿佛忽然不知道自己还在想些什么。他的心里仿佛依然还有声音在说下去，可是却又好像很寂静，就好像风里黑寒栗噩的雨一样的“哗哗”寂静。

我到底都在想什么。我到底都在想些什么。

陆至诚哀噩的自嘲悲问着自己。泣血的悲嘲自问着自己。

苦重的泪水好像夜雨一般冲洗着他如雪的泥石脸庞。

黑暗的缠绕仿佛冥顽的绝望一般织透着他的心肺。

落叶仿佛刀刃一般铺满着他坍陷的灵魂。

可是，他仿佛在断裂处，那深深重重如地狱之下的悬崖一般的断裂无尽深渊处，又重新听到了一个如影如幻的声音：“你这样抛弃了她，她又真的还会有幸福吗？——她是那么的爱你——她是那么的爱你——你这样真的抛弃了她，她又真的还会有幸福吗？”

陆至诚无声的停顿着，无声的停顿着。

“……我不相信、我不相信、我不相信！！！——你说的一切，都是假的，全部都是假的！！！！我就是死，也不相信！！！！！！！你到底是怎么了——你到底是怎么了啊……为什么要这样对我——为什么啊……我做错了什么——我做错了什么啊……至诚哥……”

“……你到底怎么了……至诚哥，你到底是怎么了啊……求求你，你说啊……你说啊……不要这样……只是不要这样啊……至诚哥，你到底是怎么了啊……”

“……我不信，你说的那些，我都不信，我都不会信——我永远死都不会信——究竟是为什么？你究竟是为什么啊——至诚哥……为什么、为什么，我们好不容易才到了如今，好不容易、才到了如今——你却要这样——却要这样……呃……你说的，你说的啊，我们再也不会分开——我们再也不会分开了啊——为什么……究竟是为什么啊——”

“……至诚哥……我们、我们不要这样、不要这样好不好……我爱你……你知道我不能没有你……不能没有你……不要再说那些那样的话，求求你，再不要……至诚哥，我们还是好好的、好好的……好不好……好不好——不要不要我，不要再让我离开你——不管怎么样，都不要再让我离开你——不要不要我……至诚哥，好不好……好不好——求求你了……”

“……至诚哥，你都忘了吗，你都忘了吗——我们、我们都还没有一起去开起那家小餐馆来呢——我们、我们都还没有一起去买下那套新房子呢——我们的以、以后，我们的家、我们的家，都还在等着我们啊——都还在等着我们呢啊——你为什么要这样……你为什么要这样……为什么到了现在，你却要这样——为什么呃……至诚哥——”

“——就算全世界都相信，我也不相信！！不相信！！！绝不相信！！！！！”

“不……不……不……这些都不是真的……这些都不是真的……你为什么、要这样对我……你、为什么要、这样对我呃……你为什么不相信、为什么不相信我……你为什么、为什么不相信我对你的一切——你、你……为什么就是不相信，我和你之间的一切啊……你为什么要怕啊——”

“你到底是怎么了——你到底是怎么了——你到底是怎么了啊……”

“至诚哥——”

陆至诚的耳旁,仿佛还在流着渗血的哭唤。一声声,一句句,都仿佛在往他的心里灌,往他的心里猛烈的灌。

我到底都是为什么？到底都是为什么？为什么？

泪水,在陆至诚的脸上,像火焰一样的滂沱。

音乐盒,在他的手里震栗着。悲伤极了的剧烈震栗着。

我怎么可以这样对她？我怎么可以这样对她？

“——我到底都在做什么?!”

无声的扪心,如冰雹般“啪啪”的下砸落遍了他的整颗心。

茫沌的昏昏光亮,洇着雨的悲伤,仿佛在他的周身流淌。

陆至诚心酸痛得不得不一只手紧紧地按住了自己的心膛。

心膛处一小片微微的鼓起,好像都能让人感觉到着刺骨的心跳的,疼痛着他坚硬的掌心。剧烈的疼痛着他坚硬的脆弱掌心。

那里,是一张照片所在的地方。

他知道。

心口里的酸痛,还在好像潮水一般的蔓延,愈烈了。他的喉咙里都仿佛是被涂上了一层黄连汁。

他的眼睛越来越痛的,眼泪越来越少了。

昏黄雨亮,依然好像一件破碎的袈裟般披挂着他。

掌心的悸痛,依然那么沉重的,仿佛还在干了泪的搐栗中跳动。

陆至诚艰难的站了起来。时间和空间,仿佛一刹都在袈裟的覆盖下颠乱了彷徨与模糊,仿佛愈加粉碎了的彷徨与模糊,像雨滴一样“哗哗”的迷蒙着天与地之间的仿佛所有一切。

陆至诚呆滞的站立着。人世的所有悲喜欢愁,在这一刻,仿佛都在他的眼中干涸了。

他悲痛的哭泣着,脸上没有一滴眼泪。

他缓慢地转过了身。他重又望向了那一扇有着一个破洞的窗。

他的脚步,好像陷在深深泥沼中的两根石柱。

他呆滞地站立着,凝望着。他从他现在站着的那个地方,凝望着窗户破洞外面的世界。他凝滞地看见,外面,无尽的黑暗,像太平洋一样的辽远。

一种冰辣辣的疼痛,忽然在他无泪的哭泣后面战栗的恸泣了起来。

他忽然,是多么无比强烈清晰的害怕,在没有了她的日子里,自己就那么孤独的一个人寂静走向死亡的感觉啊。那是多么的可怕,那是多么的可怕。连痛苦都被淹没了的深深痛苦、可怕。

他是多么希望她能依然还陪着他啊。不要让他一个人,不要真的让他就那么一个人啊。他是多么希望、真的多么希望,自己能在死前的最后一刹,可以看着她的笑,还可以看着她依然还有着的那美丽的笑,安静逝去啊。那样子,安静的逝去啊。他不想孤独的死去。他不想孤独的等待死亡啊。

他不想，在离别了她的无尽痛苦中，就那么孤孤单单的迎向永恒的死亡啊。

他是多么想她能陪着他啊，依然还可以，陪着他啊。

他根本就不是一个坚强的男人啊。

他脆弱的，几乎都能听到自己心中的破碎"嚓嚓"声。

他没有眼泪的，在黑色边缘外的昏亮里，剧烈的哭泣着。

剧烈的哭泣着。

陆至诚，重新又走回了那扇破窗旁的黑漆漆里。

他从尖利的窗玻璃洞里看见，胡珊，依然还寒簌的一个人坐在楼道口的苍白灯光里。

雨线依然仿佛是那无尽的悲伤横流着大地。

他看着她哭泣。他看着她颤栗。他不知道这样的一个莫名让人真觉得好长好长的夜晚，是否真的冷得会让她的心通通被剪碎。

被他的一切剪碎。

他的心膛中，忽然仿佛失去了心一样的剧烈寒肃悲痛，空荡的一刹那仿佛有冰寒的鲜血要从失去了心的胸膛中冲涌出来了一样的剧烈寒肃悲痛。他的喉咙里，蓦然，又一口真实的血腥。

他觉得自己很像一个刽子手。他忽然不知道，他忽然开始真实的不知道，自己所做的这一切，对她的这一切残忍、冷酷，是否真的都对？在这，他远远的凝望着她依然哭泣、颤栗的一刻。

他的心，就好像是在被风声的呜咽碎剪。他的心，在他胸膛之外目光的尽头处如悲肃的冬雪一般染着风的碎碎零落。

他望着胡珊，心里的泪水仿佛越来越好像漫天的盐霜一般铺布了他失去了心的胸膛里的每一方寸。痛苦的搐栗，好像千万只凶恶的鹰鹫般渗透穿过着他灵魂的每一丝毫。

他的双眼，丝红的湿漉漉。

我为什么要这样对她？我为什么要这样对她？

你难道还不明白她吗？你难道还不明白她对你的一切一切吗？

说什么要她幸福，说什么要她开心，看见没有？看见没有？她在哭，她在哭！

你难道还不懂她的一切吗？你难道还不懂她对你的所有一切吗?!——你以为你离开了她，她还真的会开心、真的会快乐吗?!

你以为这样就不是在害她吗!!

一句又一句的霹雳，仿佛在他的耳畔雷响着，连连不断的雷响着。

"……梁啸刚，你错了，你还是没有懂——一个人，生活在这世上，过得幸不幸福，一点都不等于他过的是什么样的生活，锦衣玉食也好，吃糠咽菜也好，幸福，这个世界上真正意义的幸福，永远只存在于，也永远只可能存在于，人的

心里。生活的好的人，有觉得幸福的，可是也有觉得不幸福的；生活的不好的人，有觉得不幸福的，可是也有觉得幸福的。——我爱他，愿意和他在一起，也只想和他在一起，他是做天子也好，做乞丐也好，我都一样不会变；是会和他一起吃龙肉也好，是会和他一起讨剩饭也好，我都一样永远陪着他。因为我爱他，永远爱他，永远只爱他。只有和他在一起，我才真正地感到幸福，就是有一天，会真的和他一起饿死、渴死，我也觉得幸福，一生都幸福——永远不后悔，永远都不后悔——”

“啊——”

陆至诚嘶哑的痛恸着，嘶哑的痛恸着。他的眼眶里，溢满了干涸而淡红的泪水。他的心，宛似在被割，一片又一片不断的被割。

我怎么可以这样对她，我怎么可以这样对她啊！

“她是不是还在等我……她是不是还在等着我……”

“她还会原谅我吗……她还会原谅我吗……”

陆至诚颤栗的捂着脸，颤栗的紧紧的捂着自己的脸。

去，去求她原谅你！快去求她原谅你啊！告诉她一切，告诉她真实的一切！去告诉她你的心啊！！告诉她，你错了，你错了，你不可以没有她，你是真的不可以没有她啊！！！

他的心，就仿佛是在对他大吼着。他的心，就仿佛是在对他痛哭的大吼着。

两行浑沌而悲绝的泪，从他的眼角，淡淡的淌了下来。

悲沌的宛若为这片的黑，灌入了水泥。

又两行浑沌而悲绝的泪，从他的眼角，淡淡的淌了下来。

他的两条腿，却依然，还仿佛是陷在深深泥沼中的两根石柱。

陆至诚，你清醒一些吧。你清醒一些吧！

就仿佛是有又一个声音，在从他脚下深陷着的泥沼中向他雷吼。

嘲讽的雷声大吼。

陆至诚的整个人，都仿佛是在被两股截然不同而异常巨大的力量残酷的扭曲着，血腥的扭曲着。

神啊，为什么你不可以救救我？为什么……

陆至诚涸泪悲恸的痛绝呐喊着，痛绝了的揪心呐喊着。

天地，仿佛都浑沌了。

“——当生活陷入噩梦，爱又是否真的还能让世界依然被阳光照亮？”

“——可是，用失去爱的方式让生活远离了噩梦的生活，又是否真的还能让世界存在的有阳光？”

……

假如我们依然在一起，你又是否还会过得开心……

假如我真的伤害、抛弃了你，你又是否真的可以忘了一切，重新再找到一份好好的幸福……

……小珊……

夜雨，还在“哗哗”凄凉的下。

广袤无际。

——胡珊。

寒冷的夜雨冰丝，依然还仿佛苍白的绸缦般，悲伤无尽的洋洋飞舞在惘沌无际的黑色天地间。

我为什么还要骗自己……我为什么还要这样骗自己……

无际凄凉的悲嘲哀恸，不断的还仿佛人世最冷酷的匕首，在流着血的殷深伤痛着她凝栗的洁白灵魂。

宛似凝沾着鲜艳血渍的白雪在黑噩间最明亮的飞舞。

一切都是真的。一切都是真的。

他早就已经，早就已经，不爱我了。他爱的，是唐梦佳了。

从那时起，就已经不再爱我了。

……呵……呵呃……

胡珊碎栗的低低啜泣着，栗栗的伏膝啜泣着。

都是我的错，这一切，都是我的错呃——为什么我那时是那么的软弱，为什么我那时是那么的没有用——为什么——为什么……嗯呃……

胡珊碎彻的哀恸着，战栗的哀恸着。

为什么，是我一直都那么软弱的，不懂得勇敢，不懂得勇敢——呵呃……

现在却晚了——呵呃——现在，却一切都已经晚了——他都、都已经，不再爱我了啊……呃呃……

胡珊哭得眼睛都仿佛是要被泪水流瞎了。

……他都已经，早就不爱我了呃……

悲空的哀噩，仿佛所有痛苦都不能及的，在她的整个灵魂中，如风摧落纱。

“……他早就不爱我了……”

无可言喻的空惨，像海水一般湮灭着她的全部生命。

……是我一直辜负了他……是我一直辜负了他……是我一直辜负了他呃……

……都是我的错……都是我的错……都是我的错呃……

至诚哥……你恨我……你恨我……你恨我呃……

对不起，对不起……可是真的对不起呃……对不起呃……至诚哥……至诚哥啊……

我没有对你变过心……可是我真的从来都没有对你变过一点点心啊……至诚哥……

……为什么……为什么……

我一直都以为……以为，你还是最爱着我的……你一直都还是最爱着我的……呵……呵呃……

为什么……

……为什么……

……至诚哥……

你听一听，你看一看啊……我爱你，我心里爱的真的一直都只是你啊……至诚哥……我不能没有你，我真的不能没有你啊……

……为什么要变成这样……一切，都为什么要变成这样啊……

究竟为什么呢……

“……天啊……”

胡珊悲惨的哭泣着。悲惨的哭泣着。

寒风伴着冷雨，没有方向的吹着和落着。

夜色，像是倾倒的苦海，遍淹着黑湿了的大地人间。

风簌簌，寒肃肃。

悲哀像雪一样的深深积陷着沼泽般的深深泥泞。

胡珊的额，深深的冰凉着自己的手背。

她开始确信自己真的早就已经不是在发烧了。她的心比冰还要冷的，流着血一样的泪水。

她是多么希望，今天的所有一切，所有所有一切，都只是她在发烧啊。那样多好。那样，多好。

他无情的脸庞，在她的脑海中，是多么的清晰，多么的清晰啊。

她是多么希望自己瞎了。

她的心，比冰还要冷的，流着血一样的泪水。

“——那他没有什么事，也好啊。”

胡珊的心里，一念却又不禁仿佛是背叛了自己心里惨绝了的悲伤海洋的，蓦然不由的痴痴想。

一袭滔滔悲断的自嘲，跟着铺天盖地一样的哀涛，轰起淹没了她，她的一切。

悲噩的泪水，雨一样的洗着她的脸庞。

胡珊在脆弱苍白的灯亮里，痴痴的悲伤哭泣着。

“……真的……又都是真的吗？”

……

“……他不要我问……呵……他不要我问……呵、呵呃……”

“……至诚哥……不管怎么样，你都不要怕，也不要想不开啊……你还是要好好保重自己啊……你还是要，好好保重自己啊……”

“……不管怎么样……不管怎么样，你还是千万要好好保重自己啊……至诚哥呃……”

“……呵、呵、呃——”

……

“我都在想什么呃……”

“他现在,不是正和唐梦佳在一起吗——他现在,不是正和唐梦佳在一起啊——”

呃呃呃……

胡珊,心碎透了的,哀泣着,哀泣着。

夜风,好像永无边界的长泣一般,还在天地间噩沌的悲伤呼鸣着,长长的呼鸣着。

不知道究竟为什么的,胡珊在哭泣的栗栗烈止中,便是又一次的,给唐梦佳的那一个号码拨了一个电话,依然坚固的不通。

风,依然没有边界的长长悲鸣着。

——陆至诚。

他看着雨停了。他看着胡珊还坐在楼道口。

黑色的地狱中,风,还在他耳旁不断的轰鸣着。

“——等我回来。”

“我等你!!! 至诚哥,我等你啊——”

殷红的悲怆,在他眼前,如鲜花般浓烈的盛开着。

黑色的哀伤,密集的依然在他四周漫漫山峦叠嶂。呼啸的风声,带着雨停后仿佛愈加纵横悲湿了起来的长寂,宛若地狱里可怕的岑肃冷鸣声息,在他周围的每一方寸空间中蔓扩伸张。

陆至诚怆噩的站在窗旁,看着那一个如一副尖利的獠牙般可怕的玻璃破洞,深陷的觉得自己就仿佛是正站在一个看不见的魔鬼的口齿间,被咀嚼与噬灭,只是随时的事情。地狱就好像是这座破仓库一样,没有半根锁链的,用最牢固的锁链,穿透定牢着他的每一根骨头。

他远远的望着胡珊。她还没有走。他知道,她还在等他。

心悲的花瓣,仿佛在他视线的尽头埋葬着每一分的哭颤。他的心恸,仿佛大雨的零落、滂沱。

他悲酸模糊的看着笼罩着胡珊的仿佛泪水一样的苍白灯亮,哀恸的不禁想:是啊,至少她还有亮光。不和我在一起,至少她那里还会有亮光啊。

我这里已经是地狱。我这里,已经只是个不可能再有救的地狱了啊。

不要和我在一起。不要和我在一起。不要和我在一起啊。

他痛苦的心喃着。痛苦的心喃着。

扭裂着的剧烈悲恸,酷如一条哀沌的恶螭般,在他的心膛中攉血翻腾,攉血翻腾着。

真的是这样吗? 真的是这样吗?

他自己的声音,却又仿佛是那样顽韧的,反复的不断出现他的心底、耳边,就好像,他就是他自己的锁链、他就是他自己的反叛一般。

无泪的悲恸，仿佛断命的白绫一般哭缠满了他宛似被剧噩黑沌扭裂了的每一分毫血色灵魂。他的整颗心、整个人，都好像在被无尽的地狱吞噬，咬碎的吞噬。

他的眼前，仿佛只剩下了无际模糊的噩沌。他的耳畔，仿佛只剩下了不能遏止的风的呼鸣。

他的整个灵魂，仿佛泪水一般的汹涌破碎。

殷红的血色。

……“当生活中的所有一切，都深深的陷入到了困苦、重负、不可改变的绝望，还有只能在绝望中绝望的挣扎、等待着那不可改变的绝望中的时候，爱情，又是否真的还能给予世界那生命的温暖与阳光？”

“假如痴挚的爱情只会让她的一切陷入我世界的地狱，那么，对爱的毁弃与推离，是否就真的只能是最后唯一还剩的最好办法了？又还有别的哪怕是只能再稍微仁慈一点点的道路了没有？”

“可是，假如一个人的世界真正、真正的失去了她心中最最的爱，那么，生活的舒适、安逸，等等一切，又是否真的能够成为照亮、温暖一个人天地的太阳？”

“而当这所有的一切，就是这样，只能够让人残缺的选择保留住一半的时候——究竟，该怎样抉择？”

……

“——我又难道真的想让她离开我吗？”

“可是，我爱她——又怎么可以让她过得不开心，跟着我为我受苦？”

……

“……可是假如我是她，难道又会去在乎这一切吗？——这世上，又还有什么能比我们还可以在一起更重要啊？又还有什么能比我们还可以在一起更重要啊！——陆至诚啊陆至诚，难道你到现在还不明白她吗？——难道你到现在都还不明白她的心吗——！！”

“是不是我错了？那么，是不是我真的错了？”

……

“可是，和我在一起，她又真的还会有幸福、开心吗？”

……

“……小珊……我爱你……永远爱你……”

……

滔滔的浊泪，滔天的悲噩。

黑暗，在地狱里山河飘荡。

一个人活着，人生，究竟是什么；人生，究竟是为了什么。

两个人之间，究竟什么，又才是幸福；究竟什么，又才是结局。

爱，又到底该怎样去爱。

没有谁能告诉他的一切。

锦瑟曲断。

——胡珊。

看着黑黑的天空。

漫漫的伤悲，好像夜一样的没有边际。

他是正和她在一起啊。他现在是明明正和她在一起啊。

为什么我还是要这样？为什么我还是要这样？

“……他现在，是明明正和她在一起着啊……我又，为什么还是要这样……为什么……”

滔滔至悲至嘲的哀萧、寒彻，仿佛破碎的银河般，千星万月的殒毁着她心地最后的光芒。滔滔的，破碎着。

千星万月的，殒毁着。她心地里，最后的光芒。

长夜坠锦歌，悲鸣破冬风。

空飘飘的苍亮，带着漫天飞殒的火花，仿佛此起彼伏的哀悲，如涛沓迭，若絮翻飞。

雪霜绕泪心。

胡珊就仿佛是站在一场剧终的幕前，一个人看着几年来原来都早已只是了一颗心的独角戏的两个人之间的一切，心泪宛若汪洋恣肆。

他早已经不爱我。他原来，早已经不爱我了。

说不出的至极悲空，悲空得让人几乎都觉得，就连一整个海洋的哀痛，都仿佛只是悲空里的一小片哀痛。

没有边际的悲沌痛空，悲痛得就仿佛，用一腔的痴热去挚爱了一场误会的误会，用一生的全部去追求了一场其实早已结束了的结束。

她悲栗的想起，他说，他恨她。

无尽栗沌的悲伤、凄空、灭痛，就像没有黎明的永夜，化作了长长的白绫，卷着她，卷着她。卷着她。

她哭泣得仿佛呼吸都停止了。

她哀沌得根本已都不知道，该怎么办，到底，又还该怎么办？

她不知道自己究竟为什么还在等，又究竟还在等什么？她只是，好像不知道、一点点都不知道，自己又究竟，还该去哪里？

还该去哪里？

冬风，仿佛还在遍夜的湿地之上，吹呜着涸泪的哭殒。

“——等我回来。”

“我等你！！！至诚哥，我等你啊——”

夜声四寂，冰冷天地。

三十六

天色近黎明了。

风还在一直呜呜的吹着。

东方现出了一丝乌灰朦胧的苍白。

胡珊在楼道口，整整等了一整个晚上。

无尽的泪水，早已在她脸上都干透。

胡珊乌灰的呆呆凝望着模糊天际蜿蜒的边涯，悲哀的知道着，他依然还没有回来。

就好像是一个还有的最后的梦，随着夜的开始退却，一点一点、一点一点的，也最后的开始了片片的剥落，萧寒的粘着血的残忍片片的剥落。

她没有眼泪的呆呆凝望着乌噩噩的天，悲哀的知道，他依然，还没有回来。

天空，苍白的越来越浓烈了。

陆至诚依然还离开着窗，凝噩的靠站在窗远侧黑黑仓库墙角边的半截木架旁。

路灯已熄了。

黯噩苍白的昏昏晨光，淡淡的飘染着这座黑黑的废仓库。

陆至诚最后的又看了一眼自己手中打开着的音乐盒。

塑料的小天使，依然还伴着悦耳的"叮叮当当"，在苍白的黑暗里美好的转舞着，美好的轻转缓舞着。

天，真的亮起来了。

音乐盒，依然还美好的"叮叮当当"着，已被他弃搁在了那截乌灰的木架子上。

陆至诚，站在仓库门口外的苍浑晨曦里，凝沉的定定看着地，冰灰霜湿的地。

他的心像地一样的湿，而没有缝隙。

陆至诚没有表情的抬起了头来。他淡淡的整理了整理自己凌乱的衣服，和面容。

他凝灭的长长看了一会儿遥远天际乌灰苍亮的边涯。他脉红的双目，萧碎的，仿佛披上了一件湮没的袈裟。

陆至诚定定重重的，没有回头的迈开了步。

他离开了这座仓库空空豁豁的门口。

寒风像碎纸般零落。

天上密密的叠叠乌云，像海一样的厚广深绵。

冥霾天涯。

三十七

胡珊凝注的站了起来。

她凝固的看见，陆至诚，回来了。

是的，真的是他，回来了。

陆至诚微低着头的，正不紧不慢的，步子微有些碎的，往着自己住处楼道口的方向走着。不紧不慢的，步子微有些不觉着的碎的，向她由远而愈走愈近着。由远，而不紧不慢、微碎的，愈来愈近着。

胡珊看着他，眼眶都不禁不觉是一下子又酸辣辣的剧痛了起来的，长长看着他，正愈来愈近了的他。她以为，他还没有看见她。——她是那么冲动的，多想马上跑向他，多想多想现在就立刻马上飞奔跑向他啊！——可是，她却就好像是被水泥灌铸了一般，双脚便好似是被钉在了地上一样的，一动，也没有动，就连那一声她都还没有想到便已是要从她的喉咙里跑出来了的"至诚哥"，也好像是被什么紧紧一把攥住了一样的，卡牢在了她还没发出声来的喉咙里。

一股无能言喻的漫韧悲冷，让她僵冻的，仿佛自己都失去了自己的主宰。好像一个木头人一样的她，呆呆滞滞的冰霜站着，只有那双已是哭得淡红色了的眼睛，泪窝闪烁的，仿佛还在为她跳动着恸栗残破的生命。

她痴悲的凝簌看着依然还是一直仍低着头、已越走越近了的陆至诚，还是难以自主的，好像一个悲惨的冰人般的，被万千的幻灭与破碎，哀噩的牢定在天地间的一个仿佛谁也无能动摇的逗点上。她不知道，在这一个逗点之前，什么才是真正的开始；她也不知道，在这一个逗点之后，什么又会是真正的结局。仿佛已破碎了的太阳，在漫天遮蔽着的荆棘缝隙间，好像一根又一根的长长的金针扎痛着她伤悲的痛搐。一切的希望仿佛都已成了悲搐的原因，一切的美好仿佛都已成为了流血的哀栗。她不知道在天地之间，所有的一切，又已都是什么？地狱的黑噩与一切的悲哀，仿佛都已似冰肃的湖海般悲哀噩沌了她世界中的一切一切，所有一切。

已愈近来了的陆至诚。

依然还好像霜雪般冰人一样定定站立着的胡珊，湿红的眼角，终于还是无能的潸然淌下了两行滚烫的泪来。

昏昏黎明的风，萦萦凛凛。

陆至诚的步子越来越滞慢了，越来越滞慢了。

终于，他慢的，在离胡珊还不是太近的地方，便已停了步。胡珊泪眼朦胧的看见，他，抬起了头来。

胡珊喉中刹然剧灼一热，却只是蓦的哑泪更纵浓了一叠。她无名慌忙的紧侧垂了头的匆拭去自己脸上的哭湿，心尖莫名就像被烈啄去了一块肉一样的痛。

陆至诚已是低着头的碎走到了她前面。他定定的呆凝着，抬起头来。

她心搐的，痛沌的也看向了他。

他冷漠的看着她。

两个人都寂木了很长的几秒钟。

"……你怎么……怎么在这里？"陆至诚没有表情也没有眼神的，看着她，声音莫名低得就好像是连说话的力气都没有的，先开了口的，萧冷问。

"……我……我……"胡珊一刹莫名不禁凄痛的泪珠差点就又是要从鲜红的眼眶里滚落了出来的，喉如哽着雪雹的，言不能成声，心绞灼悲的，话断肠断，"……我一直……一直在这里……"胡珊的心，仿佛都在流着说不出的血，"……在……在……"胡珊悲噩的痴注看着好像一块冰一样的他，连心的伤口都仿佛有着无数的话想说，却又灼哽痛哑的，在这一刻，哀断了话的，连多半个字也都再说不出口。

两人都陷入了沉默。

深深如到海底的长长沉默。

陆至诚的目光一时垂落到了地上。

"……昨天的事……对不起……"陆至诚声音冰冷而低沉的，就好像是从深深的海底慢慢飘浮起来的半段白绫，"我昨天……不该那么对你……"他低低而沉沉的说着，又抬起了目光来，"——你还是回去吧。"

他看着好像一个冰人般的胡珊，痴痴看着他的眼眶里好像轰鸣般的滚过了两汪分明淡红色的泪水。他看着盈盈的泪水在她好像凝固了的眼眶里死死的凝固着将要的流淌。他看着她苍白的嘴唇霜白的打起了战抖。

两个人都好像石头一样的无语对呆着。

颤抖的亮亮泪珠，终于还是从她悲哀的长长睫毛上簌簌的恸落了下来。

她无声啜泣的，垂下了头去。她无声的啜泣着，剧烈而嘶哑的痛苦啜泣着，一只手颤栗的如被凛风吹断了骨头一样痛栗的，紧紧捂住了面的痛悲哑泣着。

陆至诚不能禁的，长长深吸了一口气。

"……对不起……"他低低而沉沉的，又对她，低低而沉沉的说了一遍。顿了良久。"……你……还是快回去吧……"

又都顿了很久。

陆至诚长久的看着地。他看着她的泪水浓烈而无声的，都簌簌的掉在了地上。他良久的顿着。

他忽然好像想到了一件事的，踌躇了一下，又踌躇了一下，终于还是就又低然开了口的跟她说："对了，另外——我……我还有件事……想告诉你——

可能……可能再过段时间，我就要离开遥州了。我……我要到上海去了。可能……以后也不太会再回来了——”他低然的微滞说着，眼睛一直盯着地。他顿了顿，自己也不知道为什么的看着地的便是强然的自己笑了两笑，然后便是又不禁的顿滞了起来。他又笑了一笑，“你知道，我……我……呵……”他自己也不知道自己是究竟还想要说什么的，又勉强地对着她笑了一笑的，便是莫名真的就好像是再也说不出半句话来了的，哑哑默然了。

长沉的默然了。

他听着她也是默然的，又看见有两滴浓烈而大大的泪，悲伤的跌落到了地上。

他抬起了头来，看着胡珊。她正低着头，没有声音的颤抖着。

他的心，好像垂在天边的一抹残阳。

黎明的风，还在凛凛的吹，吹痛着他的心，她的魂。

“……你……回去吧……”

陆至诚低着头的，最后说了一句。

他转身，往楼道里面走了去。

可是，他突然一下子，就被蓦的两小步便追了上来的胡珊，无声而紧紧的，在后面，一下子，紧紧的给抱住了，紧紧的，是那么无比死死的紧紧的。

她纤弱的两条手臂，就好像是拼足了力气般的胀起了硬韧来的，死死的紧环着他的腰腹。她冰冷而颤栗的整个人，都好像是要恨不能钻进他身体里去的，紧紧牢牢的栗栗贴偎在他的背上。她的脸庞，是那么紧紧的、紧紧的几乎令他破碎的，牢牢的贴伏在他的后心窝上，死死的紧紧的。

他真的好害怕，她的眼睛，会真的看透了他的心。他真的，好害怕。

他是那么清晰的，知道着她在哭泣。她在彻碎的哭泣。虽然几乎没有一点点的声音。她的恸栗，一分分、一片片，全都好像殒破的白鸽般，在一只只、一群群的，不断悲碎的冲撞着他的心膛，他的脊梁。

他的两只手，呆僵的，没有办法碰上她正紧环着他的手。他想分开她的手，可是，他的手，却好像都哭泣了起来的，背叛了他，战栗的背叛了他。

“……至……至诚哥——”

悲绝哽哑的声音，终于从她如碎如攥的喉中，颤戚的，还是发烫的冲呼了出来。声音低栗的，仿佛就连铁石，都会悲泣起来。

她紧紧的咬着自己的唇，痛恸的喉中一波血腥。

“……告诉我……告诉我这一切都不是真的好不好……告诉我这一切都不是真的……好不好……至诚哥——”

胡珊哭冥亡求，悲泪如雨滂沱，栗恸若绝。

天地晦暗。

陆至诚的心，就好像是喝下了毒酒一样的，痛打起了滚，绝命的滚。

他深深的咬住了自己血腥的唇。

他的双手,依然还在战栗着,剧烈深深痛苦的战栗着。

"……不要再这样了……小珊……我们……已经都结束了……"

陆至诚喉中噙着毒腥的血的,抑栗低说着。沉沉的,低低断说着。

他咬着牙的,一下子,便是制栗的,紧紧把住了胡珊的双手。他微用了用力的,便是想将她紧牢环抱着他的双手分开。

可是,胡珊却是拼了命一样的,愈死紧地箍住了他。

"……不……不……不……"胡珊哭声断绝的,泣栗的就仿佛是千万只杜鹃一起啼起了血来的,悲簌哀亡,"你骗我……你骗我……你一定是骗我呃……为什么……为什么……至诚哥……究竟为什么——"胡珊声哑恸绝。

天地都仿佛在哀惨。

"……不要这样了……小珊……我们真的……已经都结束了……是我……对不起你……你……真的不要再这样了……"

陆至诚,脆弱得几乎已是到了最后界点的,声音里都几乎已是现出了颤来了的,悲低心恸的,强撑的最后说着。悲低心恸的,强撑的最后还说着。

"我不信……我不信……我不信……"胡珊栗摇着头,哭冥了的绝亡恸摇着头的,最后哀栗地说着,"……你要是早就不爱我了、要是真的早就不爱我了,那为什么、为什么,你那时还会常常去街心花园的那张长椅那儿——你又为什么,还会常常一个人去街心花园我们以前一直在一起的那张长椅那儿——为什么呃——"

胡珊恸悲泣绝。

陆至诚眼前,一抹血阳。

空气里,仿佛都是断肠毒酒的悲腥与血醉。

"……一切,都只是我明白得太晚了……我不想再错下去了……真的……不想再错下去了……对不起……"

陆至诚坚断的低穆说完,狠狠的一咬牙,便是一狠心,痛力的就将胡珊紧抱着他的纤弱双手,剧烈地分了开来。

"——不,不,不!"

胡珊彻绝了的挣扎哭摇着头,亡喃的挣扎摇头绝哭着。已再没有了一点点希望了的,悲破的还哭摇着头的,拼命挣扎着,拼命挣扎着。

她不放开他。她拼命了的也不能放开他。

她的手,和他的手,残忍的对抗着,残忍极了的对抗着。

陆至诚的眼眶里,剧烈的两潭不能流出来的泪。他的心剧烈的一绞,酸痛得,双手蓦然的一失劲。胡珊的双手,一下子,紧紧的箍搂住了他的胸膛。

她紧紧的搂着他的,绝望的哑然哭恸着的,脸紧紧的贴着他的后心。绝望的痛哭无声的,紧紧的贴着他的冰冷后心。哀恸的,只仿佛她的整个人,都成为了他的一片被割下了的心。

她哀恸绝望得心烈烈的悲痛。

她的双手，仿佛不能失弃一生生命般的紧紧箍搂住着他。无比紧紧的，箍搂住着他。

两个人，好像一座都是用眼泪做成的塑像般的相连相僵着。

陆至诚的心血纵横恸流着。忽然，他感觉到，哀栗的胡珊，顿了一顿。

她蓦然的，顿了一顿。

胡珊，是忽然的，发觉到了，他心口处的微鼓鼓。她刹那的，便想到了，那一只钱夹。

胡珊泪凝的，呆呆的，还顿着。

忽然，陆至诚还没有反应过来的，胡珊紧搂着他的双手一下子便是松了开来。她遽疾的，一下子，便是从一时还哀呆着的陆至诚的衣袋里，微有些滞乱，而促快的，急掏出了那一只钱夹来。

陆至诚刹那慌醒。胡珊已急退离他身后。他蓦的转回身。

看着胡珊。

胡珊定定地站着，眼眶湿红得让人几乎不能看的，凝悲的哀伤地看着他。哀伤得让人根本不能看的，悲痛地看着他。

钱夹依然还合着的，停顿的战栗在她手中。战栗在她悲簌、紧紧的手中。

陆至诚想马上抢回来，可是莫名的，脚下却就像是被水泥粘住了一样的，迈不开步，一点点，都迈不开步。

他看着她。

她悲凝的，也好像是被水泥定住了一般的，动不了手打开钱夹。一点点，都动不了手，打开钱夹来看。

她看着他。

泪水在她脸上映着殷红的心血，心血在他心里流着殷红的泪水。

两个人，都好像塑像，两座被刀锯分割开来了的塑像。

胡珊悲凝地看着陆至诚。他看到，她悲哀得让人心破的，泪笑了一笑的，垂下了头去。

他还是迈不开步。

她，颤抖的，双手剧烈颤抖着的，慢慢、慢慢，终于还是，栗栗地打开了钱夹来。

她顿着。他顿着。

呆呆的顿着，都顿着。

时间，仿佛被黎明定了格。空气，仿佛在灰霾里凝了结。

他看到，簌簌的泪水，一刹那，从她的眼中倾盆而出。

胡珊，战抖的，从钱夹里抽出了那一张照片来。

她簌栗的抬起了头来。

他看到，她泪笑着，让人心血仿佛都在刹那决了堤。

"……为什么骗我……为什么、骗我……"胡珊喉如炭哽，声被泪颤的，欢

而悲更剧、笑却泪如雨的，悲哀若着湖海的，恸碎拿着照片，泣栗的哭伤问着他，“……你明明爱我……你明明是还爱着我的……究竟为什么……为什么……”胡珊心血塞喉断泣。

陆至诚呆滞的站着。呆滞的站着。

呆滞的站着。

他好像是被水泥糊着脸一样的，像哭又像笑的笑了一笑，心都好像是被天地刹那彻撕的血淋淋分裂了开来一样的，不像哭又不像笑的，又笑了一笑。

“……你……呵……为什么一定要这样……”

他战栗的，自己都不能禁的声音里都带着悲颤的，好像哭一样的笑着的，哀战嘲摇了摇头、栗说着的，手一下子，都不能禁的，痛捂了一捂自己的脸。

她泪水的看着他。

他刹的，痛攥断了自己的心。

他瞬厉的，放下手，抬起了头来。他好像一块冰一样寒冷的，大踏步的一下子，便是快走到了她的面前。他无比干脆而利落的一下子，就是从一刹还不由愣着的胡珊的手中，夺拿过了照片来。

“——对不起——这……只是小误会。”

他像一张白纸般毫无感情的说完，整根脊梁都好像是被自己一刹通通敲断了般看不见的栗极痛搐了起来的，亡滞的僵停了一两秒钟——他终于，还是在她的面前，血栗栗的，抬起了自己拿着照片的那只冰冷的手来。

胡珊凝伫的看着他，看着照片。忽然，她的眼里，不能相信的，是绝不能、不敢相信的，刹划过了一道塌天裂地的遽骤肃破血光。

——她手中的他的空钱夹，瞬的，重重，掉落在了地上。

她已来不及，再夺回照片。——陆至诚看着她，看着自己冰冷的双手，已是在她的面前，一下子，便将这张照片、这一张他和她已是最后唯一还剩了的曾经在一起的旧照片，刹厉的，寒绝撕为了两半。

寒绝的，撕为了两半。

这一张，他和她已是最后唯一还剩了的，曾经在一起的旧照片。

整片北极的冰雪，仿佛都在一刹那，统统的，盖头倾倒在了胡珊的脑袋上。

陆至诚的双眼，红得仿佛披上了血。

胡珊听到了自己魂椽的断裂声。——她好像死了一样的，整个人，都还僵呆在双手欲夺未夺、开口欲喊未喊的那一刹停滞。

胡珊听着自己魂椽的断裂声。——她殷红的，看着陆至诚，好像一块冰一样的，继续仍又撕着照片、撕着照片。

一片又一片、一片又一片，好像雪片一样的鲜血飘零。——好像有雷电在她的手中轰鸣，好像有霹雳在她的喉中哗啦。她整个人，却都只已好像是死了般。她只听到着，自己的魂椽，在“格格”的断，在“格格”的不断裂断着。一节又一节，一节，又一节。好像一片鲜血的汪洋，湮灭了所有的高山和大海。她只无能的感到，自己就仿佛，是在倒下、倒下。倒下。

漫天的冰雪在她的头顶下压。彻彻垮毁了的窒息，漫过了她的口鼻。

汪洋的泪水仿佛在她的眼前澎湃。她已好像再也流不出半滴泪来了的，穿心灭痛。寒痹肝肠。

她灵魂的屋顶，终于，"轰"一下的，塌了。

冰雪倾坍，碎魂血扬。

胡珊的眼前蓦然红红的漆漆一黑。她已看不清陆至诚，她已听不到任何声音。——随着最后一片碎照片在陆至诚的手中殒飘向地，胡珊，"扑通"一下的，已彻毁无力了的，也跪跌在了冰硬的地上。

她的眼前红红的漆黑着，一片鲜血红红的漆黑着。她好像瞎了一样的，已经什么也都再看不见，已经什么也都再看不见了。——她颤栗的哆嗦着的，颤栗的烈痛哆嗦着的，双手在地上，胡乱的摸索着、胡乱的摸索着。

她只感到，地上，冰硬极了的地上，好像到处都是碎片，好像，到处都是那一张照片的，碎片。

"——我们之间的一切，已经都结束了……希望你能真的明白……另外，你……你现在其实不是也还没和梁啸刚真已离了吗——我是真的不想再惹上什么麻烦了，我只想安安静静的过日子，所以请你，以后真的不要再来找我了，我不想再被别人误会，还和你有什么瓜葛。——而且，你……你……你……你都已经是怀过了梁啸刚的孩子的了，我是不会再要像你这样的一个女人了的。——你走吧。"

陆至诚最残忍的低说完，止着喉中的又一口血腥的，颤栗的装着如旧的，不再看地上的她一眼的，便是转回了身去。

胡珊悲破了一切的，听着他，开了门。

他正常的，进了屋。

她听着，"砰"的一声，他关了门。

仿佛有刀片一样的雨，滂沱地下在了她的身上。她搐栗着，搐栗着，直比死了还要更痛更难受上千倍万倍的滂沱搐栗着。

长长江水一样的寒酷悲痛，恣肆的用血红的盐流冲涤着她碎了的魂的每一分。胡珊滂沱的搐栗着，痛苦的搐栗着。瀑布般的盐流，残酷至极了的，痛涤着她魂血的每一分，每一分。

澎湃的血泪，在她眼前红黑，红红漆黑。

终于，胡珊窒绝了的，刹那搐栗痛哭了出来。

"不——"

嘶哑的悲鸣，伴着滔滔的滚泪，在她颤搐的唇畔，破碎哀栗得，仿佛整个全世界，都已经是成为了无垠的废墟。

像鲜血一样滚烫的泪水，从她的眼眶中好像决堤的海水一般轰哗奔流出来着，涛涛不断的奔流出来着，决堤哭流着的，都好像是她心里的血。

她颤绝的恸哭着，恸哭着。

长长的恸哭着。

不知道过了多久。

她悲栗着的如瞎双眼，好像，慢慢的，慢慢的，又能重新看清楚一些东西了。

又能重新看清楚一些东西了。

她看见了，遍地的碎片，遍地的，碎照片。

她看见了，已是被彻底撕得粉碎了的，那一张，他和她，已是最后唯一还剩了的，曾经在一起的旧照片。

她的双眼，痛如锥扎。泪雨滂沱。

——陆至诚，用力的，还是从地上，站了起来。

他看着地上那一摊，从自己喉中涌呕出的鲜血，凝固地站着。

凝固地站着。

他的心，还在好像瀑布一样的流着泪。说不出究竟是苦、是酸、是痛、是悲，还是哀的，就好像是地上的那一摊血一样的泪。

他从窗帘的缝隙里，偷偷的看见，胡珊簌簌的，还在拭着泪的，走了。

陆至诚，无力的，坐到了地上。

——胡珊的视线被不断的浓烈泪水涔涔模糊着的，整个脑海中都仿佛只剩下了无际无崖的风的空空荡荡、轰轰呼呜的，自己都完全不知道着自己究竟是在往哪去、是要往哪去的，跌跌撞撞的往前走着、往前走着。什么也都看不见着，什么也都听不到着的，跌跌撞撞的，往前走着。

绝望，空荡，恍恍，茫茫，悲噩，痛沌，浑浑。

无尽的哀风，如织茧般缠裹住着她；无垠的地狱，像一个世界般在她的废墟之上立起着。

她不知道自己到底是在往哪去，她不知道自己到底是要往哪去。她只知道，他要她走，他要她走。他要她走。

胡珊脚下一下子重重一软，还是，摔倒在了地上。

她的心在一刹那，便是又让她被蓦的再次无可抵抗翻倒起的如洪悲泪，冲溃得粉碎而无可收拾了起来。

她好像已经完全不再属于她自己了的，无可禁的，被如洪的悲碎，哭泣得，好像心肺都俱化了液。

她的心，像是被掏走了一样的痛，空的溢满了汩汩的鲜血的痛。

胡珊噩萦悲透的无能禁的痛恸着的，栗栗撑靠着墙的，终于又是重新勉强又站了起来。

浑浑，痛沌，悲噩，茫茫，恍恍，空荡，绝望。

她悲噩痛恸的，倚着墙，什么也都看不见着、什么也都听不到着的，不知道自己到底是在往哪去，也不知道自己到底是要往哪去。她只依然还仿佛听到他在最残忍的最后跟她说着，你走吧。你走吧。

你走吧。

她无能禁的，痛恸着。痛恸着。

在一个心归的地方已经成为了废墟的世界里，胡珊，已经没有了家，更没有了，回家的路。

她不知道，自己又到底还该往哪里去？她不知道，自己又到底还该怎么办？

她，倚墙痛哭着。

清晨的风，依然呼呼啸啸。

还该怎么办？

胡珊，依然哭泣着。

忽然，泪音微息了一些的她的耳中，因着风，霎时好像微微弱弱的听到了一种隐约的声音。一种隐隐约约，好特别的声音。

风一时有些柔顺。

她的心弦忽然像是被什么拨了拨。——她听到了，好像是一首《友谊地久天长》的曲子。

她的心坎，一刹，搐了搐。

仿佛瞬然有落絮漾然的飘洒、枯叶风的扬起。

胡珊一时不禁，拭泪然的，四顾目寻了寻。

她正倚着的，刚巧便是那座废仓库的墙。她刚好，便是就看到了，那一扇破窗。

此时的废仓库里，已是和苍白的清晨一样，昏昏，而明亮了起来。胡珊循着一时愈清晰了起来的声音，不禁，近了窗。

她从窗户的那一个尖利的破洞里，看到了，原来，是在仓库里的一个木架子上，放着一只不知是谁打开着的精致音乐盒。

音乐盒轻轻"叮叮当当"的奏着美妙清脆的旋律。打开着的盒子里，有一个小小的好像是天使样的小人儿，正在随着美好的《友谊地久天长》，轻缓的旋舞着，不断的轻缓旋舞着。

胡珊呆呆地看着、听着——看着、听着——眼眶，刹那，不禁一阵滚烫。一阵滚滚灼灼的烫。——她在蓦然间，便是忽然又好像回到了好多年以前，好多年以前的一个开端起点：多么相似的夜色缤纷，多么相似的街路热闹，陆至诚就是和自己相遇在步行街口，相遇在，《友谊地久天长》的弥漫里。

她的心膛里，仿佛下起了雨，滚烫的雨。

胡珊一刹烫雨长泪。

她的脑海里，蓦然间有如叠叠浪滔的，滚烫翻涌想起了无数，好多年前，在她和陆至诚那次说分手以前，她和陆至诚之间的往事。有若刹那无尽枫叶遍飞扬的，沧海横流。

她想起了那一年，自己就是在学校传达室的门口，第一次又遇见了长大后的陆至诚。她永远都难以忘记，就在那一年的情人节夜相遇之后，她又曾是在多少个青涩单独的日日夜夜里，总是会情不自禁的、心如鹿撞着不断“怦怦”的想起着他。

她想起了那时候，陆至诚在月色下幽静的小巷里，曾是多么甜蜜的拥着自己，在自己的耳边，轻轻的对自己说：我这一辈子都只爱小珊你一个人，你是我永远的宝贝。她永远都难以忘记，当自己看着陆至诚一个人手忙脚乱的在厨房里为自己学试着烧菜煲汤的时候，自己是多么的祈祷渴望，两个人，这一辈子，都可以就这样安安宁宁、快快乐乐的在一起。

她想起了那时候，自己曾对陆至诚说，自己一生一世，都只属于他一个人。她想起了以前，陆至诚曾对自己说，一定会给自己一个好的归宿，会让自己过得幸福。她永远都记得，那一年的元宵节，陆至诚带着自己，回去见过了他的父母，大家在一起高高兴兴地说着话，一起吃了一顿饭。她永远都记得，那一天晚上，陆至诚和自己，开开心心的从他父母家里出来以后，还一起欢欢喜喜的牵着手，去看了一场热热闹闹的灯会。她看见了那时的自己和陆至诚，在无边的灯海人海中，是那样甜蜜地紧紧相牵着，相依着，就好像两个人一起想要的那些幸福和厮守，真的都已经是永远无忧无虑地，紧紧相连在了两个人牢牢相牵着的手中。

她裂裂的，想起了，后来，便是梁啸刚出事了。

她想起了那时候的陆至诚，经常会忍不住的，一个人去喝很多的酒。她想起了那时候的自己，都还是会每天坚持着，要去照看昏迷着的梁啸刚。她想起，自己那时候哭着对陆至诚说，自己心里爱的，只有他一个人。她想起，陆至诚那时候握着自己的手，对自己说：如果梁啸刚他真的会一辈子不醒，那么我就陪着你，一起照顾他一辈子。她记得，陆至诚那时对自己说，不管发生什么事，我们都要一起分担，是苦是甜，我们都要一起过。

她在模糊的泪水里，仿佛重新又看到了，那时候，陆至诚，为自己戴上了那一枚钻戒。

她仿佛又重新看到了，那时候，陆至诚的泪水。她听到自己哭着跟他说，自己真的不知道该怎么办；她听到自己哭着跟他说，自己心里，真的只爱他一个人。

她听见他哽咽着对自己说，答应我，等你觉得自己可以离开梁啸刚了，你不再欠他了，你就来找我，告诉我，我们还能重新在一起；她听见他哽咽着对自己说，我会等着你，等着你戴着这枚戒指，回来做我的新娘。

她看见，他还是在小屋里转过了身，没有回头的，真的离开了自己。她听见，自己在他背后哀恸的，哭唤住了他，最后说，至诚哥，你一定要等我。

……

她想起了，那一天，自己终于就是戴着那一枚刻有他和自己两个人名字的婚戒，重新的，能够了的又站在了他的面前。她直记得，自己那时候，心中是说不出的好像翻江倒海一样的高兴，还有明明那么激动高兴、却又莫名好似都不听话的、在激动高兴之地上像一小朵、一小朵的小花儿一样不断顽皮向上开放出的一小簇又一小簇的开心忐忑。——她记得，自己不禁声轻轻的问他：至诚哥，你还爱我吗？

“我爱你……小珊，我永远爱你……我一直都在等你……我知道你一定会回来的……”

……

胡珊一刹心如雪崩。

《友谊地久天长》的幽绵旋律，依然还好像在从音乐盒里，不断的敲击着她的心。不断的，深邃的敲击着她的心。

她的眼眶，痛红的，直宛似洇了血的殷碎海岸。

云团在苍穹下的乌骛海洋中澎湃。

突然，胡珊一下子，便是泪奔的直如杜鹃啼血般惨厉的，决转回了身。她泣碎的仿佛整个世界的残余与废墟、破灭与绝噩都统统刹那一起在眼前交织烈破为了万千仿佛都还带着火光的殒灭激绚流星般的，好似发了疯一样的，往回，飞跑了去，飞跑了去。

胡珊，好似一个哭疯了的泪人儿一样的，往着陆至诚的住处，飞一样的烈奔跑了回去。

灰冥的噩骛云层，依然好像地狱森林般浓密无际的荡涤着黎明的苍穹。叠叠嶂嶂的黑暗，仍旧好像黄泉死海般滔滔无垠的淹没着苍穹下的，所有希望。

所有希望。

音乐盒，还在孤独的唯一奏响着希望的声音；小天使，还在孤独的唯一跳舞着人间的美丽。

——陆至诚以为，胡珊，已经走了。

他晃晃的站起来着，走向了门。

他想要去把那些散落在楼道口的碎照片捡回来。——那些被他亲手撕碎、彻撕碎，丢弃、最无情丢弃下的碎照片。

他头脑里空空噩噩、沉沉重重的，就好像是一个笨重的机器人一样没有感情的往门口走着。

他不知道自己还可以想什么，他不知道自己还配有什么感情。他只知道，他现在要去把那些碎片捡回来。马上。立刻。天知道风会不会把楼道口的那些碎片给吹走。他怕自己会想，他怕自己还会想，想起，是自己撕了那一张照片，正是自己、自己，亲手在她的面前，在哭泣的她的面前，亲手彻撕碎了，那一张，两个人，已是最后唯一还剩了的，曾经在一起的旧照片。

他知道，自己不可以想，不可以，还想起。他怕，自己要是再想一点点，哪

怕只是再稍微一点点，自己，就会真的走不到门口了，就会真的，走不到门口了。

他就好像是一个笨重的没有一点点感情的机器人一样的，一只手下意识的不觉紧紧一直按住着自己胸膛的，就好像是紧紧一直按住着什么仿佛微微只要一不小心就会从自己的心膛里猛烈如瀑如洪般飞倾奔跳出来的东西一样的，步促的，凝急往门口走着，凝急的往门口走着。

他只知道着，他现在要去把那些碎片捡回来。马上。立刻。——天知道，风会不会把楼道口的那些碎片给吹走，就那么，真的给吹走。

云深似海。乌骤凛浓。

——胡珊落泪的萧泣半蹲在楼道口外，还在一片又一片的，不断战栗捡拾着那些已是微有些被风吹散了的碎照片。一碎片又一碎片的，还在不断的战栗捡拾着。战栗的，小心、仔细捡拾着。

每捡起一片，她的心，就仿佛在被他重新撕一遍。

如泉的泪水，不断的拍湿着她的脸颊、她的手背。好多不听话的哭，洇着了一片又一片的碎照片。

心中的血泊，像针扎一般的痛搐着她指尖每一分的捡拾。

悲噩的寒冷，像冬一样的无边无际。

——陆至诚麻木、冰冷的手，握上了门把。

他刚想要开门，突然，脚下一软。

一刹那，他的双腿，再次失去了力气，病魔好像突袭一般，再次牢牢卷裹住了他。

陆至诚，萎然的，坍倒在了地上。

——胡珊又去路边紧捡回了两片已是被风吹远去了的碎片。

她看着终于又是能够拼完整了起来的这一张已是碎痕条条的碎照片，心中刹那，泣搐的，都不知道，自己究竟是在高兴，还是在哭啼。

楼道口依然还亮着的那一片苍白灯光，仍旧脆弱而昏昏的，淡笼着胡珊。胡珊泪水朦胧的眼前，一刹那，忽然便是又好像看见了，小屋里那一盏，依然也还是仍亮着的淡橘色灯。

胡珊哑哑恸泣得泪容憔悴。

她流泪恸碎的，手指不能禁的微微都哆嗦的，不断努力还拭着泪的，便是寒战着的，将那些碎照片，仔细、小心的，一一都小心装入了她捡起来了的那一只他的钱夹里。

乌云密布。

胡珊拿好着钱夹，站了起来。

天与地，仿佛都在她的眼前旋转。

悲破的哀空，如笼罩着她不能去的一片窒息湖海。

她凝望着那一盆在灰暗中依然宁静仿佛如旧的蝴蝶兰，一刹那，万千酸烫的伤流，又好似都像冰雪的瀑布一般，在她的悲噩中哀灼倾盆。

她一直以为，陆至诚，是还和她执手在同一条河流中的。不管聚聚散散、起起伏伏，起码他们的心，这些年来，是还始终都一直跌宕相偕在一起着的。可是，如今，她却才是残酷的知道，无比残酷的被他告诉知道，原来，其实早从很久以前开始，她所还相牵着的，就已只是一场镜花水月了。当她还在河流中为了他们的爱而痴浮、悲沉、痛哭、欢笑的时候，其实，他早已上岸。当她还在泪水中拼了命的挣扎着想要和他一起游向那河流尽头处的归宿的时候，其实，他早已抖落下了一身哀伤。一切，其实都早已只是了她的一场独角戏。他想要的归宿，早已不在她和他的河流中。她所还执牵着的，早已，只是一个泡影，一场海市蜃楼。当她真的突然看清了这所有的一切原来真的早已只是了一场海市蜃楼了的时候，她就好像是一个突然失去了救生圈的人。河流的尽头不再有她的指引与支柱；河底之下，仿佛有漩涡的魔爪在将她向下拉。她看着岸上的他，她的生命就好像她的孤独下沉一般，在渐渐又渐渐的消失着、不断消失着。她只能眼睁睁的看着岸上的他。他正在走向着另一条河流。

她的心中，裂泪纵流。

裂泪纵流。

无尽的后悔，她后悔自己那时候，为什么真的就是要弃负了他；无尽的哀痛，她哀痛，为什么，原来，他早已不再爱她。为什么，原来，他一直都没再看到过、听到过，她的心，她对他的爱。她对他的，始终唯一的爱。

寒极的最悲伤，在她的灵魂最深处烈烈飞沙走石。

装着碎照片的钱夹，在她的手中战抖；灰暗的蝴蝶兰，在她的泪水里模糊。

她整个人，突然间，便是仿佛都失去了再往前走半步的力气。

她不禁的，倚墙痛哭着，倚墙痛哭着。

冰雪仿佛在她心的千里原野之上厚厚铺盖，深悲宛若在她心的万里海洋之下碎岩裂地。黑噩的地狱，像坠落的毁灭一般埋葬着她心还有的每一分栗动。

她在绝望的滚烫悲噩中深坠入着寒绝的哀伤。寒绝的哀伤，在这样子的一刻间，仿佛泥雪般的深陷着她心仿佛还有着的每一分跳动。她的脉搏都好像破碎的霜叶般被埋葬了起来。

她倚着墙，深深悲恸而无能再走的哑哑低泣着。心的冰，仿佛愈来愈好像铁一样的攥住起了她。

可是，她又分明还好似听到自己的心在跳。她又分明好似，听到那一曲《友谊地久天长》，仍在记忆的最深处，祝福的奏响，奏响着。

她看着自己手中的钱夹，战栗的看着手中是装着碎照片的钱夹。她泪眼模糊的幕布前，仿佛刹那便是无比清晰的重新又出现了那一张旧照片。那一张都还没被撕过，仿佛才是新拍出来的旧照片。她看见，自己和他在一起，真的好开心、好幸福。好幸福。

她的心，蓦然又仿佛是在冰天雪地里，再次被自己的血液沸烫的搐栗哭泣了起来。哭泣的，周身的冰雪，又仿佛都是在化为着奔痛的烈火岩浆。

她痛得都几乎再不能站住了。

胡珊悲心若绞。

她再不能禁的，号啕失声了出来。

三十八

胡珊难过的抹着泪的，手都不能禁的微微是有着些哆嗦的，站在他的门前。她苍白而紧张的伸起手，像是要敲门，却又好像是被人紧绷着弦紧绷的都是不能禁的打起着抖了的，手停在了半空里。她的手忐忑极了的往后不禁缩了缩，又紧紧的顿住了。她想敲门的手，就好像是一只受了伤的鸽子一样的紧紧蜷缩的，不住不禁微栗着。害怕，莫名真的好害怕，又极度紧张的战栗着。

又隔了好一会儿。胡珊终于还是咬住了牙，听着心的如鼓悸栗的，又伸出了蜷汨的手去。

她轻轻的，微敲了一下门。没有动静。

轻轻的，又微敲了一下门。

"你走吧！"

胡珊突然，听到陆至诚的声音在门后蓦的吼响了起来。

"……至……至诚哥……你……你可不可以……开开门……我……我……"

胡珊战战栗栗的说着，心的碎片，刹那便是差点要从喉咙里流了出来。

"我不想再看见你了——你走吧！你快走吧！"

她听见，他歇斯底里的向她吼着，凶凶的吼着。

她战栗着的心尖，一下子，就好像是渗出了血来。

她苍白的唇角，都仿佛是无声的寒恸了起来。

"……至诚哥……我……我……我……"胡珊全身的血，都仿佛是刹那都痛涌出了殷红的眼眶。她的泪水像河一样的冲淌在手背上，整个人，都是痛恸的蓦然便仿佛是被刽子手给夺走了全部的力量，哀烫的不禁萎靠在了冰硬如铁石的门框上，"……至诚哥……求求你原谅我……求求你原谅我呃……我错了……是我错了啊……是我对不起你……是我对不起你……以前……我不该离开你……以前、都是我太软弱，都是我没有用……我知道、知道是我对不起你……都是我的错，是我的错呃……我不该离开你……是我不该离开你啊……是我负了你——是我一直负了你……至诚哥，对不起——真的对不起呃……"胡珊恸烫泣诉的，整颗心都仿佛已是彻底的啼血剖开在了冰雪的天地里，"……至诚哥——可是我真的一直都爱的是你——我真的一直都爱的只是你啊……我心里爱的，真的一直都只是至诚哥你啊……只有你至诚哥一个人啊……求求你原谅我——求求你原谅我呃……至诚哥……求求你……我错了——对不起，真的对不起啊——求求你原谅我呃……我爱你，我是真的爱你的啊……我的心从来没有变过，我对你的心真的从来都没有变过啊——至诚哥，求求你原谅我，求求你原谅我啊……”胡珊悲痴恸求的，全部的心血都仿佛已是流淌出了哽哭的喉。

“你走啊！走啊！！——你还要我说多少遍，你还要我说多少遍——我不爱你了，我不爱你了，我已经早就不爱你了！——我什么都已经不想再听你说了，你走，你快走啊！！”

胡珊啼痛的，心口一阵停跳的搐梗。悲滚的心血，仿佛世间最残忍的冰寒刀子雨一般，刹那，下透了她的整个心膛。

“……至诚哥……求求你不要和我分手啊……求求你不要和我分手啊……求你原谅我——求求你原谅我呃……不要和我分手啊——不要赶我走，不要赶我走……求求你不要和我分手呃……至诚哥——”胡珊痛恸惨求的，心血如决。“至诚哥、至诚哥，我、我一定马上和梁啸刚离成婚、我一定马上和他离成婚好不好——好不好——你不要嫌弃我呃……至诚哥，求求你不要嫌弃我呃……求求你啊……”胡珊溃求的整个人都仿佛已是彻彻粉碎了的，心血啼涸，声泪跪嘶，“不要和我分手啊……我真的不能没有你，我是真的不能没有你啊……至诚哥……我是真的爱你啊……求求你不要嫌弃我……求求你不要赶我走啊……求你原谅我，求求你原谅我呃好不好……至诚哥……”胡珊惨啼的，手中的钱夹都是战栗的刹那从她怆抖、麻颤的手中，一下子簌碎的脱落掉在了地上，“至诚哥，我们回到以前、我们回到那什么不开心都还没有发生过的以前好不好——好不好——至诚哥……你原谅我——求求你原谅我呃……我真的不能没有你呃……我真的不能没有你呃……我爱你，我的心里，真的只有你啊……我的心里，真的从来只爱你啊……至诚哥……”胡珊求崩溃碎，声魂如泪尽坍。

“我最后再说一遍——滚！”

“至诚哥！！”

凄惨的血啼悲唤，仿佛一刹那，都哀利穿透了云霄。

乌哀天地，灰霾人间。

泪水红尘千里。悲透江河。

三十九

天色，又已是近暮了。

寂静的时间，寂静的一切。

陆至诚不知道，现在已经是什么时间了。他也不知道，胡珊已经走了有多久。

一切,都只好像是在死寂里停顿了。无边的停顿了。

陆至诚,终于是从冰硬的地上艰难爬了起来。他的一条腿,都还是有些剩余着微无力的不住颤栗着。

他听着自己的呼吸声,觉得寂静的无际里,就好像是有无数的江河正在结冰。

他整个人,都莫名好像是在打着剧烈的抖。

陆至诚战栗的,开了门。

空空的门外。蝴蝶兰仿佛依旧。地上,他的那只钱夹。

陆至诚涸凝的呆伫了良久。

他已无泪的两只眼眶里,鲜红的好像流满了血。

他走出了门,看了看楼道口那边的地上。地上都已没有了碎照片。他凝站了站。他的目光,涸滞而鲜红的,一时不禁的便是就又移落回了地上的那只他自己的钱夹上。

陆至诚顿了顿。

他莫名有些栗然的,蹲了下来。他凝颤的,捡起了钱夹。

他战抖的,打了开来。

血色的泪水,一刹,流满了陆至诚颤搐的脸庞。

夜色浓郁了。

陆至诚一个人,依然还呆凝的看着桌上被拼完整了起来的已是碎痕条条的碎照片,好像死了一样的呆凝着。

他在已是近麻木了的浑悲中,忽然难过极了的,想到:也许自己这辈子,也都再见不到胡珊了。

他长泪的,不禁便是有些微战的痴伸出了手去,想要触摸一下照片。——他战栗的冰冷指尖,刚刚触碰到桌上拼完整着的照片,照片,一下子,便是又碎碎的纷裂了开来。支离破碎。

支离破碎的,让人不得不哭泣:照片,真的还是已经碎了。都碎掉了。

陆至诚,蓦然寒绝的只手捂脸号啕了起来。

风声呜咽。

天上,又下了起了雨来。

如泼的夜雨,“哗哗啦啦”的下着。不断下着。

夜雨怆寒,冰风织结。

胡珊一个人,仍然还悲噩的滞坐在小屋里。

窗外风雨飘摇。

淡橘色的温暖灯光下,胡珊独泣哀凉。

四十

夜雨的冰滴,不断的还在寒敲着小屋的窗。

淡橘色的温暖光线,仿佛还在不断的往胡珊的眼眶里落着泪,长长的泪。

胡珊苍白的脸上,宛似河流在淌。

寒悲的夜气,好像无边的飘萍般在小屋中每一分的明亮与淡暗里洒铸着哀噩的冰冻。

丝丝的黑暗无际的哀伤,好像不断下着的雨一样,在胡珊破碎灵魂中的每一条残痛裂缝里汇流成河。浩茫的黑色,织结着冰雪的无际,在她心魂的每一方寸间如潮涨铺。鲜艳的荆棘密密包裹着生命的跳动,彻骨的悲哀与伤痛,好像雪做的细胞一般游布满着她生命的流淌血液。

胡珊的泪水模糊里,仿佛扬着鹅毛大雪。

她都几乎记不起,这些日子以来,自己已是第几次,只能那样的离开;第几次,最后这样的回来。仿佛短短的日子,却是直好似已经历转过了好几个百年千年的轮回一样。漫长,而仿佛将人折了千弯转了百滩;短短,而仿佛万千梦幻、醒觉,都只不过受历了弹指一挥间。昨天的一切,今天都还仿佛在经历;今天的所有,已好似都飞到了很久以前。时空就好似被打碎了的悲哀一般在无尽的冥噩中交织着乱流,绝望的哀伤,就好像白茫茫的蜿蜒雪原一般没有着边际。

哗哗的雨声仿佛在淡橘色的灯光里瓢泼着深凛的寒冬。悲冷的哭息,就像雪原之上奔跑的一只小羊,无声无际。

绝望依然仿佛一片泥沼的太平洋,淹没着胡珊的额际。潮澜起伏,悲哀湮灭着每一分的受想行识。

只有泪水,仍在她苍白的脸上寂静滂沱。

她不知道,自己究竟还该怎么办;她不知道,自己到底还该到哪里去。"家",仿佛已经模糊;指引,已经殒灭。漫漫的天空,除了如夜的荆棘,已都只还是了如夜的荆棘。携手空空,天地无光。

冰冷河流湍急,悲酸沉没绝望。

只有湮没、毁灭,毁灭、湮没,在无光的天地里漩涡澎湃、澎湃漩涡。

胡珊一脸冰湿着的,簌簌站了起来。

如雨的哀伤,好像解不开的一袭入冥嫁纱般,悲晦的裹遍着她。

她哀寒地看着灯光里多么熟悉的一切,小屋里的一切。那桌,那椅,那柜,那沙发的背,那床单下裸着的木脚,甚至还有那关着的电视机,都是多么的熟悉啊。淡橘色的温暖灯光,在这一刻,就仿佛是给熟悉的每一件,都镀上了一

层如雨如泪的寒冷悲伤。茫茫冥噩的坠落悲伤,织结着萧萧瑟瑟的如泪寒雨灯光,就好像是在那些所有熟悉的每一分寸上都洒透了残酒一样的冰凉,与破碎的哀伤。人的目光就仿佛是只要轻轻触掠到了那些熟悉,哪怕半眼、一秒,那些如酒的冰凉、哀伤,就会在刹那间,全都好像长了爪子一样的顺着寒雨样的光丝,带了毒的飞攀进那人的目光被熟悉所划出的缕缕裂痕中,直直的钻入人心。冰寒的毒酒,就仿佛是在从小屋的每一方寸里往人的心中哀伤的灌注着绝灭的浸透。萦绕的悲凉,就像窗外的雨声一样哗哗。

胡珊不禁哀瑟的在小屋里栗栗的滞走了一圈,就好像已被亡醉的毒酒充斥满了每一条血脉的,悲痛欲绝却又忍不住的,在小屋里的每一件熟悉上都还是看了看、抚了抚,又都看了看、抚了抚,沧桑而已久远了的一切啊。那桌、椅、柜,都明显早已是看得出旧了的;那沙发背上,都早已是有了几条弄破的划痕;那床脚,都早已是掉了漆;那电视机,侧面都早已是贴上了一层胶布了的。那熟悉的每一件,都仿佛随着毒酒的弥漫,每多出一分久远,就让人长出一段寒醉的悲伤;每让人长出一段悲伤,就又多出一分摧心的久远,还有带毒的弥漫。人生就好像一杯每个人都会去喝下的酒,没有醉,人生无味;若有毒,便也唯可将泪下酒煮。

胡珊看着空荡荡的桌子,陆至诚最后一次和自己在一起吃饭时的样子都还仿佛崭新崭新。胡珊看着孤零零的梳妆台,耳边都还仿佛清晰的听到他在笑着跟自己说:“一梳梳到尾,二梳梳到白发齐眉……”

太多的太多,全都好像连温度还没退去就已粉碎的玻璃渣,随着哀绪的绵长萦结,纷纷滚烫的如雨下落在胡珊渗血的心坎上。难抑的哀伤悲痛,如层峦叠嶂的尖利海潮般绵绵袭裹着她。想起才不久日子前两个人都还在一起有过的那些欢笑、快乐,就好像是轰隆隆一下子,脆弱地面再次往下坠然的塌陷,胡珊蓦然心痛的几乎便是要窒晕了过去的,一下子,就是颓灭的垮坍跌坐在了椅子上。

胡珊掩面哀恸的痛哭着。——痛哭、痛哭,却仿佛怎么样都哭不尽心中绵绵的悲痛;悲痛、悲痛,却仿佛怎么样都跑不出悲噩的国度。泪水好像哀伤的涟漪一般瓢泼着悲噩,悲噩好像根本就不给人呼吸一样的倾盆着泪雨。胡珊就仿佛在悲寒的雨丝里被噩灭的哀伤漩涡得支离破碎,漩涡得支离破碎。

窗外雨声哗哗。淡橘色的灯光,依然还仿佛在小屋里织着悲伤的纱。

胡珊忽然真的开始有些不知道,一切,究竟都是自己当初没有好好珍惜,还是其实,这世上的一切,原本就都只好像,风里的一阵沙。除了像被风儿带走一样的消逝,这世上,原本,就没有任何的永远。她就好像是一个突然才看到了这世界原本就只是无尽的泥沼遍满着破碎的天地的孩子一样,比落入了冰洞中还要更寒噩绝望的,仿佛蓦然失掉了自己全部的生命与活热跳动。就好像一个原本一直都还以为,自己手中是有着一支火炬而在不断跋涉、仍前进着的人,突然才是发现,其实,自己手中的火炬,早在很久以前,便已是不再了。

她哀伤、悲绝得不知道，到底真的是自己弄丢了一切，还是，这世上的所有，原本就都是会被风儿给带走的。她在天地无光的俱噩黑暗里，已根本不知道，其实，这世上又究竟是有没有太阳的。就算有，那又究竟是太阳永恒于风之上，还是，其实只有风，才是这世界永恒的主宰。

胡珊支离破碎的坠落着、坠落着，她好像穿过了一个又一个的地狱、一个又一个的地狱。她还在往深渊之下无尽的坠落着、无尽的坠落着。

满满的空碎与悲殒，在她的全部生命里缠长着。她就像是被泪水灼瞎了双眼一样的，什么也都再看不见了；她就像是被哭泣刺坏了双耳一样的，什么也都再听不到了。只有无尽的黑噩，无尽的黑噩、悲沌的世界里。

可是，她又分明还好似听到自己的心在跳。她又分明好似，仍听到那一曲《友谊地久天长》，还在自己记忆的最深处，祝福的奏响，奏响着。

她又分明，在无尽的黑噩、悲沌里，突然又是看见、听到了好多好多、好多好多，以前，在那所有的不开心都还没有发生过的很久以前，她和陆至诚在一起的那些真真实实的快乐、欢笑，幸福、爱情。

天地就仿佛一个陷阱，折磨着人的所有坠落、挣扎。

胡珊悲伤的哭泣着。她不知道，自己究竟又还该怎么办；她不知道，自己到底又还该到哪里去。

悲寒的雨，依然在窗外滂沱哗哗。

时间在没有知觉的流逝中，仿佛又已是随风走逝了许久。

突然，胡珊的手机，响了起来。

胡珊一愣。她以为是陆至诚。一看，却竟然，是梁啸刚。

是梁啸刚打来的电话。

胡珊犹豫了一下，还是，接了。

“……你、你……你终于肯接我的电话了……”是梁啸刚喝得醉醺醺的声音。

“——梁啸刚，我们不要再这样拖下去了好不好，我想……”

“你什么都别说、别说……先别说——我不想听、不想听……不想听……我今天……不想跟你说这些、不想……我今天、不是想要跟你说这些——不是……”梁啸刚毫不听她的打断了她的话的，醉醺醺的断断续续的说着，“我是有话要问你……我、我今天……是有一句话要问你……你要告诉我，你、你……一定要老老实实的告诉我……不要骗我……不要骗我……不可以骗我……不可以……”

“梁啸刚，你不要再这样了——算我求求你，我们不要再这样拖下去了好不好——我们离婚……”

“你不要说、你不要说……你不要说……不要说……”梁啸刚烂醉的喃言着，喃言着。“你、你告诉我……胡、胡珊，我、我只要你、只要你今、今天告诉我……回、回答我……老老实实的回答我一句——告诉我……你、你，你到底，

心里有没有爱过我——你到底，心、心里有没有爱过我……哪怕一点点……哪、哪怕，只有过一点点……”

“——没有。梁啸刚，我不爱你。我从来，都没有爱过你。”

胡珊听见，电话那边，一刹，寂静的只有长长的醺息。长长的醺息。他的醺息，愈来愈厉重、愈来愈厉重了。

“为什么！为什么！！”梁啸刚醉哽的狂野咆哮了起来，“我把整颗心都给了你，我把自己的整颗心都全给了你！！你为什么要这样对我！！为什么！！！”

“……对不起……对不起，梁……”

“我不要听你说对不起！！我不要听你说对不起！！！”梁啸刚咆哮得，声中都是微起了泪音，“难道我还不够爱你？难道我还不够爱你吗！！我梁啸刚，可以为了你去死！是可以为了你去死的！！！——难道我对你还不够好，难道我对你还不够好？我有什么不能给你的！我有什么不能给你的！！我……”

“对不起，梁啸刚……对不起……真的、对不起……”

“——到底为什么——！！！”

“——梁啸刚，我……我们还是不要这样了——真的，我谢谢你……谢谢你……可是，我真的……”

“不！！——都是陆至诚，都是陆至诚那王八蛋给害的！！没有他，我们原本会很幸福！！要是没有他，我们在一起原本是会很幸福的——！！！”

“梁啸刚，你不要再这样了！你为什么还不明白——是我爱陆至诚，是我从一开始就只爱陆至诚，我只爱他一个人！！你……”

“不！——不！！——不——！！！”梁啸刚醺哀咆哮，泪音战栗，“你为什么要这么傻……你为什么要这么傻……你为什么偏偏就是要这么傻！！！”

“梁……”

“为什么！！！”

梁啸刚刹然断厉战颤的，寒凄悲吼。

电话的两端，一刹，都是好像死了一样的，寂静了下来。

胡珊慢慢的，竟是听见，梁啸刚，好像是，哽泣了起来。

她心的一片角，蓦然却竟是忽的，好像，落软了软。

“离婚、离、离婚……离婚——”梁啸刚醉泪织然、醺哽断续的又说了下去，“你究竟知不知道自己在说些什么，你究竟知不知道自己在做些什么！！”梁啸刚哀伤醺啸，“我有什么比不上他，我有什么比不上他，我有什么比不上陆至诚那个王八蛋！！我对你的心，绝不比他少一分，绝不比他少一分！！！我梁啸刚这辈子对你的心，绝不比他少一分！！！天地作证——”梁啸刚一刹哀笑哽音，悲恨碎骨，“——你爱他，你爱他——哼，哼，哈——你又知道他爱你吗，你又真的知道他到底有多少爱你吗？——你不要傻了！！——陆至诚没有了你，曾经也还又有过别的女人——他也还又有过别的女人！！——而我梁啸刚，而我梁啸刚，除了找过小姐，除了找过小姐，这辈子从来都只有你一个女人!! 这辈子从来都只真正有过你这么一个女人!!! 我的心里,从来没有进过其他任何人!! 从来都没有进过其他任何女人的哪怕半步!!! ——你却要和我离婚——哼、哼、哈——你却要和我离婚……”梁啸刚一刹长哽,厉凄,“要是他根本就不像你以为的爱你,要是陆至诚他根本就不像你以为的那么爱你——要是他根本早就不再像你还以为着的那么爱你、要是他根本早就不再像你还以为着的那么爱你了——那你也还是一定非要和我离婚吗——那你也还是一定就非要和我离婚吗——!! ——你到底知不知道自己都在说些什么、你到底知不知道自己都在做些什么啊!!”梁啸刚哀厉长颤、泣音悲然,“——你不要傻了!!!”

胡珊的世界里,一刹却就是好像,被一道凌绝的闪电,劈痛了黑暗的天空。

“梁啸刚……我只要和你离婚……我只要和你离婚!”胡珊喉中莫名如冰炭交混着一般嘶哑的,自己都几乎不明白自己的微都是带起了一些簌栗的,脆弱的大声的对电话里说着,“你再说什么都没有用,你再说什么都没有用! ——我已经不想再这样和你闹下去了!! ——我要和你离婚!! 我要和你离婚!!!”

胡珊脆栗的喊说完,全身还剩余的力气却好像一下子就都跑光了的,不禁便仿佛是再也说不了半个字了。她心搐搐的,眼中莫名噙着不知是从什么时候涌起来的一层厚厚的泪花的,耳中痛呜呜的、都再没有听清梁啸刚又说了些什么的,痛哀无力的,便是凝凝关上了手机。

心的碎片,仿佛在她的魂中周缠离荡。

是啊,如果一切都是真的,我又为什么,还非要和他离婚呢?

胡珊忽然,就好像是听见一个悲哀极了的声音,伏在自己的耳畔,在对自己栗栗哭泣的说。

我欠梁啸刚的,难道,这辈子,又真的是,都已经还清了吗?

胡珊心的软角处,又仿佛有一个轻轻的声音,在突然的,戚寒苦涩问起了她。

她哭泣的,只知道,她的勇敢,好像真的,已经垮了。都垮了。

夜雨绵悒。

淡橘色的灯光下,胡珊泪水模糊的仍不禁还痴痴的在看着,那一枚她始终都还一直带在身边没有离开过的,陆至诚给她的戒指。

想起陆至诚说过的永远的那些话,一叠别样的浓厚伤悲,就好像是人生心底下一条最最深哀的裂缝,失尽了她的所有仿佛一切的,绵绵烈烈的哀伤充斥满着她的全部。悲冷、又还烫动着的全部。

悲伤的戒指,都仿佛沐满了淡橘色的雨寒热泪。

……至诚哥,你为什么要这样……

胡珊的心,就仿佛在恸啼。

安静的小屋。安静的灯光。

安静的夜。

哀伤，在所有的安静中如藤伸张。最深深碎心的恸啼，还在如雨悲湿着夜。

这一个冬夜。雨绵长。

四十一

已经是最后第四天了。

晨光昏淡。

陆至诚拉开了窗帘，看着外面才刚是停了雨的寂寥马路，心，像路上的低洼一般浊湿、涟漪。

他就仿佛是一个人，独站在了一个世界的最尽头。悲兀哀流。他的前面与两旁，都已是万丈红尘已边缘处了的千仞绝壁与悬崖；悬崖下，是再也不会有尽头了的无际沧海横流。海潮涛涛，仿佛一涛又一涛的都在不断鸣奏着天涯末路处的殒亡哀伤与悲葬。黄泉的气息仿佛伴着钟摆的"嘀嗒"，无可回转的一步仍一步的在将人往前推走着。亡落的召唤，直似来自冥茫海洋最深处的歌唱，仿佛都只能用无可抗拒的绝望，化作着归宿的微亮，来最后温抚着人在末路之上的悲伤。

回首前尘，烟梦如风。历历往昔，大逝大悲。当人生走到了最后一章，之前的一切欢喜悲伤，便也都好像俱化了哀凉的送葬。每多念一分，心就直比死更多难受一寸；每更多难受一寸，心就直更念念难忘万分。走到了末路的重，才好像是真正的，蓦然重出了一生的重量，让人难以承受的负痛。心整个好像在黄连药里浸透。"……也许我这辈子，也都再见不到胡珊了。"他难禁的又一次苦伤地想。前尘俱已的万千难忘、刻骨铭心的百转痴肠，全都还千牵万挂的在他心里、魂里打着一生一世的结，他，却已是逼自己为她灌下了一碗今生今世的孟婆汤。离断已割开了彼此眼中最幸福的倒影，残忍已分别了两个人一起相握着的人生，他的心，却还在依然跳动着的鲜血淋漓，好似已丢开了的一切，却只仿佛加倍的锁链了心念；好似已分离了的所有，却只仿佛层叠的增添了思牵。他还在悲痛的不断思念起着两个人一切曾经有过的所有；他还会哀伤的不禁牵想起着她以后全部可能还会有的生活。他知道自己仍在被不断的一步步越来越推向着时间与世界的亡涯。可是他的心，却依然还在跳动着的鲜血淋漓，就仿佛，他还仍旧牵着她的手一样。

晨晓的风，哀兀悲流。

时间就好像一条长长的河，沐着悲伤的，往前不断流淌着，流淌着。

很快就已是到了下午了。

陆至诚一个人，依然还空寂的坐着，空空、重重的寂坐着。

花月往昔，或风雪曾经，依然还都好像是从他生命中捂不住的不断流淌出来着的血液一般，带着他心膛里分明还仍旧在一直跳动着的热炽，长长的盘绕在空空寒寂的他周围的一切中。他就好像是根本便没有办法找到自己的伤口究竟是从哪里而来一样的捂不住自己的伤口、捂不住自己的流血。他空空重重的仿佛只能寂痛着任凭自己的生命伴和着心膛里还在跳动着的所有从颤栗的失血中流逝，不断的流逝，长长的流逝着。失血的绵长，推随着逝痛的叠积，在长长的时间里仿佛已消失了时间一样的伴围着陆至诚。疼痛的没有边际，就好像是他的生命仿佛竟也好似无边无际着一样。他痛无可禁的在绵长的疼痛里几乎都已经忘却了自己还在不断的失着血，就好像他看着生命的悲哀在叠积的逝痛里不断的结着冰的，仿佛都已消失了时间。在仿佛都已没有了时间的所有一切里，只有疼痛，好似还在不断的提醒着他，他的生命依然还在跳动；在所有的一切好似都已停凝了的跳动间，仿佛只有疼痛、不断越来越重了的疼痛，还在一直告诉着他，他的生命、他的所有一切，仍还在空空里、无尽的空空里绵延，空空的绵延着。他几乎早已忘却了再寻找伤口，就好像，他其实早已看到，自己太多的生命，都已是早在空空里，疼痛的结成了再不可回的冰，就好像冬天一样，再也回不了了的冰。

他依然还仿佛牵握着胡珊的手，虽然，他知道，自己已经和她分手了；他依然还仿佛牵握着胡珊的手，虽然，他知道，也许自己这辈子，也都再见不到她了。

他呆凝地望着天花板，仍然只能，空空、重重的寂坐着，寂坐着，仍然只能，愈来愈空空、重重的，愈来愈的，空空、重重着。

时间就好像一条悲伤的河流，依然往前长长的流淌着，不断流淌着。

——胡珊走在路上。

她无力的又一次经过了那一座废仓库。她哀伤的看到，仓库里木架子上仍然原样打开着的那只音乐盒，已是寂静的不再有“叮叮当当”的奏响声了。而那一个小小的旋舞天使，也已是凝留的停滞在了一个已停了的瞬间。

无可逆拨的时针，仿佛一场晨梦的惊醒，锋利胜雪，难追如风。

悲噩的无解，如千万荆棘的绵长柳丝，忽然再次不能禁的哀伤困厄住了她的脚步。她继续还想要走下去着的全部力气，仿佛一下子，就又是蓦然的被那些忽然的便是就这样无可禁的又都如潮升铺了起来的绝望、哀伤、悲茫，给吞噬了个精光。寂静的转角处，风中仿佛都还带着那好似仍没有逝去的“叮叮当当”；而已停了的小小天使，却早如锥穿破了她脆弱的心防。

那已坠的噩沌深悲痛苦，伴和着风逝的深渊绝望、哀伤，在这一刻，忽烈的仿佛连她心底最深处一直都还有着的最后一丝哭求、祈望也全给带入了残酷的冰封之中。她自己在刹那间，都仿佛已是再也看不到了半点点的火光。她整个人，都仿佛是被难逆的风逝给蓦然彻浸入了一片粉碎的噩空之中。她的心，她的魂，她一切还有着的跳动与火光，都仿佛是在无垠的噩空之中，刹然被全都化为了虚无而泯灭的粉末。

胡珊绝望的滞站在了寂静无人的转角处。她看着空荡荡的路，眼里溢满了浓匾的泪光。

可是，她在泪水模糊里，却仿佛还是那么清晰的，又一次看到了那一片淡橘色的温暖灯光。小屋里，她依然也都还是没有关去的，那一片淡橘色的温暖灯光。

胡珊泪水如雨。

风逝长鸣。

——陆至诚的心口里，又一阵蓦然的辛酸绞痛。

无可止的空空重重的悲痛，在他的整个灵魂、世界里，仿佛俱已脱了缰的，都越来越接近到了一片边缘，一片他仿佛再也不能承受了的边缘。

他的眼前模糊着疼痛的闪烁，他的耳旁轰鸣着心的跳搐。他的脑海里，如江海奔腾般一幕又一幕着的幻梦与消逝。

他的手心都还仿佛仍然着胡珊掌心的温暖依旧，他的泪水，却都好像已是在几千年前便已流干了的久。空空重重的痛苦，仿佛都已是俱疾奔到了极点了的，骤然的便是将他推到了他自己都根本不能看清自己的一处边境。——他分明都还不能想象自己会失去胡珊，却已是那样清晰再不可逆的彻底与她分别了。他不知道，究竟是不是这世上的每一件事情，承受都必然发生在发生之后；而时间，在那一切的承受之中，又究竟是会提供止痛药，还是后悔剂；人生每一件的结局，又是否真的都是生命所可以承受的。——他都不知道。他只越来越好像再不能承受了的不断听到心里的一个声音在愈来愈清晰了的吼着，近乎是歇斯底里的对自己吼着：我不要这样，不，不，我不要这样！

我爱胡珊！我爱胡珊！！我爱胡珊！！！

陆至诚整个人，都仿佛是被这一个轰鸣的声音给包围着，紧紧的痛绝的包围着。

声音痛鸣的，令他都没有发觉到，此刻，他的门外，已是凝碎的，停顿下了一片他本该听出来的哀伤脚步声。

——胡珊寒凝的站在那盆灰暗的蝴蝶兰前。她噙痛的看着那些一朵又一朵仍旧都好像小小的蝴蝶一样正在冬风里不断被吹栗着翅膀的兰花儿，心尖就好像是被一簇又一簇的杜鹃给染上了渍渍的血。

胡珊紧捂了捂自己一刹不禁然的哽咽。她就好像是咽着烧炭一样难受的，悲抑着的，定定站在了陆至诚的门前。

她看着冷冷硬硬的这扇门，一刹，竟是抬不起想叩的手来。

悲流哀转的时光，在这一扇都已是真的很旧很久了的门前，霎那，仿佛都是凝聚成了一杯难啜的干红一哭，让人喉肠如销断，痛重千钧。当年她带着她要还了的戒指最后一次来这里时的景状，一幕幕的好像都还在心里、魂里，而今沧海桑田一弹指，人生暖梦，转眼竟是又已入风空。

胡珊泪颤颤的，簌抬起了手来。

——陆至诚的心，仿佛在一个黑暗的梦里打着滚，剧痛的打着滚。

没有任何理由的，他开始了后悔，剧痛得都打起了滚的后悔。没有任何理由的，也再没有任何为什么的后悔。他仿佛失却了一切的矛盾，他仿佛落弃了所有的抉择。只剩下了一个唯一的声音在他心中悲呼：不，不，不！

他仿佛站在一切绝壁之巅狂鸣。我不想失去她，我不要离开她，我真的不可以没有她啊！

千万重的雪崩，仿佛在他心中纷纷。高山如风乱，流水急骤。

空空重重的噩空剧痛，直若沙飞石走遽转。

可是我又还能怎么办？可是我又还能怎么办？可是我又还能怎么办？

风一样的悲乱，在他的噩梦悬崖之上斗转。

冰雪如雨。

——胡珊蜷抖的手，依然却还是叩不下去的，在门前悲战着。

她也不知道，自己是怕，他会不在，还是，他又会不肯开。——又或者，其实自己都只是在害怕着自己的害怕。——她只是无能摆脱的悲晓着，所有的一切，都已全部碎掉了。包括她自己的全部在内的所有一切，都已是早全部的，统统碎掉了。——便好似一池萍碎的飘破，脆弱得让人仿佛就连触目到一絮杨花的零落，都像是倾盆了心田的淹没。离人泪坠，点点恸心脆。

她想要敲门的手，依然仿佛一只受伤的小白鸽般，痛苦而害怕的在冰冷灰硬的门前流泪蜷栗着，蜷栗着。——不能抗拒的好像潮水般在此刻涌围着她的点点滴滴，他的拒绝、他的断灭、他的残忍、他的寒冷，等等，全都好像银针般的天女散花，尖利，而如旷野遍冢般的哀伤的洒浸透着她心原的千里方寸。悲伤的雪，就仿佛写满了他断情的万飘素笺，在她心血的万里之深织结。柳丝直若胜了情长，风石都似暖过了心痴。哀伤的痛，像折了翅的蝴蝶，层层叠叠，绕着心肠。

可是，胡珊的心，却分明仍然一直都还在如生命般顽韧的跳动着一股难湮的火热。纵然这股火热周旁，又都好似花儿一样的盛开满了难抑的不安与悸动。她的心底里，依然总还是仿佛有着那么一个好清晰的声音，在一直摇着头的哭泣说着：不，至诚哥，不。——纵然就连她自己，都好似根本就找不到这声音，又究竟是从何而来。

胡珊蜷蜷的手，终于还是又一次栗栗的，将近向了门。

——陆至诚的心痛，仿佛都变成了星斗般的浩瀚，无际笼罩着绝望的黑暗。

他不断的感到着自己在坍陷，在被那没有任何理由而就是那么强横不可挡的后悔所全部坍陷。他现在几乎都不可想象，自己之前，到底都是在说了、做了些什么。

他的心中，仿佛只剩下了一个人。他的全部里，仿佛只剩下了一个声音。

"我爱胡珊！"——"我爱胡珊！！"——"我爱胡珊！！！"

他的耳中，不可控制的如风雷轰鸣着，不断的轰鸣着。

可是，现在，我又还能怎么办？

如星斗般浩瀚的绝望，仿佛绝壁之巅的摇晃，让人几乎如生死一线般的挣扎、冥望。

为什么我不能改变？为什么我要认命？为什么又不会有奇迹？为什么又只能有一定？

他就仿佛听见从黑暗天宇的最深处，传来着自己心的跳动，轰轰的跳动。

对。对。对。

为什么我就不能去找她？为什么我就不能告诉她一切？跟她说对不起，求她原谅自己。告诉她都是自己发了疯，告诉她都是自己犯了错。——我们再也不会这样了，我们再也不会这样了。我发誓，都是我的错，请最后一次再原谅我。都是我的错。我发誓，小珊，我爱你。我一定再也不会这样了。我们真的再也不会这样了。求求你，真的求求你，请最后一次再原谅我。我真的不能没有你。真的不能没有你啊。

“忘了我说过的那些，忘了我说过的那些一切最残忍的话吧——都是我发了疯，都是我发了疯——原谅我、原谅我啊……”

陆至诚发了疯一般遽狂的，双眼鲜红的，心都好像是在喉咙里往外奔跑出来着的——转眼间，已是跑到了门旁。

他的手心都是被滚跳烫得几乎都在战栗起来的，簌簌然的，一下子，便是握上了门把。

已握住了门把。

“喀”的轻脆一声。

——胡珊想要叩门的手，距离到门板几乎连一公分都也不到了的一刹那，她忽然，不禁顿滞了滞。她突听到了，屋里忽然起的，一阵好疾重的跑声。

她蓦然听出来，正是他。——她一瞬愣促的，都还没来得及再有任何反应，紧便又听到，他，已是疾跑近了门。

“喀”的轻脆一声。

门，开了。

胡珊呆住了。陆至诚，霎那，也呆住了。

相滞的一刹，彼此的蓦静里，都好像忽然落下了一场电光石火般飞急的雨。

——怎么回事？这是怎么回事？怎么她在？怎么她在！

是不是我的幻觉？这是不是我的幻觉？——哦，不，不，不——是真的！天啊，这都是真的！！真的是胡珊！！真的是胡珊！！！

她是不是来找我的？她是不是来找我的？——哦，天啊，是不是你再给我的机会？是不是你再给我的机会啊！！感谢你啊！！！

陆至诚在一刹间，心都喜奋的就仿佛是要从胸口里跳跃出来了。一刹间直似是被人从亡海里一把拉救了上来的骤遽惊喜幸福，简直蓦然间就是要从他眼里哭了出来。

——胡珊的眼中，却早已泪水模糊。她在厚厚的泪水模糊里，都没有能看清，其实在这一刹间，陆至诚脸上是那多么宝贵的，最后一场真实欢喜。

她以为，他一定是听到了她在门外的声音，所以才跑来开的门。而他跑向门时的那一阵多么的重步急厉，不由不的，让她从心底里感到了一阵好难过的害怕。她是多么难过的，心栗以为，他一定又是要很凶的赶她走了。

他一定又是要很凶的赶她走了。

胡珊的心都好像是奔涌出了殷伤的血。

——两秒了。

陆至诚看着胡珊，心中那一片莫名就仿佛是终被什么擎在了天上的蓝，却控制不住的，蓦然间，便好像是又失去了全部的支撑的，开始了重新的破碎，与殒落。他能看懂此刻的胡珊。而这一刻的懂，又只好似一杯仿佛让人哀醉的醒酒。

他忽然好像惊醒了过来的，不禁听到心中就仿佛是另外一个自己的猛喝：你都在想什么！

是啊，我都在想什么？我都在想什么？

陆至诚不禁悲醒自问。

"……我都差点做了什么……"

陆至诚醒噩如坠。心悲若铁回。

可是，他的脆弱，那仿佛就都根本不属于他、不应属于他的脆弱，还是那么清晰的，依然还在他的天空、重新又都碎破了的天空之中，若絮飞扬。

胡珊厚烈的泪光已是退了下去的，重新又抬起目光看向了他。陆至诚也依然还是微仍有些滞然着的正看着她。只是，他脸上那一刹如星光的灿烂，已都是消匿了。

可是，他自己也不能控制的，就仿佛是被一腔的泪，统统占据住着眼眶。他真怕现在会需要自己说话。他怕，自己的心，会都还没来得及重新再穿上袈裟，就又被脆弱赶入暗泣的海洋。他不想、真的不想，自己的一切，会被自己出卖。

可是，他的生命，就连他自己在这一刻都是能如此清晰强烈感觉到的那一股莫名就仿佛是匍匐在他自己心底最深处的生命，都在隐隐作痛，剧烈如火烧一样的痛。

他看着她坚强；她看着他悲伤。

"我……"

"我……"

两个人，一刹不禁都是同时开口。

都顿住了。

一起又沉默了下去。

寂静，好似一江春水的悲愁。

"……哦……我……我刚才没听到你来了——我是、是刚好想要……嗯——想要出去买些东西……"陆至诚莫名自己也根本就是不能明白的，心、口竟俱都软脆极了的，跟她说着。他的心坎里，莫名就是清晰的疼痛极了，眼前的已是分明都被他伤害透了、都被他赶得是起了怕了的胡珊。他自己都不能够控制住着自己的，心软得，简直像了一滩沼泽，"哪知道一开门……呵，真是……"他连一个"巧"字都还没来得及说出口，心胸里，却蓦然，就又直似是被紧紧一勒。他又哑住了。

胡珊原来哀封而悲怕着的心田里，一刹，却就好像是铺淌入了一条汩汩的暖流来。不知道究竟是因为陆至诚这样解释说的一番话，还是他蓦然莫名让她忽觉得重新又好熟悉的此一刻温柔。她甚至在开始的一瞬间，都有些不禁滞然住了。——她本来都以为，他是依然要仍旧赶她走的；很凶的。

"哦……我……我刚好也是才想敲门……没想到……"胡珊一时心中不禁回暖的蓦然说道，却一卡的，话也不禁顿了。——胡珊的忆绪忽然不禁的就好像是飞一样的风回到了好多年前的那一天.陆至诚那时候，第一次来家里为小华补课，不也是这样直似天凑巧的，一个刚想敲门，一个，刚好就开了门。

陆至诚凝然的，也不禁是一刹呆住在了胡珊的蓦断里：是啊，那一个暑假，那一个多么好的暑假——不正是从那一天的那一刹，开始的吗？

他甚至在这一刹如风的追逝想念里，都还伤感极了的，想起了那时候，自己开玩笑的想跟胡珊说却又没有能说出口的那一句李商隐的话。"心有灵犀一点通"——只是谁都想不到，不能说出口，氤氲了青涩的开始，也同样染透了悲哀的结局。

风华如逝，花月星辰，都若随风逝。

陆至诚不禁看了看胡珊；胡珊也不禁看了看陆至诚。两人又都是一样的避开了彼此的目光。

都是难言的沉默了一会儿。

隔了一会儿。"……我……我……可以进来吗？"胡珊一时碎顿了好久，还是难抑忐忑着的，终于才是又问。

"噢……对，对——你快进来——"陆至诚深深不觉的陷在悲伤之中的，像是一下子忽被她问醒了的，忙说道。

胡珊心中刹那剧烈一暖。却也不禁是蓦的微更心愣了些。——她不禁看了看他。真的好熟悉的他啊。好熟悉好熟悉的他啊。——怎么了？

胡珊心底里，霎那，不禁好像是忐忑极了的痴起了莫名一种简直是她在这一刻仿佛几乎都不敢相信的欢喜："难道他……"

——胡珊忐忑极了的，双手都不禁是紧相牵握了起来的，心烈烈祈祷着，都好像被吊在了嗓子眼里的，便是走进了屋里。

——陆至诚痴哀的关上门的时候，脑子里才突然是好像又被人敲了一槌。他忽然才又好像是清醒了过来的，听到有个声音在耳边厉喝自己：蠢货，你又都做了些什么！

陆至诚的手，都战栗了起来。

他的一只手，战栗的停留在还差一缝没有关上的门的把手上，战栗的停顿着。停顿着。

他凝籁的回头，看了看胡珊。他看到，她正一时发呆的在痴痴空盯着，屋里那一张原来是放着蝴蝶兰的小木桌。陆至诚凝顿了顿。他思滞的微张了张嘴，却又还是什么声音也没能发出来。

他没能关上门；也没能重新再打开门。他还停在门把上的那只手，只是像根失去了生命的木头一样的，落坠的，离开了门把手。

风暮浓。

胡珊的目光，一时仍不禁的是被那张小木桌上的空空给痴然定住着。就仿佛是就那么不经意的轻轻一掠目，一掠目里的蓦然千丝万缕，便都由不得人的钻入了人心里，织攥编缠，哀空如泥沼。昔日鲜艳盛开的蝴蝶兰都还仿佛在她眼里轻轻摇曳着满枝的欢馨，如风的逝哀已是好似一艘直线航出的船舶，带着仿佛都已是无可抗拒了的一切，去向了起点的远方。不自禁的仍然凝望就好像是一场站在海崖处依旧的远眺，只能任凭海与天苍茫无际的连线，无际苍茫的在心中昏晓两分的怆长破割着满腔的心碎失落与盼望。唯有仿佛距离一样漫长的漫长海涛声声，好似寂静凝望里的同痴回响，唯一的还在声声温抚着宛似海洋一样无际空空的旷袤冰冷与绝望。

胡珊凝看着空空，听见陆至诚脚步，一时才是幽转的回过了神来。她那被他一时提到了喉咙里的心跳祈望，蓦的，好似忐忑得愈又更烈烈了起来。

胡珊转身看向了陆至诚，陆至诚却只是好像很不在意的便从她身旁走了过去。胡珊的心一刹不易察觉的微籁了籁。

陆至诚去拿了一只杯子，倒了杯水。他用一种好像真的已是很客气了的微笑，近乎无瑕的掩补住了自己已是心破的软弱。——"坐啊——来，喝水——"他定住着自己脸上的微笑的，放下了水杯，又给胡珊端了张椅子。

胡珊不禁的看着陆至诚——她忐忑、祈望极了那颗心，一时，却说不上为什么的，就好像是蓦的，被他的微笑给洒下了一薄层的霜——她才刚觉得他好像又已是了以前的那个好熟悉的他，这一刻，她眼中的他，却又仿佛是让她无由说不上来的微寒的隐隐感到陌生了起来。她烈跳的心，就好似是忽的，一时被一只坠落的手，轻拉了拉。

陆至诚不看胡珊的，依然微微笑着的，自己先在一旁坐了下来。

胡珊紧绞着的双手一时不禁是更紧的相握了握的，心里的忐忑就好像是重新又染回了一些铅一般的沉重的跳动着的，便是一时就也坐了下来。

胡珊心中的伤痛、想求、忐忑、祈望、怆茫、沌弱，等等，都在这一刻噩噩乱乱的交织着。她在他开门以前，几乎都还并不知道自己真见到了他，又到底还该和他说些什么、还能和他说些什么，而现在他的态度，又是如此的让她不由如坠云里雾里，她就更不知道，自己又究竟还该怎样跟他开口再说了。

胡珊在一刻彼此仍然的寂静里，不经意的一瞥间，却刚好就是看到了，门，还剩着一缝没有关上。——她蓦顿了顿，刹那，仿佛还一直吊在喉咙里的那颗心、那颗忐忑极了而不禁烈烈祈望着的心，那颗就好像是在他开始时的说话里被重新便是那样分明的又点起了火炬来的心，一下子，就是仿佛突然折了翼的一只小鸟般，落坠入了一洼冰冷的湿地里。——她心中如提在喉的那一腔烈烈忐忑祈望，刹那间，便都好似化为了破裂的心血。她寒颤极了的，突然才是明白了过来：原来，从刚才开始，就一直只是自己一厢情愿的在误以为着，他也许是回心转意了。——胡珊心中蓦然无限凛冷哀伤的自嘲：原来，他那多似熟悉的温柔与微笑，仅仅只是说明了已和自己的距离，与客气。就好像那扇没有关上的门一样，相见，却又并不约住停留。

胡珊喉咙口的心，就仿佛是被一只流着血的手，寒冷的宛似都拉回到了海洋的深处。丝丝的鲜血，仿佛都在呼吸间隐隐的萦游。悲寒的哀腥，就好似满屋的寒冬一样，在如同没有了时间的停滞间风漾水澜。——胡珊在蓦然的这一刹里，忽然觉得现在的这一切是多么悲哀的好像，上一次她随他一起回这里来看蝴蝶兰的时候。只不过，那一次的没有关门，与此一刻的同样没有关门，不同的是如此让人心哭肺泣。原来，破碎了爱的伤冻，是多么的远痛过，有爱却只是不能在一起的酸刺。——悲寒的冷痛，伴随着殷红的心泪，仿佛还在不断的将她的心往着海洋的深处拉，可是，她噙忍着泪水的，却好像又努力的在对自己不断的说着：也许不是、也许不是、也许其实不是这样的呢？

“……对不起啊——我昨天……呵，不应该那样——呵，对不起……我们……我们虽然不在一起了，不过还是能算朋友嘛，呵……”陆至诚自己的左手不禁紧握着自己的右手的，还是让自己微笑着的对一直都还是不禁有些噙然的凝看向着门的胡珊说了下去，“对了，你来……是还有什么没拿走的吗——呵，对了，还有那盆蝴蝶兰，你看我也真是的——前两天都没想周全，要不这样，我帮你叫辆三轮车，这样就方便把它搬回去了好不好——”

胡珊的心，还在努力着的心，还没等到她开口，一下子，便仿佛是被他重重的一下，彻打下了万丈的悬崖。霎那，粉碎的彻痛，就好像是从泥土下突立起的界碑，重新又噩彻的让她再次看清了自己仍正所在的国度。

那刚才都还让她不禁暗暗痴祈起的烈烈希望、祷愿，在这一刻，都好像是再也无可挽抗的俱化作了奔流的寒痛，碎带着仿佛满腔的哀腥，将她的整个人，重新又拉回到了海洋之下的那一片无明地狱里。

她的地狱里，就仿佛是有很多个好像自己的声音都在一起嘲笑着自己，近乎悲哀透了的嘲笑着自己，居然怎么还会以为陆至诚会就这样忽然便对自己回心转意了。她凛冽的哀伤，几乎比来之前更漆黑了一层浓郁。还有在漆黑、绝望之中忽然有了一丝火光，却又突然再次被熄去了以后的更冰一层的尖锐漆黑、绝望。那更浓郁、尖锐了的悲噩，好似都在悲噩里涂起了一网更哀寒的黏稠，愈更哀寒了的黏稠，像绝望之中又再更冰锁的多铸起了一座绝望的牢笼。——她坍陷的悲跪在噩笼之中，除了哭泣，仿佛也已只还剩下了哭泣。她已仿佛一点点也都再看不清他了。她也已仿佛，一点点也都再想不起她看到过的他了。模糊，模糊。所有的一切的世界里，仿佛已是都只剩下了模糊。哭泣、悲哀，与噩沌的无尽模糊。泪水模糊。

她就好像是忽然仿佛终于的被什么丢到了一个无底的寒厉深渊里。下坠，下坠着。无底无尽的被拉下坠着。就好像是失去了所有力量的，无尽向下殒坠着。

殒坠。

她泪水厚厚模糊的看着陆至诚，终于，再也是不能禁了的，脸庞霎那湿然。

她凝凝战栗的，自己也不明白忽然从哪里冲起来的一股刹那烈极了的滚烫的，一下子，便是不能禁的蓦然紧抓住了陆至诚的一只手。“至诚哥……我、我不是来拿什么的——我不是来拿什么的——”胡珊心里的满腔烈烈却又始终仿佛都让她不知道究竟该如何再去说的痴烫话语，在这一刻，就好似是失去了堤岸的江洪一般不可控制而又无加引饰的全部都从她的喉咙里滚着痛的奔倾了出来，“我不要离开你、我不要离开你……至诚哥，我们不要分手，我们不要分手好不好——我求求你，至诚哥，我们不要分手好不好——”胡珊痛泪的诉求着。

陆至诚凝滞地看着胡珊，如此近在眼前哭泣拉求着自己的胡珊。陆至诚的嘴唇，都难以掩饰的发白抖了起来。

他以为自己撑得住。可是在很短的一刹那间，他就明白自己错了。

他根本就不能面对的，心如冰破的，一下子，就是推开了胡珊的手的，站了起来。

他面对墙壁的站着。他听见胡珊也是“哗啦”一下子的，跟着站了起来。

可是，又再没有了声音。他只听得到，她在无声的哭，无声极了的哭泣着。

陆至诚悲酸的，刹那也是再禁不住的，通红了眼眶。

陆至诚双手战栗的伸进了裤袋里。他的双手，在裤袋中抖蜷成了团。

“……我们……不是都已经说清楚了吗……怎么——”陆至诚掐痛着自己的掌心，忍泪微笑的背对着胡珊的说着，“怎么你还是……还是……”他心破的，都再不能说下去了。

他听着背后胡珊的抽泣，好似一地花碎的风吹雨落。

“……我真的……很爱你……至诚哥……”胡珊泪落如线的泣颤着，声破似湍泉，哽咽直若断透了心，“我……我……真的、真的……不能没有你嗯……至诚哥——”胡珊的声音被泪水淹没的，几乎都是模糊如哑。

陆至诚心酸若裂。遍野的孤草，都好似着了如焚的火。

“……现在……呵，现在……你还跟我说这些干什么……”陆至诚吞咽着如焚的泪烧，面壁淡笑说。

无声的哭泣里，一切仿佛都在战栗。

“你原谅我……至诚哥，你原谅我……求求你，原谅我——”胡珊声泪俱下，心血如泣，“求求你原谅我、原谅我以前、以前……”

“——你不要再说了……”

胡珊哽哭着的哀求都还没有说完，陆至诚心中的万千孤岗就仿佛刹那都崩裂了开来痛的，声栗不禁的，一下子便打断了她。

“不——”

陆至诚听得胡珊撕心裂肺的悲颤一声——自己整个人往前重重踉跄一震，已是再一次无能承受的，被一下子便哭奔上了前来的胡珊紧紧的，拥背环抱住了。

陆至诚碎痛的，整颗心都仿佛要从紧咽着的喉咙里滑掉了出来。

“至诚哥，我知道、知道以前都是我的错、以前都是我不该那样做——是我对不起你、是我一直辜负了你，对不起、对不起、真的真的对不起呃……”胡珊泪滚痴求，挚哭哀恸的整个心膛中的血液，仿佛都已齐聚到了痴奔的喉中了，“你原谅我，可是求求你原谅我啊……我知道，以前都是我辜负了你，我不该一直那么软弱，我不该一直那么没有用，我不该和梁啸刚在一起——对不起、对不起……至诚哥，真的真的对不起呃……对不起呃……”胡珊痴绝了的哭说着，挚悲啼泣的整颗心仿佛都只恨不能真剖了出来，“可是你相信我，至诚哥，你相信我——从始至终，我心里爱的人都只是你、都只是你啊——至诚哥，我真的从来没有对你变过，我真的从来都没有对你变过呃……你相信我啊……求求你相信我啊……我爱你，我心里真的从来只爱至诚哥你一个人啊——我不能没有你、我真的真的不能没有你啊……”胡珊痴烫的泪水，几乎都悲洇透了陆至诚的背，“求你原谅我、求求你原谅我啊……不要和我分手、不要和我分手……求求你，不要和我分手呃……”

陆至诚的两只手，在离胡珊的手很近的地方栗停着，栗停着，就好像，他很多次都不能去分开胡珊紧抱着他的双手而每一次的最后又还是都做到了的那样。但是，这一刻，他的心，却仿佛便是在他裂痛的最深处忽然问了他：她，又真的还能这样拥抱你几次呢？

是啊，也许再分开了，也就再不会有了。

他的心，就好像是哭了起来的跟他说着。

陆至诚战栗的悲哀停顿着。他的整个心膛里，仿佛都已流满了胡珊痛哭的泪水。他不知道，自己究竟该怎么办？究竟，又还该怎么办？

“至诚哥，你原谅我，求求你原谅我，原谅我以前的错、原谅我以前的那些错——求求你，原谅我以前那些所有不应该的错呃——我再也不会那样了，我再也不会那样了……不管、不管以后的一切还会怎么样，我都已经、已经是再也不会还像以前那样的错了啊——至诚哥……求求你原谅我啊……”胡珊痛哭哀求，心碎成河，“不要恨我，求求你，不要再恨我……不要再恨我了……求求你一定不要再恨我了呃——求你相信我，求你相信我啊……”胡珊痴痴哭求的，喉咙都仿佛像是被泪水如剑一般的划破了，“……求求你相信我啊……我的心，真的从来只给过你一个人，真的从来只给过至诚哥你一个人啊……我求求你呃……至诚哥……原谅我、求求你原谅我呃……”胡珊烫哭痴求的，嘶哑的声音，都直若在流血，“不要和我分手啊……不要和我分手……”

“……你……不要再说了……”

陆至诚心血横流的，眼眶通红的噙着几乎就是再也要忍不住了的泪的，哀栗说。

“我一定会马上就和梁啸刚离成婚的，一定会的——不会有麻烦的，一定不会再有任何麻烦的，你放心，你相信我，一定不会再让至诚哥你有任何麻烦的——求你相信我，相信我——至诚哥……”胡珊紧紧苦求，泪水滂沱，“至诚哥，你不要嫌弃我……求求你不要嫌弃我……只是求你、求求你，不要嫌弃、嫌弃我呃……不要嫌弃我呃……”胡珊哀哭哽咽的，整个人都已是战栗的哑恸再不能说出话来了，“……求、求求你……不要嫌弃我呃……”

陆至诚的后背，一时唯只剩下了旷旷一片嘶哑无际的痴恸。

百千的山岩，都仿佛瀑布般在他心中滚塌；万亿的悲踏，都仿佛烈马在他心中脱缰。

她悲巅了的双手，依然仿佛碎透了的哭泣一样，仍还紧紧的痴烫环牢着他。

他想要离脱她双手的手，依然还仿佛失去了全部听从的，在空气中战栗的背叛着他。

他的喉咙好痛，如烧灼一般的好烈痛。万千话语和不断的还在被他焚咽下着的泪水，就仿佛是两支不同的自己的军马，滚烫的在他的喉中流血厮杀。

陆至诚眼眶通红的，整个人，都仿佛是要倒下了。他的一只手，蓦然无力的，撑住了面前的墙。

“……至诚哥，我们回到以前好不好，我们一起回到那什么不开心都还没有发生过的以前好不好——至诚哥，我们还像那时候一样在一起、好好在一起，好好在一起，好不好——好不好……”胡珊痴绝哽咽的，整张脸哭泣得埋在了陆至诚的后心的，痴绝的哽咽着，在悲极中仿佛自己是让自己重新又露出了一丝微笑来的，挚求的哭说着，“你不是说，你以前，也是真的爱我的吗——你自己不也是说，以前，呵……你以前，也是真的很爱很爱我的吗——”胡珊心血哭盈了眼眶的痛哑着，“——至诚哥……”

陆至诚脚下的整片大地，仿佛都在摇晃。

他面着墙的脸庞，抽搐的仿佛正面对着一壁熊熊的烈火。他那两只始终都如枯潭般红涸着的眼眶里，蓦然，终于还是难抑的像镜子一般的盛起了两汪

如炼狱样的鲜红透莹。他撑在墙上的手，像是伸在烈火中一样的，亡抖如焦。他不能抗拒的，就仿佛是看见了那个坚固的自己，又一次的倒下。她的哭泣，像不能承受的一片悲裂天空般紧紧的渗透背负在自己的仿佛整个灵魂之上；她的痴求，就像是千万坛有毒的酒，一起轰隆隆的打碎在了自己围心的城墙里。他无能为力的，看着自己的城墙，再一次倒坍了。百江千河的悲伤与痛苦，就好像是忽然都从地底下奔涌了起来的淹没一般，带着他的所有脆弱，将他打了个一败涂地。他在没顶的倒塌、陷落与淹灭中，慢慢蜕皮、慢慢蜕皮，就好像是慢慢的又蜕下了一层如甲的壳皮。他就好像是一颗忽然失去了心膛的心脏，真实跳动的清晰再没有了任何掩盖与伪装，却也脆弱的让他在最短的一刹那便感到了近乎致命的可怕。他在脆弱与可怕之中，浮游的，仿佛在淹没之顶，又是那么幸福的见到了那一片在他心里早已被撕碎了好久的蓝天。她是那么爱着他的蓝天。隔着悲伤的水面，他仿佛都还能看见在蓝天之中，隐隐约约的行着一轮他以前好熟悉的太阳。那是一个多么美好的世界啊。他在这样子的一刻，是多么想让自己浮出水面，游出这一片泪水与悲伤的海洋啊。他是多么想，现在就能背着胡珊，两个人，重新一起再飞回到那一个美好的蓝天世界里啊。他在蓦然的一瞬间，是忽然多么的就想跟她说出自己的心里话，说出自己全部最真实的心里话。跟她说，其实，我心里爱的，也从来只有你，只有你小珊一个人。——可是，他颤栗的，忽然却是才又想起，自己，已经再也飞不了了。自己，已经是再也飞不回那一片蓝天之中的了。——如果冒险，也许只会毁了一切。——而她，只要能够离开，或许，还可以重新再拥有一个世界，一个好好的世界。

陆至诚那撑在墙上剧栗着的手，像是都已被烧焦了一样的，慢慢停止了挣扎，停止了挣扎。他的心房，依然仿佛还在被胡珊的哀恸穿破着，不断的痛苦穿破着，就好像是他的后心，不知什么时候被自己漏了一个汩汩的大洞一般。可是，他又好似根本就早连自己都找不到自己的心脏到底在哪里了一样的，没有再忍不住的要哭。理性的冰冷，重新又如摆不脱的锁链般缠绕起了他。他也不知道，到底，什么又才是魔鬼，什么，又才是自己。

“……至诚哥……原谅我……”

胡珊哭泣着的，痴绝的深深恸伏在他那仿佛都是能清晰的觉到他的心在跳在热的后背心处的，痴痴求说着。

陆至诚凝簌的，撑在墙上的那只手，慢慢的、慢慢的，放了下来。

“……我们……不是……都已经说清楚了吗……”

陆至诚坚固的让自己重新又是微微淡笑了一些出来的，说着，便是两只手，终于还是，好像被夺走了生命一样的，又是去试图分离起了胡珊正紧紧牢拥着他的手。

他分离的坚决几乎没有一丝犹豫。胡珊蓦然痛脆得几乎连最后的一丝挣扎都还没有用上，紧紧环拥着他的双手，已是痛得好像是要断了一样的，被他无情的残忍分离了开来。

嘶哑的哀恸都还没有从她喉中淡却，痴悲的苦求都还仍在她脸上遍湿，她心中最后的火炬，就已仿佛又在他的冰冷中被折灭了。双手的手腕处，都还停凝着他无情的分痛，她的心，就好似一匹脱了缰的烈马般，在绝望的原野之上又一次不能相信、绝不能相信的悲噩狂奔了起来。没有边际，同样也好似根本就没有前方的，悲噩狂奔。“为什么——为什么——”她的心，就好似是风呜般的不断哭喊着。他的人，明明还是以前的那个人，他的心，也明明还是和以前一样的，在热在跳，是那么清晰的，在热在跳，为什么，所有的一切，所有的一切，却已都不再是像以前那样，已都不再是像以前那样了。为什么，就连想再回去，也都好像，已只是在祈望着一场风的停留。一场，风的停留。——就好像是有千万把的剪子，在她心中横行，就好像是有千万钧的坠落，在她脚下纵拉。拉着她，要往那最无底的绝望中殒去。可是，她心中的悲伤却仿佛仍在哭泣，哭泣的不相信。不相信着。虽然，她似乎都也不知道，究竟，她是还不相信着，这世上的一切，其实到底，都还是会要变的，还是，她还不能够相信，风，是真的，永远也不会被任何挽留住的。她只是还好像，在被一簇最深深莫名的火苗，坚强着悬崖旁最后一角石块的攀住。——她的手，真的好痛。好痛。

陆至诚仿佛死亡了一切感情的，痛苦的分开着胡珊刹那崩泣而仍然痴痴试图要紧抱着他的脆弱双手。他自己在死亡之中，都仿佛觉到了自己的残忍。可是，就好像是有一股冰冷的力量，真的好冰冷的力量，还在不断的告诉着他，要坚强，要坚强。

他坚冷的，还是最后分开了胡珊那悲绝痛泣着的纤哭双手。他痛绝战栗的，整片的眼前，都好似刹黑了一黑。——他听到，胡珊那崩悲的哭泣里，就好像是有一只小鹿，一只一直在拼了命不断逃亡奔跑着的受伤小鹿，被人，刹那彻打断了两条前腿。

如瀑布般蓦然滑落的颤绝恸泣里，有什么，霎那，都好似砸陷了大地。

胡珊那一直都还在痴痴拼了命用力着的双手，就好像是那蓦然的一瞬间，被流干了全部还能活着的血液一样的，如死了一般瘫痪的，刹失去了所有的力气。她的泪水，都好像失了禁一样的，无声的带着她仿佛全部的心血与生命，背叛了她灵魂最深处的火光的，统统涌流出了她的眼眶，仿佛一场瓢泼的大雨，不再听任何人话了的倾盆、滂沱。她整个人的力量，都好似在那蓦然的一刹那间，流失干净的，再不剩了一丝一毫。她痛哭得都已再没有了声音的，直若已失掉了心一样的，双手，无力的从他滞然松开了的掌中，瘫去了般的，簌然滑落了下来。

陆至诚悲滞的感觉着，胡珊，哭得声音都已失去了的，颤栗的，像片都再没有了任何支撑的纸一样的，碎拖、碎拖的，终于，还是，簌离开了自己。

他强克着自己的恸涛的，板结着脸的，凝滞，转回了身来。他看着像个泪人儿一样的胡珊，心绞如雪飘。

胡珊悲滞而不能制的哀摇着头，泪如雨下的惨看着陆至诚，无能禁的像是问他又像是自喃的不断哭恸说着："……为什么……为什么……"

陆至诚没有办法看着她的，目光长垂下了地。

"其实……都是我的错……"陆至诚如噙心尖的，渗悲低哀着说。

"不……不……不——"胡珊滞悲的像是根本就没有听到他到底还在说些什么的，哀摇着头的直似自喃、又似悲问的流泪说着，说着。坠落的风，仿佛不断的雨一样的长长割着她的哭。胡珊掩面的痛哭着，泪水难抑滂沱的，都从指缝间"嘀嗒"了下来。陆至诚哀暗地看着她，悲固的，似透了一轮湿漉漉的夕阳。

"其实……你没有错……错的是我，真的……你……"

陆至诚自己都似乎已不知道，自己到底还在说些什么，想说些什么。

"……为什么……你不相信我……为什么……你不相信我……"

胡珊悲哭的哑哑恸喃着，哽颤的，陆至诚都没有听懂，她说的这一句话。

"是我对不……"

陆至诚实在不能再忍心的，说了半句，却又是断了的，不知道，其实，自己又到底还要说什么呢。

仿佛只剩下了哭泣的一片沉寂。

胡珊在难禁的长长哭泣里，一时，却又好像是紧抑起了泪、紧抑起了泪的，簌栗抬起了头来。她双眼悲亮的看着陆至诚的，紧紧不哭、紧紧一时不哭了的，一下子，便好像是在坠落之中最后一次拼尽了余力再抓住了一次救命的攀牢的，死死的紧抓住了陆至诚的一只手。"至诚哥，你原谅我、你原谅我，求求你原谅我——你相信我、求求你相信……"

"我们不要再这样了——"

胡珊悲骤的又一次哀遽哭求都还没有说完，陆至诚便是铁硬着心肠的又一次打断了她。陆至诚想要推开她的手，可是她那近乎已是拼尽了余力的就好像是在哭唤着向他求救一样的死死牢牢，就仿佛是无数块看不见的石头一样的，不断的砸碎着他手里想要使出的力气。——他就仿佛是在铁了心的又说出那断话的同一刻，也同样失去了继续再命令自己的心的力量一样的，已再没有了力气，再推开她的手。

"不——至诚哥——"

胡珊哀恸的哭说着，紧拉着他的手的，一下子，竟是再一次的，悲绝而直似已失去了一切支撑力了的，在他的面前，扑的，蓦然跪了下来。

"你原谅我，求求你原谅我啊——至诚哥——我知道以前都是我的错，你怪我，你恨我……可是、可是，我真的求求你、求求你……你原谅我啊……原谅我……你相信我，我心里真的一直都只是你啊——我心里、心里真的一直都只是你啊……至诚哥……"

胡珊痴绝哭求的，地，都仿佛颤栗的碎了。

陆至诚喉中，刹那一口鲜血涌出。——他的眼前天旋地转，他的耳中山呼海啸。天哪，天哪。他的心，在他的整个灵魂中流血咆哮。“为什么要这样？为什么偏偏要这样！”他的整个灵魂，都仿佛在他的头顶仰天大啸。

陆至诚颤栗的站着，颤栗的站着。他被她握着的手，痛得直好像碎了心似的。那一颗每当他铁冷着心肠时就都仿佛可以找不到了的心，这一刻，在他的心膛里碎裂、痛搐的，是如此若焚烈烈而无比清晰，就仿佛，它在他的身体里，其实根本就从来没有换过地方一样。只是他自已，在一直拼命的埋葬着他自已。——而这一刻，就连他身体里最微小的细胞仿佛都在不能制的大声问着他：你又为什么，一定要这样对她、对自已？

凝红的泪光，悲亮的在他眼里打起了转。“你不要这样……不要这样……”他抑不能止的喉咙里都仿佛起了泪音的，自已都几乎是漆黑栗然要倒下了的，用力着的，想要将她搀扶起来。

“你原谅我……求求你至诚哥，你原谅我……你相信我……”早已是泪哭得肝肠寸断了的胡珊，已是不管了一切了的，仍紧紧的哀求着、拼了命的哀求着。

陆至诚喉中又是一口涌起的血腥。他拼了命的忍住自已的泪水，长咽下着火一样烫痛的血腥与悲哀。“你不要这样……我没有怪你，也没有恨你……真的……你快起来……快起来啊……”陆至诚说着，自已却差点就是一下子莫名要哭了出来的，哽咽如喉堵。

胡珊听着他此时的话，看着此时的他，整颗心，就仿佛是在绝望的哀求里，忽然，却又是看到了一团她现在已是真的不知道还该不该去信、能不能去信的云雾曙光。——而，就仿佛有一种深深的哀彻，依然在她此时的微滞中深深的又裂痛着：为什么我们，如今要变成这样，心再见不到心。

陆至诚难禁哽咽的，双眼离避着胡珊。——胡珊一时咽着哭，心噙着那一团也不知到底可以会是什么的模糊、忐忑的，凝滞地看着他的，便也还是聚着力的，听他的，站了起来。

只是，她的手，依然还死死地抓着他的手。

陆至诚看着地的，长久的无言着。他没有视觉的脸庞，仿佛都是莫名那样清晰的，在不断痛苦的一直感觉到着，胡珊此刻的泪光，是多么让人不能承受的，统统都聚集在他的脸上。她此刻的模糊与忐忑、祈望与痛苦，就仿佛是统统的在从她正紧抓着他手的紧紧双手之中，好像流着血的荆棘一样的往他已千疮百孔了的心墙的裂缝里流，哗哗的流。他无能而近乎要崩溃了的感觉到，自已脸上那或许真的早已便是都有了破裂的伪装，正在一湖重重的泪水之下、一湖仿佛重得似了海一样的泪水之下，分明的越裂越破碎、越裂越破碎了起来。

胡珊哀惶地看着陆至诚，正无言的依然双目离避开着她的陆至诚。悲痛而伤惶的层层哀茫，如一蒙乌厚的动荡云海般雾笼着她通红的眼眶。她哀惶

浓烈的看着他，不安的仍期望与漩涡般的痛又殇就好像是无际织缠着的一张罗网，将她就仿佛是从无尽的时空里似暂掐断了呼吸一般的给伤攥了出来，攥入了一个充满了无垠的窒息与惊悸，还有漫天的想挣却又只能无动的浑噩世界里。她就仿佛是即将近冥了的仍攀在绝壁上一块唯一而又已经是快要攀不住了的小石头之上——而天空中忽然出现了的那一团云雾，却又真的已是让她不知道，它还到底会不会能是一场终于了的雨过天晴与拯救。——她无限哀惶而紧窒的看着陆至诚，双目依然是那样让人心如刀割又忐忑极了的离避着她的陆至诚。她祈望极了而又是害怕极了的，都是要奔出来了的难受泪水，统统就都好像是被人还暂掐断着命运线一样的，几乎便是比死亡还要沉重、痛苦了百倍、千倍的，仿佛全还被她自己紧抑着、紧紧的一直压抑着的，颤压在悸恸的心头之上。她在痛苦如窒息般的无尽哀惶中，还在心底的最深里祈祷盼望着，盼望着可能真的会有的奇迹。——她的心头上，陷重的下着层层叠叠若石若箭的雨；她的心底里，燃着，其实谁也已不真的知道，究竟还燃不燃得起的火苗。她依然还紧紧地抓着他的手。她是好想他能看一看她啊，她是好想他能说一句话啊。可是，他还是那样让人心割而又忐忑的沉默着。短短的几秒钟，直好似长过了天与地的边界。她依然还是那样紧紧的，好像都已是将要失命了的紧紧抓着他的手。她是多想，或者自己先开口再和他说些什么啊。可是，她的脑子里就好像是和喉咙中的一样哑哑空白。她难受极了而又惶抑极了的看着他，就仿佛除了还能紧抓着他的手，她已不知道，自己又究竟，是还能在这所有的一切里，再抓住些什么了。她的心，像是一只被牢牢攥住着的、受了伤而已只还剩最后一口气了的兔子，微弱而强烈的，“咚咚”跳着，还跳着。她不知道，她所等待着的，又究竟，还可以会是什么。

忽然，陆至诚一下子，终于还是又猛一用了力的，仍没看她的，推甩开了她的手。

胡珊一下子，蓦的，呆顿在了这一片终于好像是被打破了的，挣扎般的死寂里。

就好像是有一只美丽而又脆弱极了的玻璃瓶，便这样的一刹那，打碎在了她如莹的双眸里。——有淡红色的厚厚泪光，在一片仿佛依然就是又延续了下去的寂静里，慢慢、慢慢，一点点、一点点的，不断的就好像是在她眼中顽顽的不停在撕破着韧韧的什么一样的，在她眼中盈盈了起来。不断的，撕破着的，盈盈了起来。——她痹哀如亡的，仿佛已死去了一切识想的，眼里越来越撕破、越来越模糊的看着他转身背对着她的疾疾走向了窗的，终于，厚厚模糊、尽尽痛碎的什么也都再看不见了半丝半毫、半丝半毫了的，泪水无声的，尽夺眶倾瀑了下来。

陆至诚栗动的，不回一丝丝头的，走到了窗前。——他强压着心中如狂风巨浪般的违心悲恸的，不能禁的，双手撑在了窗台上。他整个人，都好像是要倒下了。他在这一片仿佛都已是碎得如入了地狱般的仍旧寂静里，强迫自己，深深的吸了一口气。

可是就连气息里，都仿佛充满了他已再不能承受的泪滴。——她的，或许也还有他自己的。——他撑在窗台上，整个人都是抑悲的，不禁晃了晃。

“其实……你……”陆至诚拼命的坚强着自己的声音的说着，“你真的没有错……真的……你真的没有错……错的是我……其实……呵……错的，是我……”陆至诚心尖都反复是在盘绕的打着寒战的，自己仿佛其实都不知自己是在说些什么、是究竟想要说些什么的，咽悲哽空。

“……为什么……你不原谅我……你不肯原谅我……为什么……你还恨我……还恨我……”胡珊恸亡了魂的，绝哭悲问、悲问。“……为什么……为什么、你不信我呃……”胡珊彻碎哀恸的，整个人，都仿佛已俱尽化为了奔逝的泪水。

“不——我说的是真的，我说的……”陆至诚刹然悲锐的，痛得几乎蓦然便是要急回了首的说着——可是，他撑着窗台的手几乎都还没有松离窗台一毫毫，清醒的克制，便又好似一只带咒的紧箍般，牢牢的收紧了他的整个灵魂——“……我说的……真的……都是真的……”他依然面对着茫茫的窗的，仍撑着窗台的手都重痛的不禁是栗然了起来的，压制下了那真的就连自己几乎都是真的不能再理解自己了的为什么又是近乎幼稚的失控想说的，眼里通红的平静了下来的说着。——就好像是有一个他自己的声音，是那么清晰的重新又在他耳边提醒了他，他原本是想要再跟她说些的话。他清晰、平静了下来的，整个脑子里都仿佛在“嗡嗡”的作着响，响得他仿佛再听不到了她的哀泣，也听不见了他自己的声音。

“……其实，这段时间以来……自从我又再见到了唐梦佳后的、这段时间以来，我……想明白了很多事情——”陆至诚的双手，栗栗的撑着窗的，整个人，仿佛都只剩下了任凭心血的流涌，痛得几乎麻痹了的泣恸流涌，“……我真的……呵——想明白了很多事情……呵，没有错，以前，我真的是一直都很怪你，甚至——怎么说——呵，真的……是也很恨你吧……呵……这些话，我也……呵……也真的不想再多重新说了，你……呵——我……怎么说——其实……真的是——现在很后悔……呵，我现在，只是真的都很后悔，自己那时候的那一些想法——现在回想起来，呵，真的是……都太偏激，也都太错了——呵，也许人一辈子，真的总是会有太多的事情，要在回过了头来之后，才会真正看得清吧——我……呵，我也真的是不知道，究竟该怎么和你说——对不起……只是……真的对不起……”陆至诚痛苦的闭了闭眼睛的，说着，“……可是，请你相信我，现在，我已经真的不再恨你了，也不再怪你了，真的，一点点都不了。请你无论如何，都要相信我说的这一点，真的。不然……不然，我真的会很难受……很难受……呵——怎么说呢……呵，也许……自从我再看见了唐梦佳之后，很多事情，在我心里，都真的是变透彻了吧——其实我和你之间以前的那些事，真的都根本不是你的错，根本不是——要怪，或许，也都只能怪是天意弄人吧——呵……真的,我……我真的觉得,自己以前错想了的那些、那些所有,很对不起你——对不起你……呵……一直,其实都只是我想错了,是我自己太偏激,又太想得狭隘了去——我根本就不该怪你,更不该恨你——我不该……不该……呵,怎么说——总之,我真的,很内疚——所以,我真心的希望,胡珊,你也不要因为我,反而再这样的去怪自己、难过了自己,不然……我……我真的会内疚一辈子、难受一辈子的……我、我……真的不想这样……真的、不想这样啊……"陆至诚哀哭地说着,险难再自持,"……毕竟,过去的,就都让它们过去了吧……"

"不……"

"不,你听我说完——听我说完——"陆至诚怕极了自己会再也受不住了的,急利的打断了她的话的,忙又说了下去,"胡珊,你听我说——你说的,我都明白,我都知道——我、我知道……知道你……你心里爱我……可……可是……可是……胡珊,你要明白,人生有很多事,既然发生了,就已经是再也不可能改变的了——我已经爱了唐梦佳了,你明白吗,我已经是真心真意的从心底里完完全全的爱上了唐梦佳了——而且,是早就已经爱上了——我和你,已经是不可能再回到以前的了,明白吗——我和你,是已经根本就不可能再回到那什么不开心都还没有发生过的那个以前的了,你明白吗……对不起……真的对不起……你可以恨我,你可以怪我,可是、我、我真的,真的还是希望,你能忘记掉那些以前、忘记掉了那些所有我们的以前……你以后的路还长,我是真的希望……希望,你以后,能重新再找到一份好好的幸福……真的……胡珊……"陆至诚抑着烈悲的微战说完,整个人,都几乎已是要再撑不下去了。

"不……"胡珊哭颤的,整个人,都是跌撑在了地上,"为什么会这样……为什么会这样……"恸碎的泪水,带着裂心的悲啼,一串串的,仿佛都穿透了大地。

"胡珊,让我们每一个人,都重新去开始我们下一段的生活吧——好不好——我们不要再……"

"怎么会变成这样……怎么会变成这样……"

"胡珊……"

"不——!!!!!!!"

苍茫的天地间,仿佛只剩下了这一声颤断而悲绝的,撕心哀号。

天上乌云层叠。

胡珊,你该明白,有些事,是永远也都再走不回去了的。

不,我不相信!我不相信!!!你骗我,你骗我,一切的一切,你都是在骗我!!!!!——为什么!!!一切究竟是为什么啊!!!!

胡珊!你不要再这样了!

为什么,为什么,我们这么好不容易、这么好不容易,才终于重新又是能走回到了一起，你却要这样，你却要这样……你却要这样呃……

"……胡珊……我们真的……都结束了……你——还是回去吧……"

"不——不、不、不——至诚哥、至诚哥，我知道、我知道，你一定是还怪我、一定是还怪我，对不对、对不对——你原谅我、你原谅我、你原谅我啊——求求你、求求你、求求你啊——原谅我——我们再回到以前，我们重新再回到以前啊，好不好——好不好——"

"胡珊——你明白了没有啊！——我已经根本不怪你，也根本不恨你了，可是，我和你，也已经是绝不可能再回到从前了的——"

"那我宁愿你恨我——你恨我——你恨我好了啊——"

"——你不要这样子啊……"

陆至诚悲心悲狂的，刹那整个人都几乎就是要哀碎的跪倒下了。他长长的剧栗着，长长的剧栗着，猛一下的，便还是甩开了已是近乎哀求哀疯了的胡珊的紧紧双手——他蓦的急转开了身，一滴灰沌的泪珠，却还是已滑落下了他颤抖的脸庞。

空气里，一时安静的，仿佛，也都只是剩下了，谁也都再没有了希望的，好像全死了一样的，近静的，悲哀哭泣。

她的泪水仿佛穿透着大地；他的心嚎，如云断着天。

长长久久的，好几分钟。好几分钟。撕心裂肺一样的寂寂安静。

……你是不是……真的、真的嫌弃我……怀过梁啸刚的孩子……

……

……至诚哥，我心里、心里真的、真的一直都只是爱着你一个人啊——真的、真的一直都只是爱着你一个人、爱着你一个人的啊……求求你了、真的求求你了啊……

……

比死还要让人难受的安静，长长的安静。

撕悲炽哀的，长长寂寂的安静。

"……小珊……你以后，还可以重新好好开始……"

安静的安静。尽尽了的安静。一刹那，悲哀的极限，痛莫得，仿佛都渗出了只剩下了的血一样的恸笑来，殷红得让每一个人，仿佛都会直直蓦碎透了心的，生不如死的痴痴栗恸哭笑。

……呵……你为什么、不相信我……为什么……还是不相信我呃……

悲哀的低鸣，仿佛失血的一袭碎嫁纱，哀噩的，都笼遍了天地。

"哑——"

楼道里一阵烈烈的风，忽然，将那扇没有关上的门，在此刻，吹推了开来。

——至诚哥，你还记不记得，是你告诉我，我们活着，要勇敢，要能够去追求、去坚持、去守护那些，在我们的一辈子里，仅有的一些，真的可以比生命、比生命还重要的东西……

……对不起……真的……对不起……你……走吧……

轻轻的又"哑"一声,门,被风吹推得更开了一些。

"……真的……对不起……你……走吧——"

——走吧……

陆至诚最后再一次,紧闭上了眼睛的,痛说着。

暮色苍茫。

看不见夕阳的冬日昼尽,怆冷得,直似从天穹之上,落下了一地皓白胜雪的诅咒。

四十二

夜晚了。

窗外,下着又一场愈大了的夜雨。

空空荡荡的房间里,陆至诚空空荡荡的坐着。

路障还没有除去的马路上,人稀车无,分外寂清。寥寥阔阔的寒寂夜色,掺着星星条条的路灯远霓,在"哗哗"的雨中,宛似一舞台正在流着泪的哀空布景。空空的、哀伤的,仿佛只是还剩着在等待着一场谁也无能料的结局了的夜暗布景。

陆至诚无力而悲黯的仍旧坐在依然没有开灯的房间黑暗里,就好像是一棵被取走了生命的树木一般,只剩下了还在等待的朽去,长长的朽去。蔓延的时间里,只有悲灰的落宕,仿佛还在不断的坠痛着他尽碎的心坡。让人感觉到自己似乎是仍还活着。恍沉的重重茫茫,错织着无涯的哀伤横流,悲沌噩然的,仿佛都要尽将人化在了那漫雨的碎殇哀空里。哀空的寂阔,融心浓烈的,几乎让人都要把自己忘作了一颗尘埃。天地昼夜间,一颗最普通而又最无主的随风尘埃。——陆至诚哀冥的湮魂荒呆看着窗外,心如碎海的,依然无知无觉着。已经结束了的仿佛一切,好像停顿了的夜色,直似在他的年轮里一起噬着曾有的所有光华与血肉。他殷红的一直无禁流着泪,却又早已都痛得无知了也无觉了的麻木。他还存在着的所有一切,在无涯的尽碎里,仿佛都变作了浩瀚的虚空。哀沌悲噩的虚空,好像满山的花草都在风里成了坟,好像星星和月亮都在天上作了冢。——他无能的哭泣着。无能的悲哀,就像是一条广袤的光芒银河,仿佛瀑布一样的不断还在照明着那些在人生心底里似尽已都成了灰烬碎屑的曾经火焰,就好像是已都失去了主宰的泪水,在用无制的祭奠来让悲哀俱化作着更扼人的心碎成流。熊熊若焚。——他悲哀的哭泣着。悲哀得,仿佛世上可用的一切形容都只是了苍白。他悲哀的哭泣着。——仿佛都已真的结束了的一切,在他的心底里直似尽已被泪水模糊了个透,可是,他却还是那么清晰的在想念着她、依然爱着她;未来在他心里是那么的清晰而坚固,可是,莫名的,却又是那么动摇的在被一种无由的痛苦反复模糊。反复的。

动摇。——长长江水一样的涛涛哀伤，带着直若斗转星移般的罗网悲苍，奔流漫湮着好像海一样尽空尽寒的夜。夜色凄凉。

寒雨凝伤。

夜愈深了。

陆至诚再一次难禁的咳嗽了起来。他滚烫的喉头，再次涌上了一口血腥。

他无力而黯噩的坐着。他哭笑着的，忽然才发现，命运或许是跟他开了一个最残酷的玩笑：真正将透伴着他度过他余生的，也许，并不是那一切的病厄或困苦，而是，那已被他亲手生生彻砍断、而却又永远都不可能被他给忘弃的，他们的爱。他和胡珊之间的爱。——他无比哭笑着的，忽然才是，残酷的发现，在自己生命的尽头处，真正最后等待着自己的，并不是痛苦的死亡、那单纯痛苦的死亡，而是，或许，死不瞑目的哀伤。

陆至诚，抱头大笑。泪如疯雨。

夜雨寒，寒霜冰。

江南漆黑。

四十三

最后第三天。

又已是开始天亮了。

大雨停了好一会儿了。

胡珊最后一次又是给唐梦佳的那个号码打了个电话。

如旧不通。

胡珊哀粼的，落下了手中的手机。

天愈乌灰的亮了。

广大的天穹之上，乌云漫际满宇。浩浩衮衮而密密匝匝的黑霾云海，好像一片掺了毒的太平洋，瀚厚森肃得仿佛都蚀起了天的，厉重缦漫着苍穹。森云滔滔，灰冥层密如山叠；寒鸷遍遍，乌噩深锐封九霄。阴重的云魔，仿佛在破碎的苍穹间狂恣呼啸着掀风鼓浪；酷恶的鸷神，仿佛在无际的云海中放肆叱咤着斩日劈月。天地无光，红尘蒙怆。灰黑的云海涟漪，盈漾若碎绡；冥茫的天际鸷乌，绵悒倾岸湿。群山般重瀚的彤云纵横淹没着万里的锦绣，海洋般涛叠的噩霾天涯海角着无尽的森冥。狰狞尽笼着天地，无光写满着人间。

哀恻的悲伤，好像碎尽的星星一样花落满着胡珊凄白的脸庞。碎透了的月亮，仿佛纷纷从她的泪珠里滑落。冰凉、冰凉。冷霜般的惨恻，像叠叠雪岭一样浩岑的飞舞在空气里；深渊似的绝望，像碎裂的天地一样纷离而再无可期。胡珊无力的哭伏在桌沿上，整个人仿佛都已化作了泪烬。

她就好像是在一个雪白的世界里支离破碎的飘游烬落着。数不清的悲屑狂舞着寒窟的殒哀，如雪焚的疯痛销透着天地的漫遍。茫茫的无际，雪白得四壁仿佛都涂满了永夜的伤盲；悲噩的无底，坠落得天地仿佛都失去了明暗的方向。她就好像是在一个没有了东南西北、上下左右的寒彻世界里坠落的化为着纷纷的片雪，再没有一点点方向、半丝丝希望的殒碎的，就仿佛连那彻骨的殒碎与化雪都已悲噩的失去了感知的痛觉。她已哀销的，都不觉得了，什么还是殒坠，什么还是破碎。只有那都好像是没有边际的天地，还在雪白彻骨的仿佛烧透着一切。茫茫，噩噩，而永无尽的一切。她已彻销、如雪的一切。

哀彻的小屋，透着哀彻的淡橘色的，寒冷在仿佛茫茫无际的孤冷天地间。

胡珊悲泪朦胧的看着小屋里依旧仿佛都还如昨的一切，凄恻漫遍。小屋里那她都还一直没有关掉的他喜欢的淡橘色亮，明漾的，仿佛都在悲嘲着她的双眼；小屋里那她都还一直开着的她在等待的暖洋洋，温溢的，仿佛都在哀哭着她的生伤。没有了世界的亮暖里，悲哀黑冷了所有的一切。空空的茫茫，让人彻彻碎痛的连什么是地狱都不能知道了的，沉透在地狱里。没有光芒的全部，无际着没有了方向的所有；没有温度的一切，湮没着没有了知觉的全部。

噩噩黑黑、冥冥冷冷的，全部一切。

破碎的蝴蝶仿佛在遍天哀舞，悲彻的泪藤如同在四野盛蔓。胡珊，仿佛已消失了自己的，哀噩了一切。

再没有了上一刻，也再没有了下一秒。

只剩下了，哀霾汪洋。

可是，在那碎化的最缝隙、消亡的最末知处，却又仿佛，总还是不时的，有着那么一点似是早已幻灭而又遥亡再不可寻的火星、模糊火星，在灼到着她。时隐时现、断断续续的，一直仍模糊灼到着她，就好像在冥亡的深渊里那不可及的远空之上，海市蜃楼的依然未灭，就仿佛在噩亡的殒销中，忽然却又痛醒的好希望，真的好希望，自己可以重新再攀住一块企望的石头。——黑噩无际的茫茫地狱里，模模糊糊的依然火星，似乎像着一点仍在的救望，却又似乎，只是更像着，在愈残忍的悲嘲、绝湮、灭望。——泪水浸透着胡珊纸白的脸庞。她已根本不知道，自己，到底还该怎么办。还能怎么办。怎么办。

风一样漫透的哀凄悲恻，在仿佛整个的天地间，冰冻住着一切。

云团，在天空中狰狞的翻滚着，森森翻滚着。

忽然，胡珊的电话，响了起来。

胡珊，拿起了手机来。

是梁啸刚来的电话。

胡珊滞然的犹豫了一下，沌抑了一些噩盖的悲哀的，便还是，接了电话。

——"……胡珊，是我——"

胡珊沌抑的，依然没有说话。

"……前天……是我喝醉了……呵，要是说了什么……对不起。"梁啸刚声音低哑的，停顿了好长一会儿，"我想……我们之间的事，也是应该……应该要有个真的了断了。——我……我想……我想约你出来，我们……我们今天……把有些事，面对面的说说清楚——就谈一个了断——好不好——”

胡珊没想到的，顿凝了一凝。

“好。”胡珊很干脆的说。

“……不过我希望……可以就你一个人来，都最后了，我不想再……呵，你该明白……就你一个人来，好不好？”

“——好。就我一个人来。——在哪里见面？”

“……在 Andy 咖啡厅。——那就一个小时后见面，好不好？——我等你。不见不散。”

“好。”

挂了电话。

胡珊霾霾雪样的莽莽心原上，蓦然，就好像是又奔过了一道仿佛让人有了些曙光、却又莫名沉霾依然的亮然，就仿佛，一个在泥沼世界中一直苦苦寻找着出口的人，在终于找到了光亮出口的那一刹，却又发现到，自己的一样很重要的什么，一样就好像是自己的眼睛、心脏一般真的很重要很重要的什么，还落在着泥沼的世界里，没有跟着自己一起来，来到这终于了的出口。——而假如一个人落失了眼睛、落失了心脏，那么她，还需要光明、世界，来做什么呢？——在此刻忽然来临的仿佛曙光，与那依然似乎无可改变的绝望沉霾之间，漩涡般的哀伤与苦涩，无比跌宕的缠蔓着胡珊。胡珊真的好想可以离开了梁啸刚，能够和陆至诚在一起，一辈子都在一起，永远在一起，永远在一起。——可是，陆至诚，又真的，还会和自己在一起吗？

胡珊恍恍宕宕的，在哀伤里起伏、呛窒着。最后，她终于还是，再次鼓起了一澜奔望的勇气。——仿佛耗尽了她全部还剩余着的祈祷与热烈的力量了的，已只是真正最后一澜了的，奔望的勇气。——她已不能去想，下一秒，究竟还会发生些什么。她的全部最后力量，那似乎都已是用燃尽了她生命灵魂中的全部最后所有换来的勇气力量，已只能让她剩下了祈祷，最后的一澜祈祷。她祈祷，也许，只要她真的离好了婚，陆至诚，或许便会回心转意了。——她已拼赌般的，焚燃上了自己魂底里所有还能有的一切了的，再也不能，去想丝毫毫的，下一秒了。就好像，一个在无尽的深渊地狱里无底坠落、化碎着的人，一下子，便是忽然，用搏命般的燃尽，来焚耗了自己本来或许还能在无尽的噩噩中一直噩噩活下去着的魂，将自己，烈厉抛向了那一片只是有着模糊星光的无际霾空。而她，只唯一还能最后想的，就是祈祷。祈祷，在着落的一刹那，自己可以，真的看到天堂。

胡珊簌簌的，最后又看了一遍小屋里的一切。她是真的好希望，陆至诚可以，重新再和自己在一起。两个人，可以重新再像以前那样的，好开心的在一起。——哪怕，其实一切都只是假的；哪怕，其实他和她在一起的时候，心里真正在想着的，却早已只是唐梦佳。

凄凉的淡橘色灯光，萦萦绕绕的，仿佛在小屋里生长着无尽的悲凉。寒冷

的伤，铺天盖地的，掩埋着如河的撕心断肠。

胡珊干净的洗了一把脸。

她，离开了小屋。

天地狰狞。

寒风，冰结着世界。

——Andy 咖啡厅。

梁啸刚僵硬而微抖的手指，在空空的咖啡桌上，不安而战栗的，轻轻叩敲着。一直叩敲着。

叩敲着。

时间，艰难的像沙子一样流逝着。黑色的艰难流逝着。黑色而艰难的，几乎让他都不知道了，自己，到底是应该希望时间走得快一些好，还是应该慢一些好。

胡珊，还没有来。——他不知道，自己到底是希望她能真的来，还是可以不来。

梁啸刚的手指，像灌了铁一样的重重、愈重重了起来。叩敲的痛，从指尖上，一阵又一阵的，不断仿佛击透着他的心脏。

不断仿佛愈来愈痛苦的，击透着他的心脏。

时间，依然好像都渗起了血来的沙子一样的，艰难的流逝着。

残忍流逝着。

忽然。

梁啸刚看见，胡珊，来了。

他的心，空白的，格停了一停。

心风，在仿佛无音的方寸间，停顿的，啸破了一声尖利的吼。

四十四

梁啸刚的眼底，都不禁是通透着难抑的呵哀红湿的，渗笑的、渗着笑的，又是看了看桌对面的胡珊。

"……呵……还记得吗……那一年，我出了院，我们也是好像现在这样的，坐在这里，同样的这一桌位子……呵，你说我们是不是真好像兜了个圈子——跑来找去的，呵，最后还是一样又都回到了这里来……"

"梁啸刚……"

"呵，你是不是总不喜欢听我跟你说话……我知道，你今天来，不是想要听我跟你说这些的——放心，我们之间，那些该谈的，我今天，是一定都会和你谈完的……呵，该了结的，今天，也一定都会了结……一定……呵——"梁啸刚呵哀的，悲红着双眼，想笑笑，声音里，却还是难控的流起了痛烬的哽咽。他难受的笑了笑，又笑了笑。"我就是……就是……呵，想……想再多、多……

多跟你说几句话……呵，我就是……想再多跟你说几句话——呵……”梁啸刚莫名难受的，一下子，都是通红着双眼的别转开了头去。隔了好久的，他才是终于好像平静了下来的，又笑了一笑，“你……可不可以……呵，可不可以不要嫌我烦——”

胡珊看着梁啸刚，心的一片角落里，刹然莫名，却就好像是让什么、仿佛一角玻璃样的什么，给酸楚的锐痛了痛，锐痛了痛。她自己也想不到的一漾无由脆弱，在这样的一刻间，忽然，便是又好浓烈的，像一汪苦涩的泪水样的，上蔓而莫名深深内疚着的围陷住了她。

侍者上了两杯热咖啡上来。

梁啸刚和胡珊之间，一时，静寂的，仿佛也都只剩下了安静咖啡的涟漪，在簌簌有响。

“其实，呵……”梁啸刚笑了笑的，还是又开了口的说着，却又是不禁难过的，哀呵的又是顿了一顿，“呵……其实今天，我本来来这里的时候，也不是特意想，就还是要坐回这一桌上……呵，我其实，特别不想……特别不想，今天，会又让人觉得……觉得好像是……又回到了以前一样……真的，呵……其实特别不想……呵……”梁啸刚难禁哀伤的，悲呵呵的说着，说着，就连声音里，都仿佛在流着莫名化不开的惨泪，“可是，你知道吗，呵，我……呵，我到了这里的时候，这里的座位，偏偏就是只有剩下了这一桌是空的了——呵，谁能想到，才上午而已，今天这地方，就已经是坐满了人了——真是他妈的活见鬼——”梁啸刚难受而悲哀的说着，恨恨的都似乎不知道是究竟在恨极了什么的，咬牙自嘲的，痛骂了一句。咬牙得仿佛都是要将自己的牙齿嚼碎掉了的，恨极了的，痛骂了一句。“……呵……我都不知道，这是不是、是不是就是真的天意……呵，天意……”梁啸刚渗笑的哀呵摇着头，悲哀呵呵的，渗笑绝摇着头。他双眼丝红的，看着咖啡。他战栗的，又张了好几下口，却一时，都难受的，还是没有能再说出半个字来了。

胡珊看着梁啸刚，心中的那一汪脆弱，霎那间，却竟便好像是被扬起了一屏闪烁的生痛。难言的缠疚，像蓦然清烈了起来的一杯烧酒。心，无可躲避的，被淋洒了一个雨遍。微搐的痛烁，像几丝有毒的线，仿佛都穿织起了她一角的心尖。胡珊的目光，忽然有些微酸的，不能自禁的，落避开了梁啸刚。

两杯安静的黑浓热咖啡，在没有声音的两人间，已没有了涟漪的，袅袅着安静的热气。有悲伤的黑色汁液，仿佛在从空气里，与透白的热气相串连。苦涩的长寂里，仿佛有无糖的黑咖啡，在浓烈的四淌流溢，溢进着似乎每一个人的呼吸里。让人就连寂沉的安静，仿佛都比开口说话更难以承负了起来。

两杯安静的黑浓咖啡，依然在桌上纹丝未动的安静着。梁啸刚和胡珊，也都仍彼此没有声音着。

座位旁的一扇蒙着些白气的窗玻璃上，流着仿佛几行冬天的眼泪。

都仍没有声音着。

“其实……呵，有时候，我也想，你跟我在一起的那么久时间里，我真的对你好的时候，也不多……呵……”梁啸刚难过的看着咖啡的热气的说着，自己的眼前，都仿佛是蒙起了一层白白的苦烫朦胧，“……记得那时候……我原本说……是要对你好的……呵，是要对你好的……”梁啸刚颤栗的紧抿了抿自己的唇，使劲收泪的，终于没有让自己哭下泪的，顿着。低下头的，还是又笑了一笑。“你知道吗，其实，很多时候，我都真的想……呵……我真的是想，如果这世上，从来就没有过陆至诚这个人，或许我们在一起，真的会过得很幸福……呵，真的会很幸福……呵……”梁啸刚哽咽痛栗的，一只手，都不禁烁撑住了自己的额，“或者，要么这世上，从来就不要有我——不要有我……呵，那样，或许，一切也就都不会发生，一切，也就……呵……也就都不会走到今天这样的一个地步……”梁啸刚紧紧痛苦的撑着自己的额头，眼里仿佛都渗起了血来的，哽簌说着。哀伤透骨。他禁着泪的，顿停了好长的一停。“对不起……胡珊……呵，对不起……胡珊……”梁啸刚泪笑交混着的，颤栗地说。

“……都过去了……我……”胡珊脆弱地说着，一时，却又真的好空白的，都不知道，自己其实，是想要说什么，是该要说什么。

“——呵……是啊，都过去了……都过去了——”梁啸刚在停顿里停顿了好久的，还是控收起了一些自己的难受的，笑了一笑，说。又笑了一笑。一涛剧猛的泪水，却又还是一下子的，好像决堤一样的，刹然失控的，盈满住了他的眼眶。梁啸刚无可面对的，悲战的，一下子，就是抖然的抓起了自己面前的咖啡杯，就好像是掩饰、又或者浇灭似的，“咕咕”如哭般的，灌喝下了一大口的热咖啡。

烫热的咖啡，如剑一样冰寒的仿佛都透尽了他的心肺肝肠。血裂的痛，在他的喉头，泛着悲风的腥。

胡珊在近乎茫茫的脆弱空白里，仿佛被一束忽然莫名的动宕，真的好莫名的动宕，给勒起了心房。——“如果一切都是真的，我又为什么，还非要和他离婚呢？——我欠梁啸刚的，难道，这辈子又都真的是已经还清了吗？”——这一个可怕的声音，真的好可怕的声音，在一刹那间，便突然，是在胡珊的心底，轻轻、真的好轻轻，而又是如针尖一般怖然的，再次响了起来，再次响了起来。

仿佛由针尖处弥漫了开来的一弧晃摇，在短短的片瞬间，却竟就好似是一砚打翻了的黑浊，寒冻生霜的，泼染透了她模糊空白心纸的一整片角。脆弱的垮倒，像天穹四柱塌坍了的一脚，简直令人在一刹那都几乎不能、不敢相信的，可怕极了的看到了，天霄将近即要的塌落坍灭。已经仿佛失去了一切支撑的脆弱至极，在此一刻是这样无可逃避的心蔓漩涡里，茫噩无力的，直似已唯只剩下了几乎想要放弃的绝望。几乎想要，真的就那样，放弃了的绝望。——“如果一切都是真的，我又为什么，还非要和他离婚呢？——我欠梁啸刚的，难道，这辈子又都真的是已经还清了吗？”——这一个声音，就如同是与她心底一直还在不放弃的祈望着的那些烈焰，相抗衡着的，愈来愈大声了起来，都愈来愈大声了起来。

梁啸刚眼睛红湿湿着的，一直微垂着头的，再讲不出什么话来了。他忍了好几次眼泪，又笑了好几笑，都又张了好几次口，可是，他还是再没有能说出半个字来。

难言难解的裂离茫茫，好像一张片瞬间忽起的罗网一样，仍然一直缠坠的宕落着胡珊直仿佛越来越颠碎了起来的目光。遽疾而愈来愈快碎着的她越来越不能面对，她仿佛都越来越再无能面对了的害怕，像一道忽起的山脉，就是那样由不得人逃或抗的，耸立起在了她的心原之上。胡珊害怕而颠碎极了的目光，在一瞬间，怖宕的，几乎都落入了崩溃的最深之中。她不能相信，不能相信，自己的心，在这一刻，在这样子的一刻，怎么就，竟然，会仿佛如此忽然的，想到了放弃。真的想到了放弃。她不能相信，不敢相信。就好像，一个明明已是用燃尽了全部最后力量的拼搏来将自己无回的抛向了未知的天空而赌祈一场最末了的祈望的人，中途，却又是那样真实脆弱而又好可怕的，受到了一间曾经好不容易才走出、而今却又是真实遇见的哀伤囚屋的滞心召唤。——为什么就一定要在毁灭与希望间赌一场呢？那祈赌着的希望，其实，又真的还会有企盼着的答案吗？——又为什么，要真的只给自己留下，不是天堂就是地狱的唯一一条道路呢？那梦想着的天堂，其实，又真的，在世上存在着吗？——看不见着的追求，已拼尽了所有的祈祷；有限的一生，还有着那无数仿佛用一世也说不清道不尽的无解心缠。——“……假如陆至诚说的一切，都是真的——那，我又为什么，还非要这样，对梁啸刚呢？——我欠梁啸刚的，难道，这一辈子，又真的，真的都已是还清了吗……”——让人害怕的脆弱，让人颠碎的脆弱，让胡珊在这短短的一刻间，无能抗禁的深深坠入了成片无垠崩溃里的可怕脆弱。胡珊，在一瞬间，真的仿佛，自己都不能相信自己、不敢相信自己了的，感觉到了一种莫名无极深陷的可怕，仿佛无极深陷的可怕。——就好像，在一个如果真的没有了北极星的世界里，人，其实会黑暗得就连自己都根本不可能看见自己、抓住自己的，那一种无极深陷的可怕。

胡珊，自己都仿佛再抓不住自己了的，仿佛已经被断掉了所有还可挽留的绳索一般的，越来越不可控制的，滑入到了那一条深深可怕的隧道里了。——胡珊的一只手，一下子，失控极了的，不禁一把的抓紧了自己的膝盖，让人不易察觉的，都好像是发了狂一般了的，猛厉然的一把，死死抓紧了自己的膝盖，好莫名的，好像是要拼逃命一般的，发狂似的死死抓紧了自己的膝盖。——她的那一只膝盖好痛，她的那一只手好痛，痛得，仿佛让她一片瞬间好似都有了些逃离。逃离回到了那仿佛也只是她自己还在一个人以为着或还会有希望的那前一刻。可是，她真的还在逃离，又真的还在逃离。虽然，在那所有的一切中，茫茫的空白，仍然仿佛让她不能也无能明白着自己的所有一切。可是，她在逃

离，她只知道，自己要逃离，那一种可怕，就好像，她也根本就不知道，自己为什么要抓痛自己的膝盖一样。——她只是，忽然好清晰的想起了，其实，那一枚戒指，那一枚陆至诚给的戒指，一直都还带在自己的身上，一直都还带在自己的身上。

是啊，是啊。在着，一直都还在着啊。她心里的仿佛另一个声音，在她的耳畔好似都微欢的诉说着，不断的一直都好似是馨馨然的，轻轻而韧韧的诉说着。

胡珊微顿的又是稍凝了一会儿，便是都不再抓着自己膝盖了的，平静了的抬起了目光来。

越过两杯都已是不再冒着热气了的咖啡，胡珊看见，梁啸刚依然无言的，正低垂着好似紧锁的双目，紧绞着双手的，在无声翕翕着嘴唇。胡珊从他的脸庞上，几乎都能觉察出几分好似都能熟悉的搐栗来。——这种搐栗，曾经总是会令胡珊无比清晰的感到恐惧，可是，在这一刻，胡珊却又好莫名的，就好似是无比无由的能够看透他此刻的这种搐栗并非为她而起的，并不觉得有什么害怕。只是，她莫名隐隐的，有些说不上的觉得，今天的梁啸刚，怎么有一点——好像说不清楚的不一样。——胡珊只以为，或许，可能今天要结束了的一切，真的，对她和他，每一个人，都很不一样罢。

"……梁啸刚……你说，今大你会把一切，跟我有一个了结……你……"胡珊不禁充满了希望而又难抑的布斥了害怕为一的忐忑的，不由小心翼翼的先轻问开了口，"你……是不是同意和我离婚了？"

梁啸刚顿了一顿，目光里的紧锁间，就好像是忽然被划开了一道裂口般的，凝醒的渗起了几丝又是的殷红。

蒙噩的痛苦，仿佛成股的从他眼里的裂口中飘淌了出来。他的嘴角微栗的，眼眸中都仿佛是流转起了血一样丝丝的笑、泪的，不禁抬起目光，看向了胡珊。他渗着都好像是血一样的莫名的微笑的，牢牢地凝看着胡珊。

胡珊的目光，在梁啸刚此刻莫名这样子的一种注视里，慢慢、慢慢的，还是一刹那，不能禁的，微微又被裂开了一些脉脉凝韧来的，动宕了起来，就好像是一只一直还站着的小兔子，忽然才是发现到了，在自己的前方，都已是溢满了一股莫名暂还说不上来却又分明已是好清晰了的危险气息般的，胡珊的目光，无由的一瞬间，便还是好似逃一样的，又一次再落垂了下去。——胡珊的心，蓦然的在这一短瞬间，说不上来的，好乱，真的好乱，一种莫名真是说不清的，悸悸好乱。

是那尖利的脆弱还在已不堪了的心中跳跃着那难道真就是要如潺潺之冥泉一样不能断了的不能面对吗？难道真的是已经彻底了的绝望，再也不会让那最后的烈火腾燃过了所有的可怕吗？还是不可摆脱的茫茫，终仍是要像魔鬼的噩口一样，将所有还有的一切坚强与希望统统的都不可抗争的最终仍尽付之于吞噬与嚼碎？——都好像是，又都好像不是。胡珊并没有再一次的仿佛要陷入到了那无极可怕的垮坍之中，可是，此刻，胡珊却还是又一次，不禁让人不易察觉的，重又是一只手轻捂了捂，身上放着戒指的地方。

“……梁啸刚……其实……我知道……我也有……很多对不起你的地方……我欠你的……可能真的是，这辈子……这辈子也都还不尽了的……可是……可是——”胡珊心悸悸然的说着，说着，莫名一时的，眼中还是刹那又重新仿佛是都亮燃起了烈烈的坚定来的，抬起了目光来，熠熠地面对着梁啸刚的眼睛，“可是，我真的希望，我和你，可以就这样、就这样，有一个和气些的结束——真的，梁啸刚……我……我……我……”胡珊摊心而又坚定地跟梁啸刚说着，很多话甚至都还是带着些在心的微热的，却又真的是心仍不可否避的有着悸乱的，让她实在是不知，自己到底该如何说，真又该要如何再说。

梁啸刚仍然惨惨微笑的看着胡珊。胡珊顿凝了好长一凝，终还是又一次，不禁是微错落开着些和梁啸刚相对着的目光的，稍垂下了一点头去。

梁啸刚看着胡珊，看着胡珊。笑、泪交混的，惨惨的一直都还仍看着胡珊。他的目光里，说不清究竟是自嘲、他恨，还是他嘲、自恨的无尽悲红流转着。哀黯如霜。——长长的冷岑哀静里，蓦然间，梁啸刚都是不禁一手自捂住了眉眼的，哽笑的都低下了头去。如咽的喉中，闷绝的“咕咕”，都像哭一样。

“……我们……你说我们……呵呵、呵……呵呵……你说我们……怎么就走到了今天这一步……怎么偏偏、怎么偏偏……就是走到了今天这一步……呵……呵呵呵啊……”梁啸刚战栗的一手紧紧的捂抓着自己的脸的，声笑惨裂的，终于还是再也不能忍住了的，只能任凭着自己浑浊的泪水，夺眶而出的，都洇湿了自己的整片掌心。

梁啸刚再也不能控制住了的，抑重噎哭了起来。断重而无声的泪水，都栗栗然的，不断滑落出了他战抖而搐然的指缝。

胡珊不禁滞然的，凝凝住了。

忽然，梁啸刚一下子，就是连脸上的泪都几乎也再顾不上多拭一下的，疾抬起了头来，便仿佛是要最后再拼尽了所有去抢挽住一些什么似的，猛伸出手，就是牢牢的一把抓住了胡珊不经意放在桌上的一只手。

胡珊蓦的一大惊。

“胡珊、胡珊，你再给我一次机会、再给我一次机会，就再给我一次机会好不好——好不好——求求你，我求求你、就再给我一次机会好不好——”梁啸刚泪水满糊着脸庞的，紧紧死死的抓住着胡珊的手的，好像都是要发疯了的、仿佛已是最后拼尽了一切了的，血泪惨求着，血泪的苦苦、急急惨求着。“我们、我们不要离婚好不好、我们不要离婚好不好——你就再给我一次机会、最后再给我这一次机会——我、我知道我以前有很多对你不好的地方，我、我知道我以前、我以前，真的做错了很多事、很多事——可是我求求你、真的求求你，再给我一次机会、最后再给我一次机会，我们不要离婚好不好，我们不要离婚好不好——我们重新在一起、重新在一起啊——我一定会好好对你的，我发誓、我一定会好好对你的——我一定再也不会像以前那样了,我一定再也不会像以前那样了,真的——真的,我发誓,我发誓啊——胡珊,你忘了他,你忘了他,你忘了他啊,好不好——好不好——我们重新在一起,让我们都一起忘掉了以前那些的,再重新好好在一起,好不好,好不好——我们一定会幸福的,真的,我相信,我们是一定会幸福的——胡珊,求求你了,不要离开我,不要离开我——你该知道,我是多么爱你,我是多么的爱你啊——我真的不能没有你,真的不能啊——胡珊,忘了他、忘了他啊——好不好——我会比所有人都更对你好的,我一定会比所有人都更对你好的——我发誓、我发誓——求求你,再给我一次机会,就再给我一次机会啊——不要离开我啊——不要离开我……我真的知道自己错了啊……"梁啸刚掏尽了心肺的,仿佛已是要再没有机会说了的珍烈的,苦苦的悲惨乞求说着。

胡珊开始时还在不断拼命用力挣扎着想要挣脱的手,渐渐、渐渐的,却竟还是仿佛越来越失去着成片成片的力气的,慢慢、慢慢的,无比哀伤的凝停了下来。她也不知道,到底,是为什么。她只是真的好无能抗拒的,心中直若荒旷旷的,被焚起了一野的心酸。莫名仿佛都又是带起了一些好可怕的动宕的,如焚心酸。她不能自禁的,就好似是不断的在听到着心酸如焚的心野之上有一个真的好哀伤的声音在如风的缥缈着跟自己说,其实,你如今,又何尝不是,在像梁啸刚一样着呢?

"其实,你如今,又何尝不是,在像梁啸刚一样着呢?"

如焚的心酸,宛若着了风的火,无可抵制的,都好像蚀起了胡珊痛楚的心、肺。梁啸刚紧握着她手的战栗,在一瞬间,都真的好莫名的,通红起了她的眼眶,就好像,现在,是自己,正在最后的哀求着陆至诚一样。

胡珊的手,凝伤的停顿在梁啸刚的手里。她抑泪的看着面前的冷咖啡,都没有再听到,梁啸刚,究竟还在跟她说着些什么了。

凝着殷红的寂静,仿佛在胡珊与梁啸刚之间滞转徊徨。胡珊缠恻心酸的,凝烁滞看着咖啡的黑,就好像唯已只剩下了那已冷的黑。胡珊烁悸的,都觉得,自己整个人,在这一刻,都仿佛是又被推回到了那一片好可怕、真的好可怕的让她直想这辈子都永远不要再陷入了的脆弱、无极脆弱的边缘了。就好像,在这一刻,只要随便再有什么轻轻一拉,她,就会又一次的,摔落下去。落入那,让她怕极了、怕极了的都仿佛是已包括了所有一切陷灭了的,直如黑洞般无极的不复之中。——胡珊,颤栗的,一刹那,都不禁咬紧了自己的唇。霎然的,死死痛咬紧了,自己的唇。

灰灰的一点亮光,在黑冷咖啡的液面上,好像一棵枯草样的滞凝着。胡珊看着灰亮的一点,蓦然的,却便又是仿佛忽然的,想起了,对啊,戒指还在着自己的身上,还在自己的身上。——他不是还说过,要为自己戴上它的吗?他不是都还说过,要为自己,戴上它的啊。

一刹那,胡珊微红的灰黯眼眶里,终于,才是又仿佛重新亮起了一些原初的明炯来。她一时，微又重新是抬起了一些头来。

她看着此时都已是不再说话、而只剩凝绝求看着她了的梁啸刚，目光没有再避的，徊顿了一顿，还是便仿佛都硬了硬心肠的，开了口说：“梁啸刚……我们，是绝对不可能再在一起了的——我现在……只想和你离婚……你……你不要……”

胡珊想说都还没有说完的，一刹那，便被蓦然彻痛的双目都仿佛是淌起了血来的梁啸刚，疯握的手都好像是要断掉了骨头一样的痛。梁啸刚近乎是要咆哮的哀啸了起来：“为什么！为什么!!——你为什么偏偏就还是要这么傻！你为什么偏偏就还是要这么傻!! 你想想看、你想想看，没有了你，陆至诚他曾经不照样还是又爱过别的女人、和别的女人在一起过吗，他真的爱你吗？他真的有多爱你吗？他现在，又真的还是有多爱你吗？——胡珊，你不要傻了!! 你要为自己想想清楚，你一定要为自己想想清楚啊!! ——我梁啸刚是犯过很多错，是曾经做错过很多事，但、但最起码，我梁啸刚，这辈子从认识你的那天起，心里除了你，就从来再没待过其他任何女人的哪怕半个影子啊!! 这一点，天地可以为我作证、天地可以为我作证啊——我梁啸刚，这辈子为了你胡珊，可以什么都不要——我可以什么都不要啊——胡珊——”梁啸刚紧握着胡珊的手，双眼泪红的，悲看着她，哀求的说着，哀求的苦苦说着，“胡珊，我求你，我求求你，最后再给我一次机会、最后再给我一次机会好不好——我们重新开始，我们重新好好开始——”

“梁啸刚!”胡珊奋足了劲的一下子，便终于是将生痛的手从梁啸刚紧握着的掌中挣脱了出来的，微都是不禁有些激烈了起来的，打断了他的话，“你不要再这样了——我都说过了，我只……”

“等你知道后悔就晚了，等你知道后悔就晚了啊!! 你不要再傻了——”梁啸刚泪激的，一刹那，几乎都已分不清了到底是爱、还是恨的，如啸的，大声对她说。

空气里，一刻间，仿佛又都是充满了寂静。烈重的尘埃，好似如灼遍布着一切的，嚣凝的寂静。

“——我是不会后悔的，梁啸刚。”胡珊静静而又仍然坚定的，还是像铁了心一样的，说，“我是绝对不会后悔的，绝对不会，永远也不会。永远都不会！——梁啸刚，我不爱你，你知道，从一开始，我爱的就根本不是你。我爱的，根本就不是你啊——我爱的是陆至诚，我心里……我……”胡珊坦断了的跟梁啸刚绝分说着，一时，心中却无有理由的，又是一小漾不禁陷弱的难言悸乱——仿佛被蓦的就又是那样不由分说的便微落岔茫了神的，失了话。一刹那，胡珊莫名都失了语的哽着的，一只手，都是不禁重新的，又是抓紧了自己的膝盖，死死地抓紧了自己的膝盖。她的另一只手，都不禁的像是一只折了翅的白鸽般的，在自己悸栗的唇旁好似是霎然惶极了的想要拼命掩饰什么一般的，起战的晃了好几晃。——她垂重着目光的，终于才又好像是平静了好些下来的，重新看向了梁啸刚，“……梁啸刚，我们就不要再说这些没有结果的话了好不好——”

“难道我说的对你来说就都只……”

“可是你要知道，梁啸刚，无论如何，我这辈子，也都是再也不会愿意和你在一起的了——不管怎么样，我这一辈子，都是再也不会愿意和你在一起的了！”胡珊抢断了他的话的，无由的就好像是莫名害怕极了自己会再被自己推向那灭陷黑洞的边缘的，抢断了他的话的，都仿佛是集起了自己所有还能有的力量来排抗着自己的脆弱的，坚熠的说着，“我只想和你离婚，我只想和你离婚！我现在，只想和你离婚！！”

如血一样的寂静，再一次，好像流沙般的陷淹了两人之间的空气。

梁啸刚鲜红的凝着盈盈而却都是再没有流下来了的哀裂泪水，垂下了目光，垂下了目光。他战栗的、战栗的收回了自己伸出的手的，用力拭了拭自己脸上的泪水。又用力的，拭了拭自己脸上的泪水。梁啸刚殷悲的，笑了一笑，又笑了一笑，无声的，笑着。

梁啸刚殷红笑着的，都仿佛是要将自己的脸皮拭破了似的，狠狠的，都拭净了自己脸上的泪水。

他好不容易才是止住了自己如血的悲笑的，却还是，不能禁的，都血红极了的，又笑了一笑。

“……天意，呵，真的都是天意……真他妈的都是天意——”梁啸刚血笑的，都不知道究竟是在嘲、还是恨的，血笑极了的，抬起头来的，看着胡珊，哀呵说着，“呵，你知道吗，本来……本来我还希望……我还希望，这一次，我最后再求你……呵，我这一次，最后再求你……你可以，不会依然像当年那样的……呵，呵呵——不会依然还是像当年那样的……那样回绝我……呵……那样回绝我……我……呵，我……”梁啸刚血哀的说着，呵呵悲绝的说着，最后，却还是都被自己，哽咽的断了声。“……真他妈的……天意……呵，天意啊……”梁啸刚绝抑尽了泪的，都仿佛是要尽咬碎了自己牙的，血恨绝了的，不禁惨笑着说。

沉寂极了的两人安静里，都仿佛是淌流起了血一样的河来。

“你今天是不是真的约我出来谈离婚的——如果你只是想要跟我说前面那些的话，对不起，那我要走了——”胡珊在此时此刻莫名不禁那样还是无由一直不住的在从心底里的一针尖处往周旁涟漪开来的脆弱之上，那都还远离着也几乎已是要让人害怕得直想逃了的可怕脆弱——那都仿佛是最无限深陷的、自己害怕自己的脆弱——之上，刹然的，就似乎是连半分半秒都真的不愿意再这样和梁啸刚多延下去了的，真的、真的，是连半分半秒都绝不再愿意这样多延下去了的，一下子，都好像是铁硬绝了起心肠来的，冻簌着说。微都是仿佛噙满了不易察觉的蔓蔓冻簌着的，似坚冷极了的，说。

她都害怕极了，自己心里，仿佛一直都还在着的那个脆弱声音；她都害怕极了，此时此刻，梁啸刚，真的，几乎动摇了她的一切。——她都害怕极了、害怕极了，直更仿佛更害怕的害怕极了，自己的害怕。自己一切的害怕，自己一切的脆弱。

血一样殷红的河，在沉寂极了的两人安静里，依然流着，流着，都仿佛湍急了起来的，悲红流着。

梁啸刚悲裂带笑的，无声咬唇着，依然还紧无声的，咬着唇的，铁红沉默着。

五秒，十秒，二十秒。

梁啸刚忽溃的看见，胡珊，站了起来。

那我走了。胡珊说着，便已是都没有再多看他半眼了的，转过了身。

"等一等。"梁啸刚一刹心弦忽陷，如厉断的，忙喊住了胡珊。

胡珊顿了顿。

"我……可以……和你离婚。"梁啸刚声颤如流血的，嗫嚅极了的，终于，还是说。

、　胡珊，几乎是都还不敢肯定，自己是否真的听清楚了的，转回了身来。

"你……答应了？"

"……对，我答应……答应和你离婚……"梁啸刚的一只手，不易察觉的颤握起了拳来的，声音抑抖的说着，顿了一顿，又顿了好长一顿。他的目光，莫名一时都是烈避开了胡珊的，宕重极了的垂落了下去，"可是……可是，我想你答应我件事情——"

"……什么事？"

"可不可以……可不可以，最后，再陪我回一次……最后、再陪我回一次，陪我回一次……我们的家——那一个，我和你的家……我想……我想……你可以陪我，最后再一起……一起看一看，我们的家……陪我，最后再一起看一看，那一个，我和你……以前的家，好不好——"

"……好。"

胡珊稍稍犹豫了一下，莫名又犹豫了一下——还是很干脆的，在干脆中甚至都还是不禁如决堤般的烈涌起了一洪涛不可抑的亮熠欣明的，答应了。

梁啸刚紧握着一只拳的，咬了咬牙，狠狠的，又咬了咬牙，顿了顿。又顿了一长顿。他，站了起来。

等看完了，我就会和你去办离婚。你放心，我，不会食言。

梁啸刚，喉咙里莫名都好像是卡上了一把重重的利刀一样的，说。

胡珊跟着梁啸刚，走出了咖啡厅。

天色阴灰。霾云狰狞。

风音苍怆。

四十五

风瑟的蝴蝶兰前，陆至诚天旋地转的，还在挣扎着，怆绝的挣扎着。

还鲜艳着的花瓣仿佛在他的心口里燃放着遍天的哀雷，还呜咽着的悲风仿佛在他的脑袋里盛开着满地的怆徊。

他的心口处，一阵又一阵不禁的钻裂绞痛。痛得他，都仿佛是在被成群的鹰鹫不断的穿透着心膛，好似没有尽头的啄食，冥绵得都像是长过了黄泉。

他心魂的眼眸前，映着簌簌兰花鲜艳的如凋，满满的仿佛都还在天翻地覆着成山成海的过去曾经。还有那几乎都不忍卒睹的现在如今，一片又一片的，幕幕都好似在化作着铺心的毒钉。他那仿佛都被冰寒雪花浸冻透了心地，一寸又一寸的，都还好像在被噩绝的漩涡嚼碎的不断倾入着如地狱般无尽的魔鬼之喉。他就仿佛在与自己血搏，他就仿佛在被自己噬灭，仿佛没有毁灭的毁灭，破碎的大空都好似染满了血，殷红得都好像穿越了无数个叠叠时空的血。

又一阵灌耳的风声呜咽得战栗了兰花。陆至诚的魂裂之中，仿佛又刹那灼起了烈火，一片莫名的焰焰烈火。——"我不要这样！我不要这样！！我不要这样！！！"

熠狂的断吼，仿佛在他心中瞬的燃涌。

"——至诚哥，你还记不记得，是你告诉我，我们活着，要勇敢，要能够去追求、去坚持、去守护那些，在我们的一辈子里，仅有的一些，真的可以比生命、比生命还重要的东西……"

她的声音，都仿佛又一次的，在他的烈火中摇曳。

陆至诚心中的燃涌，仿佛刹那间，愈近了脱缰。熊熊的悲痛，都仿佛在活活将他五马分着身。不可控制的漩涡与悲痛，一齐封死着他的口鼻，愈来愈仿佛要将他推入生受死苦般痛苦了的窒裂若焚，刹然的，好似已是将他抛向了一片黑绳地狱的嶙峋魔口。

"……至诚哥，你还记不记得，我们、我们以前说过，我们的心，是一直都在着的，一直都在着的——就好像这盆花儿一样，一直都在着——我们的一切，我们之间的一切，都是风儿再也带不走了的，都是风儿再也带不走了的……"

陆至诚蓦然如疯。

一下子，他，忽然好似一匹脱了缰的狂马一般的，疯一样的站了起来。他的全部脑海、心魄中，仿佛都只剩下了空白、烈火漫天一样的血红空白的，唯只好像是余下了"不要！不要！！不要啊！！！"这一个萧厉的声音在悲吼，在如雷霆劈心一般的痛天悲吼。

我不要和她分手啊！我不要真的和她分手啊！！

我不要这样对她啊！！我不要真的这样对她啊！！！

不要离开我啊！！！不要真的离开我啊！！！！

一切，都不要真的这样啊！！！！不要啊！！！！！

“……不要啊……”

这盆花还在，她一定还能原谅我的——这盆花都还在，她一定还是能原谅我的！

她是还在等着我啊！她是还在等着我啊！！！

对不起——对不起啊——！！！

“等我啊——小珊，你再最后等一等我啊——”

心啸如雷的痛音着，已是飞也似的狂奔出了楼道口的陆至诚，脚下，却突然，一个重重趔趄。

重重的，无力趔趄。

好像一座山一样崩塌的，他，一下子，碎重的，坍摔在了地上。

都好像断了脊骨一样的痛，都好像彻裂了魂一样的痛。

怎么会这样，怎么会这样。

哀厉的心魂悲呼，仿佛在溺了水的挣扎里，都濒了死般的哭吼了起来。雷音萧碎的，都濒死般了的，哭吼着。

他站不起来，还是不能，站起来。

为什么这样，为什么这样。

陆至诚，都已是欲哭无泪了的，还在拼了全力的挣扎着。拼尽了命的，狂哀挣扎着。

挣扎着。

他还是站不起来，站不起来。

蓦然的一瞬间，他就好像是重又看见了那一个噩梦。那一个，他曾清楚记得做过的噩梦。那一个，就好像和现在一样，所有的一切，都是根本不可能有力量去改变、去扭转、去动摇哪怕一丝一毫、半丝半毫的，幻真万钧噩梦。

“难道你想噩梦真的成为现实吗？难道你想，要她，陪你一起在噩梦里吗？——你难道，真的要把这所有的一切、这些你最后唯一还能为她做的、都已是好不容易才到如今终于做成了的一切，所有一切，统统毁掉，就这样真的统统毁掉吗？”

可怕的冰冷声音，又一次，在他的耳畔回响了起来，冰冷绝了的，回响了起来。

你想害了她这一生吗？你想害了她这一生里还剩下着是长长可以有着的那些所有一切吗？

残忍的声音，仿佛就是他自己一般的声音，残忍绝了的，在他的心坎上来回的萦割响彻着，无比清晰的，不断来回血色萦割的响彻着。

挣扎的心力，抗争的魂焰，再一次，仿佛被化烬的销消了下去，销消了下去。烟屑雨烬的，都已是仿佛最后一次了的，再也无又可能力、无又可能焰了的，被一统销蚀尽了魂中脊中尽熠了的，彻灭的，漫漫消尽了下去。

空寥无一人的路沿角，陆至诚，血满眼眶的，远望向了，那仿佛永远也都不会有涯的天际，灰噩天际。

苍天无情，黑霾满霄。

胡珊的一个笑，曾经是那么清晰，纯真的一个笑，刹那间，莫名好忽然的，就仿佛是铭刻般的，浮现在了他视线最尽末处的，天涯边。

一口鲜血，从陆至诚嘴里，涌出。

仿佛滚烫了整片的大地，无情的大地。

漫黑的云霾，狰狞的、狰狞极了的，在旷袤的天空中，墨团墨团的，剧烈翻滚了起来，剧烈极了的，黑噩翻滚了起来。

红尘如焚。万莹千烬。

冬寒江南，哀尽千川水。

四十六

梁啸刚长久的沉默着，痛咬了咬唇的，还是又回转过了身来。

“你……真的一分都不要？”梁啸刚莫名仍好似是有些说不上来的跑着神的，像没话找话似的，声音里带着一种满满慌乱的，又问了一遍。

“我不要。”胡珊依然干脆的，重新又说了一遍。她的心坎上，仍然都仿佛是漫扬着一野火舞般的风沙一样的，飘扬风燃的，一点，也都还没有发现到，梁啸刚那已越来越全难掩抑住了的不禁异样。如同黄沙漫舞般的莽莽风烧，从她真的听到梁啸刚说“答应”的那一刻起，就好像莫名着上了淡橘色的一丛火苗，在她的心尖上似沙流般的溢漾了开来。如风四纵，渗渗横透。——她只以为，等说完了这些，梁啸刚就会和她去办离婚了。她只以为，只要等再说完了最后的这些，梁啸刚，就会马上和她去办离婚了。

而她，什么都不要，什么都不要。她只要，可以真的和梁啸刚解除了关系。她只要，可以真正的，和梁啸刚解除了关系。——这，是她曾经多么多么祈望着可以顺顺利利的实现的一件事啊。这，是她和陆至诚，曾经都多么希冀、努力着想要如愿办成的一件事啊。——而今，曾所那样希盼的一切，仿佛都已是如此简直几乎会令人要不敢相信、不能相信的，近乎是唾手可得一般的无比真实的摆到了她的面前，就好像、好像那曾经所有的一切仿佛都是那么让人觉得定会是困难重重的希冀与渴望，如今，都只是与她还只相隔了一跨步的距离那般的容易与简单，就仿佛，门里门外，现在，唯已只剩下了一道低得已是几乎不能再低了的门槛。而她，知道，跨出这个门槛，仅还需要的，已只是一小段再不会太久了的时间了。她所想要的那片光明，她和陆至诚曾经所一起想要的那个世界，仿佛都已是在门槛外边，正向着她招手了；她所几乎都是要可以说成是得寸进尺了的迫不及待的在盼望着那已是不长了的时间最好是还可以越短越好、越短越好些的焦虞，都仿佛已是在她的脚下，要推着她的一只脚，往前迈出去了——可是，可是，她的魂，她的心，却又，好像还在是让她自已都几乎不能察觉的，微微的停滞着一种茫然。一种，几乎就好像是停滞了一样的，茫然。

她都不知道，究竟，只是因为，他没有能在这一刻，和她一起在，还是，他或许，真的再也不会和她在一起了。——只是那片刻一时不能自禁的失落哀伤与孤零凄遗在星月霜烁，还是那不可自欺的相爱一夕相背飞、两人同来一人归的悲碎在如雨淅沥？是那犹可触摸的伤口在近乎无可控制的裂痕流血着仿佛想要凉冷火舞，还是那无可企望的风逝在好像不能抗逆的仿佛烟化云茫着所有仍寄祈望的燃烧风沙？——全部的一切，都已好像不可分辨；所有的统统，仿佛尽已只是恍惚。——只是那仿佛都已浑沌了的世界中，仍然有风沙在舞，在烧。在直似仍旧、更烈了的，舞、烧。——如火苗般流转飘扬的沙粒似星集集，绕舞飞空；若炎漠般旷炙无涯的熠风，熔石熔铁的，铺卷冰川。在那无尽无尽之上，就仿佛是有着那最深远的召唤，如神籁般不可触及的最深远召唤，在舞动着狂风烈沙。在舞动着，如同旷野孤奔一般仍熠然不灭的她，心中的火烈风沙。

火烈风沙，如燃烧的焰光一般笼卷着她，就仿佛纵然成烬，也心甘此奔的永煞；深远召唤，如心中的神籁一般由天普地，便仿佛终使成灰，也情愿此熠的亘销，宛若火光通天的熠透，仿佛都灼红着那恍若停滞的茫茫。在那直似遍野火跃狂沙之上的，恍滞茫茫。红烛般的淡殷，好像都在云茫深海间流洇。神一般的如日籁唤，在仿佛无尽之无尽之上，穿透着云海的，染红四下流普。火舞着荼风黄沙的熊熊，如旷野无际的莽莽尽烧一般，都带着仿佛是从茫海间洇下的天涯苦涩的，尽燃透着胡珊心中的大地；无垠的尽熠地火，如万亿支红烛俱化了泪的一场赌博，都仿佛早已是不再有任何的过去、现在了的，只将前奔的方向，化作了生命唯只还可存在着下去、熠已毫极不可回的存在着下去的血流与心跳，仿佛都能够焚尽了天地的，血流与心跳。狂风烈沙，荼火洪荒的无垠，无垠狂奔。人，都仿佛化作了火，火的影，永旷之奔焰风影。

胡珊不可控制的，在此时此刻那几乎仍都是自己所还根本就不能去真正辨觉清的恍茫厚重的云笼之下，莫名的都仿佛是依然茫带着一些无由的似滞的，心奔如熠的，情不自禁的，都几乎祈望，时间，可以变作了她手中的一只表盘，一只，能够拨快、让她拨快的表盘。——她是多么多么的从心底里渴盼、几乎都是起了明晃晃的焦急的渴盼，梁啸刚，可以马上就尽快的和她去办了离婚啊。马上就，现在就。——可是，一个仿佛她自已的声音，此地此刻的，却又好像是在她耳旁不时的在说着：你难道，就真的连陪他在这里再多待一会儿，也做不到吗？

“……也真的做不到吗？”

沉沉垂头无语的梁啸刚，今昔错莫的此处此家，都仿佛无以形容的莫名不知究竟是为什么、从何时何处起的两片斑驳碎影，叠叠的，好像是在她的一页心角处，层映起了一片淡褐的颜色，宛似无由的一片深深疤痕的，淡褐颜色。映得时间的此地和空间的此时里，都仿佛无由却清晰的涟漪起了一页恍漾而又如漆的难解苦涩；深得心角的丝丝缕缕间，都仿佛有好多曾经皆已淡去了的骨血挣扎，被重又触拨起了许多远去的难化辛酸与哀徨。——如疤的淡褐色，宛似被一捧夕阳莫名忽笼到了的一碗水，惘漾生蔓、涟漪层叠、又空虚若落。在倏忽与倏忽间，都仿佛越来越浓、越来越重着了起来。

梁啸刚沉垂无声着，在原地踟蹰的踏了两三步的，不禁慌乱地看了看胡珊，停顿了顿的，张了张口，又还是无声的垂下了头。——胡珊莫名的，也是好不能看着他。——梁啸刚不能抑制的双手攥着拳的，坐了下来。

他的目光，仿佛一场战争般的，慌乱极了的凝固在桌子的一个边角上。

胡珊一时不禁还是抬起头，又看了看梁啸刚。她那有若泊着一片夕褐的眼神里，一刹的，无由还是再次的划过了一道仿佛焦盼的心流。她瞬然的都不禁翕了翕唇，就好像是情不自禁的便有什么话想说，可是，接着的，却又只是一片迟疑，凝涩的浓浓迟疑，都仿佛又遮去了她眼中那一流焦盼的，浓重、无声迟疑。

胡珊微绞起了自己的双手的，凝然了一会儿，犹豫着的，就也还是，像梁啸刚一样的，在另一张椅子上，也坐了下来。

灰蒙蒙的天色，从窗外映入屋里，镀得仿佛家居的一切都染上了一层说不清究竟是辛愁还是哀伤的肃凉。严密的寒，就仿佛无解的太多结，牵连的围笼着仿佛不太大的冬天。

梁啸刚抬起头，又看了看正木盯着地的胡珊。他看着静默的胡珊，干红的眼角，忽然一刹那的，就好像又是涌起了几潮烈辣的殷湿，通红的泪湿。

他深吸气的忍下着莫名如此的泪的，双手涸然的紧紧自捂了捂脸的，一下子，便是又好无由的，就仿佛是有千矛万戈在他身体里、魂魄里激战着的，痛碎站了起来。

胡珊听见响动，不禁抬起头，目光，却是不经意与梁啸刚相错了一刹，都说不清的动荡裂破，分别俱在彼此的眼神里一瞬微碰了碰。两人都紧又别转开了目光。

梁啸刚重新又走回到了窗帘前。他掏出一支烟，想抽，可是打火机打了几次又都没点着。他狠狠的把打火机和捏断了的香烟一起丢在了地上。不算大的声响，却好似把胡珊正不能禁益愈蔓褐了的心角，砸陷了一处坑。——依然俱寂着的空气里，仿佛有看不到的尘土，都在同时的愈厚着两个人喉中的各自翻滚而不能言。

梁啸刚无声凝望着窗帘上的一条如锯的花纹，眼眶里都好像流起了血。

“谢谢你……今天……还愿意陪我回来……呵……其实……其实……”

梁啸刚终于仿佛心破着流血般的打碎了这一片如水泥样让人莫名难受胜死的俱寂的，不能控制的声音都几乎是发着抖的，说着，却又剧痛哽咽的，脑子里莫名都好似败亡千里的冥亡着一样的，声绝如谷空。“……其实……其实……呵，我也知道……你……你现在，最希望着的，只是……只是……我可以快些，去和你办了离婚……是不是，呵……呵……”梁啸刚战栗声泪，几乎都自己不知自己究竟在又说些什么的，笑悲泪惨的，都仿佛哀癫了般的，狂忍泪的悲崩的，说着、说着，音绝若入坟。

胡珊心中的坑，仿佛刹汪起了一潭如同都是泛起了红的褐漾。难言深重的疚楚，莫名对他，在此地此刻那无由仿佛都是遽聚起了全部以往有过的恩、舍的疚楚，蔓蔓疚楚，似琴音错瑟、筝笛破莫，褐透高泉。她心的浸夕一角，都仿佛漾溢的盘荆起了一碗难化的药苦，一碗无名无姓、却又好像就是用一辈去解、去化也都解不透、化不开的药的苦。浓浓烈烈的苦，如蔓惘夕阳下，一碗涟漪却又空若的，褐褐药苦。就仿佛曾已旧伤疤的忽然徊徨，又有发暗的血，开始渗出。药液的酸苦和棘，仿佛不能被吸收或风干的，在心坪的一角与陷坑处，微籁弥漫。有黯黯的辛血酸腥，和药流转，味息如褐，褐棘烈苦。——都仿佛愈浓、愈重了的一刻里，对他的疚楚，都好似模糊了她心坪一方的边角线。辛褐的药苦，若蔓盘土。——她看着此刻撑在窗前，咽栗不能言的梁啸刚，籁徨的，张了张口的，就好像是犹豫、宕然的想要说些什么着，可是，却又仿佛是终又空空胜空空的，还是什么也究竟没能说出来的，依然无言。

死寂般的一切里，仿佛有人生无可化解的沉重，在依然无可拯救的坠落沉重的深渊里。

胡珊抬起头，忽然才好像是从进门起到现在为止其实第一次的，重新又看了看这个地方。近乎是认真的，重新又看了看，这个，其实也算是她和梁啸刚一起住了几年了的家。一个家。——她认真地看着——她很认真地看着。就仿佛是，她真的很认真地看了，那么心里对梁啸刚的疚楚，便能轻些似的——可是，却又仿佛是只有多些的怆然，在直往她的心土里钻了去。如麻的过往，若漆的曾经，都仿佛一一是由远远的模糊，化作了近近的清晰，好似飞快、飞快的胶片一样在她的眼前倏忽行过，又一一纷纷的远去。太多仿佛只在此刻才是又由空气里的莫名纠颤在她心坎上勾起的忆意，列列迅过的几乎都还没有半件是能重新又在她心幕上停留的映印或刻画出些什么着的，来逝如风。对、错、恩、恨，仿佛真的是这辈子都难以真正从心底里去卸释的对梁啸刚的莫莫疚欠、仿佛此生都不堪再回首的那些所有曾经和梁啸刚在一起着的痛苦、似乎其实从来就是没有能在她心底里被真正彻底的解缠清过的一切最深矛盾——这些，这些所有的一切，这些原本每一件都仿佛是能将她碎成千片的不堪，此刻，在如风的列列来逝里，莫名便都是那样如同俱不停留的模糊着自身，模糊得那所有的在近现仿佛俱都为了去遥远，却也模糊得那所有的在遥远，也都仿佛作为了来近现。一刹时间，都恍莫的好似为了黯沌的她的脑里、心里，也唯有只剩下了怆然，那直似都好蓦然的怆然，在依然愈浓，愈烈，愈沉，愈要让人不能承受了的怆然。

说不清的沉重暗暗，仿佛一堆凝结着如麻沧桑的石伤，好似捆拖一样的将她往那哀哀怆然的深处越殒越深了去。那些被怆然莫名勾起的长阔纷飞一切，如风的既似乎逝淡了她心上的所有不能解脱，却也仿佛更浓了她心中的一切哀叠沧怆。那直似喝不了却也抹不去的疚褐苦药，在她心角的弥漫里让她痛楚的不能自已的纠莫，在纠莫的最深端，仿佛裂哀的通跃了这一渊的怆然。而这一渊的怆然，又便仿佛一扇在她心底某处，好像突然的，启开了的门。一扇，只是好像通往着一种石坠的门。在这门之下，如谷若渊萦荡积漫着的，全都好像，只是那些曾经所有以往已过的不堪回首或沧海成田，像似忆忆列列的门，其实如渊若狱的皆伤，俱如石、棘般仿佛盘蔓着过去丝丝缕缕的不可改变不可摆脱的伤。苍长的哀伤，就仿佛是在深渊的坠落里观看到的一场如随着坠的不断烟花，不断的就好像是在长空中不停的燃起、绽放、又熄灭着的烟花。长长烟花。如影随坠般的烟花。哀怆，就好似是一场眼看着一捧又一捧的绚烂烟花不停不断的在长空中由燃到烬着的悲伤，看着哀伤的悲伤。而坠落，便只仿佛是没有规则的命运一场游戏安排的若殇，好让人在坠落里，看着曾经好像烟花一样的自己的哀伤，苍长悲怆，仿佛都连停留的抚一抚伤也做不到的，若殇悲怆。——怆然，就宛若是在好似模糊着一切的一切里，却又用不禁不断的愈如石沉，愈将胡珊仿佛不能自禁的拖坠入那长长的悲苍怆然里。

胡珊心若渗血。她那不知什么时候又是低垂下了的苍白目光里，都好似是洇湿的泛起了尽难言的红。她在难喻的悲伤中，都仿佛是在沿了一壁滑溜得胜过了残忍的镜子下落。看着镜里如幻如逝的一切的清晰而那般不可抹遁，与哪怕就连只是想在滑落中停一停下来都做不到的不可能，俱如沾满了严霜的两条命运悲哀的绳，几乎都好像是在不断的越来越带着烟火灰烬的层累层累的重的，将她愈拖坠下落。只是将她愈来愈的拖坠下落。那仿佛都未知有无底尽的下落。悲怆的下落。嶙峋的哀伤都仿佛在她的心底翻覆着沧桑，无遣的沉殇直似在她的魂魄里铭刻着裂宕。无可抗拒的怆然，都仿佛越来越将她送入了自己命运之渊的悲伤最深处。

胡珊在几乎都无可表述的这种沉怆里，如落湖水的下沉着、下沉着，不断下沉着。周围的一切，所有一切，都仿佛越来越模糊、越来越看不清、也越来越都听不清了。只有嶙峋的沧桑和无遣的裂宕，仿佛都还在拖着她，拖着她往下沉去，往下不断的沉去，好像都没有了时间，好像都没有着终点。无可抑去的回忆串联成线，仿佛都让命运获得了显亮；无能看透的命运仿佛漾着墨，让忆起的曾经的每一滴，都像是浸透了铭怆。——过去的烟花仿佛都还在不断的燃起、绽放、又成着灰烬，此刻的沉落无际，都仿佛已愈怆透了无垠的天空尘际。一切，都只好似，陷入了湖底。那直似用无尽解不开的命运之哀之结的悲怆，积起化为的湖底。一切，都仿佛在湖底里深陷，越来越深地陷着。

黏湿的湖底泥土，都好似是在胡珊魂魄的呼吸里愈来愈厚重了起来。厚重的，她的心，都仿佛在几乎悲伤极了的一刹，失去了好些知觉，好些都还仿佛是在不断陷落、陷落着的知觉。她在一片宛若命运最深处的泥沼悲哀之中，忽然的，却便突然又好像是听到了，那一个，在此刻就宛若是从湖底之下、命运般泥沼积化着的湖底之下传来的，好似神籁般的召唤声音，好似神籁般的召唤声音。那般清晰几乎不可胜的，仿佛召唤一样的声音。

蓦然的，一下子，胡珊魂魄的呼吸、她的心、她的那些好多都还仿佛是在失去了知觉的悲重里依然还在不断的往着命运泥底沉陷着不断深陷着的知觉，统统的，便都好像是霎然的，如电光石火一般，全全飞跃回到了那一广野的火舞风沙之中。狂卷劲舞的，旷烈风沙之中。——而那如神籁般的召唤，那对胡珊来说，都仿佛是不能够被翻译为语言所能形容的神籁般召唤的声音，就好似是在天空的无尽之上仍响着，仍然清晰的在响着，就仿佛是有那依然的一轮烈日，正在无尽的阴霾之上依然无尽光芒的仍存在着，就好像是有那不可形容的万丈光华，仍都正在此片仿佛无尽的黑暗之前守候等待着。等待着黎明，等待着日出，等待着云消雨收。

胡珊苍白的目光里，不知觉的，仿佛重新便又是炯炯的亮起了一丛火光，一丛充满了无限不悔的希冀与只前的奔跑的炯炯的火光。旷漠洪荒中，流星般燃烧的黄沙仿佛在她的周旁如织成绕，火翼般炎烫的风舞仿佛在她的身边化翅若飞。那不可阻挡的燃熠孤奔，那只前无悔的如掷一生，在那有如电光石火般的恍烈一刹间，全都好像其实从来半分半秒也都没有离去过她魂的原野的，彰芒若耀，地火四熊。——胡珊那些尽似在前刻近若无由的一疚莫间都好像掩息了去的全部的焦急、渴望、企冀，都仿佛是被一股莫名巨大的力量、真的莫名好巨大的力量，蓦然的，便统统的就都是从那些宛若尽褐的苦坪与渊至沉湖的无尽里，全部的重又唤燃了回来。一下子，统统的全部重又唤燃了回来，直若焰火又再四起的，重新唤燃了回来。——全部的一切，统统都只好像是从来也都没有真的离去过她心魂原野半丝半毫的，一刹间，便又都瞬然熊熊了起来。

那宛若太阳一般的神籁召唤，都仿佛在风沙的吹息里愈明愈亮着了起来。沙粒的流烧都好似在用召唤的火光愈力量了她燃烧的熠奔，风驰的烈焰都好似在用无尽的天烧愈照亮了她云霾的前方。无悔的如掷，更似焚尽了天地的追日。——胡珊不能抑制的，眼里流着几乎都是要愈煎熬起了心的焦灼的，抬起头，就又是看向了梁啸刚。梁啸刚仿佛是带着些战栗的，正依旧背向着她。她是多么多么的焦盼、渴望，梁啸刚，能够马上就尽快和她去办了离婚啊。马上就，尽快就。——好像飞絮般漫扬着的火屑，都宛若将滚烫的灼红，漾遍了天地。

如同已孤注一掷般的焚燃尽奔，在从梁啸刚跟她说“答应”的那一刹起，仿佛，就已有很多的不同，不同于了刚开始她方离开小屋往咖啡厅去时的那种一赌。仿佛也都是已尽了一切的，那种一赌，最末一赌。——刚离开小屋时，她的孤注一奔之上，仿佛都还只有着无尽的云茫，那种几乎就是连多看一眼便都会让人无由的对很多事生起莫名的害怕、与仿佛都潜伏在这莫名害怕之下的深深更害怕的无尽云茫；而离开咖啡厅时，在那仿佛无尽的云茫之上，却都好像已是有那清晰的好多太阳光线，在无比清晰而又光亮的，渗入了无尽的云茫冥霾之中。——就如同有那说不清的一轮神籁般的召唤，在她的心魂天地间，赤遍万里的卷起了风火狂沙。那直似都只要人愿将一切燃付给了尽奔尽追的，无悔彻烧的风火狂沙。全部的生命仿佛都只要燃给了尽奔、所有的一切仿佛都只愿付给了尽追的，彻无回彻无悔的，风舞狂沙，地火四起一般的若翼风沙。——这种召唤，这种浩袤而博盖、有如神籁一般的召唤，明烈召唤，吞朝吐夕、挥云赶帔而广远缥纱得就仿佛是来自无尽之无尽的碧霄之上；却又是那般生生不息、韧韧无止、隐隐不灭的就仿佛是来自生命心跳之下涓涓无尽之更无尽的激血河流之中。它，至大之仿佛博盖洪荒，又至微之仿佛声息俱牵。它，宏旷之若同天地皆空，又尽笼之若同发隙无处。——它在胡珊的心中、耳里，就好像是，那一轮，她仿佛都早以为是风破花碎了的，不落之日。就好像，是那些，其实她都早以为是海市蜃楼了的，她与陆至诚以前的，一切一切，之一切。他们的爱、他们的幸福、他们的永远。他们的，那些曾都以为，是风儿再也带不走了的，一切一切，之一切。好像这世上仿佛最美的蝴蝶兰花儿那样的，一切，之一切。——她的所有珍重、相信、坚持、追求，与希望，都仿佛一直仍在；她和陆至诚之间的所有珍重、相信、坚持、追求，与希望，都仿佛一直仍在。她心中的那一轮太阳、那一轮她和陆至诚原来都始终是在着一起的太阳，也仿佛，其实从来，也都是没有真正的被落下、或消碎过。一切的美好，都仿佛并未真的有离去过；一切的信仰，也都似乎，始终一直仍在着风上显亮，与主宰。——只是，云一直太厚，乌一直太浓，荆棘都仿佛成了黑洞，好像，都把一切给遮去了，灭去了，带走了。让人是那样悲恒哀永的，以为仿佛是再不会有了，都破碎了，都只是空幻、而尽醒来了。——而，在那样、那样荒烈而就仿佛是如天喻般尽让人直要悲哀望空了所有所有一切的风逝之上，那直若神籁般的召唤，是这样焕赫显亮！——它，好像是从梁啸刚说"答应"的那一刹起，才在她的漫漫心原之上，卷起了荼火黄沙；却又仿佛直更像，从她决定了要去咖啡厅时的那一刻起，便已早用那如末的最尽一掷，说明了永恒，与亘在，直仿佛一切、一切的永恒，与亘在。

那一潭召唤，粼粼彰显的，仿佛来自着无尽无尽的云霄之上，却又仿佛，只是好像，来自着她无尽无尽的心底之下，就宛若海天一线的尽涯处，大音莫辨的俱恍俱惚，都好似直将湛碧、蔚蓝浑成了一片霁虹，跳动的心血仿佛都在云上穿游，如线的金芒仿佛都在心底织编。博遥盖广的浩袤仿佛都只是从心底的涓涓之中生向了洪荒，韧隐不息的血流仿佛都只是从碧霄的无尽之中流进着脉搏。生命，宛若在着天空；神籁，宛若在着心底。粼粼的召唤，直似由心血浇灌；不息的脉动，只似与洪荒天共。——那焕赫如熠的召唤啊，是多么的就好像，那一轮便仿佛是一直都仍在着的太阳，她心中的太阳，那一轮、她和陆至诚原来都始终是在着一起的太阳。还有那些所有所有的美好、信仰、追求，与希望。它、它们，都直仿佛是真的从来也便没有消碎、离开过她半分半毫的，一直都仍在着，一直都仍在着。在着她的心底、在着她那无尽无尽深深心底之下的心底里。——但，这召唤，这一潭如今宛若都是在用心血燃腾着的召唤，却又仿佛是直要比它、它们，比那些原来的所有所有一切，都更扬然漫遍了无极、都更燃赫至深了无限。——它，就仿佛是那一轮原来的太阳和那些所有曾经的美好与希望们的仍在，与重焕，却又更仿佛，是它们的魂，它们的根，在蜕去了所有一切或许都还有着的存在或空幻的，更燃更深更高更焕的熠照！——乌噩的霾云或许真的消碎过那些许多的美好，荆棘的黑洞也或许真的吞噬过那一轮金芒的太阳，可是，那些所有的美好与阳光的魂、根，却就仿佛是直只生命着她所有全部尽还有着的血液心跳的一潭活水般，从未有被消亡过！——从来未有，被消亡过。她爱陆至诚，她还爱着陆至诚，她一直都还爱着陆至诚；她相信他们的爱，她还相信着他们的爱，她一直都还相信着他们的爱。她一直都还相信着他们的一切，他们之间的一切，所有所有的一切。而不管，究竟，他，都说了些什么，做了些什么；不管，事实，又到底什么才是真相。她，只知道，她都相信、还相信着、一直都相信着：无论这世界还会怎样斗转破碎，也无论那苍天还会怎样星移风溃，她和陆至诚，都再也不会分离、再也不会分离了。一生一世，永生永世，天涯海角，亘远沧桑。她和陆至诚的心、他们的心，他们的心，时时刻刻、分分秒秒、永永远远，都会在一起，永永远远、永永远远，都会在一起，再也不分开的了，是再也都不会分开的了。——就好像是用她自己全部一切尽还有着的活热鲜血燃烧起着的那一潭召唤，粼粼直如一汪就仿佛永不会竭灭的神般活水一样，生命着她全部所还有的血液心跳。依然都还在如腾的，一直生命着她全部所还有着的，血液心跳！——她，就仿佛是一场，为了最灿烂的绽放而还生着的烟火。如果，真的要是再失去了那一片已是尽魂了的召唤，那么，一切，所有的一切，或许也就，都再也不会有呼吸了。彻底的，再也不会有了。

而那一潭的神籁，还在燃烧着，一直燃烧着。她或许不能够到底知道，它，究竟还是有着那些以前的阳光与美好，还是已只是了它们的魂；但是，她知道，它在召唤，它在燃烧，都仿佛是愈烈、愈烈着的召唤，与燃烧，并且，她也知道，它在着，原来其实，始终一直都在着。不管它究竟是生，还是魂。只是原来其实，一直都在着。在着那天上，在着她心底。她其实早该知道的，早该知道的。从她已如掷一赌了的那一刹起，或更早以前，更早更早以前。——她心中的火舞，都仿佛更愈更烈了。更愈更烈。——只是，就好像是一直到那梁啸刚说“答应”以前，无尽的黑霾，都还真的实在是太厚、太厚了。厚得都仿佛层层又层层的阻挡着那直似由天而箭下着的光；厚得灰漆漆的云霾都仿佛叠叠又叠叠的笼裹着她的心。厚得，那都好似无际的脆弱，要一次又一次的险然又险然将她推下那无极可怕的深渊。让她在可怕之可怕的最深害怕里，几乎都要被落入了最陷灭的崩溃。——而她庆幸，却终还是庆幸，梁啸刚，竟然真的能够说了“答应”。近乎是干脆得简直都要让她有些不禁意外的，竟然真的能够说了“答应”。——她真的，好庆幸。最棘手的一道山岭仿佛被搬开了去，最深厚的一层云乌仿佛被撩了开来。那天霄之上的无限金芒，都漫漫渗下的是在她的心原之上燃起了无垠心火风沙。那圣熠的直尽仿佛是神一样的慈悲在她心原之上无垠燃起的心火风沙。熊熊的风翼，好似鼓尽着的烈焰，为她若拼一掷的追日直如照扫开了茫茫尽仿佛是无际会聚的时雾黑徨；燃烧的黄沙，都好似永明着的恒星，带着她悲悸的魂心，直仿佛是一层又一层、终穿越过了千云万泉的，到达了那天上的召唤，心底的神潭，让她看到了尽仿佛是最终的自己，让她看到了尽仿佛是一切的仍永，所有一切的，亘永。——那曾经多么千祈万盼着的希望啊，刹那间，便都已是尽似来到了她前方的将触可及处。——还有什么会让人彷徨？还有什么需要人迟疑？那原本在她还蒙沌时或会将她脆弱的永推进可怕深渊的烈晰疚楚，那原本在她还雾徨时或会将她泥泞的尽坠入命运湖底的沼泽悲伤，在那都直如鲜血燃烧、明烈尽渗了的神唤中，俱只仿佛唯是了烟水雨空。在那尽若狂舞的心火风沙里，脆弱，仿佛终究只是了一坪；泥泞，仿佛也都，终究只是了一落。——疚楚，但都已是再也不会面临了可怕；悲伤，但都已是再也不会陷入了沼泽，最噩烈的地狱，仿佛都在光明面前，黯淡了。——那最圣熠的如籁召唤，从来没有，离开过她；也永远不会，离开她。——永远，不会。她相信。

梁啸刚，依然还在寂静里，难抑的颤抖着双手。他蔓含着泪的目光里，都仿佛有血丝在游。

“我……”

“我……”

蓦然的一时里，胡珊和梁啸刚都是同时开了口。旋即，就又是都一样噤了声。

彼此，又都是一样暂且的无声。

梁啸刚在像石块一样堆积着的暂然又静里，双手簌然的尚支撑在墙上。他的喉咙里莫名就好像是翻滚着一汪毒药般的，辛辣胜血，又吞吐俱惶。血辣辣的吞吐俱惶之中，又仿佛是剧有一股狂悲的热泪，在从他的心坎里，哀溃的直往眼眶里蹿，忍不住的直蹿。

一行辛冥的泪，忍不住的流出了他堤色如血的眼眶；又一行辛冥的泪，冰簌的洇湿了他搐栗的脸庞。——梁啸刚一只手赶忙紧捂住了自己失控的脸庞。他垂下着头，自己都不能明白自己的，都无声的干笑了起来。剧烈的干笑了起来。笑得，他自己整个人都仿佛是尽落入了天崩地裂之中。

宛若无垠的，天崩地裂之中。

胡珊终还是想要跟梁啸刚说的话，刚到喉头，还未及出口，她却刹然便是看到了梁啸刚一时间面着墙的不禁簌然抹泪。她已微启了的口，翕动了好几下的，最后，却还是就沉默了下去的，暂也便没有再多说些什么。她燃燃的目光，压抑着的，落离暂避开了梁啸刚，他的背影。她凝凝的看着地。地上仿佛有火星在烁烁的跳，低低的跳，一直的跳。

寂静的栗动里，仿佛都有不同的动荡，在一起编织着同一张罗网。一张仿佛都能让每一个人的生命，在其间淋漓尽血色的焚烧的，天罗地网。

梁啸刚捂着脸的那只手，剧烈的抑停着战栗的，慢慢的，便终于还是死死的、捂停住了一些自己的失控、与悲溃。他艰难困斗的收止住了自己的泪水。——他捂着脸的手，刹然间，都像脱了力的落垂了下去。他心若绳绞的，转痛得仿佛自己整半个人都已死了去。他才退下去了模糊的眼前，清晰的只似冰钉一片。

"……其实……呵，我也都知道，从一开始……呵，从一开始，你心里面爱着的，就不是我……呵，就根本不是我……不是我……呵呵呵……"梁啸刚痛苦极了的悲笑哽说着，尚撑在墙上的那一只手的手指甲尖，都仿佛是要俱渗出血来了的，紧紧的死扣在墙上，都恨极了的，就好像是只恨不能把所有一切的便宛若是这墙一样成固的东西给抠破了的，紧紧的死死恨扣在墙上。他的两只指甲缝里，都已是破碎的滴出了殷红的血来了。可是他，却还是兀自悲无声笑着、栗摇惨呵的都一点也没觉到，一点也没觉到。"呵……呵呵呵……你会不会觉得好笑……呵，你会不会觉得好笑……呵呵呵呵……"梁啸刚悲巅惨笑的栗恍喃言着，脸庞笑而又更胜哭的裂厉搐颤的，原本掌撑在墙上的手，都已是指尖血划的恨疯握成了拳的、痛抵在了墙上的，身簌如霜，"你知道吗……呵呵呵呵、你知道吗……其实、其实有时候，有很多时候，就连我自己，就连我自己……呵、呵……就连我自己，都会觉得，我是这世上最可笑的人……我是这世上最可笑的人……呵呵呵呵……我根本……就是这世上最最可笑的人……"梁啸刚泪恨语哽、身如万碎的，痛簌的拳，死痛死痛的都仿佛是已经要抵入了墙里了的，眼血若盈，声笑尽哭，"……那时候，呵……那时候，我总想……呵，其实我总想……没关系、没关系，一切，都没有关系，只要……呵，只要、只要你能和我在一起，只要你能，和我在了一起，那么我们、那么我们，呵、呵，以后，以后的一切，以后的一切……都是会好的——都是会能好的，好起来的……慢慢，总都是会能好起来的……呵、呵……我会对你好，你会忘了他……呵呵呵呵、你会忘了他……我会让你过得幸福，你会觉得和我在一起过得很好……我们、我们，呵，都会在一起过得很幸福……很幸福……真的，呵……很幸福……"梁啸刚的泪水，都已涔涔的、涔涔不禁的，是俱流进了自己的嘴角里，"我甚至、甚至……呵、呵、呵呵呵呵……甚至，都并不奢望，并不奢望……你会爱上我……你能爱上我……呵呵呵呵……我只想、只想，真的……真的……能让你会觉得，和我在一起，过得很好，很好……很幸

福……我们在一起……过得很幸福……呵、呵、呵呵呵呵——”梁啸刚痛苦的咽着自己的泪水，痛苦的狂咽着自己俱都已几乎是如了血一样的泪水，“我总是以为……总是以为，只要日子久了……只要日子久了，就一定会的……一切，就都是一定会的……你会忘了他的，呵呵呵呵——你会忘了他的……我们会过得开心的……我们在一起，是会过得开心的……一定会的、一定会的……一切、一切，都、都……”梁啸刚声泣如瀑，音已俱断的，身如崖分。他笑着、笑着，痛溃的泪都仿佛成了洪水，“……可是……呵呵呵、可是……一切、一切、呵呵呵……都和我想的不一样——所有的一切，都偏偏和我想的不一样……全都、呵呵呵……偏偏不一样……”梁啸刚满口皆已是泪了的，苦麻胜亡，“你、你始终都没有、呵呵呵、没有……能够忘了他……而我、而我……呵呵呵呵、也根本、根本……就没我自己、没我自己当初想的那么好……根本就……没我自己、当初想的那么好……呵、呵、呵呵呵呵……我其实、其实，一直都真的很介意、很介意，呵呵呵呵……你心里，到底爱着的是谁……到底、爱着的是谁……我……呵呵、呵呵呵呵……我……真的……其实真的……一直都很希望、真的……一直都好希望……你心里的那个位子上，待着的……可以是我……可以是我……哪怕，哪怕……只是能够、只是能够，待过了一分一秒都好……哪怕，只是能够……待过了一分一秒都好呵……只要、只要，是真的能让我待过了……真的、真的……呵、呵、呵呵呵呵……可是……可是……”梁啸刚喉若毒堵的，哭泪的，都再也是无了声，无了声。他歉搐的，抵在墙上的拳，都是已瘫了般的落了下去。他的额，痛苦的触在了墙上。痛苦的触着的，都簌栗的，直若是煎熬透了生世的痛、彻彻的苦。他哑绝泪疯了的，刹然间，都仿佛是哀悲狂决了一般的，声嘶的都近乎是要让人觉得像是天崩了一样可怕的，冥绝的惨笑了起来着，“你、你说……我是不是这世上最可笑的人……你说、我是不是这世上最最可笑的人……呵呵呵呵、呵呵呵啊……”梁啸刚头抵如磕，痛苦、无尽的痛苦，都直若尽破了心肺的生而受死，直似说不尽的漫漫摧心，都宛若化作了所有一切的呼吸，无边的寂岑在了空气里。——梁啸刚难以抑制的如转痛泣了好久、好久。尽相抑忍着的泪水、煎熬、痛苦、挣扎，统统都像尽失去了坚硬的主宰般，丝毫都再也无受控禁了的，涌奔了出来。尽尽濡湿着他脸庞上的每一分搐栗，每一分难以解脱的痛。良久，他才是终又在寂静里，像是被满刺的铠甲围装了起来的，慢慢止收住了自己不住的失控。他抹干着泪的，哑利笑了好几笑；嘲笑的，都锋利的嘲笑了自己好几笑。不能禁的还有难受，却终还是仍如龙的依然还在他心的尖上剩余着盘踞，牢固的盘踞。——“……其实……都是我的错……”他半笑半悲的，努力的都是净了自己脸上的泪痕的，说着，“早知道……我们今天……呵，会弄成这样……那时候……”梁啸刚既悲深又自嘲极的哀然默言良久，欲言却又全魂心仿佛都已只剩下了哀绝的悲笑的，终还是魂搐的，只是低极重重

的叹了一轻声，“——呵，早知道……那时候，我就根本不该还要那样再总是和你计较那么多，对你又那么总是不好……呵——你不能忘就不能忘，我又干什么……干什么一定……”梁啸刚说不上的无尽悲殒的，自笑的、低哀绝了的，声音沙哑的说着，都不禁还是断了声的，蓦然如灼哽咽。他一刹，不禁紧忙的，就是又抹去了一时间从眼眶里竟又是不知怎么不听话的不觉跑了出来的两行烫极了的泪。“……那时候，真该是能就那么好好的、好好的多在一起待一天，就好一天、就好一天啊——呵，真的……真的……其实、其实都还有什么，比是能够还在一起的时间更重要的了呵……呵，干什么都总是要到了最后，才知道自己不该的太多……呵呵呵……干什么……我……我……”梁啸刚悲彻声不能出的，眼泪都差点再次是要尽夺眶了的，不禁一刹然的，便都是冥断了话的，一手死捂住了自己的眼眶，死死的，捂住了自己的眼眶。

岑默的空气里，都仿佛是有恒河沙数般的痛苦，在无边无际的叠积。难以言尽的苦涩，都好像风霜一样的在叠积里化着雪。真的，让人都好难受的雪。

纷扬的岑寂，都好似下遍了整个的屋厅。

胡珊燃燃压抑着的低落目光里，一直都还是燃燃压抑着的低落目光里，好莫名、真的好莫名的，就仿佛是有不断的火星、那些跳跃着的火星，在纷纷的霜零成叶、霜零成叶，不断的，霜零成好像深深褐色的枯叶，一片又一片枯叶的脉络间，都仿佛是有堆积的莫名钝涩、说不清的钝涩，在断断续续却又不禁不停的不住往她的目光里倒洒晃晃的霜。晃晃的冰霜。就连她自己，甚至都是不能逃避的，好清楚的看到着自己的目光、那些都仿佛是从自己的心尖处奔烧而出的燃燃目光，在被越来越堆积了起来着的霜涩们摇曳晃宕，不住、断续的，摇曳晃宕，就好像是，她全部的注视，都似在被一把钝钝的刀，不太痛却又莫名真的说不上有些好痛的，来回牵割、砍拉、锯拖着一样，聚恍生散，灼恍蒙寒，有若渗涣。难言不清的似绒霜涩，淡扬轻舞的，都仿佛是在她直似已起了曲折的目光里，愈更舞扬了霜星成叶。叶叶不尽的钝涩，都仿佛是还在愈不断的从她的燃烧里不禁不住的分杈而出着，如化了褐褐药液般的，渐又起淹。她低落的目光里，都好像是不能控制的，越来越被像是从药液里长出着的无名荆草，蔓蔓的给筑起着屏障。真的都仿佛是如了好冷好冷的江海水一样的，盘结屏障。若奔的燃烧，都直似越来越被抹上了一层僵凋，一层，就仿佛是从她目光的燃燃里，自不禁淌起的，霜恍僵凋。她的心尖，都仿佛在被难禁的曲折，渗涣。梁啸刚的每一句话，都仿佛是在让她愈来愈不能自禁的，被心中的蔓草所盘结，纠聚。——她低落目光中的燃烧，都仿佛是愈来愈不能控禁的，好像在被倏忽间莫名又好浓烈了起来的心中的褐坪，荆草漫障，冷化泼霜。她的目光，都好像，真的越来越被粘住在了地上一样。没有了火星跳跃着的地上——灰涩的咸霜，像泛霾的雪片般飞扬。

漫扬的寂岑里，都好似有如雨的枯叶，在碎织囚纱。

胡珊忽然真的、真的好没有理由的，觉得自己不能面对梁啸刚。没有办法面对梁啸刚。就好像，她蓦然真的、真的好不明白究竟为什么会觉得，假如有一天，自己和梁啸刚都一样只是了两个穿过了坟墓了的要去上帝面前了的魂，而刚好是并排站在一起，那么，害怕审判的，就一定会是自己一样。——无可言喻的铅般心涩，就好像是从她心坪底下不禁不住的又被破了一层心防而蔓生起的如屏荆草一样，根褐疚涩，却又直若胜褐更苦，直似难以说清的都仿佛是自己一辈子对梁啸刚的不能面对与无可偿还，都好似化作了千万根的钢筋般，将她原本燃燃的目光，尽仿佛不能再抬起丝毫了的牢牢重固在着地上。她难言铅涩的，都仿佛是在自己的目光里，看见了自己心中那好些火焰的死去。而涣生悲哀着，她都不能禁的觉得，这些死去了的火焰，原来，都是多么的残忍。——她都几乎是要只能闭上眼睛了的，才能止住已是盈眶了的泪水。——虽然，她自己也仿佛根本就不能说上来，这些泪水，又究竟，是为的什么，为了什么。

她的心，仿佛在一半的火焰与一半的灰烬中痛搐、流泪、翻滚。——她不是想放弃，只是真的很难过；她不是爱上了梁啸刚，只是，她真的很难，再让自己可以说。

但是。

在她心的更广阔原野之上，那漫天的心火风沙，却仍然在烧，仍然在烧，直似是要燃透了天地日月星辰的，仍然一直在烧，仿佛无垠无涯的烧。她知道，自己心中的那一角蔓草荒坪，对梁啸刚而生的蔓草荒坪，或许真的，这辈子都是不可能让她找得到解脱——真的，这辈子或许都不可能了的；可是，她却也还知道，自己心中的那一潭呼唤，如神一般召引着的呼唤，没有灭，不会灭——过去、现在、未来，都没有灭、不会灭的，会将永远存在的。——她是不能禁的觉得，自己此时此地的希盼与焦急，对此刻此心的梁啸刚来说，的确或都真的是太过太过残忍了；可是，她却也好莫名心涩的明白，不管怎么样，有些东西，她最终，都还是要去明明白白的撕碎的。哪怕，它，真的，并不让她恨，甚至讨厌。——有些无由生起的泪水，都仿佛在她的心侧弥漫，而好浓烈。——但是，她那沉沉如被粘牢重定在地上的目光里，却还是仿佛有炯亮的燃燃，在又厚厚长长着起来。不断的有枯叶，就仿佛是在重又变回着火星，烁烁的，跳跃着的火星。她都宛若幻涣着了的目光里，就好像是有说不尽的灼灼，在重新又聚合。——莫名的一刻间，她的脑海里，刹然就仿佛是黑夜中的灯火被倏忽隐没在了日出的光照里那样抹煞的，茫茫又恍然的，只剩下了唯一的一个念头：他，一定都还在等着我呢；他，要是知道了，就一定不会再对我说那些笨话了。

“他，都还没有，再为我重新戴上戒指呢。”

一旷片都仿佛是莫名的载满了难言的酸涩的哀伤的风，就好像是在日光下，愈如脱了缰的鼓燃了奔跑的黄沙。她那仿佛都是如倏忽模糊了的眼前，一刻间，模糊里，都好像是只剩下了一片灿灿的光芒的闪熠，灿灿的闪熠。——

就好像是那一枚她真的一直都还是带在身上的他给的戒指一样的，还一直是在她无边的天空之中闪亮着光芒的，灿亮熠熠。熠熠之中，她都仿佛能清晰的听得到：自己的心跳，还正在如火如风的奔跑；他的等待，也仍正在天涯尽头守候。她和他之间的爱情、她和他之间的真心、她和他之间的幸福、永恒、相信，她和他之间的一切、一切、所有一切，都也仍正在，天涯的尽头守候着，一直，都还正守候着，守候着呵。

那仿佛支撑着她生命的心血召唤，就好像是从天堂关着的门背后偷偷跑出来的一汪仁慈，只要天上还有光明的神在，它就永远也不会真正死去一样。就好似人生命的仍存在，有时，需要的也便仅是心跳之下最后一缕光亮的支持。——虽然，就连胡珊自己仿佛也都是已不能够究竟知道，那一缕光亮、那一缕至今都还始终是在如同活热而亘韧的溪水一般深隐却又清晰的生命着她血液里全部所还能有着的奔流的熠然光亮，到底，还是不是真的依旧仍和以前一模一样着的那些阳光与美好了。——所有的依然相信、坚持、追求，与希望，仿佛，其实都已只是了一只仅是自己还在不断的拼命给予着自己希望与力量的，断了线的风筝。一只，早已断了线的风筝。它，就仿佛，只是一直不断的在、还在，孤独的苦苦祈求着天空，不要，真的就这样，让它的命运，随了风。——苦苦的，祈求着，拼命着：不要、不要让那所有一切的命运，真的，就只能是那样的，全部，都随了风。——而那闪闪璀璨的仿佛都是亘韧的在用如活溪水的恒亮来支撑着她心跳的似神唤音，深隐、却又那样已清晰的，分明，便好像就是粼粼的直都来自于那天空之中最孤独而又最近似永恒的拼尽着全力的挣扎祈求、痛苦呼唤！——那孤独的风筝在如同永恒而不可抗拒、改变的风逝之中发出的似哭而又似挣的呼唤，圣熠极了的，就仿佛是一潭火焰腾腾绽放在着天空里的神籁！神籁之中，就好像有一朵奇葩在盛开。用鲜血燃烧灿烂着的奇葩，在火艳盛开！——那奇葩，就是在风逝之中，唯一仿佛不能够被任何东西、任何再怎么强大或再怎么亘永的东西给哪怕一丝一毫、半缕半分的摧毁掉与夺碎去的，自己给自己的希望、自己给自己的力量！——那自己给自己的希望、自己给自己的力量，就好像，是远离着大地，而高悬在空中孤独却极熠盛开的一朵圣极之花。它，就仿佛是一束只为盛开而才盛开着的烟火。大地，没有它的归宿；天空，才拥有它的全部。它，就如同是那一轮仿佛永不会碎落的太阳的魂魄；它，就仿佛是那一双如同神圣的翅膀的躯干与前方。纵然世界毁灭，它也仿佛依然还可存在；纵然灵魂碎尽，它也仿佛仍旧能够生命！——它，就仿佛是那一潭神籁的心脏；它，就仿佛是那一缕光亮的魂梁。天堂之路的前方，它就仿佛是唯一永恒的阿波罗光芒。——神圣之葩的绚熠光芒，直若万道的金箭，仍还在不断的浩瀚穿透着胡珊世界上方俱好似无尽的云海冥亡。有烛泪般红殇的璀璨光烬，都仿佛是在从金箭与云海的无际浩瀚相斗中如遍霄的光焰流星雨一般若尘纷扬飞落洒下，都好像是渗洇透了神葩红殇的心火风沙，在胡珊的魂魄天地间，俱更尽如愈熠熊熊了的地岩烈火狂腾！——没有犹

豫的前奔，都仿佛长出了绚烂的双翼来；不会后悔的尽追，都仿佛已紧握住了太阳的双手。璀璨的火焰与纷洒的红殇交相舞映，击天的心风与烈燃的狂沙遍织卷野，俱仿佛，直都是要用一场世界的末日，来创造一个永不再会有毁灭的天地人间！——一场，灵魂的，心火风沙；一场，生命的，心火风沙。

胡珊，重新又一次的，抬起了目光来。她的眼神中，都仿佛重新的，又是洋溢满了跳跃的闪亮，都直似是要比之前全更炯炯了的，满满的火星的跳跃闪亮。——“我马上就要可以和他离婚了”、“他一定都还在等着我呢”——仿佛澎湃、连绵的河流一般激动、痴挚而又无断的意识，就好像没有空隙的气体一样彻围渗尽着她。她痴挚的心与魂的每一方寸间，都仿佛是有着那一枚戒指的光灿在闪亮，闪亮着她的依旧，闪亮着她的追求。她也许未必能够真的究竟看透自己心中那一朵神圣之花的模样——或者不能够究竟知道它到底是从自己的什么时候开始在的，又或者甚至是都不能够究竟知道它又到底是因为什么、为了什么而在、而始终还在着的。——她知道有一种力量、好莫名熠熠的就直仿佛是来自于天上的神籁如唤的力量，在始终的便好像灿烂的旭日一般的支撑着她、依旧一直的还支撑着她，支撑着她的前奔，支撑着她的呼吸，支撑着她的所有还仿佛一切一切，却，又似乎并不能够真的又明了，这种力量，其实，就是来自于她自己心底最深最深处的那朵奇葩；她知道有一种信仰、好莫名烈烈的就直仿佛是来自于她自己心底某一潭宛若最深最深处的信仰，光亮如焰、恒久涓涓的，便好像是一轮其实从未在天上凋落过的太阳一般的从来都没有在她的心底里消失过、真正的消失过，却，又似乎并不能够真的又明了，她被她自己的这种信仰所生命着、一直都还仍旧生命着而拼尽了全力想要去追求着的那些一切希望与可能希望，或许，其实也就是她自己所希望可以用尽了自己的全部生命与一切去追求和触碰的信仰。——只是，就好像她在真的离开小屋前的那种那时蓦然的决然一掷般，所有的一切，既都熠奔的如同在那所有的一切里根本就不可能也没有过存在半丝半缕的后悔或回头，又，却都仿佛全部的所有，俱只是一直在用着祈望与拼尽了一切，来祷告着结束的光明、织编着最后的温馨。——那些全部的仿佛都已只能够是唯一的用拼尽了一切与祷告来祈望着的所有，既坚强光亮的就好像是要直比她所可以感受到的任何太阳或召唤都更来得深深焰熠与圣永，却，又都尽好像，脆弱模糊的，已仿佛再不可承受哪怕最微细半点点的摇曳或涂改，就好似，只要再有真的半丝丝的灰色，会在此刻爬上了她心中那都宛若尽最后了的希望，那么，她的一切、一切尽还有着的信仰与生命，便统统的，全会在刹那间崩坍垮塌。从她心的最深最深里，统统垮塌。——那些所有的对她都几乎可以说为是甚如逼迫或掠夺了的残忍与伤害，统统的仿佛俱全是摧毁得让她宛若已唯一只剩下了那一朵只是自己给自己的信仰、力量和希望还可凭靠着与依撑了，可是，就连这仿佛最后的圣熠之葩——直近乎是可以喻为了神熠的圣葩——也都宛若只是唯一的不可以经受，来自心的世界里的，对于结局希望的，哪怕仅是触碰破碎。哪怕，仅

是想象的，触碰破碎。——在那都仿佛是会无尽永循着的信仰着希望与希望着信仰的绚恒心环里，自己能够永远给予着自己追求的生命与力量的仿佛唯一代价，似乎，便是不可以存在、哪怕半点点的存在，梦有会碎。——就如同，在那都几乎是似为一掷的奔然里，仿佛唯一不可以存在的，便是哪怕仅仅一点点的会去想：如果，在着落的一刹那，自己，看到的，会不是天堂。看到的，会，不是天堂。——而，胡珊却又似乎，根本就是从一开始、从那都或许可以是溯到一切的最初的开始，便真的就从来始终都是没有想到过，哪怕半点点的真正在心底的最深最深里想到过：自己和陆至诚的一切，会真的，终有一朝或一夕，要走到头。要走到头。——在那都宛若高空盛开着的若圣奇葩之下，仿佛，都还是有着一直似更为神赋的根，好像都从所有的一切的开始，便是在她的生命里埋下了起点、种植着灵魂。——那没有后悔与不会有回的激尽的熠熠与痴奔，就如同一只最绚丽的扑火的蝴蝶，仿佛与那灵魂、心中焰若尽已是最后也最圣美了的奇葩一样，都早已是宛似在那些地火风沙熊熊的燃起前，便久久存在，长久的宛若深藏的生命一般，涓涓的存在着了。蝶飞仿佛从来都没有停止过的翅膀，就好像奇葩心中始终都没有熄灭过的焰芒；神籁仿佛始终都还在燃烧着的光亮，就好像扑火飞蝶始终都没有殒碎过的前方。仿佛是因为已被凋尽了一切而便近乎如同是神救般的心魂之花绽放彻绚灿极的盛开，直更像，是一场沐火飞蝶在风雨天地之中依然无悔的痴扑！——只是，那宛若直更似神赋的蝶绚火舞，都仿佛是要更比那一切心火风沙的源头愈如同接近于远始那几乎难以喻清的最初；而那最最纯挚的痴奔与痴扑，如同飞蝶从神赋的最初便已似寓言般的被赐予了世上的一切都是永远也不会有真正的终点的永恒一般，远更超越于神籁之音仿佛都不可逾触的若竭限锢。——便好像，就算有一天，那火烈盛开的神葩会真的再也不能承受一丝再也不能抵抗一毫了的就要被仿佛是远更胜于风逝了的残酷给终毁掉与碎去了，那从远始的最初便已是如同神赋般的被存在了的最最纯挚的痴奔与痴扑，也依旧永恒的会在，最绚丽最灿烂的在！甚或是能够超越了人世、灵魂中一切力量乃至生命的在！！会在！！！——"爱"，这一直似唯一只可、也只有它才真正的是可被说成是神赋的奇迹，就好像是这红尘人世间每一个人心中都会有的一只蝴蝶，一只如同神赐的最美蝴蝶。它，就仿佛是早已都是离开了这个世界的神们留给人们的最后一件礼物——无论天破地裂还是神碎圣亡，只要人们的心中，还有"爱"在，还有"爱"在，那么，这个世上的神、神们，就仍会永远都在，这个世上的一切奇迹、所有奇迹，也仍会永远都在，永远的，永永远远的，都在。——而胡珊，知道，她，爱陆至诚。她，爱着陆至诚。不管是过去、现在、将来，还是永远、更远。她都知道，自己，爱陆至诚；自己，唯一的，爱着陆至诚。

——像似飞絮般飘扬的火花，在空气的宛若每一寸中星星的闪亮着。

——"梁啸刚……我们之间的一切，都已经结束了。"胡珊看着已是凝然止住了簌泣的梁啸刚，轻顿了一长顿的，终于，还是站了起来的，说。

梁啸刚并没有发出一丝或许该有的声息来的，依然还是一动也没动的站在面墙处。他那擦干了眼泪以后的脸庞，依旧还是僵硬而没有表情的，就仿佛完全都没有听到，她到底又是在说了什么。他沉默的，就好像只是不知道，自己脸上的那些所有泪水，又是否确实都已真的是被彻底拭净、风干了。——仿佛被他自己又是仍旧拉出着的这一段窒寂，就好像一卷不透气的塑料膜，裹着他，或许也裹着一些她的，便似乎是在将一切往着寒冬中一片莫名的森严里拖。长长、簌瑟，而又仿佛死命的拖。——寂静的依然没有声音的空气与空间，就好像是在一齐的要把胡珊的整个生命都往冰冷的水底里推。

“……梁啸刚，我们……还是……还是就这样了吧。”胡珊斟酌着话语的，看着他见不到表情也听不见声音的背，又是顿了好久的，便是再次又说。

梁啸刚依然冥冥的呆定着，就好像，他那几乎就是连自己也都不能够明白自己究竟为什么的刚才的那些哭与说、就仿佛是俱从他心的流血里淌出来的哭与说，依然，都还是正在他无泪的脸庞上漫漫的流淌着、缠缠的萦恋着。他那仿佛从一离开咖啡厅起就已根本没有再真正的冀望过她会真的还能有什么改变了的灰灭悲伤，就好似一曲听不到音乐声的如潮哀歌，在他的宛若每一个毛孔里渗着血，一直的渗着血。

梁啸刚像截木头一样的无声站着，胡珊也像截木头一样的，无声站着。——胡珊不知道，自己，又到底，还能说什么。

灰蒙蒙的光，从窗外霜凉的萧萧洒进着房子里的谧黯，仿佛冬天的手，用如撒的盐粒抚慰着创痛的大地。俱不能言语的如狱，宛若寒深里最残忍的还相牵，就连一丝丝仿佛皆还努力想有的流连，都好似只是映在天国遥远处的空枉水滴。

长冷铺霜，岑寂雨雪。

四十七

辽空长乌。

空空荡荡没有一个人的广阔马路上，陆至诚正中的走着，大步的走着，大步大步的走着。后退的，大步大步的走着。

他的头，长仰着云厚的乌空。他的双手，发了疯的，紧捂着自己的双耳。

他的双眼，决眦般巨睁的，泪瞪着苍穹，广袤无垠的苍穹。

“啊——”

震聋般的狂疯哀嚎，从他血染的心胸之中，冲天而出。

鲜红仿佛都殷透了黄泉。

鸷霾的云空，都仿佛翻滚的，起了轰隆。

风如摧，悲满长天。

四十八

无人可触的岑寂里，好像飞絮样飘洒的闪亮火花，仿佛不能融化的雨滴，漫漫的还宛若是在水纹般的漆涂着寒冬里的静谧。一些看不见的哀伤，就像是散落的冰凌，仿佛在两个人之间的空气里轻织着霜凝的薄纱，薄如蝉翼的纱。几丝看不见的哀唱，就仿佛是在纱上流淌，让人觉得几乎悸动的流淌，就好似，只要有一丝丝那仿佛都看不见的哀唱，在各自如同不一样的哀伤的冰凌织编之间弄破了这纱，就会有好像都一样的冰凉，刺搐的灌进每一个人心里的伤。——锐利而又沉钝的哑静，仿佛岑寂最深处，无人可以触摸的痛，都好像梦一样脆弱，而又不可融化的，痛。

梁啸刚深深的吸了一口气的，仰了仰头。他顿了长长一长顿的，喉咙里像是自嘲又像是嘲她的"咯咯"的发出了两声粗哑而又深深仿佛压抑的尖利的笑，就好像是都穿透了好多层心胸的，深深压抑而又无比尖利的笑，几乎让人战栗的笑。——他凝缓的，转回了身来。

胡珊心里不禁然的，又是一阵莫名如涟漪般的难受。——可是，她却也还是心不能自禁的，祈盼极了的，不能将自己的目光，从此刻都仿佛是已凝满了她所有求望的梁啸刚的身上再移开分毫。——她仿佛都已抛却尽了一切的，只是听到自己的心里就好像是有一个声音在不停的近乎着急的说：快了呀，快了呀。

"是啊……我们之间的一切，都已经结束了。"梁啸刚转回了身来，眼角还仿佛残挂着一脉脉搐然的笑的，哀怨地看着胡珊，说。有一汪又一汪的近乎难解的悲哀栗嘲，都还仿佛是在他的搐笑里剩余着碎然而又辛酸的粼粼。"我们之间的一切……呵，都早就应该……是要结束了……"梁啸刚哀怨地看着胡珊，嘲深颤栗地说着。微淡的笑，随着话声里悲怨的都仿佛是抹涂上了一层浓厚吁音的伤然，好像都蒙上了一层无能抹破的噩酸。梁啸刚如悲渗笑的目光，看着胡珊，看着她——却渐渐蔓着裂痕、渐渐好似都愈不能承受了的，终又还是再次好像一块碎开了的石头一样的，剧抖的往地上落了去。胡珊看不到的落地裂碎里，都好像是有数不清的歹毒蜥蜴，在一起撕噬着他的心、他的魂。仿佛都不能相信的颤搐，如同在他的每一条眼缝血丝中膨胀着好似钻骨、自戕的悲绞与狂痛。

梁啸刚的心里，仿佛扎满了颤栗的玻璃。

胡珊踟蹰的依然面对着梁啸刚。她凝瑟的翕了翕唇，又翕了翕唇，还是什么也没能说出来。却，还是什么也没能说出来。——空浊的一丝泪，蓦的，爬湿了她的眼眶。莫名的若泣哀伤，一刹那，如同弥漫了她整片的心房。

可是，一切，却都仍旧仿佛浸在岑寂里。岑岑的寂静里，都仿佛有无限的空枉心伤，在如水纹般的深深漫长。

“……胡珊……我问你……要是……要是，有一天……”梁啸刚惨然挂笑的，停顿了好几顿，才终于又是仿佛凝住了自己的一切动乱或悲酸的，抬起了头来的微哽说着，“我是说，如果……要是有一天……”梁啸刚眸如蒙泣的，殇笑如霜的哽咽说着，“有一天……你和他在一起，后悔了……或者，不好了……那，你还愿不愿意，重新再回来和我在一起？”梁啸刚噙泪的挚绝看着胡珊，声音的最深处都仿佛已是抵上了自己整个人、整颗心中所还能有的一切痴沸的，深深看着她的说着，“——我会一直等着你，我会改掉了自己以前那些所有不好、不对的等着你，我再也不像以前那样对你、绝对不会再像以前那样对你了的等着你、一直等着你，一直都等着你，那样的话、要是那样的话——如果，真的有那么的一天——真的要是有了那么的一天，那……你还会不会，愿意重新再回来，和我在一起？——真的……愿不愿意？”梁啸刚痴心尽奉了的，都已如同是哀求了一样的，仿佛都已是最末了一般的，痴绝问。

两行莫名滚烫的好似是飘满了雪霜的心伤泪水，刹那间，空浊的，都流出了胡珊盈红的眼眶。

“不会——梁啸刚，你说的那一天，无论如何，不管再怎么样，也都不会发生，永远不会发生，永远都，不可能会发生。”胡珊说不清难过的，抹去着泪水，微笑的依然也还是仍看着梁啸刚的，轻轻、却又仍旧没有半些些移渝的说着——依旧坚定、而轻轻的说着、抹泪说着，“无论如何，不管再怎么样，我也都不会后悔，永远不会，永远都不可能会；不管再怎么样，我和他，也都不会不好，永远不会，永远不会，永远都不可能会——”胡珊轻轻的声音，蓦然的一刹仿佛差点要被哽咽淹没了一样的模糊哀伤，“——永远、永远都不可能会……”胡珊抹着泪的，丝毫无改的说着，声音都仿佛已是再无能作话了的，努力的微笑了一笑，说不清难过的，又笑了一笑。——漫漫的岑寂，都仿佛雪岭般再次连绵成片。

“……对不起，梁啸刚……对不起……真的……对不起……”胡珊拭尽着泪的，看着梁啸刚，微笑笑，莹莹哽咽却仍是没有一丝改变的，轻轻说。

梁啸刚看着胡珊，胡珊看着梁啸刚。仿佛都在天边的不能言说的伤，在从窗外铺进来的灰中如雨敲栏。

梁啸刚泪汪一刹的，笑了笑。他低下了头去。

悲伤的雨漾，仿佛都在乌乌的灰中作响。

“……呵，我懂了。”梁啸刚低着头，声音里都仿佛是明显能听得出是悲伤的堆积起着几许生硬的笑的，低低的说。“——好了，我想，该说的，我们今天，也都已经，是说完了。”梁啸刚岑然的顿了一顿，便是仿佛都笑容灿烂的抬起了头来的，说。

胡珊也想再笑一笑，可是，莫名，那笑就好像是风中已真的如同是持得太久了的一枝空枉烛火，才浮到嘴角，就已仿佛是再无可秉了的，一刹，四散流殇。

风萧雨伤。

——“……好了，那么再等一等，我们——就可以去正式办离婚了——”梁啸刚堆积的笑着，声音中都仿佛是有那难饰的悲伤在裂颤的淌动着哀长。他不能禁的看着胡珊，笑微微的说着；说完，都仿佛是被莫名的什么，给一刹就如同是扼箍住了喉咙一样的，无声而又是好像都是要窒息了一般难受的，无语的、微笑都还如同是粘在着脸庞上的、眼眶都彻红了几秒钟。——蓦然的一下子，他都仿佛是再不能面对一丝丝了的，满眶看着胡珊的目光，俱好像化作了瓷瓶一样的摔到了地上。“……呵，反正……你也是什么都不要了……离婚，会很容易办的。”梁啸刚碎尽的看着仿佛都没有了一切颜色的地，整个的躯壳里，都好像是只有了“嗡嗡”、“嗡嗡”的无尽悲哀号呼在作着响的，凛颤说。——短暂的萧然一静中，那痴真、难受的笑，突然，让人看不到的，都仿佛是从他的潮湿脸庞上，慢慢、却又迅疾的，退了下去，好像全部的，都退了下去。他没有表情的仿佛依然注视着地的，寂默着。没有一丝丝声音的，停顿着。——忽然，一层就好像是铁做的面具一样的笑，隐森的笑，让人看不到的，迅疾、却又慢慢的，就好像是从他的心口里，往他的脸上浮了起来，直浮了起来。越来越上显、越来越表固的，飙飘的直直尽浮了起来。——低着头的岑默里，梁啸刚的脸上，重新，又是便仿佛都堆积起了一脸灿烂的笑。——都仿佛是已退尽了泪的笑，仿佛是莫名隐起了一层深深森然的，铁一样僵硬、而冷固的笑。笑里，宛似是有一把冬天般的匕首在极力敛藏着的锋芒闪烁，一种深深不一样的有如是镀上了残酷的嘲笑，严寒的都仿佛是在闪烁中森冰。——梁啸刚抬起头来的，微笑然的，重新便又是看向了胡珊，“你放心，我梁啸刚，说话，一定算话。”

胡珊无能言说的岑默里，好似都只剩下了梁啸刚的声音，是还能让她摇曳感觉到那风中空枉的烛火还未真的已被熄。莫名好似永远也不能说清的，她，真的好感谢，甚至是感激，他，在此刻，都还能给她微笑。——不能言说的寂哑中，仿佛只有那如同永恒规则的时间，还在依然的往前。——只是，胡珊心中一刹隐隐的好像也是掠过了稍微的一点不明白：为什么，他说，“再等一等”？

梁啸刚僵岑的笑着，笑得都近乎是要兴高采烈了的，一边好像有些突然的，就是大踏步的朝摆着酒柜的方向走了去，一边，便是好像仍极其自然着的、如同开心一般的继续又说：“来——胡珊，那我们今天，就最后再一起喝一杯怎么样——你说得对，我们的确，是应该要好说好散的才是，呵……哈——就当是你最后再陪我干一杯吧，当，是我们的分手酒了——我们，就最后再一起开开心心的，喝干了这一杯——喝完了，我就和你，去办离婚，好不好？”梁啸刚仿佛和顺极了的笑颜说着，脚步不易让人察觉的微紧的，都好像是在心底里生怕万一会有什么要比自己先走到了酒柜前一样。——他没有丝毫停顿或回头的，一直若笑着的说着走着；说完，他便刚好，是已走到了酒柜前。

胡珊没有理由拒绝。——梁啸刚在这一刻，都还是能这样强装出来的笑颜，让她说不清的感激而愈模糊难过的，心尖都好似是滴出了一粒血来。——仿佛都已是因为梁啸刚一直还在帮她秉着——流泪而却一直都还是在帮她秉着——才使得她能始终仍且持住着的烛火，风中摇曳的苦涩烛火，空枉、流伤的，好似，都已是尽要，将她的整片心房，给吸入若同无垠的碎哭里了。——伤茫得近乎恍惚了的一刻间，她，都仿佛已是真的再不知道，究竟，自己又还可以怎样，才能是多赎去一些、哪怕只是可以一点点，那恐怕自己这辈子都是不可能真的从心底里减去一点点的、对梁啸刚的罪，对他的亏欠。——除了那风中还尚依稀的烛火，她，仿佛都已一无所有，一无所有。

"……好。"

胡珊禁着泪珠、尽起自己全力的，掬了一湾笑，轻答应了一声，就也是，便朝酒柜处走了去。

梁啸刚停住般的看着自己手中已是拿了的一瓶红酒，笑容仍然如面具一般的僵粘在脸上的，听着胡珊走近来了的声音，目光里，就仿佛是有无数的蛇蝎，在突然一刹那，却莫名的都好像起了战栗。

他脸上一直如定格着的霾笑，在不明显的一瞬间，好似都如破的陷裂了一段截；他那一直如停住般看着红酒瓶的目光，一时间，仿佛都如四散的蚂蚁般碎乱了好几番。他在忽蓦的一刹间，甚至都还几乎难禁的差点是抬转起了头来，要看向了正在向自己走近来的胡珊。——可是，无由的一种辛酸，一种就仿佛是连他自己也永远都无法说清、看透的辛酸，莽莽厚悲辛酸，就好像是一把如同不知究竟是从何时起被魔鬼抓住了的铁钳一般，短短的只一会儿，便又是将他有若起裂了的一切，再次钳回了蛇蝎熏熏的心中。

梁啸刚嘴角弯着一缕沉默的笑，依然没有看胡珊的，轻轻，便是稍转身，将酒瓶，沉沉的，先放在了桌上。

胡珊已是瑟然的走到了梁啸刚的身旁。她眼眶微红的，努力笑笑的，看着梁啸刚。——梁啸刚再次伸向了酒柜的手，在两只锃亮的高脚杯前顿了顿的，一刹，便也是转头，向胡珊笑了笑，仿佛灿烂的，笑了笑。

胡珊眼眶湿漉漉的，喉中瞬然如哽。

"我来开瓶。"胡珊努力灿烂的，笑笑然如开心说。

"好啊。"梁啸刚开心如绚的，说。

胡珊去取了开瓶器。

——梁啸刚看着酒柜中的那两只锃亮的高脚杯，手指，却还是，僵硬的，都仿佛起了不能止刹的战抖。两只酒杯锃亮的都仿佛是要起了刺眼的雪白光芒，扎得梁啸刚的双眸里都好像是流起了乌黑的血。

梁啸刚听见，胡珊已经在开酒瓶了。

倏然的一刹那，梁啸刚咬了咬牙。他的两只手，一下子的，还是分别紧紧的，重重、牢牢的取拿起了两只酒杯。——那两只，晶莹剔透、锃亮流光的，都仿佛是会将人的鲜红心血，给冰酷至极的滴滴收干的，刺目酒杯。

梁啸刚微沉的，凝然转回了身来。——他看着胡珊，稍稍的，又笑了一笑。胡珊起出了瓶塞。——梁啸刚如面具般一直保持着的微笑里，刹那，仿佛有一条莫名若同裂开了的银河，从面容的血肉中疼痛的蹿过，千百颗瞬然无由好似若雨殒落了的流星，像是从他的心底下，一起倾倒进了他的眼眶里。——梁啸刚难禁微搐的，依然还是栗动的堆积着如故的笑。有悸抖的血丝，都仿佛是在从他此刻莫名近乎是再起了微泪的眼中，直往他手心的冰冷里流，无能掩止的流。——他的双手冰凉而僵硬的，都好像是在被他自已手中的晶透酒杯，冰凉而冷酷的，不断从心中收干着血，鲜红的心血。——无能抑止的战抖，好像漫天纷飞的悲雪，仿佛都已落裹遍了他心中的每一棵树，还有着生命的树。

梁啸刚悸止着剧颤的，整个头脑里都如同是在"嗡嗡"的轰响着的，面对着胡珊，还是生硬的笑着，仿佛灿烂的笑着。——他终于还是，如同机械般的，伸出了自己剧抑着战抖的左手，将自己左手里拿着的那只酒杯，递到了胡珊的面前。"——给。"他极其尽力着希望能保持自然的，又笑了笑的，说。

胡珊难言的一刹双眼通红着，都没有半毫半厘的多疑的，便是也盛掬起着笑的，就接过了酒杯。

一刹空空了的梁啸刚的手，就好像是突然被人摘走了心脏的胸膛，蓦然崩血横流。有沾满了砒霜的"轰隆"雷鸣，都仿佛是在他的耳脑最深处，一刹厉撕开了他的整个魂。——梁啸刚的嘴唇泛着青紫的白色的，面具般的笑，四分五裂得都已仿佛是要皆成了哭一样的碎魇。——他噙颤吞簌的，整整半个人，都如同是被最悲厉的霹雳开了的一棵活生生的树一样痛的，忍抖的缩回了自己的左手。他的整条手臂，都好似折了一样的垂着。——看不见的惨烈鲜血，仿佛都已在他的眼中，淋满了他的整只左手。

胡珊笑中带着泪的，一直都仍是尽力的掬着努力灿烂的笑，面对着梁啸刚。她看着痛笑交错的梁啸刚，眼眶里，都不禁蓦然再是一阵淡淡的模糊。她眼眸酸痛的，真的仿佛都是要再不能承受了的，心若刀绞。——她那泛着浓浓淡红的目光，一刹，都好似是重重跌落般的，一下子，便是滑滚、落停到了自已手中的酒杯上。晶莹空透的酒杯里，好似都已是盛满了从她心里跑出来的如水哭泣。——倏忽的一错刹，胡珊，蓦的突然也是真的好想，自己，可以就真的再陪梁啸刚，最后再喝一杯啊。最后，就真的再陪他，喝了这一杯。

稍然的此刻一寂中，就仿佛是有无限沉默的悲伤，在灰白的光线里织网，如同没有边涯的哀伤，在好似天地的每一尘埃间凝长。

"……谢谢你……梁啸刚……"胡珊一刹那，噙泪的还是又抬起了目光来看着梁啸刚的，尽力的依然灿烂的笑着的、凝满了似乎永远也都是再不能言清的心伤感激的说着，声哽轻颤，"今天……真的……谢谢你了……梁啸刚……"胡珊哽咽着，轻顿着，仿佛，都已是再不能说。——绚然的一下子，胡

珊尽灿盛笑的，干脆便也就是什么都不说了的，一刹，拿起了已开好的酒瓶来。“来，我给你倒——”胡珊泪绚灿笑着的，仿佛都已是最后的开心了的，也仿佛都已是最末的尽馨了的，满满哀伤的温暖的，对梁啸刚说。

瞬然的一刹那，梁啸刚，却突然，仿佛是蓦的失了控一样的，满眶红湿的，一把，就是猛的阻抓住了胡珊手中已是要伸过来了的酒瓶。

胡珊不禁一愣。她瞬茫的看着梁啸刚，

“……还是……我来倒吧。”梁啸刚凝红地看着胡珊，死死地咬着牙，终于还是深深地吸了一口气——又笑了笑的，恢复了克制的说。

胡珊就也笑了笑，便是将酒瓶交给了梁啸刚。

——梁啸刚疯忍着仿佛都要是泪崩了的战抖，给胡珊，满满的斟上了一满杯的红酒，红得，都仿佛是鲜艳的像流动的血一样的酒。

梁啸刚，整个人都仿佛是要垮倒了的，重重极了的，放下了酒瓶。

他杯中的酒，簌晃的，都洒了一些出来。

他痛咬着唇的，还是死死的，抬起了头来。——“……其实……今天真的要说谢谢的，应该是我……呵……真的……谢谢你，胡珊……今天还能真的可以，陪我……陪我回来……回来这一次……这最后一次……呵，真的……谢谢你……胡珊……我谢谢你……”梁啸刚莫名破痛得整个喉咙里都如同是被泼了浓硫酸一样的，惨哽着声的，哑断戚说。

胡珊眼眸盈红的，笑了笑，又笑了笑。纯洁而伤莫至极的绚烂笑容，如同风中摇曳绽放着的最美蝴蝶兰一样，一刻间，灿然而又泣丽的，模糊都盛开满了她的整个脸庞。

“……呵——干杯。”

碰。

轻脆的一声，梁啸刚的双眼前，有如一片鲜红的水云浮起。

飘漫的水云里，仿佛都有哀彻的悲鸣在倾洒着砒霜般的雷轰；鲜红的冰凉中，仿佛都有整个冬天的凄冷，在惨鸣着风一样的号哭。——漫如天地般辽阔莽莽的泪水，好像一场终于还是在长睡中开始了的噩梦，无垠的模糊了他的全部。——长长的泪水里，仿佛都有无数枝悲哭的玫瑰在破碎的载着美好的温馨，纷扬飞舞向着天涯海角的地狱；模糊的鲜红中，仿佛都有遍地“嗞嗞”的毒腥，在流沫缠蚀的萦散着腐鼻的窒息，蹿蹿腾游向着早已是蒙霾的穹空。——没有边际的黑灰，在如同再也都是不可能有机会走回到长睡之前了的梁啸刚的泪水中，仿佛黄泉一般的光亮着悲哀与可怕的永恒，就好像是有一盏莫名多么清醒的灯，似不经意却又似注定的，被他照亮了残忍的永远没有解脱的恒河沙数轮回。——只有那鲜红的泪水，仿佛还在不断的滴血，为着悲哀，为着，永恒。

梁啸刚，一刹长息。崩溃的泪水，从他眼眶中，滂沱而出。

他滴血的看见，如同千千万万条剧毒的小蛇般可怕的殷红酒液，此刻，正纷纷扬扬的，在不断的鲜红尽涌入着胡珊那仿佛都还是带着泪的嘴唇里。——他疯痛的感觉到，自己整个人，都好似是在失血，失血。

梁啸刚流泪的看着胡珊眼角都还未干的泪痕；梁啸刚流泪的看着依然仍在不断的涌入着胡珊嘴里的如蛇红酒。他知道，那每一条毒蛇的心里，都流着，他那好像和蛇一样毒的血；他也知道，那每一滴血的灵魂里，都淌着，或许，胡珊这辈子也都是不可能再会明白了的、他也这辈子都已再不配有资格说了的，他的泪水、与痴心。

蓦然的一刹那，他，忽然真的好像，是回到了和她举办婚礼的那一天。——倏忽的一瞬间，他，忽然就好像，真的，是又回到了，开心的，是那样多么开心的，和她喝交杯酒的那一刻。——"都是一场轮回的梦。"一个心中的哀伤声音，如同从梁啸刚的耳朵里钻了出来的，哽咽说着。——梁啸刚紧紧一闭眼，一仰头，便也就是将自己杯中满满的酒，尽数的倒入了自己的口中。

梁啸刚一吞而尽。胡珊，也刚好喝完。

澎湃的泪水，一刹那，如倾盆大雨般，从梁啸刚的眼中，尽奔而出。——再也无能止住了的如疯战抖，再也无需制住了的哀狂悲崩，如同一碗打翻了的药水，半瞬间，统统的，钻透、碎彻了他的每一个毛孔。——梁啸刚整个人的仿佛每一方寸，都被好像已是发了疯一样的战抖、哭泣主宰住了。喝干了的酒杯，都是从梁啸刚痛搐得几乎完全不再属于自己了的手中，脱落掉到了地上。——"啪"的一声，冰雪透明得就如同是用这一整个冬天的凄凉与残酷做成的寒锃酒杯，在灰硬硬的地上，震耳的，摔了个粉碎。

胡珊一刹微愕。

"——对不起，呵呵、对不起……真的对不起……对不起……"

梁啸刚整个人都是完全失了控的，狂栗悲恸的喃说着，不停的悲搐的喃喃说着，整个人，都是几乎便要坍倒了下去。——他一只手使劲撑住在着桌沿上的，整个人都仿佛是一尊已被泡彻了水而随时都会碎散掉的泥菩萨像一样的剧悲哀恸着，剧悲的长长哀恸着。"对不起……呵、真的对不起……真的对不起……"他低着头、痛哭流涕的，一只手死死的蒙目捂抓着自己的脸庞。他那涕泪纵横的如同已是栗疯了的脸庞，都几乎是要被他自己捂撕的流出血来了。——鲜红的惨然，都仿佛已是像鹅毛大雪一样的，在他的哭声里，龟裂了整片的天空。

"你……怎么了？"

胡珊微微异愕而不禁滞茫的，终于还是起了些许疑惑的，不禁，轻轻问。

"对不起、对不起……"

梁啸刚，却依然仍只是剧搐的痛抹着泪的，兀自的恸说着，一直的恸说着。

胡珊蒙蒙茫茫的，看着梁啸刚，看着他。——倏忽的一刹那，一缕莫名仿佛真的好说不上来的烁烁忐忑，低隐、低隐，却又若无、若无的，潜潜如风一样，轻轻、缈缈的拂掠过了她的心侧。

“梁啸刚，你……怎么了——？”胡珊不禁的，滞沌看着他的，再一次，轻轻，问。

一片冬的冷霾，簌簌穆穆的，就好像是生长着霜绒的地毯，颤抖的铺张在着灰灰的房厅里。仿佛有一只又一只的寒鸟，在不断的从霜绒的枝干上惊起，扑簌簌地飞入着粗砺的空气里，就如同是被不断的从窗外涌入着的冬肃，纷沓破碎的早已尽是斑驳支离、粗糙莽砺了的空气里。——好像有一只又一只的气球，在不断的被鸟喙啄破，好像有一片又一片的霾灰，仍还在不断的往地毯上沉落，沉沉重重的陷落，堆起。

如同无数只云鹰的乌重羽毛聚积起着的厚穆悸悸，在仿佛每一丝冷霾的簌簌里，弥漫着荒凉的战栗。

“——呵，对不起，胡珊……”梁啸刚抹不尽泪的，吞咽着恸哭，艰难的，放下手，还是重新又抬起了头来。他惨笑了笑的，嘶哑说着，闪烁得一塌糊涂的泪光，在他破碎的脸上，如同若干条冰河冻结了的苍凉。他惨怆的流泪看着胡珊，嘶哑极了的，又笑了笑。“呵……胡珊……其实……今天有件事，我……要告诉你——”

梁啸刚哽说着的，殷红的目光，还是不能面对的，避开了胡珊。“……我……呵……我……”梁啸刚剧搐的，哽哑着。“……是……是我有一些把柄……被吕南国那个人渣……给拿住了……他……他威胁我……说……说是要……说是要弄败了现在，何氏正要给我们梁家的投资……”梁啸刚声音低弱而断续的，几乎，都好像只是在说给着自己听一样，“你……你知道……我……我们梁家……是已经到了悬崖边上了的……要是、要是这笔投资……这笔投资万一、万一真的被……”

梁啸刚低断的，都已是再没有了声音。

胡珊愣愣的听着，愣愣的听着——忽然，她的脸，“刷”一下的，便是化了漆一样的惨白。

“这和我有什么关系！”

胡珊一刹，激声剧颤的，不禁簌然栗说。

“……吕……吕南国……说……只……只要……你肯……你……你、你肯……陪、陪……陪一陪他……就……就……”

骤落的深寂。剧破的深寂。

——“啪”的一声。

梁啸刚无语响亮的，受了胡珊遽然一耳光。

“梁啸刚！我真是看错了你！！！”胡珊惊腾的痛辱尽化为了羞怒的，蒙泪激斥，“这种话你竟然也说得出口！！！！”

梁啸刚垂首无言。垂首无言。

火辣辣的痛毒，如同在他的整张脸上穿着心、挖着肺。

“我们已经没什么好说的了。”胡珊一刹激止着泪怒的，瞬断结束了的说着，便即然后退了一个半步的，就是想要转身马上离开了——可是，谁知，蓦然的一刹那，她都还没有来得及转过身，一阵猛烈的天旋地转，就是袭上了她的脑门。

胡珊脚下顿然一阵不能控制的软弱。——她的两只手，一下子，便是不得不使劲的撑住了桌子的沿角。

梁啸刚苍凉的，抬起了头来。

“呵，你从来都没有……真的敢打过我……呵……呵呵呵……”梁啸刚苍凉而怆痛的泪呵着的，说，“不过，今天这一记耳光，是我梁啸刚应该受的——”梁啸刚泪奔的都悲惨微笑了起来的，说着，“呵呵呵呵……是我梁啸刚，今天，应该要受的！！——呵呵、呵呵哈……”

胡珊整个的脑袋里，都仿佛是有“咝咝”的蛇一样的毒龙，在不断的“轰轰”涌入，疯狂飞钻的涌入，天旋地转的涌入。一阵紧接着一阵的猛烈头晕，沉重而连绵的，就好像是那千百条的蛇游毒龙，在一起金腾银走的盘噬着她的脑汁。一匝猛厚的模糊恍惚，就好像是魔鬼的咒箍，在直直不断的深深牢牢紧紧箍入着她的神志中。快速的，快速的。——胡珊感到自己的腿脚，就仿佛是正在不断的被大地吞噬，快速的吞噬。消失着知觉的空坍，就如同是从大地深处爬起来着的魔鬼，正在不断的如蔓若藤般飞腾入着她的骨髓。——她已感觉不到自己的膝盖了。她的双手，奋尽了全身的力气的，仍死死的撑在着桌子上。拼尽了命的，仍将自己死死的，撑站着，撑站着，撑住的站着。

血淋淋的泪水，从胡珊的眼眶天空里，好像粉碎了的北极一样，瓢泼而下。

“你……你、你在酒里……酒里……”

“不是在酒里，是……在杯子里。”梁啸刚整个人都如同已是踏站在了半死却又还生的昏晓之间了的，痛楚、而却又麻木得脸上都几乎已是再没有了半点点表情了的，凄低说着。——安静的灰浑泪水，胜霜赛雪的，在他的脸上澎湃而却又无声的流着，“是……我在杯子里，一早就……涂了药……呵……”他无情怆莽的，看着胡珊，“不过，呵，你放心——这药，没有毒……只是，它……会让你，呵……长长的，睡一觉……呵，睡一觉……”梁啸刚，眼睛里，好像进了碎玻璃一样的痛，“睡着了……呵，你就什么痛苦也不会有了……呵，什么痛苦，都不会有了……”梁啸刚音泣的，双目，仿佛都已经痛得瞎掉了。他的眼前，只剩下了一片的漆黑。他长长的，无声咧嘴，哑笑了起来。在仿佛宇宙般无垠的浩瀚里，哑笑着。他的眼前，仿佛一张，无际的魔鬼般的自己的脸。他就连他自己都觉得可怖的，发不出着声音的，忍不住的哑笑着。遥远而又辽阔的银河，仿佛都是一把割开着他头脑的锋亮手术刀。“呵，放心……呵，你放心……等你醒了，就会好像，什么都没有发生过……呵呵、呵，什么，都从来也根本没有发生过一样……呵、呵……”梁啸刚如同疯癫了一样的，悲呵恸笑的喃说着，眼前无尽流着可怖的血的漆黑的，对她喃说着，“然后、等你醒了以后，呵，我，就和你去离婚，和你去正正式式的办离婚，好不

好——呵，好不好……呵呵呵呵……”梁啸刚哭而笑的，痛得两只手，都是仿佛疯了一样的，再一次，如癫的，蒙捂起了自己的双眼。早已仿佛，什么都已是再看不到了的，洒血双眼。“对不起……呵呵呵……对不起……对不起……”

“——畜生!!!!!”

胡珊哭如海倒的，惨呼了一声。——“乓啷啷”的一响阵，杯子、酒瓶都是尽被胡珊悲鸣的哭号扫打下了桌子。——“哗啦啦”的天塌地陷，胡珊整个人，都如同是终掉下了悬崖的，连人扳带着桌子的，重重的坍摔翻倒在了灰硬硬的地上。

溅流了遍地的殷深酒液，仿佛火红的血，在满天如星辰般璀璨的碎玻璃渣间弥弥铺漫。——如同魔咒一般的紧箍，都已仿佛是深深的勒断了通往胡珊大脑深央处的每一根输氧管。根本不能抵抗的沉沉麻痹，带着就仿佛是死亡了一样的寒意，好像从天瀑落的冬河一般，恣狂而又冰冻的如洪奔流入着她整座灵魂之殿的每一片角落。——泛毒的生洒着霜气的金龙银蛇，就像是衔满了漆黑诅咒的一团又一团剧滚雪球，在不断的如同飞速的火车一般飞游填满着她的脑壳，都已如同是在被漫漫的夺走知觉了的脑壳。胡珊只觉得自己整个人，都已好像是被推进了一片无垠的宇宙里。一个又一个的黑洞，在她身边险险的飞过。——从悬崖边上断掉了的那一角攀石，都还仿佛始终的一直仍在着她死死的手中，如同无底的坠落风，已仿佛吹得她的眼皮含上了万斤的重。——所有的一切，都宛若是在拼命的拉着她、推着她，要她踩踏进一片永恒的睡梦。一片，黑色的睡梦。一片，却也仿佛真的就是不会再有任何痛苦了的睡梦。——失去着知觉的麻痹，都已漫过了她的喉咙、她的手肘。可是，她仍然还在拼尽了命的挣扎着、拼尽了命的挣扎着。她要逃，她要逃，她要逃。窒息着神志的寒死，如同都已透彻了她整个的脑袋，可是，她依然还是在拼尽了命的睁大着双眼，拼尽了命的睁大着双眼，通红已尽胜血了的双眼。她要看清这个世界，她要看清这个人间。她要看清着自己，不会真的睡过去；她要看清着这个天地，醒着一定不会比梦更痛苦！——她拼尽了全部命的挣扎着！挣扎着!! 痛苦的模糊悲鸣，都如同是在从她的心中绽出着血花!! ——她拼尽了自己全部的力量，她拼尽了自己全部的力量。——可是，如同是从大地的心脏处爬起来的魔鬼，还是牢牢的死死噬髓蔓缠住着她的每一寸骨肉，仿佛都是漂了毒的空气，依然，还在越来越多、更多更快的不断融蚀销化着她已可怜是愈来愈少、更少更薄了的知觉与神志。——血一样的红酒，都湿透了她的衣袖。

“……梁……梁啸刚……你……你、不是人……”

胡珊悲泪滂沱的，用尽着力气在地上拼命挣扎着，喉中已是孱弱而模糊不清了的，哀溃斥呜。

灰蒙蒙的乌霾，安宁而坚固的，依然仿佛一条铁做的被子一般，盖在着胡珊的身上。——血一样鲜红的酒液，流溢的，都浸满了梁啸刚的双脚。——喋血般的一刹腥辣，都仿佛是从梁啸刚的心底一瞬腾起，伴着酒液的流淌与鲜红，煞撕开了他悲嗥的心膛。

呼不出声的如死心嗥，都仿佛是在遍地的酒液中滚腾。看不见的血，都仿佛，已是流满了他脚下的地。

没有表情的云霭，仿佛依然仍在天空堆漫。

——泛着霜腥的毒汁，仿佛都已麻痹的蚀过了胡珊的脸颊。胡珊磅礴模糊的，几乎都已不再相信，自己现在，是还的的确确的真的仍活着。自己的每一分血肉，都已是那么如同成了空气中无尽飘散着的灰烬一样的完全不再属于了自己；可是在自己灵魂的最深央处，却又始终都还如同是有一个铿锵清晰的声音，在不断的告诉自己、告诉着自己：谁的灵魂，都不可能真正的可以离开自己的身体，永远，都不可以。——胡珊呜咂痛哭的，泪水都几乎已是在身下汇淌成了一汪。——她已根本不可能再爬得起来了的，仍然在地上拼尽了命的挣扎着。从地底下可怕的如同无数根触须一样伸起着的魔爪，像匝匝的铁索般从骨髓里死牢的绑定着胡珊、紧收的勒拉着胡珊，就好似是醒了魔的大地，在大张着血盆般的口，要将胡珊整个人，都给永远的降固在坚冰的地石上、都给无回的拖吞进魔的心狱里一样。——胡珊奋死的挣扎着。她万难的，终于还是用自己的手肘，那两只麻木恍惚的都如同早已是不再存在于自己身上了的细弱手肘，拼力而钝重的，将自己从地上剧颤的稍微撑抬起来了一些。她困难的昂起头，在满天满地如同龙飞蛇舞的旋转恶晕里，使尽着力气睁大着眼睛的，搜寻着门口的方向。搜寻着，那一扇她想逃走的门口的方向。——如沐垂死的模糊与寒冰，就好像遍天倾泻了的银浩星斗一般，在她的身体里浸透了整个的宇宙。没有对抗的麻痹与恶晕、无能支使的脱力与销逝，全都如同只是从她自己心脏中流出的血液，是自己的生命在结束着自己的生命。残酷的寒星，如同无情的冰凌，仿佛带着魔鬼的气息，奔跑满着她整个的躯体与魂心。胡珊真的很怕，自己会真的就这样，再也起不来了。会真的就只能这样，再也起不来了。不！不!! 不!!! ——胡珊的眼皮，就好像是在被越来越胜过万重山重了一样的胶水，给越来越狂劲的粘合着起来，不可抗拒的粘合着起来。胡珊拼足了劲的睁大着眼睛。她拼足了劲的睁大着眼睛！——她一定要逃出去！她一定要逃出去!! ——胡珊已根本不可能再能站得起来了的，咬着牙，就用两只手肘，拖带着自己整个的人，在地上，惨厉的匍匐了起来，拼尽了命的，奋死匍匐着，奋死的匍匐着。——微弱的，匍匐着。——鲜红的酒，就像血一样的，在她一点点也已不能动而微微在被前拖着的膝下若漆淌涂。胡珊整个人，就好像是一只已经被猎人砍断了两条腿的小鹿，流着血的垂死挣扎，就如同是这天地间最无人懂的梵音圣诵。失去着神圣的花蕾，仿佛在失血中片片的成葩。惨厉的匍匐，如同在无用的微弱里化飞。——她拼死、而微弱的，匍匐着，不断的匍匐着！向着门，向着门，向着她要逃走的方向，就算是只能用爬，她也一定要逃出这个地方，一定要逃出这个地方!! 逃出这个，她深哀的知

道每一个人的灵魂都是不可能可以真的离开自己的地方。——她拼死的,逃爬着。微弱的,逃爬着。有血盆的大口,如同在她身后狰狞呼啸。

梁啸刚悲哀的看着胡珊。看着挣扎奋爬着的胡珊。两分多钟过去了,她,才爬出了连一个大半步都不到的距离。梁啸刚没有声音的笑着,没有声音的笑着,惨笑着,笑得他自己的心肺,都仿佛滚烫的尽裂开来了。

而胡珊仍然在爬着,拼尽了命的爬着,逃着。

逃着。

如同瀑布一样哗哗的模糊恍惚,就好像是灌满了毒的酒醉,混合着银河样的寒冷,愈来愈深深的宛似死亡着她血肉的深入着她最后的骨髓与中枢。她迷迷糊糊的,已分辨不出天或地,只能凭着粘重得几乎都已是要再也没有力量来继续坚持睁开了的眼中依稀仿佛仍存在着的方向,来指引着自己仍旧还在拼着命、拼尽了命的逃生。除了像痛哭又像奋争着的嘶哑、低糊的"呃呃"声,她的喉咙里,已并没有、也已不能够再发出其他的哪怕半个字的声音,就连那在她脸上如同是脱了缰一样的泪流,她也已是自己再感觉不到。只有那心口的深深里早已是模糊得不堪了的一阵又一阵仿佛仍在不断浴着火的割痛,似乎还在一直的悲烧告诉着她:你,还在哭。

胡珊牙关都已是咬不紧了的,奋拼的一下,便是拼爬的将自己,又微微的拖前了一些。

梁啸刚惨然失笑。他流泪了很久。"……呵,胡珊……你不要怪我……呵,你不要怪我……呵呵呵……你知道吗,其实今天,我本来,呵……是还想赌一把,是还想……呵,跟自己,就赌一把的。看看,这老天爷究竟会是想要我怎么做。——呵,看看,这老天爷,究竟会是想要我怎么做——"梁啸刚哀笑、抽泣的说着,"你知道吗,胡珊……呵,其实本来,我今天,都想好了,只要……呵,只要,你肯回心转意,呵……真的回心转意——那,我就会,让吕南国那畜生,去见鬼、去见鬼。"梁啸刚森惨的说着,停顿了良久的,鲜红着眼睛。"什么家业不家业的,我都可以不要,我都可以统统不要……无所谓,根本就统统无所谓……我只在乎……我这辈子、只唯一真的最在乎的……"梁啸刚嗆哭的说着,却只是鲜红咽栗的,又再没了话。——他终于还是又可怕而可惨的笑了起来,"——我甚至、甚至……呵呵呵……我甚至,在最后,呵呵……在最后,只要你哪怕只是可以仅仅给我一句空的'愿意',一句空的'愿意'!——呵,好让我,多少起码,还能有一个可以哪怕只是骗骗自己的理由。哪怕只是可以骗骗自己的理由!——你却都不肯!你却都不肯!!"梁啸刚号啕痛说,"我还为什么要爱你!!我还为什么要爱你!!!"

寂静的撕心裂肺里,痛苦的悲恸仿佛已是了唯一的回荡。

"是你对我太残忍!是你对我太残忍!!胡珊——"梁啸刚哀嗥的大声哭说,"你还记不记得,你还记不记得,你曾经,亲口对我发过誓——你曾经,亲口对我发过誓!——是你说、是你说,这辈子,只要你再去见陆至诚一面,只要你再去见他一面，就让天赐你不得好死！就让天赐你不得好死！！！——胡珊，你都忘了吗！！你都忘了吗！！！”梁啸刚悲哭的大吼，大吼。

惨厉的回荡，如同在流血中铺展。寂静的无声无息，仿佛在破碎里破碎。

胡珊微弱的挣扎着、微弱的仍然挣扎着。——慢慢的、渐渐的，她，却终于还是，仿佛一时，停了下来，顿然的，停了下来。——已混混沌沌到了极致的她的脑子里，一下子，才终于好像是收听明白了梁啸刚说的话。——她迟浑的，终于还是听清了，他哭说的话。——一片飘飘的铅重的灰，刹那，就如同是鹰鹫的尖喙，粗糙的涩抖划破开了她涕泪模糊的脸庞。有苍白的羽绒，在一瞬间，轻缈而洒绕的，仿佛都千疮百孔的落透了她。

——已是浑沌透了的模糊中，就好像是有千百只扑闪着鬼火般双翼的漆冷乌鸦，从她自己也已是完全再辨不清了的如同雾海般的脑子中的某一处深深角落里，一齐的飞散了出来。在她还能看得清的一些天空中黑色的缠翱，不断的划碎着最后的一些闪耀。——胡珊迷迷糊糊的，直感到有无数尖棱的银色冰雹，就如同是被梁啸刚不知怎样的竟是像念动了最凌厉的咒语一般的，不由自主的便是统统的就从自己的心底里骤遽的蓦生倏起了起来的，一起团团的飞流袭向了自己灵魂中枢处的扇扇门窗。“砰零啪啦”的集阵烈烈塌碎，让她的脑子里就好像是掉进了碎玻璃一样的难受。她的心洼里就仿佛是被人猛扎了一刀的剧栗疼痛。——她的整个人，就仿佛是在蓦然间，于浩瀚的冰冷黑暗里更被突然的吸入了一场更彻入心肺的黑漆漆的寒酷气流的卷袭。生锈的铁钉般的乌鸦，团团的，如同都已是碎穿的酷痛的从她的天空里飞出了她的身体之外。碎暗的天空中，百孔千疮。疮霄之外，哀鸣如海。疮孔与裂缝中摊摊、缕缕的鲜血，如同在她的天空里仅剩的滴滴明亮。幽暗的明亮下，成片的冰雹，都如同是在愈来愈深冻的建造起铅铁般的炼狱。——昏天黑地的澎湃迷糊之中，胡珊是那样分明的，就像是被梁啸刚的话给突然抛到了一片八面嶙峋的礁石丛中；一块又一块的礁石，是那样清晰的，就仿佛都是从她自己的心的深深里流出来的咒语。她根本便没有抵抗的，就如同只是她自己的心，铜墙铁壁的停止了自己的前进。——浑沌澎湃的海潮中，就仿佛是只有搁浅的痛鸣，还在长长的低哭。无声的停行，宛若在海天间辽阔。——可是，她却又滂沱模糊的，根本就看不清，那些就都只像是从自己的心里流出来着的礁石，到底是因为着自己心底的什么咒语；她也根本就想不起，梁啸刚现在和自己说的这些，又究竟是真的和自己有什么关系。排山倒海般的浑沌、毒醉，像是疯狂的海洋一般在她的脑子里哭笑起落，又碰天跌地，仿佛也只是唯有那愈来愈匝紧深入了的麻痹，还在始终如一清晰的告诉着她末日的临近。——她在无可抵抗的懈力与愈浑中，一时终还是不能克制的，恍惚而拼命的，就是想要让自己能够记起：到底，他现在所说的那些，是不是真的和自己的什么事情有着确实的关系。她想知道，那些就都好像是从自己的心里流出来着的咒语，究竟，又尽是在自己的生命里有着怎样过的曾经，就好像一只在天上正逆着风的弱

小飞鸟，不得不的蓦然想要潜入海里去，寻找自己的前生因果一样，深深的悲伤与徒劳。她也不知道，究竟是那低哭的长鸣，还是澎湃的紧箍，仍在怂恿着自己的徒劳无功。——只是，在那澎湃的海洋里，就像是有一只深深褐色的手，从那完全就只好像是被她自己的心切断了自己拼命的继续挣扎的一刹起，宛若没有理由的，便是那般清晰的仿佛一直在越来越猛烈的将她往着一片深深的漆黑世界里推。如同带着鸦群看不清来处却又摄目无限飞旷开去了的凄厉哀鸣、如同透着炼狱不能被解释而又无尽分明的飘散着如风诅咒的深深沉重寒酷的，越来越猛烈的，一直在将她往着一个深深漆黑的世界里推。——而在那一个莫名就有如是黑洞一般可怕、漆黑的世界里，从一开始，便像是有着无数条满目疮痍而却又无限温柔的臂膀，在向她低低的不断如催眠般呢喃着"进来吧、进来吧"的，将她使劲的往黑暗里拉，死死的扼住般的拉，刚烈的扼拉——愈来愈难以抗拒了的拉——莫名那样强烈的，就像是她越想要努力可以看清在自己满脑子磅礴的雾海之中到底是确切的有着怎样的原委过去，那一只如同都已是褐红得要像血了的手，就越是好似愈汲取着她血液的要把她更猛烈的往那一片黑洞般的世界里推，狠狠的推。——愈浓毒了的醉的拉，加上着都如同是从她自己心里泛起来着的碎的推，将她一直本仍存在着的意志，摧毁、覆盖得，在这一刻，都几乎已好像只是一只即将便要沉没了的小木船了。——为什么又还真的一定要逃走呢？为什么又还坚持不肯睡着呢？难道今天的一切不都本来就是自己此生该得的孽报吗？难道现在的所有不都本来早已全是自己只不过还在一再而再的徒劳的自欺吗？——"好累啊，真的好累啊。"滂沱的恶晕模糊里，只仿佛是有一个已脱力般的疲倦极了的、真的疲倦极了的声音，在她耳边不断的叹息着，低弱的沉重叹息着。——胡珊沉重极了的眼皮，慢慢的、慢慢的，都像是已再也没有任何丝毫的力量能支持着继续睁开下去了的，渐渐、渐渐的，快是要粘合上去了，都快是要粘合上去了。——两行她都已是感觉不到了的她自己的浑浊泪水，在她的脸庞上，像龙鳞一般的闪亮。

支离破碎的萎塌，在那就都只好像是她自己停顿了自己的搁浅与模糊中，带着无尽难以言喻的便仿佛是缠绕着的破碎水晶一般的痛苦，如同一只开始坠落了就不会再停止的热气球一样，越来越排山倒海的就好像是在让她的所有一切深深的痛苦的沉入着汪洋澎湃的大海。坍陷了的搁浅，在那礁石密围着的停顿里，就仿佛是要超越着所有天地所给的咒语，将人的全部灵魂更真正劫而不可复的深深拖入进如同在地心醒来了的魔的寒狱里。——"……是我对不起梁啸刚……是我对不起梁啸刚……"就如同是有一个崩溃极了的低颤声音，在她耳中的深深里，不住的轻喃着，不住的轻喃着。胡珊所全部还有着的力量，与意志，就像是一截掉进了熔炉里的钢铁般，慢慢、慢慢的，终还是仿佛都在再也不可聚了的彻底消失了。

胡珊的眼皮，重重耷拉的，眼前完全黑糊糊的都几乎已是再没有一丝丝亮的缝了。她在磅礴的浑浑沌沌里，只觉得自己整个人，都已是好像再也没有一点点是属于自己了的，已是飘飘轻轻的，站在了那个黑暗世界之外的最后一阶门槛外边了。——麻痹与失掉着知觉的毒醉，就像是磅礴的海潮一样已完全的占据了她的每一个细胞。而她只感到自己，便仿佛是这无际的可怕汪洋里一条再也都是不可能飞回到天上去了的鱼。模糊粼粼的灰色海平面，就好像是遥远得仿佛已注定只能是永远要在梦里了的蔚蓝色晴空。——"是我对不起他……是我对不起他……"内疚而已是如同疲惫极了的声音，仍然深深的仿佛一直低颤的在她的心里回响着。那萦萦的低哭仿佛都还在，那澎湃的紧箍也仿佛仍让人害怕，可是，她却已是半点点都不想、真的再不想哪怕只是再去努力一些些的，到自己的脑海之中寻找那过去的确实曾经了。她也不知道，究竟是自己，已不再怕了，还是，只是更怕了。她只是什么都不再想了。不再去想了。——"进来吧、进来吧。"那无数条疮痍满目而却又仿佛温柔至极的手臂，又像是在更使劲的扼拉着她了。那是一个多么可怕而又让人恶心至极的黑暗世界啊，仿佛只要一踏入，就永远都不会再有底落或边际了的无垠魑魅魍魉，好似纷纷都缠裹着流光溢彩的可怕在黑暗里看不明听不清的手舞足蹈；仿佛只要一触碰，就再也不可能从自己的灵魂里剔除了的无尽疮痍遍布，好似咝咝的俱吐着信子的无数火红毒蛇一样，恶心的全在着那些手臂如同骨髓的腐臭处盘绕成狰狞。那是一个多么比浩瀚的黑洞更可怕、比嶙峋的深渊更无情、更灭亡的漆漆世界啊。可是，它，却又真的是那般温柔的，如同只要踏了进去，就真的是不会再有痛苦了，不会再有一丝丝哪怕任何的痛苦了。那狰狞而却又的确温馨的声音，就好似是在天神地鬼间铁铮铮的豪迈宣着誓：进来吧，你心中一切缠绕着的哀苦与矛盾，都将会在我给的黑暗中烟消云散；进来吧，你生命中所有还在痛苦着的挣扎与不能解脱，都将会在我给的沉睡里获得平静的安息与恬宁。你甚至，完全都还可以在我这里，索取到这人间里根本就不可能有的永恒，或更远。进来吧，进来吧。相信，我才是这世上唯一的神；相信，我才是你生命，唯一的真主。进来吧，进来吧。你累了，你已经是多么的累了啊。睡吧，睡着吧。你已经，完全可以，放下一切了。是的，是的。——"进来吧、进来吧……"——"是啊……是啊……我真的对不起梁啸刚，我真的很对不起梁啸刚啊……"——"……是啊……是啊……"——胡珊冰琼的脸庞，都已是完全的、没有知觉的，贴浸在了霜硬的地上流淌着的鲜红酒液里了。仿佛都已是干涸了的她的最后几滴泪水，轻轻"叭嗒"的，在像鲜血一样的红酒里，涟漪起了几圈好似再也不会有了的哀伤。

胡珊感到自己就像轻轻的一滴水，或许真的很快，就要到海洋里了。峡谷的风，仿佛在她的每一根发梢处凛冽的回响；天边的虹光，仿佛在她心目视界的最边际处遥远模糊。横河的星斗，都已冻僵了她的全身；奔流的银河，都已卸去了她的灵魂。从她心的浑沌深深处像藤蔓般固韧伸长起着的复杂内疚感，就像是一只或许本来也便是找不到根本理由的背叛着她自己的心的手，带着天地的魔咒，依然还在近乎凶残的推搡着她，推搡着她脚下仿佛已是最后了的半阶门槛。——天边的低哭仿佛还在长鸣，辽阔的害怕如同都已麻木。——好像被不断击溃、逼退着的防线，如同到了再也无处可再退了的昏冥分界线，半踏在地狱门口，前面是深渊。也只有那好似还在被不断销短灭亡着的她仍仅存着的一些微微意志，还在好像也只能是听天由命了一样的延续着她此时短暂的如同等死又如同只是在等死了的残末喘息。只是苟延了的喘息，恍惚的听命。——迷糊的亏欠，和着毒药的强力，都已是再只差最后一根头发丝的直径距离，便要将她彻底的推落拉下那道门槛了。就只再差一根头发丝的半径距离，便要将她，彻底、永远的推落拉下那道悬崖了！

梁啸刚泪如泉涌的看见，胡珊，已是再也没有挣扎了的，都已经再没有动半动了的，好像已是在地上，睡着了。

睡着了。

都已好像是湮灭了的天和地，都已好像是混淆了的大海与莽原。胡珊无力的听着自己心中最后一道防线的“格格”裂开声，整个人，都如同是脱离开了一切或许还能好像是有着的攀附物的，眼前无尽黑浩深瀚的，感觉便好似是由一滴本已空空了的水珠蒸发为了是空到了极致的空气的，飞向了无尽的没有东南西北的无尽中，无尽中。或许是高空，也或许是地心——或许是天宇，也可以或许是地狱的，无尽无尽中。——只有飞，只有无尽无尽的飞。仿佛，在将她引领向着，好像真的是有神在着一样的殿宇，深深殿宇，高高殿宇。——长风九万里，青天若黄泉；重霄飞沧海，踏云似入冥。

——“那好，我等着，等着真正可以再为你戴上它的那一天——到时候，我们就真正地，会永远在一起了，永远——”

就像是在那无尽的宛似星沙横流、寒冰遍宇的荒芜无限里，突然铺天盖地的滚过了一涛不知来处也没有去向的广袤轰轰雷声的，在胡珊心耳的宛若最尽深处，震然而又幽莽的，响起了这一句话。——陆至诚的声音。清晰的声音。

我等着，等着真正可以再为你戴上它的那一天。

无限清晰的，又一遍话。

“嚓啦啦——”剧光的一下。漆黑无尽的浑沌至极世界里，就像是蓦然破天裂地的突划过了一道凄厉的摄心闪电的，“我等着，等着真正可以再为你戴上它的那一天——”在胡珊的心眸顿疼前，便如同是流着火一样无限明皓的，响亮、震铮极了的，清晰又是再次这样一句，痛踏踏的话。

痛踏踏的话。

流烧的火光，延着闪电划过的裂缝，刹那间便好似破裂的血液般爬满了近乎漫天幽冥的星座；闪皓的明光，从如同被电劈开了的无尽浑沌黑暗之外，像一双燃烧着雷火般的巨手一样紧紧的牢牢扒住着宇宙的伤口，就像是一个毒蛊般盛满了无尽鬼祟痨邪的已是混浊浑沌至极了的浩茫宇宙的伤口。“轰隆

好死，呵、呵——”梁啸刚喉中啼颤的，不禁整个人都像是被阿修罗的刀劈了开来的，没有哭却惨过了哭的，不能禁的惨笑的说着，“可是、可是——呵呵、呵、呵——是你……是你……呵……是……”他搐笑的哽咽着，咬唇痛制着如狂的难受；嘴唇上，都已是泅泛起了紫色的血来。“——呵……呵——只是，只是我真的很想知道，呵……我真的很想知道……呵，你和他，你和陆至诚、那个没用的东西，在今天以后——呵，在今天以后……是不是、呵、是不是，还真的是仍然能像你一直相信着的那样，呵——那样……再会依旧有那些、那些，呵，你所说的不变、你所说的永远、你所说的幸福、你所说的爱情！——呵，呵……我真的很想知道、我只是、真的很想知道——”梁啸刚恨痛的整个人都仿佛是扭曲了的战抖说着，搐栗说着，哑涸惨笑的，整半个身子，都几乎是失力的，要靠在了门板上，靠在了门板上。

他没有眼泪的难受抽泣着，难受抽泣着。——他长长的、没有回头的，还搐栗的无力靠在门上。他不知道自己又为什么还要多余的说这些，他不知道自己又为什么还要受不了的觉得难过；他不知道自己又为什么还不赶快开了门就走。他听着身后的胡珊依然还在拼了命的挣扎着，拼了命的挣扎着。——他知道，她离门口这里还太远；他也知道，她今天，已根本就是不可能再逃得了的。——可是，他的心却一秒一秒的愈像是在被火烧，被熊熊的烈火烧得仿佛是烧焦了的痛，在他的整个胸膛里腾蹿。——他没有眼泪的，忽然恨透了自己。痛到了极点的，痛恨透了自己。彻底、彻彻底底的痛恨透了自己。——为什么，到头来，到现在，其实仿佛是只唯有自己，是还不能够真正的做出一场抉择。

最后的抉择。

鲜血仿佛在他的后心流淌。时间如同依旧在痛苦中漫步。

梁啸刚开不了门的停顿着。长长的，还停顿着。

胡珊依然还在拼尽了命的挣爬，拼尽了命的挣爬着。

他不禁仰天，长长的咬了咬牙。

他踟蹰着的，忽然，是把一只手，伸进了自己的裤兜里。——梁啸刚凝涩的，停顿了又一会儿。终于，他还是，从自己的裤兜里，拿出了一把弹簧刀来。那一把，也已是跟了他很多年了的，弹簧刀。

他将刀，凝滞着的，便还是轻沉的弯腰落放在了门边的鞋架子上。——他依然还是没有再回一回头的，哪怕再看一眼胡珊。

“还记得，曾经在小屋里，我跟你吵时，对你说过的那些话吗——呵……”梁啸刚直起了身来，看着门的，不禁失声沙哑的，最后又微笑了笑的，说着。顿了好久。“刀，我放在这里。——呵，夫妻一场，我也就仁至义尽了。一切，就看你自己的造化吧……呵——”梁啸刚长长的，悲息长吁了一口气。——他的手，终于还是，轻轻战战的一下，拧开了门锁。“——不管怎么样，今天过去之后，明天……我都会肯定和你去办离婚。这一点，你放心——”梁啸刚紧紧的闭了闭眼,“——就再见吧,胡珊。”

梁啸刚重重、颤抖的说完,猛的一睁开眼,狠狠的一拉开门,一个沉沉的大踏步的,便是走了出去。

“砰”的闷闷一声,门,拉关上了。

胡珊狂拼尽了命的挣扎着、奋爬着。挣扎着、奋爬着。

血洒满地,乌云满天。

天,帮帮我;天啊,你帮帮我!!!

高兀的奇峰仿佛在她面前连绵叠嶂;无底的深渊仿佛在她身下张牙舞爪。沸腾的毒龙仿佛在她全身愈纵横了的盘游;混沌的魔海仿佛在她脑里愈澎湃了的淹透。

不!不!!不!!!——胡珊不相信!!她不相信!!她不相信!!!一定能逃走的!!!一定能逃走的!!!一定是能逃走的啊!!!!

快啊,胡珊!!!快啊!!!!

胡珊的指尖,都已仿佛是在雪泥广袤的冰原上抓出了满手的血;胡珊的眼角,都已仿佛是在旷远的寒望中裂开了满目的雪。天涯一步近,一步天涯远。——她拼尽了命的爬着,拼尽了命的爬着!!

向着门,向着刀!——向着门,向着刀!!

黄泉仿佛在她的身下嗥叫;碧落好像在她的头顶哀笑。

倾盆的泪水,都仿佛湿透了整片的大地,江南的冰冻,都好像照亮了整个的苍穹!

她拼了命的爬着!拼尽了命的爬着!!——拼尽了几辈子的命的挣爬着!!!

微弱的爬着,微弱的爬着。

时间还在“嘀嗒”、“嘀嗒”的走,依然无情的走。

胡珊离门还有四米多。

还有四米多。

澍湃的毒痹,尽蚀透着人的,溢溢漾漾的,都仿佛是要从她的耳朵里汩汩的流出来了;罩人的再无知觉,密密麻麻、彻彻骨骨的,都已仿佛夺走了她全部的血肉与神经。但她还是依然在拼命昂起着头的睁大着眼睛,还是仍旧在拼尽了命的往前爬行。——哪怕事实上只不过是微弱而又徒劳的前进。——虽然,她已其实完全什么都再看不清了;虽然,她已其实根本就不知,自己究竟还是不是真的仍然在往前移进了。但是,她依然还是在拼命昂起着头的睁大着眼睛;她依然还是,在拼尽了命的往前爬行。拼尽了命的,往前爬行。

她不相信,天,会真的要这样对自己;她不相信,这一次,难道就真的会逃不过了。

她相信,一定能逃走的、一定能逃走的!自己,是一定还可以逃走的!!!

他还在等我呢,他还在等我呢!

滂沱的泪水,像雨一样的在她脸上悲惨纵流。没有感情的时间,依然还在仍旧的走。

无穷的山峰仿佛在她面前险峻,无底的狰狞仿佛在她身后紧追。天像被子一样盖着她,地像大口一样在吞着她。但是,那一轮就像戒指一样团圆的太阳,也还在指引着她!分明的指引着她!!火红的指引着她!!!

胡珊在仿佛无际的雪泥尽混、山河险宕中,觉得,就像是有一架梯子,在一直的,从天上的那一轮太阳里,牢固而温暖的连通着自己的心中。一直的,始终还在连通着自己的心中。那是多么温暖而又坚韧的一股力量啊。梯子的每一寸,都仿佛是用金黄的光芒、裹着不息的火苗铸成的。在梯子的那一头,是一个会永生在了太阳里的梦;在梯子的这一端,是一滴会永远在灿烂里不灭了的誓言。而誓言,会永远都再不离开梦。就好像,她知道,自己会再也不离开陆至诚了一样。——璀璨的光滴,就像是熊熊的火焰一样,燃烧着金黄的太阳;而金黄的太阳,就像是再也不会消逝了的永恒一样,温暖而坚韧的,灿烂、牢固指引着她蔚蓝的前方。——而或许,足够了;一切,都已经真的,足够了。不管再怎么样、无论再如何,她只要知道,那一枚璀璨、温暖的戒指,是真的再也不会离开她了、是真的真的再也永远不会离开她了的,一切,就都已经足够了。或许真的,就都已经,足够了。

足够了。

——天地愈狂了的颠倒、支离中,胡珊就像是紧紧的死死的攀抱住着滚烫的梯子的,奋爬着、依然仍拼尽了命的奋爬着。不管再怎么样,她也死死的,不放弃一点点;无论再如何,她也拼尽了命的,不松手半些些。不松手半些些!

光滴仿佛在她心中成行;燃烧着的梦,仿佛在她头顶成穹。

胡珊拼尽着命的奋爬着,拼尽了命的奋爬着!

她一定要逃出去!她一定要逃出去!!

一定行的!!!

——胡珊,离门还有三米多。

还有三米多。

还有两米半。

还有两米半!

火焰,仿佛在她手心流血;乌风,仿佛都已在天起泪。

胡珊依然奋尽了生命的在拼爬着。依然奋尽了生命的,还在拼爬着!

忽然。

"嗒咔"的轻轻一声。

胡珊在都已是尽极混沌了的颠倒、破碎天地里,突然,模模糊糊,而却又是隐约清晰极了的,就像是,听到了门、就是大门,一时,又是被开了的声音。

一刹那。

天地音止。

就仿佛是，一根宏浩锦瑟的弦，突然，终于还是被人，在万里苍天之下，拨断了的凄厉。绝痛。

凄绝、疯起的泪水，一霎那，如整个宇宙洪荒，从胡珊漆黑了的眼眶中，倾惨而出。

“哈哈哈，弟妹，怎么你在地上啊——哎哟，真的好可怜哦——哈哈哈，现在你该知道，什么叫做敬酒不吃吃罚酒了吧——来，还是让我好好疼疼你吧——啊哈哈哈……”

吕南国大笑着，一把，便是从地上，抱起了胡珊。

四十九

苍云万里，乌黑满天。

陆至诚悲戚的站在无际的云霾之下，仰望长空。天地之间，仿佛只有永恒的绝望，还在孤独的站立。

广寂的长路之上，陆至诚哀哭号笑。

江南凄寒。

模糊的泪光里，陆至诚就像是突然又想起了：自己，再也不会离开胡珊了；胡珊，再也是不会离开自己了。

层叠的雪山，宛若在天边茫茫，排倒的冷，就像风一样的无涯。

这一个冬天的风一样的，冷得无涯。

陆至诚，在孤独凄怆的天地间，仿佛都已冻结成了冰。悲惨的哀伤，像雪霜开出的山花一样点缀着这一个冬的寒苍。

陆至诚久久的仰望着长空，孤怆而绝望的，仰望着长空。

突然。

乌黑的云空，就像是忽然被一把燃烧着的怒剑，给一劈而裂了的，在广袤的骛天间，刹厉的，划过了一道夺目穿心的闪电。——紧接着，倾盆的大雨，就像是无垠的云原所终于再也不能承受住了的泪水太平洋一般，从旷冥的苍霄之上，瞬然尽落而下，就仿佛是有无数条激越的“哗哗”雪亮瀑布，飞流着长辽凄寒的悲恨水花的，霎那间，恻哭着，尽自天而降。——广阔的大地，宛若刹然都陷为了汪洋，没足的汪洋。

“轰隆隆——轰隆隆——”

雷霆声声。

“轰隆隆、轰隆隆——”

雷霆声声。雷霆阵阵。

霹雳哀奔。

十二月的深冬里，下起了雷雨。十二月的深冬里，竟然下起了倾天滔滔的雷雨！

轰彻天地的雷雨!!

"上邪！我欲与君相知，长命无绝衰。山无陵，江水为竭，冬雷震震，夏雨雪，天地合，乃敢与君绝!"

乃敢与君绝！乃敢与君绝!!

悲狂的声音，就像是哭疯了一样的，在陆至诚尽沐着天地雷雨的破碎心膛里，哀号长啸。哀号长啸！

陆至诚心中一切的悲恨、哀沦，都仿佛是在这天地如湮的一刻里，痛彻心肺的，尽痛彻极了心肺的，沸腾为了冲天的火光。熊熊无止息的，通红击天火光。

陆至诚蓦的悲轰仰天向雨，尽恨的狂伸张开了枯枝般的双臂。恨天极了的，枯枝双臂。冰冷的雨丝，尽像箭一样的万穿透着他的身体；燃烧的雷电，尽像火一样的尽焚透着他的心膛，尽焚透着他的心膛！——他是多么的想大哭一场啊，可是，悲恨的却连一点点的泪水，都已是再也哭不出来；他是多么的想大吼一场啊，可是，哀沦的，却是连哪怕一丝丝的微小声音，都已是根本喊不出来，再喊不出来。

"轰隆隆、轰隆隆——"

只有整个的世界，冰冷透了的世界，在他眼前破碎，不断的破碎，不断的还在轰鸣破碎，破碎得，都仿佛是要统统尽沉入了海底了的彻底。

多么的好像一场魇梦啊。一场都仿佛是早已预言了所有命运的魇梦。一场，他都已是根本再不能清醒忆起了的，在好多年前的一个冬日晨晓的，惊醒之梦。

蝴蝶迷梦。

如道之梦。

"轰隆隆、轰隆隆、轰隆隆——"

陆至诚在如瀑的冰冷大雨中，悲哀恨绝，而又沉碎绝望得就像是一切根本也便尽只能是要早该认命了的，整个人，都仿佛只是了一件虚空的纸衣般的，在瓢泼的重重冬雨里，缩瑟的、寒战的，坍倒了下来。

缩瑟极了、寒战极了的，坍倒了下来。——陆至诚没有力气的双手、双膝撑着地，痛苦地垂着头，垂着仿佛是要被大雨淋透了的头。他没有泪水的在雨泼中惨哭着，哭得嘶哑，哭得可笑；他发不出声音的在雷鸣里呐喊着，喊得心血淋漓，喊得寂旷静悄。——大雨还在如瀑帘般的下；雷霆，还在不断的轰鸣着天地。

"嚓啦啦——轰隆隆——嚓啦啦——轰隆隆——"

连绵、悲恨的闪电、雷霆，依然都还好像是在烧着通红的火的，不断的无数的在霄宇间划破、照亮着乌空，鸣彻着天地。轰鸣的，霹雳鸣彻着天地。可是、可是——像是乌雪一样森森冻满了绒冰的黑压压的天空，仍旧还仿佛是在被似无数的悲恨的剑一样的怒电，在不断的转瞬即逝而又依然不断的劈开来着、劈开来着；像是磐石一样坚固的如同永远都不是人所能够动摇的灰广大地，在尽已是好似积起了汪洋来的雨水里，也都仿佛是同情而哪怕实际上也仅只是虚妄一场的同情的起了泪的涟漪。可是，可是。——陆至诚痛苦的抬起头来，雨水模糊的仰望着长空，仰望着长长的黑空。

寒湿的雨滴，都仿佛是在他的眼眶里染上了鲜红；他碎尽的心，都仿佛是在雷火的震栗中颤抖，寒惨的颤抖。可是。可是。——天空，始终一直都还是那个黑乌无尽、森永如铁的天空；大地，也始终一直都还是这个坚如磐石、若亘无情的大地。——人间，也仿佛始终都仍只是着，一个早已、早已好像是在无底的噩梦中失尽了乾坤、可望的人间，只有永恒绝望与灭亡了的人间。他想怎么样，又还能怎么样？——他想怎么样，却又还能怎么样！

他痛苦模糊透了的，惨栗地看着眼前整个都已仿佛是再也分辨不出天或地了的混沌、昏暗世界。漫天的雨仿佛都在他的脸上流着泪，遍野的轰鸣仿佛都在他的心中打着雷。天渊之间好似都已根本不再有差别，光明与黑暗宛若都已成为了同样的无委。雪黑的汪洋仿佛在他的头上与脚下一起哀鸣着埋葬，森白的云原仿佛在他的脚下与头上共同埋葬着哀鸣。悲伤，都已好像没有了疆域；哭泣，都已好像没有了边际。他自己，都已好像不再知道，自己，是还在哪里。天与地，都仿佛尽化为了浑沌，与虚无。只有雨，还在一直下；雷，还在一直打。

“哗啦啦——嚓啦啦——轰隆隆——哗啦啦……”

只有雨，还在一直下。雷，还在一直打。

陆至诚在绝望的天地间，绝望的哭泣着。绝望的哭泣着。

他是多想能够再看一看胡珊啊。他是多想，能够再看一看胡珊啊！

哪怕，只是再看一看，只是再看一看啊！！

可是，可是。他知道，他又知道，再不会了。再也，都不会了。

他，绝望的，瘫倒在了汪洋的大雨里。

他看着雷电，就像是纷飞的一只又一只火蛾，还在不断的从天霄之上投向着大地。不断的转瞬即逝的划破着云空的从天霄之上投向着汪洋的大地。不断的，还在；一直还在。徒劳的，却又是仿佛始终都只不过是徒劳的。——还在仿佛想要劈开着整个的云空，还在仿佛想要劈开着整个的大地，还在仿佛、想要劈开着整个的人间，整个的人间。

昏暗的人间，无光的人间，冥沌的人间，绝望破碎得，就像是巨石一样牢固的人间。

就像是有一场注定只能是会永恒的噩梦，在恒永金钟铁罩着的人间。

金钟铁罩着的人间。

“轰隆隆——轰隆隆——”

“嚓啦啦——嚓啦啦……”

陆至诚，心亡的，在汪洋的冬雷里，惨笑闭上了双眼。

湿寒的大雨，像无数只死去的天鹅，坠透了他的身躯。

他的灵魂。

江南万里悲惨。

天打雷劈。无尽的冬。

风逝在雨中。

五十

已经是最后第二天了。

天，又亮了。

明天就是平安夜了。

陆至诚孤独的站在窗前，凝望着窗外，一切，仿佛都已空白了的一切。

冬雷、大雨，都早已是停了。

窗外的天，依然阴沉沉的无边无际。

明天，就是平安夜了。

陆至诚像一座雕塑般的，仍然孤独的还凝站在冰冷的窗前。他空白的，依旧看着窗外空白的一切。

有几行灰鸟，像刀子一样的，从天空飞过。

房子外边的马路上，右岔的路障，已经是给搬除去了。整条马路，随着新的又是一天的清晨的来临，都重新又是再度热闹了好些起来。

车水马龙。

天依然灰沉。

陆至诚依然孤独的，看着窗外。——无光的天空，坚固的伤痕。一切，空白的，都好像已是让人那样的缈无。

尽若尘散了的缈无。

无可斑驳的坚固，与空白，茫茫。

无垠，都已湮灭了的一切，就像是天空一样的无垠，坚固。

无可剥落的一切空白，与茫茫。

又有一行飞鸟，灰灰的，在天上划过。

陆至诚，哀伤的，孤独站着。

——下午了。

陆至诚萧沉的，依然站在楼道口。他缈碎而悲湮的，空破出着神，一直还寒惘的，在看着那盏都仍亮着的灯，楼道口的灯。

他风冷的出着神，不能自已的，整个的自己、和自己的一切，都还好像是长长的，统统仍旧是在着那胡珊才刚是为他按亮了这盏灯的一刻里。长长的、淡淡的，那一刻里。

一片深深弥漫着的伤惘悲怆，就像是镂刻着雪花的湿凉，在他心的每一宛

如无可捉触处戚揺。

哀寒的心怆中，既像是有着无数忽然的后悔、与痛忏，又像是，有着太多，更终究依然的灰飞，与不能解脱。

不能解脱。

淡淡的灯，仍旧在淡淡的亮着。

陆至诚悲灭、哀痛的，惘伫着，苦笑却又想起：可是最起码，在那胡珊刚按亮了这盏灯的一刻里，自己现在的这些所有痛苦，和不能想开，还是多么的就只好像是飘在天外的云彩啊。

没有影，也没有踪。——没有影，也没有踪。一切，都不在那一个痛苦的梦魇中。

他悲湿、难受的，是多么的想放声嘲笑啊，嘲笑那一刻里的自己，也嘲笑这一刻里的自己。嘲笑自己的每一缕心，更嘲笑，一切的好似没有原因。

他苍缭寒莫的，尽已都真的不知道，其实，是否人生原本，就只不过是好像这样子的一场，来去一样哀伤。——还是，只是自己这辈子的路，特别的，让人无可奈何、不能驳择。——他痛苦费尽了自己的一切的，就是想要可以逃避开一场哀梦的注定；可是，命运却又偏偏好像一个可怕、可恨的无途陷阱的，让人只能是，那样分明是清醒而又清醒着的，自己，走向另一个地狱。自己，不得不的，是只能将自己，还有其他的所有，一起，推进一场活得惨重，来成全逃梦的归宿。——命运，其实从来，也就是仿佛不会给人多一条路。

陆至诚，不能走。

他，不能走。

——他哀重的，一直还沉伫的，凝站在着那一盏淡淡的灯前。萧惘的，悲站在着那一盏灯前。黯黯的灯。那一盏，仍是在亮着的灯前。

是胡珊，在那一刻里，亲手为他按亮了的灯前。

都还仍是在，淡淡的亮着的灯前。

这是一盏，看起来真的多么羸弱，而又实在是多么黯淡的灯啊。——真的是，多么好似微不足道的一盏灯啊。微小而又羸弱的，就仿佛是只要天地间随便轻轻细细的一小粒尘埃，便能将它摧毁、破灭掉的，幽幽淡淡的灯。——可是、可是，它，却又真的仿佛，真的仿佛，是这世界上，唯一一盏还亮着的灯，唯一一盏好像一直是仍在为他亮着的灯啊！

虽然，淡淡的；虽然，尽其了全部，也都只能是这样好像羸弱的淡淡的。

他真的是很难过；忽然，是真的那样难以承受、难以接受的悲彻难过。

他忽然真的不能禁的难受地想：为什么，自己便从来没有想过、从来都没有想过，或许，是可以和她一起、和她一起，就秉着一盏灯、共同秉着一盏灯，去走向那一个哀梦的深处的、去走向那一个让人痛噩的哀梦的最深处的。——照亮它！就一起去照亮它！！——为什么、为什么，自己便从来都没有想过，都没有想过，或许，自己和她，是可以一起、可以一起，去到那一个噩梦的最深处，将一切、所有的一切，终还是照亮的，终都还是照亮的！——是可以一起，去将所有的一切，终都还是照亮的!! 是可以一起去将所有的一切，终都还是照亮的啊!!!

为什么？为什么?!

他悲痛的自问，不住的自问。

痛扪心问。

"——可是，我又真的是从来都没有想过吗？……可是，我又难道、难道真的、真的是，从来都没有这样的、没有这样想过吗?"

……不……不……

陆至诚却又是不禁的，醒痛纠缠的矛盾愈悲深的，心腑俱嚎，心腑俱嚎。

"……是我自己不相信……是我自己不相信……分明、分明就都只是我自己不相信啊……都只是我自己不相信……不相信啊……呃……呃呵……根本就不相信……根本就不相信啊……"

"……为什么……为什么……又到底都是为什么啊……为什么……"

寒冷的风中，仿佛都是从一开始，就早已注定了不会有答案的痛苦尽缠绕。

命运，就好像一首永远也没有人能听得懂的歌，在风中呜咽。

陆至诚，痛尽无声心啸的，泪流双颊。

天，灰得还像铁。

五十一

还依然像铁。

风，仍呼呼的在天地间吹。

陆至诚自嘲的，擦去了泪的，侧头，不禁，一时便是又瞥见了那一盆，依然都还在着自己门口地上的蝴蝶兰，可怜的蝴蝶兰。

陆至诚哀飞的，都已不知道，其实，自己是究竟，到底还想不想要这盆蝴蝶兰留在这里。

留在自己这里。

——陆至诚就像是风中的一个枯瘦的影子，无神的，仍然还迟心的站在着楼道口。

他又看了一眼依旧在黯黯中幽淡亮着的这盏灯。他忽然，戚悲的，是好想，可以再回小屋，去看一看，是可以，再回小屋去看一看的啊。

他是多想，可以再回去，看一看小屋里的一切啊。看一看，那一盏淡橘色的、好温暖的灯。看一看，其他的还有的每一些，也看一看，胡珊。

可以再看一看，胡珊。

他仍好清楚的记得，自己在最后的那一天离开小屋前，分明是还跟胡珊说

过，要她，安心的好好在小屋里待着，等他回来。

等他，回来。

——可是、可是，陆至诚知道，他知道，都再也不可能了，一切，所有的一切，都已是再也不可能了。

他再也不能回去了。他，再也不可能回去了。哪怕，只是想再看一看，看一看都已是再也不可能了。

都已经是，结束了。所有的一切，都已经是结束了啊。

都已经是结束了。

他，哀惘怆破的，悲长仰头，伤息了好久。

好久。

——寒风裹着冷冬，凛冽的还在陆至诚耳中呜呼。

脆脆的“嗒”一声。

陆至诚微垂着脸目，紧抿着唇的，终于还是，最后轻轻的一下，颤按下了开关，关上了灯。

熄去的一灭间，蓦然的一阵暗，像是掳去了天地间，最后还在跳动着的一抹心光。

沉沉的暗里，陆至诚的眼中，失去了全部的剩余。

凛冽的风，吹拂着满冬的哀痛。

陆至诚，走出了楼道口。

走上了马路。

路上，稍微有一些冷清的热闹。

天阴灰的仿佛让人觉得有些很闷。人来车往，仿佛都没有生命的，让人觉得更加了倍的孤寒。

陆至诚正走着，是要去买一些晚饭的时候，就一时看到，有长长的一列鲜艳花车，在他旁边的路上喜庆的开过。

他不禁的还是顿下步，默跟了一段路，就像是有无数只美丽的千纸鹤，霎那间，忽然在他心头哀伤的飘起了雪。飘雪中，他悲恍的，就仿佛是一瞬间，忽然都来到了一个温暖的春天里。

明媚的春天里。春天里，他都好像是，正在和胡珊一起开心的放着风筝，正在和胡珊，一起欢笑的数着桃花。

满满的春天，都仿佛是在整片的冬季里，堆冻成了一个，谁也都是好像再触不到了的，大大雪人。

风逝一场。——人来，车往。

陆至诚经过那一座废仓库的时候，停下了脚步。他怕冷的，看了看。他看见，那一只漂亮的音乐盒子，依然，还原样的仍在着仓库里的木架子上。

只是，那美好的“叮叮当当”的《友谊地久天长》曲，不知在什么时候，已是早停了；而那一个可爱的小小天使，也已是不再欢灵轻舞了。

陆至诚，步簌的，又一次，便是重新走进了这一座灰黯黯的废仓库里。

他眼眸亮湿的，手战抖着，重新就是又拿起了这一只，曾是被他自己放下的美丽音乐盒。——无限的缭哀怅怆，瞬然，就像是从他心尖漾开的涟漪，悲烁的疼痛透了整片的荒寂。

无声的哭泣，仿佛在无声的黑暗里飘絮。

他痛哭的想起，本来，那时候，自己都还和她说好了，明天平安夜，是要和她一起出去吃顿饭的。本来，自己都还和她说好了，明天平安夜，是要和她一起出去吃顿饭的。

明天，就是平安夜了。——明天，就是平安夜了啊！

……可是。可是。

——呵，那时候，多好啊。——那时候，呵，还多好啊……

陆至诚悲笑错莫的，痛哭的，都已是仿佛，死去了自己的今世、一生。

一阵惨重的无力，袭上了他战栗的双手。

美丽而哭泣的音乐盒，刹那，便是谁也无可挽救的，脱离了他战抖的手。

掉落向了冰硬的地。

“喀嚓啦——”的一声，摔在了地上。

支离破碎。

支离，破碎。

云灰灰的天，呼啸着长风，好像都在哭泣。

深深哭泣。

五十二

平安夜了。

晚上，七八点钟。

刚浓的夜色，流淌着华灯的光丽，鲜艳而温柔的，就像是这红尘人世中，一场眷梦的最后送祭。——欢乐、祥和的圣诞气氛，宛似是欣悦飞舞着的一页又一页美丽乐谱，正在今晚漫漫的天地间，久久、翩翩的织奏着快乐而飘扬的音符。一条又一条的大街小巷中，不时有一阵阵的热闹与欢笑在哄起；一片又一片的快乐里，不断有一场场也许值得永远记住的美好在绽放。温暖与欢庆，都像是融融的炉火一般在暖热着整个深冬的今夜；鲜艳与祥和，都像是柔柔的灯盏一样，在馨亮着今夜仿佛每一个人的脸庞。不时的，有灿烂的烟火在夜空绚丽的盛开。所有的悲哀与伤愁，仿佛，都已不应该再属于这样的一个夜晚。多么美好的夜晚，多么温馨而又暖和的一个夜晚。——最后的，这一个平安夜的夜晚。

或许，也是值得每一个人都永远记住的夜晚。

——吞含着仿佛这整整一个冬季的寒酷严霜的森森密云，在无边无际的夜幕之后，莽莽、深深的隐藏着。

莽莽、深深的隐藏着。

风，无路的吹着。

——陆至诚，丢心的仰靠在破落的一张椅子上。没有魂的仍瞪看着茫茫的天花板。

空空的天花板。

向着马路的窗，窗帘还敞敞的拉开着。窗外的马路上，喧哗着来来往往的车辆，今夜，仿佛有些格外的多。不时有跳跃着的欢声、笑语，从路上或多或少的走过、跑过。片片点点的夜景霓虹，五彩缤纷的，就像是黑夜被人撕开的缺口。缺口里，一张又一张的，都仿佛是像蜘蛛网一样生命坚强而又脆弱不堪的，人之梦想。

冰凉的窗玻璃上，寒冷的淌流着鲜艳的光。

陆至诚，依然茫茫的仍仰靠在椅子上。

心瘫的，仰靠在椅子上。

忽然。

“咚，咚，咚——”

轻轻、而都是轻轻极了的，几下微弱、迟沉的叩门声。

陆至诚在悲怆的哀窟里，仍然深深还寒蜷着魂的，蓦然，才是清惊一怔。他诧骤的，一下子，便是好像被轻叩声突然倾敲碎了心窗的，瞬然弹坐了起来。

他满目湿悸的，悲长、痛惘的望向了门。

寂廓的门。静落得，却又是长长都再没有了半点点声音的门。

没有声音的，就连窗外的流霓划过玻璃，都仿佛是在刺耳的响起着一道又一道锥心的哀泣。

长长的寂静。

依然再没有声音的，陆至诚都几乎是要怀疑起了自己：一切，又是否真的不是自己的幻觉。

落廓的沉寂里，窗外有的喧哗与欢喜，都仿佛特别的只好像是一场让人心肺悲伤的电影。电影的幕布前，幽暗的空旷与深静，忧伤的尽似一地星河的浓烈无底。——有隐隐的欢快颂乐声，在从霓虹的遥缈远方，不断低低的飘传来。轰鸣着的哀痛，就像是一首湮葬的歌奏，在心的夜空，遍天绽放，烟火四盛。

将要新年了的欢乐，在四处的夜空下灿烂着。

深坍的哀静里，陆至诚悲陷着，已经是痛沉的，迟重地走到了门前。

他颤抖的指尖，终于还是，肃栗的，蜷落上了冰凉的门把。

却凝固着。

仿佛都是被粘入了冰冷的金属里一样的，整只手都离开了他的凝固着。

凝固在着深深依然的掀心寂静里。

一秒又一秒的气息中，一切的悲痛，都好像是在更加了倍的结着冰。

真的是她吗？——真的，是她吗？

忽然。

“咚，咚——”

两小下，轻轻极了的，微弱的，终于又是再敲门声。

一刹那，陆至诚的心，就像是被撕啄破了天空。

有千百行悲烫的飞雁，瞬间，从伤口遽扑而出。

——忘急而响亮的“嗒嚓”一声，陆至诚疾直的，一下子，便是转拉开了门锁。

门，沉重重的，被打开来了。

真的，是胡珊。

真的，是她。

就像是有一帘悲伤的远风，顿瞬中，在彼此的相隔间，冻泪满空。

破落了天荒地老的心梦，蓦然里，仿佛在冬的哀望中，阑珊成雨。

外面的楼道里，黑暗暗的，没有着照明。沉下的悲伤里，仿佛让人泛浮起着遍心的错离。厅里好似都是在落下着雪的残白灯光，寒寒冷冷的，斜斜划亮着门外的一小片地方。浓冷冷的悲白中，一切，都仿佛是在沉没的，痛怕着失堤的哭泣。

孤零零的小片残亮中，胡珊，仍只寒的站着。陆至诚哀覆的，情碎得整个的自己，都仿佛是心涕成了飘雪的，悲看着胡珊。悲心的，所有的一切，都仿佛是魂掉的失进了停顿里的，哀噙的，仍看着她。不能禁、已尽模糊了的，还是都看着她。

今夜的胡珊，崭新的穿着的，正是那一身，陆至诚在之前，开心的给她买的新衣服。陆至诚悲酸的，都还记得，才是在多少日子以前啊，她还是多么欢喜、痴痴的跟自己说，她想到平安夜的那天，一起和自己出去吃饭的时候，再穿上它。想到平安夜的那天，一起和自己出去吃饭的时候，再穿上它啊。

呵，呵。

今夜的胡珊，妆扮得，真的是多么的漂亮啊。多么的漂亮。漂亮的，莫名，却又是多么的凄凉，多么的凄凉啊。

呵，呵。

陆至诚，泪水在眼眶里打尽着转的，心，潸碎的，都像是成尽了落叶。

成尽了落叶。

胡珊浓哀的双眸中，悲戚的泛着深澈的红。沉凄的泪息里，就像是有着千百支的残烛，在风曳的寒泣。谁也都没有哭啼出来的寂顿中，悲伤，就好像是刺骨湿冷的雨夹雪一样，泼裹的，尽噬人心扉。

无边无际的哀痛，仿佛在满天满地里愈浸着惨破。

胡珊悲含着满眶酸碎的泪水，微微还冷颤着的唇，使劲的终于是仍在嘴

角，绝望的又抿弯出了一个浅浅的微笑来的，重新，还是又簌垂的清抬起了模糊亮亮的目光来。

“……我……呵，想、想再进来坐一会儿……可不可以？”

胡珊泣泪的，强微笑着，凄哀地问说。

陆至诚碎了的心中，刹那里，纷雪的悲乱。

“哦……呵，好……呵，好……我、我……”

陆至诚瑟促的说着，整个的自己，却都仿佛是蓦的就被推离开了自己的，剧痛撕心的，还是断住的殒失了声语。

又都是沉默了起来的一刻里，两个人的哀伤，就像是倒在地上的影子一样，相聚的，彼此无可躲藏。

客厅里的灯光，残白的都像是在下着愈浓戚了的雪花。

胡珊眼目凄红的，惨亮的痴痴看着跟前的椅子，并没有坐下来。

空空的薄冻里，陆至诚纷痛而踟蹰的，还是不禁哽然的，转身面向了窗。他背对着胡珊的，依旧没有能够说出一句话来。

窗外的今夜，真的很美。很美。美得，就好像是一场，其实是真的多么的让人想要可以将它永远都拥留下来的眷梦一样。一场，再也都是不会有了的，梦。陆至诚，脆弱的，从光寒的窗玻璃上，空望着胡珊的模样。星星片片在窗外闪烁流动着的绚妙霓虹，就像是建起在着梦里的海市蜃楼一样，让人在悲美的不堪一击里，仿佛，都分外的虚幻无依，而痛无止底。

凄残的光亮下，胡珊寒颤的，一只手，紧紧的死死扶在了椅背上。

满空里的惨白，都仿佛在悲惶的战抖，悲惶的战抖。

她泪水模糊的，星眸惨灿着，依然痴澈的只是悲望着一片空空的地方的，一下子，使劲的张了张口，就像是想要说什么似的，却蓦然，整个人都仿佛是要坍倒了下去，刹那间，又死死的悲咬紧了自己的嘴唇。

她的另一只手，惨弱战栗的，一下子，也是死死的，撑然的抓扶在了椅背上。冰冷冷的椅背，倏然里，却又像是直在她的心里愈又寒酷的飞削出了更多绝望的尖爪来。一只只，一只只，又一只只的不可数。凄寒的悲哀中，她最后的梦幻，千泪百痛。一条悲泪模糊的子午线，就像是一捧或许会是一个温暖的梦，也或许会是一个可怕的黑洞的烟火，在一个世界的尽头，与另外一个世界的开始之间，锋利，而又闪闪的灿熠，绚丽。

胡珊，痴碎如雨。

她的双手，颤抖而又凄惶的，紧紧扶在着椅背上。寒惨的寂静里，仿佛都写满了悲哀的望悸。

一格又一格的秒顿中，好似都是冰满了走不过的哭泣。

胡珊灿泪盈眶的，痛绷咬着自己的嘴唇。一秒、又一秒的撕心裂肺里，不断灰碎、殒去着的蝴蝶，就像是沥沥斑斓的雨一样，英落满天。

澄烫的泪珠，悲栗的，在她清长的睫尖间，抑泣逐流。

而她，一直，也都是没有让自己的哭，有半些些的滚淌出来。没有让自己的哭，有半些些的，真的滚淌出来。

她，只是真的不想。真的，不想。——不管一切，在今晚的这一个夜，最后终将走向怎样，她，都只是真的不想，自己的脸上，是还会有着，不能去的泪水。是还会有着、不能去的泪水。

——陆至诚，仍然，没有声息的，面对着光寒的窗。

窗外，微哗的，开过了几辆车，又开过了几辆车，走过了三五个，嬉闹着的学生。

沉沉的寂静里，每一点点的声响，都仿佛是在看不见的断壁残垣里，回荡着分外的凄恻与刺耳。

陆至诚从冷冰的窗玻璃中，深颓的暗瞩着胡珊的侧影。她仍然都没有说话。

他的心息，脉脉悸搐。空气里，就像是有好多寒猎猎的尘屑，在不断的往着他的眼底痛落。

残忍的泪花闪闪里，他都真的不知道，自己是到底，还应不应该再和她说些什么。又还可以说些什么。一切，都已仿佛只是唯悲的空然。他也不知道，自己是究竟真的希不希望，现在的这一片沉默；可以就快些结束。寒恻而沉寂的背对，痛萦的既是那样的让人直想要可以立刻的从这默默里逃出去，却又是那样的让人，只想要能够继续的在这默默中躲下来。纷错的哀沦，就像是连天的破碎雁飞，满空的盛夕金红。

他似乎心里很清楚，她今天来，是再会想和自己说一些什么。可是，莫名的，在一截又一截的悲极倏忽中，他却又仿佛根本，就都不相信自己。不相信起了自己的一切。不相信起了自己的所有一切。他的心中，都像是有一个近乎癫狂了的声音，在不住的啼问着自己：其实，我又真的懂她多少？我又真的，懂她多少？

就像是有无垠悲丧的震钟大鸣，在他心中，海啸山呼。

“——爱，又真的该怎样去爱？爱，又真的究竟，是该怎样去爱啊？”

一个都已仿佛完完全全离开了自己的自己，在陆至诚的心狱中，清哭烈恸。清哭，烈恸。

华美的夜色，窗外，幻亮着百千的风景。

这是一个多么美丽的平安夜啊。

真的，多么的美丽。

陆至诚清悲地站在着胡珊的幻影前。他依然没有能够说话。他哀伤的望着玻璃里，自己的幻影，和她的幻影。冷冷的玻璃窗外，天地都很灿烂。灿烂的，就仿佛是他和她，永远再也到不了的美好彼岸。绚丽的世界，很温暖。温暖的，就像是一个，他和她都永远也是再看不到了的明天的梦。一切，都已仿佛是被清永的分隔在了他和她的真实之外，如同是落着雪一样的残白灯亮里，两个人,绝望的,都很凄凉。

冰冷而脆弱的窗玻璃中,两个人孤零零的身影,就像是从绝望里向着梦幻中最后还流连着的两片泡沫。在残雪般的清亮里,都仿佛是在泛烁着惨惨泪光的泡沫。陆至诚的目光哀利的透过着自己的身影,悲幻的伤望着窗外的世界,就像是一个梦一样的世界。所有的一切,都真实的那么残酷的世界。他的眼眸,滚热而冰凉。外面微哗的路上,不断来来去去的车辆,就像是在凛冽而残酷的,不停的将他和她还凄幻残泊在着冰窗上的泪影碾碎,碾碎,碾碎。一阵又一阵铿然梦破的声音里,轧毁的摧痛,就仿佛是让人在着真实的绚丽前,一次又一次的被真实的绝隔,从如似还奢望着的希幻中不断的悲碎拉落回着残酷的澈醒里。一切,都像是风一样的哀磬,让人空灭无尽。

陆至诚眼目灰寒的,绝望的落眺着天边的夜。

天边的夜,凄美无际。

霓光斑破。

胡珊寒瑟的双手,死死的仍抱扶着冰冷冷的椅背。滚热的泪水模糊里,千万的悬崖峭壁,都像是在往她深坍着的心中跌落,无边痛苦的跌落。沉绵悱恻的悲绝仳惶,就仿佛是在着每 滴凄凉的空气里抱梦痛哭,碉碎痛哭。

她惨白的指尖,瘦痛紧紧的,都几乎是要裂血的哀掐入了椅木。

胡珊破碎的视线里,无边的黑,直仿佛无边的哀黑。

夜冷袭人。万仞心岗。

雨噎雪哽的一刻里,胡珊熠悲的眼前,就仿佛是倏的陡裂开了一条崩溃的银河的,泪芒贯心。痛覆的哀芒贯心。她哀颠的,不禁微自摇着头。悲倾的,痛惨摇着头。殷红的泪水,就像是焚坠的火焰,在着她滚烫的眼眶中,成白的凄冰。成白的凄冰。

——忽然,她栗栗的一下子,终于还是簌蒙的碎转过了身来的,怆望向了陆至诚。星眸泣熠的,怆望向了他的背影。

他依然仍是背对着她的身影。绝情身影。

她的双手,颤抖的依然死死抓扶在硬冽的椅背上的,痴寒的望着他。怆悲的望着他。那些都已是滂沱地奔到了她嘴边了的话,却,都仿佛是莫名的被他的背影,被他断默着的冷冷背影,给严冰的,统统战栗的冻结在了唇际。凄悲的欲言唇际。

寒心的剧痛,就像是梦的撕手,让人从心底里恐惧的退栗,退栗着。

胡珊痛熠的,说不出话来着;悲颤的,没有办法说出话来着。她没有办法的感觉到,就像是有一片又一片燃烧着的闪闪羽毛,在不断的寒冷飞离开着她的身体。痛殒的,飞离开着她的一切,她的一切。

什么,都已好像是再不需望了。再不需望了。

窗外,只仿佛无边的夜。依旧,车声哗哗,人声喧喧。

车声,哗哗。

胡珊赤悲的，痴痴寒望着陆至诚冰冷的背影。陆至诚心歿的，哀碎还凝望着胡珊惨暖的幻象。

倏然的一刹那，胡珊抑绝的一漏声压嘶泪咽。她灿眸泣红的，两只一直都还是死死紧抓牢着椅背的手，决然的，便是一齐的落离开了，一瞬间、在地上沉闷的划动出了一声“吱呀”来的椅子。

她泪灿的，赤悲痴望着陆至诚冷酷的背，“……至……至诚哥，我……呵，我……”她痛苦的抑栗断续说着，拼命的，却又是想要让自己，可以还有一些笑容，“……我、已经是和梁啸刚，正式、正式办好了离婚了……呵——”胡珊凄惨的开心笑着，满眶的泪水，都是好像滚烫的漩涡一样在着双眸前痛酷的奔转，“……我……呵，这辈子都是再跟他没关系了……呵……呵……”胡珊开心的怆惨欢笑着，悲哽的说。——两滴大大的泪珠，在一刹那，却终还是俱厉的夺眶而出，残忍湿碎了她一直都仍是拼命噙净着的脸庞，凄白脸庞。

陆至诚意外，而懦滞。

难以止禁的哀怆，就仿佛是汪洋大海一样的满空澎湃，低流。

胡珊骤然好恨自己的、真的好痛恨自己的，哀紧抹去着自己脸上的泪水，本都不该是再有了的泪水。她死死哀紧的、死死哀紧地抹去。痛悲的倏然间，她忽然好害怕，真的、真的，好害怕，一种不祥，一种深深的，就似乎是会让一切，都要真正永远熄望了的，哀寒的不祥。

哀寒的不祥。

清悲的寒风，凛冽的，很像一场空。

“……呵，那……真的……是太好了……”

陆至诚，忽然低闷的，开了口的说。

胡珊，裂裂一怔。

她赤痴的泪看着，他，却都是并没有回过身来的背影。她的心空中，一瞬间，就仿佛是昏晓烈织的，天地沌错。

“……至诚哥……我们、我们……”胡珊惨栗的悲望着陆至诚的，滚烫的泪水，一刹那，都像是星河一样的颤落如瀑，“——我们……还可、还可不可以……可不可以，再在一起？”

荒寒的岑寂。长长的，冷默。

冷默。

就像是，再也不会有明天了的夜。

胡珊，惨望着陆至诚。泪水，都已是悲如风雪了的，还赤痴的，熠惨望着他。

他，依旧的背影。

“呵，我们……我们，又怎么还会，再在一起呢——”陆至诚淡哽的微笑说着，依然只是面向着窗的，两只手，一时，不易察觉的战栗着的，重重的支撑在了窗台上，“该说的，以前，我都不是……不是已经全和你说清楚了吗。

呵——”

岑寒的空气里，像死亡一样的寂静。

死亡一样的寂静。

胡珊，空望的，呆立着。空望的，呆立着。

缭黯的夜，溃涣的，就像是，坍吞没了全部的世界。所有的知觉，都像是被剥夺掉了时间的，空顿如墟。寒哗的风，尖凛的，就像是在割断着整个冬天的咽喉。

漆黑，像矗立的峭壁一样静悄。

静悄悄。

冰冷的泪滴，在胡珊凄白的脸庞上，缓缓的莹淌着，就像是消失了脉搏的，缓缓的莹淌着。她粼红的双眼，仿佛都被戳瞎了一样的，直直，而空空的，还望着他，都还惨痴的，望着他。

残酷，像满夜的霓虹一样锦绣。

一褶颤抖的啼笑，忽然，从她凄悸的嘴角，栗搐的重重泛起。纹缕维艰的，栗搐、沉惨泛起。——这一定只是个玩笑，这一定只是个玩笑，不是吗？

不是吗？

——发不出一点点声音来的痛笑，就像是从冰窟般的湖底亡破推起的涟漪。

一褶痛裂着一褶的断泯，一褶颤搐着一褶的泛起。

生命，就像是泡沫一样的哀枉，虚惶。

“……你以后……以后……会、会重新……重新找到，一个真正是能好好给你幸福的人的……呵……呵……”陆至诚淡涩的微笑着，依然是面向着窗的，说。一澜残酷的悲愀，却倏袭的，像冷幻的泥沼，还是一下子的，蔓满了他怆裂的脆弱脸庞。“——呵、呵……你……你现在，也是终于跟梁啸刚离成了婚了，呵……”陆至诚忍涕作笑的，心头上，却像是莫名的被自己，一刹那又搡痛的鲜血淋漓的，哽折了声语。一刻里，复长而不能自已的悲越，哑言。——“……我们，都应该是要去，重新好好开始我们各自的以后了。这样，才是对大家最好的，你说是不是？——呵……”陆至诚哀泠泠地看着自己的脸，冰寒寒的，还是笑了笑的，轻然说。

颤褶的痴然哑笑，就像是严寒的冰凌一样，岑满在着胡珊凄搐的嘴角。

她不相信的摇着头。不相信的摇着头。

她痛痴的啼笑着。覆哑的，依然啼笑着。死死的，啼笑着。

天旋地转的悲聩，悲聩。——倾眶奔出的泪水，在澎湃毁裂的一刹那，终于还是，残酷而瓢泼的，将她仍死死的颤推在着嘴角旁的最后痴心痛笑，尽冲涤成了一场销踪匿影的幻灭。

彻底粉碎的幻灭。

不能承受的窒昏，像血色的寒荒钢针一样，从四面八方的瞬飞向着她的心脏。

她的灵魂深央。

悲灿若梦中殁去的星辰一样绚熠的泪瀑，就像是一千万匹腾脱了绳缰的寒雪烈马，在她惨绝了的脸上，如云千里洪奔，千里洪奔。

她虚弱的双脚，就像是正在支撑着一座建筑的下沉，一座高高极了的摩天建筑的遽亡下沉，重极、快极的坍陷下沉。

她悲没的，全部的自己，都已像是在被沉化入着沼泽里，成漂的可怕沼泽里。

"……难道……难道……我们、我们……就——"

"——对不起——"陆至诚沉颤的，还是哀闭上了眼睛，冷酷的打断了痛不欲生的她的，说，"……我……我们……不管再怎么样，这辈子，也已都是，再不可能的了——"他悲微笑的，狠心的说着，却自己都像是在杀起了自己，"……真的……真的……对不起……"他紧闭着双眼，长长的吸了口气的，悲顿说。

一片哀沦的沉默。

像天一样重的隆冬，像天一样重的寒夜。

胡珊，失声的，痛哭了起来。哀号的，痛哭了起来。——恢宏的熠穹烈日，颤挥着燃烧的羽翼，终然是被隆冬的荆网，给永熄的轰然拉坠入了殁梦的奔江。湍寒的激流，沉浮没漂的汹涌着旷悲幻灭了的烈烬，哀号的直澎湃扬击入着胡珊黑洞一样的心口里。已是被他，绝情毁去了所有心藏的，黑洞一样的心口里。像殒宇的银河一样不断滂沱泻落进她心口里的浮梦碎生，就如同是美丽的水银一样，点点滴滴，都是那么的令人悲恋，而又致命。——失去了熊熊火焰的天空，黑暗的，就像是一片已然永远的是在夜的消失处，消失去了时间的永夜。它，就像是她心里的黑洞一样残酷。不会再有黎明了的天空；不会再有希望了的心衷。一切，都已仿佛，只是醒了的瞑目，永远了的，瞑目。

胡珊撕心裂肺的痛哭着，痛哭着。——她萎塌的、萎塌的，整片泪人，都已是力不能支的，攀靠在了身旁的椅子背上。可是，却还是天旋地转的、天旋地转的，顺着椅子背的，哀哭着，依然跌坍到了地上——冰冷，而凄惨的地上。

寒雪的灯亮下，一地悲哀。

胡珊孱颤的惨泣着，孱颤的惨泣着。永破灭了的，惨泣着。

一行又一行悲簌的眼泪，从她绝望依靠着的椅背沿上，婉亮而冰凉的，淌下来着，不断的凄凉淌下来着，灰灰硬硬的地上，一摊，澄澄涟漪着的泪光。

粼粼着的哀伤。

她悲哭的惨靠着椅沿，冷冷漠漠的椅沿，仿佛，在这一个一切都已是死去了的黑暗寒夜里，也就是，只有这一把冰冰冷冷的木头，还在怜悯她的，给着她一些最后的温热，最后的，温热。

有生命的，温热。

长长的痛哭，长长的痛哭。

永长的，哀哭。

——沉静的，夜。

刻骨的泪水刹刹悲转里，陆至诚整个人，都像是在被一堆炼狱的火，给焚烤得狠狠烈投进着光凉的窗玻璃中，他自己像一块碎夜一样凄哀的冰冷脸庞里，像一片灰蓝的海一样的，他自己的心躯中。——他就像是突然，婆娑却而清晰的，又看到了，那一个，天天都还是站在冷清的门口，想要等胡珊可以再回来的，小时候的自己。——那一个，好好的自己。——灰蓝色的澈梦漩涡里，陆至诚，忽然猛感到了一股劈心的恐惧。一股，刹然劈心的无比恐惧。他蓦的拼命极了的，就是直想要逃，直想要逃，只想要可以逃出这一片灰蓝的漩涡；只想要可以逃出这一个悲泣的自己，这一个，悲泣的自己。——哪怕，自己是会被炼狱的熊熊大火，给冲天的焚烧、拷问成永湮的灰烬，永湮的灰烬。——可是，他却一点点的力气都没有，一点点的力气，都没有。

碎夜，紧紧牢裹着他的，沉没着，沉没着。

重重的，沉没着。

寒冬深浓。

——胡珊悲擦掉着自己的泪水，悲擦掉着自己的泪水。

她哀沥的悲睁开着自己的双眼，凄痴的收止着自己的痛泣的，瑟瑟、瑟瑟的，雪冷离开了，那一张，都已是被她哭焐得暖暖了的，潇湘椅子。

她灰白灰白的，就那样的，颓坐在寒惨的地上。"……你……你……还爱我吗？"她凄痴的，悲惨望着陆至诚，哽泣地问。

陆至诚悲哀的眼前剧然一辛，不禁仰首长凝。

"……不——"

他哀微笑着，痴悲如滂的，还是说。

长殁的惨静。长殁的惨静。

好久，好久。

胡珊灰灰如死的脸上，缓缓的，滞淌下了两行灿灿烫烫的冬泪。——缓缓的，又滞淌下了两行，灿灿、烫烫的冬泪。

她忽然，失声的，悲笑了起来。凄嘶的，悲笑了起来。"哈哈"撕天的，悲笑了起来。心肝涂地的，悲笑了起来。——她就像是痴疯了一样的，悲笑着，长长的，悲笑着。——痴惨的，哀笑着。悲涣的泪水，像磅礴的银河一样，在她灰雪的脸庞上奔泻如海。可是，她却哀笑得，一点点都没有感觉到，一点点，都没有感觉到。

她痉挛的，痛笑流泣着；痉挛的，痛笑流泣着。她战栗的双臂，紧紧的抱住着自己死死垂缩着的头，惨颤的，死死垂缩着的头。她的头，都像是要被她自己给抱碎了，都像是要，被她自己，给泣笑的痛抱碎了。

她残啼的惨笑着，残啼的，惨笑着。

夜，像千百朵鲜红杜鹃盛开的，惨惨粲粲。

惨惨粲粲。

寒浓的凄凉。

——像是被一场寒浓的悲梦死死魇住着的哀冬里，陆至诚，崩怀的感到一捧割心的罪孽，惨哀的罪孽。——他长戚的，终究，还是忍不了心的，折然，脆弱转回了身来。

可是，他却还是只能够，仅仅的看了她一眼。仅仅的，看了她一眼。——痛不欲生的错莫里，他，仿佛忽然的都是渴望极了，可以真的就这样叛变了自己的，在这一刻中，重新返回到她的身旁——再也不会要离开了的，返回到她的身旁；切切的悲惘里，他，却又仿佛是蓦然都赤醒极了的，不断的跟自己死死要求着：一定要残酷到底。一定要，让自己，残酷到底。——可是，他却真的，已是再没有一点点的力气了。他已是，再没有一点点的力气，可以来叛变自己；也已是，再没有一点点的力气，将残酷坚持下去了。——分崩错裂的哀败里，他，很想可以或者就只是哪怕温柔一些的对她说几句安慰似的话。但是，又就连他自己，都觉得自己虚伪得可恨。虚伪得可恨！

悲心的泪水，一刹那，还是剧然一辛的，都从他惨红的双眸中，失禁的，滚奔了出来。成串、成行的，涛涛滚奔了出来。——他痛哀的，别转开着自己的脑袋，匆忙地拭去着泪水。

乱拭去着自己的泪水。

夜云满荆。

——胡珊惨抱着头，凄笑的，啜泣着——哽笑的，啜泣着。

她瘦弱的双肩，就像是流着血的断翅一样，悲耸的，剧栗痛抖着，剧栗痛抖着。

悲戚的泪水，就像是断了线的珠子一样，不断的从她盈红的眼眶里，直直的掉落出来着，落在她洁白的裙摆上。素美的裙摆上，仿佛是被她凄寒的泪水，哀灿的盛开出着，一片又一片深白色的花簇。涕泪模糊的悲凉，都像是在着每一片的花瓣之上惨舞。

胡珊，已是到了尽头了的，仿佛都在被自己难以控制的泪水给汲干，不断的汲干着。一行又一行夺眶而出的咸涩泪水里，都像是惨带满着她全部的血肉和灵魂。所有的珍贵与美好、相信与希望，都仿佛是在痛不欲生的泪奔中，被销命的悲哀熊熊的焚烧成着惨烈的灰飞云散。惨烈的，灰飞云散。

伤夜的气息，似乎在开始让人觉得有些格外的寒鼻。胡珊哽泣的呼吸，都生痛的，好像是在用着自己的肺腑，与这世界交换着残酷的冰砂。看不见的尘埃间，仿佛都是飘扬满着她流泪的碎片。——凄雪的灯光明亮，就像是一场哀梦成真的刻骨昭彰。胡珊，悲灭的，全部的自己，仿佛都已是流离开了自己。

哭泣的飘散在尘埃间的一切悲痛欲绝，都宛如是在一片又一片的惨重落向着灰冷的大地，悲哀的化为一些又一些彻底失去了生命的纸烬，黑色的纸烬。胡珊,悲惨的,忽然感到了一种前所未有的空空轻轻,就好像,是自己整个人,都已只是还剩下了一层薄如蝉翼的纸肤而已,而自己的全部生命,就像是在自己的眼前,下雨的化为着灰烬,悲流滂沱的,黄泉灰烬。——胡珊开始感到一种格外的清醒。清醒的,就仿佛是她周围的每一件东西,都在变得分外的浓烈清晰。从椅子、桌腿,到地面、墙壁,所有的一切,都仿佛带上了一股特别的寒夜的生命的气息。这些气息,都像是活物一样的,散发着流淌的生气,却又沉静着。而在着这些沉静中,又似乎,是都浓烈的洋溢着就如同是这一个冬天一样悲冽的,咄咄逼人的寒意。——胡珊,啜泣的,感到了一种推搡。——所有的生命气息中,只是仿佛唯独的偏偏没有着她自己的生命。也没有着他的温馨。在满屋的寒意里,仿佛是有着千百股的残酷力量,正在共同的,使劲想要将她推出这一个世界,将都已是没有了生命了的她,排斥的推弃出这一个仍是有着满满的生命气息的世界。她,就连根心的悲酸,也都已好似是消失殆尽的失去了燃烧,失去了燃烧。——胡珊,整个人,都像是永殒的掉落进了一个,在她一生的所有绝望中都仿佛是从未感到过的寒幻湖泊,冷酷的无尽的永深湖泊。她的整个纸躯,都仿佛是在寒凛的湖水之中汩汩的消为彻底的乌有。种彻底空灭尽了的永虚,就像是一场最后还是终于归巢了的安息,忽然的,是让她真的好想,好想可以就这样的,在这样子的一片昏寒之中沉永的睡去。再也不要醒来了的,永远的睡去。

可是,那样悲哀的,她的心脏,却又分明还是在隐隐而温热的跳动着、跳动着。

——胡珊,余哭收止的,簌簌落垂下了,自己抱着头的双臂。

"……你……你真的……真的一点点、一点点……都……不再爱我了吗?"

她悲哽的,清惨看着自己裙摆上的雪花,伤凄的,绝末的问。

陆至诚痛仰着头,全身的血液,都像是涌到了胸膛里,"……我……早已经是……一点点……一点点都不再爱你了——"

冷峭的静悄悄中,胡珊,就像是结束了的,听到了一座神坛,坍陷了的震耳欲聋。

震耳欲聋。

最后的一涛泪水,尽然的,奔满了她雪白的脸庞。

她,丧没了声音的,哭、笑模糊。

哭、笑模糊。

夜,凄碎的,都像是起了不堪的痴疯。

胡珊,惨静的,开始擦起了自己的泪水。

她一点点的,也没有舍得弄湿自己的衣袖。她战栗的,依次,是用自己的手背、手指、手心,认真的擦去着自己满脸的泪水。她,擦得,格外的认真,而充满着一种格外特别的虔诚。

她擦得，特别的仔细，而干净。

陆至诚全身冰凉的，还是重新转过着身来的，面对了胡珊。“……以后……以后，我们还是……”他禁心的痛看着胡珊，强振作的，仍是命令着自己的，说了下去，“……我们还是……不要再见面了——”他伤抑的说完，胸膛里，就像是被刹倒进了一堆的碎玻璃。

胡珊哆嗦的擦干净着眼泪，雪白的，抬起了头来。她痴灿的看着陆至诚，悲憨的，微笑了一笑。“——你放心，我……呵……以后……以后，都是再也不会来找你了——”她凄永的，明白说。

陆至诚，沉默的，空站着。

沉默的，空站着。

一刹那，陆至诚，尴尬极了的，笑了一笑。——盈转的热泪，蓦的，险然，便是要划破了他灰寒的脸庞。——他立刻转看向了死寂的墙的，紧眨着眼睛，好不让泪水，真的会在此刻，落流下来。

他自己，都是那样的不能够相信，自己，竟然会是这样的，就好像是被击破了，生命中的最后一线留恋。

粉身碎骨的，悲伤。

他，真的没有想到。

真的，没有想到。

结束了。

真的，都结束了。

陆至诚，自嘲极了的，哑然失笑了起来。

他，悲哀极了的，痛苦的，笑着、笑着。

风，仿佛都刹那失泣了起来的，伤殒夜。

一切，都已像是沉为了永凄的，空辰夜。

——胡珊，哆哆嗦嗦的，使劲的，撑扶着椅子，站了起来。

陆至诚，寒晰而凄灰的，悲伤知道，一切，是到尽头了。

他，泣泪的，戚看向了胡珊。

他，痴烬的，只想是能多看一眼就再多看一眼的，尽爱了的，看着胡珊。

胡珊，簌簌的，站定了。

她凄悲而痛紧的，使劲擦去脸上最后的一些残凉。她凄惨自嘲的，笑了好几笑。“……呵……我……我……本来、本来是想，今天……今天不管会怎么样，都……都是不要、不要再哭了的……呵……呵……可是、可是……你、你看我……我……呵……呵……”她惨痴的自嘲说着，伤悲的双眸，一刹，空啼剧痛的，还是让她不得不，一下子赶紧是用手背抵蒙住了眉目的，又低垂下了头去。

失禁的泪水，刹那，奔泻出了陆至诚的眼眶。

他，痛咬着自己嘴唇的，一把，便是死死的捂饰住了自己的脸庞。

他，侧转开着身子的，满手，都像是流满了看不得的，心血沥沥。

窗外的夜，微哗、微哗。

仿佛都过了好久、好久。

两个人，似乎都知道，也许，是到了真的，要该告别的时候了。

“……你……可以……最后……再帮我做一件事吗？”

胡珊撒悲为笑的，脸上干干净净着，瑟抬起着头来的，轻轻问。

陆至诚，微然一怔。

“……好。——你说。”陆至诚答应了的，转回身来着，笑笑，而声如风沙的，说。

胡珊痴尽的望着陆至诚，而眼里蓦然是粼粼满了璀璨的泪光的，不禁，是悲中最后开心的，凄烬笑了一笑。

她哆嗦的，一只手，是摸索进了自己的衣袋里。——刹的，她不能控制的，另一只手，是不禁赶紧的又死死背捂住了自己的双眼。她微垂了头的，哽噎的，滞顿了好长的一会儿。

终于，她战栗的，是将手，从口袋里，缓缓的，抽了出来。

陆至诚，一瞬间，有如五雷轰顶。——胡珊从口袋里拿出来的，正是，那一只，鲜红得仿佛真的都已是太老旧了的，戒指盒子。

“你……可不可以……呵……可不可以……帮我、帮我戴上它——”

胡珊悲烫的，微簌打开着盒子，双手栗抖地伸向着陆至诚，痴痴悲求的，颤说。

陆至诚，满目模糊。

满目模糊。

他说不出话来。——他，说不出话来。

“只是、只是……帮我、帮我再……帮我再戴上它啊——好不好……好不好——我……我……只是、只是……”

胡珊，微笑的求说着的，差点，就是再次悲哭了出来。

陆至诚，痛忍着泪的，对她，微笑了笑，又微笑了笑。

他，差点，痛哭满面。

微哗的夜，残酷的，就像是鼓尽着满天满地的风雪。

——陆至诚，忍禁了泪水的，轻轻，走到了胡珊的面前。

胡珊，痴望，而难禁满目婆娑的，悲求的，看着陆至诚。

陆至诚，满腔满喉热泪的，开不了口的，看着胡珊；看着小盒子里，璀璨得仿佛真的是永远也不会有一点点黯去的戒指，辉辉的，戒指。

他，悲彻的，笑了一笑。

他，惨灿的，痛笑了一笑。

陆至诚，战栗的，轻轻的，从胡珊冰凉的手中，接过了小盒。

胡珊，倏然，落幕了的，泪光彩虹的，嫣然，笑了起来。

陆至诚，小心的，取出了戒指，轻轻放开了小盒。——他最后温柔的，轻轻的，托起了胡珊的左手来。

胡珊，泪满悲烬的，幸福的，开心笑了起来。

幸福的，开心笑了起来。

陆至诚，认真、认真极了的，轻轻、轻轻，为她，戴上了这一枚戒指。这一枚，曾经是那么永不分离的，刻下了"陆至诚"和"胡珊"的，璀璨戒指。

胡珊，幸福的，都不禁是轻轻的，失笑出了声音来。

陆至诚，在心血肆流的一刻中，也仿佛是真的以为，自己，是终于能够和胡珊，真真正正的，一辈子在一起了。

一辈子，都在一起了。

永远，也都是再不会分开了。

永远，也都是，再不会分开了。

陆至诚，破悲为欢的，不禁的，也是幸福的笑了起来。

真的很幸福的，笑了起来。

两个人，都是幸福的笑着的，不禁的，深深彼此凝望着对方。

两个人，都是知道要结束了的，微笑着，不禁的，深深彼此最后的，凝望着对方。

陆至诚，泪流悲转的，痴痴、轻轻的，放下了胡珊的手。

璀璨的戒指，像光辉的泪滴一样，在着胡珊孤冷的手上，烁烁绝泣。

光辉的，绝泣。

"……至诚哥……再抱一抱我，好吗？"

胡珊，哽泣极了的，尽然说。

陆至诚，悲不欲生的，痛栗哀哑，痛栗哀哑。——蓦的一下子，他，就像是决堤了的，此生最后一次，这般紧紧透了的，整个的怀抱住了胡珊。

紧紧的，怀抱着胡珊。

胡珊，蓦然泪溢的，也是紧紧透了的，拥抱住了陆至诚。

紧紧的，拥抱着，陆至诚。

从陆至诚眼里刹那夺眶而出的泪水，奔然的，纷纷流落在了胡珊的背后。

胡珊，所看不到的，背后。

胡珊，知道，一切，都已经，足够了。

她，不会有什么遗憾了。

她，殒然的，紧紧的，依靠着陆至诚的肩膀，忽然，很幸福、很幸福的，就好像是看到了，灼灼烂漫的绚丽桃花，都已经是，开满在了明年的春天。

开满在了，明年的春天。

——窗外，凄冷的夜。马路上，微啸着的车来车往。

车来车往。

陆至诚，悲绝的，吞泪痛抱紧着胡珊。

痛抱紧着胡珊。

“……至诚哥……你……你以后……一定、一定要过得开心……千万、千万……你……你……多保重……”

胡珊，哽泣绝了的，告别了的，说。

“……你……你……呵……也是……”

陆至诚悲哽得不能开口的，说。

胡珊，悲绝、了然了的，最后，痛拥紧了紧陆至诚。

痛拥紧了紧，陆至诚。

窗外，微啸的，车来车往。

胡珊，泪盈的看着窗外的夜，看着窗外来来往往的车辆。

她悲涛的，激烈模糊的双眸中，忽然刹那破裂的，就像是被冲碎掉了堤岸的，瞬然，厉划过了一抹澎湃非常的血光。

一抹别样辉煌的，冲天悲凉的，血色光芒。

她，战栗的，整个人，都像是失去了控制。

她，哆嗦极了的，离开了，陆至诚的怀抱。

她，颤抖极了的，最后，擦了擦干净自己的眼角，然后，又理了理好自己的鬓发。

她，整齐了一下自己的衣裙。

“……我……今天……漂亮吗？”

胡珊，雪白的脸上，是泛起了今生最后一次如此美丽了的微笑的，灿烂的看着陆至诚的，绝别了的，问。

陆至诚悲不能成声的，使劲点了点头。

胡珊，尽尽了的，笑了一笑。

她，忽然，高高的踮起脚尖，在陆至诚的额上，轻轻的，吻了一吻。

然后，她便是将手，伸进了自己的衣领里。

她，将自己一生都挂在着脖子上的那块玉蝴蝶，给取了下来。

胡珊，尽眶痴泪的，是将玉蝴蝶，塞放到了一时尚愣然的陆至诚的手里。

“至诚哥，我这一辈子，心里都只是爱过你一个人。——再见了——”

说完，胡珊，便是蓦然转身飞奔向了门口。

她一把打开了门的，就是疾跑了出去。

陆至诚，突然，脸如死灰。

“至诚哥，以后要是我有一天死了，我就把这块玉蝴蝶留给你，你做个纪念，好不好？”

“傻丫头，这种傻话，怎么可以乱说？”

“可是人要是老了，总是会死的呀——”

“那也不行，我不许你死——你要是死了，丢下我一个人怎么办？没有了你小珊，我一个人活着还有什么意思？要死，也是要让我先死——”

"你还说我呢,你自己不是也在说傻话?"

"不管是生是死,我们都要在一起。就算是到死,我的心里也只爱你小珊一个人——"

"我也是……至诚哥,我爱你……"

陆至诚,一刹间才是激醒了过来的,瞬然发疯了似的,狂追了出去。

可是,一切,都已经晚了。

一切,都已经是,太晚了。

只见,胡珊已是再没有一点点回头的,毅然的扑奔向了一辆,迎面疾驰而来的大卡车。

大卡车。

"——嘎!"的一声。

天崩地裂的,刹车声。

遍地四溅、横流了的,赤热鲜血。

陆至诚,疯哭流涕的,从满地的血泊中,癫栗的悲抱起了浑身是血的胡珊。

胡珊痛苦痉挛着,左手,奄奄一息的,是想要伸向着陆至诚、想要伸向着陆至诚。

陆至诚,狂紧的,赶忙一把握起了胡珊的左手。

陆至诚,已是尽哭疯了的,悲握住着她鲜血淋漓的左手。

已是尽哭疯了的,悲握住着,她鲜血淋漓的左手。

胡珊的口中,汩汩的惨冒着鲜血。

汩汩的,惨冒着大口大口的鲜血。

那一枚璀璨的戒指,在两个人的鲜血和泪水中,仿佛分外的,飞火辉煌。

飞火辉煌。

"……至、至诚哥……我、我……真的……真的……好、好想……可以……可以和你……和你……"

胡珊断断续续的艰难说着、艰难说着,血流模糊的眼角,痴炽潸然的,是滚淌下了两行晶莹剔透的热泪。

胡珊,终于还是没有能够把话说完的,左手,缓缓、缓缓,而永远的,是从陆至诚悲握着的血手中,脱离、垂落了下去。

胡珊,死未瞑目的,永远,离开了这个世界。

永远,离开了这个世界。

"——不!!!"

陆至诚,死死的紧抱着胡珊的,疯恸悲号。

远方的夜空中,"乒乒乓乓"的,齐齐的,是燃放起了满天的烟火。

平安夜的烟火。

美丽、而璀璨的,就像是满空盛开出了,无数永不凋谢的,灿烂奇葩。

陆至诚,癫泣的,轻轻,合上了胡珊的双眼。

凄寒的悲空中,蓦的,下起了倾盆的大雨。

倾盆的大雨。

五十三

什么,都结束了。

胡珊死了。

江南的天空,重新,又开始放晴了。

云散雨消了的广袤天穹,光芒万里,而浩瀚蔚蓝的,就好像是,从来都没有被一片云彩漂碎过。

繁华锦绣而熙熙攘攘的人间,依然,有人悲欢有人离合的,人来人往着。

人来人往着。

只有可悲的大地,雨迹未干的,仿佛还在祭奠着一则血泪成云烟的永恒寓言。

永恒寓言。

哀寒的风,在天地间彷徨着,彷徨着。

江南的冬天,湿冷透骨。

新的一年,很快就要来临了。

明暖的春天,也很快,就会到了。

五十四

胡珊的灵堂前。

梁啸刚、陆至诚、胡景生,三个人,都一样是痛啼流泪的,在胡珊的黑白遗像前,长跪不起着。

长跪不起着。

遗像上的胡珊,都还是一如她小时候那般,笑得天真烂漫,阳光灿烂。

梁啸刚,痛泣着,痛泣着,忽然,一下子是重重的,在地上,“咚、咚、咚”的,向着胡珊,磕了三个重重极了的响头。

梁啸刚双眼鲜红的,一把就是狠狠抹去了自己脸上所有的涕泪。他悲咬着牙的,“格格”的握着拳,一下子,便是决然的立站了起来。

梁啸刚最后的又看了胡珊一眼,眼睛一酸,便是再没有回头的,凛然转身,径直的离开了胡珊的灵堂。

没有人知道,他,会是要去哪里。

钱菊,又一次的是想要去搀拉胡景生起来。

胡景生,一手重重的推开了钱菊。

胡景生,深深的,号啕了起来。

"……珊儿啊……珊儿……爸爸对不起你……是爸爸一辈子对不起你啊……你、你……你其实是爸爸的亲生骨肉啊……你其实是爸爸的亲生骨肉啊……我……我……"

一口鲜血,殷红的,从胡景生嘴里猛然"哇"的喷出。

胡景生,当场,昏了过去。

冬风飒飒。

五十五

梁啸刚,亲手杀死了吕南国。

他,在吕南国身上,捅了十八刀。

梁啸刚,一个人直接去了公安局,自了首。

他,交待了所有的事情。

末了,有一个年轻的警察,忍不住问梁啸刚:你知不知道,你第一刀就已经是捅穿了死者的心脏,让人断了气,又为什么是还要再捅下那另外的那么多刀?

梁啸刚大笑。

梁啸刚眼角流红的,说:因为,我要送那王八蛋,下十八层地狱。

而我,应该,是和那畜生一样。

是和那畜生一样。

五十六

胡景生在医院里,苏醒了过来。

所有人都已知道,原来,胡景生是已经到了胃癌晚期。

钱菊在病床旁大哭着痛骂胡景生:你为什么不早些告诉我们,你为什么不早些告诉我们。

胡景生,在病床上,痛泣着,向所有人,说出了胡珊真正的身世。

故事,还是应该要从差不多四十年前,真正开始说起。——那时,胡景生还只是一个十多岁的小孩子。而苍老的中国,正值洗天荡地的浩劫十年。胡景生,是在窗户外面,亲眼看着自己的父母双双上的吊。惨失双亲后的胡景生,是靠吃小庄镇街坊们的百家饭长大的。而等到文革结束的时候,胡景生,也已经是长大成人了。长大了以后的胡景生,在几个好心的街坊们的帮助下,就是进了镇上的一所小学里教书,终于也是有了一份在当时来说已是非常非常不错了的生计。他从心底里感激那几个好心的街坊。他本来一直都以为,自己,是只应该配去做一个苦力的。那段日子,是他觉得自己一生中最无忧无愁的岁月。直到后来,一个就仿佛是在他的生命里被注定了的姑娘的出现,改

变了所有的一切。这个姑娘,是小庄镇上一户好人家的女儿。她是当时小庄镇上数一数二最漂亮的姑娘,人性情又好,所以,那时候,登门到她家里去提亲的人,是多得数也数不清。胡景生做梦都是从来也没有想到过,月老,却竟然是会在她和自己之间,打起了鲜红的线结。两个人的故事,是从镇上的一次元宵节灯会上,这个姑娘的不小心失足落水开始的。胡景生其实当时自己也不知道自己救的是谁。而回家后,胡景生便是因为着了湿寒,发烧生了半个月的肺炎。当这个姑娘终于打听到了那天究竟是谁救了她而找寻到胡景生家里的时候,胡景生,是正在咳嗽着给自己煎从药铺里赊来的草药。——两个人的命运,就是这样幼稚而单纯的,从此,被一种叫做"爱情"的东西,给紧紧的绑牢、融会在了一起。胡景生心里知道,她是真心真意的在对自己好,也是真心真意的想要一辈子都和自己在一起。而自己,也是真的非常非常爱她,是真的很想要可以好好照顾她一生一世。胡景生,是真的多么渴望能够和她一起,终于拥有一个温馨的、真正的家。可是,他,却又总是常常会忍不住隐隐的感到害怕,害怕自己和她,其实根本就不会有任何的结果,一切,都只会是镜花水月。——姑娘的父母,一直都还是并未知觉到自家女儿与胡景生之间的事情。他们虽然也曾是为了女儿而特地面谢过胡景生两次,但是胡景生眼里明白,其实在小庄镇上的人部分人心目中,自己仍然只是一条可怜的流浪要饭狗。想要有所奢望,是会遭人唾弃的。胡景生知道,姑娘的父母,是一心只想要将女儿嫁给镇长的儿子。而且镇长的儿子,还是遥州市里面的团委书记。两相比较,就算是一个十多岁的小孩子,也会明白树贵草贱的道理。姑娘曾经有好几次,是想要正正式式的跟父母说明白自己的事情。但是每次她只要一开口说,她根本就一点点也不喜欢镇长的儿子,她的父母,就会好像是被人把心肝丢到了地上的,恨燕不成凤的教训她:你知不知道,像镇长儿子这么好的条件,有多少姑娘家在抢着要,你不要,不知道会有多少人要烧香偷笑,难得人家对你也有一些意思,你别不识好歹,你以为女人一辈子嫁个人是为了什么,不要去相信那些该死的外国人说的什么自由恋爱,更不要去相信什么为了无产阶级的事业而奋斗结合,告诉你,嫁汉嫁汉,就是穿衣吃饭,穿得烂吃得差,你一辈子走出去都会被人看不起,被人当蚂蚁,不要让喜欢不喜欢这种空虚的东西蒙住了你的眼睛,你现在年纪还小,等你年纪大了,要知道后悔的时候,就来不及了,来不及了,我们做你爹娘的,都是全为了你好,你不要傻了!——于是,就这样的,一次又一次,姑娘始终便都是没有能够把自己和胡景生的事情对父母讲出来。她,不知道该怎么办;胡景生,也不知道,到底该怎么办。但是,一切,又都必然是迟早要面对的。——终于,胡景生最后还是鼓足了勇气的,做出了一个赌然的决定。他好好的做了一番准备的,便是在某一天,鼓尽着勇气的,带好了许多的礼品,一个人直接到了姑娘的家里去。他是求天求地的祈望,自己的真心诚意,是能够真的打动了姑娘的父母。他乞求上天,是真的可以天遂人愿。——但是,胡景生支支吾吾的什么子丑寅卯都还没有能够真的说出来,

姑娘的父母，就已经是完完全全明白的知道了，今天，胡景生是竟然像所有那些癞蛤蟆想吃天鹅肉的人一样，上门想要开口提亲来了。而像胡景生这样子的一个人居然都可以上门来开口谈亲，那不是对他们家门槛的糟践是什么。——胡景生没有想到，自己满腔的心意，什么都还是没有能够真的说出来，就已经是被姑娘的父母彻头彻尾的狗血淋头的斥骂着的，给连人带着东西的一起扫地恶赶出了家门。胡景生，失魂落魄透了。他以为，自己这辈子和这姑娘的缘分，是完结了。——可是，谁知，姑娘回家后，得知了一切，第二天，便是来找到了胡景生。两个人痛哭成了一团。胡景生想放弃，姑娘悲求不许。那一天，姑娘就是将自己的一切，都交给了胡景生。临别时，两个人彼此都是相许盟誓，这辈子，不管再怎么样，也一定会和对方永远在一起。——姑娘开始公然顶撞镇长和镇长的儿子。她父母打她，问她是哪个混小子让她这样迷了心窍，她死活也不肯说。胡景生看着她一个人的抗争，心里感到很内疚，可是，却又是万万不敢在这样的一个时候，站出来承认一声。胡景生跟姑娘两个人的事情，已经是再不可回头的发展到了这样子的一个似乎也的确是只能够用激烈的抗争才能来向姑娘的父母作求取的地步了。但是，事情不管闹到怎样的一个局面，姑娘的父母总归毕竟是不会真的拿他们自己的亲生独女怎么样的。而假如是对应他胡景生的话，那么情况就绝对完全是另外一个样子了。胡景生不得不考虑。胡景生现今在小庄镇上所好不容易才拥有的一切，包括住处和工作，等等，都是靠镇上人们的同情与施舍才一一得到的。可以说，是人取即去的不牢靠。而如果他胡景生真的是在现在这样子的一个时候，斗胆站了出来，与姑娘牵手来一起反抗她的父母和镇长一家，那么，不仅他跟姑娘多半依然还是不可能会得到什么祈望的好结果，而且，他胡景生是势必会被毁到重新又一无所有的。胡景生知道，姑娘是在维护着他。可是，他真的帮不了她，真的帮不了她。胡景生是想，要是姑娘真的是能够把和镇长儿子的事情闹得断绝了，那么，姑娘的父母，说不定用一段时间冷静了下来以后，也就只能是答应了女儿的。而等到了那个时候，自己再真正的站出来，岂不便是皆大欢喜。——然而，命运，是永远在着人的推算之外的。——忽然的有一天，姑娘是慌张极了的，偷偷跑来找到了胡景生。她害怕极了的，告诉胡景生：她已经是怀上了他的骨肉了。胡景生惊呆了。——那时候，一个尚然待字闺中的姑娘，肚子里却竟然是已经有了一个萌芽的生命，这，是会毁掉不只一个人的一辈子的。——姑娘想干脆带着胡景生回去见父母，以孕成婚，可是胡景生却万般犹豫。胡景生是害怕，照姑娘父母的脾气，是不仅不会真的就这样因为受迫而应允了他们两个人的事情的，而且，说不好，就连姑娘肚子里的孩子，也是根本不可能保得住的。而姑娘的父母，要是真的就是这样一下子的突然知道了，原来令他们家好好的女儿和镇长儿子变翻了脸的人就是他胡景生，而且他胡景生现在又已是这样彻底的毁掉了他们家女儿一生的清白和高嫁希望，那，他们是会把他胡景生撕烂了的。他胡景生，是势必又将会重新落回到只能是像

一条流浪狗一样的，整天、整天的不得不总是要为了衣食无着、无瓦遮头而四处苦苦求索的境地。他将失去现在本来好好的一份生计和一处安栖之地，而身败名裂、道德狼藉，遭到所有认识他、可怜他、帮助过他的人的唾弃，而再无重新挽回的一天。而且，胡景生另外又不得不隐隐的惧虑：假如自己是真的又落回到了那样一无所有的一天，那么她，又是否真的依然是会对自己不离不弃呢？——苦难是一只老鼠，胡景生从来都相信，它只要一喝下时间的药水，就完全可以啃坏掉包括人的灵魂和生命在内的一切东西。——可是，只要是一看到姑娘流下的泪水，胡景生，又简直是都不知道自己究竟是还在犹豫着些什么东西。他矛盾、内疚、痛苦，而完全不知所措。——胡景生在那一天，最后，还是只能是劝姑娘先回去，让他自己一个人好好再想想。分别时，两个人就约好了，三天后，傍晚在镇子林边的珊瑚亭里见面，到时候，再商量作最后的决定。——两天半的时间很快就过去了，但是，胡景生依然一筹莫展。各个方向都似乎只是铜墙铁壁的死路。然而，他却又仿佛是真的并未感到一些些碰壁的痛苦。他忽然才开始发现，其实，所有对于自己和她结局的绝望，就好像是，从自己和她的一开始，便已是开始在自己的心里成长。他不禁是扪心自问，就算是在那自己最赤诚坚定的向她许诺发誓的一刻中，自己，也是否是真的真真正正的相信过，自己是真的会和她有美好的结果。——但是，他又不禁翻然自问，自己，又难道是真的从来也未曾真真正正的祈望过，自己是真的能够和她一辈子都厮守在着一起吗？——不，不。——他似乎开始省悟，其实自己也许早已是从一开始，就从心底里明白，实际上要解决自己与她和她父母间矛盾的唯一而最好办法，可能也便是应该是要由自己亲手牵住着她的手，和她一起堂堂正正的站到她父母的面前去，向他们、向所有人，最彻彻透透的表示尽自己和她两个人最最赤诚的真心真情。让天地作证，至少一生无怨无悔。可是，他却又仿佛一直是在逃避、逃避。——他自己也不知道，究竟，是自己真的还不够爱她，还是自己的心里，是有着太多的害怕。——然而，到底是害怕什么呢？他自己也不能言喻。只是，在那他和她原本是说好了要去珊瑚亭见面的一天中，他有好长好长的一段时间，思绪和回忆都仿佛是重新又飞回到了自己十三岁的那一年中。——他清楚的记得，那时候，自己就是站在着自家的窗户外面，亲眼目睹了自己的父母双双的上的吊。他记得，那时候，自己是在着被从里面给牢锁住了的大门外，拼了命的大哭大喊、大哭大喊，拼了命的拍门砸门、拍门砸门。但最后，一切都仍然是无济于事。根本，无济于事。他一生中最亲的两个亲人，父亲和母亲，最后，依旧还是就那么样永远的，都离开了他。永远的都离开了他。——人一辈子，又真的是能够拯救得了些什么呢？胡景生无法抗拒的，从十三岁起，就已经是看破了太多还不应该是被一个孩子来看破的东西。——而那一天的傍晚，胡景生，最后还是没有去珊瑚亭见姑娘。他永远都没法忘记，那一天傍晚的夕阳，是多么的昏红。点缕的光亮，都像是软弱而又坚韧得根本无可被摆脱的牢笼，云惘牢笼。

姑娘一直都是再也没有来找过胡景生。胡景生在一天又一天的寝食难安中,一天更比一天丧魂的感到一种不能摆脱的罪孽。他不知道,这件事情接下来又到底还会变成怎样;他也不知道,自己以后,是究竟还该怎样去面对这个姑娘。但是,他又知道,跟姑娘的这件事情,是肯定早晚瞒不住的。早晚逃不过的。怎么办?怎么办?——胡景生,一天越比一天恐惧,又一天越比一天内疚。姑娘痛然哭泣着的身影,交替着他自己从小流离的回忆,每天不能控制的是在着他的脑海里轮番上映。他觉得自己,简直就是要崩溃了。——然而,大半个月又大半个月的过去了,一切都依然是风平浪静。胡景生开始感到不解。直到有一天,胡景生是在办公室里听到了关于这个姑娘的一则谣言。谣言说,这个姑娘,肚子里是怀上了不知来历的孩子了。是姑娘家的一个邻居听到了姑娘家里的一次吵架,才传说出来的。姑娘是任凭她爹娘怎么痛骂痛打,也不肯说出那个作孽的男人究竟是谁。姑娘的爹娘,是要姑娘趁着早,把那该死的孩子给落掉,可是姑娘却死活也不答应。姑娘是跪下来求她的爹娘,说是要落掉这个孩子的话,就干脆连她也一起杀了。姑娘的爹娘,没有办法。而最近,姑娘一家人,都是搬到了他们在小庄镇乡下的祖屋去了。说是为了修葺,但大家都估计,是为了能让姑娘避开人眼。——那天晚上,胡景生一个人在家里,悲泣到了半夜。他痛哭的,狠狠打了自己十几个耳光。他从来也没有想到过,事情,却竟然是会变成了这样。——几天后,胡景生,便终于还是再也无法压抑的,自己一个人,悄悄的也去了小庄镇的乡下。他没有让任何人发现到的,是偷偷的找到了姑娘一家在乡下住着的地方。胡景生犹豫不决的,是有好长的一阵子,在姑娘家的院门外,踟蹰着想要叩叩门。可是最后,他却还是懦弱极了的,缩回了手。胡景生心悲纠缠的,忽然才是哀痛的醒知到,现在,比要面对姑娘的父母更加没有办法让自己真正勇敢起来的,已经是面对这个姑娘。胡景生不得不承认,珊瑚亭的失约,就等于是自己,生生的捅了自己和姑娘的爱情一刀。他甚至能够想象得到,那天一直等候在着亭子里的姑娘,在最后离开亭子的时候,是多么的失魂悲伤,就好像,是后来在失约的第二天,他去亭子里,在空空的地上,捡起了那一只用红头绳打成的蝴蝶结时所不禁心悲的感受一样。胡景生知道,这一只蝴蝶结,是姑娘留下的。因为,这一种同心双绕的打法,正是自己教给她的。胡景生无法控制住自己心中汹涌的内疚:一切,都只怪是自己害了她。——而当胡景生胸中所有不能言喻不能承受的恐惧,俱仿佛是被谣言中姑娘的承担与隐瞒给莫名的涤淡去了许多寝食难安的紧张的时候,对姑娘的刻骨断肠的内疚,就都好像是从胡景生骨头里深深冒出来的埋葬,层峦叠嶂的重重压满住了他的心头。——胡景生,最后还是落脚在了姑娘家祖屋附近一处不起眼的小废砖房里。那天黄昏的时候,胡景生躲在着砖房里,远远的,是看到了出来到井上提水的姑娘。胡景生,泪流满面。他在一刻间,真的很想走出去,去面对她,去面对她的父母。但是,最终,他还是没有办法做到。真的,没有办法做到。胡景生,躲在小砖房里,一直流泪到了半

夜。——一个多月很快的过去了。又一个多月很快的过去了。胡景生的生活，看起来依旧风平浪静。然而，只有他自己心里知道，他每天都是在承受着怎样的煎熬。无际的悔恨与罪疚，日日夜夜都好像是空气一样的包围着胡景生。姑娘所全心全意付出给胡景生的饱蘸着泪痛的爱情，令胡景生朝朝暮暮的感到着彻骨的无地自容。他无能抗拒的悲潮哀汐，后悔莫及的不得不承认，自己，失去了自己一生中最重要的东西，是比自己的生命分明都要更重要的东西，一辈子最最珍贵的东西。——为什么自己就是从来都没有崇信过，就算人一辈子真的是什么也不能够拯救，但只要有真爱，就至少还会有坚守。只要有真爱，就至少还会有坚守。为什么？——究竟是苦难残酷的戕害了人的灵魂，还是人的灵魂自己成就了苦难的戕害？——胡景生不知道，不知道。——胡景生是多么多么的想，可以让自己真真正正的勇敢起来，在已是如今这样了的一个时候，去做一个作为姑娘的恋人、作为姑娘肚子里的孩子的父亲必须是应该要去做了的事情。去乞求得到姑娘的原谅，去恳求姑娘父母的成全，去真正勇敢的面对所有可能的后果，去真正勇敢的承担一切应该的责任，去全心全意的弥补全部自己已是对姑娘造成的伤害，去像姑娘一样能够是为了爱而完全付出一切的爱她。真正是勇敢了的，珍爱她。但是，不能言喻的恐惧，就像是刻在胡景生灵魂最中央、一辈子也不可能消失得去的绝望噩梦，总是不时不刻的，最后依旧会将胡景生从高昂的崖头，利落的拉掉进无际绝望冷冰的东流。而对于他所刚刚开始崇信的那种是能够付己于灭的爱情，他，更是充满了无尽的忐忑，无尽的忐忑。胡景生真的不知道，自己，是究竟怎样还能有脸去面对这个姑娘。而姑娘，又是否真的会能原谅他？是否真的会能原谅他？——胡景生，真的不知道。真的不知道。他感到着一种无尽的惶恐，不能言喻的、令人深深动摇的惶恐。——两个半月中，胡景生又是去了小庄镇的乡下好多次。每一次，他都希望自己是真的能够鼓满着勇气的，去叩一叩姑娘家的门。但是，每一次到最后，他又都只能是痛哭流涕的退缩躲回到砖房里，远远的，只能是用自己泣着血的心中最虔诚的为姑娘的祷告，来洗刷自己生命里懦弱的罪。——日子，还是一天又接着一天的过去了。胡景生，夜夜不成寐。和姑娘相爱的往事，一幕又一幕，每天每天的，都是辛酸极了的在着他的心里头疼痛反复。而那个还未出世的孩子，更是一天愈比一天清晰不可抗拒的，令他感到着一种从血脉中弥漫出来的不可能割舍。他知道自己已是再不应该逃避下去的了。他知道自己已是绝对再不应该逃避下去的了。但是，他没法战胜自己。他仍旧没法战胜自己。——毁人的流言已经四起，自己到底该怎样才能去领受面对？自己已是这样的万般对不起姑娘，她又是否真的还会原谅自己？一切，全都是那样的让人不能自制的恐惧、惶恐，恐惧、惶恐。——姑娘，和姑娘肚子里的孩子，每夜每夜的，都是会流着泪，甚至是流着血的，萦萦绕满在他的脑海里和梦魇里。胡景生，真的快要崩溃了。真的快要崩溃了。满腔已是再难思绪的都像是要快冲破他胸膛了的澎湃悔恨与罪疚，纠缠着他灵魂最深处无尽的恐惧与惶恐，就像是一个一天更比一天剧痛淋漓而又不可解脱的庞大死结，天天、天天的在他的心魂中昼夜盘翻不已、盘翻不已。而胡景生自己心里其实也明白，随着日子已是这样一月又一月的淌过去了，自己和姑娘之间的这件事情，也已经是越来越难以挽救、越来越难以挽救了。自己造下了孽而又已是躲藏的逃避了这么久，姑娘的父母，一定已是对姑娘肚里孩子的父亲痛恨入了骨，痛恨入了骨。而自己在姑娘心中割刻下的爱情伤痕，想必也已是被自己这么长时间以来的仍旧始终不见影踪，错裂的悲害满了深深的血迹。深深，而恐怕真的都已是再难弥补复原了的，洇血裂痕。她又真的还会原谅自己吗？她，又真的，还会原谅自己吗？——胡景生，抗拒不了的，恐惧、惶恐，愈来愈深沉、愈来愈深沉。胡景生，无能抗拒的，在是否又真的是能够崇信爱情的矛盾漩涡中，不禁，最深沉的动摇，最深沉的动摇。——而不知不觉的，两个多月，又已是很快的就过去了。胡景生，也已是有差不多四个月，没能在砖房里远见到姑娘了。他在最绝望的一次痛哭后，忽然，才是悲哀透了的发现到，其实，自己早已经是什么也都不可能再做得到了的。其实，自己早已经是什么也都不可能再做得到了的。自己除了是还能就只这样子的缩躲在着砖房里的，为着她和即将就是要出世了的孩子空做祷告以外，又真的是还可以再干些什么呢？又真的是还可以再干些什么呢！胡景生，不禁扪心自碎、扪心自碎。——而离姑娘临盆的日子，也已是越来越近、越来越近了。胡景生，一天倍比一天煎熬、一天倍比一天垮脆。——姑娘肚里孩子出世的那一天，胡景生，其实刚好就是在着砖房里。他是亲眼远看着姑娘的父亲疾跑出去迎的接生婆。他没有想到，这一刻，竟然是真的就来临了。竟然是真的就来临了！——胡景生心焦肺碎的，差一点，就是飞奔了出去，差一点，就是飞奔了出去！——但是、但是，胡景生却又根本寸步难移的，面前，清晰而始终的，就像是有着一扇被牢牢死锁住着的门。一扇，就算是任他再怎么拍砸、也根本就拍砸不开来的，被牢牢死锁住着的门。就好像是，他在自己十三岁的那一年中，所被永难抹去的烙印了下来的那一扇大门一样。惶惶的死气、惶惶的死气。——胡景生泪流满面的，最后，是在砖房里的破窗前，崩溃的跪倒了下来。他，绝望而乞求的，是为姑娘和正在出世的孩子，尽尽的诵祷了整整的一天。直到晚上，他远看到，接生婆是笑呵呵的，被姑娘的父亲礼送了出来。他，才是一下子松缓了下来的，从地上膝痹的站了起来。他开心的，向上天感谢，终于，是让大人和孩子都平安的度过了。终于，是让大人和孩子都平安的度过了！——胡景生，空妄而热烈的喜悦着、空妄而热烈的喜悦着。兴高采烈的一倏间，他甚至是想要去看看姑娘和孩子、想要去看看姑娘和孩子。然而，电光石火的一转刹，他就像是被猛然的又清醒，给重新的重重摔碎回到了地上。——胡景生蜷缩在着砖房里，寂哭流泣，而又无能为力的，就像是在亲眼的看着一些东西，是正在着那扇拍砸不开的大门后面，缓缓的死去、缓缓的死去。那一些，原本都是在他的生命中应该要用一辈子来好好珍惜、守护着的东西。人生中最最美好、宝贵了的东西。

然而，它们，终究还是就在他的眼前、在那扇牢固的门后面，全都慢慢的死去了、慢慢的死去了。他，依然还是，什么也没能够拯救得了，什么，也没能够拯救得了。他知道，自己和姑娘之间的一切，都已然是，真正全部的死去了。从孩子出生、而自己却仍旧是未出现的那一刻起，便尽然的，是真正全部都开始死去了。他，感到了一片灵魂被划破了的悲痛；他，看到了一场命运对于人生的戏弄。在他十三岁的时候，是一扇现实中的门，让他失去了父母至亲，与人生里开端的温暖；而今，却是一竖灵魂中的门，让他丢掉了至情的爱人，与后半生里本来是或许能够重新获得的有家温暖。究竟是现实决定了灵魂，还是灵魂造成了现实？他不知道，不知道。他只知道，一切，都是结束了，都是结束了。他，这辈子，都不可能有脸，再面对这个姑娘了。他，痛恨透了自己，痛恨透了自己。

胡景生，回到了镇上。他，自恨而悲忏的，痛哭了一天一夜的，最后，终然还是做出了一个，令所有人感到惊诧的决定。他坚决的辞去了自己在小学里的工作；也已是都打算好了，要去将自己现在所优惠租住着的这套房子给退还掉。他不知道，这些，究竟可以算作是良心对自己做出的惩罚，还是情义对姑娘做出的补偿。他，不知道，不知道。他只是知道，自己，必须要这样子做。必须，该这样子做。——他收整好了自己全部的东西，便是又去一家一家的，感谢过了所有那些曾经都是帮助过他、可怜过他的人。他，准备要离开小庄镇、离开遥州了。去到一个最好是这辈子都不会让姑娘再想起自己、也不会让自己再想起姑娘了的地方。不管是逃离也好，是放逐也罢，总之，一切，都是自己应该要得到的报应，应该要得到的报应。只是，他却又是残破的有着许多的舍不得的，真的很想，可以最后再去看姑娘一面。可以最后，再去看姑娘一面。——尾然的一个多月，很快的，便是又流去了。胡景生已是将自己在镇上剩下的事情都了结完了，而且，也已是买好了南下深圳的火车票。临离开的这一天，胡景生正式的便是将房子退交还给了镇长的岳父，并且付清了最后的一笔房钱。然后，他，就是背带着自己的全部家当，千丝万缕的，离开了小庄镇。——但是，胡景生并没有马上到上海的火车站去，而是，最后一次了的，又是到了小庄镇的乡下去。他给自己估留下的时间很充裕，他想，在自己真的永远离开前，再最后的，能不能看到姑娘一面。——胡景生，凝凝的伫站在着砖房里的窗口前，从下午一直盼到了傍晚，又从傍晚一直盼到了晚上，始终的，到底还是没有能够再看到姑娘最后一面。晚秋冷夜，万家灯火俱熄，胡景生，悲泪纵横。自己这一生之中，有太多不想失去的，已经是都失去了。有一些，似乎都是命运的错；有一些，却又全是自己的错。只是，人生从来没有回头路可以走。而，生命中有一些不能被改变的错，就算是能够让人如排练又排练的重新来过，也一样仍旧不可能会被改变。人生中所有的不得不，其实便是构成着命运的最残酷的骨头。——自己即将要永远的离开这一片江南的土地了。带着此生可能都是再不会被姑娘知道了的，自己对她的深深伤疚；带着自己此生可能都是再没办法来真正偿还了的，对姑娘和对孩子的深深亏欠，与心罪。从此，和姑娘与孩子，将永远了的，天各一方，音容两绝。而自己，甚至是都还没有能够看到过自己的亲生孩子一面，甚至，都还没有能够看到过自己的亲生孩子一面。直教人情何以堪？直教人情何以堪！——胡景生，在倏然的一刻里，痛哭流涕的，是多么多么的希望、梦想，自己和姑娘、孩子，是能够团团圆圆、团团圆圆的，一家人温暖欢聚在一起啊！一家人，温暖欢聚在一起。可是，他又分明的知道，都是不可能的了，都是不可能的了。——但，自己又真的是能够可以就这样的孑然离开了吗？自己对姑娘一生的亏欠，难道真的就只能像这样子的要永远都是不能对她言说了的，让她自己一个人一辈子的去承受着吗？另外，自己应该是要对孩子负起的那些责任呢？——自己，又真的是可以，就这样的一走了之了吗？——可是，难道自己又真的是还能够去乞求得到姑娘的原谅吗？她又真的是还可能会原谅自己吗？自己，又真的还可以是有什么脸面去见她呢？——无尽纠缠纷错的悲恍哀惑，无尽纠缠纷错的，悲恍哀惑。胡景生，空空的是在砖房里的窗户前，千绪理惘的，泪站到了半夜。秋月空挂，秋风长寒。——而，那天半夜，正当胡景生是踟蹰不决极了的时候，他，忽然，就是极其意外的，一时间，竟从砖房的窗口里，远看到了姑娘的父母，是静悄悄的怀抱着婴儿的，在清朗的月光下，一起蹑手蹑脚的出了门。胡景生蓦讶不解的，一开始，还以为会不会是孩子生病了，他们是要马上送孩子去看医生，然而，旋即，胡景生却又是直觉到了一股莫名说不出的不对劲。他不禁疑惑，而隐隐的，就是感到了一股莫名异样的不放心。姑娘的父母，怀抱着孩子，东张西望而蹑手蹑脚的走了。胡景生，一下子，不由自已，就是来不及再有任何思虑了的，忍不住的，便是立刻偷偷的、悄悄的也轻追跟踪了出去。胡景生惶惶的，是偷偷悄悄跟踪了姑娘的父母一路。越跟，他的心越揪紧；越跟，他的心越揪紧。直到最后，姑娘的父母，是抱带着孩子，到了镇口的一条老街上，没有再继续往下走。——而胡景生，就隐藏在不远处。他心肺沁血的，是亲眼看着，姑娘的父母交头接耳了一会儿，最后，就把孩子给轻轻的安放在了街边上。姑娘的父母，是像逃一样的跑走了。胡景生，心肺开裂。——原来是这样！原来竟真的是这样！！为什么？为什么！！为什么要把孩子给丢掉！！为什么要把孩子给丢掉！！！——胡景生，痛然泪下。——是姑娘要她父母出来这么做的吗？是姑娘要她父母出来这么做的吗？不，不，不可能！！绝对不可能！！！她是绝对不会不要这个孩子的，她是绝对不可能会不要这个孩子的啊！！！这个胡景生不会不相信，这个胡景生绝对不会不相信啊！！——胡景生倏的，明白了，明白了。这个孩子，一定是被姑娘的父母，给偷偷抱出来丢掉的，偷偷抱出来丢掉的！——是啊，姑娘的父母，又怎么可能会不恨这个孩子呢，又怎么可能会不恨这个孩子呢。正是这个孩子的父亲，可恶而可恨的毁去了他们家女儿一辈子的幸福，也毁掉了他们一家人原来有的全部美好与希望啊。是啊，是啊。——胡景生，痛苦地擦去泪水，瑟瑟、悄悄的走上前，轻轻的，便是将地上

的孩子怀抱了起来。这,还是胡景生第一次真正的看到自己的孩子,是个多可爱、多漂亮的小女孩儿啊。小女孩儿很乖,在灰暗暗的光亮里,两只乌黑黑的小眼睛是一直明晶晶的看着胡景生,一点点都不哭,也不闹。胡景生一刻里,不禁开心,而又是哀莫极了的,悲错栗栗、悲错栗栗。从胡景生眼眶里潸然落下的一滴热泪,灿亮灿亮的,都是落在了小女孩儿婴稚的脸庞上。胡景生泪眼模糊的看着自己的女儿,心悲纷结、心悲纷结。——是啊,其实,姑娘的父母,做得也并没有错、做得也并没有错啊。像这样,也未尝不是为姑娘剪去了一段她往后人生的负累啊。姑娘的人生,是应该可以重新再开始的,应该可以重新再开始的啊!胡景生忽然,真的很想很想,是可以带着孩子一起,回到姑娘的身边去。回到姑娘的身边去。可是,可是。——自己既然终究依旧是没有勇气、信心能够去面对姑娘的父母、去面对姑娘,那么,又怎么能够是真的忍心仍然要让姑娘独自一个人的,去一辈子来承受、背负起这些本就全都是因为他自己而才错刻下来的所有伤痛和悲累呢?——只是可怜了这个小小的孩子,只是可怜了这个小小的孩子啊。而这一切,全都是自己造成的,全都是自己造成的!胡景生,在簌簌的秋夜寒风中,不禁扪心剧痛,扪心剧痛。——夜,在深深的寒黑里,不断的消逝着,飞扬消逝着。胡景生,悲紧的怀抱着孩子,不得不是愈来愈焦虑的痛思起了:接下来,又到底是该怎么办?到底是该怎么办?自己是马上便要孤然去南方漂泊了,身边不可能带得了一个小婴孩;而,就算自己是留下来又不走,自己现在在江南的这片土地上,也已然是赤空赤贫、无着无落,又怎么会是真的再能够养得好这个小小孩呢。怎么办?怎么办?——然而,肯定绝对是不能就这样的把孩子放在这条街上的。这条街上的住户自己都了解,全是一些要么门庭败落、要么门风不正的人家。自己的女儿,是绝对不能让这条街上的人家给收养去的,绝对不可以!——究竟该怎么办?究竟该怎么办?胡景生悲痛、心慌,而不知所措。不知所措。——直到最后,一个在所有的不稳妥中,似乎是尚能够让胡景生感到最为稳妥些的地方,不禁的,是在着胡景生茫乱的脑海中,不住的越盘旋越清晰、越盘旋越清晰了起来。那个地方,就是遥州市儿童福利院。胡景生,不得不愈来愈趋向于想,是应该要把这个孩子,交给公家的儿童福利院去收养。这样,他自己也才是能较为放得下心,才是能较为放得下心。因为,他深深的了解,制度,是要远比人性来得更坚固、也更可靠的。只是,难言的倏然越来越不舍,与痛心牵肠的终究还是不可能完全放得下心,像激扬的夜风一样鼓满着他的心胸,鼓满着他的心胸。但,时间是不等人的。天只要一亮,所有的考虑与安排,便都会变成空枉。胡景生已经根本不可以再有更多的犹豫了。他必须,是要让自己马上做出一个决断的抉择来了。胡景生,痛苦的祈求、希望:自己是为自己的女儿,做了一个对的安排。胡景生,痛立的,决然,便是紧紧的怀抱着自己的女儿,离开了镇口的老街,而踏上了去市儿童福利院的路。

秋夜风飒,寒路漫长。胡景生心紧的怀抱着自己的孩子,匆匆而惶惶的急赶着路。孩子一直都依然是很乖，没有哭，也没有闹。可是，胡景生的心口里，却反而是越来越控制不住的难受、越来越控制不住的澎湃难受，就好像是这孩子愈这样子的依然很乖，他的心，就愈是痛破的不能够宽恕自己。胡景生，匆惶的一急步又一急步，都像是痛踏在着自己的心坎上，蒙泪的，痛踏在着自己的心坎上。——胡景生，匆惶的，痛悲快跑着、痛悲快跑着。

半路上，当胡景生将一块以前是姑娘送给自己的玉蝴蝶，挂到孩子的脖子上的时候，孩子，终于还是一下子的，“哇哇”的大哭了起来。胡景生，蓦的，就是不禁遽惊的全慌乱了神。他既惶恐极了孩子的哭声会招惹来人，又不能抑制的，心坎里就像是在被一束又一束的霹雳给砍痛，狠狠的自我砍痛。胡景生心悲缠错极了的，不得不，马上的先哄着孩子，求她不要哭，求她先不要哭。可是，哄着、哄着，胡景生自己的眼泪，却反而是自不能禁的，滚滚的都奔流了出来。胡景生悲痛、破碎、纷错、彷徨，而不知所措，不知所措。胡景生痛泣的悲哄着孩子、悲哄着孩子。两行悲烫的清碎泪水，都是从胡景生涕泪模糊的脸庞上，落淌到了孩子稚然的眼角旁。孩子，渐渐的、渐渐的，终于还是不哭了。终于，还是不哭了。——胡景生，失声的，悲哭了起来。

胡景生飞跑疾走的，终于，是在凌晨三点半多的时候，及时赶到了市里。天还是寂黑黑的。胡景生，为孩子取好了一个名，便是凑在一处偏僻的路灯下，掏出纸笔，将这孩子的单名“珊”，与她的出生日期一齐在纸上写了下来，然后，就将这张纸给妥放在了孩子的蜡烛包里。胡景生小心翼翼的，是深深害怕极了，这孩子会突然又再大哭起来。但是，孩子很乖的，一直都没有再哭。一直都没有再哭。孩子明亮亮的小眼睛，晶莹莹的看着胡景生。是一直晶莹莹的可爱地看着胡景生。胡景生的整座心山，都仿佛是在天崩地裂的战栗，天崩地裂的战栗。——胡景生，痛痛紧紧的怀抱着孩子，不得不的，是又一次的飞奔了起来。悲噎的，飞奔了起来。

悄悄的找到市儿童福利院的时候，时间，已经差不多是凌晨四点半了。胡景生庆幸，路上依然空空静静。胡景生心如刀割的，不禁盈泪的最后又看了安静的孩子一会儿、再一会儿，然后，猛然痛醒的一下子，便是只能、只好是立然悲碎吞泪，而将自己的全部心悲重重一丢的，紧紧的是怀抱着自己和姑娘的孩子，轻轻、悄悄的直往福利院的大门口偷偷的快走了过去，偷偷的快走了过去。胡景生紧抱着孩子，低弯着腰，整颗心都像是被提吊在嗓子眼里的，轻手轻脚、偷偷悄悄的，终于是行走到了福利院大门口的一侧角落处。胡景生不禁庆幸，门卫室里是刚好没有人在。但是，福利院的大门尚紧闭着，人进不去，人进不去。胡景生不禁是蓦慌的，着急极了，着急极了。——看样子，这孩子，是只能就安放在这福利院的大门外面了，是只能就安放在这福利院的大门外面了。

胡景生心悲而破碎的，慌慌的，便是在大门外角落里的内侧，看到了一小片的地方。这一小片的地方，是刚好只能够被要走到福利院大门口前来的人看到，而外面马路上不相干的人，则发现不了。胡景生，知道自己已经是没有时间可以再犹豫了，已经是没有时间可以再犹豫了。他立即的便是用自己身上的衣服，将那一小片地方，擦了个干净，又再重新擦了个干净。然后，他，就是颤栗的，轻轻簌放下了孩子。颤栗的，轻轻簌放下了孩子。——胡景生，撕心裂肺，而泪流满面的，一下子，转身疾风飞逃，疾风飞逃。

胡景生，在离福利院不远的一个比较隐蔽的角落中，缩蹲的藏躲了起来。他，心若淌着血的，痛扬、而悲紧的凝凝专望着福利院的大门口，一直凝凝的专望着。秋寒的风，像凛冽的尖瓦，千千万万的，不断的划割痛着胡景生的脑海、灵魂。胡景生，感到自己的全部精神，都像是在被什么给痛噬掉。不断的，痛噬掉。——胡景生，不禁泪落如雪，泪落如雪。

天仍是黑漆漆的，但马路上，已是开始偶尔有车辆往来了。胡景生不知道，孩子一个人在着那个角落里，是否尚好，是否会有蚊虫欺咬。他，千般不舍与煎熬的，有许多次，是难抑的想要潜回去，重新再看看孩子，重新再看看孩子。可是，他却又总是虑怕极了的，知道，已经是不可以多冒险了，不可以多冒险了。——天色开始有些泛青了。即将要黎明了。马路上，已是开始偶尔有行人往来了。胡景生不知道，自己的孩子，为什么仍是那样安静的，没有哭，也没有闹。而门卫室里的门卫，怎么就真的依旧是一点点动静都没有发现到。他，万般痛疚与破碎的，矛盾极了的，有好多次，不禁的，是真的想要放弃掉这一场残酷的丢弃了。而去把孩子给抱回来，去把孩子给抱回来。但是，他却又始终是清醒极了的，知道着，这，已经是绝对不能够的了，绝对不能够的了。

东方开始有些微微亮了。胡景生悲瑟的明白，自己犯下的全部的错，不管是对姑娘的，还是对孩子的，都已是统统像沉错的黑夜一样，永远也不可能再退溯回到以前尚然是茫茫、彷徨的白天、黄昏了。以前，那多少个像软弱而又坚韧的牢笼一样的夕残黄昏。夕残黄昏。而，已经是永远，都不可能再回得去了的。——只是，没有人知道，所有的所有，未来的结局，到底，都将会是什么样，都将会是什么样。

胡景生不晓得，自己的孩子，最终，究竟是会被谁捡抱到。东方的天空，正在不断的微亮、微亮。空空寂寂的马路上，冷冷清清、冷冷清清。——而终于，胡景生，是看到了一个骑着自行车的女人的出现。——胡景生是直到后来才知道，这个女人，便是程素梅的。——程素梅在福利院外面停好了自行车，然后，便是匆匆的，向着福利院的大门口快走了去。

胡景生是亲眼看着程素梅，从福利院大门口的那个角落里，捡抱起的小胡珊。他望见，她很小心的，是检查到了孩子蜡烛包里的那张纸；他望见，门卫终于是很勤快的出来为她打开了大门。而最后，她，便是怀抱着胡珊，真的就走进了福利院里去。胡景生，焦灼而不安的，等待了大约个把钟头，便是看到她，又从福利院里走了出来。而她的手中，只是拿着一只旧饭盒。——胡景生，重重的，才算是暂确定放下了心来。

朝阳红彤彤的升起来了。胡景生瘫软的悲坐在地上，擦着眼泪的，是撕去了自己南下的火车票。他知道，自己，是不可能离开这一片江南的土地的了。自己，已经是不能好好的养好自己的女儿了，而来丢弃了她，残忍的丢弃了她；自己绝不可以，是再真的就那样的，远远的、远远的撇离她而去了。绝不可以，绝不可以。

当晚，胡景生便是在市里一座新桥的底下，勉强安顿了下来。第二天下午的时候，他便是刻意的梳理、整洁了一下自己，然后，就飞跑去了市儿童福利院。胡景生是计算着，想借着要为朋友询问领养孩子的问题的名义，看能不能是打听得到一些关于自己的孩子的现在情况。一位年轻的工作人员，接待了胡景生。而在谈话中，这位工作人员，便是很不禁的，就跟胡景生讲到了，昨天早上发生在福利院大门外的弃婴事情。——胡景生听这位工作人员说，孩子现在什么都很好，什么都很好，能吃能睡的。

胡景生非常、非常详细的，就是又认真询问、了解了一些儿童福利院的规章制度。——胡景生，较踏实的，是放下了许多先前仍不能真正确定的担心。——而为了不惹人怀疑，胡景生这一次，就并没有试图去看看孩子。

胡景生告辞而离开福利院的时候，天色，已然又是夕红殷殷了。他站在福利院的大门口外面，迎着浓烈的秋风，看着远坠的残阳，忽然，不禁感到了一阵深深的虚脱。一阵深深，而仿佛直会让人烟消云散去的虚脱，空空的虚脱。他完全没有办法面对，完全没有办法面对。——胡景生，只能不断、不断的跟自己鼓舞说着，至少，我知道，我的孩子还在这里。至少，我知道，我的孩子，还在这里。

胡景生，就这样的，留在了遥州市里。他艰难的，是在人生地不熟的遥州市里，重新开始了争取生活。他辛辛苦苦的，开始了在市里到处做苦力、打零工，生活勉强尚能够维持。秋去冬来，很快，就是到春节了。胡景生在春节里，整洁了一下自己，便是又去了一次市儿童福利院。而这一次，胡景生，便是看到了自己的女儿。小胡珊很好认，因为有那块特别的玉蝴蝶。胡景生重新看到自己女儿的那一刹，莫名瞬然百感交集，而不禁热泪盈眶的，险险然便是在工作人员的身旁失了态。

胡景生越来越不能否认，这个孩子，已经是愈来愈成为了自己人生中的精神支柱与寄托了。而每当夜深人静的时候，胡景生独自在桥底下，也仍常是会不禁哀伤的想起姑娘。他总是会禁不住的想，不知道，姑娘现在是不是还好；不知道，自己这辈子和姑娘，还是不是会再碰到。而每当想到这些的时候，胡景生，又总会禁不住的惆怅与悲扬。但是，他又分明的知道，已经是什么都结束了，什么都结束了。——胡景生只祈望，最深切的祈望，姑娘，是可以真的就忘了他，也忘了这个孩子吧，就真的一辈子都忘了他、也忘了这个孩子吧。而去好好的重新拥有，她应该的生活。她，应该的生活。

春去秋来，一年的时间很快就过去。胡景生的生活，开始有些好转了。他终于有了一小处简陋的暂居地方，而离开了灰色的桥底。冬往春至，新的一年很快便又开始了。小胡珊已经是会说不少话了。胡景生差不多每个月,都会去一次福利院。他总是会借着看望其他孩子的名义,而去看望自己的女儿。人们都说,胡景生真真是难得的好心人。

而不知道为什么,随着时间一天又一天的推移,小胡珊一点又一点的成长,胡景生不禁的,是开始越来越害怕、越来越害怕,自己的女儿会被别的人家领养去。虽然在一开始,胡景生也曾的确是认真考虑过,要是真的有一户好些的人家,家庭条件是能够符合得了标准,生活环境是能够得到民政上的确认,而真心是想要将孩子从福利院里领养了出去好好抚养,那么,这,对孩子而言,倒也或许的确是件大好的事情,大好的事情。但,莫名的,现在,胡景生却越来越不得不承认、不得不承认,自己,已经是真的不能没有这个孩子了。已经是真的不能没有这个孩子了。——胡景生,悲悲、惶惶,悲悲、惶惶。

日子,还是一天又一天的过去了、过去了。胡景生,因为一个偶然的机会,而认识到了一个朋友,名叫钱昌。而在一次人与恶狗的斗争之中,胡景生很讲义气的,就是帮助了钱昌。于是,钱昌与胡景生的友谊,便是日愈真诚深厚了起来。钱昌了解到了胡景生年少时的一些不幸,不禁对他很是同情。后来,在一次刚巧方便的时候,钱昌,便帮助了胡景生一下,使得胡景生,成为了市汽修厂里的一名临时工人。胡景生感激不尽。而钱昌的妹妹,钱菊,正是市汽修厂里的一名女工。

胡景生非常珍惜这一次在市汽修厂里的机会,所以,他是格外拼了命的卖力、勤奋、认真。而胡景生为人和善,在厂里的人缘,就也很不错。匆匆的一年,很快又过去了。冬去春来,胡景生在市汽修厂里的临时工作,便也就逐步、逐步的真正是稳定确笃了下来。胡景生,感谢了很多人。

胡景生的生活,好了很多。而小胡珊,也已经是又长大了不少了。胡景生,不禁开始想,是要将孩子,从福利院里领养出来了。——然而,胡景生没有想到的是,他,完全就不符合领养孩子的相关规定标准。他,不可以领养小胡珊,不可以领养小胡珊。

胡景生,失然悲颓,惘痛飞缠,而不禁难言的弥弥绝望,深深、空空的弥弥绝望。他生命中剩余下来的全部真心依靠,仿佛一下子的,统统就是都被残酷的破碎成了四分五裂的漂流幻象,漂流幻象。——胡景生,哀不欲生,哀不欲生。

而生活,却依然要继续、继续下去。胡景生,开始察觉到了钱菊对自己表示出的好感。而为了能够真正的在城市里、厂里站稳脚跟,胡景生,很快的,便是与钱菊正式确定了关系。钱昌完全不反对。——冬往春至,当新的一年又是开始了的时候,胡景生,便是和钱菊,正式的一齐步入了婚姻的殿堂。新婚之夜,胡景生,烂醉如泥。

胡景生在城市里的生活,完全的稳定下来了。居住在了宽敞、亮堂而又完全不需要再为房租而难安了的房子里,一个人就连吃饭、喝水,仿佛都会变得格外的有些底气。——只不过,胡景生越来越莫名的,总是会常常不禁伤惘、残旧的,萦萦想念起,自己以前在小庄镇上所租住的那个昏黄地方。而很多时候,午夜梦醒,胡景生总会不觉以为,姑娘,仍正在珊瑚亭中等着他,等着他。

夏去秋来,生活,是一首悲哀的让人永远也无法真正唱出口的歌谣。胡景生,能够去福利院里看望小胡珊的机会,是越来越少、越来越少了。而小胡珊,已经是个稍微有点懂事的孩子了。胡景生,感到了人生不能解脱的残忍与坚韧。自己已经是不能将自己的女儿领养回到自己的身边了,而现在,自己又已是这样子背旧弃情的和钱菊新结了婚,拥有了正式的家庭,自己,不得不清醒的看到,自己和自己女儿间的亲缘,是势将要天定薄薄的将尽了。天定要薄薄的将尽了。胡景生生命中耿耿的真心,就像是纷纷的泡沫一样,悲茫而离裂的纷纷痛碎着,纷纷的痛碎着。——胡景生,不禁的,是真心又开始重新希望,就能不能有一户条件好些的善良人家,真的便将小胡珊领养了去吧,领养了去吧。好好的抚养她长大,好好的抚养她成人。毕竟,小胡珊也已经是到了快要上学的年龄了呀,儿童福利院的生活环境,对孩子未来的好好成长来说,已经是个局限了,已经是个局限了。——但,胡景生却又真的惧怕,深深的惧怕,自己,会真的就一辈子也见不到自己的亲生女儿了。会真的一辈子都再也见不到了。——然而,又能怎么办呢,又能怎么办呢。

昼消夜生,冬湮春萌。徊徊徨徨、而又哀哀惘惘的,大半年又不知不觉淌走了。胡景生几次看到小胡珊,都不禁是悲酸而怅望的,浓浓湿红了眼眶。失禁的,浓浓湿红了眼眶。灰色的绝望与空痛,就像是长长膨胀在人生命血脉之中的巨大悲哀,让人剧烈压抑的,几乎都会化成风烟四散,风烟四散。

然而,命运始终都是不会让人真正预料得到的。朝去夕来,夏凋秋深,胡景生和钱菊结婚快要两年了,但是,却仍一直都还是没有孩子。胡景生一直都是并未有心情在意到这个问题,然而,钱菊却是不禁隐隐的感到了深深的忐忑。到了冬天的时候,终于,钱菊便是悄悄的一个人,先去了一次医院,给自己先做了一次检查。而结果,恰恰就是,钱菊有不足。——钱菊失魂落魄的回到家里,不禁呜然落泪,便是将此事告诉了胡景生。

胡景生,在恍恍的一倏然间,真的不知道,这,到底是不是真的就是上天给自己的一个机会。以前,自己作为一个尚然是未婚的年轻男子,想要从儿童福利院里领养一个孩子出来,那是不行的;然而,如今,自己和钱菊两个人,作为一对已是被医生确证了不能生育的夫妇,如果,是想要到儿童福利院里去领养一个孩子,这,恐怕就是可行的了。——胡景生,匆匆简简的暂时安慰下了钱菊,第二天一大早,便是首先独自的忙奔去了一趟市儿童福利院。他找到了一位已算是和自己较相熟了的工作人员,忐忑不安极了的,就是询问了一下自己现在打算的这件事情。而得到的回答是,假如胡景生和钱菊的相关情况,的确便是这样的,那么,要从福利院里领养一个孩子,应该是不会有什么问题的。

胡景生,就像是被天公一下子的,散去了人生天空中全部的灰霾与绝望。

他欢天喜地的，差点便是在福利院的大门口外，忽的跳跃了起来。——但是，很自然的，因为自己的这种欢乐，胡景生，不禁的，也是对钱菊感到了一些深深不能言说的负疚。

胡景生，开始百般温柔的对待钱菊，而逐步、逐步的，是使钱菊也开始接受了就去儿童福利院里领养一个孩子回来的想法。——胡景生深深的知道，这一个天给的机会，自己是绝不能失败了，绝不能失败了！！——胡景生，每天深深的祈祷，每天深深的祈祷。

而后，胡景生又是千方百计、花尽了万般心思的，是使钱菊逐渐、逐渐的，也开始喜欢上了福利院里的小胡珊。直到最后，钱菊，便是也即接受了就将小胡珊领养回家来的想法。于是，胡景生和钱菊，就是正式的，向市民政部门提出了申请。而民政部门很快的，便是也核实、确认了胡景生跟钱菊的家庭情况、环境。——办完了全部的手续后，胡景生与钱菊，便是顺顺利利的，就将小胡珊开开心心的，领养回到了家。

胡景生，不能不感恩天地、感恩冥冥。只是，他不禁的，有些深深觉得对不起钱菊，深深对不起钱菊。——而关于小胡珊的真正身世，在将孩子正式的领养回家之前，胡景生就已是反反复复的慎重考虑好了，那便是，至少在孩子真正是长大成人、能够自立了的以前，绝对、绝对是不可以说出来的。不然，钱菊肯定是会和自己闹翻的，甚或是会和自己决裂。而自己现今在市里之所以能够这样尚不错的安身立命，很大程度上，其实都只是因为依靠了钱菊的基础与关系。而自己要是一完，又怎么还能够是可以好好的抚养小胡珊长大呢？这些，都不得不必须要考虑，必须要考虑。

而小胡珊带着的那一张写有她生日和名字的纸，其实，是后来被胡景生悄悄的烧毁掉的。胡景生是害怕，自己的笔迹，终有一天会被人认识出来。——胡景生不是没有考虑过孩子的感受，只是，胡景生清楚的知道，能够让孩子开开心心、安安稳稳的生活下去，好好的长大成人，这，才是远更为万万重要的事情啊，远更为万万重要的事情。人生很多时候，都是需要有取舍的，不能够感情用事，不能够。

小胡珊开始上小学了。有些时候，胡景生看着孩子，纷纭的心绪，仍总会不觉的飞回到许多年前。他会不禁的，又想起，不知这么些年来，姑娘她是否尚好；他会不禁的，又想起，假如自己当年真的如约去了珊瑚亭，那么，后来的一切，又真的都是会怎样。点点滴滴，黯然销魂；许许多多，不能自已。——胡景生，不能解脱的，觉得自己对不起姑娘，觉得自己对不起女儿。一辈子的，对不起她们，对不起她们。

胡景生本以为，生活，是会就这样安安静静的继续下去了。他，会尽全心全力的好好抚养好自己的女儿，也会尽量的多多弥补自己对钱菊的亏欠。但是，令胡景生完全没有想到的是，一张江湖郎中的中药药方，居然是会真的再次残酷的改变了所有的一切。钱菊的不足之症，竟然，是会真的就被治好了。

真的,就被治好了。——胡小华,出世了。

钱菊,开始冷淡小胡珊了。而胡景生,手心手背都是肉,都是自己的亲骨肉。胡景生,又可以怎么办?又可以怎么办?——胡景生眼看着小胡珊在自己家里生活得一天更比一天拘束、一天更比一天沉默寡言,沉默寡言。胡景生,无能为力,无能为力。——而每当想起以前小胡珊在家里有时候会有的真正欢乐时光,胡景生,总是会难禁的心酸成片、潸然泪下。他,只能够,是每天尽量的多对小胡珊好一些;从心底里,尽量的,再多对她好一些。

十年,很快的,一晃就也是如梦一样的飞去了。小胡珊,已经是真的长大成人了。然而,随着生活的流淌与岁月的沉淀,胡景生当年曾经反复考虑过的,是要在胡珊她能够真正自立了以后,才是可以说给她知晓的她的真正身世,却是直仿佛,是跟着时间的流逝,在他久久隐藏着的心中,变得越来越深深沉埋,而实在难以开口,难以开口。多少年以来,一年愈比一年沉痛涩重的积淀到着自己心头上的对自己女儿的深深哀疚,就像是一块一年愈比一年沉重坚固着的钢板,牢牢、死死的覆盖在着自己的心口之上,死死的覆盖在着自己的心口之上,不能移开,不能,移开。——自己是真的不知道,到底,要怎样才能是真的跟自己的女儿开口,说出全部的故事。到底,要怎样才能是真的跟自己的女儿开口,说出,全部的故事。

胡景生,不能够,不能够。

胡景生声泪俱下,悲不成人。

然而,胡珊,却已经是永远的离开了这个世界了。真的,永远的离开了这个世界了。——谁都没有想到的是,一切的踟蹰与彷徨似乎都还没有能够获得最终的决定,一切的矛盾与纠缠似乎都还没有能够寻到真正的解救,胡珊,就已经是用一种最最惨烈的方式,彤彤浓重的,为所有、全部的事情,悲哀的画上了一个直似血艳夕阳般鲜绚、灿红的终结句号。一个,真正永不会殒落了的,答案句号。——就像是,一轮,真正永不会熄落了的,心中的太阳一样。

她,永远也不会知道这一段令人哀伤的故事了。已经永远,也不会知道了,不会了。

胡景生,老泪纵横,涕泣成昏。

冬风残破,灰烬千里。

江南好,江南已老。

五十七

满天蔚蓝的新晴,满空凛鸣的寒风。

陆至诚,最后又去了一次小屋,仔细的整理、收拾了一些胡珊的遗物。

空空凄凉的小屋里,旧旧温暖的取暖器,已经是坏掉了。而淡淡橘色的灯,仍在微微明亮的洋溢着一些光,洋溢着一些令人不禁落泪的光。

陆至诚在小屋里的桌子上，看到了一只小袋子。而小袋子里，正是一瓶新的红花油，与两瓶新的维生素。

陆至诚，泪湿青衫。

寒冬深深，往昔声声。悲哀不尽，空恨有余。

陆至诚，轻轻的，关掉了取暖器；轻轻的，按熄了电灯。

陆至诚伴着自己的影子，伶仃的站在飒寒风呜的小屋门口，最后的，又是回头望了一望，空空、凄凉的小屋里。小屋里，明亮而悲凄的，一片焰火与汪洋。

陆至诚，瑟瑟轻轻的，关上了小屋的门。——就像是，关上了一场，人生里的大梦。永远，刻骨铭心的，大梦。

寒风呜呜，冬树簌簌。

枯灰天地。

五十八

元旦了，到处都是“噼里啪啦”的鞭炮声，到处，都像是有着明媚的欢声笑语。新年了，人们，都很欢喜。

陆至诚，已是将那一盆微凉的蝴蝶兰，好好的，重新又搬回到了自己的屋里。

一朵、一朵的美丽蝴蝶兰，盛开得依旧很鲜艳，很灿烂，就好像，是以前胡珊还在着的时候一样，仍一样。

那一张已是在之前被陆至诚寒绝撕毁掉了的旧合照，重新的，便是又被陆至诚，给小心翼翼极着的，流泣的，拼粘复原了起来，拼粘复原了起来。——只是，毕竟不一样了。真的，是永不会，再仍一样了。

梁啸刚的案件，很快的，便是被人写上了市报。陆至诚看到了报纸，才是轰然知道，原来，在那一晚胡珊是最后一次来找自己的以前，是到底，又还发生了一些什么事。发生了一些什么事。

陆至诚，面对着蝴蝶兰，跪地痛嚎，跪地痛嚎。

跪地痛嚎。

陆至诚，一大口的鲜血，啼落在了兰花上。

血红，纷纷、簌簌。——哀蝶，栩栩如生、翩翩似舞。

一切，都永远的远去了。

永远的，远去了。

窗外，天蓝缥缈，晴空浩茫。

人生，沉没。

五十九

沉没。

陆至诚到了一次市公安局里去，知道了，市报上面所写的，的确，全都是真的，全都是真的。

全都是，真的。

天地赩红；红尘，哀癫。

灰沉、铁寒的一天、又一天。

一天、越一天。

陆至诚，每天、每夜的以泪洗面，不能自禁，不能自禁。

泪痕斑斑的灰寒睡梦中，陆至诚，始终都仍能悲见到仿佛真的是还没有离去的胡珊，依旧是仍在好好生活着的胡珊。陆至诚，恍蒙而却真切的，总是会痴深的看到，自己和胡珊两个人，是重新又开开心心的，在一起，快快乐乐的，去了大冬天里堆雪人，到了心青湖上去游玩，在阳光底下，玩着剪刀、石头、布。

然而，每一次从梦中醒来，陆至诚，都仍然只是独自尚在世。只有依旧是被自己微紧的拳握在着右手手心里的小小玉蝴蝶，仿佛一直都仍是在微暖的陪伴着自己，微暖，而流泪的，陪伴着自己。

而有些时候，陆至诚孑然的看着莹洁的玉蝴蝶，心中仍是会倏倏不禁的，熊熊战栗而汪洋悲绝的，惨泣回荡起那满天鲜火激扬的肝肠成裂，与哀不能生。哀不能生。就好像，是在胡珊最后的将温热的玉蝴蝶交塞到了他的右手中的那一刻里，他才是突然真真正正的醒悟、明白了的全部血泪辉煌一样，全部的，血泪辉煌一样。

但是，统统的，都回不来了。永永远远的，都回不来了。

全部，都回不来了。

人生，残酷而残酷。

天寒地冻，星辰坼落。

六十

灰灰寒寒的，每天、每天。

风，仍在继续的吹，继续的吹。

蓝天下，不尽的寒霾飞扬，哀尘痴旷。

这一天，胡小华，突然是来找到了陆至诚。年岁悄悄，胡小华都已经是个半大的小伙子了。

胡小华来，是想要请陆至诚，能否在今天，千万去一趟医院里的。是胡景生尚有一些事，想要一定当面跟陆至诚讲。

陆至诚默然的应了，便随即与胡小华，微快的出了门。

在路上，胡小华不禁眼圈有些红的，就是跟陆至诚讲，你原来是有病的事情，爸爸前两天知道了。那天，你告诉爸爸姐姐死讯的时候，爸爸他打了你，这两天，他一直觉得很不该。爸爸说，你对姐姐并不坏，他不想带着对你的错怪离开。爸爸知道，他自己的日子已经是不多了，所以，他要我今天，千万一定要找到你，请你来一次医院里。

胡小华破碎的说着，脸上不禁是淌下了热泪来，一刻就是哀哽了言。哀冥的默然中，陆至诚，眼角湿漉漉，浓红红的。

陆至诚悲栗摇了摇头，想要开口，却都已是被剧落的泪涛，给痛封住了喉咙。

很快的，就是到了医院里。

胡小华领着陆至诚上了楼，到了胡景生的病房。

病房中，静悄悄的。只有胡景生一个人孤单的躺在病床上。

胡景生看到是陆至诚来了，费劲的就是想要欠起身子来，陆至诚忙坐下来，安止下了胡景生。

胡小华为胡景生盖了盖好被子，便是一个人走了出去。病房里，就只剩下了胡景生与陆至诚两个人。

"……今天你能来……我很高兴……"胡景生虚弱而破碎的，向着陆至诚吃力的微笑了笑的，说。

陆至诚难禁蓦然大哀的一片悲陷，不能言对，不能言对。"……对不起……对不起……"陆至诚不能自制的颤抖说着，湿垂下着目光，声簌不堪，声簌不堪。

"不……今天，应该要说对不起的，是我……你生病的事情，我已经是知道了……那一天，我是不应该那样子对你的……真的，是对不起了……"胡景生抱歉极了的，破碎说着，吃力的便是微握住了陆至诚的一只手，而不禁凝哀然。一片深深的泪潮，从胡景生灰老的双眼中滚流过，"……不能怪你，不能怪你啊……这条路，是珊儿她自己选的……都是珊儿她自己选的啊……"胡景生蓦然悲哽不能成声，只泪花成行，泪花成行。

"……不……不是的……"陆至诚不禁悲从中来，声栗寒冬，"……如果不是我，小珊她是不会走的……她是不会走的……不会的……"陆至诚刹那泪如雨下的，头颤如碎，头颤如碎，"……我……我……"他悲泣的再不能言的，唯有紧紧的牢握着胡景生的手的，哀失成饮，哀失成饮。

胡景生灰泪倾流，"……谁都拯救不了什么……谁都拯救不了什么……谁都拯救不了什么啊……"胡景生悲握着陆至诚的手，涕泪纵横，声颤模糊，"……都已经结束了……都已经是结束了……结束了……"胡景生哭泣着，哀说着，哀说着。

陆至诚，痴泣失声，悲然碎天。不能禁，不能禁。

大片大片的阳光，像缥缈的哀葬一样，铺满着整间灰悲的病房。茫茫的，铺满着整间灰悲的病房。

两人，都艰难的拭去了眼泪。残余不尽的，拭去着。

胡景生泪眼模糊的，哀默了很久。痛淀了一会儿，胡景生才是微啜的，重新又抬转起了目光来。"……我知道，自己剩下来的日子已经是不多了……"胡景生灰烬的，强笑了笑的说着，欲言，一刻里，却又是都冥灭的失尽了声音。好一会儿，胡景生才是重新又强作微笑的，模糊的看向了陆至诚的，淡淡的又说了下去，"……所以……今天……我找你来，一件，是为了不想让自己真的就是会带着对你的抱歉，到黄泉路上去见珊儿，另外……其实还有一件事情，是我想要千万拜托你帮一帮我，让我、让我……也好了结了心的，上路去……"胡景生哀冥浓浓的，断碎说着，不禁微又激噎然。

"——您放心，只管说。"陆至诚不禁哀冥恻然的，忙点头答应着。

胡景生感激的，对陆至诚，带泪微笑了笑。他，长长的瑟吸了一口气，"……我想，你肯定已经是猜到，那天在病房里，我说的那个姑娘，到底是谁了，对不对——"

陆至诚瞬然，不禁重缠的错莫哀旷，与哀复的千牵悲结。他不由是沉坠然的，微低下了头去，"……她，就叫郭美丹，是不是……"陆至诚难禁深深凄凉的，嘴角哀弯了弯，不禁微寒颤的，轻然答说。

胡景生瑟悲的，一刹不禁泪蒙的，稍然点了点头。"……没有错，珊儿的亲生母亲，其实，就是她……就是她啊……"胡景生声泪模糊的，悲老说着，"……我应该，要早些决定告诉珊儿的，要早些决定告诉珊儿的……但是我……但是我……"胡景生泪流满枕，哀栗的，殒碎、悲不能言。深深殒碎，而悲不能再言。胡景生栗止着泪，哆嗦的，一时间，深深紧紧的握住了陆至诚的一只手，"……我……我想，最后再见美丹一面，最后再见她一面，你能不能、能不能帮一帮我——帮一帮我——"胡景生哀冥的，不禁痴泪，拜托说着，而语被声断。

陆至诚，终然凄然泪下。他不禁的，是双手歉然紧紧的，翻然一齐深深的握住了胡景生的手，"……对不起……对不起……"陆至诚哀垂着头，声泪模糊，难以言说，不能言说，"……其实……其实……"陆至诚哀然泪流，而实在是难以说出口，不能说出口。

胡景生不解然。

陆至诚，口齿发颤。

"……其实……郭美丹她……去年秋天的时候，已经去世了——"

陆至诚，栗然的，最终说。

胡景生，脸面成雪，眉目若崩。

胡景生，不能相信，不能相信。

一片、一片的斜薄阳光里，都像是激流起了哀然失语的红泪。

灰红的惨泪。

陆至诚，不得不的，为胡景生完整讲述了郭美丹的结局，以及郭美丹是在失去了孩子之后又发生的全部故事。

胡景生泣然为冥、灰岑成空的，就仿佛，剩余的全部生命，都已是化为了再不需要眷恋一点点了的云烟。风烬，云烟。

胡景生惨泪的，哀喃着说，想不到，我们三个人，是终于能在黄泉下一家团聚了，是终于能在黄泉下，一家团聚了。

凄寒四壁，哀终声声。

云烟，尽散。

陆至诚戚冷的离开医院的时候，已经是傍晚了。

陆至诚凝凝的眺望着天际。残破、阑珊的风红夕阳，就好像是一江永远都流不尽的，悲破哀亡。

黑夜离白昼，谁与共天光。

大江奔流。

六十一

茫空浩瀚。

寒冬腊月里的天空，一直都很蔚蓝。蔚蓝的，很悲哀。

每一天，依旧埋葬着每一天。每一天，仍然开始着每一天。

没有尽头的蓝天中，飞鸟天际孤单。

泪光模糊，红尘烟树。

西风凋锦绣。

一天，依然又一天。

又一天。

——阳光晴美的，街心花园中，陆至诚，一个人。

陆至诚一个人，安静而出神的，坐在花园里的那一张若旧白色长椅上。

空空哀哀的白色长椅上。

不远处的绿绿草坪上，明媚的阳光下，一些小孩子们都正在天真而欢乐的玩耍。开心而稚幼的笑声，不时的在草坪上如波纹一样徐徐的荡漾开来着。尚不知人生的，不住的欢乐荡漾开来着。

风寒如缦。

陆至诚，依然难禁惘葬的，哀魂出着神。

苍茫的阳光，浩惘而粗砺的镀在着陆至诚的身上，令陆至诚一直不由的感到着一种浓浓温暖的凄凉，让人整颗完全的心，都像是被一地阳光的气味给不禁悲哀而深深忧伤的浸泡着，浓浓、深深的不禁浸泡着。在纷纷纭纭的一刻里，有百样以往的情景，都直似是在陆至诚的心目前涓流放映着，千种哀酸的滋味，都难禁的扩散满着他空悲的躯体，深深的痴溺，深深而不能自禁的蒙泪痴溺。

来来往往的马路上，车笛声声。陆至诚，却又仍是被惊耳的鸣响给拉回到了残酷的清醒中来。一股血流如注的清惨，一束束摄目而凄注的阳光，就像是一种残忍极了的火焰照明，熊熊的光亮着天地间全部坚固的现实。一切的幻象真实的破碎；一切的凄悲，真实的如覆水。风声猎猎，陆至诚哀冻的看着自己在地上的凝灰身影。全部，都只好像是尽被风籁深刻挖镂空了的斑斓悲殒，斑斓悲殒。

尘寒落梦，风洗泪花。

天地空荡，回声依旧。

陆至诚凄没的垂着头，哀凄的擦去着两眼中满满的湿漉漉。

悲不尽的泥沼不堪，荆草丛生。

“嗨，先生——”

忽然的，一个声音温淡传来。

陆至诚在凄痛不堪的流淌中，恍然的一怔，不禁便是转抬起了头来。在不远的地方，正是仍旧是拎着一只小红桶的，卖花小女孩，水月。——陆至诚凄然的回转过了神来，在蓦然中，终还是感到了一点冥冥的安慰。

“你来啦——”陆至诚使劲的收敛起凄浓的哀伤，用力的微笑了笑，应然说。

水月开心的笑着，小跑的就是来到了陆至诚的跟前，“——先生，你今天又是一个人在这里哪?”

陆至诚不能言语的，嘴角默盛满着凄悲。陆至诚使劲的，阳光戚然的笑了笑，“……呵……我可是在这里，候了你好几天了——”

“候我？——为什么啊?”正乐乐然的水月，一时间，不禁是不解。

陆至诚禁着痛凄的哀伤，默然的笑了一笑。“……上次，和……和我一起坐在这里的那位小姐，不是……不是答应好的，要……要跟你来买一束蝴蝶兰的吗——”陆至诚尽力的保持着平平静静，强作着微笑的说着，却仍是不禁的生着微颤，“……我……呵……我是来，想要为她完成……完成承诺的。”陆至诚强禁下蓦然的满泪，微笑、微笑，“……你……你今天，嘿，有没有带着呢——”陆至诚痛禁的欢颜，笑笑问。

水月不禁高兴的欢笑了起来，踮踮了好几下，“——哈哈，都这么久了，你们还记着呢——”水月快乐的说着，而不禁是有些感激然，“真的是谢谢你们了，你们一直都照顾我的生意——你们真都是好人——”

水月低着头，一会儿，便是从小红桶里掏出了一束是用纸包装好着的素白色蝴蝶兰来。“先生，只有这最后的一束了，是白色的，你要不要——不好的话，我可以回去换——”

陆至诚不禁的凝视着面前这一束素白色的蝴蝶兰，正是与自己以前爱养的那一盆白色蝴蝶兰花朵一模一样的，一束美丽极了的兰花。——陆至诚的整颗心，都直像是在猛然的刹那中，被人给飞带的错落回到了许多年前的，同样此地中。

陆至诚深凄的凝转回了神来，忙蔽哀的浅笑了笑，“——不用换、不用换。这一束，我很喜欢，很喜欢……真的，很漂亮……”陆至诚笑容微戚的，掩哀的说着，便是很小心着的，轻轻的就从水月的手中接取过了这一束蝴蝶兰来，“……我想……她……也一定是会喜欢的……”陆至诚不禁破碎痴然的，说。

陆至诚深黯的不禁出着神，深深哀伤地凝视着自己手中的素白花束，两眼中，就像是被洒满了烛红色的朦胧、流珠。

水月很高兴的欢笑着。只是，她蓦然的，像是不禁的又想到了什么，“……哎，先生，那位小姐，今天为什么没有和你一起来啊？”

陆至诚瞬然惊醒，不能言语。不能言语。“……她……已经走了……”陆至诚整面的鼻腔中都像是充满了成空成灰的纸烬哀味的，残缺的灵魂中排山倒海的尽似是在被灰烬的气息割破着生命的神经，“……她……以后……都再不能来了……”陆至诚，艰难极了的说。

“她走了？——去哪儿了啊？”水月一下子，却是并未就听明白的，仍问。

陆至诚清醒而破碎的，不能面对。不能面对。“……她……去到了一个永远……永远不会有不开心的地方了……”陆至诚哀颤满面，而满满的舌头上都像是被涂满了砒霜一样只字难言的，全部的精神废墟里都像是在红彤彤的风扬出万千刺目的血泪灰尘，惨绝不堪，“……她……再不会回来了……”

陆至诚痴然哀陷，而惨不成声，风华如血。

花束呜咽。

水月不禁深深的失落，而浓浓的怅惘，没有声音的唏嘘，“……怎么会这样……我很喜欢那位小姐的呢……”水月茫茫忧伤的出着神，泻望着光辉而空洞的天际，不禁的，喃然自语。

陆至诚不堪承受的，真的是很害怕，小水月会不会再要说些、问些什么。陆至诚敛禁着悲，忽然顿想到，自己手中的兰花是都还没有付钱呢。——陆至诚轻唤晓了正出着神的水月，岔开着话的，便是问知了花束的价钱。

陆至诚付了钱。水月有点心不在焉的收放好了钱，微有些凝然的，就是轻轻说了声“谢谢你”。她仍不禁有些痴痴的出着神。像是犹豫了一会儿的，她终究，便是又开了口，“……那……先生，是因为你让那位小姐不开心了，所以她……才决定离开的吗？”

陆至诚，虚弱的溃去。“……是……是啊……”

“……那么，先生，你舍不得她吗？”

“……嗯……”

陆至诚，落然垂泣的，悲惨不能。悲惨不能。

“——先生，你要是真的舍不得那位小姐的话，就一定要去找她回来啊。不管怎么样，一定要去找她回来啊。只要去跟她说对不起，去跟她说出你心里全部真正想要告诉她的话，她一定是会回来的。一定是会回来的，一定会的，真的，先生。精诚所至，金石为开。真的，先生。精诚所至，金石为开啊。……”

一点点、一点点的温煦阳光，都像是在被一滴滴、一滴滴的晶澄泪珠给积攒着起来，哀热的，片片积攒着起来。

陆至诚，泪湿兰花。

有人在喊水月了。水月最后的，便是只能与陆至诚，告了别。

磅礴的，阳光汪洋。

陆至诚泣看着白色的蝴蝶兰，不禁再次的，就是好像又重新蓦回到了许多年前，自己第一次约胡珊出来的那时候。自己，就好像是才刚刚和胡珊一起去买好了一盆白色的蝴蝶兰，回来，一起伴坐在着这里。在彼此开心的谈说着。——全部真实的东西，都已真实的消失了。但所有的回忆、感觉、幻象，却都仍真实的存在着。在人的精神生命中，分明活生生的真实存在着。残酷的，统统真实的存在着。——真实的，存在着。

陆至诚，涕泪纵流，身心粉碎。

人生，幻觉。

幻觉，人生。

……“我等你——至诚哥，我等你啊——”

陆至诚，痴疯啜泣。

痴疯的，啜泣着。

天风飒寒。

悲鸣不尽。

六十二

红尘茫茫。

晓风残月。

旧岁将尽，很快，就要到春节了。

每晚的夜空中，都会有许许多多漂亮的烟火，绽放。绽放。

人间，很灿烂。

陆至诚发了一场高烧，烧到了四十多度。但陆至诚并没有感觉到一点点的痛楚。

飞鸟天际徘徊。

星辰璀璨。

一天，程素梅来找到了陆至诚，是梁啸刚已经知道了陆至诚帮助梁家得到何氏投资的事情，所以，他想要最后的，再见一见陆至诚。

程素梅老泪纵横的，是请求着陆至诚，一定要答应，一定要答应啊。

陆至诚哀面向着窗，不禁悲泪血红的，是激烈的默然了很久、很久。——而最终，陆至诚，终是，瑟点了点头。

——看守所中。铁窗内外。

……

"……不管怎么样，我……还是要真心的，跟你说一声谢谢——"梁啸刚哀泪悲笑的，低垂着头，哑然的说着，"……谢谢你，帮助了我们梁家——"

"……什么……什么都不重要了……不重要了……"陆至诚不禁惨淡的落着泪，凄栗的默然，"……已经是全结束了……已经，是全结束了……"

灰寒的铁铐上，难禁的，是洋洋的流淌着晶热的簌泪，"……是啊……已经……是全结束了……"梁啸刚栗栗泣笑的，悲颤着，便是重新的抬起着头来，"……我想……等到了黄泉路上，我应该……是不会再有脸，去找她了……"梁啸刚泣笑不堪的，噎然断续的，是说。

陆至诚，灰泪倾雨，"……你我……都有着一样的罪恶……都有着，一样的罪恶……"陆至诚哀泣的，簌垂着头，惨然笑说。戚惨的，是说。

梁啸刚，悲光灿灿，流泪默然。——流泪默然。

——"……要是我们，都可以重新回到从前，那该有多好啊……那，真该有多好啊……"

梁啸刚冥啼飘残的，旷然哀缈说。

不尽缅然的，哀缈说。

……

陆至诚，与梁啸刚，相视而泣。

相视而泣。

天风瑟瑟。冬寒不息。

江南，江流不尽的，悲欢离合。

生离，死别。

六十三

很快，便要到大年夜了。

人间熙熙攘攘，红尘流光飞舞。

陆至诚，越来越失力不堪了。

越来越严重的，失力不堪了。

有时候，陆至诚灰亡而虚弱的深冥独坐着，哀寂的空耳岸畔，仿佛总仍是会清灵荡荡的悠扬回响起，在那一个茫茫的黑色夜晚中，从那一只漂亮的音乐盒子里，所是飘奏出的“叮叮当当”美好乐曲声。挽然的，旋律声。而灰淡的空气中，都像是充满了人生已尽被层层掩埋了的泥哀黄沙气味。陆至诚完全的灵魂，都空散悲哀的像是完全的消变为着灰薄的一袭云罗。云罗的纹隙中，纷纭的疼痛跃动。灰哀的粒粒泥沙，就似是在悲刺的疼痛中，完全的联结着陆至诚残余生命内的每一根神经与每一分血肉。灰沙、屑烬一样的茫茫缥缈悲哀，像在黑暗中纷纷破碎去的惨淡星辰，流落的填积满着陆至诚所有的残缺与空虚。

举目，凄高的天花板上，像是仍寒淌满着那些无尽悲泣不堪的泪珠。低头，灰寒的地上，像是依旧盛绽满着那些无数鲜红璀璨的烟火。凝然环望，冷冷黯黯的墙壁上，像是尚留映满着许多，自已从前的好些生活与矛盾，以及，胡珊那些仿佛都未去的欢悲音容。飘飘荡荡，哀茫不堪。——陆至诚泪花模糊的合上眼，辛酸的眼皮中，尽是纷至沓来的空荡余恨、百千情憾，和不尽悲惨。悲燃的奔热痛楚，破碎的流汇入着陆至诚残生灰茫茫的空绝中，浓重的生幻出一片在人间的真实中最悲哀的凄寒暝色。烛红的，云涯化烬的暝色。天地苍蒙的暝色中，陆至诚流泣难已，而但又涣然不禁的浸感到着一湾另样空谧的安详。一湾，便似是只要等待死亡了的，静悄悄的，湮终安详。

陆至诚，残生戚凉。

星空暗淡。

——火红的“乒乒乓乓”爆竹声，每天很多。

真正的春天，就要到来了。

春暖花开的融融日子，都已像是站在严冬的尽头，舒缓的伸展开了它蜷拢着的双翼。

簌瑟的寒风，也仿佛是在开始变得暖和了。

真正的春天，很快，就要到来了。

——大年夜了。

芳草新生，江流回暖。

下午的时候，陆至诚，去了一次觉音寺。

千里碧蓝的天空中，浩茫的漂流着一些洁白而轻盈的淡云。淡淡，而华美极了的，洁白素云。

斑驳的澈寂，微风依稀。

陆至诚悲锁的，踏入了古刹的寺门中。

冷冷落落，空磬声声。

凄凉入风。

陆至诚心丝散落。往昔偕来的纷纭忆象，如湍湍的溪流一样不断的，向陆至诚扑面沁来。而尽已是永然消亡了的绝然湮灭的失痛，残酷的，却又是再次的在陆至诚血痕斑斑的心底，凶猛的徊徨不堪。尽已是永然消亡了的，残酷徊徨不堪。陆至诚冥痛不尽，而又是完全难以自拔的，清醒不堪。——陆至诚完

全不能承受的，像发疯了一样的，深深不尽的，深深的淹没化入着满天废墟的哀沦幻梦之中。

“……我们，会有来生的。”

陆至诚泪然的，痴悲破喃。

陆至诚哀萦的，寒踏入了大雄宝殿。

佛像庄严。

陆至诚，禁泪的，去上了香。

陆至诚痴簌的，在庄严辉煌的慈悲大佛像前，缓缓、缓缓的，哀跪了下来。他红泣难禁的，瑟瑟的深视着金色的大佛像。——陆至诚，凄披颤沥的，悲战的掏出了，那一块晶莹温暖的玉蝴蝶来。

陆至诚落着泪，将玉蝶绕拿在自己右手的掌心中，然后，悲碎的，便是将自己的双掌，在自己的心口正中央前，紧紧的，合了十。陆至诚潸然泪流的，向着灿绚的大佛，没有声音的，说了好多、好多的话。——说了，好多、好多的话。

陆至诚哀战的说完了话，便是凝然的分开了自己合在心前的双手，完全的弯伏下了自己的身子去，在佛前灰硬硬的冷地上，实实笃笃的、重重极了的，烫磕了“咚、咚、咚”的，六个响头。

六个，响头。

陆至诚凄擦去着自己的泪花的，失力的，踉跄站立了起来。

金光大佛绚灿，人世悲凉百年。

陆至诚哀破的，痴然泣笑了笑，便是就离开了大雄宝殿，往寺后面走了去。

觉音寺的后院天井中，凄凄空空，而荒荒寂寂。

那拱形院门的两旁，已是新换上了一对金黄色的门联：“薄暮空潭曲，安禅制毒龙。”

陆至诚凄悄的来到了古老而清明的许愿潭旁。

陆至诚悲愦的，痴默伫站着。

沧桑的许愿潭水，粼粼潺潺，而凉澄如昨。

空明不已。

陆至诚泪光模糊的，哀痴的，左手泣伸入了自己的衣兜中，寒簌的掏出了一枚光锃锃的硬币来。

陆至诚忍禁着泪花的，痴然忐忑。

陆至诚极屏住着神，终于，是左手往前，用力的一丢。

然而，直空空的，“咚——”的一声。

重重的，一阵水花冷溅。——丢出去的光华，却是竟，完全没有落着在潭水中央的大石头上。

离离绚烂的泪珠，从陆至诚凝凝凄破的双眼中，一下子的，悲滚而出。

四分五裂的冥痛熊熊。

“不会的、不会的、不会的……”

陆至诚哀裂的，心啜不堪。

心啜，不堪。

但是，陆至诚第二次的丢出，依然没有中。

第三次的丢出，依然没有中。

陆至诚，悲哀欲绝，泣不成声。

“不会的，不会的……不会的……”

陆至诚悲簌似雪，痴泣如疯。

痴泣，如疯。

陆至诚，第四次的，丢出了硬币。

仍旧，是没有中。

陆至诚，癫然流啼。

癫然流啼。

片片白云悲。

“……不……不……”

陆至诚癫泣的，第五次，是向着冷潭中的大石，使劲的尽丢出了一枚硬币去。

尚带着陆至诚悲癫的余温的光华，在茫茫的灰空中摇摆的漂划了一个弧，最后，“当——”的一声，终于，稳稳正正的掉落在了水中的大石头上。

终于，是稳稳正正的，掉落在了水中的大石头上。

陆至诚痴揩去眼泪的，哭喜不已。

哭喜不已。

陆至诚痴然开心的，看着亮锃锃的硬币，是在灰秃秃的石顶上定定的停留了好一会儿，然后，才是缓缓、缓缓的“咚”一声，轻轻的滑落进了清澈的潭水里。

微微的，几点像似欢乐的水花舞然飞扬。淡淡的，几圈像似幸福的涟漪荡漾了开来。

几圈，像似幸福的涟漪荡漾了开来。

陆至诚，深深的沉沦浸没入着一潭空幻的美丽希望之中。

空幻的，一潭美丽希望。

太阳的光，像一片从天泻下的暖春。

温煦，深深。

然而，覆然的转瞬间，一个黑暗而残酷的心音，就像是又一次的，在陆至诚的心灵中完全粉碎着所有的泣说着：“……不在啦……不在啦……不在啦……”

陆至诚，葬泪绝破，潸然血疼。

悲绝的极痛，哀亡的绝痛。

“不——!!!”

陆至诚，完全哀失去着声音的，向天悲号。

向天，悲号。

大地涕泣。

散云飘碎。

陆至诚，痴疯的，抬扬着头。

鲜金色璀璨的温红太阳光，澄澈、凄迷的，从浩白而悲哀的纷纷嶙峋云隙中，缓缓地流照着下来，茫茫地徘徊映现出着视线天地间的梯样波纹尘埃。光辉而瑰然的尘环中，飞飞舞舞的，好似皆是她胡珊依然的存在。在满天满地中、举手抬目间的，最最真实的存在。

最最真实的，清澈存在。

……

"……至诚哥，你刚才也在心里许了愿吗？"

"是啊。"

"你许的是什么愿啊？"

"我在心里说，希望小珊每天都能过得开开心心，只要小珊能过得好，哪怕让我折寿也愿意……"

"我不许你这么胡说——"

"……我说的是真的，只要小珊你能过得开心，我可以什么都不要——"

"……其实只要有你至诚哥对我好，我就已经是很开心了……刚才我许了一个愿，就是希望我们可以一辈子都在一起……这是我第一次许愿，也不知道灵不灵……"

"……我们啊，一定会一辈子都在一起的，我还想要好好的照顾你一生一世呢……"

……

红尘的纭纭飞舞中，千千万万的绚光灰烬，都像是霏霏的雨化为着无数的奇丽红花瓣，碎灿的落渗入着陆至诚的身体。不断的，纷纷纭纭的落渗入着陆至诚空暗的身体中。一簇又一簇的纯焰的温暖与焕光，在陆至诚如无边的黑岩一样亡绝了的宇宙中洋溢了起来，满满的，洋溢了起来。许许多多熊熊燃烧着的鲜红美丽极了的花瓣，一场、一场的，都像是在从陆至诚生命灰洞洞的双眼里、双耳中，灿烂极了的，充盈的满溢着出来。满满的，光辉洋溢着出来。陆至诚，深深、深深的，就像是淹没在了，一片永不会消失了的，温暖的红花海洋之中。深深、深深的，浩瀚红花海洋之中。——陆至诚，痴尽的，觉感到了一场归宿。一场，永不会再有真正的残酷与消亡了的，心灵的归宿。

永远了的，心灵的归宿。

"……对不起……对不起……对不起……"

陆至诚，癫疯了的，痴喃着、痴喃着。

冬风凄泣，天地渗泪。

佛土慈悲。

——黄昏了。

觉音寺中，洪浑的，响过了旧年的最后一声钟鸣。

陆至诚，依然孤独的伫站在清寒的许愿潭边。

洁白的云天上，悠悠的，飘落下了一叶孤独的雪花来。

陆至诚痴癫的，安谧的，静静滞伸出了右手去。

冰亮亮的雪花，轻盈而温柔的，覆盖在了陆至诚右手掌心中的晶莹玉蝴蝶上。

磅礴的鹅毛大雪，顷刻间，纷纷扬扬而下。

纷纷扬扬的，齐齐从天而下。

旋回、浩舞的，冬寒壮美。

洋洋飘羽一样的洁白飞雪中，陆至诚簌然的转过了头。他不禁开心的，是远远的看见了，依然仍好好是活着的胡珊，正在微笑着的，轻快向自己走来。

轻轻快乐的，向着自己，走回来。

陆至诚，不禁是幸福的，浅浅欢笑了起来。

风暖吹雪，人生成梦。

花雨滂沱。

……

元宵节的美好灯火夜晚，胡景生，在病床上，永远的合上了双眼。

三个月后，梁啸刚一审被判死刑。他放弃了上诉。最高院下达了枪决时间。

梁啸刚被押赴刑场，执行了枪决。

天地哀凉，而苍茫。

尾声

一

若干年以后。

一个,萧瑟的深秋。

黄叶,飘满天地。

在凄凉的墓园中。

一块灰灰旧旧的石碑前。

陆至诚和胡珊,依然正在欢快的游玩、嬉戏着。

沁碧的芳草地上,缤纷的散落着一堆光亮的拼图,及一卷灰蓝色的线轴。

两个人依然幸福的,欢快的游玩、嬉戏着。

笑语盈盈,天人不隔。

花好月圆。

徐徐的凉风中,陆至诚和胡珊安静地并肩坐了下来憩息。两个人安怡的十指相扣着,齐面向着阳光的恬坐着,静谧、快乐、美好,而满足。

美好,而满足。

和风絮絮,而绚绚。

陆至诚,深深,眷恋的浓郁。

"……小珊,这些年,有你能陪着我,我真的……过得很开心……很开心……"陆至诚不由,莫名有些年岁的怅触地说。

"嘿嘿,我也很开心啊……"胡珊一如既往的,单纯的幸福的,痴痴的热忱地说。

"……我们要是有下辈子,真希望,依然可以像现在一样的开心……呵,永远像现在一样的开心……"陆至诚濛濛不禁的,远远,憧憬极了的,幸福地说。

"嗯,我们一定会的……一定会的……"胡珊笃信的,粲然欢乐地说。

陆至诚和胡珊幸福地相视着,不禁快乐地欢笑了起来。心心相印着不渝的,尽情的,欢笑着。

尽情的,欢笑着。

人间美满。

风华茂茂。

——凉爽的秋风中，淡淡的，像是吹起了一点点茫茫的冷。

陆至诚，深深、隐隐的，忽然感到一阵微微的心疼。

“小珊，我们……该要回家去了……”陆至诚不禁，有些不能承受地说。

“嗯，好啊。”胡珊温煦的点了点头，说，“……至诚哥，今天，就让我来带你回家吧，好吗？”

“呵，那好啊。”陆至诚开心地说。

胡珊嫣然璀璨的，便是小心的搀扶着陆至诚的右手，和他一起站立了起来。

陆至诚粲然的在光环烂漫的阳光中。

陆至诚，莫名有些冥冥的不舍的，伫然的最后又回望了那块灰灰旧旧的石碑一眼，便是与胡珊一齐，终然的离开了寂寂岑岑的墓园。

两个人，甜津津的，上了路。

胡珊轻轻欢快的温暖搀牵着陆至诚的右手，带领着他，往回家去的路上，悠悠的走着。

陆至诚缓缓的安然跟步着，旁望着大路上熙来攘往的纷纷人潮，真觉得，自己，是这个尘世上最最幸福的人。

欢笑，涓涓。

天地比翼。

忽然，一阵浓重的瘫软，没天没地的从陆至诚的脊椎内，蓦然的，轰炸了开来。四碎激飞的，烈烈轰炸了开来。

陆至诚失力极了的右手，从胡珊温暖搀牵着的双手中，簌簌的，分开离落了下来。

陆至诚的左腋，紧紧地倚撑在了路旁的钢铁栏杆上，重软的双膝，才是勉强没有碰着地。

陆至诚，深深、深深的，清晰感到了一阵鼓鼓的心疼。

就像是浩茫黑暗的大宇宙，正在洪流的汲干着陆至诚残余生命中的尽然灯火。陆至诚，一溪失去的寒惶。

陆至诚，最终，欣感到了一湾安详。一湾，深深温暖如红花海洋的，静谧安详。

胡珊，紧张极了的，使尽着劲地搀扶着陆至诚。

陆至诚，尽然的笑了一笑。他顽强地拼命仍坚持着的，终于，是颤颤巍巍的，重新又站立了起来。

胡珊泪光潋滟的，凝视着陆至诚。

陆至诚，一片难以释怀的血色忧伤。

胡珊泪涟涟的，痴痴靠入了陆至诚战栗的胸怀中。

“……至诚哥……不管你变成了什么样子，我都一样不会离开你……”胡珊啜泣着，痴真极的，深深说。

陆至诚，涣然泪下。

“……小珊，我爱你……”陆至诚，深深的，终拥着胡珊，“……我爱你……我……爱……你……”

两个人，深深的，相拥而泣。

深深的，相拥而泣。

陆至诚眼眸潸红的，擦去着胡珊的眼泪，擦去了自己的眼泪，“……小珊，带我回家吧……”陆至诚痴然粲笑着，坚定而决绝的说。

“……嗯。”胡珊泪眸璀璨的凝视着陆至诚，深深的，使劲点了点头。

胡珊破涕为笑的，温暖的，重新便是又紧紧地搀牵起了陆至诚的右手来。

陆至诚，紧紧的，也是牵握住着胡珊的手。

两个人，牢牢，而温暖的，相牵握住着手，凝然地相视着，彼此，都是幸福的，粲然笑了一笑。

胡珊幸福地带领着陆至诚，搀侍着，缓缓的，向前行着、向前行着。

陆至诚，蹒跚的，顽强极的，是依然拼命坚持着的，往前迈着步、迈着步。

十字形的光明路口，就在不远的前面了。

就在不远的前面了。

陆至诚和胡珊，开心的，沁着泪，相视一笑。

两个人幸福的，是紧紧相牵握着手，一齐，走到了宽大的十字形的光明路口。

光明泱泱。

“至诚哥，你看呢，我们很快就要到了——”

胡珊欢欣极了的，是高高的伸指向着往西去的那一条路的尽头，灿烂地说。

陆至诚盛花锦绣的，是美满高兴极了的，眺望向了胡珊璀璨指往着的那一个尽头。弯弯曲曲的大路的，璀璨尽头。

只见，在浩淼而辉煌的尽头，路天相交处，是恢伟的一大片红光垂流、金芒波澜的磅礴火烧云。广澈而无际的荡荡碧空中，熊熊燃烧着的彤艳斜阳，天涯生华的，正在向着霓彩涛瀚的壮丽云海泻洒着无尽的光明与温暖，像无尽的海洋一样的，泱泱的光明与温暖。而，在那无限绚丽辽阔的宏灿火烧云海中，正是夺目的有着一座，像天堂一样美丽的花园。

一座像天堂一样，美丽极了的花园。

在绚美缤纷的光明花园中，有着饱满清暖的澄光、温软而茸绿的小草地、高拔阴凉的大树、无比芬芳而纯洁的七色花丛。在鲜艳的澄光中，有轻盈的风筝在随着微风飘荡；在葱葱的草地上，有雪白的小兔儿在快乐的奔跑；在生机勃勃的大树上，有可爱的小鸟儿在欢舞的歌唱；在美丽的花丛中，有双双的绚丽蝴蝶，在璀璨极了的，萦萦绕绕飞舞。温馨翩翩的飞舞。美轮美奂，天上人间。

天上人间。天堂花园。

最最美丽的,天堂花园。

陆至诚和胡珊,幸福极了的,相视而笑。

“至诚哥,公公和婆婆要是知道我们回来了,一定会很高兴的——”胡珊欢笑的说着,“我先去告诉公公和婆婆,要不要?”

陆至诚非常开心的,点了点头。

陆至诚,满怀欣盼的,便是雁望着胡珊,兴高采烈的快奔到了大路的华美尽头,轻轻的,踏上了云端,然后,就是微跃的小跑到了绚目的天堂花园前,喜滋滋的,打开了大木栅门,走了进去。

陆至诚,出神而徜徉的,光明的翘望着。

忽然,一阵淡淡尖利的车笛声,在陆至诚的耳畔鸣扬了起来。陆至诚不禁的,惘惘然被声音拉转回了头来。

陆至诚,微微有些惝恍的,茫茫终看着旁路。依然熙来攘往的纷纭人潮、车流。似真,似幻;如戏,如梦。

但是,蓦然间,远远的,一个在此刻,就正站在着对面路口的清瘦女子的身影,却是清晰而真切的,一下子,便映入了陆至诚恍恍惚惚的眼帘中。陆至诚依稀的感到了一阵微浓的熟悉,却又已是完全再不记得,她,到底是谁了。只是,在流光飞舞的一瞬间,陆至诚的脑海中,模糊的印满了一片,自己曾经是和她,对坐在一间是充满了阳光的客厅里的景象。有些淡淡忧伤的,已远景象。

女子的一只手中,牵着一个可爱的小女孩儿。而牵着女子另一只手的,则是一名很帅的长发男子。

陆至诚,远远的,凝望着他们三个人,莫名的,感到了一种深深的欣慰。

三个人,踏上了往东去的路。

陆至诚远远的,缈缈目送着他们,消失在了茫茫的人海中。

陆至诚,了然释怀了的,淡淡笑了一笑。

陆至诚重新的,便是又欣然地瞭望向了光明的西方。

红云璀璨,花园绚烂。

终于,胡珊是喜洋洋着,兴冲冲的小跑下了云端来。

胡珊开心极的,是飞奔回到了陆至诚的身旁。

“至诚哥,婆婆已经煮好了汤圆,正在等着我们一起回去吃呢。”胡珊明媚的拉着陆至诚的手,高兴地说。

“……小珊,我们终于是可以,真正的永远相聚,不分离了。”陆至诚终然幸福的,说。

“嗯。”胡珊痴痴甜暖的,将头温馨的依偎在了陆至诚的肩头上,“……至诚哥,我爱你……”

陆至诚,深深的,感到了一湖结束的美满。

陆至诚，最终的，浓拥了拥胡珊，在她的额头上，深深的，吻了一吻。

陆至诚和胡珊，彼此最终美满幸福的，粲然的，相视着，笑了一笑。

两个人，紧紧暖暖的相牵着手，共同的，飞奔向了辉煌的火烧云海。

共同的，飞奔向了辉煌的火烧云海。

璀璨的幸福；绚丽的辉煌。

天地间，火焰熊熊。

泱泱。

忽然，一阵毁灭的瘫软，终结的，在陆至诚全身的每一根骨头里，彻底的完全轰炸了开来。

陆至诚坍然一下子的，摔跪在了粗砺的大地上。胡珊慌忙的，是使劲极了的搀扶着陆至诚。陆至诚，一阵深深难已的衷痛如绞。一幕模糊的倏然中，陆至诚开始不禁浓烈的感觉到，就好像是有什么东西，正在自己的右手中沁疼的，在自己的右手手心中。

陆至诚终于端详清楚了，疼在自己右手手心中的，竟然就是胡珊的那一块莹洁玉蝴蝶！竟然，就是胡珊的那一块莹洁玉蝴蝶！——半梦半醒间，陆至诚蓦然的方始惊破发现，胡珊，早已经是完全消失不见了。完全的，消失不见了。

一猛阵轰雷一样的震栗袭来，莹洁的玉蝴蝶，从陆至诚发着抖的手心中，悄然的，滑离坠落向了顽硬的大地。“啪”的一声，震耳欲聋的，摔成了粉碎粉碎。陆至诚溃碎的，心撕肝裂。——霎那间，很多很多年以前，陆至诚在一个寒冷的清晨所梦到的一场玉蝶殒碎，第一次完整的，再度在陆至诚的脑海中徐徐的展现了出来。

陆至诚，真实的清醒了。

完全的，清醒了。

陆至诚明白了，这么些年，自己，只是疯了。全部，只是疯了。

陆至诚泫然泪下，痛哭流涕。

痛哭流涕。

天地成烬。

陆至诚，最终没有能够合上双眼的，静谧地躺在寒凉的大地上，悄悄的，离开了这个世界。

永远的，离开了这个世界。

繁华落尽，红尘凄冷。

风华瑟瑟。

二

一家名叫“水月花铺”的花店。

秀丽的橱窗中，摆满了五颜六色的灿美的蝴蝶兰。分外缤纷、绚烂。

唐梦佳不禁的驻足，忧伤而哀惘的，出神的谛视着橱窗中的兰花。

“……怎么了？”长发男子，不禁问。

唐梦佳回了神来，莞尔一笑，“……这些花，真漂亮。”

男子淡淡的，笑了笑。

“妈妈，妈妈，我肚子饿了，我肚子饿了……”

小女孩牵住唐梦佳的手，晃晃的，小嚷了起来。

“叔叔去给你买一些点心来吃，好不好？”

男子微笑的，对小女孩说。

小女孩却是低着头，不答话的，只依旧晃来晃去的牵拉着唐梦佳的手。

唐梦佳微微有些无奈的，抚慰的摸了摸孩子的头。唐梦佳向男子莞尔一笑，“……不用了。”

男子宽谅的一笑，“要的，小孩子不能饿。前面刚好就有一家点心店，我去去就来——”男子转头，微笑着抚了抚小女孩的头，“小念君，等着啊。”

男子淡淡笑然着的，离开了。

唐梦佳温存的在孩子面前蹲了下来，伸出手，为孩子顺了顺弯弯的小辫子，“念君，妈妈下个月就要和邓叔叔结婚了，到时候，你一定要改口叫他爸爸了，知道了吗？”

小女孩不开心的，不言语着，但最终，还是非常听话的，点了点头。唐梦佳凝然的看着自己的女儿，双眼却不禁的有了些湿润。她默然的将女儿拥入了怀里，紧紧的，都觉得自己的心尖，是被那一片心形的杜鹃金坠，给硌得生痛、生痛。

一阵凄厉的秋风掠过，冰凉的泪珠，差点就是从唐梦佳的眼眶里滚落了出来。

“……诚，你知道吗，我回来了。”

浩宇茫茫。

秋凉飒飒。

三

一转眼。

十几年以后。

台北市。

一个华丽的秋日黄昏。

在一座灿美的像天堂一样的花园中。

有一个坐着轮椅的小男孩。

和一个活泼、美丽的小女孩。

“子杰，你今天折的是什么东西呀，真好看。”

“我折的是纸星星啊。等我把它们都串好了，给你玩。”

“嘿嘿，嗯。你会的真多，上次你教给我的千纸鹤，我都还没有学会折呢。”

“你真笨。等会儿，我重新再教你。”

“嗯，好啊。嘿，对了，今天我带了好吃的糖来呢，我们一人一半。”

“谢谢。小萱，你真好。”

“我们是好邻居嘛。”

“你是我唯一的好朋友呢。”

“嘿嘿，小萱和子杰呀，是一辈子的好朋友啊。”

“嗯。呵呵……”

……

风华悲空。天地浪漫。

人间，永梦。

（完）

2004 年 8 月 2 日

至 2008 年 9 月 14 日

高淳于家中写作